염
상
섭
문
학

취우·새울림·지평선

염상섭 장편소설

취우·새울림·지평선

해설 테오도로 휴즈(컬럼비아대)

1953. 12. 15

長篇 小說

해울림 (1)

廉想涉作
張旭鎭畵

회오의눈물 (1)

「그래 어머니께선 가볼 못 하신다더니 어떻게 모시 구 나려왔소?」

「뭘걸요. 부끄러운 말로 모임 니다만…」

종식이는 나즉이 흐더졌다.

「그 무슨 소리야」

잠필요 어깅같은 말정숙에서 어저귀 첫필료 여정숙 일행과는 눈을 치떴다.

없는게 모을이 모시고 있는 황순에 가까운 청정어마님을 버리고 나섰으로 없고 六‧二 五동에 이북으로 남치어어간 식갈이 혹시나 물어오면아ー하 는 일념에 아무래도 집을 비 고 나섰수가 없으하여 모자 간에 우선 각선하다가 결국 에 저필호 시갑 일행과는 쩍 어져서 추민으로 종식이 배

「어머니께선 모시 외딴 어떤정경과 처가 석가 룰 때리고 나리겠던경이였다 이것도 벌써 두어말전일어나 부산 나려와서 두필나나되 독특 어쩌면 자기를 찾지않 았댔만이나는 교장한 생각으 로로 이 식갈 종익이룻서는 진에 그러나 종식이뜻서는 진에 못

어머니를 모시 구 나가면 가시쩠다 하지 구‧ 할머니룰 추억으로 됬가는 노돗에서 물아가 지구 말지구…」

죽죽 외조모때문에 어머니 자 月올에 남았다가 어머니

두늘은 마덤이 함께 룰아 짰누데 잘서도 어미흐게 저 늬늬지 풍원으로만 소식을 들 갈이 하던회사가 잡판도 못

차 례

취우

취우
驟雨

절벽

    앞창 유리를 사정없이 좍좍 내려 갈기는 굵다란 빗발에 헤드라이트를 끈 컴컴한 자동차 안의 사람들은 멀거니 내다보고 앉았으나 창에 부딪쳐 튀기는 물방울이 안개같이 자욱이 가리어 보이는 것이라고는 앞 차의 빨간 라이트 테일밖에 없다. 좌우 양옆에서 와글거리고 법석거리던 피난민 떼도 절벽같이 캄캄한 속에서는 다만 커단 검은 그림자가 한데 엉켜서 흔들거릴 뿐이요, 그 법석 통에 빗소리조차 들리지 않는다. 차는 십 킬로 오 킬로로 뚝 떨어진 속력이 여기가 어디쯤 되는지 아주 답보를 하기 시작한다. 아마 삼각지는 넘어선 모양이나 아직 용산역 앞까지도 먼 모양이다. 그러나 뒤따라오는 대포 소리만은 점점 가까워 오며 덜미를 친다.

    길이 메게 밀리는 피난민을 뚫고 한가운데로 검은 물줄기처럼 사태가 난 자동차의 장사진이 뒤범벅이 되어서 엉기우듯이 조촘조촘 가다가는 서고 한다. 거진 반이 자가용 아니면 택시였다. 생각 있는 운전수는 공습이 있을까 보아 겁을 집어먹고 그런지 마주 오는 차라곤 없이 답보를 하고 있으니, 앞차를 받을 걱정도 없거니와 오밤중에 비바람을 무릅쓰고 이런 험난한 길을 떠난 도망꾼의 행색으로는 환한 불빛이 기분으로도 어울리지 않는 생각이 들어서 그런지 헤드라이트가 불규칙하게 예서 제서 꺼졌다 켜졌다 하며 껌벅거리는 것이, 차 안에 숨을 죽이고 앉았는 사람의 바늘 끝같이 날카로워진 신경을 더 한층 불안과 공포속에 뒤흔들어 놓았다.

"아무리 '호리병' 모가지 같은 데를 송사리 떼처럼 빠져나가기루 왜 이리 거레를 할구?"

한가운데 앉은 김학수 영감 옆에 보스턴백 하나를 격하여 소리 없이 앉았던 여비서 강순제가 갑갑증이 나서 비로소 풀 없이 입을 벌렸다.

"음, ……그래두 다리만 넘어서면야."

김학수 영감은 무겁고 초조한 침묵이 깨어진 사품에 담뱃갑을 꺼내서 자기도 빼들고 순제에게도 권하려니까, 순제는 컴컴한 속에서도 핸드백에서 라이터를 선뜻 찾아내서 붙여 주며 팔뚝의 시계를 비추어 본다.

"아구, 벌써 한 시 들어가네."

하며, 담배를 솜씨 있게 입에다 문 강순제 여사는 일단 꺼 버렸던 라이터를 다시 켜서 붙인다. 흐르르 하고 파란 불빛에 또렷한 예쁜 입모습과 상큼한 조그만 코가 반짝 떠올랐다가 혹 꺼졌다.

"자, 넘어선다기루 대관절 어디루 간단 말예요? 기가 차서……."

평소의 순제와도 같지 않게 담배 연기를 코로 입으로 뿜어내며 이런 따분한 소리를 한숨 섞어 한다. 밤이 들면서 차차 다가오는 대포 소리에 자리에 들어갈 경황도 없었지마는, 허둥지둥 검정 원피스 하나로 갈아입고 옷가방 한 개만 들고 따라나서긴 하였지마는 혼자살이에 주인 없는 살림을 침모 마나님과 식모에게만 맡기고 나온 것이 마음에 안 놓이고, 살림이 아까워서 후회도 나는 것이었다.

"그래두 빠져나가는 사람은 어쨌든, 뒤에 남은 사람이……."

영감의 이편 옆으로 앉은 영식이도 집 걱정에 팔려서 대꾸를 한다.

"아 참, 신 군! 갑갑한데 담배나 피지."

영감은 조바심이 되고 더구나 옆에 끼고 있는 가방에 정신이 팔려서 영식이의 존재는 잊었던 듯이 비로소 아는 체를 하며 담뱃갑을 다시 꺼내려 한다.

친구의 어른이라 회사에서도 영감 앞에서 담배를 마주 물고 나서지는 않았지마는, 젊은 과장쯤! 더구나 평소에 자기 식구라고 생각도 않는 신영식이쯤에게 이 거만한 영감이 손수 담배 케이스를 내밀며 권하기란 난리 통이 아니고는 쉽지 않은 일이다. 영식이는 굳이 사양하면서 또 한패 먼저 떠난 회장 차에 끼었더라면 하는 생각이 또 떠올랐다.

'잘 가기나 했는지? ……'

영식이는 그것도 애가 씌웠다. 회장이란 한미무역의 취체역 회장 정필호 말이다. 정필호는 부인과 딸을 데리고 한 시간 전에 떠난 것이다. 실상은 영식이로서는 그 차에 끼우기도 거북하였지마는, 이 영감이 강순제와 작반이 될 줄을 번연히 알면서도 하는 수 없이 이리로 오게 된 것이었다.

"그런데 웬일까?"

11

영식이는 허리를 빼어 유리창을 내다보며 놀란 소리를 쳤다. 그러자 솔솔 기어가던 차가 그나마 아주 딱 서 버리었다.

"엉?"

강순제 여사도 가위에 눌린 듯이 입속으로 소리를 치며 얼굴을 자기 편 도어 유리창에 착 대고 밖을 내어다본다. 비는 조금 걷고 좌우에서 쏠려가던 피난민 떼도 우쭉 섰는지, 검은 그림자가 우글거릴 뿐이요, 요란한 소리도 잠깐 조용해졌다. 그러나 금시로 편쌈판 같은 와아 하는 절망의 소리가 아우성치듯 천지를 뒤흔들었다.

강순제 여사는 가슴이 서늘해서 영식이에게로 고개를 돌렸다. 무엇을 묻는 듯 매달리는 듯한 표정이었다. 그러나 영식이는 골독히 바깥만 내다보고 앉았다. 그러자 운전대의 문이 덜컥 열리며 조수가 튀어 나가고 악머구리 끓는 소리가 비바람과 같이 쏠려 들어왔다.

"아마 다리목에서 막거나 다리를 끊었거나 헌 모양이군요"

영식이는 아까 놀라던 거와는 딴판으로 태연한 말소리였다. 역시 어머니와 누이들이 애절을 하여 기다릴 생각을 하면 하는 수 없이 못 가게 되는 것이 다행하다는 생각도 드는 것이다.

"으응! ……"

이때껏 불안과 초조를 지그시 누르면서 속으로는 벌벌 떨던 김학수 영감의 입에서는 안간힘을 쓰는 무거운 소리가 침통히 흘러나왔다. 그러자 조수가 톡 튀어 들어오면서,

"철교가 끊어졌대!"

하는 소리에 영감은 또 한 번,

"음!"

하고 목 밑에 가라앉은 목소리를 꿀꺽 삼키었다. 그러나 조수는 마치 '정전이 됐대'하는 정도의 가벼운 기분으로 코웃음을 치며 문을 탕 닫았다.

"허! 조금만 일렀더라면!"

운전수는 운전수대로 혀를 찼다. 그러나 그것은 회사의 이 일행을 못 건너 놓은 것이 안 되었다는 뜻은 아니었다. 어제부터 궁리궁리하던 제 벌이가 다 틀렸구나 하는 낙담으로이었다. 차는 회사 차지마는 이 일행만 넘겨 놓고 나면 이 북새통에 차를 제 마음대로 몰고 다니며 한 벌이 단단히 하겠다는 꿈이 금시로 깨어졌으니 입맛이 쓰다. 어제부터 피난 꾼을 태우고 건너간 차들이 얼마든지 벌이를 한다는 소문에 회가 동한 것이다.

"어디루 가실 텐가요?"

운전수는 퉁명스럽게 묻는다. 영감은 이때까지 이 운전수에게 들어 보지 못한 불공스러운 소리에 깜짝 놀라며 화가 더 났다.

"집으로 가지."

김학수 영감은 당황한 판에 무심코 나오는 소리를 역정스러히 꽥 질렀다. 화풀이를 운전수와 서로 하는 것이었다.

"지금 혜화동으루 가시랍쇼?"

이건 무슨 어림없는 수작이냐는 듯이 운전수는 무심코 코웃음이 나올 뻔하였다. 그러나 학수 영감이 반드시 자기 집으로 들어가자는 생각이 아니기로 혜화동 일대가 전쟁터가 되거나, 어쩌면 불바다가 될지도 모르리라는 생각은 아까 강순제의 집에서 나올 때까지 상상도 못한 일

13

이다. 어제부터 맥아더 사령부가 무기를 비행기로 나르고 있고 오늘 중으로는 서울도 맥아더 휘하의 전투사령부가 서울에 들어와 앉았을 것이다. 이것은 군의 기밀이라 어디서 어떻게 움직이고 있는지는 모르지마는 정계 소식에 밝은 정필호에게 직접 들은 지 몇 시간도 안 되어서 신문 호외로도 보도된 것이니 적확한 사실에 틀림없다. 더구나 의정부가 탈환되고 국회에서도 수도사수(首都死守)를 결의한 터인즉 대포 소리야 이편에서 쏘는 것이요, 설마 서울이 오늘 내일로 어떠랴 하는 안심과 신뢰로 누구나 꿈쩍하려 들지는 않았던 것이다. 꿈쩍하련들 수다식솔과 그 큰살림이며 사업을 두고 어찌하는 도리도 없었다. 그러나 아들이 한사코 만일의 경우를 생각해서 잠깐 피하는 것이 좋겠다고 권하는 대로 아까 저녁때 순제의 집으로 가서 누웠던 것이다.

"아니, 우리 집으로 다시 가잔 말유."

순제가 얼른 말을 가로막았다. 순제의 집은 재동 막바지 깊숙이 들어간 데니 비교적 안전지대였다. 이 차도 한 시간 전에 거기서 떠나온 것이었다.

정필호 회장이 아무리 정계의 소식통이라 해도, 국방부와 육군본부가 오늘 정오에 강을 건너갔고, 정부와 국회가 벌써 수원에 가서 앉았다는 것을 안 것이 밤 열 시가 넘어서다. 회장 영감의 아들 달영이는 집안 식구는 어쨌든지 정계의 일각의 세력을 가진 부친의 신변이 어떨까 겁이 나서 곧 수원으로 피난을 시키고 싶으나, 한미무역의 전무인 처지로 보나 어디로 보나, 김 사장과 함께 떠나보내기로 하고, 김학수 집에 전화를 거니 부자가 다 없다 한다. 하는 수 없이 신영식이에게 차를 보내서 데려다가 둘이 의논한 결과 정 회장 내외에게는 딸을 안동해서 우선 떠나게 하는 한편, 신영식이를 재동으로 달려 보내어 김학수를 끌고 나서게 된 것이다. 그래서 김학수는 강순제까지 데리고 혜화동 집에를 들려서 뒷일을 분별하여 놓고 그 보스턴가방과 짐을 꾸려 가지고 나오자니 그럭저럭 자정이 넘었던 것이다. 그때까지 어디를 갔다가 길이 막혀 못 오는지 아들 종식이는 집에 아니 들어왔었다.

"대관절 재동까지나 갈 수 있을 것 같지 않습니다."

강을 못 건너가게 된 데에 심술이 난 운전수는 두덜대며, 제각기 차를 돌리려고 또 한바탕 법석이 일어난 속에서 간신히 차를 돌려 가지고 다시 문 안으로 향하였다. 아닌 게 아니라 대포 소리는 고사하고, 아까보다 가까워진 기관총의 호두닥 소리가 줄달아 나고, 동대문께인지 창경원 넘어서인지 펑펑하고 포 소리와 함께 화광이 충천하다. 비는 여전히 주룩주룩 쏟아지고 차는 올 제보다도 더 머뭇거린다.

"마포로 나가 보지. 배로 못 건널까?"

김학수는 목이 말라 탁 잠긴 소리로, 명령도 아니요 의논하듯이 비로소 입을 벌렸다.

"글쎄올시다!"

운전수는 마포로 가자는 김학수의 말에 귀가 솔깃하여 말씨도 다시 공손하여졌다. 한미무역회사의 김 사장은 목숨과 옆의 가방이 무사하기 위하여 이 밤이 새기 전에 한강을 건너야 하겠다고 몸이 달았지마는, 운전수는 제 목숨보다도 이 차에 탄 다섯 목숨보다도, 자동차 하나만 고스란히 넘겨 놓았으면 그만이라는 욕기에 이해가 일치되었다. 하기야 운전수는 제 목숨이 자동차에 달렸으니 차만 잘 모시면 목숨은 게 있는 것이지마는, 김 사장은 비서요 애첩인 강순제쯤, 이 다급한 판에는 그리 대수로운 존재는 아니다. 피난을 가서도 아쉽기야 하겠지마는 우선은 신영식이와 함께 옆에 끼고 있는 가방의 간직꾼으로 데리고 나선 것이었다.

"하지만 이렇게 피난민이 밀리는데 배를 얻기루 자동차까지야 태워 줄라구. 헛애 쓰지 마십시다."

순제는 그대로 집으로 들어가고 싶었다.

"그두 그렇지만……."

영감은 자동차를 버리고 가면 강 건너 가서 당장 아쉽겠으나, 보스턴 백만 건너 놓으면 그런 걱정쯤 어떻게든지 되려니 싶었다.

"그럴 거 없이 우리 집으루 가시죠. 사실 종로까지 밀려왔대도, 서대문 쪽은 그래도 아직 안전하니까요."

영식이는 영식이대로 저의 집으로 한시바삐 가고 싶었다.

"쓸데없는 소리. 서대문은 서울 장안 아닌가. 내 말대루 해."

김학수가 역정을 와락 내자 운전수는 모른 척하고 차를 삼판동에서 서로로 꼽들여 마포로 달렸다. 달린대야 여기도 길이 꽉 찼으니 비집고 나가기에 진이 빠졌다. 그래도 돈만 쓰면 자동찬들 못 건네랴는 생각에 신바람이 났다.

그러나 마포 어구까지 오니 뚫고 나갈 구멍이라곤 없다. 둑과 나루에 사람으로 결진을 한 것은 그만두고라도, 사람으로 둑을 쌓은 뒤에는 트럭과 지프와 택시로 바리케이드를 겹겹으로 쌓아 놓은 셈이었다.

"들어가십시다요. 옛 얘기처럼, 자라가 나와서 다리나 놔 주면 이 사람 이 차가 모두 건너갈까!"

강순제 여사는 강 건널 것을 단념하고 나니, 인제는 마음이 탁 놓인 듯이 담배를 피워 가며 태평으로 이런 소리를 한다. 백만 장안 사람이 다 피난을 가는 것이 아니요 이대로 서울을 뺏기고 말 리는 없으니, 들어가서 한구석에 가만히 누워 있으면 늙은이를 설마 붙들어 가겠느냐고 달래는 것이었다.

"가만있어, 무슨 도리가 있겠지."

학수는 그래도 돌쳐서려고는 아니하였다. 그렇게 말하면 딴은 목숨야 뺏기지는 않겠지마는 무엇보다도 보스턴백을 피난시켜야 하겠다. 이 보스턴백이 자기 목숨을 빼앗을지도 모르니, 버릴 수 없는 바에는 끌고 나가야만 할 절박한 사정이다.

운전수도 몸이 달아서 자동차를 이리저리 몰고 또 한 차례 길을 뚫어 보다 못하여, 비가 뜸한 틈을 타서 이번에는 알몸뚱이로 뛰어나갔다. 배를 교섭하러 간다는 것이었다. 그러나 한 식경이 훨씬 넘어도 좀체 운전수는 돌아오지 않았다.

"이눔이 도망을 쳤나?"

운전수가 도망질을 칠 까닭이 있을 리 없건마는, 모든 것이 의심이요 겁이 났다. 이판에 운전수마저 놓쳤다가는 큰일이라고 걱정이 또 하나 늘었다. 그러나 어디를 싸지르다가 왔는지 운전수는 허둥지둥 뛰어들더니,

"큰일 났어요. 벌써 탱크가 서대문까지 왔구 중앙청두 점령했답니다. 어디로든지 가야 하지 않습니까?"

하고 서둘러댄다.

"딴소리! 그럴 리 없지. 저 불빛을 보라구. 총 소리는 아직 동대문께서 나지 않나."

김학수는 자신 있이 고개를 내둘렀다. 이놈이 무슨 꿍꿍이속으로 아무 데나 데리고 가서 저의 식구나 태워 가지고 들고 뺄 작정은 아닌가? 하는 의심도 들어서 화가 버럭 치밀었다.

"그럼 어쩝니까? 아무리 뚫어 봐두 배를 잡긴 틀린걸."

운전수의 말씨는 다시 뻣뻣해졌다.

"그래 다리는 언제 끊었대?"

영식이가 말참견을 하였다.

"조금 전이라나요. 누가 압니까. 그 켓속을……"

"실상은, 오늘 하오 네 시에 끊는다구 국방부장관이 국무원 회의에서 언명을 했다던데……"

영식이가 코웃음 섞인 소리로 대꾸를 하려니까, 별안간 사이렌 소리가 뚜우 하고 길게 뽑아 나온다.

"저거 봅쇼 중앙청 점령했다는 저희끼리의 군호군요."

운전수가 또 서둘러댄다. 사이렌 소리는 좀체 끊이지 않는다. 순제는 라이터를 켜 들고 팔뚝시계를 들여다보고 소리 없이 앉았다. 지리하고 의심스러운 오 분간이 지났으니 사이렌이 그치자 포(砲) 소리도 뚝 끊겼다.

"아니, 정부가 네 시에 다리를 끊고 달아났다면 우리는 독 안에 든 쥔데, 어쩌라고 사이렌을 부는 거야?"

순제는 악에 받친 소리를 하며 인제는 무서운 것도 없다는 듯이 발을 콩 구른다.

"운전수! 어디나 마찬가지겠지만, 서빙고로나 가 보지."

김학수는 사이렌 소리에 인제는 정말 서울을 뺏겼고나 하는 단념과 함께, 아무래도 한강 줄기를 따라 나가면서라도 어디로든지 빠져나가야 살리라는 생각에 운전수를 달래었다.

"서빙고요? ……이 밤중에 거긴 가면 별수 있을라구요?"

운전수는 코대답을 하며 움직이려고도 하지 않는다. 아까 용산서 들어오며 마포로 가잘 때와는 딴판이었다.

배를 구해 본다고 나가서 운전수끼리 빼쳐 나갈 도리를 속닥이다가, 서빙고 쪽만은 그래도 아직 수월하리라는 말을 듣고 그리로 몰리는 기미도 채었으나, 한 친구가,

"여보게, 이러다가 처자식 뻗혀 놓게 되면 누가 봐 준다던가? 두 말 말구 식구나 데리구 빼는 놈이 수지."

하고 귀띔을 하는 소리에 정신이 반짝 들며 딴은 그렇다고 마음을 고쳐 먹은 것이었다. 떠날 때는 수원까지만 모셔다 두고, 되짚어 오라는 것이요, 만일의 경우라도, '집안 식구야 굶겨 두겠나? 염려 말구 갔다 오게' 하고 정 전무가 구수한 소리를 하기에 그럴 듯이 생각하였던 것이요, 또 건너만 서면 몰래 한밑천 벌어 가지고 오려니 하였던 것이지마는, 서울이 함락되는 것을 당장 눈앞에 보니 마음이 또 달라졌었다. 그러나 김 사장이,

"두말 말구, 서빙고루 가!"

하고 소리를 꽥 지르는 바람에 운전수는 마지못해 스위치를 넣고 차를

돌렸다.

사이렌 소리에 새삼스레 가슴이 선뜻해진 영식이도, 어떻게 해서든지 건너서야 하겠다고 다시 결심을 하였다.

'그러나 대관절 다리가 몇 시에 끊어졌는지? 명신이 식군 잘 건넜을까?'

하고 정 회장의 일행이 또 애가 씌웠다.

정달영이도 뒷수습을 해 놓고 내일 아침에는 곧 부모의 뒤를 따라나설 작정이지마는, 노인네와 계집아이만 보낼 수가 없어서 영식이를 불러다가 안동해 보내려던 것이었는데, 영감님이 그럴 것까지는 없다고 해서, 영식이는 김 사장에게 연통하러 보냈던 것이다. 정 회장 내외도 영식이를 데리고 나서는 것은 든든하여 좋은 줄은 알면서 딸 때문에 그만두라고 아들에게 넌지시 이른 것이었다. 영식이 역시 그 눈치를 못 챈 것은 아니나, 집 걱정도 있고 하여 비릿비릿하게 쫓아가지 않게 된 것을 한편으로는 다행하다고 생각하였었다. 그러나 이렇게 김 사장에게 붙들리고 보니, 역시 명신이의 뒤를 따라간다는 생각에 마음이 다시 들먹거려지고, 저기 가서 만나게 될지 애가 씌우는 것이었다.

떠날 제, 영식이가 따라갈 줄로만 잔뜩 믿었던 명신이도 실망한 듯이 차에 들어가면서,

"그럼 내일 오빠 식구 오는 트럭에 어머니 모시구 꼭 같이 오세요."

하고 당부도 하고,

"내, 정거장 앞에서 기다리구 있을게요."

하고 분수없는 어린애처럼 시간을 맞출 수가 없으니 덮어놓고 기다린

다고 소곤소곤 하던 것이었다. 그러나 이렇게 급박한 정세로는 이 밤에 못 건너서면 수원 정거장 앞에서 만나기커녕, 사람의 일을 뉘 알랴 다시는 못 만날 것 같기만 하다.

또 요행히 지금 건너선다기로 내일부터는 놈들이 서울의 출입구를 내버려 둘 리 없을 거니 아까 김 사장 집에서 달영이에게 전화로 연락할 제 떠나게 되거든 모친과 누이도 데리고 와 달라고는 부탁은 하여 두었지만, 아무리 성의가 있기로 정작 달영이가 움직일 수 있어야 말이지 그렇지 못하면 대지르고 자기만 먼저 넘어가는 것만이 수가 아니다. 영식이의 마음은 또 다시 올지 갈지였다.

차는 오던 길을 다시 되짚어 삼각지로 나와서 이태원으로 들어섰다. 앞뒤로 연달은 차는 점점 붙기 시작하며 제각기 앞을 다투었다. 그러나 큰길에는 듬성긋하던 사람 자취가 연병장으로 들어갈수록 우글거리고, 또 피난민 떼에 걸려서 마음대로 움직일 수 없는 것은 고사하고, 여기는 아직도 군용트럭이 오락가락하며 살기가 등등하였다. 사람을 그뜩그뜩 실은 하이어가 되돌아오는 것을 보자 운전수는,

"어렵쇼. 다 틀렸군?"

하고 차를 길가로 세워 놓고 튀어나가서 저만큼서 마주 달려오는 차를 붙들어 정세를 물어보는 모양이더니, 들어와 앉으며,

"가 본대야 헛수고만 할 것입니다. 들어가시죠."

하고 문을 탕 닫고 이편 대꾸도 들을 새 없이 차를 돌린다. 군용물자를 나르고 후퇴하는 군인부터 건네야 하겠기 때문에, 피난민도 근접을 못하는데 더구나 차를 가지고 넘는다는 것은 망상이라는 것이다. 학수는

21

나루터를 군이 차지했다니, 더구나 차들이 되돌아오는 것을 번연히 보고는 더 우길 용기도 아니 났다.

"이를 어쩌나!"

순제는 절망에 가까운 소리를 쳤다.

"염려 마세요. 사이렌 소리가 날 때까지도 대포가 종로나 동대문께서 터진 것을 보면, 적군은 아마두 미아리 밖에 있을 겁니다. 아직 시내는 아무렇지 않을 거니까, 댁까지는 모셔다 드릴 수 있겠죠."

곰곰 궁리를 하던 영식이가 비로소 입을 열었다.

"그럼 그 사이렌은 시내에 잠복했던 놈들의 마음 놓고 들어오란 신호였던감!"

"대개 그럴 겁니다."

사이렌이 끝난 뒤에 한동안 뜸하였던 대포 소리가 또 다시 띄엄띄엄 들리며, 무덤같이 암흑 속에 잠긴 공기를 뒤흔들어 놓았다. 밀려들어오는 보병을 위한 엄호 사격인지? 포 소리가 아까보다 좀 더 가까워진 것을 보면 탱크가 위협 공포를 쏘며 들어오는 것인지도 모르겠다. 비는 뚝 끊이고 문드러진 구름 새로는 별이 총총히 반짝이기도 한다. 보도로 주척주척 부스럭부스럭하며 어린아이들까지 끽소리 없이 슬슬슬 줄달아가는 검은 그림자가 얼밋거리는 것은, 비를 밤새껏 맞고 진흙구덩이를 헤매다가 지쳐서 집구석으로 되돌아선 피난민 떼의 물에 빠진 족제비 같은 꼴들이었다.

서울역을 저만치 바라보고는 머리끝들이 으쓱해지며 전속력을 놓았다. 후딱 지나쳐 놓고도 뒤에서 탕탕 총알이 날아올 것만 같았으나, 아무 소리도 없는 것을 보니, 적군이 아직 들어오지 않은 것만은 사실인 것 같다. 벌써 중앙청을 점령했다면야 방송국이나 정거장도 점령하였을 것이 아니냐는 짐작들이었다.

남대문 안을 들어서면서부터 차는 속력을 부쩍 떨어뜨렸다. 조심조심 물계를 보아 가며 종로 쪽이 잠잠하기만 하면 재동까지 치달아 올라갈 수 있을 것이요, 여차직하면 동화백화점 뒤 회현동에 있는 한미무역의 사무소로 들어갈 수도 있으니 영식이 집으로는 그만두자고 의논이 된 것이다. 영식이는 가는 길에 자기 집에 들러 가 달라고 할 수도 없고 하는 수 없이 재동까지 모셔다가 두고 와야 할 모양이다. 운전수는 회사로 가면 차고도 있거니와 바로 그 뒤채에서 살림을 하니 그대로 끌고 들어가고 싶었다. 운전수뿐만 아니라, 탄 사람들 역시 비 오는 밤거리를 헤매었다 하여도 편안히 앉아서 불과 두세 시간밖에 안 되건마는, 환한 불빛, 포근한 자리가 벌써 그리웠다. 내 집이고 남의 집이고간에 어린애가 쌕쌕 자고 아낙네가 어른거리고 하는 마음 놓고 들어 앉아 기죽을 펼 수 있는 살림집이 그리울 만치, 표랑의 쓰라림과 피난꾼의 고초를 담뿍 맛보았고 마음까지 지쳤다.

차는 다시 속력을 늦추어서 한국은행 앞 로터리로 향하여 앞차의 눈치만 보며 살살 굴렀다.

종로 편이나 중앙청 쪽에는 화광이 비치지 않으니 우선 안심이 되었다. 모든 사람의 신경은 귀로 잔뜩 모였으나 역시 포 소리는 간간이 기총 소리에 섞여서 동대문 쪽에서 난다. 더구나 앞서 가는 차가 로터리로 대담히 달리는 것을 보니 운전수도 인제는 안심하고 속력을 넣었다.

그러자 팽, 하는 소리에 고개를 옴츠리며 주춤하였으나 차는 그대로 미끄러져 나갔다.

뒤미처 탕, 탕, 연달아 두어 방 총소리가 또 나며, 나중 한 방은 분명히 이리로 겨냥을 대고 쏘았는지 팽하고 머리 위로 스쳐갔다. 영식이는, 핸들을 오른편으로 기가 나서 돌리는 운전수의 당황한 손길을 희끗 보며,

"엎딥쇼"

하고 김학수의 등을 몸으로 가리우며 밀어서 내려앉게 하였다. 학수는 옆의 손가방을 잡은 채 엎으러지며 바닥으로 내려앉았으나, 앞에 놓인 옷가방에 걸려서 그 큰 몸집이 거북하게 끼워 버렸다.

"강 선생두 여기 엎디세요"

침착한 영식이 앞에서 허둥대는 꼴을 보이기 싫어서인지, 오두머니 앉았는 순제의 팔을 성큼 낚아서 시트 위에 쓰러뜨리려니까, 탕 탕하고 또 연달아 총소리가 난다. 그러자 바로 덜미에서 쨍하고 유리가 쪼개지는 소리와 함께,

"앗!"

하는 조수 아이의 외마다 소리가 나며 차는 딱 서 버렸다.

영식이도 얼떨결에 순제가 비스듬히 엎디었는 뒤로 한 팔을 짚고 푹 수그렸다. 앞에는 영감의 가방에 받쳐서 자릿보가 우뚝이 놓였으니, 결박진 듯이 잔뜩 끼워 앉아서 몸 둘 데가 없었다. 운전대에서는, 어구어구 하는 신음 소리가 끊일 새 없이 나, 아무도 꼼짝달싹을 못하고 안체를 해 주는 사람도 없다. 머리 뒤 유리에 부딪는 금속성의 모진 소리가, 누구에게나 벼락 치는 소리 같아서 기가 질리고, 뒤미처 또 날아올

탄환을 기다리는 듯이 전 신경을 귀에 모으고 엎디었는 수밖에 없다. 차가 섰으니 지금쯤은 총자루를 가로잡은 적병이 뛰어올지 모르겠다. 당장 덜미에서 권총을 든 파르티잔이라도 설설 달겨들 것만 같다. 순제는 머리와 어깨에 남자의 몸 기운을 느끼자, 그것이 한 방패가 되는 듯이 반갑기도 하고, 오그라 붙은 마음이 조금은 간정이 되는 듯싶어 몸을 바스락 돌리면서 영식이의 팔을 꼭 껴안고 힘껏 매달렸다. 전신이 잠깐 바르르 떨리면서 이제야 피가 도는 듯싶었다.

운전대에는 운전수도 쓰려졌는지 그림자가 안 보이고 조수 아이의 끙끙하는 신음 소리만 으흐흐 하고 떨려 나온다. 그러나 그 앓는 소리가 아주 까부러진 것이 아니라, 아픈 것을 이를 악물고 참는 소리요, 겁에 눌려서 떨려 나오는 것을 들으니 상처는 그리 깊지 않은 듯싶다고 안심이 되었으나, 영식이는 알은체를 해 주고 싶어도, 목이 잠긴 듯이 소리가 나오지도 않고 소리를 내기가 겁도 났다.

일 분, 이 분……지리한 시간이 지나갔다. 다시는 총소리도 아니 나고, 쫓아오는 기색도 없다. 영식이는 차차 마음이 가라앉으며 고개를 들어 컴컴한 속에서,

"창길아 어떻게 됐니?"

하고 가만히 말을 걸었다.

"응, 넓적다리야."

울음 섞인 소리다. 목소리 속에서 찡그린 해쓱한 창길이의 얼굴이 떠오르는 듯싶었다.

"꼭, 누르구 가만 있거라. 임 씬 어떻게 됐니?"

하며 영식이는 첫째 엉거주춤하고 모로 엎대기가 거북해서 몸을 추스르고 얼어나려 했으나, 순제가 팔을 꼭 끼고 매달려서 몸을 마음대로 가눌 수가 없다.

"응, 아저씨 없어."

또 어리광 비슷이 울상의 소리다. 운전수는 차를 세워 놓고 어느 틈에 빠져나간 모양이다. 운전수가 없어졌다는 바람에,

"음? ……"

하고 죽은 듯이 엎디었던 김학수 영감이, 고개를 부시시 쳐들고 운전대를 희끗 본 뒤에, 이리로 얼굴을 돌리다가, 영식이는 순제의 엎딘 뒤에 비스듬히 반이나 얼싸안듯이 마주 엎디었고, 순제는 영식이의 팔에 매달려 있는 것이 어렴풋이 띄우자, 영감의 눈은 번쩍해지고 입귀가 뒤틀렸다. 그렇지 않아도 그 창황 중이건마는, 시트 위에서 부스럭하고 자취가 나기는 하였는데 아무 소리가 없으니, 두 남녀가 어떻게 하고 있는지 궁금해 하던 영감이었다.

영식이는 붙들린 팔을 가만히 빼고 일어나 앉으며, 대관절 여기가 어딘가? 하고 밖을 내다보았다. 어스름한 속에, 쇠창살이 열려 있고 그 안에 창고 같은 집이 우뚝 선 양이, 늘 지날결에 눈 익은 동화백화점 뒤다.

'길은 잘 찾아 들어섰군!'

하는 생각을 하며, 영식이는 바지 포켓에 손을 넣어 무엇을 부산히 찾았다.

숙명의 아침

    수세미가 된 손수건을 꺼내서, 후딱 삼각건(三角巾) 모양으로 귀를 접어 잡아당겨 보니, 짧기도 하고 약하다.

    "강 선생 무슨 끄나풀 없겠죠?"

    영식이가 누운 사람의 귀에다 대고 소곤소곤 서두르니까, 눈을 감고 누웠던 순제가,

    "네?"

하며 소스라쳐 일어나 앉다가, 원피스 앞폭에서 반짝하고 손끝에 만져지는 유리 조각을 털며 '에구머니!' 하고 눈이 저절로 머리 뒤 유리창으로 갔다.

    "어머나!"

    순제는 무심코 입 밖에 소리를 내고는, 어깨를 쳐뜨리며 만경이 되어서 뻥 뚫어진 유리 구멍을 바라보고 있다.

    바깥 정세를 살피랴 피를 흘리고 쓰러진 아이 걱정을 하랴, 피곤하고

27

겁에 질린 영식이는 탄환이 어디를 뚫고 들어왔는가를 살펴볼 생각도 나지 않았었다.

"허어……."

하고 영식이가 놀라는 소리를 하자, 멀거니 등신같이 앉았던 김학수 영감도 맥없이 치어다보며,

"음!"

하고 놀라는 소리를 쳤다. 순제가 앉았던 바로 뒤통수께쯤에 꽈리만한 구멍이 뻥 뚫어지고 사방으로 짝짝 금이 갈라져 있다.

"끄나풀이나 손수건이라두 없에요?"

영식이는 언제까지나 총알구멍만 바라보고 있을 수 없었다.

순제는 부리나케 커다란 핸드백을 집어 세수수건을 선뜻 꺼내 주고 나서, 아까 앉았던 자리에 똑바로 몸을 펴고 앉아서 머리를 창에 대어 보더니

"아, 어쩌면! 하마터면 정통으로 맞구 거꾸러질 뻔한 걸! ……신 선생 댁에 살았습니다!"

하고 또 한 번 놀란 가슴을 가라앉히려고 깊은 숨을 쉬는 것이었다. 사실, 허둥대는 꼴을 안 보이려거나 침착한 영식이에게 지지 않겠다는 듯이, 오뚝이 앉았는 대로 내버려 두었더면, 그 당장으로 쓰러졌을 것을 인사체면 볼 것 없이, 순제의 팔을 잡아 쓰러뜨린 것이, 지금 와서는 고마워서 재생의 은인처럼 치사를 하는 것이었다.

"어디냐?"

땀내가 나는 손수건과 향내가 푸르르 맡히는 하얀 세수수건을 들고,

운전대로 성큼 넘어온 영식이는, 창길이의 얼굴에 코가 닿도록 들여다보며 가만히 물었다.

아픈 데 시달리고 겁에 지쳐선지, 눈을 감고 잠이 소르르 와서 잠깐 소리가 없던 창길이는, 깜짝 놀라며 반사적으로,

"엉?"

소리를 지르고 몸을 뒤틀며 킹킹 운다.

"우지 마라. 죽지 않아! 뭐 이까짓쯤에……."

괴고 누운 쪽의 넓적다리를 더듬어 보려니까, 척근하고 미끈둥 하는 것이 만져진다. 작업복에 피가 배어서 뻣뻣하고, 시트에도 흥건히 괴인 모양이나, 다행히 동맥을 건드리지 않았기에 출혈은 그다지 심하지 않은 모양이다. 하여간 수건으로 오금 밑을 바짝 졸라매 주니까, 아야얏 소리를 치면서도, 향긋한 냄새가 홍분제가 되었던지 숨을 커닿게 쉬며 아프다는 소리가 차차 줄어 갔다.

영식이는 운전대로 비켜 앉으면서,

'자, 한 가지 시름은 잊었으나 운전수를 붙들러 나가 봐야 하나? ……'
하고 멀거니 숨을 죽이고 앉았다.

"괘씸한 놈이로군."

김학수 영감은, 시트에 혼자 이리로 얼굴을 누웠는 순제의 가슴께에 팔을 괴고, 여전히 한가운데 바닥에 앉은 채 한참 궁리에 팔렸다가 혀를 찼다. 무엇보다도 수족같이 데리고 다니던 아이가 옆에서 쓰러지는 것을 보고, 아무리 겁결이기로 달아나다니 괘씸하다고 누구나 생각하였다. 게다가 영감은 자기가 사장인데, 이런 위급한 경우에 어른을 내던

져 두고 달아나다니 고얀 놈이라고 당장 목을 벨 듯이 컴컴한 속에서 눈을 부릅떴다.

'하지만 제 목숨이 왔다 갔다 하는 판에야 눈에 뵈는 게 있나! 부모 자식두 버리구 달아날지 모르지……'

영식이는 자기부터도 무슨 핑계를 하든지 몸을 빼칠 수 없는 것은 아니건마는, 홀어머니나 누이를 친구에게 부탁하고 먼저 강을 건너려던 것을 생각하면, 경우야 다르지마는, 아니, 경우가 다르니만큼 운전수만 나무랄 수 없을 것 같기도 하였다.

"어디, 나가 찾아볼까요?"

영식이는 아까부터 운전수가 으레 회사 뒤의 제 집으로 씨근벌떡 뛰어가서 앉았을 거니, 가서 데려올까 하는 생각을 하고 있던 차이었다. 여기서 회사까지 십 분도 채 못 걸릴 것이다.

"응, 그랬으면 좋지만 갈 수 있을까?"

학수 영감은 반색을 하였다.

"온 천만에! 아무리 요기서 요기라두 나섰다가 사람의 일을 뉘 아나. 가만 앉아 계서요. 운전수를 시급히 불러다간 뭘 할랴구. 차를 이판에 움직일 수 있겠기에요!"

강순제 여사가 열심으로 막는다. 영감은 그 말도 옳다고는 생각하였으나, 그 말눈치가 지나치게 열심인 것이 듣기에 덜 좋았다. 아까 무슨 뜻으로 한 말인지, '신 선생 덕에 살았다'고 하더니, 그래서 인사로라도 영식이를 위해 하는 말이겠지마는, 아무리 겁결이기로 젊은 남자의 팔에 잔뜩 매달려 있던 꼴이 머리에 떠올라서 더욱이 예사로이 들리지를 않는 것이었다.

"하지만 언제까지 이러구만 앉았으면 뭘 하나. 우선은 차를 회사로 끌어가야 하겠구, 저놈들이 들어와서 길이 막혔다면 날이 새기 전에 신군 댁으로라두 가서 앉아야 맘이 뇌지 않나."

김학수로서는 몸이야 회사로도 가서 앉았을 수 있고 걸어서 재동까지 갈 수도 있겠지마는, 만일 경계망에 걸려서 이 보스턴백을 열어 보자고 하였다가는 큰일이니, 더 조바심을 하는 것이었다. 이런 속셈은 아무리 비서요 쉬쉬 숨기면서도 몸과 마음을 허락하고 사는 순제에겐들 입 밖에 내서 말할 수 없는 사정이었다.

"그래두 날이 새기나 해야지 지금 차를 어떻게 움직여요. 어느 구석에 무에 있는지 알겠에요 아무래두 목숨이 중하지."

순제의 말에 더 우기지는 못했다. 아무래도 목숨이 중하다는 소리를 하는 것을 보면, 순제도 보스턴백이 무엇인지 짐작은 하는 모양 같다.

영식이도 말을 내놓기는 했지마는, 차마 나설 엄두가 아니 나서 멈칫멈칫하다가, 유리창에 대고 팔뚝시계를 보니 세 시 반이나 넘었다.

'좀 있으면 밝겠다!'

하는 생각으로 먼동 틀 때까지 기다리기로 작정하고 앉았자니 우르를 쏴아 하는 소리가, 멀리서 나는 우뢰같이 들려온다. 아마 을지로께나 종로쯤에서 나는 것일 것이다.

"엉? ……인제야 탱크가 들어오는가 본데!"

눈을 감고 다시 시트 위에 누웠던 순제가 고개를 반짝 들고 귀를 기울이니까 영감도 '응?' 소리를 치며 벌떡 일어나 바로 앉는다. 치안과 방비를 완전히 잃은 진공(眞空)의 서울을 '밤'이 지켜준 덕으로 잠시 한때라도 혼란과 유린과 살육이 더디어 나가, 아직도 한 귀퉁이의 활로가 남았구나 하는 생각을 하니 그것은 기적같이 반갑고 거리거리 길목 길목을 적군의 총부리가 지키려니 하고 허깨비에 놀라서 벌벌 떨고 있었던 것이 분하기도 하였다.

개도 짖을 줄을 잊은 공포의 도시 주검의 거리에 잔잔한 새벽바람이 날라 오는 그 괴물의 발자취는 폭포 소리와 같고 썰물이 열려 가는 소리와도 같다. 자갈이 깔린 땅을 육중한 차바퀴가 으깨면서 달리는 듯한 그 잔인한 살육의 아우성에 제각기 닥쳐올 제 운명을 생각해 보기에 잠간은 얼이 빠졌다.

"가 보구 오죠"

영식이도 탱크 소리에 반사적으로 운전대의 도어를 밀치고 휘 나와 버린다. 어리친 개새끼 하나 없이 자기의 발자취 소리가 무서울 지경이나, 영식이는 열에 뜬 사람처럼 첩첩이 빈지가 닫힌 상점 거리의 추녀 밑을 따라 정신없이 뛰어갔다. 전차(戰車)가 인제야 앞을 서 들어온다면야 아까 은행 앞 로터리에서 쏘던 놈들은, 적군의 스파이거나 내응을 한 오열(五列)의 짓일 것이지마는 놈들이 큰 길목(要所)이나 지킬지는 몰라도 이런 골짜기에야 도둑놈이나 나올까? 설마 무슨 일이 있으랴 하는 판단에 자신을 가지고 뛰어나온 것이었다. 괴뢰군이나 오열에다 비하면 좀도둑놈이나 강도쯤 무서울 것이 없었다.

활짝 열린 회사 옆문으로 층층층 들어가 차고 뒤에 달린 외쪽 문을 통통 두드리며,

"임 씨!"

하고 부르니, 목소리를 알아들었겠지마는 문 밑에 대령하고 있었던 듯 이 소리 없이 문이 선뜻 열리며 운전수의 검은 그림자가, 목소리도 내지 못하고 들어서라고 손짓만 한다.

"뭘 그러는 거요 어서 갑시다."

영식이가 일부러 소리를 커닿게 내니까,

"어떻게 됐습니까?"

하고 아직도 공중 걸린 목소리로 수근거린다.

"뭐 어떻게 돼. 창길이가 좀 다쳤지만 대단친 않구……어쨌든 차를 어서 끌어와야지."

"아, 어쩌면 사장영감께서 타셨다는데, 아무리 다급하기루 어떻게 뛰어 왔군요! 그래서 지금 어서 가 보라구 하는 판인뎁쇼 ……얼마나 놀라셨에요 소삽한데 선생님까지 오시게 하구……."

나이 지긋한 운전수의 댁내, 그래도 아직 전등불이 방 안에서 환히 흘러나오는 부엌으로 내려서며 이렇게 대신 인사를 하는 것이었다. 바로 저 너머에 군대가 있었던 관계로 전등이 주야로 들어오긴 하였지마는, 영식이의 불빛에 주렸던 눈에는 무척 반가웠다. 이 아낙네의 무던한 말씨에 바작바작하던 신경이 누그러지며 입가에 웃음이 떠올랐다.

"잔소리 말아. 언제 들어올지 모르는데 어린애 데리구 조심해 있어요"

임 운전수는 영식이가 아내에게 말대꾸할 새도 없이, 핀잔주듯이 일러 놓고 나섰다.

"겁두 없이, 이 밤중에 어딜 돌아다니는 거야?"

김학수의 목소리는 거칠면서도 달래는 어기였다.

"물계를 보러 나갔던 길에, 목이 말라서 집에를 뛰어갔었죠. 또, 어찌 될지 모르니까 일러둘 말두 있구 해서요"

"아주 유언을 해 두러 갔었구려!"

순제가 코웃음을 쳤다. 한 고비를 넘기고 나니 다소 느꾸어진 기분들이다.

"그렇지 않아 그렇죠. 컷속이 이쯤 되고 보니, 목을 거미줄로 매달아, 차구 다니는 파리 목숨 아닙니까? 허!"

하고 운전수는 역시 턱에 받는 소리로 한숨을 쉰다. 이야기를 듣고 보니 겁에 띄워 다니는 것만이 아니라 제실사고는 하는 모양이다.

"이왕이면 차를 끌구 갈 일이지. 그래, 엎드러지면 코 달 데서 우리는 길바닥에 내던져 두구……그게 말야?"

사장영감은 다시 역정을 와락 내었다.

"그럼 어쩝니까. 간신히 이 골짜기로 몰아 놓았는데 추격을 해 오지 않은 것만 천행이죠. 다시 엔진 소리를 내구 빠꾸를 해 나갔다간 아주 사재채반이나 짊어지구 나설 작정이면 몰라두……."

옆에서 잠깐 잠이 들었던 창길이가 두런두런 하는 이야기 소리에 깜짝 놀라 소스라쳐 깨며,

"엉! 아야야 애구……."

하고 몸을 비튼다.

"좀 어떠냐?"

"쑤셔요. 천근같이 무거워."

"조금만 참아, 날이 새면 병원에 데려다 주께."

운전수는 달래며, 허연데 꺼멓게 피가 밴 수건을 기웃이 들여다보다가 눈살을 찌푸리고 고개를 들며,

"총알이 바루만 들어왔더라면 네가 내 송장을 쳤을 건데……, 허! 네운이 사나웠는지 내 운이 좋았는지……. 하여튼 총알이 배졌나 보다. 가만있어. 널 죽이진 않을 테니!"

하고 호기스럽게 달랜다. 사실 잘못했으면 순제의 뒤통수를 뚫고 마주앉은 운전수의 등을 뚫었을 총알이, 한두 치 오른편으로 쏠려서 힘없이 창길이의 허벅다리에 푹 박혀 버린 모양이었다.

"자 어쨌든 밝기 전에 이 신 선생 댁으루 가야 하겠는데 뒷길루 빠질데가 없던가?"

김 사장은 다른 때 같으면 명령을 했겠으나 의논성스럽게 물었다.

"가만히 겝쇼 그보다두 회사루 가서 이 애를 편안히 뉘어 놓아야 하겠습니다만, 차 소리가 뿌르를 나면 또 어떨지요"

운전수의 말소리는 또다시 추근추근히 토라진 수작이었다. 다친 아이는 거들떠보지도 않고 자기 생각만 한다고 핀잔을 주는 어기였다.

학수도 우길 수가 없어 잠자코 말았다.

밖이 번해지니 비로소 얼굴들을 알아보게 되었다. 운전수는 창길이의 오금탱이와 자기 자리에까지 흘러내린 흥건한 피를 보고 얼굴을 찡그렸다. 영감은 해쓱하니 그동안에 까칠해진 순제의 얼굴이 쌀쌀하다는 생각을 하며 치어다보았다. 그러나 순제는 그 영감의 그 커다란 부연 얼굴이 수심에 잠겨서 축 처진 것을 무심히 바라보며,

"인젠 이리 올라앉으세요"

하고 말을 걸고는, 옆에 앉은 영식이를 치어다보며 눈웃음이 저절로 방그레 떠올랐다. 컴컴한 속에 갇혀서 죽을 고비를 넘기고 난 사람끼리의 반가운 아침 인사였다. 그러나 웃는 순제의 얼굴을 희끗 본 영감의 얼굴은 뒤틀리며 어두워졌다.

영식이는 여자의 반색을 하는 낯빛과 생신한 눈초리에, 우울한 지친 마음이 번쩍 개는 듯싶었다. 인사성으로 마주 웃다가, 영감의 뾰로통한 얼굴과 마주치자, 영식이는 선뜻 도어를 열고 훤해진 밖으로 나섰다.

"어딜 가세요?"

순제는 깜짝 놀라는 소리를 한다. 이 험난한 때, 날이 채 활짝 밝지도 않아서 또 나가는 것이 위험하기도 하거니와 태산같이 믿는 젊은이가 곁을 떠나는 것이 허전해서도 그러는 것이었다.

"어디 큰길에를 좀 나가 보구 올께요"

이 말에 운전수도 가만히 앉았을 수 없던지 따라나선다. 두 사람은 한참 로터리를 내다보고 섰다가, 길옆으로 비껴서 천천히 조심조심 걸어 나갔다. 이 밤을 눈을 붙이고 샌 사람은 없겠지마는, 쳐들어오는 적정(敵情)을 탐색하러 개동에 나선 용사(?)도 자기네 두 사람밖에 없으리라. 울안에는 백만 이백만의 눈이 깜박거리고 있겠으나, 먼동이 트는 거리는 씻은 듯이, 멀리서 울려오는 탱크 소리에 숨을 죽이고 착 까부라져 있다. 간밤의 총질은 어디서 났던 것인지 그림자도 없다. 남대문 편으로 은행 곁에 달린 파출소를 바라보니 뚜껑 없는 관을 세워 논 것 같다. 정부가, 국회가 입으로만 사수(死守)하고 내버리고 간 서울에서,

파출소를 사수할 경찰관을 찾아보기란 솔밭에 가서 고기 낚으려기다.

눈에 거치는 것이 없고 말리는 사람이 없으니, 영식이는 대담하여져서 운전수와 함께 근방을 좀 더 돌아보기로 하였다.

차 안에 남은 두 사람은 맥이 빠져서 멀거니 나간 사람의 하회만 기다리고 앉았다. 경황이 없으니 신기가 좋을 것도 없겠지마는, 영감이 왜 이렇게 뾰로통해 앉았는지 순제는 영문을 알 수가 없다.

"신영식 씨 집으룬 가서 뭘 해요 길이 막혔으면 몰라두 집으루 바루 가십시다요."

순제는 말을 붙여 보았다.

"아냐."

학수 영감은 핀잔주듯이 무뚝뚝하게 대꾸를 한다.

"왜, 이 짐 때문에? 여기 뭬 들었는지 우리 집에 갖다 두십쇼그려."

"아냐. 글쎄 가만있어."

순제는 머쓱해서 물러앉았다. 이런 때니만치 좀 더 의논성스럽고 서로 의지하고 괴임성스러워야 할 텐데 무에 못마땅해서 별안간 이러는가 싶었다.

'자기 몸 하나두 주체하기가 어려운데, 짐이 돼서 귀찮아 이러는 건가?'

순제는 이런 생각을 하며,

'자기 그러면 나두 생각이 있지!'

하고 냉담히 팩 토라져서 바깥만 내다보고 앉았다.

충충충 급한 발자취가 달려온다. 그 급한 발자국 소리에 차 안의 사람들은 가슴이 덜렁하였다. 그러나 안심한 낯빛으로 활기 있게 다가오는 영식이의 얼굴을 보고는 마음이 놓여서 순제의 입가에 또 반가운 웃음이 떠올랐다. 마주 건너다보는 영식이도 잔뜩 긴장하였던 마음이 풀린 끝에, 웃음을 띤 예쁜 얼굴이 거친 기분을 느껴 주는 듯하여 빙긋 웃었다. 김학수 영감의 바늘 끝같이 예민해진 신경은, 그것도 무심히 넘기지 않았는지 순제의 얼굴을 한 번 흘겨보고는,

"어떻던가?"

하고 영식에게 찌푸린 눈살을 돌렸다.

"괜찮아요. 가시죠"

운전수는 성큼 올라앉으며 기세 좋게 뿌르를 엔진을 건다.

다친 아이도 그대로 끌고 나섰다. 이 판에 신새벽부터 문을 열어 줄 병원도 없겠지마는, 영식의 집에 가는 역로에 적십자병원이 있으니, 그리 가 보자고 영식이와 의논이 되었다. 그러나 차를 몰고 원수의 로터리를 나서자, 당장 걸렸다. 바로 전에 망을 보러 나왔을 제는 어리친 개새끼도 없었는데, 어느 구석에 숨어 섰다가 나타났는지, 점병 조각 같은 흰 캡이 눈에 번쩍 하더니 두 팔을 벌리고 후닥닥 달겨들며,

"거기 서!"

하고 소리를 친다. 운전수는 첫째 그 눈 서투른 흰 캡에 기가 질려서 차를 급히 멈추었다. 손에는 아무것도 든 것이 없으나 미친 사람의 눈처럼 뒤집힌 커다란 눈을 치뜨고 희번덕거리며,

"어디를 가는 거야?"

하고 묻는다.

"이 애를 병원에 끌구 갑니다."

운전수는 옆에 누운 창길이를 가리켰다. 창졸간에 나온 말이지만, 필시 이놈의 짓이려니 하는 직각이 들어서, 너 이것 좀 봐라 하는 듯이 운전수의 말씨는 호기스럽기도 하였다.

"음……당신은?"

눈이, 젊고 건장한 영식이에게로 먼저 갔다.

"회사원예요."

"당신은?"

"잡화상합니다."

김학수는 딴은 잡화무역을 하니까 그렇겠지마는, 미리 생각해 두었던 듯이 '무역'은 쑥 빼 버리고 선뜻 대답하였다.

"그래 어딜 가는 거요?"

"피난들을 간다기에 나섰다가 이 지경이 돼서, 집으루 다시 들어갑니다."

"피난? 무에 무서워서, ×××이 따라 가려던 거지?"

"저희야 뭐 압니까. 그저 대포 소리가 무서워서 나섰던 거죠만 인젠 맘 놓구 들어갑니다."

학수 영감의 거무데데한 커단 얼굴에, 빌붙는 듯한 어설픈 웃음이 떠오르는 것을 보면, 아닌 게 아니라 장거리에 메리야스 나부랭이 화장품깨나 벌려놓고 앉은 장사꾼이라 해도 과히 어색치 않다. 그러나 그보다도 정녕 제 총알에 쓰러진 아이를 병원에 끌고 간대서 그런지, 의외로,

"어서 가!"

하고 손짓을 한다. 하여간 가엾은 어린 희생자의 덕을 보았다.

"그 점병 조각 같은 흉칙한 모잘 뭐라는 거야?"

순제는 얼굴을 찌푸리며 웃는다.

"먼저 숨어 들어온 팔티잔이겠죠"

"서울말을 쓰던데."

"아, 남로당이니 민애청이니 얼마든지 있지 않은가."

영감이 툭 쏘는 소리를 한다.

영식이 집에서는 매무시도 끄르지 못하고 밤을 꼬박이 앉아서 밝힌 모녀가 내달으며, 죽었다 살아온 사람이나 맞는 듯이 반색이며, 더구나 손님이 우우 달겨드니 쓸쓸하던 집안이 금시로 환하여지고 수군수군하면서도 엉정벙정하였다.

"에구머니, 이를 어쩌나? 사장영감께서……."

영식이 모친은 사장영감의 행차에 너무나 황감해서 어쩔 줄을 몰랐다. 말로만 듣던 순영이 언니 순제를 만나 보는 것도 반가웠다. 영식이 누이 영희는 순제의 예쁜 모습과 원피스를 입은 몸맵시가 첫눈에 들어서 제 언니나 되는 듯싶이, 열적고 제풀에 무안을 타면서도 마음에 좋았다.

차는 일행을 내려놓고 병원으로 달아났다. 영식이는 운전수만 맡겨 보내는 것이 안 되었다고 생각했으나, 손님 접대가 있으니, 사장에게 돈만 얻어 주어 보냈다.

"피난민 떼가 들어닥쳐서 부산을 떨어 미안하군요"

모녀가 안방 건넌방을 하나씩 맡아 가지고 부리나케 치우는 것을 순제는 집알이나 온 것처럼 이 방 저 방 구경 삼아 들여다보며 인사로 알은체를 하였다.

마루 끝에는 가방들이 주섬주섬 쌓이고 자리보퉁이가 놓이고 한 것이라든지, 조용한 품이 피난민이라기보다도, 순제는 절간에 피접이나 나온 것 같은 생각이 들었다.

"온 미안이 뭡니까. 얼마나 놀래셨어요 참 몸서리가 날 일이죠 난리난리하니 이런 불벼락이 어디 있겠에요"

늙수그레한 수더분한 마나님이 말소리도 얼굴같이 부숭부숭하다. 삼십을 바라보는 아들의 나이로 따져 보아도 오십은 넘었을 텐데, 키대며 몸집이 남자처럼 큼직하니 점잖고 여자라기보다는 중성(中性)이라는 인상을 주는 것은 일찍 과수가 되어 자기 손, 자기주장으로 살아온 데도 원인이 있는가 싶다. 영식이는 이 어머니의 기품을 닮은 모양이다. 거기다 비하면 영희는 뼈대가 잘고 상큼하니 신경질로 야뻐장한 품이 아마 친탁을 많이 한 듯싶다.

"온, 수가 좋아서 죽을 고비를 넘겼지, 피투성이가 된 그 애를 보니 끔찍끔찍해서……."

자려다가 불려 나가서 그 곤경을 치르고 들어온 아들 생각을 하면, 살아온 것만 다행하면서도 가엾고 분해서 이 마님은 가슴이 쓰리고 참 정말 가다가다 몸서리가 쳐지는 것이다.

"저야말루 댁 아드님 아니더면 자다가 끌려 나와서 급살을 하는 걸, ……설마 하구 앉았는 걸 아드님이 손을 잡아 쓰러뜨려 주시자, 미처 고개를 숙일 새도 없이 바루 고 자리가 쨍하구 뚫어지는구먼요!"

"에구 저런!"

하고 마님은 말만 들어도 끔찍하다는 듯이, 걸레질치던 손을 쉬고 방문 밖에 섰는 순제의 상글상글 웃는 얼굴을 바라보다가,

"수야! 모든 게 제 수야."

하며 고개를 *끄덕끄덕*하였다. 그러나 김학수는 아직 마루 끝에 걸터앉아서 영식이와, 이 동리 인심이 어떠냐? 전부터라도 빨갱이들이 드세지는 않더냐? 하는 것을 캐어물으며 이야기를 하다가, '자다 끌려나와 급살을 할 뻔했다'는 말이 귀에 거슬리자, 순제를 힐끗 돌아다보았다. 어쩐지 자기를 칭원하는 말눈치 같아서 듣기 싫었다. 사실 순제도 입에서 무심코 나온 말은 아니었다. 아까 차에서 하도 밉둥을 부리던 것이 못마땅해서 꼬집는 소리가 하고 싶었다. 금시로 서울이 두려빠지는 것이 아니요 불바다가 될 것도 아닌데, 자기야 여자 한 몸뚱이 아무러면 어떨라구, 시급히 서울을 빠져 나가야만 될 것도 아닌 것을, 괜히 끌어내서 고생만 짓시켰다고 듣기 싫은 소리가 하고 싶었다.

첫 서슬에야 재동 집도 사 주고 살림 배포며 몸치장에 돈푼 써 주었지마는, 이즈막에 와서는 회사 월급 오만 원, 살림하라고 자기 주머니에서 오만 원 집어 주는 것밖에 없는 터인데, 아무리 돈으로 사지는 않았다 해도, 끌고 나간대야 그 솜씨에 무어 호강을 시켜줄 것도 아니요, 인제야 자리가 잡힌 살림을 버리고 따라 나서기는 정말 싫었던 것이다.

김학수 영감은 달아나다가 들어온 도망구니처럼 동네의 물정을 물어본 뒤에, 급하면 들고 뛸 구멍을 찾는지 집안을 두리번두리번 둘러보며 혼잣궁리에 팔려 앉았다.

"방으루 들어가시죠."

"응, 나 좀 보세."

영감은 긴한 이야기가 있는 눈치로 앞장을 서 건넌방으로 들어가더니, 영식이가 따라 들어서기를 기다려서, 무엇에 쫓기는 사람처럼 자기 손으로 방문을 얼른 닫았다. 한 식구니 으레 같이 들어가려고, 한걸음 내놓던 순제는, 멈칫하며 무색해서 낯빛이 흐려졌다.

"고단하실 텐데 이리 들어와 좀 누시죠."

주인마님은 안방에서 나오다가 말을 걸며, 딸더러 자리를 깔아 드리라 이르고 부엌으로 내려간다. 밤을 새고 들어온 사람들을 위하여 이른 아침을 지으려는 눈치였다.

회사일이거나 집안일이거나 자기를 제쳐 놓고, 이때껏 대수롭지 않게 여기던 영식이와만 의논을 하려는 모양이니 별안간 무슨 변덕이 났누? 하며, 순제는 안방에 들어가 앉았다가, 하도 고단해서 권하는 대로 모른 척하고 누워서 어리어리 잠이 들어 버렸다.

건넌방에서는 숨도 크게 쉬지 못하고 숙설거리는 영감의 소리가 간간이 흘러나온다.

"비좁고 누추한 건 뭔가. 아무쭈룩 비좁고 누추한 데를 찾아가려는 판인데."

김학수는 이 집 아랫방이 빈 것을 보고 그것을 빌려달라는 것이다.

"그래두 재동으루 다시 가시지, 거기야 괜찮겠죠."

"웬걸, 그 동리서두 순제를 서양 사람 회사에 다니는 통역이니 타이피스트니……양장을 하구 다닌대서 양갈보란 말까지 듣는다는데, 어느 모에 어느 놈이 찌를지 누가 아나!"

영감은 이 넓은 천지에 몸 둘 데가 없다는 듯이 벌벌 떤다. 반양제의 으리으리한 저택을 두고, 오막살이 아랫방 한 간을 빌리겠다고 머리를 숙이고 목이 말라 하니, 이편은 도리어 가엾고 제대로 시중을 들 수 없어 사양을 하는 것이나, 참 정말 세상이 바뀌나 싶다는 생각도 든다.

"그럼 이 방을 쓰시죠. 저 방은 구들이 빠져서 오랫동안 폐방을 해두었던 게니까 못 계십니다."

"응? 구들이 빠졌어?"

왜 그런지 영감은 그 말에 멀거니 무슨 생각을 하고 앉았다가,

"음! 구들이 빠졌어? 그것두 좋지."

하며 무슨 말을 할 듯 할 듯하다가,

"어디 좀 내려가 보세."

하고, 이편 대답을 듣기도 전에 일어선다. 구들이 빠졌다는데, 그것도 좋다면서 당장 인부를 대서 고칠 수나 있는 듯이 시급히 가 보겠다는 것은 평소에 틀거지 있고 거만한 한미무역 사장으로서는 몸이 너무 가볍다.

아랫방은 간 반 방이었다. 구들은 아랫목 복판의 것이 깨어져서 구멍이 뚫리고 그 다음 한 장이, 발을 구르면 덜거덕덜거덕하였다.

"이만하면 됐어! 곧 좀 치워 주게. 아주 이리 내려와 눕겠네."

영감의 얼굴에는 비로소 다리를 뻗고 누울 자리를 찾았다는 듯이, 안도의 빛이 얼굴에 떠올랐다.

"뭐, 천천히 하죠. 진지 잡숫는 동안에라도 치우라죠."

"아니, 이왕이면 지금 아주 자리를 잡구 한잠 자구 싶어 그래."

오라비는 빗자루를 들고 나고, 누이는 걸레질을 치고 방바닥이 헐었으니 있는 돗자리는 다 끌어내서 간 반 방에 석 장을 깔고 한 뒤에 짐을 내려다가 자리까지 펴 놓았다.

"자, 인젠 자네두 올라가 한잠 자게."

학수 영감은 미닫이를 닫고 누웠다. 그러나 영식이가 제 방으로 들어가서 누웠는지 부엌에서만 떼그럭거리고 조용해지자, 영감은 벌떡 일어나서 이부자리를 돗자리 얼러 뚤뚤 말아 걷어치우고, 뒤뚱거리는 구들장을 만작만작하여 보더니, 손가방에서 세수제구를 꺼내서 면도를 빼내들고 구들장의 언저리를 두 장 길이나 싸악싸악 오리기 시작한다. 백비가 된 시커먼 장판을 사르를 이르집어 내고 새벽가루를 손으로 긁어모은 뒤에, 우선 앞턱의 구들장 한 장을 사뿟이 들어냈다. 들여다보니 구재가 그들먹하다. 장판을 좀 더 벗기고 다음 한 장을 또 들어냈다. 여기는 구들 곬이 제법 푹 패어 있다.

영감은 윗목에 큰 가방 위에 우뚝이 얹혀 있는 묵직한 보스턴백을 들어다 놓고, 바지 포켓에서 열쇠꾸러미를 꺼내어 가만히 열더니, 위에 덮인 신문지 뭉치며 서양 잡지들을 꺼내서 꺼먼 구들고래 길이로 죽 깔았다. 조그만 어린애 송장 하나는 누일 만한 자리가 잡혔다. 다음에는 보스턴백에서 막직막직해 보이는, 큼직한 부대 주머니를 세 개나 차례차례 꺼내서는 잡지를 깐 위에 나란히 뉘어 놓고 그 위에 다시 신문지를 펴서 덮었다. 꼭 닫은 방 안에서 숨을 죽여 가며 허둥허둥 두 손길만 놀리는 양이 무엇에 몰린 죄인 같고, 앞에 묻힌 허연 긴 토막은 뻗으러진 송장을 홑이불로 덮어 놓은 것 같다. 영감은 구들장을 덮으려고 손을 대다가, 아차 하고 무슨 생각이 든 듯이 윗목으로 뛰어가더니, 꺼멓게 더러운 손으로 또다시 열쇠꾸러미를 꺼내서 큰 가방을 열고, 네모반듯한 종이봉지를 찾아 들고 이리로 왔다. 한 귀퉁이를 쭉 찢어서 허리를 동인 지폐 뭉치를 다섯 뭉치쯤 쏙 빼서 빈 보스턴백에 툭 들어뜨리고는, 큰 뭉치는 신문지에 다시 뚤뚤 말아서 위에 덮은 신문지를 쳐들고 부대주머니들의 발치께로 들여놓고 나서, 인제는 구들장을 차례대로 다시 덮고 긁어모았던 흙을 편 뒤에 장판지로 제대로 깔았다. 오려낸 자국은 났으되, 흙먼지에 가리워 얼른 보기에는 감쪽같다. 돗자리를 다시 깔고 손을 신문지로 닦은 뒤에, 보스턴백에는 큰 가방의 세간을 나누어 넣어서 제 자리에 올려놓고 영감은 비로소 이마에 밴 땀을 와이셔츠 소매로 쓱 씻었다.

이만하면 자기 집 금고 속에 넣어 두는 것보다도 더 안전하다고 한숨 휘돌리며 영감은 걷어치워 놓은 자리에 기대어 쓰러졌다. 한미무역의 전 재산과 김학수의 일대의 천량을 자리 밑에 깔고 누운 것이었다.

처음에는 영식이에게 맡겨 둘까? 영식이만 알리고 독에 넣어서 이 집어느 구석에 파묻을까? 여러 가지로 궁리가 많았다. 그만큼 영식이가 진실하고 믿을 만하다고는 생각하였던 것이다. 그러나 의외에도 이 방의 구들이 빠졌다는 말에 선뜻 생각이 돌아서 아무도 모르게 자기 손으로 감쪽같이 처치하게 된 것은 천만다행이었다. 이렇게 되고 보니, 그것을 들고 강을 건너, 이리저리 유랑해 다니는 것보다 안전하다고 생각하였다.

"얘, 아가! 나 세숫물 좀 주렴."

영감은 첫째 손이 더러워서 마루로 나서며 소리를 쳤다.

"어느 틈에 사처를 잡으셨군요."

잠이 어렴풋이 깬 순제가 영감의 세숫물 놓으라는 소리에 부스스 일어나 나와서, 시중을 들러 마당으로 내려오며 입귀에 웃음을 머금어 보인다. 그래도 조금 눈을 붙이고 나니 신경이 풀려서 마음이 느긋해졌다. 영희가 떠 주는 세숫물 대야를 들어다 툇마루에 놓고 방 안을 들여다보자니까,

"뭐, 이만하면 둘이 넉넉하지."

하고 영감은 순제와 함께 있을 말눈치였다.

"난 무엇하자구!"

"왜, 싫어? 아무려나!"

영감도 툭 튀기는 소리를 하다가,

"하지만 조심해야 할껄. 그 동리 인심이 어떤지? 서양 사람 통역이란 조명이 났다면서? 몇 간 되지두 않는 집이 괘니 문전만 커닿구 자동차가 드나들구 해서 남의 눈에 유표히 들었을 거라."

하며 은근히 뚱겨 주었다. 사실 영감도 그래서 재동 집으로 가 있기를 싫어하는 것이었다.

"정 급하면 필운동 집으루 가 있죠."

필운동 집이란 홀어머니를 모시고 사는 제 오라범 집이다. 영감은 혼자 적적하니 순제를 데리고 있고 싶어 하는 말눈치나, 순제는 속으로 머리를 내둘렀다. 날은 차차 더워 오는데 무엇하자고 이 좁은 집에 와서 늙은이 턱밑에 앉았으랴 싶었다. 영어를 하는 덕에 서양 사람 사회

를 뚫고 돌아다니며 회사 일을 돕거나, 가다가다 영감이 오면 저녁이나 함께 먹고 노는 정도이지 세상의 남의 첩처럼 옆에 붙어 있어 잔시중을 들거나 할 순제는 아니었다. 오늘같이 영감의 세숫물을 떠다 바친 것은 평생에 처음일 것이다. 생활의 방편으로, 물질적으로나 생리적으로나 필요에 응해서 서로 이용하는 외에는, 각기의 생활에 구속을 받을 것은 조금도 없다는 주견이 분명한 순제다.

"신 군, 식후에 우리 집 좀 가 봐 주어야 하겠는데. 그 애는 대관절 밤중까지 어디 가서 안 들어왔단 말이람?"

식탁에 둘러앉아 영감은 이런 부탁을 하며 혀를 찼다. 김학수는 늙은 마누라더러는 집을 지키고 있으라 하고, 아들 내외만은 수원에서 만나자고 일러 놓고 집을 떠났던 것이다.

"어차피 한 바퀴 돌아야 하겠습니다. 정 회장께선 무사히 넘어가신 모양이죠."

하며 영식이는 노인네와 누이만 내보내 놓고 길이 막혔으니 정달영이 사정이 딱하다고 걱정을 하는 것이었다.

"나두 그 영감과 작반이 되었더면 좋았는걸!"

김학수는 입맛을 쩝쩝 다신다. 학수는 정필호가 정계에 은연한 잠세력을 가진 것이 부럽고 시기가 나면서도, 그것을 자기 사업에 이용하는 것이요, 장래에 정계 진출을 꿈꾸느니만큼 정필호 영감을 떠받들고 따라다니고 싶어도 하는 것이었다.

"걔두 집 속에 있어선 안 되겠는데, 제 처가루나 가 있으랄까?"

"그래두 좋겠죠."

며느리의 본가가 바로 순제의 큰집이니 순제에게 의논을 하는 것이다.

조반 후에 영식이가 나서려니까, 순제가

"같이 나가세요. 나 좀 데려다 주셔야지."

하고 아랫방으로 내려가서 자기 가방을 열고 조선옷으로 후딱 갈아입고 나선다.

"다녀올 테야?"

"봐서요."

그리 탐탁지 않게 대꾸를 하고, 영식이의 뒤를 부리나케 따라 나가는 순제를 바라보다가, 영감은 아까 컴컴한 차 속에서 남자의 팔에 착 매달려 있던 그 모양이 또 머리에 떠오르며 입이 삐죽하여졌다.

진공의 작렬

상점 문들은 첩첩이 닫힌 채요, 전차 자동차의 그림자도 볼 수 없이 어제까지의 그 잡답은 씻은 듯이 자취를 감추고, 비 뒤의 짙은 햇발에 환한 큰 거리는 몰려나온 사람의 떼로 질번질번은 하면서도, 전쟁이 언제 있었더냐는 듯이 안온하고 텅 빈 것같이 쓸쓸하다. 마주치는 얼굴마다 입을 일자로 꼭 다물고, 침통하다거나 우수사려에 잠겼다기보다는 멀거니 얼이 빠져서 남 가는 대로 발만 기계적으로 놀리며 어슬렁어슬렁 따라가고들 있다. 그것은 볼일이 있는 사람의 바쁜 걸음이 아니라, 어떤 물계인지 구경이나 하자고 나선 사람들이었다. 그래도 몸을 사리고 어느 구석에서 버스럭만 해도 찔끔하며 물러설 만큼 신경이 잔뜩 긴장하여, 잠이 부족한 충혈된 눈들만 이상히 번쩍거리었다.

"창길이를 잠깐 들여다 보구 가십시다."

영식이가 앞을 서 병원으로 들어가 보니, 텅 빈 속이 얼씬하는 그림자 하나 없고, 아무리 소리를 쳐야 내다보는 사람이라고는 없다. 입원실 쪽으로 돌아가서 겨우 간호부 하나를 붙들어서 물어보았다.

"모르겠어요. 이 통에 외래환자는 왔대두 별수 없었을 걸요."

간호부는 얼쯤얼쯤 대꾸를 하고 창황히 달아나 버리었다.

"으레 그럴 거 아네요. 아마 박외과루라두 갔겠지만, 그게 벌써 몇 시간야? 끌구만 다니다가 사람 잡지 않겠나!"

하고 순제는 혀를 찬다. 박외과란 회사 근처에 있는 단골 의원이니, 애초에 그리로 데리고 갔어야 할 것이나, 제각기 제 사정이 급하고, 그래도 개인병원보다는 이런 데가 손쉽게 될 줄 알았던 것이다.

병원 문을 나서자니까 우르를 하고 비행기 소리가 요란히 난다. 한대 두 대 세 대……비교적 얕이 뜬 정찰기가 커닿게 차례차례 나타나며 빙빙 돈다.

"앗! 미국 비행기! 떼도망을 간 강도 난 집을, 들여다라도 보아 주는 첫손님 아닌가! 어쨌든 고맙구면."

순제는 발을 멈추고 잠깐 치어다보며 생긋 웃는다. 하룻밤 사이에 국가의 보호에서 완전히 떨어져서 외딴 섬에 갇힌 것 같은 서울 시민은 난리 통에 부모를 잃은 천애(天涯)의 고아나 다름없는 신세고 보니, 비행기 소리나마 반갑지 않을 수 없었다.

큰길로 나서자니 여기저기서 탕탕 고사포 소리가, 따따따……하는 기관총 소리에 섞여서 들려온다. 어느 틈에 벌써 고사포대를 설치해 놓은 모양이다.

"강 선생, 집으루 도루 들어가시지. 급한 일 아니면야, 댁엔 천천히 가셔두 좋지 않아요?"

대포 소리를 들으니 영식이는 새삼스레 염려도 되거니와, 지금 시중에는 소탕전이 벌어졌을 것이라는 생각이 들자, 이런 쪽 뺀 여자를 끌고 다니기가 겁도 나고 짐도 되었다.

"뭐 상관 없어요. 국군은 다 퇴각했기에 무인지경처럼 들어왔을 텐데 시가전이 일어날 린 없을 거요, 나두 이런 때 구경 좀 해 둬야죠"

하며 순제는 유산태평이다. 그러면서도 나들이나 가는 듯한 차림차리가, 난리 통의 이러한 공기와는 어울리지가 않는다는 생각이 드는지, 주름 하나 없는 깨끼저고리의 앞섶과 화장을 이리저리 본다.

비행기 소리가 사라지자 마침 대기하고 있었던 듯이 중앙청께에서 탱크 소리가 싸아 철철철 하고 나기 시작하더니 점점 가까워 온다. 정동 어구를 지나친 두 남녀는 멈칫하며 서로 얼굴을 치어다보았다. 앞에 가던 사람들도 우중우중 선다.

"정동으로 빠집시다요. 어차피 중앙청 앞은 막혔을지두 모르니까."

순제의 발론에 영식이는 잠자코 따라섰다.

정동 어구에까지 되돌아오는 동안에 탱크는 벌써 예전 홍화문 앞을 꺾어서 서울중학께까지 왔다. 길 가던 사람들은 좌우로 쫙 헤어져서 하다못해 추녀 밑으로라도 들어섰다. 순제는, 겁이 난다기보다도 보기가 싫어서 모른 척하고 정동으로 들어가다가 그래도 궁금해서,

"어디, 구경이나 좀 하구."

하며 앞선 영식이를 사람 틈에서 놓칠까 보아 팔을 잡아당기며 돌쳐섰다.

맨머리에 노타이 바람인 영식이는 살에 닿는 여자의 손의 보드라운 감촉을 선뜻 느끼며 순제의 몸을 싸 주려는 듯이 앞으로 나섰다. 순제

는 말이나 거동이나 태연하고 대담스러운 편이나, 역시 마음이 설레어 영식이 어깨에 매달리듯이 착 붙어 서서 남자들 틈으로 갸웃이 밖을 내다보고 있었다. 맞은편 관상대(觀象臺) 골목에도 사람이 빽빽이 찼다. 거동 구경이나 하는 듯싶었다.

순제는 삐죽이 뻗친 포신(砲身)을 보다가, 그 아래 우체통 구멍 같은 전망공(展望孔)으로 뻔쩍하고 두 눈만 보이는 올빼미 눈깔 같은 눈길과 마주치자, 반사적으로 그 다음 차로 눈을 옮기려니까, 별안간 따따 따따……하고 좌우 쪽에서 콩 끼얹는 소리가 난다. 바로 앞줄에 섰는 사람들의 발밑에서 총알에 맞은 물먹은 흙덩이가 튀는 것이 힐끗 눈결에 띄었다. ……어느 결에 어떻게 달아 왔는지 국민학교 문 앞에 와서야 한숨 돌리며 어깨에 휘감긴 영식이의 팔에서 벗어났다.

"죽일 놈들! 아무리 위협 사격이기루……!"

영식이는 화를 내다가 앞뒤를 휘휘 돌려보며 입을 닫쳤다. 세상이 바뀌었다는 생각에 누가 들을 세라고 마음이 으슬으슬해지는 것이었다.

"망할 자식들이지, 비전투원인 시민에게 총부리를 대다니!"

해쓱 질렸던 얼굴이 다시 발갛게 피어오르며 순제가 암팡진 소리를 또랑또랑이 하는 것을 영식이는 소매를 살짝 잡아당기며 눈을 끔쩍끔쩍해 보였다. 순제도 알아들었다는 듯이 생긋 웃어 보였다.

대한문 앞으로 나서니, 여기는 장거리처럼 더 한층 사람이 우글거린다.

"응, 저게 김일성군야? 저런 한참 자랄 애송이들을 몰아 가지구……."

하며 순제는, 이편을 향하여 로터리 앞에 총을 세우고 맥없이 보초를 섰는 병정을 건너다보며 혀를 찼다. 열일곱여덟 쯤 된 새까맣게 타고 뻣뻣이 마른 어린애가 허기가 졌는지 졸린 눈으로 멍하니, 툭 치면 쓰러질 듯이 이쪽을 바라보고 섰다.

그물[網] 뜨개비를 씌운 모자를 머리에 얹은 것이 눈 서투를 뿐이지, 예전에 활동사진에서 본, 보따리에 절무를 매달아서 걸머진 중국 병정과 똑같았다. 흙투성이가 된 구랄만 한 국방색 바지저고리에 목달이 운동화를 신은 꼴은 총을 가졌으니 군인이랄까? 저런 것들에게 국군이 밀리다니, 순제는 발을 구르고 싶었다.

"이거 어디, 전쟁요! 소꿉장난이지."

"그나마, 우리는, 서울 시민은 포로가 된 걸!"

두 남녀는 실소를 하였다.

로터리의 가운데와 가장자리에 서고 앉고 한 적병들의 주위에는, 젊은 애들이 옹위하고 서서 무엇인지 지절대는 소리를 듣고 있다. 약장수나 손금 보는 점쟁이를 둘러싸고 구경하는 듯한 유장한 풍경이다. 적군이 쳐들어 온 거리 같지도 않다.

"흥, 중공식(中共式)으루 들어닥치는 길루 선무공작인가 보군."

중공이 장개석 정권을 내몰고 사백여 주를 손에 넣기에 우선은 성공한 한 가지 수단이, 점령과 함께 선무대가 따라 들어가는 게 아니라, 병정 자신이 민중과 접촉하여 선전과 선무공작을 하였던 데 있었다는 것은, 순제도 서양 잡지에서 보아 알고 있었다.

"차라리 말이나 통하지 않았더라면!"

영식이의 입에서는 탄식이 나왔다.

"저까짓 입에서 젖내 나는 아이들 말수에 넘어갈 사람은 태나지두 않앉으니까 걱정 마세요"

"물이 들까 봐 걱정이 아니라, 차라리 이민족에게 짓밟혔더면 눈을 곤두세우고 이를 갈고서라도 덤볐을 테지. 저렇게 쓸개가 빠져서 입을 헤에 벌리구 귀를 기울이구 섰더란 말예요!"

아까는 앞뒤를 사리고, 순제더러 말조심하라고 주의를 시키던 영식이가, 입을 삐쭉 내밀고 낯을 붉힌다.

"아무리 분통이 터져두 별수가 있게 됐에요! 혼란을 막자는 수단이기루, 감쪽같이 속이구 빠져나갈 사람은 다 빠져 나가면서 다리를 톡 끊어 놨으니, 옴치구 뛸 수 없는 독 안에 든 쥔데! 인제는 무서울 것두 없구 바랄 것두 없이 악에 받쳐서, 어벌쩡 달래 놓구 봇짐 싸들고 나간 어머니가 원망스럽다거나 밉다는 것은 고사하고, 될대루 되라구 맥이 빠진 것이죠 ……자 어서 가십시다요"

"그야 그렇지마는 깃대를 여남은 개 만들어 두고 이 놈이 들어오면 이 깃대를 들고 나서고 저 놈이 들어오면 저 깃대를 들고 나가는 중국 사람의 신세가 되어 가니, 기가 막히지 않아요?"

중앙청 쪽을 치어다보아도 사람이 우글거리고 안심은 아니 되나, 시청 앞을 뚫고 건너서는 수가 없으니, 두 사람은 그리로 발길을 옮겨 놓았다. 그러나 두어 발자국 떼어 놓았을까? 탕탕탕……기관총 소리는 아니나 십여 발의 일제사격과 함께 조선호텔로 가는 길모퉁이에 섰던 사람이 좍 헤지며 두서넛 픽픽 쓰러졌다. 엎디랴, 뛰랴 발칵 뒤집힌 속에서 시청 앞에 몰려 있던 수십 명 괴뢰군이 응전하는 총소리가 뒤달아 호드득거리며 일대 시가전이 일어나는가 싶어, 누구의 얼굴이나 해쓱해지고 급한 발끝이 땅에 턱턱 걸려서 발이 제대로 놓이지 않았다. 유탄이 무섭기는 하지마는 황토마루[세종로]나 중앙청 앞에서 또 무슨 충돌이 있을지 몰라서, 두 남녀는 조선일보사 맞은편을 넘어서 시청 뒷길로 들어섰다.

"공회당 쪽 모퉁이, 대한문 바로 맞은편 말예요, 거기가 미군 식당였는데, 게서 연기가 모락모락 나겠죠"

거리가 조용해지니까 한숨 돌려서 순제가 말을 꺼낸다.

"음 다리를 끊기 전까지 이쪽을 지키던 위병들이던 게로군. 갈 데는 없구 허기는 졌으니까 미군 식당으로 기어들었던 게지."

"아이, 가엾어라! 정부에 대해선 제일 충실한 공로잔데! 하지만 용감하죠? 어차피 죽기는 일반이니까 마지막 남은 탄환을 쏘아 버린 것이라 해두……."

샌전에서 신작로로 건너 들어가서 수중박골을 거쳐 박동으로 들어서니 인적이 끊이고 괴괴하다. 집집마다 대문이 첩첩이 닫히고 숨을 죽이고 들어앉은 것이, 여기만은 난리가 휩쓸어 나간 뒤 같다. 태고사(太古寺) 앞을 오자, 맞은편 학교 문 옆 구석에서 어쩐지 인기척이 나는 듯하여 머리끝이 쭈뼛하여졌다. 희끗 전투모가 눈에 띄며 살기가 뻗친 까만 눈과 마주쳤다. 흙투성이가 된 군복에 총을 메었다. 귀염성스럽게 잘생긴 노상 어린애다. 순제를 번쩍 거들떠보자 눈에서 불이 훅 꺼지고 얼굴빛이 느꾸어지며 외면을 하고 먼 산만 바라보고 섰다. 영식에는 한 발을 멈칫하며 저편이 말을 붙이면 응하려는 태도였으나, 잠자코 있으니 그대로 지나쳤다. 순제도 또 한 번 쳐다보며, 인물이 아깝다고 가엾은 생각이 들었으나 이편에서 말을 붙여 볼 용기는 아니 났다.

"문은 닫혔지만, 태고사루 넘어 들어 갈 일이지. 거길 들어가면 산길이 있을걸!"

"나두 뚱겨 줄까 하는 생각이 있었지만, 그만 요량야 있겠지."

두 남녀는 똑같이 그 어린 국군이 무사하기를 마음으로 빌었다.

"후퇴나 철수(撤收)할 시간을 드티워 주느라구, 총으로 탱크와 싸운 용사 아닌가! 저대루 죽게 내버려 둔다면 그 책임은 누가 져야 한담?"

순제는 혼자 소곤대며 분개하였다. 영식이는 침울한 빛으로 모른 척하고 걸었다.

재동 집에까지 오는 동안에 적병의 그림자는 보이지 않았다. 거리에 나온 구경꾼도 여기는 듬성긋하니 쓸쓸하였다. 남산에선지 한강 쪽에선지 대포 소리와 기관총 소리가 뜸하였다가는 나고 할 뿐, 전쟁은 어느 곬으로 씻겨 나갔는지, 어쨌든 의외로 무사히 한시름 잊게 되었다고 안도(安堵)의 빛이 누구의 얼굴에나 떠올랐다.

"아, 이게 웬일예요?"

집안에서들은 천리만리 갔을 줄 알았던 사람이 양장을 조선옷으로 갈아입고, 나들이 갔다 오는 사람처럼 척 들어서는 것을 보고 놀랐다.

"눈치 없는 도망구니는 보따리나 뺏기고 되잡혀 들죠. 다 늦게 서둘러야 고생만 짓하구……."

"뭐? 그래 도둑을 맞았단 말요?"

침모 마님의 눈이 커대진다.

"하하하하. 아주머닌 너무 눈치가 빠르시군. ……에구 목이 타는데 마실 것 좀 주세요 맥주두 좀 채구……."

순제는 마루로 올라서며,

"어서 올라오세요 좀 쉬구서 나두 같이 나가게요"
하고 곧 가겠다는 영식이를 붙든다.

"아니 바뻐요 궁금해서 어서 가 봐야죠."

"바쁠 일이 뭐예요? 인젠 죽치구 들어앉아서 있는 대루 먹구 놀기에나 바쁠까! 아, 수원 가서 기다릴 아가씨가 잘 갔나 그거야 궁금하시겠지만……하하하. 하지만 잘 갔대두 걱정이요, 못 갔다면 더 다행하구……하하하."

마루로 앞장 서 올라왔던 순제는, 뜰에 섰는 영식이가 후딱 나가 버릴까 보아, 다시 내려와 등을 밀듯이 올라가라고 권한다. 집에 들어온 순제는, 흥분 끝에 기가 부풀어서 그런지, 그 곤경을 치르고 제 집 속에 들어왔다고 마음이 퍽 놓여 그런지, 연해 깔깔대며 신기가 좋았다. 고단한 것도 모르고 도리어 생기가 나서 눈에는, 영채가 돌고 계집아이처럼 명랑하게 애티를 부리었다.

"글쎄, 수원 간 아가씨야 잘 갔겠지만 어디 나두 어서 대어 볼 길을 뚫자니 바쁘죠 허허허."

영식이 역시 먼 길이나 걸은 것같이 노곤해서 맥주를 준다니 목이나 축이고 나설까 하는 생각으로 올라갔다.

"거기 좀 누우세요 나두 눌 테니. 그래두 난 한 시간쯤 눈을 붙였지만……"
하며, 순제는 영식이를 아랫목 보료 위로 앉히고 베개를 꺼내다 놓는다.

"눕긴 지금 어느 때라구 눠요"

영식이는 픽 웃었다.

영감 자리인 보료 위에 한가운데로 버티고 앉기도 좀 열적기도 한데 아무리 무관한 터기로 눕기까지는 어려웠다. 자기 역시 집에서 한 시간쯤 눈을 붙였을 뿐이나, 그리 졸립지도 않다.

순제는 윗목 쪽에 걸린 체경 앞에서, 상에 입는 치마저고리를 떼어 부둥부둥 갈아입는다. 저고리를 홀딱 벗으니, 체경 속으로 보이는 볼록한 젖가슴께와 상큼한 모가지에서부터 흘러내린 오동통한 꼭 집은 듯한 어깻집이, 삼십이나 된 여자로는, 몸을 마구 굴지 않아 그렇겠지마는 그 얼굴과 같이 아직 처녀의 몸매 같다. 보얀 토실토실한 살결에도 한참 무르익은 탄력이 있어 보였다. 검정 통치마가 스르르 흘러내리고 호르를한 자미사 속치마 속으로 환히 비치는 쪽 고른 두 가랑이의 또렷한 곡선이, 삼십 전 노총각의 눈에는 마주 보기가 도리어 겸연쩍어서 고개를 떨어뜨렸다. 양말을 벗느라고 앉았다가 일어나서 아랫목으로 다가오며,

"이번엔 이력허구 나갈 테야"

하고 남자에게 상긋 웃어 보이고는, 소맷부리를 걷은 화장과 치마 앞을 내려다본다.

"겁두 없으슈. 나가긴 또 어딜 나가신단 말예요"

영식이는 웃으며, 눈이 저절로 앞에 와 섰는 여자의 치마 도련께로 갔다. 차랑차랑 끌리는 깜장 벨벳 치맛자락 밑으로 내민 하얀 두 발도 이 여자의 웃는 얼굴과 같이 상큼하니 예쁘고 표정이 있어 보였다. 요

릿집에서나 사무실에서 보는 여자밖에, 여자라는 것을 깊이 모르고, 명신이와 그만큼 교제를 해 오면서도 명신이의 육체미라는 것을 분명히는 모르고 지내 왔다. 그러나 명신이의 부드럽고 풍만한 표정에나 체격에 비하면, 순제는 너무 또렷하고 신경질인 점도 있지마는, 이 여자의 몸에서 풍기고 사지를 놀리는 대로 그리어지는 섬세하고도 기교적인 감미한 몸 전체의 표정을 영식이는 지금 새삼스럽게 발견한 듯이 멀거니 순제의 얼굴과 몸매를 바라보고 앉았다.

"뭐, 죽을 고비를 그만큼 넘겼으니까 인젠 액막이는 다 했겠지. 어차피 나두 종식이나 정 전무를 만나 보구 싶구……."

순제는 치마를 솜씨 있게 회동그랗게 싸며 왼편 무릎을 세우고 앉는다. 치맛자락 밖으로, 한편은 뉘고 한편은 세워서 예쁜 조그만 발끝이 개웃이 내어다보인다. 그 앉는 거동과 휩싸고 앉은 모양이 천생 남의 첩이라는 인상을 주면서도, 남자의 마음을 조발하듯이 건드리는 것이었다.

영감의 취미로인지, 주사석(紬絲席)으로 꾸민 여름 보료 위에는 안석을 기대 놓고 앞에서는 놋재떨이가 번질거리고 하는 것이 마루에 등탁자와 등교의로 여름 응접세트를 꾸미고 한구석에는 피아노가 놓이고 한 것과는 어울리지 않듯이, 집 안에서 보는 순제는 밖에서 보는 것과는 딴 사람처럼, 작은집 같은 교태와 괴임성이 있는 것도 영식이에게는 의외로 보이는 것이었다.

"자, 안보이사회(安保理事會)가 움직이고 미국이 적극적으루 서두르는 모양이니까 오랜 가지 않겠지만, 난 어디 갈 데두 없구 갑갑해서 이 여름을 어떻게 날지……."

순제는 들여온 맥주를 따르며 혼잣소리처럼 의논 삼아 말을 비춘다.

"갑갑한 건 고사하구, 조심해야 할걸요. 동네가 시끄럽거던 우선 우리 집에 와 계셔봅쇼그려."

척근하는 컵을 들며 영식이가 대꾸를 하였다. 날씨가 땀이 찰 지경으로 더운 것은 아니나, 얼음에 챈 맥주 맛이란 오래간만이니만큼 술을 좋아하는 편인 영식이에게는 감칠 듯하다. 어제 영감님이 왔었으니까 채워 두었던 것이 덕분에 걸린 것이다.

"이거 혼자 먹기가 영감님께 미안한데 좀 보내드리죠."

그래도 자기 집 손이라, 아랫방에 우두머니 갇혀서 심심히 앉았을 학수 영감이 생각나서, 반은 놀리듯이 웃었다.

"그런 정성은 뻗쳐본 적이 없으니까!"

하고 순제는 코웃음을 치며,

"난 댁에 가 있구 싶어두, 영감님이 잔뜩 들어 앉았는 게 싫어서……."

하고 실없는 소리처럼 눈살을 찌푸려 보인다.

"그 큰일 날 소리를 하시는구면. 정말 난리가 났군요."

젊은 사람들이 모여 앉으면 사장 대 비서의 염문을 찢고 까불던 버릇으로 영식이는 껄껄 웃었다.

"인젠 가방잡이두 신물이 나! ……그 보스턴백 보셨지? 그이야 그것만 피접시켜 놓면야 두 다리 뻗구 누웠을 거니까……."

순제는 다른 맥주통을 들어서 또 따라 놓고, 자기의 먹고 난 칼피스 잔에도 따른다.

"아, 그럴수록에 '딸라 상자'를 잘 모시구 다녀야죠."

"모시구 다니나마나, 그 '딸라 상자'에서 나올 대중이 뻔한 걸, 뭣하자구 허욕이 나서 헛애를 쓰구 다닌답디까."

순제는 맥주 맛이라기보다도, 놀라고 뒤숭숭한 중에 이렇게 마음에 드는 남자 친구와 대작을 하며 한가로운 한때를 보내는 것이 재미로, 컵을 손에 든 채 한 모금씩 꼴딱꼴딱 마시고 앉았다.

"분명하시군요"

"그렇잖아 그렇지, 애초에 비선지 통역인지루 와 달랄 제, 여러 가지루 망설이던 끝에 나두 생각이 있어 나섰던 거예요. 새삼스레 시집이니 결혼이니 할 나이도 아니요, 당장 살아야도 하겠지만 나두 무슨 사업이라두 붙들어 볼까 하는 욕기도 없지 않았거던요"

"그래 일이 뜻과 같지 않았단 말이죠?"

"보시다시피 강담 잡지에 나오는 '사장과 비서'라는 단편소설감밖에 남은 것이라군 노골적으로 말해 이 집 한 채죠"

"하하하, 점점 더 분명하시군요"

"하지만, 몸 팔아 집 장만했다구 웃지는 마세요"

순제는 따라 웃으며 남은 맥주통을 들며,

"난 이때껏 사기는 했어두, 판 것이라군 없으니까요!"

하고 깔깔 웃는다.

"철저하셔요……과연 강순제 여사시군! 제왕의 부귀로도 가인(佳人)의 마음을 살 수는 없지만, 미인의 눈웃음 한 번이 천하의 부귀를 쥐었다 폈다 할 수는 있으니까!"

껄껄 웃던 영식이는, 여자의 흘겨보는 눈웃음에 가슴이 저릿하였다.

"미인이면 뭘 하누? 젊어서 한때지. 나이 먹어가니까 돈 욕기보다두 늙는 게 무서운 것을 요즈막 절실히 알겠지. 늙은이 앞에 있으니까 따라 늙는 것 같애."

무관히 생각하고 친하다는 표시로 그렇겠지만, 세 살이나 위인 순제는 영식이를 손아래 오라비처럼 여겨서 반말이 일쑤였다.

"온 머리가 셀 소리 그만두슈. 늙어 걱정이란 말요? 늙을 게 걱정이란 말요?"

"여잔 안 그래요. 여편네가 서른이 넘으면 볼 것 다 봤지! 하지만 이대루 늙히긴 아까워! 인젠 나두 내 생활을 해야 하겠단 생각이 간절해요. 이때까지 누구를 위해서 살아온 것은 아니지만 헛산 것 같애요."

주기가 차차 돌연서 거슴츠레해 가는 눈을 반짝 치뜨며, 대룩하고 은근한 웃음을 머금어 보이는 것을 영식이는 힐끗 치어다보다가 또 한 번 가슴이 설렁하는 것을 깨달았다. 그것은 불그레하게 홍조를 띠운 두 볼과 함께, 잠이 부족한 들뜬 머리와 몸 전체에 강렬한 자극을 주었다.

"가방이나 들구 다니는 신세가 헛산 것 같단 말씀이지? 난리가 잦거던 회사나 하나 만들구 사장으루 들어앉읍쇼그려. 그땐 내가 가방 들구 다녀드릴께."

"내 주제에 회사구 사장이구 그런 걸 얼르려는 게 아니라, 여자루서 정말 살아 보구 싶어요."

두 무릎을 세워서 팔깍지를 끼고 치맛자락 밖으로 내놓은 하얀 앙증한 발끝을 꼼지락꼼지락 놀려가며, 속에 품었던 무슨 하소연이나 하듯이 한가로이 말대꾸를 하는 표정도, 무심코 보면 아무렇지도 않으나,

어딘지 모르게 자극을 주는 아나(婀娜)한 포즈였다.

"아아, 결혼을 하신단 말씀이군요! 듣던 중 반가운 소식입니다."

영식이는 주기가 도는 몸이 꼬이고 사지가 찌뿌듯하니, 눕고 싶었지마는, 껄껄 웃고 일어서 버렸다.

"이거나 마자 잡숫구 일어나세요 누구나 쭉지구 들어엎뎄을 텐데, 무어 그리 급한 일이 있다구……."

순제는 앉은 채 말뚱히 남자를 치어다보며 기색을 살피는 눈치였다.

"어서 가 봐야 해요. 정 군은 새벽에 떠날 예정이었는데, 대개는 못 떠났겠지만……."

"떠나길 어딜 떠나요 자 앉으세요 한잠 주무시구 점심이나 잡순 뒤에 나서 보십시다. 첫째 내가 졸려 죽겠어."

하고 기지개를 켜며, 순제는 발딱 일어나서 길을 막아선다.

영식이도 고단한 김에 그랬으면 좋겠지마는, 아무리 때가 때기로 자주 다니던 집도 아닌데 잔달 수도 없었다.

"어서 주무시구려, 누가 성이 가시게 따라다니시라우."

하고 핀잔을 주니까,

"뭐? 성이 가시다구? 지긋지긋이 따라다닐걸! 오늘뿐이라구……호호호 서먹서먹해서 길에 혼자 나설 수두 없지만, 별안간 주위가 쓸쓸해진 것 같애서 혼자 있기두 싫어."

아무리 속이 찬 여자지마는, 역시 여자는 여자라고 영식이는 그 심정을 알아줄 수가 있었다.

"하여튼 영감님이 하회를 꿈벅꿈벅 기다리구 계실 텐데."

"하아, 나보담 낫군요. 오늘부텀 비서는 신 선생이 맡아 가시죠."

순제는 웃어 버리며, 버선을 부리나케 꺼내 신고 뱃대끈까지 잘록 매며 따라선다.

팔을 걷고 허릿바를 맨 순제의 모양에, 동네 사람들도 한 번 더 치어다보는 것 같다. 어제까지도 사장 차로 출퇴근을 하던 것만 보았기 때문이다.

구름다리께를 나오니 창경원 쪽에서 이리로 오는 사람뿐이다. 원남동 로터리에서부터 동대문서(署) 쪽은 불통이기 때문이라 한다. 로터리 모퉁이의 파출소와 옆집인 책사는 까맣게 타고, 그 앞에는 불에 거슬린 송장이 나동그라져 있고, 타다가 남은 하이어와 전신주를 받은 지프차가 쓰러져 있고 한 것이 원광으로 바라보인다. 길모퉁이마다 인민군이 서고, 완장을 찬 청년들이 밀리는 사람을 막기에 부산하다.

웅기중기 몰려 섰는 구경꾼 틈에 섰던 영식이는 송장과 쓰러진 자동차 뒤로 책사 터에 제대로 타다가 남은 책들이 잿더미에 쌓여 있는 것을 건너다보며,

"아, 그 백과대사전하구 칠만 원을 달라던 문예백과사전이 신품으루 훌륭했었는데!"

하고 참 아깝다는 듯이 혼잣소리를 하며 혀를 찼다.

"경제학자가 문예사전은 뭘 하누! 그렇게 탐이 나는 걸 왜 못 사셨담. 진고개 가면 얼마든지 있을 거니, 내 이 난리 기념으루 한 갤 사드릴께 걱정 마세요"

순제가, 제 책을 태우고 시름없어 하는 동생이나 달래듯이 진담으로

65

대거리를 한다. 전쟁터에 와서 이런 한가로운 이야기란 너무 동떨어진 수작 같았고, 순제의 말이 현금주의로 들리기도 하였으나 그래도 영식이는 다정하게 들려 마음에 좋았다.

'어째 이리 금시로 친절할구? 아까 차 속에서 나 아니더면 죽었을 거라고 몇 번이나 뇌까리더니, 그래 그러나? ……'
하는 생각을 하며 옆에서 걷는 순제를 무심히 돌아다보자, 순제도 쳐다보며 생글 웃는다. 걸음걸이도 확실히 생기가 나서 몸이 가볍게 걷는 양이, 전쟁터를 돌파한다는 긴장한 기분이라든지 겁을 내는 기색은 조금도 없이, 애인끼리 꺼릴 것 없이 산보나 나선 것처럼 마음까지 가볍고 유쾌한 모양이다.

대학병원에는 이틀 전부터 국군에서 써 붙인 야전병원이란 허연 나무판이 그대로 있으나, 괴뢰군이 문 앞에 우글거리었다. 창경원도 옆문만 열어놓고 적병이 분주히 들락날락하였다.

"저 속으로 송장을 쓸어 넣었대."

옆에서 걷는 누구의 입에선지 이런 소리도 들렸다. 그래서 그런지 딴은 전쟁터답지도 않게, 거리에는 끊어진 전선줄이 얼기설기 늘어지고, 내던지고 달아난 전차가 선로 위에 우두커니 섰거나, 탄환을 맞은 조그만 포차(砲車)가 포구를 문 안으로 두고 바퀴가 물러나서 엉덩방아를 찧고 주저앉았고, 알몸뚱이 포탄과 탄약 상자를 되는 대로 주위 실은 트럭이 쏠쏠히 놓여 있는 것밖에는, 송장도 핏자국도 눈에 띠지는 않았다.

"이 북새통에 그렇게 빨리 치웠을라구?"

"목목이서 기관총만 쏘면서 와짝 단숨에 달려들지 못할 정도로 막아

내다가, 마지막 판에는 썰물 빠지듯이 싹 씻어 나갔는지두 모르지."

"그러기에 불바다두 안 되구, 집들이 유리창 조각이나 깨지구 성한 채 있지 않은가."

둘이 주거니 받거니 하며 예전 박석고개를 넘어서자니까, 그것을 증명하는 듯이 바로 인가 앞에 괴뢰군의 시체 하나가, 단 하나가 뒹굴어 있다. 총도, 몸에 지닌 것도 없이 납작모자를 우그려 쓴 채, 부어오른 얼굴이 누렇게 떠서, 피가 밴 자국도 별로 없이 자빠져 있다.

"파리가 꾀기 전에 치기나 할 일이지. 저희 것두 이렇게 내버려 두었는데……"

혜화동 네거리에 와, 길 건너 천주교당 문 앞에도 괴뢰군의 헌털뱅이 누런 군복들이 얼찐거렸다. 아까도 멀리서 총소리가 두어 번 났지만, 이만쯤 오자니 천주교당 속에서 또 탕탕하고 총소리가 새를 두고 두 번이나 났다. 미처 피하지 못한 신부가 붙들렸기로 당장 총살이야 할 리 없겠고, 국군 포로를 저 속에서 처치하지나 않는가 싶어, 순제는 눈이 똥그래지며 끔찍끔찍한 생각이 들었다.

학수 영감 집 앞은 더구나 쓸쓸하였다. 바깥 쇠창살문을 안으로 잠가 버리고, 허리를 굽혀야 간신히 기어 들어갈 협문만이 열렸으나, 안대문과 사랑문은 콕 닫혀 있다. 문패까지 떼어 버린 것을 보면, 숨도 크게 못 쉬고 그 안에 들어앉았을 사람의 얼굴이 보이는 듯싶다. 안대문의 초인종을 한참 눌러서 겨우 계집아이가 나왔다.

"서방님 들어오셨니?"

"몰라요. 안 계세요."

"아씨 좀 나오래라."

순제는 큰마누라와 만나는 것이 질색이요, 옷주제하고 들어가기가 싫어서 조카딸을 불러내는 것이었다.

"아 어떻게 도루 들어오셨에요?"

종식이 처가 뛰어나오며 깜짝 놀란다. 어제 떠날 때도 순제는 안에 들어가 거례를 하는 영감을 컴컴한 차 안에 앉아서 기다렸기 때문에, 영감이 순제와 피난을 가는 줄은 문간까지 배송 나왔던 며느리만 알았던 것이다.

"그래, 서방님이 이때껏 안 들어왔다지?"

"신새벽에 잠깐 다녀나갔에요. 걸어서라두 강을 건너간댔는데……정 전무하구 같이 떠났을 겁니다."

그 외에는 더 들을 말도 없었다.

"그래 널더러는 어떡허라던?"

"별 말 없에요. 어머니 모시구 들어엎뎄죠. 한데 아버님께선 댁에 들어가 계셔요?"

"아니, 이 신 선생 댁으루 들어가셨단다. 하여간 조심해 있거라. 영감님이 무슨 조처든지 하시겠지."

들어오라는 것을 마다하고 그대로 돌쳐섰다. 문패를 뗄 생각까지 하면서 이 크낙한 집을 늙은 어머니와 어린 처에게만 맡겨 놓고 나가 버리면, 영감이 못 가고 말았기에 망정이지, 뒷일을 누구더러 보라는 것인구 싶었다. 요령이 좋아서 요행히 모리배라는 욕까지는 내놓고 하는 사람이 드물어도, 군정 시대부터 한미무역이란 간판으로 한몫 단단히 본 김학수라면, 이북에서 갓 내려온 조라치는 몰라도 뻔한 것이다. 사람이나 집이나 눈에 띄기만 하면 그물 안에 든 새요, 어쩌면 지명수배를 받을지도 모르는데, 이 집인들 무사할까 다시 돌려다 보았다.

"젊은 사람들이라 기어코 뚫고 넘어갔을지두 모르지만……."

한미무역의 중견간부인 이 두 사람이 넘어섰다면 그 보스턴백을 모시고 어떻게 해서든지 넘어갔어야만 됐을 것이라는 생각이 다시 들기 시작했다. 곧 수복이 된다면 몰라도 의외로 길게 끄는 날이면 정 회장 부자가 들고 나선 것쯤야 문제도 아니요, 건너간 사람들 역시 정작 보스턴백이 뒤떨어져 있고서야 낙심천만이요, 활동할 여지가 없을 것이다.

두 남녀는 급한 걸음을 혜화동 네거리에서 마주 건너서 동대문 안 창신동 정달영이 집으로 향하였다. 그러나 여기서도 더 들을 말은 없었다.

새벽 다섯 시쯤 해서 종식이가 달려들자, 손가방 하나씩만 들고 뚝섬으로나 간다면서 떠났다는 것이다.

여기도, 영감 시중과 딸 때문에 시어머니가 빠져 나가기 때문에 젊은 달영이 부인이 세 아이만 데리고 있으나, 그래도 칠십을 바라보는 백모를 모시고 젊은 식모와 아이 보는 년이 있어 쓸쓸치는 않은 모양이다.

"그래, 바깥양반은 다 달아나 버리시구, 어떡허실 텐가요?"

순제는 명신이와 여학교 동창으로 육칠 년 선배인 관계도 있지마는, 명신이의 혼담에 중매로 나섰던 일도 있어 한때는 이 집에 자주 드나들어서 달영이 댁과도 친숙한 터였다.

"정 급한 경우면 큰어머니께 식모 데리구 집 보시게 하구, 날더런 아이들 데리구서 집에 내려가 있으라나요"

집이란 부평 친정 말이다. 어쨌든 김학수 영감 집과 달라서 깊숙이 들어앉았고 그리 크낙한 집은 아니니 비교적 안전할 것이요, 정필호 영감이 정계 출입은 해도 아직 입후보 한 번 한 일이 없으니 가족까지 염려될 것은 없을 것이다.

정 전무의 집에서 나온 영식이는 급작스레 고독감을 느꼈다.

"다들 빠져나가니 쓸쓸한데요. 난 첫째 놀러 갈 데두 없어 심심해 어쩌나?"

순제도 이런 소리를 한다. 남쪽으로 내려서면 엄벙덤벙 지내는 걸, 하는 생각도 나지마는, 서양 사람 교제가 많더니만큼 그네들이 그제 어제로 후딱 쓸어 나가 버리고 나니 물 밖에 난 고기 같아서, 살림이 아까와 그만두려던 때와는 딴판으로 빠져나간 사람이 부러운 생각도 든다.

"신 선생마저 놓쳤더라면 어쩔 뻔했을꾸!"

순제는 또 이런 소리를 하며 웃음이 어린 눈을 살짝 치떠 보인다. 영식이는 픽 웃기만 하였다.

"자아 인젠 전적 시찰이나 가십시다요"

순제는 피곤한 빛도 없이 여전히 기분이 좋았다. 전에도 간혹 이 끼끗하니 버젓한 노총각과 나란히 걷는 것이 좋고 남 보기에도 자랑이나 되는 듯싶은 생각이 들었지마는, 오늘은 공연히 흥분이 되고 마음이 들먹거려서 아무데라도 이 남자를 데리고 싸지르고 싶다. 그것은 마치 양장이나 나들이옷을 벗어 놓고 상옷에 뱃대끈을 매고 나선 차림차리와 같이 마음도 파탈을 한 것이었다.

종로 네거리에를 오니 여기는 길이 막히기커녕, 전선줄이 얼기설기

엉키어 제물에 철조망이 쳐 있고, 간판들은 떨어져 헤갈이요, 전봇대를 받고 부서진 자동차, 모로 쓰러진 군용 지프차들이 이 구석 저 구석에 널려 있고, 발밑에는 콩가루가 된 유리 조각이 이 가는 소리를 내며 밟혀서 소름이 끼치고⋯⋯, 그야말로 전쟁터였으나, 동대문서 앞에는 웬 사람들이 삼지위겹으로 삥 둘러서서 무슨 구경인지를 한다.

사람 틈을 비집고 건너다보니, 경찰서 앞 시멘트 바닥에서부터 죽 일자로 무장해제를 한 국군이 이삼십 명 앉았다. 고개를 숙이거나 탈진이 되어 퍼더버리고 앉은 자세는 하나도 없다. 새까맣게 탄 얼굴에서는 움쑥 들어간 등잔만 한 눈이 부리부리 불을 내뿜고, 숨은 가빠서 어깨와 가슴만 벌렁거린다.

영식이와 순제는 저절로 눈이 찌푸려지며 구경거리나 되는 듯이 멀거니 마주 바라보고 섰기가 미안하고 가여웠다. 모독(冒瀆) 같은 생각도 들었다. 머리에는 아침에 태고사 앞에서 만난 그 예쁘장하게 잘 생긴 국군의 모습이 떠오르며, 저 속에 끼어 있지나 않은가 하고 가슴이 서늘해졌다.

'동족끼리나 아니더면 그래도 국제적 체면이나 안목이 있으니까 어엿한 포로 취급이라도 받으련만⋯⋯.'

영식이는 이런 생각을 하며 아까 천주교당 속에서 나던 총소리가 또 들리는 것 같았다.

"저 산 속에 몰려 있는 걸, 포위를 하고 달래서 간신히 끌어내려 왔는데⋯⋯."

구경꾼이 밀려 나오지 않게 막고 섰는 어린 괴뢰군 하나이, 창경원 쪽을 턱짓으로 가리키며 앞줄에 섰는 사람들에게 말을 붙인다. 그 근처 산속이라면 아마 창경원 너머나 대학병원 너머의 성 밑께쯤 되는 것일 것이다.

"……저거 봐요. 저렇게 흥분이 되면 뭐 제정신이 아니거던. 게다가 몇 끼씩 밥을 굶었다니! 흥, 서울 한복판에서 밥을 굶어 가며 싸우다니!"

제 딴에도 동포라는 생각이 있는지, 아무쪼록 지방민과 접촉을 하라는 지시가 있어서 사귀자는 뜻인지, 묻지도 않는 말을 제풀에 꺼내 가지고 나중에는 코웃음을 쳐 버린다. 그러나 그 코웃음은 문전에서 싸우는 군대의 보급이 그 지경이니 잠을 자고 있었더냐고 비웃는 것이었고, 그처럼 무관심한 시민을 꼬집는 말같이도 들렸다. 사실 국군이 밥을 굶었다는 말에 누구나 기가 막혀서 곧이들으려 하지 않았다. 그러나 한 사람도,

"그러니, 그만큼 용감하지 않은가!"

하고 탄하려거나 역성을 들어 주려는 용기 있는 사람도 없었다.

저 골목을 좀 들여다보라고 옆에서 수군거리는 소리에, 경찰서의 바로 맞은편 행랑 뒷골목을 기웃이 들여다보던 순제의 입에서는 앗! 소리가 무심코 나왔다.

눈을 얼러 반쪽이 으스러진 피투성이가 된 얼굴에, 한 눈만 툭 불그러져 홉뜬 그 흉악한 시체를 앞에 놓고, 좁은 골목에 쭉 늘어앉은 여남은 포로 아닌 포로들, 이 사람들도 빤히 보이는 단 하나 남은 최후의 결말을 떨며 기다리고 있는 것이었다. 저 맞은 집에서 떨고 앉았다가 붙들려 나오도록, 충성스럽고 진국이었고 변통성 없었던지, 어디서 걸

려서 붙들렸는지 노타이에 짧은 바지를 입고 지까다비를 거의 일매지게 신은 양이 경찰관인 듯싶었다. 수면부족과 허기와 절망에 고개를 떨어뜨리고 눈이 멍하니 맥이 빠져 앉았다.

아무래도 격전지는 종로 사가에서 을지로 사가 사이었다.

"저기두 좀 가 봐야지."

순제가 앞을 서 네거리를 건너, 몇 발자국 아니 가서 배우개장 앞 전찻길에 어린 거지 송장 하나이 덩그머니 나자빠져 있는 것이 띄운다. 옆에 커단 깡통 하나가 좀 떨어져 굴러 있을 뿐이요, 아무도 돌아다보지도 않고 무심히 지나쳐들 갔다. 원남동의 타다 남은 시체가 국군의 전사자요, 지금 본 얼굴이 깨어진 시체가 경찰관이라면 괴뢰군의 전사자와 어린 거지의 시체 얼러 이 곧은길에서 네 개의 전사자를 보았을 뿐이었다.

여기서부터는 포탄을 맞아 이층이 무너진 데가 두세 집 눈에 띄었다. 을지로 사가를 바라보니, 적군의 탱크에서 불을 사방으로 확확 뿜으며 활활 시원스럽게 타오른다. 탱크를 폭파시킬 만한 성능을 가진 포탄이나 폭탄이 있었다면 여기까지 끌어들여 놓고 쏘았을 리 없으니, 제풀에 폭발이 된 것인지는 모르나, 어쨌든 인제야 전쟁터를 본 듯이 장쾌하였다.

"이밖에 더 볼 것두 없군. 인젠 가십시다. 집으루."

순제는 멈칫 서며 영식이를 치어다보았다.

"아니, 난 가 봐야 하겠에요"

"그럼 내일은 와 주시겠지?"

"가죠"

영식이는 선뜻 대답을 하였다. 순제는 쓸쓸한 낯빛이면서도 더 군소리 없이 살짝 떨어져 갔다.

그러나 혼자 떨어져 가는 것을 보니, 이 험난한 시절에 혼자 보내는 것이 마음에 아니 놓여서 영식이는 살금살금 뒤를 따랐다.

총소리에 깬 마음

발자취로 영식인 줄을 알아차린 순제는 웃음을 참으며 돌아다보았다.

"우물가에 내논 어린애 같아서, 맘이 뇌야죠……허허허."

"응응!"

순제는 여전히 입가의 웃음을 죽이며 눈을 흘긴다. 그러면서도 여간 좋아하는 기색이 아니었다. 무서울 것은 없어도 염려를 해 주는 것이 좋았다. 그러나 잠자코 걸었다.

"자, 그럼 인젠 혼자 가시겠죠?"

동간까지 올라오니 여기는 괴뢰군도 눈에 안 띄고, 여자들도 간간이 오락가락하는 것을 보고 마음이 놓여 영식이는 떨어져 가려 하였다.

"그러지 말구, 우리 집까지 가십시다. 가만히 생각해 보니, 가게두 안 열구 반찬 땜에 제일 어머니께서 애를 쓰실 텐데, 집에 가서 식모를 좀 데리구 가 주세요. 집에두 아무것두 없지만, 양주라두 한 병 보내드려 야 하겠구."

순제가 참닿게 이런 부탁을 하는 것을 들으니, 역시 여자는 다르다고 고개를 끄덕이며,

"그러죠. 영감님 공궤를 해드리는 그 정성이 갸륵해서라두 그만 심부름야 못해 드릴까."

하고 영식이는 선뜻 따라섰다.

"미안합니다. 고단하신데 두 고팽이씩이나."

"집에 들어가면 뭘 합니까. 갑갑한데 멀거니 들어앉아서……"

영식이도 인제는 영감한테 급히 전할 이야기가 있는 것도 아니요, 순제 집에 가서 시원한 맥주나 또 한잔 먹고 누웠다 가고 싶다. 이렇게 되고 보니, 아까지는 무슨 소리를 들어도 코대답이던 영식이도, 순제 같은 말동무라도 있는 것이 퍽 의지가 되었다.

두어 시간 돌아다니고 나니, 우리는 볕에 땀이 촉촉이 배었다.

"애, 세숫물 좀 놔라."

주인아씨가 들어오는 길로 마루에 올라서며 소리를 치니까, 부엌에서 식모가 나오며,

"목간 데 났는뎁쇼"

하고 대답을 한다.

"응, 마침 잘됐군. 어서 신 선생부터 들어가세요"

순제는 방에 들어와 앉아 버선부터 빼며 마루에 걸터앉은, 영식이에게 권한다. 영감이 와서 묵는 날이면 아침 목간을 데우기 때문에 어제 물을 길어 넣어 두었던 것인데 주인아씨가 들어왔다가 나가는 것을 보고 그동안에 불을 지폈던 것이다. 부엌에는 더운점심까지 지어 놓고 기

다리고 있었다.

이 집에 와서 목욕까지 하기란 서먹하기도 하고, 영감이 없는데 뒷구멍으로 와서 판을 차리고 노는 것 같아서 침모 마나님이나 식모 보기에 겸연쩍기도 하였다.

"수원 가서들 만났겠지. 그 좁은 바닥에 우글거리구 있을라구. 이왕 나선 김이니 동래온천이나 해운대루 내려서자구 해서 핑계 김에 한 여름 시원하게 잘 날거라!"

어느덧 노리끼리한 홀가분한 원피스로 갈아입은 순제는, 하얀 새 수건을 내다가 주며 이런 소리를 한다.

"글쎄, 온천엘 갔는지 해수욕엘 갔는지……"

영식이는 대관절 정세가 어떻게 되는 셈인구? 하는 걱정에 팔려 앉았다가 신푸녕스럽게 대꾸를 하니까,

"왜 또 명신 아가씨가 걱정이 돼서 풀이 죽으신 게로군?"

하고 순제는 또 놀린다.

일자이후로는 열적은 생각이 들어서 그런지, 명신이의 이야기는 일체 입 밖에 내지 않던 순제가 오늘은 두 번이나 입초에 올리며 놀리는 것도 영식이에게는 좀 이상히 들렸다.

일자이후란 명신이의 혼담에 순제가 중매로 나섰다가 실패하고 손을 끊은 뒤를 말하는 것이다. 종식이가 명신이에게 한참 몸이 달았을 때, 순제는 종식이의 등쌀에 못 이겨서 나섰던 것이다. 종식이만이 아니라, 온 집안이 홀깍 반했었고, 명신이 부모도 가합하다고 반승낙이나 하였던 혼담이었다. 그러나 정작 당자가 귓가로나 들어야지! 그 지간에 영식

이의 처지가 여간 괴로운 것이 아니었던 것이다. 달영이는 누이의 의사나 태도를 이해도 하고 영식이에게 누이를 내준대야 조금도 불만이 없었지마는, 정 회장이 끝끝내 반대니, 영식이는 모든 것을 방관주의로 내버려 두는 수밖에 없었다. 지금도 정 회장 내외는 영식이를 내대는 것이다. 영식이도 여전히 엉거주춤하고 그대로 지내는 터이다. 하여간에 그렇다고 해서 영식이가 순제에게 조금치도 감정을 가질 까닭은 없었다. 명신이야 여자 마음에 순제를 좋게 생각할 수는 없지마는, 영식이는 순제의 입장도 잘 이해하여 줄 수 있는 것이었다. 처음에는 전연 둘의 사이를 모르고 나섰었고, 이야기가 진행되어 가며, 영식이가 선뜻 양보를 하고 담담히 물러서는 기미니까, 순제도 아무쪼록 혼담을 익히노라 하니 명신이를 달래기도 하고 둘의 사이를 떼 놓으려고 애를 쓴 것처럼 될 것은 당연한 일이라고 영식이는 관대하게 생각하는 것이다.

욕간은 마루로 올라와서 북창으로 슬리퍼를 신고 복도를 돌아가면 부엌 뒤에 달려 있다. 타일을 간 깨끗한 탕 속이 환하고, 옆 선반에 놓인 비누와 화장수에서 나는지 향긋한 냄새를 풍기며 더운 김이 서리는 분수 보아서는 선들하다. 원체 간살은 큰 집이지마는, 사랑도 없는 단가살이로는 좀 과하다고 할 만한 호화로운 설비다.

뜨뜻한 물속에 몸을 푹 잠그고 앉으니 느른하던 몸이 활짝 풀리고 흐리터분하던 머릿속까지 시원하다.

'뭐 날 위해 일부러 물을 데운 것 아니겠구, 계제가 이렇게 된 거지만…….'

작년 가을에 그 머릿살 아픈 혼담인가 때문에 한두 번 이 집에 끌려와 보기도 했지만, 여자 혼자 있는 집에 와서 목욕을 하고 있는 것이 아무리 생각해도 덜된 수작 같다.

혼인 중매 문제는 집어 치우라고도, 그럭저럭 일 년이나 함께 지냈고, 만나면 실없는 웃음엣소리도 곧잘 주고받고 하는 사이지마는, 이때껏 순제를 '여자'로 대한 일은 없다. 여성 친구라거나, 손위누이 같은 담담한 감정으로 멀찌가니 떨어져 지내온 것이 사실이다. 그러나 오늘 몇 시간 새로 갑자기 다가선 듯싶은 느낌이요, 피차의 생활이 서로 부딪뜨리는 것 같다. 급작스레 대담히 노골적으로 호의를 보이려고 애를 쓰는 것 같기도 하다.

'여자의 특성으로 조금만 마음에 들면 당장 쏠려서 그러는 건지두 모르지. 이런 때니까 속 아는 사람이 귀하고 맘 붙일 데가 없어 좀 가까이 지내자는 것이겠지만……'

그러나 아까부터 두서너 번 무엇인가 속삭이는 것만 같아서 무심히 넘길 수가 없다.

'뒤통수로 총알이 지나가더니 머리가 좀 돌았나? ……'

영식이는 물소리를 철버덕 내며 탕 속에서 나와서 앞에 놓인 야트막한 넓단 평상에 앉았다. 혼곤한 활짝 풀린 기분이 눕고 싶다. 팔베개를 하고 두 다리를 척 늘어뜨리고 번듯이 누우니, 반은 파란 휘장으로 별을 가리우고 반은 열어젖뜨린 머리맡 창으로 높닿게 개인 하늘이 치어다보인다.

'……하지만 이때껏 헛살았느니, 하루라두 젊었을 동안에 정말 살아봐야 하겠느니 하는 소리를 들으면, 대포 소리에 돌았다기보다두 속에

뭉싯뭉싯 서렸던 불평이나 욕망이 한꺼번에 터져 나왔는지? ……'

체면이니 생활 보장이니 하는 것 때문에 치마저고리 속에 잔뜩 결박을 지어 두었던 본능이랄까 야성이랄까, 하여간 숨었던 젊은 기운이 별안간 매듭을 끊고 박차고 내뿜으며 큰 숨을 쉬는 것 같은 그런 기분이 순제의 몸뚱아리를 싸고도는 듯한 느낌을 은연중에 받는 것이었다.

바깥 복도에서 찰싹찰싹 맨발로 마룻바닥을 딛는 소리가 가까워 오자, 소르르 감기던 눈을 번쩍 뜨며 귀를 기울이고 누웠자니, 도어가 펄썩 열린다. 영식이는 깜짝 놀라서 일어났다. 옷 벗는 데로 살짝 들어서는 기척이 나더니 부스럭부스럭 옷 스치는 소리가 난다. 정말 머리가 돌아서 순제가 나 있는 것은 잊어버리고 정신없이 들어오려는 것이나 아닌가 하는 생각이 번쩍 떠오르자, 겹결에 수건으로 앞을 획 가리우며, 헛기침을 하여 기척을 내었다.

"여기 나오실 제 입으시라구 옷 갖다 놨에요 양복은 가져갑니다."

아이년의 목소리다.

"무슨 옷?"

영식이의 얼굴에서는 긴장이 풀리며 헛 놀란 끝에 웃음이 떠올랐다.

"덥다구 나오실 제 이거 입으시래요"

"응!"

무언지는 모르나 덮어 놓고 대답만 해두었다. 그야말로 온천에나 온 듯싶이 가리매를 가져오고……유난별떡하게 대접이 너무 융숭한 것이 거북도 하고 좋기도 하였다. 그러나 아무려면 순제가 들어오지나 않는가? 하고 깜짝 놀라던 자기부터 머리가 돌았군 하고 또 혼자 웃었다.

온천 생각에 뒤달아서 온천에서 떡 감는 명신이의 모양이 공상에 떠오르며, 벌거벗은 명신이의 나체상(裸體像)을 이리저리 그려 보았다. 그러나 명신이의 수족밖에는 본 일 없는 영식이에게는 그의 육체미를 상상해 보는 수가 없었다. 피로에 흥분한 머리가 여자의 환상으로 상기가 되는 것을 지그시 누르며, 영식이는 그것을 쫓으려는 듯이 물을 풍풍 퍼서 어깨에서부터 소리를 좍좍 내며 끼어 얹어 비누를 씻어 내렸다.

옷을 입으러 나와 보니, 망사 상보를 덮어 놓은 옷 탁자 위에는 다린 대로 개켜 있는 파자마 한 벌이 반듯이 놓여 있다. 선뜻 집어 입기가 좀 열적은 생각도 들었으나, 애년이 요망스럽게 잠방이까지 휩쓸어가고 입을 것이 없으니 하여간 털어 입었다. 굵다란 푸른 줄이 죽죽 진 비단 아래옷매의, 깨끗이 씻은 몸에 살짝 스치는 산뜻한 촉감이 홀가분해 좋았다.

'하여간 좀 돌았어!'

이런 것을 입히는 사람이나, 좋다고 입고 나선 사람이나 돌았다고 영식이는 혼자 웃었다. 마루의 북창으로 돌 것까지 없이, 안방 서창으로 들어서며 빤히 치어다보는 순제와 눈길이 마주치자, 영식이는 수줍은 웃음을 빙긋해 보이며 눈이 자기 몸매로 내려갔다.

"저 투박한 바지보다 시원하니 좋군요?"

어제 우중에 뛰어나오느라고 검정 서지 바지를 입고 나선 것을, 그대로 입고 다니는 것이 육중해 보여서 잠깐 동안이라도 갈아입힌 것이지마는, 순제는 욕간에서 나오는 젊은 사나이에게 이렇게 홀가분한 자리옷을 입혀 보고도 싶은 기분이었다. 목욕을 갓 한 몸에서 후르를 맡히는 남자의 체취(體臭)와 함께, 떡 벌어진 어깻집과 쭉쭉 뻗은 부연 팔다리를 시원스럽게 내놓은 건장한 체격에서는, 젊은 기운을 무럭무럭 발산하는 것이 방 안의 공기를 청신하게 일변해 놓은 것 같으면서 유쾌한 위압을 전신에 느끼는 것이었다.

"여기 앉아 머리 빗으세요."

순제는 두자 길이나 되는 경대를 끌어 내놓으며, 크림은 이것을 바르고 기름은 이것이 좋을 거라고 일일이 병을 들어 보인다.

"난 생전 이발소에 가서나 크림을 발라보는데……."

영식이는 그래도 열적고 수풍은 듯이 경대 앞에 앉아서 꺼내 주는 빗을 받아 들고 얼굴을 비춰 보다가,

"이거 영감님 파자마겠죠? 이건 대낮에 왜 입으라구……."
하며 실소를 하니까,

"왜 어때요? 영감님이 끌구 오는 손님은, 묵고 가는 시골 손님이나 술타령만 하구 가는 손님이나, 으레 목욕부터 하구 파자마를 입혀서 판을 차리구 놀다 가는데, 가다가는 내 손님두 그렇게 해 봐야지. 아니 실상은 그렇게 해 보구 싶어서 얼마나 별렀다구!"
하며 순제는 깔깔 웃는다. 등 뒤에서 거울 속을 들여다보며 웃는 순제의 눈길은 생생한 정채가 돌며 부끄럼을 타는 처녀처럼 두 볼이 살짝 발개졌다.

"별 성벽두 많군요."

영식이는 할 말이 없어 껄껄 웃고 말았으나, 이런 것이 이 집에서는 예사라니 조금은 안심이 되었다. 그러나 자기 손님도 그런 대접을 해

보고 싶어서 별렀다는 말이 또 무슨 의미나 있지 않은가 싶어 다시 마음이 아니 놓였다.

"기름이라두 좀 바르세요 아무리 난리가 났어두, 장가갈 신랑 아니신가! 몸가축을 해야지."

순제는 마음대로 했으면 자기 손으로라도 기름을 따라 발라 주고 싶은 듯이, 옆으로 와서 기름병을 들먹거리는 것을 모른 척하고 영식이는 머리를 쓱쓱 뒤로 빗어 넘기고 피하듯이 경대 앞에서 벌떡 일어났다.

"내 이런 고집불통은! 요새 신사가 아니로군."

순제는 또 깔깔 웃고 마루로 나서며,

"내 잠깐 들어갔다 나올게. 여기 나와 맥주나 잡숫구 앉아 계셔요"

하고 부엌에다 대고 소리를 치니까, 계집애가 맥주통을 받친 예반을 들고 올라와서 마루에 놓인 등 테이블에다 놓는다.

순제는 손님을 안방 편으로 놓인 영감 앉는 안락의자에 앉히고 맥주를 따라놓고 그제서야 욕간으로 갔다.

등의자에 푹 파묻혀 앉아 찬 맥주로 목욕 후의 컬컬한 목을 축이고 있으니, 멀리 들리는 대포 소리도 귀에 아니 들어오고 천하태평으로 기분이 상쾌는 하나, 마음 한구석에는 역시 불안스런 생각이 떠나지를 않았다.

'과공(過恭)이 비례(非禮)로 별안간 왜 이리 수선을 피우는 건지? ……'

이런 대접을 처음 받아보니까 분에 겨웁고 황송해서 공연히 이러는 것이지, 저편야 예사 아닌가? 하는 생각을 하면서도 또·어떻게 생각하면 모든 것이 일일이 의미가 있어 보이는 것이었다.

대관절 자기 손님도 대접해 보려고 별렀다는 그 벼르던 손님이 누구였던구? 다만 막연히 젊은 남자 친구들을 불러서 놀고 싶었더라는 말인가? 어떻게 들으면 오늘 같은 날이 오기를 오랫동안 기다렸다는 말 같지 않은가? ⋯⋯그렇게 생각하니, 지난 새벽에 자동차 속에서 자기의 팔을 꼭 껴안고 놓지를 않던 것도 겁결에만 그런 것 같지 않기도 하다.

불쑥, 명신이가 늘 순제를 꼬집어서 하던 말이 머리에 떠오른다.

"자기 조카딸을 들여앉힐 작정으루 이 얘기가 다 됐다는데, 또 뭣 땜에 찝적거리구 다니는 건지 알다가두 모를 일이지. 샘이 나는가. 공연히 떼 놓지를 못해서 왜 겉몸이 달아 야단야!"

순제가 종식이에게 졸려서 중매로 나섰다가 싹수가 노란 것을 보고, 내심으로는 잘 되었다고 슬그머니 말을 빼는 눈치면서도, 명신이의 부모 편을 드는 말눈치로 여전히 변죽을 울리며 다니는 것을 보고 명신이는 몇 번이나 이런 소리를 하던 것이었다.

"그럴 리가 있나. 종식이 문제는 일단락지었지만, 신영식만은 단념하도록 동무끼리 잘 타일러 달라구 영감님이 부탁을 하시니까, 동무가 잘 되기를 바라구 권고하는 게지 샘이 무슨 샘이란 말요"

영식이는 진담 반 농담 반으로 명신이에게 이런 소리도 들려주었던 것이다. 그것은 어쨌든 간에 순제가 처음 만났을 때부터 자기에게 어떻게 부끄럼을 타는 듯한 표정이면서 호기심을 가진 눈치였고, 그 후부터는 퍽 호의를 뵈다가도 어쩐둥 하면 설면설면히 경이원지하는 태도이기도 하여, 감정이나 행동에 얼룩이 지는 편이었었다. 그런 것도 지금 생각하면 무슨 의미가 있었고 까닭이 있었던 것이나 아닌가 싶다. 그러나 솔직히 말해서 자기는 이 여자를 어디까지나 회사의 한 사원으로, 혹은 동료로만 여기고 '여자'를 느끼는 호기심이나 관심이 아주 없었던가? ……영식이는 새삼스럽게 곰곰 자기감정을 반성해 보고 앉았다.

'……허나, 이 집에 와서 이러고 있는 것을 명신이가 불쑥 들어오다가 보면 어떨구? ……'

하는 생각을 하며 영식이는 픽 웃었다. 언젠가 달영이한테 갔다가 순제와 마주쳐서 함께 놀고 같이 나올 제, 문간까지 배웅 나온 명신이가 덜 좋은 기색으로 무심히 바라보고 섰던 그때 표정이 떠올랐다.

'하지만 계제가 이렇게 돼서 한때 와서 놀기루 그게 어쨌단 말야. 그 거와 이거와는 딴 문제 아닌가.'

영식이는 자기에게 변명을 하며 조금도 마음에 굽힐 것은 없다고 생각하였다.

'그는 그렇다 하구, 이맘때쯤 정말 수원역 앞에 나와 서서 기다리구 있을 텐데……'

하는 생각에 자기가 섭섭하다기보다도 눈을 멀뚱거리고 헛기다리고 있을 명신이가 가엾은 증이 나며, 이러고 앉았는 것이 역시 죄밑 같았다.

그러자 대문이 찌걱찌걱 흔들리는 소리에, 영식이는 눈이 번쩍하며 몸을 소스라쳤다. 영감이 궁금증이 나서 뛰어 나오지나 않았나? 하는 겁이 펄쩍 드는 것이었다.

"문 열어 주세요?"

회사의 사동의 목소리다.

"아, 여기 계시는군."

아이는 자전거를 끌고 들어오며 마루에 앉은 영식이의 눈 서투른 모양을 치어다보고 눈이 똥그래졌다.

"오, 마침 잘 왔다. 어째 왔니?"

자전거를 가지고 온 아이를 부릴 생각에 말은 이렇게 하면서도, 영식이는 어설픈 낯빛이었다. 보여서 안 될 것을 들킨 것은 아니지마는, 이 아이부터도 영감은 자기 집에 데려다가 제물에 갇혀 있게 해 놓고, 당장 그 길로 이 집에 와서 들어엎데서 파탈을 하고 놀고 있다고 생각할 것이 싫었다.

"궁금해서 혜화동 댁에를 갔더니 마님께서 역정을 내시면서 예 와서 신 선생님 댁을 배 가지구 오라시죠……."

"윤만이, 왜 우리 집 못 가 봤던가? 게 있어, 가르쳐 주지."

"그런데 왜 마님이 역정을 내시던?"

어느 틈에 욕간에서 나온 순제가 안방으로 들어서며 말참견을 한다.

"안녕합쇼?"

윤만이는 꾸벅 인사를 하고 나서,

"김 선생 부인을 욕을 하구 나무라시더군요. 자기한테 알리지두 않구, 사장 선생님이 가 계신 데를 분명히 물어보지 않았다구."

순제는 흥! 하고 코웃음을 쳤다. 점잖지 않게 욕지거리를 하며 새며느리를 들볶는 마누라의 얼굴이 뻔히 보이는 듯싶이 눈살을 찌푸렸다. 순제 자신부터 허턱대고 다소 욕기가 없던 것은 아니었고, 말이 재취지 삼십 안 상처에 소생 하나 없이 초혼이나 다름없으니, 지금 세상에 그만한 자리가 쉽지 않고 형제가 많은가, 시어머니만은 무식한 구식 늙은이가 딱장대 같지마는 제살이나 다름없다 하여 기를 쓰고 조카딸을 들여앉힌 것인데, 첫밭에부터 고식의 사이가 뒤룽뒤룽하고 내외 의도 그리 좋은 것이 아니다. 실연이랄 것까지는 없어도 열고가 났던 명신이에게 퇴짜를 맞고, 집안사정은 급하고 해서 그리 마음에 내키지도 않는 것을 장가라고 들었으니, 여간해서 금시로 의가 좋기를 바랄 수는 없겠지마는 시어머니는 시어머니대로 새 며느리가 못마땅하였다.

순제가 통역이니 비서니 하는 데에 은근히 속을 꺼리면서도 설마 하였던 것인데, 알고 보니 속았다는 것이다. 며느리를 볼 때까지도 영감과 그런 사인 줄은 꼼빡 몰랐던 것이다. 며느리가 맘에 들지 않는다는 것이 아니라 순제의 조카딸이라니 미운 것이요, 감쪽같이 속은 것이 더 분해서도 사사이 트집인 것이다. 아직 며느리를 무르자는 말까지 아니 나온 것만 다행하다. 요새 와서야 순제는 후회도 하고 당자에게 미안한 생각도 나는 것이다.

"아주머니 다 됐에요? 애 밥 좀 먹여서 자전거루 갖다 두래죠"

순제는 감은 머리를 파발을 하고 말릴 동안 뜰로 내려와 찬간을 들여다본다.

"쟁일 것은 다 쟁여 놨는데요"

고기와 민어를 따로따로 양푼에 그들먹이 재워놓고, 마나님은 암치를 족이고 있다. 그제 어제로 고기나 생선은 서울 바닥에서 구경도 못할 귀물이건마는, 냉장고가 있는 덕에 이 집에서는 아직도 풍성풍성히 맛을 보는 것이었다.

윤만이가 밥을 먹는 동안에, 육포, 어포며 어란, 암치를 마른 것을 싸고 통조림 나부랭이에 양주병까지 껴서, 소두나 보내는 듯싶이 한 목판 떡 벌어지게 담았다.

영식은 자기 집의 그림까지 그려 주어서 윤만이를 보내면서,

"영감님께, 나두 곧 간다고 여쭈어라."

고 일렀으나, 실상은 내가 여기 있더란 말은 말라고 함구령을 내리고 싶은 것을 참아 버렸다. 그런 비굴한 짓은 하고 싶지 않았다.

"벌써 한 시 들어가네. 시장하겠는데……잠깐만 기다리세요."

순제는 아이를 보내고 마루로 올라오며 밥상을 기다리고 앉았는 어린애나 달래듯이 장난삼아 영식이의 얼굴을 갸웃 들여다보고 일러 주고 방으로 살랑 들어간다. 오글오글한 머리를 풀어 흩트린 얼굴이 훨씬 앳돼 보이고 좀 더 귀엽성스럽게도 보였지마는, 해쭉 내밀다가 상글 웃으며 팔랑하고 돌쳐 들어가는 그 거동이 어디가 서른 자가 붙은 여자랄까, 명신이의 말을 들으면 정녕 해방 전에 시집을 갔다가, 이삼 년 전에 생이별을 하고 말았다는 소문이라지마는, 아마 자기 남편에게도 이렇게 기죽을 펴고 기탄없이 속에 품은 감정을 털어놓거나 교태를 부려본 적은 없었을 것이다. 더구나 영감과의 짧은 교제나 동거 생활에서야, 그것은 감정으로나 혹은 생리적으로도 자기를 우그려 넣은 산 인형이거나 기계적이었을 것은 번연한 일이다. 어떠한 그 반동으로 마음과 감정이 네 활개를 치며 전신의 세포가 숨을 가쁘게 벌렁벌렁 쉬는 것인지도 모르겠다.

'그래두 영감한테 보내는 음식을 쓸어맡겨만 두지 않구 정성껏 손수 보살피는 게 무던하지……'

영식이는 순제 같은 사교적 여성이 집안 살림에 오밀조밀한 것이라든지, 입으로는 무슨 소리를 하던지 간에 그래도 영감에 대한 향의가 자별한 것을 속으로 칭찬하였다. 사실 순제처럼 발랄하고 여무진 여자는 살림의 맛도 알거니와, 정력이 넘쳐서도 몸을 아끼지 않고 바지런을 떨겠지마는, 틈틈이 부엌에 내려가서 제 비위에 맞게 찌개도 끓여 먹고, 마음이 내키면 양요리도 곧잘 만들어 내는 솜씨를 가지고 있다. 영감에게도 깊은 정이야 있을까마는 늙은이 대접, 어른 대접으로라도 자기 할 도리는 차리려는 것이다. 하지만 오늘같이 자기가 정성을 피우지 않아도 어련히 큰집에서 할 것을, 있는 대로 갖추갖추 차려 보낸 것은 영식이 집이기 때문이다.

솜씨 있게 간단히 연 화장을 후딱 하고 머리를 빗기가 더디어서 손에 잡히는 대로 자주 테이프로 머리를 사뿟 잘라매고서, 손을 씻으러 또 팽이같이 뜰로 내려간다. 영식이는 홀가분한 원피스 한 겹에 싸인 예쁘다란 어깻집과 날씬한 허리께가 움직이는 대로 눈으로 쫓으며 그 몸을 싸고 풍기는 곡선미와 율동미를 가만히 바라보고 앉았다. 그것은 이때껏 이 여자에게서 보지 못하던 새로운 발견같이 새삼스럽게 눈이 가는 것이었다.

'오늘은 내 눈이 어떻게 된 거야. 정말 머리가 돈 거야……'

영식이는 또 한 번 이런 생각을 하며 혼자 웃었다.

"자 인제, 들어오세요"

올려 오는 밥상을 따라 올라와서, 순제는 남자 앞에 딱 선다. 남자의 눈길이 자기 몸을 쫓아다니는 것을 의식한 여자는, 만족과 자랑과 기쁨을 한꺼번에 느끼며 마음껏 보아 달라는 듯이, 한눈을 파는 눈찌와 방 긋이 열린 입가에 수줍은 웃음을 띠고 섰다. 남자는 남자대로, 이만치나 속이 올차고 당돌한 여자가 자기 앞에서 수줍어하는구나 하는 생각에 자랑과 우월감을 느끼며, 일어서는 길에 여자의 머리에서부터 발끝까지 안 보는 척하고 약삭빨리 훑어보았다. 모른 척하기가 아까운 듯이 유혹을 느끼는 것이었다. 남자가 또 한 번 보아 주는 데에 여자는 유쾌와 만족을 느낀 웃음을, 이번에는 대담히 남지의 얼굴에 들썩웠다.

"아 졸려."

영식이는 선하품을 하며 눈을 돌렸다.

"진지를 잡술 텐데 하품을 하셔서 어째."

졸림도 고단한 것도 다 달아나 버리고 마음이 욱신거리고 기분이 한참 좋은 순제는 영식이가 고단해 하는 기색이 덜 좋았다.

"자, 잠이 깨시게 시원한 것부터……."

상에 마주앉으며 순제는 맥주부터 따른다.

"잡술 건 없지만 천천히 많이 잡수세요 죽을 고비를 넘기구 하두 놀란 끝이니 어떻게 먹는 거루나 보충을 해서 살이 내리지 않아야지."

딱 벌어진 상에 둘이만 겸상으로 마주앉으니 영식이는 졸음은 고사하고, 역시 자리가 편편치 않고 좀 얼떨떨한 기미였다. 마음을 건드리고 기분을 휘둘러 놓아서 가뜩이나 흥분한 신경이 인제는 느른해져서 영식이는 여자의 얼굴을 보기도 눈이 부시고 이렇게 마주 앉았는 것이 괴로울 지경이다. 게다가 영감과도 이렇게 맞 겸상을 받고 시중을 들려니 하는 생각을 하면, 영감자리를 쏙 뺏어 앉은 것 같아서 마음의 짐이 되었다.

영식이가 웃는 기색도 없이 잠자코 순제의 잔에 맥주를 따라 주는 것을 받으며,

"무슨 생각에 팔려서 이러시누? 맘은 수원 가 앉으셨으니 더 고단하실 거 아닌가!"

하고 놀려 준다. 순제는 자기의 부풀어 난 감정이나 유쾌한 기분에 장단을 맞추어 주지 않는 것이 불평이었다. 그것은 결국 자기에게 별로 흥미를 느끼지 않고 정성껏 대접을 하려는 향의를 시들히 여기는 것 같아서, 남자의 눈이 자기 몸을 싸고 도는 눈치에 좋아하던 기운도 스러지고, 자신(自信)을 잃어버린 쓸쓸한 생각이 들었다. 순제는 영식이를 첫눈에 볼 때부터 자기보다 젊구나 하는 생각이 앞을 섰지마는 언제나 '난 세 살이나 더 먹었는데!' 하는 생각과 '명신이와는 거진 열 살이나 틀리지 않나!' 하는 자격지심이 머리에서 떠나지를 않던 것이다. 이 나이 생각이 이때까지 영식이에게 대한 공상이나 욕망을 자제(自制)하는 안전판(安全瓣)도 되어 왔었고 이런 때는 자신을 잃게도 하는 것이었다.

"아, 시원하다. 언제야 머릿속의 안개가 홀떡 벗겨지는 것 같군."

영식이는 단숨에 맥주 한 컵을 마시고 나서 비로소 웃어 보였다.

"어서 이거 좀 식기 전에 드세요 고기엔 양주가 좋다는데 브랜디 잡숫겠어요?"

순제의 눈과 얼굴은 다시 환해지며 몸도 잽싸게 다락에서 양주병을 꺼내고 잔을 손수 씻으러 나가고 한다.

"어구, 이러다가 정말 잠이 쏟아지면 어쩌라구."

"한참 주무시구 가시면 어때!"

누가 어떻다고 시비나 하는 것처럼 순제는 탄하듯이 대꾸를 한다.

향긋한 술맛에 끌리기도 하였지마는, 혀가 깔깔해서 아침을 설친 공복에 양주가 들어가서 식욕을 건드려 놓았는지, 영식이가 권하고 말고 없이 걸쌈스럽게 먹는 것을 보고, 순제는 마음에 좋아서 자기도 속은 비었건마는 노상 입가에 웃음이 스러질 새 없이 혼자 재껄대며 맥주로 목만 축이고 있다. 주기가 돌수록 몸이 더 훗훗해지고 손발이 달아 왔다.

"만일 이대루 공산 천하가 된다면 아마 난 애국에 목매달아 죽어야 할까 봐."

아무래도 피난을 가야 하겠다는 의논을 하다가 순제는 이런 소리를 불쑥하였다.

"생각을 말아야지, 단 하루건만 우울해 못 견디겠는데!"

"어쨌든 월북한 축들까지 몰려 내려와서 채를 잡기 전에 요정이 나야지 그렇지 않다가는……."

순제는 점점 심각한 낯빛으로 무슨 생각에 끌려 들어가는 눈치다.

"어째 켕기는 조건이 있는가 보군요 전향펜 아니슈?"

하며 영식이는 신통치도 않은 이야기는 집어치우려고 실없이 껄껄 웃어 버렸다.

"난, 원체 빨갱이라면 송충이보다 더 소름이 끼치구 생리적으루 싫으니까!"

순제는 혼자 생각에 입이 뾰로통해지며 코웃음을 친다.

"하지만 원수 외나무다리에서 만나듯이 옛날 '동무'가 '강 동무! 오래 간만요' 하고 눈을 흡뜨면서두 그 송충이 같은 손을 내밀면 어쩌누?"

말눈치가 이상하다는 생각에, 영식이는 또 한 번 떠보았다.

"잠깐만 기다려 달라 하구 그 자리에서 목을 매지"

순제는 해죽 웃다가,

"정, 싹수가 틀리거던 우리 서울을 뜨십시다요 신 선생 친구든지 일 가든지 어디 조용한 시골구석으로 갈 데 없을까?"

하고 탐탁히 의논을 한다.

"글쎄……양평에 우리 고모 댁이 있지만 그 지경 되면야 어던 별수 있을라구. 외려 서울 바닥이 넓으니만큼 되레 나을지 모르죠."

"동네가 시끄러우면 우리 집(친정)으루 가 있을까두 했지만, 지금 생각하니 거기두 안심이 안 되구, 연서(延曙)에 우리 집 산소가 계신데 그리 가 볼까? ……"

어디로 가든지 동행할 사람으로 정해 놓은 듯이 말끝을 치켜 올리며 묻는다.

영식이는 속으로 다소 우습기도 하고 선뜻한 생각이 들었으나 못 알아들은 체하며,

"그거 좋군요 아버니 분상 옆에 방공굴을 파구 아주 들어앉았죠"

하고 또, 껄껄 웃었다.

"간대두 나 혼자야 갈 수가 있어야지, 같이 가 주실 수 있을지?"

"모셔다 드리는 것쯤야……."

"하지만 갑갑한데 혼자 가서 어떻게 있으라구……선생님두 그런 데

얼마 동안 피신하는 게 좋을껄!"

하며 순제는 웃지도 않고 참다랗게 권하는 것이었다.

"말씀은 고맙습니다만, 댁 산소에 광중을 파고 들어가 앉았다간 조상님 동티는 어쩌라구. 손네는 쑤엑쑤엑입니다. 하하하."

두 남녀는 웃고 말았다. 그러나 영식이는 그런 의논을 받는 것이 싫거나 불쾌할 것은 없어도, 무언지 저항하기 어려운 힘이 별안간 탁 실려 오는 것 같아서 겁부터 나며 도리어 마음이 무거워졌다. 이 여자의 과거라는 것을 자세히 알 수 없으니 정말 무슨 내용이 있어서 강박관념에 벌벌 떠는 것인지? 그래서 자기를 이용하려고 이러는 것인지? 혹은 자기를 끌려는 계획적 수단으로 지나치게 서둘러 보이는 것인지? 종을 잡을 수가 없다. 잘못하다가 사장한테 의리가 서지 않고 오해나 사서 여러 사람에게 망신이나 하지 않을까 하는 생각에 정신을 차려야 되겠다고 마음을 단단히 먹었다.

"아, 어서 가 봐야지. 인젠 밥을 주세요"

하고 영식이가 서두르려니까, 마당에서,

"아주머니, 필운대 작은아주머니 오세요"

하는 아이년의 소리가 난다.

"응? ……"

하고 내다보는 순제의 얼굴에는 쌩이꾼이 달려들었다는 듯이 망단해 하는 빛이 역력하였다.

"아, 은애가 다 오구. 어서 올러들 와요"

순제는 그래도 좋은 낯으로 마주 나갔다.

동생 순영이의 뒤에서 축대로 올라서던 이은애는 열어젖뜨린 머리맡 미닫이로 방 안을 들여다보며,

"아이, 과장님 이게 웬일이세요"

하고 호들갑스럽게 반색을 하면서도 놀란 듯이 깔깔댄다.

"웬일 될 거 뭐 있나. 어서 올라와요 그래 얼마나 놀랐수? 댁은 다 무고하시구? ……"

약간 실없는 어조이면서도 과장다운 체모는 지켰다. 순제 눈에는 동생 같고 숫보기 총각이지마는 부하 앞에서는 어른이었다. 은애는 바로 자기가 데리고 있는 조사계원이요, 순영이는 형의 반연으로 들어가서 총무과 인사계에 있다.

"그래 어떻게 이렇게 만났어?"

"어머니께서 궁금하다구 가 보라시는데 혼자 나서기가 서먹해서 오는 길에 끌구 왔지."

하며 마루로 올라서는 순영이는, 영식이에게 잠깐 알은체만 하고 덜 좋은 기색이다.

"왜 난 못 올 덴가요? 한데 과장님 이리 피난 오셨어요?"

마루에서 망설이는 순영이를 내버려 두고, 은애는 방으로 성큼 들어와 앉으며 영식이의 파자마 입은 모양을 이상하다는 듯이 유심히 바라보면서도 깔깔댄다. 어디까지나 명랑하다. 키대가 크고 부엉게 북실북실하니 시원스럽게 생긴 것이 언뜻 보기에는 그렇게 띄는 얼굴은 아니지마는, 가까이 놓고 뜯어보면 콧대며 입모습이 예쁜 데가 있고 커단 맑은 눈은 어질고 환하다.

"피난가려다가 고생만 짓하구, 죽다 살아난 놀란 가슴을 이 온천여관에 와서 한바탕 푸는 판이라우."

영식이가 변명삼아 기둥게 늘어놓고 껄껄 웃으니까,

"아닌 게 아니라, 차림차리 뵈니 온천여관에나, 드신 듯싶군요, 참 근데 사장 선생님은 어떻게 되셨에요?"

하고 은애는 첫눈에 속으로 눈살이 찌푸려지며 궁금하던 것을 물었다. 순영이도 의외의 광경에 거진 노한 기색으로 몽총히 말이 없이 들어오고 싶지 않은 것을 마지못해 형에게 끌려 들어와서 한구석에 멀찌가니 떨어져 앉았다.

그러나 형에게 자초지종을 듣고서야, 에에! 에에! 하며 놀라고 감탄하던 두 처녀는 비로소 해혹이 된 듯이 낯빛이 풀리며,

"에이, 얼마나 놀라셨에요. 참 수 좋으셨지!"

하고 치하를 하는 것이었다.

"자, 그건 그렇다 하구, 애 순영아, 그런 온천이면야 우리두 들어갔다 나와서 한턱 먹구 가자꾸나. 이 난리 통에 언제 먹 감아 보겠기에."

은애쯤 되면 잔부끄럼도 없지만 어디까지나 속에 서리운 것 없이 털어놓는 성미기도 하다.

"그러구 말구. 애 어서 같이 들어가 땀이나 걷구 나오너라."

그러나 아우는 선뜻 일어서려 하지 않았다. 원체 몽총한 성미에 동무와 살을 보이며 좁은 욕탕에 함께 들어가기가 싫었다.

반감

"참 내일 열 시에 회사루 모인다는 거 아시죠?"

"몰라."

"아까 총무과 임일석이, 그이가 와서 그러더군요. 사장이 어디 계시냐구 찾아다니던데……모레가 월급 아녜요."

"응, 참 그렇지. 한데 사장이 우리 집에 와 있단 말은 아무게두 말아요."

영식이는 윗목에 앉은 순영이에게도 일러둔다는 뜻으로 그 편도 건너다본다.

"응, 참이 뭐예요 사장이 가셨더라면 우린 월급두 못 받을 뻔하지 않았나!"

하고 은애는 코웃음을 친다. 과장 앞에서도 어리광 비슷이 곧잘 버릇없이 구는 은애였다.

"월급야 사장이 없건 있건 제 날짜 되면 어련히 회계과에서 내줄 꺼

아닌가."

영식이는 천연히 이렇게 대꾸는 하였지마는, 딴은 사장이 그런 분별까지 해 놓고 떠나려 하였던지, 총망중에 자기도 무심하였던 것을 속으로 뉘우쳤다.

"월급은 으레 주겠지만 앞으루 생활 보장을 어떻게 하려느냐구 무슨 조건이든지 나올 모양이더군요."

"음, 말은 으레 그렇게 해 보겠지만, 웬 앞으루 생활 보장까지야……."

영식이는 사장 편을 들려는 것은 아니나 이 판에 생활 보장을 한다기로 어떻게 하겠는가가 문제요, 그보다도 임일석이 따위 젊은 아이들이 나서서 충동이고 다니는 모양인 것이 좀 마음에 께름하기도 하였다.

"임일석이란 무엇에나 앞을 서는 말썽군이 그 애 말이지?"

순제도 짐작이 나서 한마디 하고는,

"빨갱이나 아닌지?"

하고 눈살을 찌푸린다.

"뭐 빨갱이까지야. 좀 똑똑한 체를 하구 말마다나 하면 체껙 빨갱이 소리두 듣기야 하지만……."

영식이도 전부터 들은 말이 있는지라, 내심으로는 그런 불안이 없지 않지마는, 피차에 지레 걱정을 하기는 싫으니 듣기 좋은 소리를 하는 것이었다.

마루 테이블에 우선 시원한 칼피스를 타다가 놓은 김에 순제가 두 처녀를 데리고 나간 틈을 타서 영식이는 옷을 들고 골방으로 들어가 후딱 갈아입고 나왔다.

"벌써 가세요? 안돼요. 우리 바래다 주구 가세야 해요."

은애가 또 응석부리듯이 앞을 서고 나선다.

"나 안 만났더라면 어쩔 뻔했누. 이런 판엔 여자두 담을 길러야 하는 거야."

영식이는 은애의 팔을 밀치며 나섰다.

"아니, 우리가 오자 달아나시니까 말이지."

"응, 은애가 보기 싫어서 달아나는 거야."

"그럴수록 더 좀 밉둥을 부릴껄요. 호호호."

서글서글하니 뉘게나 툭 터놓고 사기 없이 구는 맛에 누구하고나 좋게 지내는 은애이지마는, 더구나 이 젊은 과장은 듬직하고 부숭부숭하니 소탈해서 믿으므로 좋아하는 것이요, 친한 동무나 되는 듯싶이 가다가는 마구 대들기도 하는 것이다. 그래도 제 셈속은 다 있어서 순영이가 일러바치는 명신이와의 설왕설래는 눈이 번해 귀담아 들어 두는 것이요, 혼잣속에는 큰 비밀을 숨겨 가지고 있는 것이다.

아무쪼록 그렇게 됩시사! 그렇게만 되면 제이 후보자는 자기거니, 이런 엉뚱한 생각이 은애의 마음의 어느 구석에 서려 있는지? 영식이조차 모른다. 이러한 욕심에는 부처와 야차(夜叉)가 등을 맞대고 함께 숨을 쉬는 모양이니 생각하면 고약한 일이나 하는 수 없는 일이기도 하다. 순제는, 이 계집애가 언제부터 이렇게 무람없이 되었나 하며 둘이 기롱을 하는 것이 실쭉하면서도 웃는 낯으로 바라보다가,

"진지두 별루 안 잡수셨는데 그렇게 하시구려."

하고 붙들어 보았다. 그러나 영식이는 부리나케 구두를 신고 나섰다. 차차 지루한 생각이 들어서, 어서 시원히 빠져 나가고 싶었다. 이 집안의 너무나 농염한 기분과 색채가 고기 먹은 뒤의 입맛같이 느끼하여 피곤한 머리에는 벅찬 것이었다.

"그럼 내일은 몇 시에 오시겠어요?"

"아니, 집엔 안 오실 텐가요?"

"아직은 들어앉았을 테예요. 하루 한 번씩은 꼭 들러 줘야 해요. 궁금두 하구……."

"이 막바지를 날마다 문안은 어려운데! 급한 일 있으면 오죠."

"되우 비쌔는군!"

순제는 살짝 눈을 흘기며 신발을 꿰고 문간까지 따라 나가며 무엇인지 속살거린다.

'대관절 언제부터 저렇게 친해졌누? ……'

하고 두 처녀는 똑같이 보기에 괴란쩍다는 듯이, 그러나 한편으로는 부러운 듯이 말끔히 바라보고 섰다가, 서로 기색을 엿보려는 것처럼, 무엇을 묻는 것처럼 무심코 눈길이 마주쳤다. 똑같이 비웃는 웃음이 떠올랐다. 그보다도 순영이의 얼굴에는 분연히 노기까지 어리었다. 다시 의자로 와 앉은 순영이는 몽총히 입을 봉하고 말수가 없이 혼자생각에 잠겨 있다.

'그런 법이 있나!'

아까 딱 들어서면서부터 분개하던 소리를 또 한 번 속으로 뇌었다. 이것은 시기도 아무것도 아니다. 다만 동무를, 명신이를 위하여 분개하는 것이었다. 한때는 은근히 시기도 하였고 명신이를 미워도 하였었지마는, 그 혼담이 나왔을 제부터 자기 형이 시키지 않은 짓을 한다고 반대도 하였고, 완전히 명신이 편이 되어서 명신이의 승리를 위하여 공동전선을 펴고 격려를 하였던 것이다. 그러던 것인데 지금 와서 중매를 선다고 나섰던 바로 그 형이, 영식이에게 마음을 둔다니 형도 형이거니와 남자도 남자라고 분해하는 것이다.

'사람이 의리가 있구 체면이 있지!'

동무의 얼굴에 똥칠이나 하는 것 같아서 명신이가 가엾은 생각도 든다. 원체 순영이 눈에 비친 형은 제 실사고만 하고 얌체 빠진 사람이었다. 이것은 집안의 정평이기도 하였다. 무엇보다도 순제가 요즈막에 출세를 해서 잘된 뒤에도, 살림이 점점 더 꿀려 가건마는 모른 척하고 무어 하나 거들떠 주려지 않는 데서 온 반감도 있지마는, 원체 한 배가 아니라는 데에 감정의 소격은 더 큰 것이었다.

"명신이가 강을 건너섰다니까 아주 맘 놓구들 기죽을 펴구 노는 게로군!"

은애도 눈꼴틀린 시기와 불평을 터뜨리고 말았다.

"그러기루 그건 뭐야. 신 과장두 주책없이!"

"그이야 숫보기 총각이 하라는 대루 꿈적꿈적 휘둘리는 게 되레 가엾지."

은애의 역성에 순영이는 코웃음을 치며 눈을 흘겼다.

"애 무섭다. 너 왜 눈을 홉뜨니?"

"너두 한몫 끼려는 네 배짱을 흘겨보았다."

"이왕이면 바루 봐야 잘 뵈지."

은애는 깔깔 웃고 말았다.

그래도 순영이는 형에게 맞대 놓고는 아무 말 못하였다. 기에 눌려서 형의 앞에서는 입을 뺑끗도 못하는 순영이었다. 실상은 피차 앙칼진 성미에 정면충돌을 해 본대야 이로울 것이 없으니 피해 버리는 것인지도 모른다.

"넌 무엇에 토라진 사람처럼 왜 그러니?"

배웅을 나가서도 한참 거레를 하고 들어온 순제는, 본체만체하고 앉았는 동생을 못마땅해서 쏘아 주었다.

"내 말할까요? ……명신이를 따라갈 일이지, 무엇하느라구 꾸물거리고 이 집에는 왜 드나드느냐구, 신 선생이 못마땅해서 그러는 거예요, 하하하."

은애가 농쳐 버리면서도 꼬집어 주었다.

"온 별 걱정두 다 많다."

순제는 코웃음을 칠 뿐이었다.

세 여자는 점심상에 둘러앉아서도 흥이 아니 났다. 역시 식욕도 없고 시장한 줄을 모르는 순제는, 맥주만 또 한잔 마시고 졸립다고 상 옆에 드러누웠다. 두 처녀도 축객이나 당한 것 같은 불쾌한 생각으로 얼쯤얼쯤하고 일어서 버렸다. 무어, 스스러운 손님 아니니 밤 샌 사람이 동생에게 맡기고 눕기가 예사요, 또 저희들도 다른 때 같으면, 흉허물 없이 마음껏 먹고 놀다 가련마는, 순영이에 끌려서 온 은애마저 순제에게 슬며시 반감이 들었다.

이튿날 순제는 안 가려던 회사에를 좀 일찍이 나갔다. 생각해 보니 자기까지 피한 것같이 오해를 받았다가는 사장 찾아내라는 성화를 받을 것이 싫고 겁도 나기 때문이다. 어제 젊은 축이 회사에 모였었다면, 사장이 운전수의 입을 막아 놓기는 하였겠지마는 그 입에서 당장 탄로가 났을 것만 같아서 그래도 애가 씌우는 것이었다.

그러나 나가 보니 운전수 집도 차고도 쇠가 채워 있었다. 식구를 태워 가지고 들고 뺀 모양이다. 사무실 앞문을 찌걱찌걱 해 보아야 열릴 리가 없다. 맥없이 오락가락하는 사람을 바라보며 우두커니 섰자니 뜻밖에도 영식이가 터덜터덜 왔다.

"웬일예요? 이렇게 일찍이? ⋯⋯."

"글쎄, 운전수를 다시 단속해 둘까 해서⋯⋯."

순제는 반갑고 든든해서 웃으며 남자의 얼굴을 가만히 이모저모 뜯어보듯이 치어다보았다.

"나 역시 그게 염려가 돼서 좀 일찍이 나왔는데, 그래 있에요?"

영식이는 사무적으로 수작을 하면서도 여자의 애청에 어리운 눈찌가 부시어서 외면을 하였다.

"문야 잠겼던데! 차라리 잘 됐지."

영식이는 그래도 한 바퀴 돌아 나와서, 창길이는 어떻게 하고 갔는지 박 외과로 가 보자고 나선다.

"영감님은 잘 주무셨겠지? 큰마님이 왔에요?"

순제는 따라 나서며 묻는다.

"큰댁 작은댁이 시새는 통에 골탕은 혼자 먹겠다구 입맛만 다시구 앉으셨습니다."

하고 영식이가 웃으니까,

"뭐? 작은댁은 뭐구 시새는 건 뭐야."

순제는 그 말이 천착하고 귀에 거슬려서 모욕이나 당한 듯이 남자를 눈으로 나무랬다.

"그런데 큰일 났어요"

영식이는 말을 얼른 돌렸다.

"영감님은 은행 문이 닫혔으니 낸들 어쩌는 도리가 없지 않으냐구, 회계과장에게만 미는 소리를 하시던데, 회계과장을 만나 보면 알겠지만, 누구나 다수굿이 들을 리가 있나……."

"여부가 있나! 당장 밥줄이 끊어지는 판인데! 날더러두 은행 문 닫기 전에 예금 있거든 다 찾아다 두라구 서두르시던 이가, 아무러면 월급 줄 마련을 안 했더란 말야……. 말이 되나, 뻗대구 나자빠지는 것두 분수가 있지!"

순제는 자기도 고용살이하는 회사원이라는 생각으로라기보다 인색한 학수의 몰인정한 처사에 기가 나는 것이었다.

"그러니 강 선생이 가서 잘 말씀해 보는 게 어때요? 정 할 수 없으면 우선 반 달치씩만이라두 주어서 급한 대루 목이나 축이게 하시는 게 어떠냐고 해야, 역시 잡아떼는 소리만 하시니……."

"난 몰라요. 회계에서 어련히 알아 할라구. 신 선생두 몸이 달아 할 건 뭐예요"

"아니, 그러다가 왁자해지구, 사원들이 우리 집으루 달겨들구 하면 잘못하다간 큰코다치지나 않을까 해서 말이죠."

큰코다칠지 모른다는 말에 순제는 뜨끔한 눈치로 입을 담쳐 버렸다. 남하하려다가 못 간 줄 알기만 하면 어떻게든지 찾아내려 할 것이요, 그렇게 되면 숨어 있는 보람이 없게 될 것이다.

박 외과에는 추측대로 창길이가 입원해 있었다. 허벅다리에서 탄환을 빼내고 경과는 좋다 한다.

"제 집이 어딘지? 부모한테 알려서 데려내 가게 해야 할 텐데……."

하며, 의사는 자기도 어떻게 될지 모르니 오래 맡아 둘 수는 없다는 사정이었다. 운전수가 창길이 집에 알리러 간다고 하더니 종무소식이라는 것을 들으면, 들고 뛰기에 바빠서 모른 척해 버린 모양이다.

창길이는 영식이와 순제를 보자, 반듯이 누운 채 그대로 엉엉 울기만 한다. 변변히 들여다보아 주는 사람도 없이 죽을 둥 살 둥 조비비듯 하룻낮 하룻밤을 지낸 끝에 같이 조난을 한 이 사람들을 만나니 반갑고 원망스럽고 하여 설움이 북받치는 모양이었다.

"그래 너의 집이 어디냐?"

"성북동 저 산꼭대기예요. 윤만이는 아는데……어서 좀 어머니 오라구 해 주세요."

"응, 좀 있으면 윤만이가 회사루 올 테니까, 곧 기별해 주마."

"회사에들 모여요? 응, 월급 타러 오는군요. 그럼 제 월급 윤만이 주어서 이리 보내 주세요."

창길이 역시 이런 중에도 월급 날짜는 잊지 않았다.

"여기 돈 열 장이 있어두 목이 말라야 사과 하나 사다 먹을 수 있어야죠. 윤만이더러 무어 좀 사 가지구 오라구 일러 주세요"

입원시키라고 운전수에게 오천 원 맡긴 데서 천 원을 주고 간 모양이었다. 내려오다가 약국에 물어보니 수술료와 입원료는 회사에 가서 받으라고 일러 놓고만 갔다 한다.

거리로 나오면서 두 남녀는 닫힌 가게를 두드리며 과일을 사려고 애를 썼으나 헛수고만 했다.

회사에를 오니 문이 열려 있었다.

큰 사무실에는 이십여 명 사원들이 책상에도 걸터앉고 제멋대로 우글우글 몰려 있다가 순제가 앞장을 서서 영식이와 들어오는 것을 보고,

"아아."

하고 놀리는 것인지 놀라는 것인지 환호하는 소리를 친다.

"왜들 이래요?"

순제는 평탄히 웃어 보이면서도 영식이와 함께 다닌대서 이러는 것이나 아닌가? 하는 자곡지심도 없지 않아서 눈은 순영이와 은애부터를 찾았다.

"아니, 어느 댁 마님이 들어오시나 해서……하하하."

"그보다두 비서 아씨가 가다가 도루 오신 걸 보니, 사장을 놓치지 않은 게 좋아서들 그래요."

딴은 이 여자가 모시 치마를 부푸스름하게 입고 뱃대끈을 잘룩 맨 것이라든지, 조선 버선에 고무신을 신은 것을 처음 보느니만치 신기해서도 그러고, 강순제가 나타난 것을 보니 사장이 서울을 떴다는 말이 헛소문인가 싶어서도 반색을 하는 것이었다.

"비서 떡국 먹은 지 벌써 언제라구. 나두 오늘 월급 타러 왔어요"

순제는 우선 방어선을 쳐 놓고, 젊은 애들 틈에 끼어 앉았다가 일어나서 알은체를 하는 동생 쪽으로 갔다. 앞에 앉은 은애도 생긋 웃어만 보인다.

"집에 아무 일 없지? 내 이따라두 가마."

순제는 동생에게 말을 걸고 영식이를 따라 사장실로 들어갔다

"아, 강순제 씨! 안 가셨구려? 사장 어디 있어요?"

사무실에서 눈에 아니 띄던 임일석이가 여기 있다가, 눈이 똥그래서 나무라듯이 묻는다.

"난 몰라요. 간부들은 수원 내려갔다면서? ……"

순제는 딱 잡아떼었다. 사원 대표 격인 임일석이와 두 젊은 애가 총무과장과 영업과장을 둘러싸고 앉아서 담판인 모양이다. 바깥 사무실보다 공기가 좀 험악한 듯도 하거니와, 전 같으면 깍듯이 강 선생이라 하고 사장 선생이라고 할 터인데, 말버릇부터 달라졌고나 하는 생각을 하며 순제는 자기 방인 옆방 문을 열려니까,

"아니, 비서가 모르면 누가 안단 말요? 이리 좀 오슈."

하고 일석이가 시비를 건다. 얼굴은 예쁘장하나, 팽팽하니 알미락스럽게 생긴 판에 토끼 눈을 뜨고 대드는 품이 전에 보지 못하던 딴 사람같이 살기가 등등하다.

"비서는 소경 막대잡이처럼 사장을 붙들구 다니란 비섭디까?"

순제가 코웃음을 치는 바람에,

"난 꿰차구 다니는 비선 줄 알았는데!"

107

하고 일석이도 비꼬며 실소를 한다.

"급하면 부모두 자식두 빠뜨리구 도망질을 치는 판인데, 아마 꿰찼던 걸 떨어뜨리구 간 게지."

순제도 농담으로 대거리를 하고 자기 방으로 피해 버렸다.

강순제는 으레 사장을 따라서 남하하였으리라고 생각하였기 때문에 집으로 찾아가지도 않았던 모양이지마는, 운전수는 물론이요 윤만이나 은애의 입에서도 아무 말이 터져 나오지 않은 눈치니 천만다행이라고 생각하였다.

영식이도 섣불리 그 틈에 끼울 묘리가 없어서 슬쩍 밖으로 나와서 윤만이가 오기를 기다리고 섰다가 자전거로 달려드는 것을 붙들어서, 되짚어 성북동 창길이 집으로 보냈다.

회계과장 최종우는 임일석이가 보낸 출납계원 김한이에게 붙들려 나오고야 말았다. 이 사람이 이틀 전에 이십삼만 몇천 원인가의 공금횡령 현행범이던 것을 아는 사람은 부하인 김한이 한 사람밖에 없다. 이십오 일 저녁 때 예금을 했어야 할 금고 속의 현금을 그대로 하룻밤을 묵혔다가 이십육 일에 잔무 처리를 하고 나갈 젠 슬쩍 꺼내서 가방에 넣어 가지고 가서는 이틀 동안 집에 누웠다가 오늘에야 나타난 것이다. 서너 달치 월급을 미리 받아 둔다는 요량인지 모르나, 제 눈으로 본 김한이는 혼자만 먹으려는 작정이냐고 배를 앓던 판인데, 사장은 들고 뛰고 월급은 나올 둥 말 둥 하다고 일석이가 선동을 하니 옳다구나 하고 앞장을 서 이 횡령 범인부터 잡아들인 것이다.

그래도 최 과장은 나오는 길로, 임일석이가 무슨 노동쟁의의 교섭대

표나 되는 듯이 서두르려는 것을 앞질러 막으며,

"지금 오는 길에 김한 군에게 들어서 잘 알았소 여부가 있나. 대찬성이요 이 달 월급은 으레 나올 거요 앞으로 석 달 생활보장도 받아야지. 한데, 우선 우리끼리 의논을 해야 하겠으니 잠깐만 나가 기다려 주우." 하며 선선히 풍을 쳐서 내보내 놓고 순제의 방으로 들어갔다.

어제도 찾아왔던 김한이에게, 사장은 영식이와 순제를 데리고 떠났고, 뒤미처 전무와 상우도 남하하였다는 소식을 듣고 최종우는 도리어 잘 되었다는 생각도 하였던 것이다. 지금 회사에 들어서는 길로 영식이를 만나서 대강 이야기를 듣고는, 한편으로 이십삼만 원 조건이 켕기기도 하나, 마음이 놓이기도 하여 일석이 앞에서 큰소리를 친 것이다.

"가다가 봉변만 하셨다죠? 그래 사장은 어디 계셔요?"

순제를 중심으로 과장들이 우우 몰렸다. 순제는 대답을 영식이에게 미루듯이 잠깐 치어다보았다. 비밀을 공개하라느냐는 의논인 듯도 싶다.

"정세가 어떻게 돌변할지 몰라, 우선 우리 집에 묵고 계신데……."

과장끼리 속일 수는 없어 영식이가 실토를 하였다.

"그럼 월급 지불은 염려 없군."

총무과장의 말이다.

"한데, 영감님이 금고 속에 현금이 얼마 있을 테니, 최 과장더러 그걸루 우선 말막음이나 해 놓으라던데."

"온 별소리가 다 많군. 남았던 거 예금해 버리구 나니까, 상무가 통장을 휘몰아 가 버리지 않았나!"

최 과장은 딱 잡아떼 버렸다.

"설사 회계과에 현금이 약간 있었다기루 그걸루 말막음이나 하라니 말이 되나."

영업과장이 빼쭉해 한다.

"하여간 최 과장이 직접 가 보세요 상여금은 못 줄망정 월급을 떼먹었대서야 말이 되나."

순제가 최후의 판단을 내리듯이 자신 있게 일렀다.

"자, 이 지경인데 석 달 생활보장이라니 애들이 이걸루 무슨 트집이나 아니 부릴지."

최 과장은 젊은 애들의 기세에 은근히 위협을 느끼는 말눈치였다.

"어쨌든 사장 계신 데를 알려선 안 돼요 그것만은 우리가 약속하십시다."

순제가 다지었다.

"하지만 정 칠십만 원쯤밖에 안 되는 월급을 치르기가 아깝거던 사장이 직접 나와서 말막음을 하시라지."

최 과장은 발 빼는 소리를 한다.

바깥 사무실에서는 여전히 떠들썩하더니 별안간 일석이의 앙칼진 목소리가 나며,

"동무들! 조용합시다……."

하자 소리가 뚝 끊어지고 잠잠해진다. 순제 방 안의 사람들은 눈이 커대지며 마주들 치어다보았다. 방 안의 사람들뿐만 아니라, 사무실에 모인 남녀들도 이 동무들이라는 처음 듣는 한 마디에, 그것은 입에 담아서 안 될 무서운 소리를 들은 듯이 놀란 기색으로 숨을 죽이고 다음 말

을 기다렸다.

"……동무들! 모리배의 거두 김학수는 그물에 든 미꾸리 새끼같이 빠져 달아났습니다. 아니, 노리개처럼 달구 다니던 여비서와 종복들이 못 간 것을 보면 아직 서울에 있는지도 모르지만……."

순제는 얼굴이 해쓱해지며 발딱 일어나더니, 문을 박차듯이 열고 사무실로 나갔다. 과장들도 우르를 뒤따라 나섰다.

"아니, 이건 뭣들요? 누가 월급을 안 준댔으니 걱정인가? ……노리개 니 뭐니 하는 건 날 두구 하는 말인가 본데, 자 노리개가 어쨌다는 거요? ……."

하고 순제가 대드는 바람에, 일석이도 눈만 곤두세우고 말끔히 마주 보며 주춤 말을 끊었다.

"동무? 여러분이 언제부터 이 양반의 동무였던가요? 이 분의 동무는 이리 다 나와 보슈."

영식이와 회계과장이 좌우로 붙들 듯이 말리는 것도 뿌리치고 순제는 바락바락 대들었다. 아무도 찍 소리를 못하였으나, 사람 틈에 은애와 나란히 섰는 순영이의 얼굴도 몹시 긴장해졌다. 형이 노리개란 소리를 듣는 것이 같이 분해서 그런 것보다도, 동무라는 말을 탄하고 나서는 형의 심경을 잘 짐작하는 것이요, 저러다가 무슨 봉변이나 아니 할까 하는 걱정과 함께 머리에는 예전 형부의 얼굴이 떠올랐다.

예전에 부부가 말다툼을 하면 '난 당신의 동무두 아내두 될 자격이 없으니까!' 하는 소리를 맞대해 놓고 냉연히 입버릇처럼 하던 순제였었다. 마지막 헤어져서 집으로 돌아와서도,

"그 낮도깨비들 틈에 끼워서 '동무' 소리를 안 듣는 것만 해두 맘을 놓구 기죽을 펴구 살겠다!"

하고 술회를 하던 순제고 보니 노리개라고 모욕을 당하는 것보다도, 그 '동무'란 말이 더 신경을 찌르고 마음에 쓰린 모양이었다. 순제의 결혼 생활이 실패에 돌아간 원인이, 너무나 생활난에 쪼들렸고, 행인지 불행인지 자식도 없는데 소위 권태기에 들어갔다든지 하는 것도 있지마는, 그 몹쓸 아편쟁이 같은 병에 걸린 남편을 따라서, 아무래도 '동무'가 못 된 데에도 큰 원인이 있던 것이다. 그러나 원래가 남들도 연애결혼이라고 한 듯이 첫정이 들었더니만큼, 그 빨갱이 남편이 사람으로서는 그다지 미워할 수도 없고, 가다가는 생각이 나서 마음이 아프기도 한 것이었다.

일석이는 순제나 과장들의 기세에 눌리기도 하였지마는, '노리개'라고 불쑥 입에서 나온 말이 좀 과했다는 반성과, 실상은 자기 역시 처음 써 본 '동무'란 말이 어설픈 생각도 드는데, 사원들이 자기 말에 응해 오는 기미가 보이지를 않으니 자신이 없어져서, 여전히 입만 뾰로통해 가지고 암상스러운 눈을 까뒤집고 서서 허세를 보일 뿐이다.

"여러분 월급은 내일 드리게 될 거요 사장은 없더라두 다른 중역들과 의논하면 그만 거야 안 되겠나요."

회계과장이 조금도 낯을 붉히고 서두를 일이 아니라는 듯이 헤에 웃으며 가로막고 나섰다.

"주게 될 거라니? 그런 어리뼁뼁한 소리 말구, 책임지겠어요?"

임일석이가 트집거리를 잡게 된 것이 다행해서 싸우려는 듯이 덤빈다.

"내나 당신이나 사장이 아니니 책임야 질 수 없지 않소?"

"문 닫으면 월급은 주고 헤져야 하겠다는 생각쯤은 했을 텐데, 모른 척 하구 들구 뺀 놈들이나 그런 준비를 안 해 놓은 당신이나 똑같단 말요 이삼십만 원 포켓에 넣으면 다른 사원들은 굶어도 모른다구 나자빠지는 회계과장이나, 억만대 졸부가 돼두 노동 착취를 하겠다는 김학수나 매한가지 아뇨?"

여기에 가서는 사원들도 '옳소!' 하고 싶었으나 '동무'가 될까 보아서 잠자코 말았다.

"그건 무슨 소리야? 날 뭘루 알구!"

회계과장은 눈을 부르대며 씨근벌떡하였다.

"증인을 대 드리리다. 괜히 왜 이래! 그러니, 당신은 물러나구 우리 사원에게 맡기란 말요. 사원 대표가 나서서 재고품(在庫品)이라두 처분하면 석 달 생활보장만 할까!"

하며 일석이는 영업과장의 얼굴과 얼러서 여전히 매서운 눈으로 훑어본다. 창고에 사치품이나 귀금속이 있을 리는 없지마는, 마카오 종이와 양복감의 나머지가 들어 있는 것은 짐작하는 것이다.

"사원 대표? 누가 언제 선거한 사원 대표요?"

순제가 다시 대들었다.

일석이는 주춤하다가,

"개인으루 찾아다니며 승낙을 받은 거요."

하고 응한다.

"우린 사원 아닌가? 우리한테두 승낙을 받았습디까? 사원회란 것을 만들구 대표를 뽑을 테건 예서 뽑읍시다."

"아니, 그럴 게 아니라 내일 월급은 나온다니 그야 으레 나올 것이요, 앞으루 생활 보장 문제의 교섭두 과장 여러분이 어련히 하실 거니, 일 임하구 오늘은 헤집시다."

그 중 낫살이나 듬직한 서무주임의 의견이다.

"옳소!"

"그럽시다!"

비로소 여기저기서 입들을 벌렸다. 만일 이 사람들이 김 사장이 회계에다 미루고 금고 속에서 남은 돈으로 입이나 틀어막으라고 하더란 말을 들었더면 이렇게 쉽사리 수그러졌을 리도 없지마는, 또한 '동무'라는 한 마디에 임일석의 춤에 놀았다가는 큰일이라는 조심이 앞섰기 때문에 어서 이 자리를 떠나고 싶어 하는 불안이 누구에게든지 움직이었다. 그것은 누가 빨갱이라고 탄하고 잡으러 달려들 사람이 있을까 싶어서 불안한 것이 아니라, 감정적으로 그러하였다.

"그럼, 내일까지 기다릴 게 아니라, 이 자리에서 대표를 선거해서 교섭을 보내구, 우리는 이대로 하회를 기다립시다."

김한이가 한 마디 할 기회를 타려고 잔뜩 벼르다가, 일석의 옆으로 나서며 뽐내 보인다.

"이건 뭘 빚쟁이처럼 이러는 거야. 내일이 월급날이니 내일 돼서 안 주건 베개 베구 누워서 늘어붙든지 단식동맹이라두 합시다그려. 이렇게 급하게 될 줄 모르구 준비나 연락이 없어 이렇게 됐겠지. 설마 벼룩의 간을 내 먹으러 들라구……."

은애가 동무끼리 이야기나 하듯이 숫기 좋게 이런 소리를 하니까, 험악한 공기와는 딴전인 그 말씨가 우스워서 젊은 애들이 와아 웃으며 좌중이 흐지부지 흩어지기 시작하였다. 그러자 윤만이가 앞장을 서고 창길이 어머니가 헐레벌떡 따라 들어왔다.

슬며시 사람 틈을 비집고 나온 영식이는 아무 말 말라고 윤만이에게 눈짓을 해 보였다. 그러나 창길 어머니는,

"얘, 이 어른이시냐? 어쩌면 그런 일이! 그래 정말 목숨이 붙어나 있어요?"

하고 숨이 턱에 닿는 울음 섞인 소리로 매달리듯 묻는다.

'병원으루 바루 데리구 가랬더니!'

하는 생각에 영식이는 눈살이 찌푸려지며 모른 척하고 앞장을 서 나갔다. 무엇보다도 일석이가 이 마누라의 말을 들었을 것이 걱정이었다.

"그래 병원은 어디예요 그러기루 이틀씩 기별두 없이 이럴 수가 있에요"

인제는 책망하는 말씨다. 영식이는 병원으로 데리고 가면서 대강 경과를 이야기해 주고 위로도 하였다.

모자가 만나서 울며불며 넋두리를 하는 것을 듣기가 애처롭고 싫기도 하였지마는 그보다도 부탁한 사과 한 알 사다 먹이지 못한 것이 가엾었다.

"의사가 혹 뭐라구 하더라두 입원료니 당장 생활비쯤은 사장께 말씀해서 염려 없게 할 테니 안심하구 계셔요 하지만 누가 묻든지 사장이 서울 있단 말은 마세요 너희들두 주의해야 한다. 회사에두 빨갱이가

있어서 사장을 찾으러 다니니까. 말 한 마디에 사람의 목숨이 왔다 갔다 하는 판이다."

하고 영식이는 아이들에게 또 주의를 시켰다.

"헤에, 회사에두 벌써 빨갱이가 들어왔어요? 우리 집 아랫동네선 어제 저녁에 끔찍끔찍한 살인이 났죠……."

사람의 목숨이 왔다 갔다 한다는 말에 달아서 창길 어머니는 말을 꺼낸다.

"어떤 놈이 꽂았는지 우리 집에서 내려다 뵈는 산과 집인데, 글쎄 자는 사람을 불러내다가 문 앞에 세워 놓구 손을 들라구서 체조나 시키듯이 앞으로 가, 뒤로 가, 오른편으로 가, 왼편으로 가 하고 맴을 돌리다가 탕 쏘아 거꾸러뜨렸으니, 아 그게 바루 자기 집 문 앞이니 어째요!"

까맣게 탄 커단 얼굴을 몸서리가 쳐지는 듯이 찡그리며, 창길 어머니는 아직도 놀란 가슴이 가라앉지 않은 듯이 큰 숨을 쉰다.

"허 누군데요?"

"예전에 순사를 다녔다는 오십이나 된 늙은이예요 누가 먹어낸 거죠. 캄캄한 오밤중에 바루 귀밑에서 총소리가 나니, 애는 죽었는지 살았는지 소식이 없구 가뜩이나 떨려서 잠이 와야죠 ……그런데 우리게서두 붙들려 간 사람이 얼만지 모른대요 인제 인민재판이라나 한다구 수군거리구 야단이랍니다. 날마다 자구 깨면 먹을 게 있나, 동네는 시끄럽구 무시무시한 소리만 들리구, ……아 너두 불행 중 살아난 것만 다행이다만 무얼 먹구 어떻게 저 다리를 하구 산단 말이냐……."

좀 수다스러운 마나님은 정신이 공중 걸린 듯이 자위가 제자리에 앉지 않은 눈길을 다시 아들에게 돌리며 눈물이 핑 돈다.

"아 참, 난 갈 적에 기막히는 걸 보았죠."

윤만이도 제정신이 아니요, 조금 전에 본 일을 잊었었던 듯이 눈이 번해서 말을 꺼낸다.

"바루 창경원 맞은편 쇠창살문 안에서 붕대를 처맨 대학병원 환자가, 군대에서 입는 누르스름한 속바지 저고리를 입은 채 쭉 여남은 자빠져 있겠죠 다리에 칭칭 감은 붕대냐 머리를 싸맨 것이 하얀 채 그대루 있어요. 아 어쩌면 그래두 동포라구! 그거 언제 그런 원수를 졌는지 알다가두 모를 일이지! 얘, 나두 너처럼 총알이나 맞구 가만히 드러눴으면 아무것두 안 보구 팔자 좋겠다!"

"허!"

하고 영식이 입에서는 한숨이 저절로 나왔다.

공세

"오늘은 무슨 생각이 나서 왔나?"

영감은 점심에 어제 그 양주를 한잔했는지 불콰하니 좋던 신기가 흐려진다.

"뭐, 무슨 생각이 나서 와요? 좀 할 얘기가 있어 왔죠"

순제는 어쩐 트집인지 짐작을 못하는 것은 아니나, 좀 핀잔을 주는 어기였다.

"그동안 뭘 했느냐 말야?"

"그동안이 몇 달 되는가 싶군요? 호호호……아, 언제부터 그렇게 눈이 짓무르실 지경예요?"

순제는 자기가 맡아 가지고 온 용무를 생각하고 영감의 비위를 덧들여서는 안 되겠다고 농쳐 버렸다.

"아 그럼, 예다 틀어박아 놓구 가선 모른 척하니 그럴 수가 있나?"

퍽 기다렸던 모양이다. 늙은이 마음에 겁은 나고 적적하니 그렇겠지마는, 어미 떨어진 애 같은 표정이나 말소리가 쓸쓸하였다.

"참 근데, 월급은 내일 치러 주시겠죠?"

최 과장 자신도 좀 켕기는 조건이 있어 오기를 싫어했지마는, 숨어 있는 데를 이 사람 저 사람 번잡히 드나들게 하는 것이 안되었고, 과장들이 몰려다니면 임일석이 측에서 뒤나 밟지 않을까 하는 겁도 없지 않아서, 우선 순제가 교섭을 맡아 버렸다.

"누가 그 아랑곳하구 다니라나!"

하고 영감은 또 핀잔을 탁 주었다. 영감의 토라진 뱃속에는 또 다른 것이 뭉클히 쳐져 있는 것이었다.

"아랑곳을 헐래 허나요 벌써 '동무'란 소리가 나오구, 모리 거두 김 아무개를 잡아내라구 젊은 애들이 날뛰는 걸 못 보셨으니 망정이지, 살 판예요! ……나를 앞에 세 놓구두, 사장이 차구 다니던 노리개를 떨어뜨리구 갔을 리는 없으니 사장을 찾아내라구 성화를 받치는데!"

순제는 기닿게 말하기가 싫으니 쿡 찔러 놓았다.

"어떤 놈들이? 아 사원 중에 그런 빨갱이가 있더란 말야?"

학수 영감은 역정을 버럭 내면서도 눈이 커대졌다.

"진짠지? 얼치긴지? 하지만 선무당이 사람 죽인다구, 얼치기가 더 말썽이요, 더 무섭거던요."

순제는 자기 남편도 얼치기였기 때문에 중학교 선생 노릇이나 다소곳이 하는 게 아니라, 공산주의 책 한 권도 보는 것을 못 봤는데 남북협상이니 뭐니 하고 겉몸이 달아 다니다가 살림도 계집도 다 버리고 넘어간 것이라고 코웃음을 치는 것이었다.

그러나 평양 가서 중학교 선생 자리라도 얻어 걸렸는지, 어떤 꼴로 무슨 고생을 하고 있는지 생각하면 신세가 가엾기도 하다.

"금고 속에 삼십만 원은 남은 게 있을 텐데 그걸루 평사원들만 나누어 주라니까!"

영감은 또 볼멘소리를 한다.

"한 푼두 없다던데요?"

"뭐? 최종우란 놈이 그래? 도둑놈 같으니!"

"아, 난리 아닌가요. 그런 좀도둑쯤야 눈감아 버리는 거지."

"눈감아 버릴 게 따루 있지."

"뭘 그리세요? 회사 돈 다 쓸어 넣구 육칠십만 원 월급에 치를 떠는 영감이나, 제 손아귀에 있던 이삼십만 원 우그려 넣기나……."

"그래, 난 큰 도둑이란 말야?"

"아니면 덜! 좀도둑의 두목이면 큰 도둑이겠지만, 두목의 노리개는 뭔구? 호호호"

영감은 어처구니가 없어 멀끔히 바라보다가, 어리광 피우듯이 놀리며 해쭉 웃는 데 끌려서,

"노리갠 노리개지!"

하고 그만 풋 웃어 버렸다.

"나두 위로금으루 돈 백만이나 주시겠죠?"

"위로금?"

"인젠 비서구 통역이구 쓸데없지 않습니까. 노리갠 소리 듣기두 싫구. ……노리개 소리 듣는 위자료라두 그만 것쯤 주셔서 아까울 건 없

겠죠"

"뭐? 무슨 당치 않은 소리야?"

영감은 눈이 휘둥그레지며 나무라듯이, 속을 뽑아 보려는 듯이 무서운 기세로 멀끔히 쏘아본다.

"그런 소리를 하면 이 집에 가둬 두고 한 걸음두 못 나가게 할 거야"

눈자위가 틀려지며 질투의 불길이 타오른다. 주기가 있는 얼굴에 피가 기어오르며 한층 더 정력적으로 싱싱한 기세가 무서워도 보인다.

"어차피 나두 이러구 있다가 어떻게 될지 모르니까, 깊숙이 촌으로라두 들어갈까 하는데 수중에 돈이 있어야죠"

순제의 감정에는 잔파동도 일지 않는 듯이 태연하다.

"흥! 시굴루? ……네 배짱을 모르는 줄 아니!"

이런 말버릇은 애무가 최고점에 달했을 때만 듣던 것이다. 질투는 사랑에 통하는 것이니까, 역시 귀여워서 이런 말씨가 나오는 것인 모양이다.

"호호호. 내 배짱이 어떻길래! 짐이 되시겠기에 제풀에 물러가 드린 단밖에!"

순제는 여전히 상글상글 웃어만 보인다.

"잔소리 말아! 총소리에 놀라더니 머리가 돌았단 말인가? 환장을 했단 말인가? ……"

"호호호. 누가 머리가 돌았는지! 써 먹을 데 없는 통역은 뭣하자구 잔뜩 끼구 있겠단 말예요 노리개보담은 호신용 권총 한 자루나 든든한 호위병이 더 긴할 걸요"

영감이 진국으로 대들수록 순제는 새롱대며 손길로 가벼이 막아내는 수작이었다. 한참 옥신각신하는 판에 영식이가 쑥 들어섰다.

"어떻게 말씀드렸에요?"

눈치가 좀 다른 기색에 영식이는 마루 끝에 와서 서며 이리저리 쳐다보고 말을 붙인다.

"네. 하지만 삼 개월 생활보장 문제는 난 몰라요. 내 위자료 아니 위로금 타 내기에두 여간 쫄기시는 게 아닌데……."

순제는 콧날을 쨍긋하며 눈웃음을 쳐 보인다. 영식이가 들어오는 바람에 펴졌던 영감의 상이 다시 찌푸려지며 순제를 흘겨보았다. 영식이는 모든 눈치를 알아차렸다. 어제 순제한테서 점심 대접을 받았다는 데에 좋지 않은 기색이더니, 순영이와 은애가 와서 같이 놀았다니까 조금은 신기가 풀리던 영감이었다. 그것은 고사하고 이야기가 어떻게 되었기에 별안간 위자료니 위로금이니 하는 말까지 나왔는가? 그러니 의혹은 더 부쩍 날 것이 아닌가. 도대체 순제의 실없는 태도가 안되었다고 영식이는 속으로 나무랐다.

"월급은 내가 굶구 앉었는 한이 있더라두 치러줄 거지만, 우리 회사가 해산을 하는 줄 안다든지 해서는, 그건 일개 회사의 문제가 아니라 대한민국에 대한 역적의 소리야……."

"아니, 억대(億臺) 소리를 들으시는 선생님이 굶을 걱정을 하세요?" 하고 순제가 또 코웃음을 친다.

그러자 대문이 찌걱하고 혜화동 마님이 들어서며 뒤따라 식모가 왜 반물보자에 싼 큰 목판을 이고 따라 들어온다. 영감은 말을 잠깐 끊고 눈으로만 알은체를 하였다.

"그동안 여기 계셨습니까?"

마나님의, 둥이 수북한 눈이 실룩하고 모가 지며, 영감은 알은체도 않고 인사를 하러 일어나는 순제부터 치어다보았다. 그래도 사돈이라 해서 말공대는 좋았다.

"아뇨 지금 온 길예요"

자기가 결코 이 영감의 첩은 아니라고 생각하는 순제는 심상히 대하는 것이었다.

"어서 올라갑쇼"

"아니, 어머니 좀 뵙구."

뚱뚱마님이 돌쳐서려니까, 식모가 내려놓는 것을 나와서 받아 주고 난 영식의 모친이, 사장 부인을 맞으러 뜰로 내려왔다.

"물종은 귀한 때 거북한 어른을 맡아가지구 얼마나 고생이세요"

영감과 남매라도 곧이들을 만큼 거북살스럽게 생긴 완만한 이 마님의 어디서 그런 소리가 나오는지 말소리만은 곱살스럽다.

"뭐, 계실 델 계십니까. 죄송하구 딱해 못 견디겠어요"

"두 식구씩이나 폐가 돼두 아마 내가 와서 시중을 들어야 할까 봐요"

"아, 오시면 작히나 좋겠습니까."

인사가 끝난 뒤에 마님은, 뜰로 내려서는 순제와 바꾸어 영감 방으로 들어갔다.

"그래, 영 집으룬 못 들어가시겠우?"

"당분간 어려울 거야."

영감은 입으로만 대꾸를 하며 눈은 영식이와 무엇인지 속살거리고 섰는 순제의 얼굴로 갔다.

빠져 달아나려는 순제는 내일 월급을 타다가 달라는 부탁을 하는 것이었다.

"난 갈 새가 있을지, 아우님 시켜 보내 드리죠."

영식이는 영감이 눈여겨보는 시선을 얼굴에 느끼자, '아우님 시켜 보내 드리죠.'라는 나중 말을 커닿게 하였다.

"안 돼, 의논할 게 있으니깐 꼭 오세야 해요."

순제는 잽싸게 소곤거리었다.

"그러믄 불편해두 나두 와 있는 수밖에 없구먼."

마님은 방 안을 휘 둘러보다가 가방으로 눈이 가며 이런 소리를 한다.

"와 있언 뭘 해. 집은 어떡허구."

영감이 핀잔을 주니까,

"아, 약주 시중만 해두 수월하기에! 먼 데면 몰라두 어떻게 모른 척하구 있을꾸. ……한데 저 가방은 뉘 거요?"

하고 세 층으로 놓인 가방의 맨 밑의 것을 가리킨다.

"응……."

영감이 코대답만 하고 마니까, 마누라는 머리맡에 양주병과 나란히 예반에 받쳐 놓인 찬합 뚜껑을 열어 보더니,

"흥, 피난을 다녀두 자실 건 다 찾아 자시는군!"

하고 비꼬아 본다. 육포, 어포에 어란을 차곡차곡 재고, 어디서 났는지 실백에 건포도를 소복히 곁들인 마른 안줏감이었다. 순제 집에서 가져

온 것을 주인마님이 정성껏 마련해 들여온 것이었다.

"미국 사람이 다 빠져 나가두 통역만은 필요하던감? 저 가방 가져가
래요."

마누라는 순제와의 그런 관계인 것을 번연히 알면서도 딱 마주치면
부르를 하기 싫었다. 다만 명색이 사돈이고 보니 체면 없이 맞달라붙어
서 싸울 수가 없어 변죽만 울리며 듣기 싫은 소리를 하는 것이었다.

"나 좀 봐요. 내 자릿보 가질러 가는 길에, 이 가방 저 아씨 댁에 갖
다 뒤요."

마나님은 가방을 끌어내다가 마루 끝에 놓으며, 순제와 마주 서서 숙
설거리고 있는 식모에게 말을 건다.

"마침 잘 됐군요 사람이 없어 못 가져갔는데."

순제는 모욕이나 당한 듯이 불쾌하였으나 사돈마님이라 더 꼬집는
소리는 못했다.

"아까두 며느님더러 너 보기 싫어 내가 나가련다 하고 야단을 치시더
니 저렇게 영감님을 붙들구 앉았구 싶어 성화셨군."
하고 식모는 입속으로 웃는다. 순제가 새댁 친정붙이라 해서 만나면 시
어머니 흉하적이 이야깃거리가 되었다.

"그 왜 체면 없이 이래."

영감은 가방을 내놓는 게 심사가 나서, 볼멘소리로 은근히 나무라다가,

"자릿보는 갖다가 뭘 하는 거야? 가져올 거 없어."
하고 밖에 대고 소리를 커닿게 친다. 순제에 대한 화풀이를 마누라는
며느리에게 하고 영감은 마누라에게 하는 것이다.

"계집이란, 무슨 업원인지 죽을 둥 살 둥 한 판에두 끼구 다니지를 못해서!"

"누가 할 소린지."

마님이 목판을 내려 부리나케 안으로 올라오려니까, 영감은 손짓으로 순제를 부른다. 부엌 앞에 주인마님과 나란히 섰던 순제가 이번은 자기 차례라는 듯이 마님과 맞바꾸어 쪼르를 가는 것을 영식이는 건넌방에서 내다보며 혼자 웃었다. 대문 밖에만 나서도 쓸쓸한 거리에 젊은 놈까지 풀이 없이 눈치만 보며 비쓸비쓸 걸어 다니는 시절이 되었어도, 여기만은 딴 세상 같은 생각이 들었다. 일 년 열두 달 절간같이 조용하던 집안이 벅적벅적하고 모든 사람이 핏대를 올리며 으르렁대고 있는 것 같다. 모든 사람이라야 영감 내외와 순제가 빚어내는 애욕이나 치정의 발산에 지나지 않지마는……

"……웬 그런 데가 있겠에요 죽어두 선생님은 아무 데두 못 가세요. 그저 예가 제일 안전지댑니다. 첫째 마님이 계시구……."

영감이 수군수군하니까, 순제는 핀잔주듯이 이런 소리를 하며 달래는 말눈치다. 순제가 시골로 깊숙이 들어간다는 말에 좋은 데 있으면 같이 가자는 의논인 모양이었다. 맥주통이며 통조림을 죽 늘어 내놓다가 마님은 귀가 반짝해서 돌아다보았다. 그러나 영감은 순제의 목소리가 큰 데에 눈살을 찌푸렸다.

맥주를 한 다스나 가져온 것을 보고 순제는 영식이 대접할 욕심에 양주만 보낸 자기보다 난 것을 생각하고 마누라가 역시 다르다고 생각하였다.

식모는 아랫방 마루로 와서 가방에 빈 목판을 얹어 싸면서,

"그래 금침은 가져 오랍쇼, 말랍쇼?"

하고 웃으니까,

"이건 무슨 딴소리야."

하며 마님이 펄쩍 뛰었다. 그러나 영감은 잠자코 말았다. 순제가 못 올 바에는 못 이기는 척하고 마누라라도 옆에 두고 싶었다. 의지도 되거니와 고래 속의 보물을 혼자 지키기에는, 차라리 순제보다 마누라가 믿음 성스럽다고도 생각하였다. 게다가 순제를 영식이와 한집 속에 넣어 놓고 지내기가 싫기도 하였다. 그렇다고 순제를 제멋대로 내버려 두거나 시골로 보내기도 안심이 아니 되니, 이럴 수도 없고 저럴 수도 없는 사정이었다.

순제는 가방을 이고 나서는 식모를 따라 나오며, 들껏질을 해서 쫓겨 가는 것 같은 생각이 들어 마음이 덜 좋았다. 다시는 이 집에, 올 일도 없고 영감을 이대로 이별하고 마는가 하면 섭섭도 하였다.

그러나 어느 모로 보나 벌써 귀정을 지었어야 할 것인데 이때껏 질질 끈 것이 잘못이지, 이런 핑계로 헤어져 버리는 것은 시원하였다.

집 동구께까지 온 순제는 눈이 똥그래졌다. 웬만한 데 놀라지 않는 순제도 웬일인지 가슴이 선뜻하여 목구멍이 뿌듯하였다. 바로 아까 아침결에 싸우던 임일석이가 골목 모퉁이에 웅크리고 앉았고, 김한이가 담배를 피워 물고 이 편을 바라보고 섰다.

"아, 이거 웬일야? 누굴 장맞이 하구 있우?"

순제는 웃어 보였다.

"응, 순제 씨를 좀 만나려구……."

김한이까지 인제는 형사의 말버릇같이 위압적이다. 일석이는 앉은 채 눈을 까뒤집고 치떠 보고만 있다.

"그 눈 장히 무섭군요. 누구를 때려 잡아가려나! 호호호"

덜렁하던 자기 마음부터 가라앉히고 저편을 달래려는 듯이 농쳐 버렸다.

"그러지 않아두!"

일석이가 일어나며 시비조로, '때려 잡혀갈 줄은 아는 게로군' 하고 코웃음을 친다. 순제는 등에 찬물을 끼어 얹는 듯한 오싹한 느낌이었다. 모른 척하고 앞장을 서며,

"난리가 나더니 개백장이 세상 만났나 보다? 우리 집엔 강아지 새끼 하나 없는데! 하하하."

하고 여전히 웃음소리로 농쳐 버리려 하였다. 아니꼬워 못 견디겠으나, 아까 회사에서 제 혼자 판같이 날뛰려는 것을 콧대를 꺾어 놓아서 앙갚음으로 그러는 것인지, 정말 뒤에서 어떤 놈이 꼬드겨서 조종을 하는 것인지, 역시 겁이 나지 않을 수 없었다. 가방을 이고 따라선 식모도 이상스러운 눈치에 얼굴빛이 달라졌다. 그러나 쫓아 들어온 일석이가, 다짜고짜 영식이 집을 가르쳐 내라면서,

"당신네들은 몇백만 원씩이나 얻어먹구 싸구 도는지 모르겠지만, 좀 따끔한 맛을 봐야지 이만저만해서 나올 리 없을걸……."

하며 서두는 품이 정작 노리는 것은 사람이 아니라, 무슨 '국물'이나 걸릴까 하고 헛위협을 하며 쑤석거리는 것 같기도 하였다.

하여간에 창길 어머니가 회사에 들어서며 호들갑을 찧는 통에 기미를 채고 당장 뒤를 밟아서 단서를 잡은 모양이다.

찻간에 쓰러졌던 창길이도 적십자병원 근처라는 것만 짐작한 데서, 회사로 가 보았으나, 문이 다시 잠겨 물어볼 수가 없기로 윤만이를 앞장세우고 여기까지 왔더라는 것이다. 그래도 대 주지 않고 뻗댄 윤만이란 놈이 무던하다고 생각하였다.

"아, 그러지 말구 일러드릴게 가 보시구려. 설마 그 양반이 갈 데가 없어 그런 데 가서 끼워 있답디까. 창길이를 처치할 길이 없어 그리로 돌아 적십자병원에 가는 길에 우선 내려서 쉰 건데, 벌써 부자가 만나서 뛴 지가 언제라구. 자동차 없어진 걸 보면 알지……."

"이 짐은 뭐요? 그때 들구 나갔던 걸 가져오는 거겠지? 당신두 신영식이 집에서 오셨수?"

마치 형사의 어투 같다.

"이건 무슨 눈에는 무엇만 뵌다구! 우리 오라버니 댁예요 혼자 있기가 무서워서 묵으러 온 건데!"

몰풍스럽게 핀잔을 주고 나서,

"정 그렇게 못 믿겠거든 나구 같이 가 봅시다그려. 자, 올라와요 맥주라두 한잔 먹구 좀 쉬어서 나가 봅시다."

하고 얼렁뚱땅하였다. 맥주를 낸다는 바람에 두 젊은 애는 마지못한 체하고 올라왔다.

순제는 긴치 않은 손들을 방에 들여앉히고, 식모를 부엌으로 끌고 들어갔다.

"자, 맥주가 단 세 통. 한 사람이 한 통씩이야."

순제는 혜화동 식모를 영식이 집으로 되짚어 보내 놓고 한참 거레를 하다가, 주안상을 손수 들고 들어와서 술통을 똑똑 삼각형으로 따기 시작한다.

"누구를 닮아서 인색하기란!"

임일석이는 보료 위의 한가운데 떡 버티고 앉아서 웃지도 않고 거드름을 피우며 심통 진 소리를 한다.

"인색한 소리가 아니라, 아 언젠 이 천지에서 또다시 맥주 맛이나 보겠기에!"

"양키 맥주 안 먹구 사는 세상이 된 게 다행한 줄은 모르구……."

점점 더 주짜를 빼는 꼴이 아니꼬웠으나,

"자아, 그러구 보니 난 노서아 말이나 다시 공부를 할까?"

하고 깔깔 웃었다.

"노서아 말을 다시 공부하다니요?"

김한이가 눈이 커대졌다.

"왜? 미군 통역만 하는 줄 아는감! 월사금 가지구 와요."

한참 때 밤이면 여남은이 모여서 몰래 노서아어 공부를 한다고 남편을 따라다니던 시절도 있었던 것이다.

"그런데 대관절 어떻게 되는 셈예요?"

순제는 자기도 맥주잔을 들며 무슨 들을 소리가 있을까 하고 말을 돌렸다.

"어떻게 되긴, 또다시 뒤집힐 듯싶어서요?"

하고 일석이는 냉랭히 코웃음을 쳤다. 이런 것을 보면 진짠가 보다고 마음이 또다시 선뜻하였다.

"자, 그러니 나 같은 사람은 나무에두 댈 수 없구 돌에두 댈 수 없구 어떡했으면 좋을지?"

순제는 의논성스럽게 매달리는 기색으로 웃으며 눈을 짜붓해 보였다.

"왜, 노서아 말 하신다면서? 말이 보배예요 게다가 이북에는 영어 하는 사람이 귀할 거니까, 우선 여성동맹이나 가입해 놓구 요령 있게 하면 당장 옵쇼 옵쇼 할껄!"

김한이의 코치였다.

"그렇게만 된다면! ⋯⋯하여간 난 몰라요, 인젠 두 분 뒤만 따라다닐 거니까! 이 맥주 한잔에 무슨 뜻이 있는 줄 아슈? 호호호⋯⋯."

순제는 슬쩍 돌려댔다.

"하지만 쓴 맥주 한 잔으루만? ⋯⋯"

임일석이가 입을 빼쭉하며 받는다.

"그럼 또 뭐? ⋯⋯"

"물어봐선 뭘 하는 거요. 순제 씨 만한 이면 눈치가 뻔할 게지! 우선은 딸라 상자의 열쇠가 필요한데⋯⋯."

"하하하⋯⋯."

하고 김한이가 의미심장한 웃음으로 장단을 맞추었다.

맥주 한 잔씩에 거진 두 시간이나 잡담으로 거례를 한 뒤에, 순제는 가자고 나섰다. 그만하면 혜화동 식모가 천연동에를 가서 무슨 조처든지 했을 것이다.

두 청년은 마음이 내켰든지 순제더러는 그만두고 저희끼리만 가 보겠다고 가 버렸다.

그 후 며칠 동안이나 영식이도 아니 들여다보고, 이편에서 가기도 싫고 하여 그 뒷소식은 돈연히 모르고 지냈다. 월급을 가지고 온 순영이더러 물어보아도 아무 일 없는 눈치였다. 그러나 월급을 가져다 달라고 그렇게 신신부탁을 한 영식이가 시치미 딱 떼고 모른 척하는 데는 기다리다 못해 울화가 터졌다.

사흘 동안이나 참다못해서 순제는 혜화동에나 가면 소식을 알려니 하고 나섰다.

원남동 로터리에를 오니, 먹고 자는 것밖에, 아니 먹는 걱정밖에는 아무것도 할 일이 없을 듯한데, 무슨 볼일이 많아서 웬 사람들이 이렇게 쏟아져 나와 다니는지 길이 빽빽하다.

순제는 무심히 창경원 쪽으로 막 돌쳐서려는데, 누가 툭 건드리는 것 같아서 돌려다보니,

"허어, 오래간만이군요"

하고 송명규가 선웃음을 치며 우뚝 섰다. 팔에 낀 하얀 완장에는, 무슨 신문인지 '신문'이란 두 자가 눈에 띤다.

"참 오래간만이군요"

순제는 웃어는 보였으나 말소리가 겉돌았다. 이 사람이 왜 알은체를 했는가 싶었다. 다른 때 같으면 벌써 저만쯤서부터 고개를 외로 꼬고 지나치던 사람이었다. 그러지 않아도 요새로 순제는 거리에 나서면 이런 또래의 고개를 외로 꼬고 지나치던 예전 '동무'나 만나지 않을까 사

넘이 되던 터이다.

"인젠 좀 나와 같이 일해 보십시다. 일민(逸民)도 오구 했는데!"

전선대 위에 수세미가 건드렁 달린 듯한 얼굴에서, 눈만 매섭게 반짝이는 송병규는 누구를 떠보듯이 여전히 선웃음을 친다. 순제는 일민이 왔다는 말에 말끔히 치어다보며 미처 대꾸가 아니 나왔다. 일민이란 삼 년 전에 자기를 버리고 이북으로 달아난 장진이 말이다.

"지금 와서 뭘 해요?"

"뭘 하든……하여간 만나려거든 시청으로 가 보슈. 내게루, 예전 경향신문사 자리 아시지? 그리루 오셔두 좋구."

순제는 어름어름 대거리를 하고 헤어졌다. 돌쳐 오면서도,

'어떤 모양일구? ……만난다면 무어랄구? ……우그려 넣려지나 않을지.'

이런 생각을 하여 보았다.

반가울 것도 없고 싫을 것도 없으나, 어떠면 나와서 일을 하라고 붙들릴 것 같아서 무서운 생각이 들었다. 그까짓 생각은 말리라고 도리질을 하였다.

혜화동 집은 첩첩이 닫힌 속에 칠십이 넘은 등신 같은 주인마님의 친정어머니가 외손주며느리에 식모 얼러 세 식구만 데리고 쓸쓸히 들어엎데어 있었다. 계집아이는 영감마님의 시중을 들러 천연동으로 보내었다 한다. 친정어머니는 딸과는 딴판으로 말할 수 없이 안존하니, 외손주며느리에게도 고맙게 굴고 귀애하는 그야말로 옛 노인이다.

"어저께 어머니께서 다녀가셨죠"

조카딸은 쓸쓸한 집 속에서 무엇을 하고 있는지 심심하다거나 무섭다는 소리도 없이 신기가 퍽 좋았다.

"응, 요샌 어떻게 지내신대? 식량이나 떨어지지 않구 잘 지내시는지?"

배급 쌀로 연명을 하는 세상에 대엿샛째 시장 문은 닫혔고, 벌써부터 어디서나 식량 걱정인데 순제에게는 큰집 큰 오라버니인 이 색시의 친정아버지란 별로 벌이도 없이 어린 아들이 미군부대에 하우스키퍼로 다니며 네 식구가 매달려 사는 형편이다. 부자 사위의 덕이나 볼까 하는 생각이었겠지마는 신혼 초부터 신통치 않은 새요, 더구나 종식이 솜씨에 흘러가는 것이라고 지질히 있을 리 없던 터다.

"그 날, 떠나시던 날, 김 서방이 늦게까지 안 들어온 것, 실상은 사직 굴 집에 가서 있었더래요! ……"

종식이 처는 생글생글 웃는다. 저번에 만났을 때는 그댓소리가 없더니 오늘은 그 말이 하고 싶어서 신기가 좋은지? 신기가 좋아서 그 말을 꺼낸 것인지 하여간 종식이가 처가에 가서 밤을 새웠다는 것은 딴은 의외다.

"의가 좋으면 처갓집 말뚝에 절두 한다는데!"

순제가 웃으니까 '의가 좋으면'이란 그 말이 퍽 듣기 좋은지 조카딸은 해해 웃으며,

"이건 아주머니한테만 이야기지만, 돈을 찾아다가 큰 가방으루 하나나 맡기구 갔대요. 밤늦게 몰래 땅을 파구 독에다 넣서 파묻었대요."
하고 속살거린다. 아무한테도 말 말라는 것이나 하도 좋아서 중매 든 이 아주머니한테만 하는 것이다.

"흥……옛 이야기 같군."

순제는 또 웃으며, 이 애가 이렇게 얼굴이 환하니 신기가 좋은 것이 시어머니가 없어서 그런 것만이 아닌 것을 알았다. 돈 십만이고 집어 주고 갔을 것이니 난리 통에 굶지는 않을 것이요, 그보다도 처갓집을 그만큼 믿어 주는 남편이 고맙고 그야말로 의가 좋은 표적이라고 마음이 느긋해 하는 것이었다.

순제는 샘이 나는 것은 아니나 영감을 또 좀 달래든 조르든 해야 하겠다고 생각하였다.

천연동에를 가 보니 문을 흔드는 소리에 한참 만에 아이년이 나와서 열어 주며,

"아이, 난 누구시라구."

하며 무엇에 속았다는 듯이 웃는다.

"왜 그러니?"

"아녜요."

아이년은 또 웃는다.

영식이는 아랫방에서 반색을 하며 나오고 주인 모녀는 건넌방 창에서 내다본다.

"영감님은? ……"

영식이는 아무 말도 없이 웃으며 턱짓으로 안방을 가리킨다. 아닌 게 아니라 아랫방에 영식이 세간이 내려와 있고 방을 바꾼 모양이다. 안방 앞으로 가자니까, 다락에서 마님이 신통치 않은 얼굴로 뛰어내리고, 뒤따라 영감이 기어 나오며 어색한 웃음을 실미지근히 웃어 보인다.

"하하하. 고생은 되십니다만 노인네끼리 의취 좋게 재미십니다그려."

하고 놀려 주었다. 영감은 노인이라는 말이 듣기 싫었다.

"진작 빠져 달아났으면 이 고생은 안 하는 걸, 날 못 살게 구느라구……."

마님은 핀잔주듯이 이런 혼잣소리를 하며, 그래도 쓴웃음을 웃어 보이는 것이 말같이 고생으로 여기지는 않는 모양이었다. 벌써부터 더위를 몹시 타는 영감이 잠깐 동안이라도 꼭꼭 닫은 다락 속에서 한증을 하고 내려오느라고 땀을 흘리는 것을 보고, 수건을 접어 대령을 한다 부채질을 한다 하며 시중이 영등 같다.

"그동안 어째 꿈쩍두 안 했어?"

"나다니기두 싫구요……오늘은 퇴직금을 타러 왔죠"

하고 순제는 마님더러 들어 보라는 듯이 한마디 하였다.

"허어, 아씨는 아주 퇴직금을 내라시는구려?"

생활보장 문제라나, 젊은 애들이 날마다 조르러 다니는데 멀미가 난 마님은 순제가 퇴직금이라는 데는 귀가 번쩍 뜨였다. 이 사품에 얼마 주어서 떨어져 나가게 하는 것이 좋다구나 하는 생각이 드는 것이었다. 순제도 그러라고 마님이 듣는 데서 말을 꺼낸 것이다.

"참 지금 나온 길에 댁에 들러 왔죠. 다 무고하더군요. 노마님두 안녕하시구."

마님의 비위를 맞추느라고 또 한 마디 하였다.

"예 고맙쇠다. ……그래 아씨두 퇴직금 석 달치유?"

"그건 처분대루 합쇼그려."

이야기가 이렇게 노골적으로 나가니, 식모살이나 하다가 나가는 것

같이 천착한 생각이 들어서 순제는 웃어 버리고 아랫방 마루로 내려왔다.

"어쩌면 그렇게 한 번두 안 들러 주시구……."

노엽다는 기색이었으나 영식이는 눈짓을 하며 웃어만 보였다. 순제는 안방에서 듣거나 말거나 꺼림 없이 터놓고 말을 하나 영식이는 까닭 없이 눈치가 보여서 그것이 싫었다.

"그래 그 후에 어떻게 됐어요? 젊은 애들 왔어요?"

"왔어요가 뭐예요 날마다 그 등쌀에!"

영식이는 눈살을 찌푸리며 웃는다. 그날 식모가 와서 이르는 길로 방을 바꾸고 법석을 하고 나자, 임일석이 축이 왔기에 밖에서 모른다고 잡아떼어 보내도 좋겠지마는, 아주 시원스럽게 들어와 보고 가라고, 아랫방에까지 끌어들여서 좋도록 이야기해 보냈는데, 무슨 눈치를 챘는지 그 후도 날마다 심심하면 한 차례씩 와서 망을 보고 위협을 하고 간다는 것이다.

"아, 쥔댁에서 건넌방 아랫방을 쓰시구 안방을 비어 논 것만 봐두 이상치 않은가."

"하지만 내외분이 다락으로 숨으면 어머니께선 안방에 건너가 앉으셨는데두! 허허허."

"연극을 꾸미는군."

순제는 이런 소리를 하며 휘 둘러보다가 문턱 위의 선반으로 눈이 가자,

"저건 뭐야? 영감님 구두 아닌가? 저걸 봤던 게로군!"

하고 순제는 일어나서 꺼내려 한다.

"응?"

소리와 함께 영식이와 안방의 영감이 마주 나온다. 선반에서 반질반질한 유난히 채가 큰 빨간 구두를 끌어내렸다.

"머리만 감추고 꼬리는 내놨구먼!"

순제는 기탄없이 이런 소리를 하고 깔깔 웃었다. 그래도 순제는 영감의 구두를 들어다가 안마루에 영감과 나섰는 마님에게 주며,

"그러지 말구 그 애들 돈푼 줘서 입을 씻기세요"

하고 일러 준다.

"턱없이 뭣 땜에 돈을 주라는 거야. 그랬다간 나 여기 있단 광고치는 거나 다름없지 않은가."

"아무리 그래두 이 대가래 같은 하이칼라 구두만 보기루 당장 알았을 건데."

순제는 다시 아랫방 마루로 가 앉아서, 속살거리고 있다. 실상은, 지금 영감에게 하던 말을 뇌면서 일석이를 입을 씻기라는 훈수를 하는 것이었으나, 영감은 눈귀가 처져서 멀거니 바라보다가, 그 꼴이 보기 싫어, 에헴 하고 헛기침을 하며 방으로 들어가 버렸다.

아까 하던 의논의 계속인지, 마누라가 다시 말을 꺼낸다.

"아주 단결에 그렇게 합시다요. 저두 돈에 몸이 달아 저무도록 오는 거니……."

"잔소리 말아요"

영감은 짜증을 내며, 여전히 귀는 아랫방으로 갔다. 저희들이 눈이

맞아서 저러는 거나 아닌가 하는 생각에 오늘은 더 몸이 달았다.

　"난 몰라요 첫째 오는 게 보기 싫어!"

　마님은 다락 안의 가방에서 목침만 한 종이 뭉치를 꺼내 들고 영감
이 붙들 새도 없이 마루로 나서더니,

　"사돈아씨, 나 좀 봐요 이거 퇴직금으루 드린대우."

하고 퉁명스럽게 마루 끝에 탕 내던진다. 사돈아씨라고 부르는 그 목소
리도 비웃는 듯이 들려서 불쾌하였지마는, 순제는 너무나 의외요 모욕
을 당했다는 생각에 얼굴이 해쓱해지며 말끔히 바라보고만 앉았다가,

　"실없는 말예요 그런 거 여기 오는 애들이나 주세요"

하고 코웃음을 쳤다.

이동전선

"내일은 좀 와 주시겠지?"

"글쎄······."

"글쎄가 뭐에요. 내가 뭐 어쩌기에, 누가 뜯어를 먹나 왜 슬슬 꽁무니만 빼려 드시니 뭣 때문에요?"

순제는 이것만은 누가 들을까 보아 소곤소곤 직통을 쏘아 주고 웃음을 감춘 눈을 암상스럽게 뜨고 노려보았다. 그 무람없는 말이 우스워서 영식이는 헤에 하고 치어다보다가 눈이 마주치자 부신 듯이 외면을 하여 버렸다. 대담히 눈을 맞추기가 겁이 났다.

안방의 영감은, 아랫방에서 이야기 소리도 아니 들리는 것이 궁금해서 고개를 기웃이 빼고 내다보았다. 마루 끝에는 십만 원 뭉치가 그대로 내던진 채 놓여 있고, 마누라는 자기 할 일을 다 했다는 듯이 들어와서 서창 밑에 누워 눈을 감고 있다.

"내일두 안 오실 테건, 내 지금 바깥에 나가 있을 거니 좀 뒤떨어져 나오세요. 급히 꼭 할 말이 있어 그러는 거니……."

밀회나 약속하는 듯한 은근한 귓속은 영식이의 마음을 흔들어 놓았다. 그러나 십중팔구는 나가다가 영감에게 또 붙들릴 것이요, 수상쩍게 보일까 싶어 주저도 되었다.

"내가 그렇게 한가한 몸인 줄 아슈. 요새, 영감님한테 꼭 붙들려서 꼼짝을 못 하는데."

하며 영식이는 껄껄 웃는다. 무엇인지 수군거리다가 별안간 웃는 소리에 영감은 또 눈이 뚱그래서 기웃이 내다본다.

"이건 뭘 이렇게 지키구 앉아서 기웃거리는 거요? 젊은것을 아무러거나! 체통이 아깝게!"

마누라가 어느 틈에 눈을 떴는지 누운 채 쏘아 주고 혀를 끌끌 찬다. 영감은 당황해서 마누라의 입을 틀어막으려는 듯이 덤벼들며 눈을 부라리었다. 그러나 건넌방에서는 푸지를 만지고 있는 모녀가 마주 보고 웃었다. 순제도 생긋 웃으며 들여다보다가 내다보는 주인마님과 마주 웃었다.

"왜, 영감님이 설마 내게 놀러 올까 봐 가둬 놓진 않았겠지? 호호호……난봉자식 기생방에 갈까 봐 신발 감추는 수는 있지만."

순제는 나중 말에 자기도 우스운지 소리를 내서 웃었다. 그 웃음소리에 영감은 자기 내외 이야기들을 하고 비웃는 것 같아 입이 삐쭉해지며, 또 슬며시 내다보았다.

"설마 그렇게까지야! 하지만 요새로 내 눈치를 이상스럽게 살피시는 것만은 사실야. 그건 고사하구 임일석이란 놈이 그 이튿날 나 없는 틈에 와서 없다니까, 따는 줄 알구 부득부득 들어와서 아랫방 마루 끝에 망을 보구 앉았으니, 영감님은 한증 시간이 늦어 가서 땀을 뻘뻘 흘리구 더 죽을 지경이라, 그 후부터는 올 일두 없는데 뭘 하느냐구 꼭 붙들구, 마님두 놓지를 않는구먼! 하하하……."

하고 웃으니까, 순제도 땀을 뻘뻘 흘리며 다락 속에 껌벅거리고 있을 늙은이 내외의 꼴을 보는 듯싶어서 또 깔깔댄다. 여전히 젊은것들이 머리를 맞대고 숙설거리다가는 호호, 하하 하고 시시덕거리니, 이거야 못 견딜 일이라고 영감은 얼굴이 푸르락붉으락 속에서 자새질을 친다.

"하지만, 괜히 그런 핑계만 말구……난 몰라, 내일 안 오면 절교니까."

순제는 앵돌아져 보이며 발딱 일어나 안방께로 몇 발자국 다가서며,

"난 갑니다."

하고 소리를 졌다.

"갈 테야? 내일이라두 또 와요."

영감은 찌뿌드드한 상을 금시로 펴며 좋은 낮으로 대꾸를 하였다. 아무쪼록 달래야 하겠다고 방첩을 고쳤다. 또 사실 살살 빠져 달아나려 들수록 아까운 생각이 부쩍 들고 미우면서도 미울수록 그만큼 더 귀여워 보이는 것을 어쩌는 수 없었다.

"완 뭘 하나요. 안녕히 계세요."

순제는 휙 나가 버렸다.

'흥! 이따위 늙은 게 잔뜩 턱살을 치받치구 있으니 될 게 뭐야…….'

와락 마누라가 미운증이 나자, 다시 눈을 감고 누웠는 사람을 흘겨보며 혀를 쳇 하고 찼다. 문을 딱 가로막고 서서 들어오지를 못하게 해서

이야기도 못 하고 그대로 보낸 것이 분하고 서운해서 그예, 음! 하고 안간힘을 쓰고 말았다.

"이거 왜 이러는 거요? 혀를 찼다, 안간힘을 썼다 하구. 참 혼자 보기 아깝군! 그렇게 몸이 달건 쫓아가구려."

마누라는 슬쩍 돌아누워 버렸다.

"누가 내 걱정하래? 쌩이질 말구 어서 집으루 가요"

집 속 같으면 벼락이 떨어졌을 텐데, 듣는 사람이 있으니 체면 차려서 조용조용히 눈만 흘긴다.

"젊은 놈하구 눈이 맞아서 빠져 달아나려는 년을 머리가 허애서 조강지처를 뒷발길질을 해 가며 허덕지덕 쫓아가는 꼴이라니 가관이지. 날더러 어딜 가라는 거야? 흥! ……"

무꾸리쟁이 마누라가 혼자 중얼대듯 돌아누워서 파란 오후의 여름 하늘을 치어다보며 마누라는 혼잣소리처럼 푸념을 하는 것이었다.

"뭐 어째?"

'젊은 놈하구 눈이 맞아서'라는 말에 영감은 기가 질리면서도 눈이 번쩍해서 탄한다. 탄한다기보다도 무어 들은 거나 있는가 싶어 묻는 것이었다.

"아니, 마누라 보기에두 이상합디까?"

며칠을 두고 끙끙 앓는 것이 자기의 지나친 의혹인가 하였더니, 남의 눈에도 그렇게 보이나 보다고 한층 더 겁이 펄쩍 나서 캐어묻는다.

"보다 모를까! 젊으나 젊은 년이 뭣하자구 당신 같은 늙은이를 언제까지 붙들구 늘어질 것 같은가 생각을 해 봐요"

"머리가 셌느니, 늙었느니, 괜히! 내가 어디가 머리가 세구 어디가 늙었단 말야."

"흐흐흥……."

기가 나서 변명을 하고 덤비는 것이 우습기도 하고 사실 아직도 서른 줄에 들었을 때보다 다를 것이 없는 영감의 싱싱한 기품을 생각하고는 저절로 나왔다.

"아무리 큰소리를 쳐두 나이가 있는걸! 지금 생각만 하구 젊은 년 꽁무니만 줄줄 쫓아다니다가 헉 하구 쓰러질 걸 생각해야지. 돈만 빨리는 게 아니라 피를 빨리는 건 모르구. 목숨은 붙들어 매났습디까! 돈 들여가며 수명이 졸아붙는 걸……."

여전히 하늘만 쳐다보고 중얼거린다.

"열녀로군 열녀야!"

"아니면 덜컥 퇴직금 달래서 십만이나 주니까 눈도 안 떠 보구 달아나는 그 따위에다 댈까."

이 집으로 피접 나와서 단둘이만 지내는 동안에 마누라의 말솜씨만 보아도 기분이 퍽 젊어진 것이 사실이지마는, 강짜도 그만큼 더 늘었다.

"아무리 열녀래두, 남 성이 가시다는데, 일 없다는데 왜 이렇게 성화를 바치는 건지……."

영감은 추근추근히 골을 올리며 지구전을 하고 앉았다.

"죽을 때가 가까워서 기를 쓰나?"

일 없다 성이 가시다고 마구 들이대는 데에 마누라도 불뚝 심지가 나서 벌떡 일어나 앉았다.

"입 좀 작작 놀려. 죽을 때란 뭐야?"

붙들리면 죽을 것만 같아 벌벌 떨고 있는데 그런 사위스러운 소리가 듣기 싫었다.

"살아 행락이지, 얼마 남은 여생이라구 누가 무서워서 내 맘대루 못할까. 당신이나 어서 시원스럽게 죽어 주어요."

"사내란 다 도둑놈야. 삼십 년 동안 끌구 다니며 짓고생을 시키며 늙혀 놓고 언제 밥술이나 먹게 되니까 숫제 나가래! 보기 싫으니 죽으래?"

건넌방 식구가 듣거니 하는 생각에 동정을 구하듯이 소리를 더 크게 뽑아낸다.

"말버릇부터 고쳐. 이게 점잖은 집, 사장 부인의 말버릇야? 한 방 속에 당구니까 마지못해 좀 받자위를 해 주면 금시루 저 꼴이 보기 싫거던!"

영감의 목소리는 점점 졸아들어 갔다. 사실 늙어 간다 해도 부연 피둥피둥한 살이 몸에 와 닿는 것이 그렇게 싫은 것도 아니요, 순제에 대한 질투와 의혹으로 끓어오르는 정열이나 공상으로 그런 조발적 정욕이, 자연 앞에 있는 마누라에게로 넘쳐 흘려가는 며칠 동안은, 건넌방에 주인마님이 보기에도 부러워할 만큼 구순히 지냈던 것이다. 그 덕에 마누라는 한 열 살은 금시로 젊어진 것 같고, 얼굴 표정이 부드러워지고 생기가 전신에 돌아서 신기가 좋았으나 영감은 벌써 싫증이 났다.

"한참 점잖은 소리가 저 본새로군!"

마누라는 받자위를 해 주었다는 말에 부르를 하던 마음이 꺼지며 코웃음을 친다. 그러나 말본새는 점점 더 나빠 갔다. 영감을 자식같이 휘두르는 것이 유쾌하고, 영감이 순제를 한참 귀애할 고비에는 '애, 쟤' 하

듯이 마구 덤비는 것도, 영감을 받치는 애욕을 욕설로 풀어내야 속이
시원해서 그런 것 같다.

"아무래두 쓸데없어! 나두 계집 복 없는 팔자루, 그 등쌀에 살이 내리
며 호강 한 번 못해 보구 늙어 배린 게 아깝지 않은가 뵈. 살면 얼마나 살
라구! 남은 세월이 아까워서두, 하루를 이틀루 갑절을 살아야 할 텐데!"

"흥, 기가 막혀서! 세상에, 남자가 하루를 이틀루 갑절루 살면서 한다
는 일이 고작 계집질야? 사장영감 큰 사업 하십니다!"
하며 마누라는 코웃음을 치다가,

"이건 감질난 어린애거나 아편쟁이지 한 번 젊은 계집에 길을 트더
니, 걷잡을 줄을 모르니 이 노릇을 어째!"
하고 한탄을 한다.

"그러기에 늦게 밴 도둑이 밤 가는 줄 모른다지 않던감. 그렇게 분할
건 뭔구? 샘이나 나구 배가 아프거던 마누라두 길을 좀 터 보구려. 자기
도 눈에 드는 젊은 놈을 보면 싫지는 않겠지?"
하고 이번에는 껄껄 웃어 버린다.

"저런 망칙한 소리 봐! 저러구두 혼자만 점잖다지. 아무리 난리가 났
기루!"

"무슨 악담이나 한 듯이 이렇게 펄쩍 뛸 거야 뭐 있누? 허, 아직두 남
녀동권, 민주주의를 모르는구면! 그러니 싫다는 거지. 하하하."

"응, 그게 남녀동권야? 민주주의 잘 알았군! 남녀동권두 다 싫어!"
하고 마님은 영감이 눅진눅진하고 추근추근히 부화를 돋는 것이 화가 나
서 주먹을 쥐고 쥐어지를 듯이 덤비려니까, 아랫방에서 영식이가 나서며,

"예, 나가우……"

하는 소리를 치는 바람에, 벌떡 일어나는 영감을 허둥허둥 다락으로 떠밀며 올라간다.

오늘은 밖에서 따돌려 보내는 줄 알았더니, 물을 달란다고 영식이가 잠깐 안에 들어온 동안에 찰거머리 같은 두 젊은 애가 뒤따라 들어선다. 문을 가로막고 못 들어오게 하는 것에 더 의심이 나서 물을 먹겠다고 패를 쓴 것 같기도 하다.

뜰에 들어서면서부터 두 사람의 눈에 먼저 띤 것은 마루 끝에 그대로 놓인 종이 뭉치였다. 안방으로 건너간 모친도 돈뭉치에 손을 대기가 어려웠던지 무심했던 것이다. 임일석이는 혜화동 계집애가 떠 주는 물 대접을 받아서 부엌문 앞에서 켜고, 남은 것을 김한이에게 돌리고 안마루 끝에 걸터앉으며 돈뭉치를 들어 보더니,

"역시 사장이 사처를 잡고 계시니만큼 풍성풍성하군요 은행에서 갓 나온 빠각빠각한 놈이렸다!"

하고 회가 동하는 듯이 만적거린다.

"가만 뒤요 선사 들어온 모당(角糖) 봉지야 날마다 오시는 귀빈이 목이 마르다기에 커피나 한 잔 내갔더니……"

하고 영식이는 싱긋 웃어 버린다.

"물이 먹은 모당인가 꽤 묵직한데!"

"아니, 사장 구두가 없어진 걸 보니 안방 다락 속두 위태위태해서 들구 펴는 길에 놓고 간 밥값인가 본데!"

김한이의 받아 넘기는 장단이다.

"잘 알아 맞췄어. 그런 줄 알았더면 진작 그 구두 가져가랄 걸 그대루 됐었군."

하며 영식이는 헛웃음을 웃었다.

"가져가라다니?"

일석이가 탄한다. 언제는 말도 공산주의가 되어 마구 터놓고 반말지거리다.

"아니, 영감이 종식 군을 따라 떠날 제 먼 길을 걷는다구 내 운동화를 신고 나섰기 땜에 그대루 선반에 얹어 뒀던 건데……."

다락 속의 영감은 김한이가 밥값 치르고 간 돈이라는 말에 마음을 턱 놓기도 하였지마는 속으로

'저 놈, 저 능청스럽게 둘러대는 수작 봐!'

하고 감탄도 하고 저런 솜씨니 순제를 녹여내고도 시치미 뚝 뗄 거라고 의심이 부쩍 더 들었다.

"그럼 지금 혜화동 가 보면 그 구두가 제 발로 걸어가 있겠구먼?"

"암, 여부가 있나!"

"자, 그건 그렇다 하구 이거 만져만 보구, 어디 이대루 일어설 수야 있나. 오다 보니 장거리엔 장국밥 집두 열리고 빈대떡두 부치구 하더라."

하며 일석이가 운짜를 뗀다.

"응, 벌써 열었어? 내지, 한잔 내. 그동안 다닌 다리품값으로라두 이대루 헤져 되겠나."

하고 영식이는 아랫방으로 들어가 옷을 갈아입고 나섰다.

"정말 이거 들구 나갈까요?"

김한이가 돈 봉지를 들고 나선다. 한잔 낸다는 바람에 말씨도 고와졌다.

"안 돼, 임자가 있는 걸. 어머니 이거 잘못하단 불한당 맞습니다."

하고 소리를 치며 껄껄 웃어 버렸다.

"틀렸군. 한 박 먹는 줄 알았더니."

김한이는 열적어서 차마 놓기가 아까운 듯이 돈뭉치를 놓고 따라 나갔다.

다락에서 허허하고 나온 영감은 부채질을 펄떡펄떡하며,

"순제 덕에……눈치가 빠르거던!"

하고 또 순제를 끄집어낸다.

"왜 안 그렇겠수. 신통방통하지. 신 과장이 말을 잘해 그런 줄은 모르구."

또 이것으로 말다툼이 새판으로 벌어졌었다.

"아, 그래두 오시는군. 인제 해제가 된 모양이니까 오늘부터는 내 호위병 노릇을 좀 해 주셔야 할껄."

순제는 그다지 호들갑스럽게 영식이를 맞아들이지는 않았으나, 빤히 남자의 얼굴만 치어다보며 무슨 제 생각에 팔린 눈치다. 전처럼 들먹들먹하고 남자를 추켜내는 그런 화려한 기분은 없어지고, 무언지 외곬으로 생각이 골몰해진 침착한 기분이 떠돌았다.

"해제라니? 어제 그 애들이 또 왔던 게로군요?"

어제 일석이 축이 얼쩡해 와서 한참 시달리고 갔는데, 인제는 노골적으로 사장 부인에게라도 말을 해서 돈을 먹이라는 말눈치더라 한다.

“에이, 성이 가셔 죽겠어. 동네에선 쌀을 뒤지러 다닌다구 담총한 젊은 놈들이 들싸구, 송구스러 맘을 놓구 살 수가 있어야지.”

순제는 눈살을 찌푸리다가 의자에서 발딱 일어나서 방으로 들어가자고 눈짓을 하며 앞장을 섰다. 영식이는 하는 수 없이 따라 들어와서 역시 거북한 아랫목 보료에 앉았다.

“난 아무래두 서울 바닥에 붙어 있을 수 없는데 어떡허면 좋을지? ……”

순제는 양복장 서랍에서 럭키 스트라이크를 꺼내다 놓으며,

“요새 담배 귀하지? 좀 드릴까? 이따 가실 제 내가 잊어버리더라두 달라구 똥겨요.”

하고 옆으로 앉아 담배갑을 뜯는다. 그 하는 말이나 동작이 아무 의미가 있는 것은 아니나, 친정 오라비에게나 하듯이 가정적 정미가 흐르는 것도, 전에 실없이 굴던 것과는 다르다.

“무언데 왜 그리 겁을 내구 서두는 거예요?”

“겁이 난다는 건 아니지만……어떻게 될지 겁두 안 나는 건 아니지만……”

순제는 어디서부터 말을 꺼내야 좋을지 몰랐다.

“난 지금, 임일석이 따위는 문제도 아닌 진짜 빨갱이 ‘동무’의 포위진 속에 갇혀 있는 셈인데, 어떻게 하면 탈출을 할 수 있을지, 자나 깨나 아무리 궁리를 해 봐두 별 묘안이 안 나는구면……”

하고 순제는 코웃음을 치며 남자에게 라이터를 대어 주고 자기도 담뱃불을 붙인다.

"엣? 그럼 나두 참호 속에 기어 들어온 셈이게?"

영식이는 장난으로 놀라 뵈었지만 실없는 말 같지도 않아서 약간 뜨끔하기도 하였다.

"웅, 포로야! 내 포로! 아직 빨갱이의 포로까지는 안 됐어두 내 포로야. 좀체 내놓을 린 없으니까! 호호호"

하며, 순제는 연거푸 또 이런 소리를 한다.

"난 법률상으룬 아직 유부녀예요. 놀라셨죠?"

"놀랄 사람이 따루 있지. 그래 법률상 영감이 포위진을 지휘하구 있는 게로군요? 엣 뜨거워라, 불똥이 무서워! 쇤네는 물러갑니다."

영식이는 웃음엣소리면서 정말 일어서려 한다.

"이런 겁쟁이 봤나. 인젠 내 포로라니까 가만 계셔요. 우리 집 맥주가 아직 두어 다스는 있으니까, 그거나 같이 치우구서 나설 도리를 차리십시다요"

순제는 깔깔 웃으며 일어나서 나간다. 또다시 실없어진 순제는 비로소 명랑한 얼굴이 되었으나, 기분이 들쭉날쭉 하는 모양이었다. 장진이에 대한 경계와, 영식이를 어떻게 하면 정말 포로를 만들어 꼭 붙들겠느냐는 두 가지 걱정에 마음이 공중에 뜬 것이었다.

맥주를 마셔 가며 소곤소곤 옛이야기 삼아 하는 순제의 내력을 듣는 것도 흥미 없는 것은 아니었다. 요새는 대포 소리도 멀어 가고 간간히 비행기만은 우르르 몰아가고 몰아오고 하나, 전선에서 멀어진 서울은 폭격의 목표에서 벗어난 모양 같다. 나날이 뜨거워 가는 여름 햇발에 마당은 이글이글 끓기 시작하고, 앞뒤 창을 활짝 열어젖힌 방 안은 도리어 우중충할 만큼 선들하니 괴괴한 집안이 한적하기 짝이 없다.

"……그래 봐두 연애결혼이었답니다. 하지만 결혼을 전제로 한 연애란 스케줄을 가지고 나선 여행 같아서 호기심은 있어두, 목적의식이 앞에 있느니만큼 확확 타오르는 아름다운 생명의 불꽃이나 불길이란 건 없는가 봐……."

"허허허……포연탄우 중에서도 오히려 연애를 담론한다! 로맨틱한 꿈을 잃지 않은 순제 씨야말로 행복하슈."

하고 한잔 김에 오그라졌던 혈관이 활짝 퍼져서 껄껄 웃으니까 순제도 지지 않고 발갛게 핀 얼굴을 생긋하며,

"유붕이 자원방래하니 불역열호아! 호호호. 술 붓고 가인 모셔 사랑 논래에 장장하일이 긴 줄을 모르니 멀리 오신 님 맞아 흥겨웁다 하시더라! 호호호………어때요? 한 수 됨직 하죠? 하지만 염치없이 가인이 모셨다 해서 미안합니다."

하고 깔깔댄다.

"하지만, 그 멀리 온 님이란 게 뚱딴지루 일향 눈치코치 없이 제 흥에만 겨워 하니 가인은 있어두 재자 없는 게 한이로소이다. 허허허?"

영식이도 얼쩡한 바람에 장단을 맞춘다.

"그 뚱딴지 더 좋지. 두둑하구 듬직하구 부숭부숭하구……."

순제는 새새거리다가,

"그래, 신 선생 경우는 어때? 물론 나 같은 노파두 샘이 날 지경이지만……."

하고 다시 하던 이야기로 돌린다.

"어떻구 말구. 애초에 스케줄두 목표두 없이 떼 놓은 배니까, 꺼불꺼불 떠내려가다가 어디 가서 달 뚱 말 뚱……아니 벌써 암초에 올라앉은 지도 오랜 셈이지만……."

하고, 영식이는 코웃음을 쳤다. 사실 명신이와의 관계가 그렇기도 하지마는, 도대체 명신이에게 대한 자기의 향의나 감정이 요새 며칠 새로 왜 이리도 등한하고 무디어 가는지? 일주일쯤 풍파를 겪는 뒤숭숭한 생활의 거품 속에서 명신이의 그림자가 물방울처럼 파뜩 떠오르다가는 혹 꺼지고 하는 것이었다. 미안한 생각도 드나 어리둥절한 머리에는 어떻게 하겠다는 생각도, 어떻게 되리라는 기대도 막연한 것이었다.

순제는 의외로 남자의 시들해 하는 말눈치에 정신이 반짝 들며 속으로 무척 반갑기도 하였으나 새침하니,

"왜 그런 약한 소리를 하세요. 사공이 필요하건 내가 노를 저어 드릴까? 쌩이질이나 말라구, 발길에 걷어챌 소린지는 모르지만……."

하고 해쭉 웃어 버린다.

"자, 그건 어쨌든 간에 혼인 전 한참 좋던 판의 이야기나 어서 하세요."

영식이는 명신의 이야기를 건드리는 것이 싫어서 말을 돌렸다.

"별 게 있나요 서루 좋기야 했지만 그건 총각 처녀의 다만 이성이란 호기심에 끌린 거요, 첫정이니까 맹목적이었던 게지. 지금 생각하면 그런 건 연애가 아냐. 난 연애에는 아직 처녀란 자신이 있으니까! 자신이라기보다두 숫배기니까……."

결혼의 경험을 가지고, 오십 넘은 늙은이의 이혼라는 레테르가 붙은

서른 자 든 여자가, 노총각 앞에서 '연애에는 처녀요'하는 소리가 거침 없이 나오는 것을 보면 얌치 빠지다 할까, 대담하다 할까, 그러나 개방 적이요 명랑한 순제의 성격을 잘 아는 영식이에게는 그것이 좀 과장은 있어도 솔직한 말로 들렸다. 결혼과 연애와는 딴 것이라는 논법으로서 는, 남자의 손에서 남자의 손으로 두 다리 세 다리 건너 다녔어도 아직 은 타다가 남은 열정이, 아니, 아직 불이 붙어 보지도 않은 열정이, 궁 싯궁싯 서려 있는 채 터져 나올 구멍을 찾느라고 허덕이는, 초조와 고 민에 짓눌려 있는 것인지도 모른다고 생각하는 것이다. 전남편이란 어 떤 위인인지는 몰라도 중학교 훈장질이나 하던 골생원이거나, 빨갱이에 미쳐서 계집도 버리는 매서운 위인 아니면 오십 넘은 늙은이 따위를 상 대로 해서야 순제와 같은 발랄한 성격으로는 애욕에 흥건히 젖어 볼 기 회가 없었던 것도 사실일 것이다. 그것이 평생의 불만이요, '늙기 전에! 늙기 전에!' 하며 허비적거리는 것인지도 모르겠다.

"이번 기회에 생활을 정리하구 새 출발을 해야 하겠는데……."

순제는 한참 무슨 생각에 팔려 앉았다가 불쑥 이런 소리를 한다.

"어떻게?"

"우선 장 씨를 만나 보구 호적을 분명히 갈라 달라 하구, 회사와두 깨끗이 연을 끊어 버리구……."

"허허……어떤 연애를 하시려는지 준비가 단단하시군."

영식이는 시치미 떼고 웃어 주었다.

"하면 목숨을 걸구 하지. 사랑두 쌈야. 전쟁에 나가는 군사가 뒤를 깨 끗이 깡그르뜨려 놔야 할 거 아닌가. 손톱 발톱 깎고 목욕재계를 하고 출진을 해두 이길 둥 말 둥한데! 호호호……죽을 각오로 나서는 거야! 그 대신에 엄연하거던! 용서가 없어! 그런 점으루 보면 사랑은 독재예요 민주주의가 아냐. 의논이나 합의가 아니라 명령야, 군령야! 호호호.”

순제는 실없는 장난의 소리처럼 웃으면서도 남자를 샐쭉 날카롭게 흘겨보았다.

싱글싱글 웃으며, 여자가 들으라고 퍼붓듯이 속살거리는 것을 무슨 음악이나 듣는 듯이 재미가 나서 귀를 기울이고 있던 영식이는,

“엣 뜨거워라, 어떤 수사나운 놈이 걸려들지? 마치 화산 구멍에 올라앉는 것 같을 게라! 하하하…….”

영식이가 웃자니까,

“이거 봐요, 이렇게 펄펄 다는데!”

하고 순제는 웃지도 않고 별안간 매서운 표정으로 오른손을 선뜻 들어다가 남자의 손등에 댄다.

“엣 뜨거!”

하고 영식이는 손을 옴츠리며 껄껄 웃었다.

“자, 김 빠져요, 어서 드세요.”

하고 순제는 무안을 본 손을 그대로 옴츠릴 수가 없어 맥주잔을 들어, 남자의 입에 대어줄 듯이 턱밑에 들이대었다.

“이건 또 무슨 벌준가!”

“응, 벌주야. 무슨 송충이나 닿는 듯이 그렇게 질겁을 할 건 뭔구?”

하며 순제는 거진 시비조로 눈을 또 흘겼다. 남자의 살에 살을 대고 싶은 충동은 좀 더 타올랐다.

"참, 그런데 실없는 소리는 집어치구, 어떻게 해야 좋을지 좀 생각해 봐 주세요."

순제는 자기의 흥분을 식히느라고 정색으로 다시 말을 꺼냈다.

목욕간 쪽에서는 식모와 계집아이들이 냉수를 끼얹는지 빨래를 하는지 물을 확확 끼얹으며 재잘대는 소리가 한가롭게 들려온다.

"이 판에 어디다 대구 이혼 수속을 하신단 말예요. 그러다가 숙호충비로 되옭아들리시려구!"

"글쎄, 나두 그런 생각두 해 봤지만 옭아들 건 뭐 있나요. 수속만 이때껏 안 했을 뿐이지 얘긴 다 된 건데, 내가 어떤 생활을 하던 도의상 책임질 일이나 거리낄 일이라군 조금두 없으니까……."

"지금두 사람으루선 싫진 않다시니, 그러지 말구 다시 제 자국으로 들어가시는 게 내 생각 같에서는 좋겠구면."

영식이는 슬쩍 떠보았다.

"빨갱이가 아니라면 또 몰라! 하지만 빨갱이가 아니기루 무얼 바라구? 한번 나서기가 어렵지, 나선 바에는 무에 못 잊어서 다시 기어들어 갈구."

순제는 코웃음을 치다가,

"그건 고사하구, 신 선생두 차차 청산하시는 게 어떨지?"

하고 눈치를 살살 본다.

"뭘요?"

"난 명신이 문제를 감히 건드리는 건 아녜요. 하지만 정부가 다시 들어와서 한미무역의 간판이 제대루 붙어 있드래두, 이마를 뚫어야 진물

하나 안 나올 김학수 영감을 줄줄 쫓아다닌댔자 모리배 거두의 종노릇
밖에 뾰족한 수가 없을 거니 말예요. 앞이 뵈는 게 있어야지."

영식이가 자기를 경원하고 살살 빠져 달아나려고만 드는 원인이, 첫
째는 학수 밑에 있기 때문이라는 짐작이 들자, 영식이를 도의상 가책에
서 벗어나서 마음 놓고 자기에게 달려들게 하자면 먼저 한미무역에서
빼내는 것이라고 생각하는 것이다. 명신이 문제는 가만 내버려 두어도
저절로 물러날 것이라고 낙관하는 것이요, 손아귀에만 넣어 놓고 나면
다음일야 자기 솜씨로도 넉넉히 해결을 지을 수 있다는 생각이다.

"내 문제야 나 알아 하겠지만, 순제 씨는 이마를 뚫어두 진물 한 점
안 나올 걸 인제야 아신 게로군. 별안간 청산을 하느니 정리를 하느니
서두시는 걸 보니."
하며 영식이는 모든 것을 모른 척하고 눈치 없는 소리를 하였다.

"내 경우는 달라요 그야 생활의 방편두 타산에 들지 않는 건 아니었
지마는, 덜퍽지게 무얼 먹어 볼 욕기로 덤벼들었던 건 아니니까. 그이
가 하두 친절히 굴구 나두 싫지 않으니까 그렇게 된 거지, 결국 피차에
감정이나 기분이나 맞으니까 대등한 인격으로 자기 책임을 자기가 지
구 융합한 것이지, 정조를 일방적으로 제공했다거나 유린을 당하거나
희생이 된 건 아니니까요, 하지만 인젠 포화상태가 되어서 이 이상 지
속할 흥미도 능력도 없어진 걸 질질 껄구 있언 뭘 해요 도대체 남들이
나 그분 내외나 나를 제 이호쯤으로 생각하는 것이 틀렸거던! 난 무슨
정조를 잃었거나 성애를 유희한 것은 아니니까……이래뵈두 난 진국예
요 내 딴엔 지성을 잃지는 않았다구 생각하는데……."

열심으로 변명을 하는 것이었다.

"하하하. 잠깐 난봉을 피워 봤다는 말씀이군요? 철저하군요. 허허허."

"뭘 웃으세요. 난봉두 오입두 아녜요. 필요한 요구의 자연스러운 해결 방도를 취했을 뿐인데 뭬 우숴요. 난 남을 속이긴 싫으니까 정상적 수단을 취했다구 볼 수 있지 않아요. 하지만 다만 한 가지 아내 있는 남자를 택했다는 것이 안됐죠. 무슨 그닥한 피해자가 생긴 것은 아니지만, 어쨌든 그런 점으루두 얼른 청산을 하구 싶구, 요새 와서는 점점 더 굴욕을 느끼는 것 같애서 어서어서 귀정을 지어야 하겠어요."

"결혼과 연애는 다르다는 것은 그렇겠지만, 그럼 순제 씨는 결혼을 할 준비로 청산을 하신다는 거요? 연애를 택하신다는 건지?"

영식이는, 순제가 자기의 열정이나 애욕에 대해서 해방적이면서도 인격적 자각이나 자존심을 살리려고 하는 점에서 결코 방탕한 여자는 아니라는 싸 주고 싶은 생각이 들면서 흥미를 차차 느끼는 것이었다. 그 대담한 태도라든지, 말이나 표정에 자연스럽게 빚어 나오는 기교가 명신이에게서 보던 것과는 딴판으로 난숙하고 은근한 데에도 마음을 끌리었다.

"우선 연애를 하죠. 나이 더 먹으면 몸 붙일 곳을 찾아들어 가느라구 다시 결혼을 할진 모르지만……."

순제는 웃지도 않고 남자의 기색을 다시 매섭게 노려본다. 그 대담하게 육박하여 오는 듯한 표정에, 영식이는 찔끔하며,

"그렇다면 아무래두 상대자는 기혼 남잘 텐데, 김 사장 부인에게 미안했다면서, 그럼 모순 아닌가?"

하고 오금을 주었다.

"아니 모순될 건 없지! 남의 가정생활이란다든지, 일부일처(一夫一妻)라는 사회적 제약을 무시하구 희생자를 낸다는 것은, 미안하구 아무쪼록 그런 기회를 자제하고 피해야 하겠지마는, 그렇지 않은 경우에 경쟁자를 희생한다는 것쯤은 도의상 책임질 일은 아니니까! 예를 들면 강순제 대신 영식이의 단병접전에 있어, 유탄이 수원까지 날아가서 정명신이가 쓰러지기루 아무두 책임질 사람은 없지 않아요"

하고 순제는 실없는 소리처럼 깔깔 웃고, 또 남자의 눈 속으로 기어들듯이 고개를 내밀고 똑바로 마주 쏘아본다. 아까 마루에서 수심에 싸여 있는 표정과는 정반대로 점점 더 대담하여지고 감정적으로 남자를 공기 놀리듯 놀리며 드는 기세다.

"허허허……이거 남의 집 총각 장가두 못 가게! 우리 어머니가 들으셨다간 큰일 날 소리로군."

삼십을 바라보는 노총각은 익을 만큼 익은 소리로 힘 안 들이고 몸을 살짝 피해 버렸다. 순제도 따라서 가벼이 깔깔 웃으려니까, 어느 틈에 들어왔는지,

"언니! ……"

하고 순영이의 목소리가 나며 아무도 없는 조용한 뜰로 들어온다. 문신칙을 늘 하는 터이나, 남자 손님이 와서 마음 놓고 열어 두었던 모양이다.

"응, 어서 올라와."

"선생님 오실 때만 내가 오는군요."

하며 순영이도 축대로 올라서며 방 안에 대고 인사를 하였다.

"글쎄, 내 뒤만 밟는 게 수상한데."

영식이는 껄껄 웃으며 마침내 잘되었다고 일어섰다.

"언니, 잠깐……."

순영이는 급한 일이 있어 온 기색으로 형이 마루 끝에 나서는 것을 내려오라고 하여 부엌문께로 끌고 가서 소곤소곤하니까, 순제는 잠깐 긴장해지는 낯빛이더니 다시 눈살만 찌푸리고 귀를 기울이고 섰다.

"아주 이남으루 내려갔다구 하지를 않구."

"그러기루 어쩌려구 불쑥 찾아왔담."

순제는 간간히 퉁명스럽게 이런 소리를 하는 것이 예전 처가로 장진이가 찾아왔더란 말눈치 같다.

"어떻게든지 좋두룩 핑계를 대서 쫓아 보낼 일이지 내겔 쫄래쫄래 오면 어쩌잔 말야. 못 만났다구 가서 그래."

순제는 동생에게 핀잔을 주고 나서 마루에 걸터앉아 구두를 신는 영식이를 건너다보며,

"그이가 집에 왔다는군. 왔대!"

하고 덮어놓고 제 말만 하고 웃는다.

맞다닥뜨린 걱정을 웃음으로 가볍게 집어치려 하였다. 그러나 형사가 잡으러 왔다는 것보다도 무서운 생각이 드는 것을 어찌하는 수 없었다. 송병규에게 이야기를 들을 때부터 불쑥 찾아 달려들지나 않을까 하였지만 자기도 체면이 있고 자존심이 있겠지, 설마 새삼스럽게 내 앞에 나타나서 무어랄꾸? 만난다면 이 김에 아주 수속까지 해 버리지, 하는

생각으로 도리어 만나 보는 것이 좋을 것같이 생각하였던 것인데, 딱 당하고 보니 선뜻 나설 용기가 아니 나는 것이다. 그것은 아직 법률상 부부라는 가정 문제나 정조 문제로 추궁을 당할까 보아서가 아니라, 사상 문제요 반동분자라는 올가미가 당장 목을 졸라맬 것이 뻔한 때문이다.

"신 선생, 어떡허면 좋을구?"

일단, 동생더러는 가서 못 만났다고 하라고 일러 놓았으나 이 사태가 오래 가면 후환이 무섭기도 한 것이다. 만일 앙심을 먹고 샅샅이 뒤진다면 이 좁은 바닥에서 끝끝내 숨어 배겨낼 수 있을까 걱정이다.

"글쎄⋯⋯가정적으론 만나셔야 옳겠고, 사회적 국가적으론 만나시라구 권할 수도 없는 일이니 낸들 뭐라구 말씀해야 좋을지⋯⋯?"

영식이도 사정이 딱하다고 망단해 하였다.

"나두 몰라! 난 선생님 하라시는 대루 할 테야."

순제도 답답해서 하는 말이겠으나, 남자에게 탁 실리듯이 보채는 소리를 하는 것을 순영이는 이상한 눈으로 가만히 바라보고만 섰다. 아무리 헤지자는 말은 났대도 정들여 몇 해를 살던 남편인데, 처지가 이렇게 되었기로 '그이가 왔대, 왔대' 하고 영식이에게 비웃어 보이는 것부터 심상치 않아 보이고, 형이 저렇게 야비할까 싶어 못마땅해 하는 순영이었다.

영식이는 자기가 하라는 대로 하겠다는 말이 좋기도 하였으나, 짐이 덜컥 실리는 것 같아서 마음이 무거워도 졌다.

"좋은 지혜가 있으면 빌려도 드리겠지만 하여간 내 말대루 하실 테요?"

"못 할 게 어디 있에요 분부만 내립쇼그려."

실없는 대거리처럼 받아넘기며 좀 겸연쩍은 듯이 동생을 쳐다보았다.

"그럼 가서 만나시죠 의외로 저쪽에 가서 실망을 하구 이 기회에 남한으루 내려왔는지두 모를 것이요, 그렇지 않드래두 순제 씨의 사랑의 힘으루 마음을 돌이킬 기회가 없으란 법두 없으니까."

"그건 인사 말씀이거나 빨갱이가 뭔지를 모르는 말씀예요 하지만 가보시라니 만나 보죠 설마 날 옭아 넣거나 목에 올가미를 씌워 끌구 갈 수는 없을 게지."

하고 순제는 방으로 올라가 원피스를 조선옷으로 갈아입고 나섰다. 순영이는 한 걱정 덜었다고 마음이 놓였다. 이대로 형이 숨어 버리거나 하면 자기 모녀가 졸려댈 것이 겁이 났다. 모친이 얼떨결에 따루 산다기가 안되어서 어느 집 가정교사로 들어가 있다고 떠댔더니, 장진이의 태도가 의외로 곱살스러운 것을 보면 달래서 다시 살려는 눈치 같은데, 세상이 어떻게 될지 모르니 그런 사람이 옆에 있어 주면 편한 점도 많을 것이요, 또 저희가 물러 나가면 형을 데리고 간대도 좋을 것이라는 이해타산을 하는 것이었다. 형이 있으나 없으나 도움이 되는 것도 아닌 터에, 명신이를 위해서도 위험이 많은 형 같은 사람은 이북으로 귀양을 보내는 편이 도리어 좋지 않으냐는 야멸친 생각도 드는 것이었다.

피신

마루에 오라비와 마주 앉았던 장진이는 문제에 들어오는 순제를 바라보고 무어라고인지 입속으로 소리를 내며 알은체를 하였다. 입가에는 약간 웃음까지 떠올랐다. 안방에서 내다보는 모친이나 아이들까지도 마루에 앉은 사람과 축대에 올라서는 사람의 눈치를 이리저리 살피기에 분주하다가, 우선 긴장한 낯빛이 풀리며 안심들을 하였다.

"얼굴이 좋아지셨군요."

순제는 웃어 보였다. 어디 여행 갔다 온 남편이나 맞는 듯이 천연하였다. 순제 자신도 만나면 어떻게 말을 붙여야 좋을까 어떤 태도를 취해야 할까 궁리를 하던 것과는 달라서 의외로 순탄히 말이 나왔다. 장진이는 반가운 마음을 숨기는 눈치로 싱긋 웃어 보이기만 하였다. 이것을 본 집안사람들도 안도한 웃음을 따라 웃었으나, 순제 역시 하여간 마음이 놓여서 대거리로 또 웃음을 머금어 보였다. 쌀쌀히 눈살을 아드득 찌푸린 상으로 대하려니 하였더니 좀 까칫하기는 하나 전보다도 도

163

리어 볼에 살기가 오른 듯한 하얀 상판이라든지 예서 가지고 간 눈에 익은 연회색 양복을 입은 것이 조금도 변한 데가 없다. 다만 바지 오른편 포켓에 권총을 넣었는지 두두룩이 부풀어 보이는 데에 선뜻한 마음이 들었다.

"난 바람 좀 쐬구 들어올 테니, 형님하구 방으루 들어가 얘기나 하구려."

오라비는 의혹과 불안에 잠겨서 별로 할 말도 없는데 조심조심 대객을 하느라고 진땀을 뺀 끝이라, 올라오는 누이와 바꾸어 얼른 피해 내려온다. '형님'이란 말이 순제의 귀에는 이상히 들렸다.

장진이를 건넌방으로 들어가게 하고 따라 들어선 순제는, 방문을 닫으며 그 밑에 앉았다. 방문을 닫고 둘이만 마주 앉기가 겁이 나서 싫기도 하였으나 일부러 닫았다. 앞창은 활짝 열렸어도 오정 가까운 동향 볕이 아직도 우려서 방 안은 더웠다.

두 사람은 무슨 말부터 꺼낼지 몰라 서로 고개를 떨어뜨리고 잠깐 앉았었다. 그러나 순제는 무슨 말이 나오려나 긴장하여 귀를 기울이고 있었다.

"저기서두 소식은 대강 들었지만, 뭐 한미무역에 있었대지?"

순제는 잠자코 있었다. 송병규에게만 듣기로 그만 정보야 모를 리 없으니 가정교사로 들어가 있다는 소리에 속을 사람도 아니지마는, 이북에 있어서도 자기 뒤를 캐어 보고 있었다는 말이 순제의 마음을 무겁게 하였다.

"그거야 먹고 살아야 하겠으니까 뉘게서 무슨 일을 했거나 그건 문제가 아니요 남 된 이나 다름없는 처지에 별 생각이 있어 찾아온 것은 아니지만 세상이 바뀌고 새 시대가 왔으니 생각이 좀 달라졌는지?"

"글쎄, 어떡했으면 좋을지요"

순제는 부스럼을 만지듯이 조심조심 대꾸를 하며 눈치만 살핀다. 다음 말이 어서 듣고 싶었다.

"이렇게 된 바에 생각을 고쳐먹지 않으면 살 길이 없을 것쯤은 짐작하겠구려? 다른 사람과도 또 달라서 순제 같은 사람은 단연히 청산을 하구, 자기비판을 하구 앞질러 나서야지 우물쭈물하다가 기회를 놓쳤다가는 제일차 숙청에 걸릴 것이 뻔한데……실상은 오늘 내가 찾아온 것도 지난 일은 어쨌든 간에 차마 모른 척하구 내버려 둘 수가 없어 우선 만나나 볼까 한 건데……."

장진이는 얼러대는 어기면서도 속으로는 달래고 아끼는 말눈치였다.

"그런 것쯤은 짐작하구 있어요"

당에 든 일이 없으니 자기비판이나 숙청이니 당치 않은 위협이라고 속으로 코웃음을 치면서도 말이 끔찍끔찍해서 순제는 덧들이지 않으려고 애를 썼다.

"시간이 없어 길게 이야기할 새두 없지만, 그래 나와서 일 좀 해 주겠소?"

"도와드리군 싶지만 서투른 영어 마디쯤이나마 소용없을 거요, 무어 할 게 있겠어요?"

"아니, 그 영어가 필요하단 말요."

관청의 이 책상 저 책상 서랍에서 뒤져낸 미군 고문단과 거래한 영어 문서가 수두룩한데 그것을 정리해서 번역할 것과 미군 포로를 잡게 되면 통역으로 일선에도 나가도록 대기를 하고 있어야 할 터이지마는, 하여간 할 일은 많다는 것이다.

"해 보죠. 놀구 있으면 뭘 하나요. 한데 지금 숙식은 어디서 하세요?"

순제는 가정적 문제로 돌렸다.

아내로서의 남편의 신변을 챙기는 감정과, 기분을 보이려고 하였다.

"응, 친구 집에서……. 그건 하여간 그럼 나서요. 우선 나구 가 봅시다."

장진이는 사무적으로 쌀쌀히 명령하는 태도였다. 이렇게 시급히 서두를 줄은 몰랐던 순제는, 찔끔하면서 그 따위 핑계로 붙들어 가는 거나 아닌가 하는 겁도 났으나, 자기의 얼굴빛이 달라지지나 않았을까 염려하면서,

"가만 계세요. 점심이나 잡숫고 가셔야지."

하고 일어나는 장진이를 붙들었다.

"아냐. 시간 없어. 갑시다."

"그래두 오래간만에 이대루 가시는 법이 있어요? 천천히 얘기할 것두 있구. 앉으세요. 나두 점심을 먹어야 가서 일을 하죠."

하고 매달리듯이 지성껏 붙드는 바람에 장진이도 얼마쯤 마음이 누그러져서 멈칫하는 기색이었다. 순제는 부리나케 안방으로 뛰어와서, 마루에 놓았던 손가방에서 돈뭉치를 꺼내 주며 점심을 시켜 오든 차리든 하라고 일렀다.

"그래 큰댁 소식은 들으셨에요?"

다시 건넌방으로 건너온 순제는 새판으로 말을 꺼냈다. 큰댁이란 예산

에 있다. 환갑을 지낸 홀어머니와 큰형 작은형이며 일가가 번연하게 사는 중농(中農) 이상의 웬만큼씩들 사는 집안이다. 일자이후로는 순제 편에서 끊자서 끊은 것은 아니다. 자연 연신이 끊이고 말았던 것이다. 아마 그 편에서는 셋째 아들 셋째 동생만이 빨갱이가 된 것이 아니라, 셋째 며느리 셋째 계수까지도 빨갱이거니 해서 발을 끊어 버린 것인지도 모르겠고, 이 편에서야 더구나 찾아갈 일이 없으니 그대로 지냈던 것이다.

"집엔 차차 가 보지."

장진이의 대답은 냉연하다.

"나두 자연 발이 멀어졌지만, 아이들이라두 서울 올라오는 편이 있을 텐데 한번 들여다보는 법두 없구……."

"찾아와선 뭘 하나."

"그래두 어머니께선 안녕하시겠죠?"

"응, 작년 겨울에 인편에 대강 소식은 들었지만……."

순제는 궁금하다기보다도 아무쪼록 가정 이야기를 꺼내서 기분이나 감정을 부드럽게 유도하려 하였으나 장진이는 그것이 도리어 괴로운지 마지못해 간단히 대꾸만 하며 눈살을 찌푸리는 기색이었다.

"평양은 어때요?"

"어떻긴 뭘! 아무려니 예다 댈까."

"언제 가시겠에요?"

"언제 가다니?"

장진이는 눈을 똑바로 뜬다. 무심한 말에도 무슨 의미나 있는 듯이 신경을 날카롭게 쓰는 눈치다.

"아니, 아주 오셨에요?"

"그럼 정부가 오는데!"

장진이는 활기 있게, 그러나 핀잔주듯이 대꾸를 한다.

"하지만, 다시 밀리면 어떻게요? 나두 따라나서야죠?"

"뭐? 밀려? ……"

장진이는 눈을 곤두세우고 경풍하는 소리로 발끈하더니,

"……흥 그 따위 생각이면 애초에 날 따라와 일할 생각은 하지두 말지. 그래두 정신 덜 차렸군. 고생 좀 해야 할걸! 평양 가서 훈련을 받구오기 전엔 틀렸어."

하고 콕콕 쏘듯이 몰아댄다.

"내 말을 잘못했는지는 모르지만 훈련은 당신 곁에서만 받아두 넉넉할 거 아녜요. 이것부터 훈련 아닌가! 호호호"

순제는 평양까지라도 가자면 가겠다는 뜻으로 호의를 표시하자던 것인데, 섣불리 불을 질러 놓은 것이 실수였다고 생각하면서 가망이 없다고 아주 단념하여 버렸다. 당장은 후환이 무서운 것과, 만일의 경우를 생각해서 얼렁얼렁 이용은 해 볼까? 어쨌든 우선은 달래 놓는 편이 낫겠다고 돌려 생각하고 만난 것인데, 끌려 나가서 일을 했다가는 정부가 다시 들어온 뒤에 또 어떻게 몰릴지 모르니 암만해도 몸을 숨기는 수밖에 없다고 속으로 궁리를 하는 것이었다.

점심 대접도 당장 끌고 가려고 서두는 것을 달래서 탁 믿고 떨어져 가도록 기분을 돌리려는 수단이었다.

"내게 훈련을 받겠다구? 입에 붙은 소리 말어요. 알자는 것두 아니지만 지금 어떤 생활을 하구 있기에?"

가만히 눈치를 훑어보면서, 떠보는 수작인지 비웃는 수작인지 알 수 없는 소리를 꺼낸다.

"어떤 생활은 무슨 어떤 생활예요 나 있는 데를 와 보셔두 알겠지만, 내가 당신 뵐 처지가 못 되면야 여기를 뛰어왔을까."

순제는 핀잔을 주었다.

"그래 지금 있는 덴 어디야? 한미무역인가 하는 모리배 놈의 집에 아주 들어가서 사는 거지?"

과거는 말 말자, 헤진 뒤에 어떻게 됐다는 것은 듣구 싶지도 않다면서, 그래도 질투의 빛이 눈찌와 말끝에 배어나는 것이었다. 공산주의란 무엇인지, 주의를 위해서는 부모도 형제도 계집도 버리는 냉혈동물이면서도, 애욕이란 것이 그래도 남았던가 싶어 순제는 이 사람이 남편이었지? 하고 또 물끄러미 치어다보았다.

"사장의 딸의 집예요 내 동창, 후배였기 때문에 함께 있죠"

명신이 생각이 나서 입에서 나오는 대로 떠대었다. 뒤달아서 영식이의 모습이 머리에 떠오르면서 집으로 가는 길에 들러야 하겠다는 공상에 멀거니 정신이 팔렸다. 영식이 집 아랫방이 눈앞에 떠올랐다.

'안전지대는 아니지만……'

이런 생각도 해 보았다. 별안간 몸 숨길 묘안이 하나 머리에 파뜩 솟아난 것이다.

장진이는 더 추궁하려지도 않고 가만히 앉았다. 말이 끊이니 마주 앉았기가 맥맥하고 힘이 든다. 장진이가 피우는 담배가 무엇인지 연기가 향그럽지는 않으나, 담배가 먹고 싶어 곧 핸드백으로 손이 가는 것을 참았다. 전에 간혹 저녁상에 술을 한잔 하다가 먹으라고 강권을 해서 반잔쯤 얻어먹는 것이 버릇이 되었지만, 그것은 서로 기분이 좋을 때였다. 담배까지 먹는 것을 보였다가는 놀랄 것이요, 당장 신용이 떨어질 것이다.

이 판이건마는, 그래도 금천교 장거리에 청요릿집이 한 집 열려서 오라범이 가 앉아서 시켜 가지고 왔다고, 밖이 떠들썩하는 바람에 순제는 일어서 나오며 숨을 휘 돌렸다.

상을 모친과 마주 들고 들어가면서,

"덕준이두 들어오지."

하고 오라비를 끄니까,

"난, 주린 귀신이 냄새만 맡구 견딜 수 있던가. 기다리는 동안에 한 그릇하구 왔는데."

하고 손을 내두르며, 저도 붙들어서 일하러 나오라는 말이나 나올까 보아 무서운지 밖으로 뺑소니를 쳐 버렸다. 순제는 혼자 대객을 하기가 빡빡하고 힘이 들어서 오라비의 응원을 얻자는 것인데 이 젊은 애도 둘이 맘대로 이야기하게 피해 준다느니보다, 이 딴 세계의 침입자에게서 찬바람이 들고 무시무시한 것이 싫었다.

순제가 술을 치려니까,

"아, 안 돼. 대낮에!"

하고 장진이는 질겁을 하며 머리를 내둘렀다. 그러나 평양 가서는 이태 동안 구경도 못 하던 청요리가 떡 벌어진 것을 오래간만에 보니 식욕도 동하거니와 흡족한 기색이었다.

"그래두 육종엔 배갈이 좋아요. 한 잔만 드세요"

순제는 요전에 영식이에게도 이와 같은 소리를 하며 다락에서 양주를 꺼내 권하던 것이 생각났다. 사람의 마음이란 이렇게 간사하고, 정이란 이렇게도 물거품 같은 것인가? 모든 것을 아낌없이 바쳤던, 비밀이라곤 없던 부부도 떨어지면 남보다도 못하다는 생각이 들어 마음이 이상하였다.

그래도 술을 치는 것을 굳이 말리지는 않았다.

"나두 한 잔 하겠에요"

허가나 맡듯이 이런 소리를 하며 자기 찬에도 한 잔 부으니까,

"아 낯선 사람 앞에 나갈 텐데 술이 뭐야."

하며 쏘는 소리로 나무란다. 마치 유치장에서 끌어낸 죄인을 감시하며 밥을 먹이는 간수의 말투 같다고, 순제는 언젠가 이 남편 덕에 유치장 구경까지 한 생각이 났다. 불쾌는 하나 꾹 참으며,

"괜찮아요 우린, 이만 술에 얼굴에 나지는 않으니까. 전에 약주를 잡숫구 싶어 하실 때에 외상으로 얻어오면 나까지 먹이지 못해 하시던 생각나요? 호호호 어서 드세요."

하고 남자의 마음을 아무쪼록 흔들어 놓으려고 애를 썼다. 아닌 게 아니라 셋방살이로 고생은 했어도 그 시절이 재미있었고 그리웁기도 하였다.

"그 땐 그 때요……그 따위 센티한 추억에 살 여유는 없으니까!"

장진이는 이런 소리를, 그래도 아까보다는 퍽 누그러진 어기로 하며,

이것저것 한차례 맛을 보고는 저를 놓고 술잔을 들었다. 순제도 잔을 비웠다.

"찬찬히 많이 잡수세요 아무리 바뻐두 좀 쉬는 때가 있어야죠 요샌 더구나 어디를 가나 먹을 게 있어야지. 엊그제부터 겨우 가게 문을 열었지만……."

순제는 잠자코 또 술을 쳤다.

"난 이것만야. 당신두 던 하지 말구."

속에서는 당기니 마다고 뻗댈 수도 없고 그대로 받아만 마실 수 없어서 하는 말 같다. 하여간 맛있게 먹어 주니 좋았다. 다시는 만날 일도 없고, 다시 만났다가는 그때는 죽이려고 덤빌 원수로 대할 것이지마는, 낯을 붉히고 변변히 인사 한 마디 없이 헤어진 그때를 생각하면 이렇게라도 만나서 풀고 헤어져 버리는 것이 잘되었다는 생각도 든다.

"하여간 김 무어라든가하는 그 집에 그대루 있다간 안 될걸. 정신 차려야 해요! 용서란 없으니까!"

무슨 생각이 났는지 입을 모으고 눈에 살기가 뻗히며 또 이런 소리를 불쑥 한다.

"벌써 달아들 나구, 난 발 끊었에요"

"그럼 왜 그저 거기 있담. 이리 와 있는 게 아무래두 좋을걸."

장진이의 말이 다시 순탄해지는 것을 보면 역시 순제의 신변을 생각해 주고 뚱겨 주는 눈치다. 전일의 감정으로나 오늘의 처지로나 공사 간에 자기 속을 툭 털어놓을 수 없으면서도, 다시 붙들려는 당길 셈이 있는 눈치가 뻔히 보이는 것이었다. 주의와 행동에 아주 맹문이가 아니요

정이 들었고 속을 아는 사이니만큼 소위 훈련이나 시키면서 결이 다시 삭으면 생판으로 만나는 새 사람보다는 (그런 사람이 입에 맞은 떡으로 걸리기도 어렵거니와) 낫다는 따짐일 것이라고 순제도 짐작하는 것이다.

국수가 식었다고 데워 오고 과일을 벗겨 오고, '백년손'이라기보다도 호구별성 모시듯이 모친도 분주히 정성껏 대접을 하였다. 모친은 그 살기가 돋는 눈과 오른편 바지 주머니에서 내다보이는 권총자루에 더 속이 떨리는 것이었다.

순제는 빡빡한 국수가 목이 멜 것이라고 술을 또 한잔 쳤다. 그러나 장진이는 다시는 건드리지도 않고 국수를 후딱 먹고 일어선다.

"그래 나두 이 꼴루 가야 해요? 이 꼴루 창피스러서……."

모시치마에 적삼 화장은 걷고 조선버선을 신은 자기 모양을 내려다보며 순제는 해죽 웃어 보였다. 그것은 살림하는 아내가 영화관에나 끌고 나서려는 남편과 수작을 하는 것 같다.

"아무려면 어때요"

장진이는 한번 훑어보고 마주 빙긋 반쯤 웃다가 만다. 처음 만날 때부터 얼굴이 전보다 활짝 피고 활기가 도는 전체의 인상이, 시기나 질투 비슷이 싫으면서 좋기도 하였지마는, 그 옷매가 산뜻하면서 여염집 살림꾼같이 어푸수수한 것이 실상은 마음에 들었던 것이다.

"이러구서야 밥 짓다가 나온 사람이지! 오늘은 늦었으니 내일 옷이라두 갈아 입구 가죠 시청 어디루 가면 돼요"

말은 예사롭게 나왔으나, 또 무슨 소리가 나올지 올라 속은 바작바작하였다.

"그럼 내일 꼭 올 테야? 시장실 옆 방으루 와요. 헌데 지금 있다는 집 번지나 좀 가르쳐 주."

장진이는 수첩을 꺼내려 한다.

"재동 ××번지. 하지만 염려 마세요. 내일 꼭 갈 테니."

순제는 의외로 풀려나온 죄수처럼 비로소 진심으로 웃음이 떠오르며 숨을 커닿게 쉬었다.

모친은 구두를 신고 나서는 장진이를 배웅 나오며,

"어떻게 살림을 어서 엉궈야지. 객지나 다름없을 텐데 얼마나 고생이 될라구……자주 들려 줘요"

하고, 장진이는 코대답만 하는 것을 연해 늘어놨다.

"그럼 내일……."

순제가 동구까지 따라 나가서 인사를 하니까,

"음!"

하고 장진이는 또다시 군소리 없이 뒤도 아니 돌아보고 홱홱 가 버렸다.

순제는 멀거니 멀어 가는 사람의 뒷모양을 바라보며 한숨을 쉬었다. 어쩐지 뒷모양이 쓸쓸해 보이고 안 할 고생을 사서 하는 것이 가엾어 보였다. 거죽으로는 앙센 척하고 버티지만 속은 쓰리려니 하는 생각을 하면 승리감을 느끼고, 그 감정의 갈등과 모순에 부대끼는 꼴이 그래 싸다는 생각도 드나, 역시 팔자소관이로구나 하고 마음이 언짢았다.

"그래 내일부터 정말 나갈 작정요?"

배웅을 하고 들어오는 누이더러 덕준이가 눈이 커다래 가지고 묻는다.

"나가긴 어딜 나가, 차라리 폭탄을 안구 불구뎅이에를 뛰어드는 게 낫지."

순제는 우선 급한 담배를 꺼내 피어 물고 마루 끝에 먼 산을 바라보며 시름없이 앉았다가,

"순영이 너 어렵지만 내일 시청에 좀 다녀와 주련?"

하고 묻는다.

"에그, 언니! 그야말루 폭탄을 들구 불구덩이를 들어가라는구려."

순영이는 질겁을 하는 소리를 한다. 사실 생각만 해도 가슴이 선뜻하고 어깨집이 부르를 떨리었다.

"왜? 못 간다구 기별하려구? 가만 내버려 둬요. 어쩔 테야. 목을 매어 끌 텐가."

덕준이는 펄펄 뛴다.

"하지만 자꾸 오면 너희가 성이 가실 테니까 말이지."

"딴은 그렇기는 해. 그럼 편지를 써 놓지. 내 맡아 뒀다가 오건 줄게."

모친의 의견이었다. 순제는 건넌방으로 들어가 오라비 책상에서 지필을 빌어 간단히 편지를 썼다.

'인생의 허무와 무상을 오늘같이 느낀 일이 없습니다. 그저 섭섭할 따름입니다. 뵙고서 말씀은 못 하고 이 글월을 드리는 것을 결국은 마음이 약한 탓이죠마는, 오래간만에 반갑게 만나 뵌 자리에서, 큰소리가 나거나 불쾌한 낯으로 헤어지기가 아까워서 그런 것입니다. 나는 마음으론, 혹은 정신적으론 당신의 아내입니다. 이런 말이 아무 의미나 내용 없는 말이라면 적어도 인간적으론 당신을 싫어하는 것도 아니요 당신의 아내이기를 바랍니다. 그러나 이것을 막는 철의 장막을 뚫고 들어

175

갈 재주도 없고 용기도 없는 것을 어찌합니까. 자유를 등지고까지 당신의 아내가 될 수 있을 만큼 자기를 버리고 나설 용기도 없습니다. 역지사지하시더라도 나만 틀리다고는 않으시리라고 믿습니다. 아량 있는 이해가 노염을 풀어 드릴 것이겠기에 더 긴 말씀 않겠습니다.'

순제는 편지를 모친에게 맡기고 사직골 큰집으로 건너갔다. 이리 해서 성 넘어 길로 빠져 천연동으로 가는 역로이기도 하지마는 의논할 일이 있어 찾아온 것이다.

문을 닫아 건 것을 보니 이 집에는 돈 항아리가 묻혀 있어 그런가 싶었다. 삼부자가 안방 건넌방에서 낮잠을 자고, 올케만이 꿈지럭거리고 빨래를 밟고 있었던 모양이다.

"여보, 고만 주무슈. 필운동 아씨 오셨수."

하고 영감을 깬다.

"응?"

영감은 눈을 비비며 일어나 앉아 멀거니 순제를 내다본다. 딸을 좋은 자국에 치워 주어서 겉으로는 반가워하면서도 언제나 속으론 못마땅해하는 사촌누이다. 전에는 빨갱이 물이 들었다 해서요, 근자에는 사돈 영감의 이혼라는 눈치로 해서 그런 것이다.

"달게 주무시는데 미안하군요. 이건 파제삿날인가 방방이 낮잠만 자구."

순제는 마루에 걸터앉았다. 십여 살이나 손위지만 버릇없이 퐁퐁 곧잘 쏘기도 하는 순제였다.

"하는 일 없으니 잠이나 자 두지. 피난을 나서는 날이면 잠두 제대루 못 잘 거니까."

영감은 핏 웃다가,

"그래 어째 왔나?"

하고 딸의 소식이나 들을 게 있나 해서 묻는다.

"청이 있어 왔에요. 아랫방 학생들 그저 있에요?"

"먹을 수가 없으니까 짐들만 두구 가 버렸다우."

올케가 대답을 한다.

"마침 잘 됐군요."

"시골서 온 피난민 내외 안 두시겠어요?"

"일없어. 좁아터진 여름철은 되구."

영감은 대단히 배부른 흥정이다. 금항아리를 파묻더니 집안 식구들의 얼굴도 부예지고 이 집은 난리 덕을 단단히 보고 있다.

"아니 단 내왼데! 딴 살림하는 게 아니라 밥 사 먹을 점잖은 손님예요. 밥값은 달라는 대루 낼 것이오……."

순제는 좀 호들갑을 떨었다.

"내가 뼛골이 빠지지만 그럼 둬 볼까?"

하고 아내는 영감을 치어다보았다.

"대관절 누군데?"

영감도 밥값 잘 낼 부자 내외라니 구미가 당기는 모양이다.

"알구 보면 놀라 자빠지실지 모르지만, 어쨌든 오라버니 약주는 대어 드릴 거니 그것만 해두 얼마예요. 호호호."

"아니 양조장을 하는 사람이란 말야? 술 항아리를 메구 온다던가?"

영감은 공술이란 말에 회가 좀 더 동하였다.

"예, 은 나거라 뚝딱, 금 나거라 뚝딱, 금항아리에 술항아리에 오기만 하면 수 나요 하여간 둬 보시죠?"

순제는 또 웃는다. 금항아리란 말에 영감은 사위 생각, 사돈 영감 생각이 나서,

"아 참 혜화동 영감은 어딘가 피신했다더니 잘 있겠지? 마님두 따라가 있다면서?"

하고 묻는다.

"한데 실상은 그 집이 조용치가 않구 찝쩍거리구 다니는 놈들이 있어 이리 오시겠다는 건데……."

물론 자기 혼자생각으로 정한 외수전같이었다.

"뭐요? 사돈 영감 내외분이? ……"

하며 올케는 눈이 뚱그래졌다. 좋기도 하나 거북한 손이요, 오라기도 거절하기도 어려운 일이었다.

"그래 영감이 정말 오겠대?"

영감은 입이 헤에 해서,

"여보 어떡했으면 좋겠우? 마달 수야 있나."

하고 의논이다.

"그럼 서루 불편야 하지만 어떡허우. 내가 죽어나지."

딸을 위해서도 여간 괴로운 것쯤 참아야 하겠다고 생각하는 것이다.

만단 의논 끝에 귀한 손님을 아랫방에 둘 수 없으니, 안방을 내어 주고 자기네가 아랫방으로 내려가기로 정하였다.

천연동으로 넘어간 순제는, 재동에서 헤어진 영식이가 아직 아니 들어온 것이 다행하다고 생각하였다. 마님은 집이 궁금해서 혜화동으로 갈 차비를 차리고 나서는 길이었다.

"마님 잠깐 앉으세요. 할 말씀이 있는데."

순제가 소곤소곤 서두는 눈치에 영감은 눈이 뚱그래졌다. 마님도 영감을 순제에게 맡겨 놓고 나서기가 실쭉한 터라 잘되었다고 앉았다.

"그 애들 등쌀에 어떻게 지내세요. 자리를 떠 보시지 않겠에요?"

"뭐 그놈들 인제 저희두 단념하구, 떨어져 나갔으니까 다신 안 올 거야."

"단념이 뭡니까. 마님두 와 계신 걸 알구, 구두까지 신구 다락 속에 계신지 구두를 치웠더란 소리까지 와서 하던데요. 최후수단으로 보위댄가 내무서원인가를 끌구 와서 뒤지면 그만이라구 위협을 하는군요."

"공연한 소리!"

영감의 머리에 첫대 떠오르는 것은 영식이란 놈과 짜고 밀어내려는 거나 아닌가 하는 의심이었다. 그러나 보위대나 내무서원을 데리고 와서 가택수색이라도 하겠다는 말이 아주 가당치도 않은 터무니없는 말은 아닐 것 같기도 하다.

"그래 순제는 어떻게 할 텐가? 어디루 가겠다더니……."

"저야 그대루 있죠. 정 급한 지경이면 연서 산소루나 피해 볼까 하지만, 아무려면 제 따위까지 노리겠습니까."

"아냐 조심은 해야 해."

만일 순제를 붙들어다 놓고, 자기가 숨은 데를 대라고 족치는 날이면 큰일이라는 걱정도 하는 것이다. 그러나 하여간 재동 집에 있거나 산소로 나간다면, 어디서는 못 만날 거라고 영식이와 만나 놀기에 거북해서 자기를 내밀려고까지 할 묘리는 없을 게 아니냐는 생각도 다시 들었다.

"그래 어디 조용한 데 있습데까?"

마님은 그럴싸해 하는 눈치다.

"사직굴루 가 계시면 어때요? 사돈끼리 성이 가시기두 하겠지만 흉허물 없어 되레 좋지 않습니까?"

"에이."

하고 마님은 도리질을 한다. 아무러기로 못마땅한 며느리 집에를 기어들어가랴 하는 생각이다. 영감도 시원한 낯빛이 아니다.

"하지만 상무(종식이)가 은행에서 찾아낸 돈을 몽땅 그 집에다 맡기구 갔는뎁쇼."

순제는 둘째 번 침을 콕 놓았다.

"뭐? ……"

하고 영감은 깜짝 놀란다.

"급하니까 어쩔 수 없어 그리 뛰어간 것이겠죠마는, 항아리에 묻어 놓고 갔대는군요."

"그럼 내겐 그댓말이 없누?"

"길이 어긋났으니까 그렇지 않겠습니까."

"사직굴마님이 연통을 하러 혜화동엘 갔더니 마님께선 이리 오시구 안 계셔서 딸애한테만 일러 놓구 갔대요 그러니 그런 비밀을 누구를 시켜서 급히 알려드릴 일두 못 되어, 마님이 가시기만 기다리구 있던군요."

순제는 종식이 처가 몰려 댈까 보아 극력 변명을 하였다.

"허! 그래! 그러지 않아두 염려가 되더니, 못 가지구 나갈 바에는 우선 그렇게라두 해 놓은 게 다행이지만, 그 집이 허술하거나 위험하진 않은지? 동네가 조용해?"

"오막살이 구차한 집이니 댁보다야 아니 날까요. 어쨌든 그것을 건사하기 위해서라두 그리 가시는 게 좋겠죠"

순제는 할 말은 다했다.

"그두 그래. 마누라! 어떡허려우? 가 볼까?"

마님은 거기에는 반대할 수도 없었으나

"그러기루 망한 녀석이지. 계집한테는 얘기를 했을 텐데 내게는 시치미 떼구 가다니 그럴 법이 있담!"

하고 화를 버럭 낸다.

"그 애두 몰랐었대요 친정어머니가 궁금해서 왔던 길에 얘기를 해서 알았다는데요 그 앤 그 애대루 마님께는 이야기를 하구 갔을 거니, 영감님께두 여쭈었으리라고 짐작하구 있던데요"

순제는 또 변명을 해 주었다.

"그두 그럴 거야. 마누란 돈 어디 둔 것을 그렇게 알아선 뭘 하우. 어쨌든 그리 갑시다. 그게 안전두 하구 맘이 놓일 거니."

순제도 으레 그럴 줄 알고 발설을 한 것이지만 의외로 당장 낙착이 났다. 오늘 해 전으로 옮아앉기로 하였다.

"그렇게 되면 정 급한 경우에 애기도 본가로 데려다 두겠지만, 순제도 필운동 집으루 와 있지."

김학수 영감은 며늘아기는 어쨌든지 간에 순제가 곁에 와 있어 주면, 큰집 작은집 사이가 가깝게 함께 모여 있어서 마음이 놓이고 든든하여 좋겠다고 생각하였다.

　　자, 떠나기로 작정을 하고 나니, 영감의 한 가지 큰 걱정은, 저 아랫방 고래 속의 보물굴을 파내는 작업이다. 안방으로 옮기던 날 하두 서두는 바람에 미처 손을 댈 수가 없었던 것인데, 늘 애가 키우면서도 하는 수 없이 감시만 하며 내버려 두었던 것이다. 그러나 영식이란 놈이 눈치를 채지나 않았을까? 낮에는 방문을 열어 놓아두지마는, 밤중에 문을 닫고 잘 때에 손을 대지나 않을지? 돈이나, 귀금속 중에도 목걸이라든지 팔깍지 다이아 반지 같은 큰 것들이야 유표하니까 감히 어쩌는 수 없겠지마는, 금시계나 반지 나부랭이야 수효도 분명치 않으니 한 두엇 축을 내도 모를 것이다. 이 걱정을 한 가지 덜기 위해서도 자리를 뜨자는 것이었다.

　　영감은 떠날 바에는 방 임자가 없는 틈에 그것을 얼른 귀정을 내야 하겠다고 마누라를 시켜 건넌방에 이야기를 하러 보내 놓고 나서, 고의적삼 바람인 영감도 마루로 나서며,

　　"아, 내가 아랫방 자리 밑에 뭘 넣구서 잊은 게 있는데 좀 내려가 찾아내야겠습니다."

하고 말을 붙였다. 주인마님은 들어오던 날 구들을 고쳤다고 검댕 묻은 손을 씻던 것이 생각났다.

　　"네, 내려가 보세요. 헌데 갑작스레 떠나게 되셔서 섭섭합니다. 편한 데루 가시는 건 다행합니다만……"

"불시에 그렇게 됐군요. 여러 날 폐가 많았습니다."

영감이 내려오고 신발을 찾으려니까, 마님이 얼른 내려가 대령을 하며, 같이 가서 거들려느냐고 묻는 것을 눈을 끔쩍이고 도리질을 하며,

"그럼 옷을 입구 나선 길이니 어서 늦기 전에 저년 데리구 갔다 오우. 순제도 애기집에 가서 곧 간다구 다시 일러 놔야지 않소"

"네 그럼 마님 어서 다녀옵쇼"

하고 마루에 나섰던 순제는 건넌방으로 들어가 버렸다.

뜰에 선 마님은 순제가 아랫방으로 들어가지나 않을까 하는 의심이 그래도 마음에 걸려서 뭄춧뭄춧 하였으나, 던적스럽게 지키고 있을 수도 없지마는, 집에 가서 분별할 일도 있고 식모를 어서 데려와야 짐을 나르고 하겠으니 안 갈 수도 없어 아이년을 데리고 나갔다.

그동안에 다시 안방으로 들어가 보스턴백을 들고 나온 영감은 힐끔힐끔 건넌방 쪽을 보며 아랫방으로 들어가더니 창문을 닫아 버린다.

건넌방 모녀는 밖에 내다보고 서로 눈짓을 하며 웃다가, 순제의 말끝에 달아서,

"그래서 어째요! 정 급하실 땐 오셔요"

하고 주인마님이 대꾸를 한다. 순제는 영감 내외를 사돈댁에서 모셔 가는 사연을 이야기한 끝에 자기 처지를 대강 들려주고 급하면 잠깐 이리로 피신을 하구 싶다는 귀띔을 해 놓은 것이다.

"저 영감이 오실 때처럼 또 구들장을 만지시구 손 씻을 물을 달라시려는군."

말이 끝나니까 순제는 이런 소리로 모녀를 웃기고 아랫방으로 내려

갔다.

"들어가두 좋아요?"

"응, 들어와."

기다렸다는 듯이 방 안의 목소리가 은근하다. 이 집에 오던 날만 해도 순제의 눈까지 기이려고 겁에 벌벌 내던 것이, 인제는 순제를 놓칠까 보아 더 겁이 나는 영감이었다.

문을 여니 영감은 방앗간 일꾼의 손처럼 뿌연 먼지가 묻은 손을 늘어뜨리고 하던 일을 몸으로 가리면서 어색한 웃음을 헤에 웃고 섰다. 돗자리를 말아 놓고 장판을 이르집고 하여, 버선이 더러울까 보아 발을 붙일 데가 없는 것을 간신히 들어서며 문을 닫으니까, 영감의 어색한 웃음은 애무하는 눈웃음으로 변해지며 멀거니 바라보고 섰다. 그 눈이 무엇을 말하는지 알아차린 순제는 방바닥으로 눈을 돌리며,

"또 미쟁이 노릇을 하시는군요 좀 거들까?"

하고 해쭉 웃었다.

"그만둬. 옷 버려."

손이 더러우니 어찌하는 수가 없다는 듯이 영감은 다시 한번 여자의 얼굴을 애무하는 눈으로 쓰다듬고 일하던 자리로 돌쳐 앉는다. 순제도 조용한 집에서 문을 닫고 둘이만 만났다는 기분에서 온 남자의 충동에 끌리는 것을 깨달았으나, 책상에 버티어 놓은 영식이의 사진으로 눈이 가자, 금시로 정신은 깨끗이 걷히었다.

"그 무거운 걸 혼자 어떡허세요?"

영감이 구들장을 들먹거리는 것을 보자 순제는 발을 빼고 흙 장판

위로 나섰다.

"손발 더럽히구 들어올 거 없어."

그러면서도 영감의 눈은 구부리고 마주 덤비는 하얀 예쁜 손발로 갔다.

"오래간만이로군!"

여자의 살결과 체취에서 오는 흥분에서 나온 말이다.

영감의 신기는 좋았다.

"무슨 금은보화가 나오는지 오래간만에 만나시니 반갑겠죠"

하고 순제는 딴전을 하며 웃었다.

"늙은 사람을 시달리지 말라구. 이런 땔수록 마음을 놓게 해야지."

구들 한 장을 마주 들고 번쩍 젖혀 놓았다.

"해놈의 자식! 속 좀 작작 태우구 맘을 놓게 해드려."

순제는 고래 속에 신문지에 덮인 애총의 반 토막 같은 것을 들여다보며 나무란다.

둘째 장을 들어내며,

"버르장머리 사납군."

하고 영감은 허허허 웃었다.

"회초리 없나? 종아리 좀 때려 주세요."

하고 순제는 또 새롱대다가, 덮은 종이를 활짝 젖히는 것을 보고,

"이건 무슨 동냥자루들인구?"

하며, 든다는 것이 귀금속을 넣은 자루였다.

"왜 실없이 이래. 이리 줘."

영감은 뺏기기나 하는 듯이 서둔다.

"막직한 품이!……"

하고 순제는 만적만적하다가,

"응, 나 하나 주셔야지 기념으루."

하고 자루를 내민다.

"주지 줘, 하지만 무슨 기념으로?"

위로금이니 위자료니 하는 말에 곁짐작도 들고 겁이 나는 판이라 기념이란 말이 귀에 거슬렸다.

"피난 다니던 기념."

"응, 그럼 하나 주지."

영감은 자루의 끈을 풀고 뒤적뒤적하다가 자루 속을 들여다보고는 넣다 꺼냈다 하더니, 여자의 팔뚝시계를 하나 집어내서 준다.

"나루당야! 조선여자룬 찬 사람이 몇 안 될걸."

활수 좋은 소리를 하고 자루부리를 묶어 가방에 가만히 넣는다.

"가다가는 이런 수도 있어야죠 손쓰시는 김에 퇴직금은 안 주십니까?"

단김에 빼자고 달라붙어 보았다.

"뭐? 그따위 소리하면 피천 한 푼 막무가내지."

"그럼 두서너 달 들어앉아 뭘 먹구 삽니까?"

"그건 주지만, 매일 출근은 해야 해!"

영감은 한국은행권 뭉치 얼러 네 덩이를 후딱 가방에 옮겨 넣고 닫으면서 웃는다.

"사무는 어디서 보시기에?"

"사직골 집에서. 그리게 필운동으로 와 있으라니까."

"그럼 그렇게 한 오십만 원 주세요."

"오십만 원 테미?"

깜짝 놀라며,

"그렇게 한꺼번에 뭘 하는 거야? 이 난리 통에……."

하고, 가방을 다시 열고 돈 뭉치를 꺼내 준다.

"난리 통이니 언제 어떻게 될 줄 압니까. 하루 동안에 만 원씩, 오십일치만 선불을 해 줍시사는 건데! 호호호."

"또 줘! 아무려면 밥 굶길까."

영감은 그래도 안심은 안 되었으나, 신기가 좋았다,

"신 군이 들어오면 안됐으니 얼른 치우자구."

"나루당 값 하느라구 팔 떨어진다."

순제는 구들장을 들며 웃었다. 너무나 지나친 선물을 받아서 좋으면서도 미안한 생각이 없지 않았다.

"오메가보다두 훨씬 좋은 거야. 미국서두 극상품인데, 꼭 누구 하나를 주려구 사 온 것을……."

영감은 다음 구들장을 마주 들어 덮으며 무척 생색을 내는 것이었다.

"미안합니다그려, 꼭 줄 사람 걸 뺏어 되겠에요 갖다 주시죠."

영감의 말이 실없는 말 같기도 하나, 순제는 자기 배짱을 생각하고 사실 미안한 생각이 들었다.

"염려 말어. 꼭 줄 사람을 주었으니!"

하고 영감은 싱긋 웃으며, 반응을 보려는 듯이 순제를 치어다본다.

"꼭 줄 사람을 주셨단 말예요? 줄 사람은 벌써 주셨단 말예요? 저 속에 아직두 몇 개나 나루당이 남았는지 한 개쯤 내 차례에 오기루 아깝진 않으시겠지?"

"아까우면 줬을까? 하지만 아깝단 생각이 나지 말게 하라구."

그것은 천착히 들리는 말이었으나, 한 애원이기도 하였다.

순제는 마음이 잠깐 무거워졌다. 이때껏 이 남자를 속인 일이라고는 없지마는, 공연한 말을 꺼내서 공연한 것을 받았다는 생각도 들었다. 돈 오십만 원을 달라고 한 것과는 의미가 다르고 또 달라지고 말았다.

"받는 사람은 괴로워도 주는 사람에겐 복이 있을지어! 호호호 후횔 왜 하시겠에요."

"입이 보배야! ……하지만 괴로울 건 뭔구?"

"괜히 신세만 지니까 말이죠."

"괜히 신세라니?"

영감은 어정쩡한 낯빛으로 눈치를 빤히 본다. 그러나 순제는 잠자코 새벽가루를 구들장 위에 펴고 있다. 영감이 어정쩡한 낯빛인 것이 순제에게는 도리어 마음을 가볍게 하는 듯싶었다.

방을 말끔히 치고 나온 순제는, 영감에게 물을 떠 가고, 자기도 손발을 씻고 영희와 함께 걸레질을 치고 한참 부산하였다.

마님이 와서 짐을 꾸리는데, 가방들에 미국 갔을 때 호텔에서 누덕누덕 붙이어 준 가지각색 레테르를 보고 순제가,

"아, 이건 왜 이때껏 이대루 됐어."

하고 아이년과 물칠을 해서 떼어 내게 하여 보스턴백은 이불 속에 넣어

이 집에서 빈 헌 보자기로 싸고 또 하나 가방도 마대 속에 넣었다. 영감은 고의적삼을 입은 대로 간신히 들어가는 영식이의 고무신을 얻어 신었으나, 그 흉흉한 파나마모자만은 그대로 쓰고 가기로 하였다. 오래간만에 문밖에 나서자니 모두가 겁이 났다. 그래도 영식이를 만나 보고 가려고 주저주저하였으나 해가 떨어진 뒤에 성(城)길을 넘기가 소삽하다고 마악 나서려 하는데, 그제서야 영식이가 터덜터덜 들어온다. 저희끼리 모이던 경제재건연구회 축들이 모인 데서 늦었다는 것이다.

"이거 웬일예요?"

하고 영식이는 깜짝 놀라며, 순제에게 눈으로 물었다. 순제는 웃기만 하였다.

"자라 보구 놀란 놈이 소댕 뚜껑 보구 놀라는 셈이지만, 어차피 잘됐어."

순제가 잠자코 있는 것을 보니, 영식이가 벌써 알고 있지나 않은가? 저희끼리 짜고 한 일이 아닌가 하는 의혹이 또 들어서 영감도 탐탁히 대꾸를 안 했다. 인사가 끝난 뒤에 순제더러 넌지시,

"그건 어떻게 됐어요?"

하고 물으니까 못 알아들은 체하고 도리질만 하여 보였다. 도리질을 하는 것을 보니, 영식이는 새삼스레 애가 씌었다.

일행은 자릿보를 인 식모와 순제가 앞장을 서 나간 뒤에, 두 내외가 아이년에게 가방을 이워 가지고 멀찌감치 따라 나섰다. 소리를 내지 않느라고 아무나 배웅을 아니 나가고 슬슬 피하여 자취 없이 빠져나갔다.

"얘, 이거 내놓구 가던데……."

마님은 방으로 올라와서 저번에 마루 끝에 내놓고 말썽이 되던 그 돈뭉치를 내 뵈며, 한편으로는 좋은 기색이면서도, 한편으론 좀 서운하고 부족한 낯빛이었다. 십만 원 모갯돈을 만져보는 것이 드문 일이니 좋으면서도, 그 보물섬을 패어 내가듯이 하여 간 것을 아들에게 들려주면서 무엇을 놓친 듯이 서운한 것이었다.

"그거 뭐 그만두시라지 않으시구."

영식이도 말은 이렇게 하여도 좀 더 끝까지 있게 하여 뒷길을 바라던 마음이 없지 않더니만치 고작 그거냐 하는 생각이 들었다.

"헌데, 가만히 보니 모든 게 그 여자 조화야. 큰마누라를 내보내구, 아랫방을 둘이 들어가서 문을 꼭 닫구 있더니 요술을 했는지 난데없는 가방을 들구 나오구 하는 꼴이, 그 가방엔 무에 들었는지, 제 손아귀에 넣자는 수단인가 보더라."

마누라를 내보내고 둘이 들어가서 가방을 꺼냈다는 말에 영식이는 꿈에도 생각지 않던 질투가 머리를 번쩍 드는 것을 깨달았다. 멍하니 혼자생각에 팔려 있으려니까 모친은 또 이런 소리를 한다.

"그런데, 그건 또 무슨 소린지 본남편이 빨갱인데 그게 무서워서 우리 집으루 숨으러 올지두 모른다나?"

"그래 뭐래셨어요?"

"뭐라긴. ……온다는 사람 못 온댈 수는 없으니까 좋두룩 얘기했지만, 애 와두 걱정이다. 여간내기가 아니던데!"

하고 모친은 머리를 젓는다.

"급한 사정이라면야 하는 수 없죠 사람야 재빠르구 싹싹하니까, 아무러면 영감님 내외처럼 시중을 들리구 성이 가실 일야 있을까요"

"그야 그렇지만……."

모친은 미장가 전 자식이 있는 집에 젊은 계집을 들이기가 싫은 것이요, 명신이가 이 마님에게도 눈에 들어서 다 된 혼인이라고 찰떡같이 믿고 있는데, 딴 변통이 생길까 보아 염려도 되는 것이었다.

그러나 영식이도 순제가 오겠다는 말에 눈이 번쩍해지며, 좋기는 하면서 한편으로는 걱정이기도 하였다. 모친이나 커 가는 누이의 앞에서 기탄없이 새롱거리거나 눈을 기여 가며 보채는 눈치를 보이거나 하면 마음으로 들볶일 것 같아서 그런 것이 싫지는 않지마는 염려가 되는 것이었다.

이튿날 아침도 채 먹기 전에 구두를 신고 말쑥이 차린 순제가 달려들었다. 자리 보통이를 인 식모가 따랐다.

"이삿짐이 나고 들고 미안합니다."

순제는 들어서는 길로 명랑히 웃어 보였다.

"그런데 어딜 가슈?"

"사선을 돌파해서 예까지 허위단심 왔습니다."

오는 길에 혹시나 장진이를 만나면, 지금 시청으로 가는 길이라고 발뺌을 하고 피할 작정으로 이런 차림차리로 나섰다는 거다. 그러나 아무 선통도 없이 이렇게 급히 달려들 줄은 의외였다. 모친은 좋지 않은 내색이었다.

"촌으루 들어가자니 머리를 쪽 지구 은비녀라두 꽂아야지, 이런 때 파마한 머리가 웬순데요 ……오늘 아침에 나오란 대루 시청에 안 나가

191

면 당장 찾아 나설 건데, 큰집으루 갈까 했으나 거기두 으레 올 거니 다락두 지하실두 없는 집에서 숨을 데가 있어야죠 생각다 못해 영감님과 바꾸기로 한 건데……."

"그래 영감님은 순제 씨 이리 오는 거 아시나요?"

영식이의 어림없는 소리에,

"네."

하고 웃으며 눈을 깜짝해 보이고 나서,

"마님께만 잠깐 여쭙구 제 집처럼 덮어 놓구 달려들어 죄송합니다만, 식모 하나 얻어 들인 셈 치시구 잠깐만 두어 주십쇼"

하며 비는 소리를 한다.

"온 천만에. 사정이 절박해 그러신 걸……나하구 안방에 같이 계십시다. 급한 경우면 다락 신세를 져야 하실 거니."

마님은 아까보다는 마음이 풀려서 웃어 보였다.

그러나 결국 아랫방은 영식이가 그대로 쓰겠다 하여, 순제의 세간은 건넌방으로 들어갔다. 식모는 또 짐을 가지러 보냈다.

모친이나 영식이나 이 예쁜 새로운 침입자가 싫지는 않으면서도 제각기 다른 의미의 불안을 느끼는 것이나, 이것저것 생각 없이 그저 좋아하는 것은 영희였다. 이번 가을의 졸업을 앞두고 들어 앉았는 영희는 안존하니, 어머니 치맛도리에 매달려서 소리 없이 자란, 이만 나쎄의 요새 아이들과는 딴판인 어린애였지마는, 순제가 쓱 들어서면 집안이 금시로 환해지는 것 같고 엉정벙정 정말 반가운 손님이나 온 것처럼 마음이 좋은 것이었다.

"아주머니 이 책상 그대로 둘까요?"

어느 틈에 따라 들어가서 건넌방을 치우던 영희가 이런 소리를 하니까,

"아가씨두! 언니라면 몰라두 아주머닌 뭐요? 우리 형제같이 지냅시다요"

하고 웃는 순제의 소리가 들려 나온다.

혼란

오늘도 영식이는 아침 후에 자기 방에 들어가 누웠다가 어느 틈에 훌쩍 나가 버렸다. 할 일도 없거나와 마음이 잡히지 않으니 책 한 자 들여다 볼 생각이 아니 나고, 번둥번둥 누워서 하루를 보낼 수도 없으니 휙 나가는 것이다. 더구나 순제가 온 뒤로는 영식이는 집에 들어앉았기가 차차 거북한 생각이 들었다. 아무래도 신경이 그리로 씌우고 눈이 건넌방으로 가는 것을 참자니 괴로운 것이었다. 요새는 말수도 퍽 줄어졌다. 순제와는 아침에 일어나서 뜰에서 얼굴이 마주칠 때나, 저녁 때 들어와서 바깥소식을 묻거나 해서 잠깐 수작을 할 뿐이요 자연 데면데면하여 갔다. 그것이 모친에게는 좋았고, 염려하던 것 보아서는 역시 내 자식이 점잖다고 마음을 놓게 하였다. 그러나 모친의 뜻을 받아서 그리하려 해 그런 것은 아니었다. 또 특별히 방어선을 치려고 의식적으로 그런 것도 아니었다. 저절로 그렇게 되고 말았다.

순제 역시 저편이 그러니, 설면설면하여지지 않을 수 없었다. 살짝 남자의 눈치만 보고 전같이 툭 터놓고 이야기를 하려 들지 않았다. 그러할 기회를 주지 않으니 하는 수도 없지마는 그러나 가다가다 남자가 멍하니 실심한 눈치다가도 심각한 표정으로 빤히 치어다보곤 하는 것을 보면 순제도 전신이 찌르를 하고 긴장하여지며 그 기분에 끌리는 것이었다.

하여간 그래도 순제는 여전히 명랑하고 유쾌하였다. 데면데면히 구는 남자의 속을 그 방심한 표정이나 긴장한 낯빛에서 알아차릴 수 있었다. 남자의 말 없는 고민이 달갑고 반가웠다. 마음 놓고 푹 파묻혀 있는 것도 좋지마는 물끄럼말끄럼 눈치만 보고 지내더라도 남자의 곁에 있는 것만이 든든하니 만족하였다.

"아가씨, 뭘 하우? 이리 잠깐 와요"

순제는 어제 식모가 가져온 털실 보따리를 내놓고 빛깔을 이것저것 고르다가, 방문에 친 발을 쳐들고 안방에 소리를 쳤다.

"에구머니나! 털실 전방에 온 것 같군요"

영희는 방에 들어서며 놀라는 소리를 친다. 드레드레 꼬아 고를 지어 수두룩이 쌓인 것이 탐스럽기도 하지마는 갖은 고운 색갈이 눈이 부시었다.

"어떤 게 맘에 드나 골라 봐요 긴긴 해에 하두 심심하니 우리 이거나 짭시다. 우리 네 식구가 스웨터라두 하나씩 짜 입을까?"

"난 웬 짤 줄 알기에요"

"내 가르쳐 주지. 이건 어떨꾸? 아가씨한테."

하며 연핑크빛[石竹色] 실타래를 들어 영희의 어깨에 대고 하얀 얼굴에 비추어 본다.

"이 연둣빛두 아울릴 거야."

"아무거나요."

"참 그래! 아가씨 예쁘니까 아무거나 아울리긴 해."

"내! 아주머닌!"

하고 영희가 살짝 발개지며 선웃음을 치려니까,

"그래두 또 아주머니라는구려."

하며 순제는 질색을 한다. 아직도 스물 적 마음이 그대로 있는 순제는 나이 찬 아이에게 아주머니 소리가 듣기도 싫고, 더구나 영희가 그렇게 부르는 것이 싫었다.

"그럼 날더러두 아가씨란 소리 마세야지."

영회는 영희대로 아가씨란 말이 황송하게 들리는 것이었다.

어머니는 연회색, 오빠는 흰 것……이렇게 고르다가, 순제는 편물본 책을 찾는다고 큰 가방을 끌어내었다.

구경하라고 편물책이며 서양 그림책을 꺼내 주고 나서 조그만 가죽 상자를 찾아내더니, 뒤적뒤적하여 에나멜 끈이 달린 여자 시계를 집어 내서,

"아가씨 시계 가졌겠지만, 아무것두 줄 게 없으니 이거나 가지려우?"

하고 내놓는다.

"에그 그런 좋은 걸! 그만두세요."

영희는 질겁을 하는 소리를 한다. 동무들이 가진 것을 보고 부러워도, 감히 생각도 못 하던 금시계를 장난감이나 주듯이, 도리어 신통치 않아

하는 것이 이상도 하나, 속으로는 반색을 하였다.

"이거, 회사에 들어가 첫 월급에 산 거라우. 공들여 사 가지던 거니, 정표루 받아둬요"

어느 남자에게 선사를 받았거나 한 그런 물건이 아니라는 뜻이었다.

"싫어요. 어머니께 야단이나 만나게!"

하고 생글 웃는 영희의 얼굴은 어리디 어린 귀여운 표정이었다.

"별소리를! 그리구 이건 오빠 드려요"

이번에는 신건인 라이터를 내준다. 그것은 구경 삼아 손에 받았다. 이것도 위의 모양이 이상한 보통 보기 드문 것이었다.

오는 길로 양담배, 양주를 내놓고, 그 귀한 설탕을 한 항아리에, 가지각색 통조림이며, 가루우유요, 초콜릿요 하고 날마다 날아오는 대로 내놓는 것이 하두 많아 미안한데, 금시계까지는 너무 과하다고 생각하였다.

"난 바늘이라군 별루 들어본 일이 없어두 이것만은 여학교 시절부터 재미를 붙여서 사무소에 나가 앉아서두 틈만 있으면 하니까. 루즈벨트 부인은 손님하구 이야기를 하거나 원고를 부르면서두 편물을 한다지만 내 폼에 걸치는 건 내가 죄다 짰다우."

편물본을 같이 들여다보며 이런 소리도 한다. 회사에를 다니고 남자들과 교제를 하고 담배를 피고 하는 이런 여자가 편물에 그렇게 골똘하다는 것은 의외이기도 하였다.

"좀 구경시켜 주세요. 좋은 거 많겠죠"

"요담 집에 와요. 한데 오빠 스웨터 있겠구려. 좀 보여 줘요. 어머니껜 드릴 게 없으니 덧저고리 짜드리지."

순제는 마음을 가라앉히는 데도, 마음을 한 곳으로 집중을 시키는 데도, 무엇을 궁리하는 데도 편물이 제일 좋았다. 편물을 손에 들면 대포 소리도 안 들릴지 모르겠다. 그러나 영식이에게 스웨터고 무어고 짜서 입히고 싶다거나 생색을 내고 싶다는 것이 아니라, 영식이의 것을 짠다는 그 일념에 자기를 잠가 버리려는 충동이랄까 욕망에 벌써부터 만족을 느끼는 것이었다. 정신적 만족이 아니라, 감각적 유열을 전신에 느끼는 것이었다.

"얘, 나가 봐라."

안방에서 나는 모친의 소리에 영희는 발딱 일어나 문을 열러 나갔다.

"선생님, 야단났에요. 쌀을 다 뺏기구 집두 내놓래구……이런 벼락이 어디 있에요."

한 짐을 인 식모가 들어서는 길로 마당에서 소리를 친다. 옛날처럼 아씨라고 부르기 싫고 아주머니라기도 안되었고 하여 집에서도 선생님으로 통용이다.

"뭐? 누가 와서 그래?"

순제는 마루로 나와서 짐을 받아 내려 주며 땀을 빨빨 흘리는 것을 보고,

"애 썼수. 어서 세수나 좀 해요."

하며 의외로 그리 놀라는 기색도 없이 태연하다.

"불한당이 든다는 옛이야기를 듣구두 그 어떤 지경인구 했더니, 백주 강도란 게 그런 거드군요. 남정네라군 없는 집안에 총대 멘 놈이 앞을 서구 우르를 몰려 들어와서 꼼짝 못하게 하구 죄인 다루듯 하며 처음엔

주인 찾아오라구 호통이군요……."

쌀은 지하실에서 두 가마니를 끌어내놓고도 들들 뒤져서 독에 남은 것까지 두어 끼 거리쯤 남기고 싹싹 쓸어갔고, 집은 내일로 내놓으라는 것이라 한다.

"그래 급한 대루 오는 길에 다락에서 은기명이랑 잔 세간만 추려 가지구 왔습죠만 저 세간들을 다 어쩝니까?"

"대관절 뭣들입니까."

"평복을 했으니 모르겠에요 총을 메구 앞잡이 선 놈은 동네서 보던 놈 같던데……."

필시 장진이의 독수가 뻗어온 거나 아닌가 싶어서 순제는 가슴이 선뜻하였다. 그러나 자기가 여기에 와 있는 것은 아직 필운대 집에도 알리지 않았으니 장진이의 그 후 소식은 알 길이 없었다.

"동네에서두 집을 내놓게 된 데가 있답디까?"

"쌀은 뒤져가두 그런 일은 없는가 봐요 그럴 줄 알았더라면 쌀이나 날마다 한 말씩 날아오는 걸."

집보다도 당장 아쉰 것이 쌀이기로는 이 식모뿐이 아니었다, 그럴 줄은 모르고 겨우 소두 한 말쯤 가지고 왔는데, 시장에는 아직도 쌀이 아니 나오니 순제부터도 남의 집에서 큰일이거니와, 쫓겨나는 세 식구를 얻다 갖다 두고 무얼 먹여 살릴까가 큰 걱정이다.

"여보 집두 집이지만 우선 사람이 먹어야지. 내 편지 써 주께 이 길루 필운대 들러서 우리 오빠 데리구 혜화동 댁에 얼른 가 봐요 거기두 뺏기지나 않았는지 어쨌든 부지런히 쌀을 날라다 놔야지."

순제는 필운동 집과 혜화동 조카딸에게 보내는 편지 두 장을 후딱 써서 열쇠 꾸러미와 함께 내주며, 양복장 서랍을 열고 자기 양복과 옷을 전부 가방과 고리짝에 넣어서, 아이년 시켜 역시 필운동으로 갖다 두라고 일렀다. 쌀은 사직동에 있는 영감 식구나, 또 자기 식구를 정하면 필운동으로 보내 두려는 생각으로 그리 가져가라는 것이지마는, 자기 짐은 이리로 가져 오고 싶어도 혹시나 뒤를 밟지나 않을까 무서워 그러는 것이었다.

"그럼 짐꾼을 하나 대죠."

"그러다가 쌀을 거리에서 또 뺏기면 어쩌려구."

역시 자기 옷보다도 쌀이 소중하였다.

"궤짝이나 독에 감추어 가지구 이삿짐처럼 하면 그만이죠. 하지만, 저희는 어디루 갑니까?"

"가긴 어딜 가. 쌀이나 한 말 얻어다 놓구 버티구 있어요. 세간은 찬 간이냐 지하실루 한데 몰구, 아랫방만이라두 차지하구 있어 봐요."

식모를 내보내 놓고 나니 순제는 버티던 기운이 폭 까부라지며 한숨이 저절로 나왔다.

"허, 그러니 댁은 잘 사시니까 그렇겠지만 어디 맘을 놓구 살 수가 있수. 우리 집두 달겨들지 말라는 법은 없을 거 아뉴?"

마님이 겁을 벌벌 낸다.

"여기야 아무러면……제 사정은 좀 다르니까요. 염려마세요."

"아니, 그게 모두 이북에서 오셨다는 이의 짓이라면 여기 왜 못 찾아 오겠수. 우리야 어떠랴만 애가……."

하며 눈이 더 커대지는 것은, 아들까지 끌려들까 무서워서, 순제가 와 있는 것을 또 싫어하는 내색이다. 순제도 할 말이 없고 마음이 덜 좋았다. '제 사정은 다르다'는 말을 공연히 했다는 후회도 하였으나, 딴은 만일의 경우를 생각하면 영식이를 위하여서라도 이 집에 오래 있어서는 안 되겠다는 생각이 들었다. 결국에 갈 데 없는, 몸 둘 데 없는 신센가 하는 생각에 구슬펐다.

"아가씨, 이거!"

방으로 들어간 순제는 방바닥에 놓인 시계와 라이터를 집어 주며 생긋 웃었다. 언짢은 마음을 그런 것으로 가셔 버리려는 듯이 웃었다. 영희는 또 마달 수도 없어 마주 웃으며 간신히 손을 내밀어 소리 없이 받았다.

"어머니!"

안방으로 들어간 영희는 눈치만 보며 손의 것을 내뵈었다.

"그 뭐냐?"

모친의 눈이 번해서 반색을 하는 눈치에 영희는 마음이 놓여서,

"건넌방 색시가 나 가지라구 주었에요. 라이터는 오빠 드리구."

하고 방글 웃는다. 그러나 모친의 눈은 찌푸려졌다. 물건을 보고는 반색을 하였으나 그것이 무엇을 의미하는가를 생각하고는 싫었다.

"갖은 빛깔의 털실이 이렇게 있는데, 어머니 덧저고리 짜 드린대나. 우리들 스웨터하구."

모친의 신기를 풀려고 말을 돌렸다.

"이 난리 통에, 이 더위에 삯일 한다던?"

편물본을 들고 고르며 무심히 귀를 기울이고 있던 순제는, 고개를 반짝 들며 양미간이 찌푸려졌다.

"그것 도루 줘라. 그런 값진 거 받기 미안하다구 어머니가 사살하신다구……."

한참 만에 마님의 나직한 소리가 난다.

"몇 번이나 싫대두 주는 걸 억지루 받아 가지구 왔는데! 난 몰라요 어머니가 갖다 주세요. 난 탐이 나는 건 아니니."

다시는 아무 소리도 없었다. 순제는 겨우 마음이 놓였다. 분할 것까지는 없고 나무랄 것은 못 돼도, 그저 주고 싶어서 주는 자기의 직솔한 마음을 못 알아주는 것이 섭섭하였다. 그러나 순제는 여전히 골똘히 영식이에게 맞을 스웨터 본새를 찾고 앉았다. 뒤숭숭한 마음도 가라앉히고 걱정도 잊어버리려는 것이지마는, 짜려는 거는 꼭 짜고 말리라고 별렀다. 스웨터를 짠다는 것이 영식이와 마음으로라도 인연을 잇는다는 것같이 생각이 드는 것이었다. 영식이를 떨어져서는 살 길이 없다는 것을 좀 더 분명히 알았다는 듯이, 혼자 얼굴빛이 긴장해지며 가슴속이 화끈하는 것을 깨달았다.

영희가 점심을 차리러 부엌으로 내려가는 눈치에 거들러 나오자니까, 마님이 안방에서 시원치 않은 얼굴로 내다보며,

"그건 왜 값진 걸 어린애를 주서. 다시 돌려 보내두 어찌 아지 마슈."
하고 인사 아닌 인사를 하는 것이었다.

"왜 그러세요. 그러면 되레 부끄럽습니다. 저 처녀 적에 가지던 건데 장난감 삼아 가지라는 거죠."

처녀 적에 가졌다는 말에, 이 어딘지 모르게 꿋꿋한 과부 마님도 마음을 돌렸는지

"온, 너무 받기만 하구 미안해서……."

하고 누그러져 버렸다.

서너 시나 넘어서 식모가 또 헐레벌떡 달려들었다.

"아, 어떻게 됐수?"

"어떻게 된 게 무엇얾니까. 혜화동댁두 오늘 아침에 쌀을 홈빡 뒤져 갔는데, 거기 가서는 사랑채를 쓰겠으니 세간을 둔 채 그대로 내놓란다 나요. 그 웬일입니까? 회사 동티는 아닌지요?"

제법 아는 소리를 한다.

"쓸데없는 소리 말아요"

순제는 핀잔을 주어 버렸다. 그러나 오비이락(烏飛梨落)으로 그런지도 모르겠지마는, 두 집이 한 날 한 솜씨로 집까지 내밀리게 된 것이 아무래도 심상치 않다.

"참, 그런데 저번에 필운동으루 오셨던 손님이 그저께 와서 편지 보구 화를 내며, 내던지구 가 버리셨다나요. 그렇게만 말씀하면 아신다구요."

"음……."

순제는 대꾸만 하고 말았다. 편지를 보고 발끈해서 인사도 없이 달아났을 장진이의 얼굴이 빤히 보이는 듯싶고, 속아 넘어갔다는데 더 앙심을 먹고 못 살게 굴어 들 것도 뻔한 노릇이다. 그러나 말도 붙여 볼 수 없이 그렇게까지 심할 줄을 몰랐고, 나와서 일을 하라는 말만 없어도 이렇게는 아니 되었을 것이다. 도리어 쌀을 뺏기지 않게 덕을 볼까 했

던 노릇이, 인제는 목까지 노르게 되었고 보니 옴치고 뛸 수 없는 막다른 골에 쫓겨든 것 같아서 살림을 파방치고 집까지 뺏긴대야 시들하고 그저 얼떨할 뿐이다.

그래도 모친이 세간을 건사해 준다고 오라비를 데리고 재동으로 갔다기에 식모는 당장 쌀되라도 구해 보라고 돈 만 원을 주어서 돌려보냈다.

저녁때 영식이가 들어오니까, 모친이 안방으로 불러 들여 숙설숙설하는 눈치가 달랐다. 아까 마님이 하던 말눈치로 짐작해도 자기를 배송낼 의논을 하는 듯싶어서 순제는 가뜩이나 바늘방석에 앉은 것 같고 영식이가 어떤 생각일지 겁이 펄썩 나는 것이다. 그러나 남자의 본심을 인제야 알리라는 기대와 함께 마음으로 빌며, 한 마디도 귀에 들어오지 않는 안방의 이야기가 끝나기를 기다리기가 지루하고 조바심이 되었다.

영식이가 마루로 나서는 기척에 순제는 몸이 오그라지며 발 안에서 빤히 치어다보았다.

"뭘 하세요? 아니, 집을 내놓란대죠?"

하고 말을 걸어 주는 것만 반가워서 미처 대꾸도 못 하고, 발을 밀치고 허겁지겁 마루로 나섰다.

"글쎄 말예요, 사장댁두 내놓란 걸 보면 단단히 걸렸나 보죠?"

저편이 어떤 생각인지 모르니, 터놓고 웃어 보이지도 못하였다.

"먹기 어려운 세상에 식구 떨어져 나가구 잘됐군요. 세간만 건지면 설마 집이야 떠 가지구 가겠나요"

영식이는 손바닥에 든 아까 그 라이터를 한손으로 만적거리며 태평으로 웃는다. 남자의 웃는 낯에 조금은 마음이 놓여서 마주 생긋 웃었다. 얼마만의 웃음인지 모른다.

"놈들이 한군데 집결해 있지 않구 군대를 요소요소에 분산시켜 감춰 두느라구 민가를 뺏어 들인다는군요 게다가 민애청(민주애국청년동맹)이니 여맹(여성동맹)이니 하는 것들이 간판 붙일 집을 동네마다 제각기 차지하러 드니 그 모양이죠"

"네, 그래요? 우리만 아니군요. 난 그 사람이 앙심을 먹구 그렇지나 않나, 그렇다면 지명수배라두 하지나 않을까 해서 설레한 판인데요."

하여간 순제는 자기네만 당한 것이 아니라니 적이 마음이 놓였다.

"뭐 그렇게까지야. 그거야 개인적, 가정적 문제 아녜요? 염려 마세요"

"글쎄요 공사를 분명히 가릴지?"

"누구보다 더 잘 아실 거 아닙니까! 하하하."

하며 영식이는 아랫방으로 내려가며,

"그런데 이건 왜 주셨어요 잘 쓰긴 하겠지만."

하고 라이터 받은 인사를 한다.

라이터에 휘발유를 넣어서 제꺽제꺽 불을 붙여 보며, 빳빳한 파란 불꽃이 세로 올랐다가 가로 퍼졌다 하는 것을 보고,

"얘, 그럴 듯하다!"

하며 영식이는 툇마루로 와서 앉는 순제를 치어다보며 웃는다.

"불길이 가로 나오는 건 골통대에 붙이라는 거예요"

대수롭지 않은 일이나 영식이가 내던져 두지 않고 당장 기름을 쳐 가지고 좋아하는 양이 기뻤다. 영식이는 금시로 서랍에서 골통대와 썬 담배통을 꺼내서 한 대 붙여 물고 순제에게도 만 담배를 권하였다.

205

"나 언제 담배 먹어요?"

순제는 핀잔주듯이 웃었다. 전에 잠깐 다니러 왔을 때도 담배를 피워 무는 일이 없었지만 이리로 떠나온 뒤로 자기 방에 혼자 있을 때도 마님 눈이 무서워서 일체 연기를 내는 일이 없었다.

"왜 이리 얌전을 피슈?"

영식이는 방 안에 들리지 않게 한마디 하고는 싱긋 웃었다. 이런 수작도 오래간만이다. 오늘은 순제가 마음이 좋지 않을 거니 위로삼아 그러는 것인지, 모친의 지나친 걱정이나 간섭이 귀찮아서 무언의 항의로 그러는 것인지 눈치가 별안간 또다시 달라졌다. 골통대를 버젓이 문 스타일이 신수에 어울려 좋다고 생각하며 말끄러미 바라보다가,

"난 암만해두 어디루든지 옮아앉아야 하겠는데……."
하고 말부리를 땠다.

"왜요?"

"어머니께서두 퍽 걱정이시구먼마는, 예까지 발이 달아 오면, 나 하나 붙들리는 건 고사하구, 신 선생까지 괜한 오해를 받구, 만일의 일이 생긴다면 큰일 아녜요?"

안방의 마님도 들으라고 커닿게 의논을 하였다.

"설사 그렇게 된다기루 내가 오해 받을 건 뭐예요. 괜한 걱정 말구 돼가는 대루 지내십시다."

"인사치레루 할 말씀이 아녜요. 게다가 난 괴로워 숨이 막혀 죽을 것 같애요."

순제는 목소리를 죽여서 호소하듯 애원하는 낯으로 남자의 기색을

살짝 엿보았다.

"왜? ……"

남자도 목소리를 낮추어서 어루만져 주는 낯빛이다가,

"괴롭기루 말하면 누군 마찬가지 아니라구!"

하고 역시 혼잣소리처럼 하소연이 되고 말았다. 순제는 귀가 반짝하였다.

"곁에 있어 성가시게 굴어 미안도 하구 좋기두 하지만, 이렇게 답답하구 괴로운 걸 생각하면 차라리 떨어져 안 뵈는 게 좋을 것 같애요."

영식이 모친의 세계와 너무나 왕청 떨어진 것이, 한집에서 지내보니 알겠고, 또 마님의 경멸하는 눈이 늘 쫓아다니는 것도 괴롭기는 하지마는, 그보다도 가다가다라도 마음 놓고 만날 수 있는 깊숙한 데로 숨고 싶은 생각이 간절할 것이다.

"그러나 저러나 가실 데가 있어요?"

"그건 염려 마시구, 내가 가면 잘됐다구 영 모른 척해 버리구 들여다두 안 보실 께 걱정이지."

순제는 그럴 테냐 안 그럴 테냐고 따지듯이 남자를 원망스러운 눈초리로 말끔히 치어다본다.

"좋은 데면, 안전한 데면 나두 대섭시다요."

영식이는 진담 반 농담 반으로 웃어 버린다.

"남의 말을 왜 실없이만 얼러맞추려 드세요 농담으로 웃어넘기는 것보다는 차라리 총부리를 대구 덤비는 게 얼마나 나을지!"

수색

점심이 지난 뒤에 반장과 통장을 앞세우고 내무서원이 달려들었다. 아침부터 내무서원이 나와서 집집이 뒤지고 다닌다는 소문에 영식이는 마음이 안 놓여서 출입도 않고 지키고 있었다. 순제는 섣불리 숨을 필요도 없고 문도 아주 열어 놓아두었었다. 까맣게 탄 광대뼈가 불쑥 솟은 얼굴에서 눈이 불량스럽게 번쩍이는 내무서원이 앞을 서고, 담총한 부하가 하나 따른 외에, 반장 통장이 옹위를 하고 들어섰다. 무시무시하다.

"당신이 주인요?"

뜰에 내려선 영식이를 훑어본다. 안방에서 모친이 마루로 나서니까, 방 안을 들여다보고,

"저건 누구요?"

하고 영희를 가리키다가 대답을 기다리지 않고 집안 식구는 다 나오라고 명한다. 건넌방에서 순제가 나오는 것을, 미모에 눈이 번쩍했든지

한참 쏘아보다가,

"저 분은 누구슈?"

하며 비교적 말씨가 고와졌다.

"제 내자예요."

영식이는 미리 생각하여 두었던 대로 서슴지 않고 대답을 하였다. 내무서원의 눈초리에 약간 당황하며 얼굴이 해쓱하였던 순제는, 내자라는 말에 죽을 고비나 넘긴 듯이 눈이 환해지며 살짝 영식이를 내려다보았다.

"에? 뭐요?"

내무서원은 내자란 말을 못 알아듣고 다시 채친다.

"부인예요."

반장이 옆에서 주석을 내었다. 그것은 동시에 순제가 이 집 며느리라는 것을 증명하는 의미도 되었다. 실상은 반장이 들고 있는 반적부에 순제의 이름이 있을 리도 없거니와, 이 집에서 며느리를 보았다는 말을 들은 일도 없는 반장의 입에서 무슨 소리가 나올지 누구냐 애가 씌었던 것이나, 알아차리고 싸 주느라고 그랬든지, 일이 잘 되느라고 그럴 듯하게 여겼던지, 내무서원은 더 캐지는 않았다.

지하실이 있느냐고 물어서 없다니까 안방 건넌방을 기웃기웃 들여다보고 나서, 부엌 위로 다락의 창살문만 열라고 하여 발돋움을 하여 본 뒤에, 이번에는 아랫방으로 가서 기웃한다.

책꽂이에 경제원론이니 재정학이니 하는 경제서류와 한국은행의 조사월보 따위가 눈에 띄자,

"회사에 다니슈?"

하고 묻는다.

"아니올시다. 여자상업학교에 나갑니다."

사실 영식이는 일주일에 한 번씩 무학재 여자상업학교에 나갔다. 신분증을 보자고 하여 지갑을 내어 보였다. 그동안에 세 여자는 뜰에 내려와 서서 조마조마 마음을 졸이며 노려보고 섰다.

아침부터 나와서 호구조사를 하는지 수상한 사람을 끌어가려는지 하여간 모조리 뒤지고 다닌다니, 이 집만을 노리고 나온 것이 아닌 것이 뻔하여 안심이 되면서도 순제는 더구나 겁이 아니 날 수 없었다.

내무서원은 신분증을 도로 주고 잠자코 돌쳐서며, 두 젊은 여자의 얼굴을 또 한 번 훑어보고 나갔다. 순제는 그 눈길에 찔끔하며 몸서리가 쳐지었다.

"아, 십 년 감수는 된 것 같다. 하지만 무사했으니 망정이지, 너 그렇게 말했다가 동네 간에 뻔히 아는 일인데 반장이 딴소리를 하거나 반적부를 보자면 어쩔 뻔 했니."

마님은 아들을 나무라는 말눈치였다. 서슴지 않고 제 처라고 하고 나서는 것이 급하니 그렇겠지마는 의혹이 더 부썩 드는 것이었다.

"그럼 어쩝니까, 허허허."
하며 영식이는 순제를 바라보며 웃는다.

"다니러 온 일가라거나 뭐라구 했다가 말이 외착이나 나면 되레 큰일 아녜요. 임자가 딱 나서서 가로막으면 함부루 손을 대진 못 하거던요."

영식이의 말도 그럴 듯하지만, 순제는 '내 내자요'라는 한 마디가 얼마나 좋았던지 몰랐다.

"아무러면 어때요 죽을 고비만 넘겼으면 고만이죠"

순제는 도리어 실제로 생각나지 않는다는 말눈치로 영식이를 넌지시 바라보며 웃는다.

"하지만 저물두룩 오면 성이 가시니, 반장한테 동적부에 넣어 달라는 게 어때요?"

영식이는 어머니에게 의논을 하였다.

"별안간 뭐라구 넣니? 설마 엊그제 혼인을 했다겠니."

모친이 핀잔을 주니까, 영희가 그 말이 우스워서 해죽 웃는다. 순제는 건넌방으로 슬쩍 피해 들어가 버렸다.

영식이가 그날 저녁에 반장, 통장의 집으로 넌짓넌짓이 찾아다니는 눈치더니 당장으로 배급통장에 순제의 이름을 올려 왔다. 동회의 위원장은 빨갱이로 갈려 들었어도 교분이 있는 통장과 반장은 그대로 있어서 통사정이 되었다.

"그런 사정이라니 해드리죠마는, 이건 혼자만 알아두셔요 실상은 동회의 반적부가 반은 없어지구, 뒤죽박죽이 돼서 새루 만드는 판이니까 해드리는 건데, 잘못하면 우리 목이 달아나요"

이런 소리를 하며 배급통장에 6·25전에 기입한 것으로 올려 주었다. '그런 사정이라'는 것은 순제와 약혼한 사이었는데 이렇게 되고 보니 아주 집으로 끌어들인 것이라고 그럴 듯이 삶아댄 것이었다. 다만 통장에 호주와의 관계에 처라는 골자만은 쓰지 않고 비워 두었다. 그러나 인제는 한시름 잊고 발을 뻗고 자겠다고 좋아하였더니, 이틀인가 새를 두고 전에 왔던 내무서원이 이번에는 딴 젊은 애를 데리고 단둘이만 슬며시

211

찾아왔다.

　문을 열러 나갔던 영희는 얼굴이 파랗게 질려서 입도 번번이 벌리지 못했다. 안방 건넌방에서 나온 마님과 순제도 가슴이 덜컥 내려앉아서 눈치만 슬슬 볼 뿐이었다.

　"좀 물어볼 게 있어 왔는데, 뭐 죄 없으면 겁낼 건 없구……."

　경사쯤이나 되는지, 누런 견장을 붙인 내무서원은 제 딴은 소동을 시키지 않으려는 눈치로 달래는 소리를 하며 마루에 걸터앉아 순제와 영희를 돌아다본다. 그러나 그 독기를 품은 험상궂은 낯빛은 조금도 느꾸지를 않았다.

　"저 처녀는 어떤 학교 다니누?"

　"K여자중학교이랍니다."

　순제가 앞장을 서 대꾸를 하였다.

　"당신은 어디 회사라두 다니슈?"

　순제 같은 미인이 대거리를 하고 나서는 것이 속으로는 좋은지 입귀가 좀 느즈러지는 기색이다.

　"살림하죠. 어딜 다니겠에요"

　회사라도 다니느냐는 말에 또 가슴이 덜렁하였다.

　저희끼리도 아무 말 없이 두리번두리번 맥맥히 앉았다가 불쑥,

　"색시들 무슨 책을 읽나 좀 봅시다. 일기든지 동무 편지 같은 것두 좀 뵈 주구."

하며 안방의 책상으로 눈이 간다.

　"뭐 그런 거 보실 만한 게 있나요"

어째 온 것인지 대강 짐작이 나니, 순제는 자기를 잡으러 온 것이 아니라는 안심은 되나, 어느 구석에서 무엇이 떠들쳐 날지 또 겁이 난다.

"좀 올라가두 좋겠죠?"

구두를 벗고 성큼 올라선다.

내무서원이 잡담 제하고 안방으로 들어서자, 간이 콩알만 해서 방문 안에 몸을 숨기고 서서 내다보던 영희는, 겁결에 눈자위가 들리고 울상이 된 얼굴이 파랗게 죽어서 튀어 나왔다. 모친도 펄쩍 놀라서 일어서며 딸을 끌고 건넌방으로 들어가 벌벌 떨며 건너다보고 있다. 하나는 마룻전에 총을 짚고 앉았고 권총을 찬 한 놈은 안방으로 들어갔으니, 여자들만 있는 집에 무슨 일이 날지? 마님은 혼이 다 나갔으면서도 대문을 걸고 들어온 건가? 열려 있나? 하는 의심이 떠올랐다. 그러나 대낮인데, 소리를 치면 동네 사람이라도 나올 거 아닌가 하는 생각이 들자 조금은 마음이 가라앉았다.

순제도 잠깐 어쩔 줄 몰라서 마루 한가운데 선 채 들여다보다가 건넌방으로 들어가,

"염려 마세요. 앉아 계세요."

하며 귀뜀을 하고는 핸드백에서 담뱃갑을 꺼내 가지고 안방으로 건너갔다. 태연한 낯빛과 거동에 영희 모녀는 대담하다고 속으로 칭찬도 하고 믿음성스럽게 여겼다.

"담배나 하나 피세요. 그까짓 건 봐 뭘 하세요."

책상 앞에서 이 책 저 책을 빼서 뒤적거리던 내무서원은 섰는 순제를 한번 치어다보고는 담배로 손이 간다. 입가에는 웃음이 잠깐 떠오르

려는 것을 참는 눈치다. 그 기색에 마음이 좀 놓이면서 손목이라도 덤썩 쥐지 않을까 싶어 가까이 가지도 않고 그대로 섰다.

내무서원은 담배를 두 개 꺼내서, 한 개를 마루로 툭 내던지고, 자기도 땅바닥의 성냥을 그어 대더니, 이번에는 서랍으로 손이 갔다. 건넌 방에서 빤히 바라보고 섰던 영희는 가슴이 두근거리며 자기 몸에나 손이 닿는 듯이 몸서리가 쳐졌다.

서랍 바로 앞에 놓인 금시계를 꺼내더니 들여다보며 반가운 사람이나 만난 듯이 싱끗 웃는다. 순제에게 웃으려다가 마른 웃음을 여기다 대고 웃는 것이다.

"여기 여학생들은 여간 사치한 게 아니야. 저기 여학생들은 권총을 차고 나서고 간호부로 지원을 해 나오는데! 이러구서 쌈이 되겠다구."

혼잣소리처럼 냉소를 하며, 시계는 포켓 속으로 들어가는가 했더니, 책상 위에 놓고, 이번에는 차곡차곡 넣은 편지를 꺼낸다. 손에 집히는 대로 알맹이를 빼어 보다가 탁 내던지며,

"이건 뭐야! 일본말인데! 아직두 일본말을 쓰는구먼, 이런 건 불 질러 버리지."

하고 역정을 낸다. 말은 퉁명스러우나 트집을 잡는다느니보다는 주의를 시키는 말눈치다. 무엇 때문에 그런 호의를 보이는 것일까 싶다.

책상 위를 헤갈을 해 놓은 방 안을 휘돌아보다가 장 옆의 탁자 위에 방 치장으로 놓인 커단 사진첩으로 눈이 갔다. 이 앨범은 순제도 일천에 보아서 안다. 대개는 가족사진이지마는 그 중에 한 장 서양 사람과 연회하는 것이 마음에 걸렸다. 아니나 다를까, 그 사진이 나오자 이때

껏 찾던 거나 만난 듯이,

"허어, 여기 있구려. 이 미국 놈들은?"

하고 눈을 부릅뜬다. 순제는 곧 붙들리나 싶어 머리끝이 으쓱하였으나, 영식이가 다닌다는 상업학교 생각이 나서,

"그거 쥔어른 다니시는 학교에 기부해 준 이들예요. 인사루 대접할 제 우리 교원 부인들두 나갔었죠."

하고 얼른 꾸며 대었다.

"갈보 대신이군."

하고 입을 삐죽해 버린다. 그 사진에는 김 사장 이하 한미무역의 간호부들과 기생들이 수두룩하였다. 순제는 그런 좌석에 입을 만한 양장이 없어서 조선옷을 입었는데 이런 때는 그것도 한 도움이 되었다.

철이 들 때부터 철의 장막 안에서 자란 이 젊은 아이의 눈에는, 여염집 부인과 노는 여자를 더구나 분간치 못했겠지마는, 그럴싸하게 여겼던지 이 사진을 가지고 더 추궁은 아니 하였다. 어째 결혼 때 사진이 없느냐고 묻지나 않을까 애가 씌었으나, 사진첩을 덮어 놓고 일어나서 다락문을 열어 보고는 건넌방으로 옮겨 갔다. 영희 모녀는 또 질겁을 해서 마루로 튀어 나왔다.

"이 책은 뉘 거요? 영어할 줄 아우?"

책장 위에는 묵은 타임 잡지와 편물본 책이 놓이고 흰 스웨터 짜던 것이 내던져 있었다.

"쥔어른 거예요."

"이 시계는 더 좋은 건가 보다."

경대 위에 놓인 순제의 새 시계를 들여다본다. 역시 시계에 정신이 팔린 모양이었다.

"이 가방에는 무에 들었소?"

큼직한 훌륭한 가방이 둘이나 포개 있는 것이 탐이 나는 듯이 발로 툭툭 차본다.

"내 옷예요"

"권총 같은 건 안 들었소?"

"온 천만에요"

순제는 펄쩍 뛰는 소리를 하며 웃었다. 그 핑계로 열어 보자고 했다가는 큰일이다. 그 속에는 반 넘어나 양복이 들었고, 서양 사람에게서 받은 선물이며 서양 사람과 박은 사진들을 붙인 사진첩이 있었다. 벽에 걸린 원피스를 눈여겨보며,

"암만해두 미국 다녀왔구려?"

하고 쏘아본다.

"여름엔 편하니까 그런 거 누구나 입는 거죠"

이즈막 이북에서 내려왔느냐는 말과 미국 갔다 왔느냐는 조짐은 재판정에서 검사가 사형을 구형하는 말과 마찬가지로 공포를 느끼는 것이었다.

"그래 세간이라군 이것뿐요?"

"그럼 월급쟁이 가난뱅이가 별수 있어요 빈대가 끓으니까 아랫방으루 옮겨갔죠"

대관절 무엇을 취조하러 왔는지 종을 잡을 수가 없다. 젊은 색시들을

한 번 더 보러 왔다는 것인지? 금시계가 둘이 있는 것을 알아 두겠다는 말인지? 사장 취체를 왔는지? 장진이가 수배를 해서 비젓하다는 의심으로 떠 보고 캐어 보러 온 것인지? 갈피를 잡을 수가 없어 더 애가 씌운다. 시계가 무척 탐이 나서 하는 눈치니, 그걸로 입을 틀어막고 다시는 안 온다면 또 하나 남은 것을 주어도 좋겠지만, 두 놈이나 되니 그것도 어렵고, 그랬다가 도리어 길이 나서 저물도록 온다면 그런 섣부른 짓을 할 수도 없다.

그러나 정작 아랫방은 변변히 들여다보지도 않고, 요새는 식량 사정이 어떠냐? 옷을 팔지 않고도 살아가느냐고, 쌀섬이라도 갖다 줄 듯이 물어 가며 멈칫멈칫하다가는 별로 정치담을 꺼내지도 않고 슬며시 가 버린 것을 보며, 사장 취체를 하러 온 것 같지도 않았다.

마님은 맥이 풀려서 마루 끝에 널치가 되어 앉았고, 영희는 방에 들어가 책장을 치우며,

"망한 녀석 시계는 그래두 대낮에 넣구 가기가 얼굴이 뜨뜻하더구면."

하고 종알거렸다. 순제도 대문을 걸고 들어와서도 모든 것이 자기 때문인 것같이 공연히 송구스러워서 뭐라고 말이 아니 나왔다.

"암만해두 그 동티야. 애기씨를 달아보려구 오는 거 아니면 왜 올꾸."

청원하는 듯한 마님의 말눈치에 순제는 더욱 죄밑 같았다.

도피행 하루

　새벽밥이 되어 그렇기도 하지마는, 입이 깔깔해서 순제는 두어 술 뜨다가 말았다. 간밤에는 원족 가는 아이처럼 잠을 못 잤다. 이 집을 떠나는 것이 섭섭하고 촌으로 들어가서 어찌될지 겁도 나지마는, 영식이가 따라가 준다니 공연히 마음이 설레서 밥도 아니 먹혔다.

　조선 치마에, 맨발로 운동화를 신고 륙색를 짊어지고 나선 꼴이 이상해도 보였으나, 또 다른 귀여운 풍정도 있었다. 쌀을 구해 보러 간다면서도 거기 가서 묵을 수 있게 되면 하는 생각으로 그 륙색 속에는 가리매와 털실 보퉁이, 화장품, 핸드백, 담배들이 들어 있었다. 영식이는 빈 륙색을 뚤뚤 말아 들었다.

　"촌 속에서 무서워 어쩔라구, 가 봐서 재미없건 곧 들어와요"

　영식이 모친은 그야말로 시원섭섭한 인사를 하는 것이었다. 싹싹하고 재미가 있고, 사람을 부리며 남자처럼 지내던 것 보아서는 몸이 가볍게 부엌까지 조석으로 내려와 거들고 하는 동안에 어느덧 정이 들어서 아주 간다면 섭섭하기도 하다. 떨어져 가는 것이 아들을 위해서도 좋다고 생각하는 것이다.

보안대원이 두 번째 다녀간 뒤에, 영식이는,

"뭐, 우리 집에 미인들이 있어 그러는 거지. 아니, 잘 사는 집은 은근히 내사를 시키기두 하고 저희가 욕심이 나서 들쑤시구 다니기두 하는 모양이지만……."

하며 웃어 버렸지마는, 어쨌든 간에 마음이 아니 놓였다. 그런 데다가 날이 갈수록 먹는 걱정이 차차 다급하여졌다.

이 집에서도 소두 한 말에 만천 원씩 껑충 뛰어오른 쌀을 벌써 두 번이나 사들였지마는, 재동 집 아랫방에 몰려 있는 세 식구는 물론이요, 필운동 집도 모른 척할 수는 없으니 순제도 부담이 커졌다. 비싼 쌀을 일일이 사 댈 수는 없고, 쌀가마니라도 싸게 살 구멍을 터 보자는 생각도 있어 나서는 것이다. 그러나 역시 그보다도 순제는 이 집 마님의 눈칫밥 먹기가 싫고 단 이십 리라도 서울을 떠나가 있으면 마음이 놓일 것 같아서 연서(延曙) 산소로 나가려는 것이다. 경우로 말하면 오라비를 데리고 나가야 쌀말을 사더라도 지워 보내겠지마는 영식이가 마음이 아니 놓인다고 따라 나서겠다 하니 불감청이언정 고소원(固所願)이라고 간밤에 잠이 아니 오도록 순제는 좋아하는 것이었다. 실상은 영식이를 끌고 가고 싶으면서도 마님이 무서워서 차마 발론을 못 하였던 것인데 영식이가,

"그럼 나구 가세요. 나두 갑갑한데 바람두 쐬구 그 길에 쌀말이라두 사 가지구 올까……."

하며 따라나서기로 된 것이다.

시원한 초여름 아침의 가벼운 바람이 성글하니 몸에 좋았다. 두 남녀는 갇혔다가 나온 사람들처럼 기죽을 펴고 훨훨 걸으면서도 무학재 고개를 넘도록 별로 말이 없었다. 왜 그런지 피차에 가슴이 벅찼다. 오늘 하루를 어떻게 재미있게 지낼지? 행복한 공상을 그려보고 궁리하기에 순제는 바빴다. 아니, 이만저만한 재미로 논지가 아니라, 가슴이 답답하고 전신이 불덩이처럼 달아오르는 것이었다.

"길 잘 봐 두세요 이 먼 데를 또 와 주실 리두 없겠지만……."

순제는 길을 꼽들일 때마다 뚱기었다.

"말이 그렇지, 촌 속에 들어가서 지낼 것 같으슈? 하루 행기나 하구 들어가는 거지."

첫대, 순제를 떨어뜨려 놓고 발길이 돌아설 것 같지 않다.

"아 어떻게 나오십니까?"

제일이 륙색을 가진 것을 보고 묘지기 천수는 속으로는 머릿살 아프다는 생각이면서도 반가이 맞아준다. 요새로 서울서 식량 구하러 나오는 축을 하루에도 몇씩 겪는지 골치다.

"효성이 갸륵해서! 그래 여긴 아무 일 없었수?"

순제는 묘지기 내외를 번갈아 보며 대꾸를 하였다.

"참 정말 효성이 무던하시지 뭐요"

오십이 넘은 천수의 댁내는 순제 모녀가 해마다 봄가을 두 번씩 나오면 씀씀이가 좋은 데에 반기는 것이요 거행이 영등 같았다.

"난 지금 피난을 나왔는데 얼마 동안 둬 주시려우? 방은 넉넉하지요?"

마루로 올라앉으며 순제는 첫대 말을 꺼내 보았다.

"나와 계신다면 우리야 좋죠마는, 음식이 입에 맞으실 리 없구, 요새
는 좀 잠잠한 편입니다마는 여기두 시끄러워서요……."

"여기두 인민위원회가 들어와 앉은 게로군요? 내무서원두 옵디까?"

"인민위원회는 저 윗동네에 앉았습죠마는 그놈의 쌈질 등쌀에……."

평소의 사혐으로 서로 먹어 내고 으르렁대는 통에 예서 제서 피를
흘리고 지랄들을 버르져 송구스러워 못 견딜 지경이라는 것이다.

"그래두 이 동넨 조용한 셈예요 계실 테면 계셔 보시죠 내외분이 계
실 테죠? 그럼 아무래두 안방을 쓰셔야지. 어떡허려우?"

하고 천수댁은 남편의 의향을 묻는다. 이때껏 강 씨 댁 사위의 코빼기
도 못 보았지마는 으레 내외거니 하는 짐작들이었다. 서슴지 않고 나오
는 내외분이란 말에, 순제는 가슴츠레한 눈으로 영식이를 살짝 치어다
보고 웃었다. 영식이는 꾸어다 놓은 보릿자루 모양으로 덤덤히 앉았다.

"아무려나! 그래 계셔 보시겠습니까?"

천수도 돈 맛에 그럴싸한 눈치였다.

"뭘 괜히 그러는 거지, 내무서원이나 와서 성이 가시게 굴면 어쩌려
구……."

영식이가 틀었다. 내외로 아는 터이니, 내왼 척해야 좋을지 어리뻥뻥하
여 순제에 대한 말씨도 존대를 하지 않고 어름어름하지 않을 수 없었다.

"내무서원이 한 번 돌아간 일두 있었죠마는……."

내무서원이란 말에는 순제도 찔끔하지 않을 수 없었다.

"포천서 피난 왔다구 하지."

"글쎄? 곧 이들을까?"

영식이의 눈은 무엇보다도 순제의 얼굴로 갔다. 딴은 집에서 머리를 자주 감고 꼭꼭 빗어 쪽 짓고 하여 파마한 것이 인제는 그다지 유난스러워 보이지도 않고 옷도 상에 입는 것을 아무렇게나 입어서 수수하기는 하나 그래도 때가 벗은 예쁘장한 상이 촌에 와서는 기생아씨 쉼직한 것을 어찌하는 수 없다.

"포천읍에서 술장사하다 왔다우. 요리점 마담이라면 과히 어색지는 않겠지."

순제는 이런 소리를 하여 식구들을 웃겼다.

주인댁은 며느리와 부엌에서 밥을 짓기 시작하고 영감은 안방에 들어가서 부채로 파리를 날리고 발을 치며,

"고단하실 텐데 이리 들어와 좀 뉘 계시죠"

하고 찬거리를 마련하러 나가는지 나가 버린다. 순제는 륙색을 들고 앞을 서 들어가며 영식이더러,

"들어와 좀 누세요"

하고 부른다.

"아무튼지 이만큼이라두 떨어져 나오니까, 기분이라두 가벼워 좋지 않아요?"

순제는 남자가 귀찮아 할까 보아 비위를 맞추기에 애도 썼다.

"하지만, 이런 난장판에 동네 젊은 놈들의 등쌀두 무섭구, 글쎄 어떨지……."

"그두 그렇긴 하지만……."

영식이가 담배를 붙이며 라이터에 불을 끄지 않고, 순제더러도 붙이라고 권하니까

"난 싫어요"

하고 고개를 내두른다.

"왜? 인제 영 끊으시려우?"

집에서는 어머니가 어려워서 못 피우는 것을 알기에 권하려 드는 것이다.

"먹을 때 되면 먹죠"

순제는 생글 웃으며 조용한 집 속에 이렇게 단둘이만 마주 앉았는 것이 좋아서 한참 치어다본다. 무엇을 호소하는 듯 마음을 탁 실어 오는 듯한 그런 표정이다.

"먹을 때가 언제람? 그래 아무렇지두 않아요?"

"먹구야 싶지만 옆에서 냄새만 맡죠 입에서 냄새날 게 싫어서."

웃음을 깨물어 죽이는 듯이 입귀만 쫑긋해 보인다. 윤이 야드를 흐르는 붉은 입술이 방싯이 열리며 바르를 떠는 듯싶었다.

"냄새날 게 싫다니?"

남자도 그 말뜻을 알 듯 모를 듯한 채 싱글 웃으며, 한 팔을 세워 오른뺨을 괴우고 비스듬히 누웠다. 순제는 얼굴이 살짝 발개지며 또 한번 눈웃음만 치고는 륙색을 끌어당겨서 조그만 캔디 봉지를 꺼내더니, 하나를 자기 입에 툭 들어뜨리고 어느 틈에 또 하나 둥그런 것을 앞에 누운 남자의 입에다 데민다. 영식이는 웃으며 담배를 재떨이에 놓고 손으로 받으려 하였으나, 그럴 새도 없이 입 속으로 매끈둥하고 쏙 들어

223

가 버렸다. 허공에 놀던 남자의 손길이 폭신하고 잡히며, 여자의 벗은 발끝이 짧은 바지를 입은 남자의 정강이를 간질하고 건드렸다. 영식이도 머릿속과 눈 속이 화끈하였다.

뒤꼍에서 화덕에 집힌 장작불이 툭툭 불똥을 튀기는 소리만 들릴 뿐이요, 조용한 앞뒷뜰에 볕이 쨍쨍히 쪼여 서늘한 방 안은 짙은 응달에 도리어 우중충하고 재떨이에서는 파란 담배 연기만 피어오른다.

밖에 나갔던 천수 영감이 부스럭하고 마루 앞으로 올라서는 기척에 순제는 소스라쳐 일어나 앉으며 머리를 쓰다듬었다.

"맛은 신통치 못합니다만 약주 한잔 잡수실까요"

하며 마루에 병을 툭 놓는 소리가 난다.

"술은 뭘. 하지만 어차피 내가 한잔 대접해야 할 거니까"

순제가 머리맡 미닫이를 열고 알은체를 하였다. 한식 주석에 가지고 나오는 제주는 으레 묘지기 영감 몫이거니와, 오늘은 젊으신네를 팔고 손수 받아다가 제풀에 대접을 받자는 너름새다.

"약주 좀 잡수시려우? 빛깔은 좋아 뵈는데."

하고 누웠던 영식이를 돌아다보는 순제의 두 불은 발갛게 피어오르고 눈 속은 이글이글 탔다.

"막걸리 냄새는 담배 내보다 더 할걸!"

하고 영식이는 껄껄 웃었다.

"아니 나두 한잔 할 테야요, 공범이면 괜찮겠지. 호호호"

그러나 천수 영감이 술병을 들고 부엌으로 들어갈 새도 없이, 금시로 또 남자의 얼굴로 달려들었다.

술상을 들여왔다. 점심을 기다리는 동안 심심해 할까 보아 대객을 하자는 것이겠지마는, 두 남녀에게는 공경이 체증이었다. 가만 내버려 두어 주는 편이 얼마나 고마운지 몰랐다.

"아니 정말 의용군이란 거 붙들어 내갑니까?"

"뭐요? 의용군이라구요?"

영식이도 금시초문이었다.

"그럼 촌에서만 그런가 보군요 요새루 젊은 애들이 붙접을 못합니다."

문 안에서 나온 민애청 놈들이 채를 잡고 촌속에서는 안답시고 건방지게 굴던 놈들을 모아서 인민위원회라는 것을 만들어 놓았는데, 여기에 나가서 엄벙뗑하는 놈이 아니면 반동분자로 몰아서 이름 좋은 의용군으로 나가라고 조르고 꼬인다는 것이다.

"의용군으로 나가면 가족까지 먹여 살리고 땅을 얼마든지 준다나요"

"그거 좋구먼. 어디루 끌어간대요?"

"누가 압니까, 아직 끌려가는 놈은 보지 못했지만 이래저래 큰일 났습니다. 젊은 놈은 부대끼기 싫어 달아나구, 늙은 놈은 맘이 들떠서 일이 손에 안 잡히구, 이러다가 큰 흉년 질 겁니다."

천수는 혀를 차는 것이었다. 그래도 아들 내외가 착실해서 들일을 재빠르게 하는 편이요, 자기 내외가 거들기는 하나 둘째 놈은 문 안에서 쌀 장수하는 사위에게로 피신을 시켜 두었다는 것이다.

"그거 봐. 되레 촌에서 문 안으로 피난을 가는 편인데!"

하며 영식이는 순제를 치어다보았다.

동란 후의 농촌사정을 듣는 것도 참고삼아 이야깃거리는 되나, 별로 신기할 것도 없고 주인의 잔말을 듣기가 지루해서, 댓 잔 포박아 안겨 먹이고는 술상을 얼른 걷어치우게 하였다.

"의용군! 말이 좋지! 붙들리는 날이면 생지옥 아닌가? 어째 머리끝이 으쓱하다."

둘이만 앉으니까 영식이는 이런 소리를 하고 웃었다.

"설마 스물 전후 어린애들이면 몰라두……."

"누가 아나. 이북에서는 육십까지 노동을 시킨다는데, 수사나우면 끌려가는 거지. 우리 같은 건 끌려가면 중노동야. 감옥살이가 아니라 지옥 귀신이 될 거니까."

영식이는 웃음엣소리를 하면서도 어쩐지 가슴이 덜렁하는 것 같았다.

"에이, 사위스런 소리 그만두세요. 아무렇기루 나이 있구, 끌어갈 사람이 따루 있지."

순제는 불길한 이야기가 듣기 싫고, 그런 쓸데없는 걱정으로 좋은 기분이 흐려지는 것이 싫어서,

"입가심으로 이거나."

하고, 이번에는 핸드백에서 하얀 껌을 꺼내서 내밀었다.

"담배 대신? 오늘은 내게까지 금연령이 내렸나 보다."

하며 영식이도 웃었다.

"괜한 소리! 담뱃내구 뭐구 난 아무것두 몰라."

하며 발버둥치는 어린애처럼 얼굴이 발개져서 짜증을 내며 쥐어뜯으려는 듯이 덤벼든다. 식지 않은 아까의 흥분이 다시 부풀어 올랐다.

점심상이 들어와도 영식이는 두어 잔 턱이나 먹은 술김에 식욕이 당

기는 모양이었으나, 순제는 새벽밥을 몇 술 뜨지 않았는데 역시 부리만 따고 만다.

"이러구 여기서 지낼 것 같애요?"

하고 영식이는 오금을 박았다. 주인마누라도 찌개를 더운 것으로 갈아 오고 반찬 없는 걱정을 해 가며 지성껏 권하였으나, 순제는 반찬이 없다거나 입에 맞지 않아 그런 것은 아니었다.

설기는 하였어도 김치 깍두기에 시금치나물, 고비나물, 콩나물, 나물만 해도 서너 접시 되고, 북어를 축여 뻘겋게 구운 것이며 젓갈 나부랭이들, 상이 빽빽하게 늘어놓은 것이 일일이 눈에 들어오지도 않았지마는 웬일인지 배가 뿌듯하니 불러서 맛이 있고 없고 간에 먹고 싶지가 않다. 그저 몸이 확확 달고 가슴이 벅차올라서 가만히 앉았기가 찌뿌듯하였다. 그러면서도 영식이가 맛깔스럽게 먹는 것을 보는 것은 좋아서,

"이 나물 넣구 비벼 드릴까? 고기가 다 들어 이 찌개 맛있는데 식기 전에 더 뜨세요"

하고 연해 권하고 앉았다.

상을 물리고 나니까, 순제는 홧홧한 얼굴에 물을 끼어 얹고 그 길에 발도 씻고 올라왔다.

천수 부자도 마루에서 식사를 하고 난 뒤에, 오락가락하다가, 들로 나가는 길에 안방을 들여다보며,

"그래 우선 오늘은 묵으시겠소?"

"글쎄 좀 더 생각해 봐야 하겠지만, 만일 그대루 들어가더라두 쌀이나 좀 구해 주시구려."

"쌀요? 구하기루, 얼마나 가지구 들어가실라구. 추후 아이들 해 들여
보내죠"
하며 천수영감은 웃는다. 실상은 토지개혁 바람에 이삼 년 동안에 춘궁
기에도 먹는 걱정은 안 하고 지냈고, 올만 하더라도 아래 윗마을이 부
촌도 아니요 그닥한 부농도 없기는 하나, 그런대로 쏠쏠히 지내왔기 때
문에 쌀섬이나 구하자면 못 구할 것은 아니지마는, 이러한 때라 누구나
우그려 넣고 내놓으려 들지 않고, 또 구할 수만 있으면 서울서 쌀장수
를 하는 딸자식에게 보내는 것이다. 게다가 양식을 지고 나가는 것을
들키면 검찰대라나 하는 것에게 붙들리고 마는 것이다.

"웬 정성이 뻗쳐서 갖다까지 주시겠다구. 하여간 좀 구해 봐 줘요"

"물어는 봅죠마는……어쨌든 들어가시더라두 서퇴나 돼야 할 거니
뉘 겝쇼"

아들의 뒤를 따라 늙은이 내외도 들로 나갔다. 부엌에서 어린 것을
업고 서름질을 하며 데그럭거리던 며느리도 건넌방에 들어가 아이를
재우던 눈치더니 스르를 나가 버렸다.

"이거 집 지켜 주러 왔군. 아무려나 거기 좀 눕기나 하세요"

순제는 팔뚝의 시계를 보니 인제야 한 시 들어간다.

"그럼, 당신은 집 지켜요, 난 한잠 잘 테니."

영식이도 한참 긴장했던 끝에 사지가 느른하고 식곤증이 나는 듯하
여 둥근 목침을 끌어다가 누워 버렸다.

"내야말루 간밤에 변변히 자질 못해서 졸립구먼."

순제는 이런 소리를 하였으나 졸립기커녕 전신이 욱신거려서 기지개

를 켜는 것이었다.

"왜 못 잤어요?"

"원족 가는 어린애처럼 괜히 마음이 설레서! 호호호."

살짝 치뜨는 눈웃음에 끌려서 영식이는 무심코 실없는 대거리가 입에서 나올 뻔한 것을 참아 버리고 웃고만 말았다.

결국 순제가 옆에서 버스럭거리고 하는 통에 영식이는 잠이 달아나고 말았다.

순제는 앉았다, 누웠다, 목이 마르다고 밖에를 나갔다 들어오고 한참 부산을 떨더니,

"나두 암만 생각해 봐두 같이 들어갈까 봐."

하고 제풀에 수그러졌다.

"왜 좀 더 고집을 세 보죠"

"하지만 당신을 붙들어 둘 수두 없구, 혼자 떨어져 보낼 수두 없구!"

정에 겨운 응석 비슷한 콧소리를 내며 머리의 핀을 빼서 고쳐 쪽찌기 시작한다. 하얀 조그만 손가락이, 머리 뒤에서 재치 있이 움직이는 것을 무심히 바라보며 영식이는 누워서 벙긋 웃기만 하였다. 인제는 도리어 영식이 편에서 며칠 조용히 묵으며 마음 놓고 실컨 놀다 들어갔으면 하는 생각이나, 집안에서 기다릴 것이 걱정이요 첫째 모친이 어려워서 그럴 용기가 아니 났다.

"나두 또 들어가긴 싫지만……물끄럼말끄럼 보기만 하구 말 한마디 시원스럽게 할 수 없이 지낼 것이 괴롭지만, 그랬다가 의용병으루 뺏기는 날이면 생죽음들이 나라구!"

229

하고 순제는 방긋 웃으며, 머리에서 뗀 손을 옆에 놓은 물수건에 훔친다. 인제는 순제의 얼굴에서도 발갛게 상기가 되어서 무엇에 들볶이고 바작바작 타는 듯이 초조해 하거나, 마음을 걷잡지 못해서 지향을 못하고 쩔쩔매던 빛이 스러지고, 환히 핀 낯빛이 너누룩이 마음이 준좌가 된 기색이다. 같은 웃는 표정에도 행복감에 젖은 만족하고 여유 있는 기분이 떠돌았다.

"인제는 또, 내가 붙들려 갈까 봐 걱정야?"

영식이는 픽 웃으며 아까부터 탐이 나던 손길을 잡아 만적거린다. 영식이도 느긋한 행복감을 느끼는 것이었다. 그러나 파랗게 개인 하늘에 한줄기 엷은 흰 구름이 떠돌듯이 새새로 명신이 얼굴이 머리에 떠올라서 미안하다는 생각과 함께 갓 난봉난 젊은 애처럼 막연히 겁이 나기도 하는 것이었다. 그럴수록에 그 불안을 잊어버리려는 듯이 또다시 부풀어 오르는 정욕에 여자를 부쩍부쩍 끌어당기며 달려들었다. 여자는 잠자코 웃으며 대거리를 하여 주었다. 아까는 천지가 뒤집힐 듯이 살기가 뚝뚝 들으며 무시무시한 낯빛이더니, 지금은 그만큼 마음에 여유가 생겨서 따뜻한 정서에 곱살스럽고 포근히 싸여 들어가는 것이었다.

"인젠 나두 바빠요"

"무에?"

"이 난리 통에 살 마련을 해야지, 하나도 아니오 두 목숨이!"

순제는 이때까지 이 세상에서 자기는 혈혈단신이라고 생각하였다. 계모가 있고 이복동기가 있어야 그것은 자기에게는 아랑곳없는 사람들이었다. 그러나 지금은 커단 의지가 생기고, 커다란 희망과 목표를 붙잡고, 커다란 살림이 벌어져 나간다고 생각하는 것이다. 그것은 순제에 있어서 공상이 아니라 발밑에 닥쳐온 실제의 문제였다. 아들딸을 낳고, 며느리와 사위를 보고, 손주 새끼가 늘어 가고……하는 상상의 나래를 펴지 않고라도 다만 영식이 하나만 바라보아도 화려하고 다채롭게 인생의 대향연이 눈앞에 떡 벌어졌다는 실감을 느끼는 것이었다. 그러나 나이 지긋한 순제에게는, 다만 행복한 것만이 아니요 향락에 도취한 것만이 아니었다. 이 잔치에 설계가 있어야 하겠고, 어떡하면 이 잔치를 잘 치러내겠는가를 지금부터 궁리하고 걱정하는 것이었다.

그러나 영식이는 두 목숨이 살 마련을 해야 하겠다는 말에, 명신이 생각이 또 퍼뜩 나서 마음이 무거워졌다. 영식이가 멍하니 한데를 보고 있는 눈치에 순제는 벌써 알아차리고,

"왜? 무슨 생각에 팔려 계세요 언젠가 내 포로라지 않던감! 인젠 딴 생각해야 소용없어요 ……하지만 실상은 내가 포로지. 당신은 무전 승리를 한, 무조건 항복, 무혈 항복을 받은 용장이십니다! 이 양반아!"
하고 남자의 뺨을 두 손 새에 꼭 끼고 찌꾹한다.

주인 내외가 뜰에서 들어오는 사품에 두 남녀는 결단하고 일어서기로 하였다.

"그래 쌀 좀 구해 보셨수?"

"망령의 말씀 마세요 어떻게 가지구 들어가시려구요 그래 들어가시겠어요"
하며 그대로 놓쳐 보내는 것이 섭섭하기도 하니, 둘이 은근히 놀러 나온 것인가 보다 하고 코웃음도 치는 기색이었다.

쌀은 석다리께서 쌀장사를 하는 딸에게 기별해서 둘쨋놈 시켜 보내마고 하여, 영식이 집 번지와 지도를 그려 주었다. 오는 길에 산소에를 들러 휘돌아보다가,

"신 씨 댁 산소가 서울에 없다니 우린 여기 파묻히지."

하고 영식이를 돌아보니까,

"온 별 걱정을 지금부터 하시네."

하고 묘지기는 놀라는 소리로 웃었다. 순제는 인생 향연의 끝장부터 생각하는 것은 아니다. 실없는 소린 듯하면서도 자기의 결심을 말하고 남자의 각오를 굳히려는 것이었다. 삼십이 넘은 여자는 몸담을 곳을 마련하려는 걱정도 범연히 여기지는 않았다.

산등성이를 넘어 인적이 끊인 외길로 들어서며, 두 남녀의 손길은 기다렸다는 듯이 서로 찾기에 급하였다.

"시장할 텐데……"

영식이가 걱정을 하니까,

"으응……"

하고 순제는 도리질을 하며,

"시집가는 색시는 사흘 전부터 굶는다누!"

하고 웃어 버린다. 사실 시장한 줄을 몰랐다. 그래도 영식이가 자기가 가지고 나온 것과 얼러서 대신 한 어깨에 걸머진 륙색 속에서 껌을 찾아내어 둘이 씹으며 남자의 팔에 어깨를 끼워서 노랫가락으로 걸었다. 가다가다 폭격기가 머리 위를 높닿게 하고 윙윙 지나갈 뿐, 전쟁은 어디서 났던지, 먼 날의 꿈같다. 그러나 운동화에 대팻밥모자를 쓴 청년

이 눈을 두리번거리고 지나는 것과 마주치면 뜨끔하며 전쟁이 머리에 살아나는 것이었다.

녹번리 큰길로 나서니 거리는 와자하고 사람은 들끓으나 서울이 가까워 오는 것이 싫었다. 장진이가 잔뜩 들어 앉았는 서울 하늘은 감옥 문을 바라보는 것처럼 답답하고 육중해 보였다.

그래도 집에 들어오니까 먼 길이나 다녀온 것처럼 반가워들 하였다.

"그래 잘됐어. 이 위룽튀룽한 세상에 어떻게 혼자서 시골 속에 박혀 있을라구."

마님도 변덕이 아니라, 내보내 놓고는 마음이 안 놓이던 차에 무사히 둘이 다시 온 것을 다행히 여기는 것이었다.

"언니, 훌쩍 가구 나니 어쩌나 쓸쓸하던지."

영희는 섭섭하고 다시 오기를 기다리던 끝에 반가워서 언니라는 소리가 비로소 불쑥 나왔다.

"아구, 어딜 갔다 오니까, 날더러 언니라구 하구! 또 어딜 갔다 올구?"

순제 그 '언니'란 소리가 좋아서, '난 정말 언니가 됐다누!' 하고 자랑이 하고 싶었다.

그날 밤도 순제는 자리 속에서 잠을 못 이루고 전전반측하였다. 아랫방에서도 늦도록 불을 켜 놓고 무엇을 하는지 깨어 있는 눈치다. 안방에서 문을 꼭 닫고 괴괴하니 잠이 든 눈치에, 살며시 일어나서 맞은 창을 내려다보고는 곧 몸이 일어날 것 같은 것을,

'내가 왜 이러나? 미쳤나!'

하고 혼자 가슴을 두근거리곤 하였다.

횡액

동이 마악 트자 순제는 내려와서 세수를 하고 나서 크림을 바르며 방으로 들어가려다 말고 빗자루를 들고 마당을 쓸기 시작하였다. 잠이 부족한 머리에 선들한 새벽공기가 좋기도 하고 찌뿌듯한 고단한 몸을 풀기 위해서도 사지를 놀리고 싶었다.

아랫방 앞까지 쓸어 가자니까 방문이 부시시 열리며 영식이가 잠방이에 셔츠 바람으로 나선다. 순제는 빗자루를 든 채 허리를 펴며 소리 없이 생글 웃어만 보였다. 남자도 잠자코 웃음으로 대꾸만 하고 내려서 변소로 향하려는 눈치였다. 순제는 웃음으로만 바꾼 아침 인사가 새벽공기와 같이 신선하게, 띵하던 머릿속을 씻어 주며 새 정신이 반짝 들었다. 더 참을 수가 없는 듯이 빗자루를 던지고 안방 쪽을 해죽 돌아다보고는, 길을 막듯이 남자에게로 달려들며 남자의 어깨에 두 팔을 얹었다. 남자는 아무 말 없이 덥썩 그대로 껴안았다. 가슴으로 파고들던 여자의 뺨은 어느덧 기웃이 내려다보는 남자의 얼굴을 비비대었다. 순제는 노곤하던 전신의 피로가 금시로 풀리는 것을 깨달았다. 남자의 품에 안긴 채 중문께까지 끌려갔다.

"한잠 못 잤에요. 가슴이 답답해 죽을 지경야."

발갛게 상기가 된 순제는 쌔근쌔근 가쁜 숨 새로 한마디 소곤대며 웃는 얼굴을 째븟하여 보였다.

"누군 잔 줄 아남! 난 더 괴로워요 이중 삼중으루……."

남자는 말이 떨어지자 또다시 힘껏 꽉 껴안았다.

"미안하군요"

순제는 간신히 소곤대었다. 그러자 안방 문이 열리는 소리에 뚝 떨어져 주춤 물려서며,

"이따가 잠깐 같이 나가세요."

하고 급급히 맞추어 놓았다.

오늘 아침도 입은 깔깔하나 밥은 달게 먹었다. 아침 후에 화장만은 마음먹고 하고 생모시 적삼에 호르를 한 옥색치마를 입고 나섰다.

"필운동 집에 잠깐 갔다 오겠에요."

"조심해 다녀오우."

마님과 인사를 하며 나오다가 아랫방을 건너다보니 영식이도 옷을 갈아입다가 곧 나가마는 눈짓을 하였다.

'이중 삼중으로 괴롭다니 명신이에게는 그렇겠지만, 아직두 사장한테까지 미안하단 생각은 군걱정 아닌가……'

아까부터 그 말이 마음에 걸려서 아무래도 불쾌하였다. 명신이에 대한 질투와 불안이 새삼스럽게 커닿게 떠올라서 앞을 딱 가로막고 서는

것이었다. 어떡하면 깨끗이 완전히 명신이를 남자의 머리에서 씻어 버릴 수 있을까? 설혹 정 씨 집에서 끝끝내 고집을 부려 문제는 의외로 손쉽게 해결이 되더라도, 정작 영식이가 명신이를 어느 정도로 생각하고 있는지? 그것이 문제다. 게다가 또 큰 걱정은 마님이다. 마님의 태도가 어떠리라는 것은 뻔한 노릇이다. 처녀가 아니라는 것이 무엇보다도 약점이요, 결정적 치명상이 될 것만 같다. 영식이만 하더라도 한 번 장가를 갔던 사람 같으면 모르지만, 지금은 한때의 열정으로 저렇다가도 처녀장가가 들고 싶은 생각에 언제 마음이 변할지 누가 알 일인가? 하는 생각을 하면 벌써부터 애가 씌우고 몸이 달았다.

동구 모퉁이에 우두커니 서서 이런 생각에 팔려 있다가, 영식이가 허둥허둥 뛰어나오는 기척에 휙 돌아다보니, 대문을 닫으러 뒤따라 나왔는지 갸웃이 내다보고 섰는 영희와 얼굴이 머닿게 마주쳤다. 금시로 몸을 피할 수도 없고 좀 안되었다고 방글하고 어색한 웃음이 떠올랐다.

"필운대 갔다가 괜찮을까? 가는 날이 장날이라구 공교롭게 마주치면 어쩌려구요?"

"설마……."

큰길을 마주 건너 향촌동으로 들어섰다. 좁은 골목을 꼬불꼬불 걸으며 순제는 무슨 말부터 꺼내야 좋을지 몰랐다. 그저 느긋한 감정에 흔흔히 잠겼으면서도 일말의 불안과 함께 남자의 진심을 분명히 알고 싶어서 조바심이 되는 것이었다.

"암만해두 내가 경솔했나 봐!"

반성적이라기보다는 남자의 속을 떠보려는 어조였다.

"무에요?"

"이중 삼중으로 괴롭게만 해드리니 말이지."

"그렇기루 허는 수 없지 않아요? 다시 무르나?"

영식이는 코웃음을 쳤다. 그러나 그것은 냉소거나 후회는 아니었다. 도리어 반성적인 여자를 타이르는 어기요, 될 대로 되지 않았느냐는 만족한 웃음이었다.

"그래두 후회하시겠죠? 마음이 두 갈래로 섞갈려서 괴로우시단 말씀이겠지?"

'하는 수 없지, 다시 무르나?' 라는 그 말이 반가우면서도, 난봉자식의 자포자기에서 내던지듯이 하는 말 같아서 싫었다.

"무슨 후회? 이건 누굴 어린애루 아나? 왜, 남의 집 총각, 남의 집 귀한 외아들을 유혹해 놓구 걱정이 되시는감? 허허허."
하고 영식이는 웃다가,

"하지만 이기고 싶지 않은 유혹이기에, 못 이기는 체하고 슬며시 넘어가는 씨름인데, 후회는 무슨 후회요, 걱정될 건 뭐란 말예요. 정열과 대담한 후림새에 휘둘려서 허덕지덕하는 꼴을 보다 모르슈. 허허허."

나이로나, 경험으로나, 애정을 발산하고 표백하는 솜씨와 기교가, 아무래도 한수 아래요, 능숙한 여자에게 휘둘리는 것을 자각하느니만큼 남자는 한술 더 떠서 희떱게 큰소리를 치고 싶었다.

그러나 그러한 노골적이요 설명적인 말이, 여자에게는 실감이 있고 가슴에 폭 안기는 말로 들리지는 않았다. 그것이 또 나쁜 듯이 안타까웠다.

"허덕거리는 건 누구기에! 입에서 허청 나오는 소리가 아니라, 진정한 소리, 속에서 우려져 나오는 소리가 듣구 싶어요! 정말 후회두 않구, 마음이 헛갈리지 않는지? 그럼 뭣 땜에 이중 삼중으루 괴롭다는 거예요?"

유도심문 하듯이 남자의 마음을 떠보려던 구살머리쩍은 수단도 집어치우고 단도직입적으로 대들었다.

"나두 마음부터 정리를 해야 하겠지만, 무엇 땜에 이렇게 서두는 거예요 연애와 결혼은 다르다지 않으셨수? 하여간 갈 데까지 가 보구 나서 얘기가 아닌가!"

문제의 초점은 명신이에 있는 것이지마는, 그것을 이렇게도 다급히 해결을 짓자고 덤비는 순제의 마음을 모르는 것은 아니면서도 영식이자신도 어찌하는 수 없는 일이었다. 남자의 말이 점점 냉정하게 비판적으로 나가는 것에 순제는 깜짝 놀라며 너무 급히 서둘렀다는 후회도 났다.

"그렇긴 그래요 난 다만 후회를 하시지나 않나 그게 걱정이 돼서요 ……쓸데없는 질투가 아녜요 유희가 아녜요 내 맘을 알아주시는지……"

순제는 매달리며 애소하는 말소리였다.

어느덧 성터를 넘어 사직골로 들어섰다.

"이 골목 안이 우리 큰집인데, 잠깐 안 다녀가시려우?"

도정궁 앞에서 맞은편 골목으로 끌고 들어오며 순제는 김학수 영감을 들여다보고 가자고 발론을 한다.

"그건 뭘!"

그러지 않아도 그런 소리가 나올까 보아 하던 판이라, 영식이는 질색을 하며 발을 멈칫하였다.

"왜 어때요 우리 애기가 하구 싶어 이렇게 나왔지만, 또 한 가지 인사 다니자는 거예요 어서 피로를 해 버려야지."

지금까지 속이 달아서 캐고 따지고 하던 것과는 딴판으로 명랑히 방그레 웃으며 치어다본다.

"요담 가지. 기분 상해. 그대루 갑시다."

"기분 상할 게 뭐 있어요 무슨 죄 졌나! 큰 비밀이나 있는 듯이 꾸물꾸물하구 숨기구 하는 건 난 싫어! 그러지 말구 가십시다."

순제는 자기들의 사랑이 결코 불의의 결합이 아니라는 것을, 남자에게 일깨 주어서 쓸데없는 걱정을 덜어 주고 싶고, 뉘 앞에 서기로 꿉적꿉적 고개를 쳐들지 못하거나 하지 않게 하고 싶었다.

"이렇게 서둘 게 뭐예요. 언제 알면 못 알 거라구 광고를 치구 다닐 것까지야."

하며 영식이는 처음보다는 마음이 누그러졌으나 그래도 사장영감 앞에 나서기가 서먹하였다.

"그러게 말이죠 언제 알리는지 알리구 말 일인데, 무슨 죄진 것처럼 쭈뼛쭈뼛 피해 다닐 건 뭐예요 그저께 우리가 이 앞을 지났더라면 과문불입(過門不入)은 안 했을 거죠? 그제나 어제나 오늘이나 우리와 그이 새에 달라진 게 뭐예요. 달라졌다구 생각하는 것이 잘못이라니까. 퇴직금까지 받구 인제는 회사원두 아녜요 양심에 거리낄 것이라군 없으니까! 난 이 세상에 당신한테밖에 절제 받을 사람이라군 없어요. 어서 오시라구."

순제는 해죽 돌아서 다시 걷는다.

"그래 꼭 다녀가야 하겠어?"

영식이는 또 지고 말았다. 어느 정도로 분명히 아퀴를 짓고 회동그렇게 해 놓았는지는 모르겠으나, 경우로 말하면 그럴 듯은 하다. 그러나 체면상, 의리상 아무래도 큰소리 칠 일도 못 되고, 떳떳하다고 생각할 수는 없었다.

"음, 오래간만이로군."

안방에서 내다보던 영감이 반가우랴, 화를 내랴 웃음을 죽인 거북살스러운 얼굴로 알은체를 하다가, 중문 턱에 주춤 서는 영식이에게 눈이 가자 모르는 사람처럼 덤덤히 바라보고만 있다.

"상관 없에요 이리 들어오세요"

오래간만에 만나는 학수 영감에게보다도, 멈칫멈칫하는 영식이의 눈치를 보기가 급했다. 영식이가 들어서며 인사를 하니까,

"아, 요새 젊은 사람들 붙들어 간다는데, 별일 없나?"

하고 비로소 알은체를 한다. 인사말이겠으나, 용히 안 붙들려 갔구먼! 하는 수작 같다.

순제가 사촌오라범 내외와 인사가 끝나기를 기다려 영감은 여전히 삐죽해서,

"그래, 피신을 했다더니 어디 가 있었던가?"

하고 급히 묻는다.

"갈 데가 있나요 선생님이 비워 주신 데루 들어갔죠"

사정이 급하니, 그런 패를 써서 영감을 내밀고 들어간 것이요, 피차

에 잘된 셈이기는 하나, 이런 때는 순제가 얌체 빠져도 뵈었다.

"흠, 내 그럴 줄 알았어."

영감은 심각한 표정으로 분노에 떨리는 목소리였으나, 방문 밖에 나앉은 마누라는,

"잘됐지 뭐요"

하고 축대 아래에 섰는 영식이를 마주 보고 웃는다. 무에 잘되었다는 말인지? 영식이는 어서 이 자리를 빠져나가고 싶었다.

"그래두 이 동네는 시끄럽지 않죠?"

순제는 말을 얼른 돌렸다.

"우리야, 늙은이와 어린애들만 사는 집이니까……."

사촌 오라버니가 건넌방에서 대꾸를 한다. 조반에도 안방 영감의 양주를 한잔 얻어 반주를 했는지 불콰한 낯빛이요, 주인마님은 그뜩이 다듬어 놓은 김칫거리를 씻고 앉았고 아이들은 신이 나서 물을 길어 들이고 하는 품이, 먹는 걱정은 한시름 잊고 질번질번한 모양이다.

"나오는 길 있으면 또 들르죠"

오래 앉았을 맛도 없어 일어나며 인사를 하여도 영감은 대꾸도 없다.

"역시 괜히 들렀어, 영감님이 가엾구 미안해서……."

나오면서 영식이는 덜 좋은 기색이었다.

"가엾을 건 뭐구 미안한 건 뭐야, 까닭 없이 화냥년 소리나 듣는 내가 가엾지! 내게나 미안하다구 하세요"

하고 순제는 웃는다.

"승리자에게도 남의 동정을 받아야 할 비애가 있던감?"

"승리자에게두 비애는 없지만 고통은 있어요. 내가 정말 승리잔가 하는 의심부터 고통이거던."

그래도 순제는 명랑히 또 생글 웃었다.

필운대 집은 남매가 다 나가고 모친 혼자 집을 지키고 있었다.

"요샌 어떻게 지내세요?"

"뭐 말 아니지. 허구헌 날 쌀 팔아먹을 수 없구. 보리죽이나마 간신간신인데……"

순제는 채 다 듣지도 않고 다시 문간으로 나가서 영식이를 데리고 들어왔다.

"나 가 있는 집 쥔 선생, 순영이 회사 신 과장이세요."

모친도 첫눈에 알아차렸고 딸에게 늘 듣던 명신이의 신랑감이라는 데에 호기심이 있어 반갑게 인사를 하였다. 그러나 순영이에게 들은 말도 있고 여기까지 데리고 온 것을 보면 벌써 알조라는 짐작도 들며, 딴은 젊은 여자가 따를 만도 하다고 영식이의 얼굴과 풍신을 눈여겨보는 것이었다.

"어서 올라오세요."

"아, 난 좀 가 봐야 하겠습니다. 길이 무서워서 바래다드린 거죠."

영식이는 자연 변명부터 나왔다.

"갈 젠 안 바래다주실 텐가? 그러지 말고 올라가세요. 좀 쉬어 가십시다."

순제는 남편을 끌고 친정에 온 기분으로 자기가 주인이 되어서 대객을 하는 은근한 눈치였다. 그동안에 모친은 얼른 나가서 문을 걸고 들

어오며,

"어서들 안방으로 들어가요. 혹시나 누가 불쑥 달려들면……."

하고 주의를 시키고는, 또 앞질러 올라와서 안방 아랫목에 방석을 내 깔고 부채와 재떨이를 내놓고 하는 양이 정말 새 사위나 맞는 성싶었다.

"그래, 애들은 어디 갔에요?"

"순영이는 피복공장에를 들어갔지. 어제부터 다닌다누. 순철이는 감자라두 구해 본다구 산소를 나가구."

"네, 산소에? 우리두 쌀을 구해 볼까 하구 어제 다녀 들어갔는데! 그래 피복공장은 어딘데, 어떻게 들어갔에요?"

"놀구 있으면 뭘 하나. 무엇보다도 쌀 배급이 있다는 맛에! 그것두 마침 은애가 길을 뚫어 줘서……."

"이은애도 같이 다닌대요?"

자기의 귀애하는 직속 부하니만큼 영식이가 알은체를 하였다.

"네, 저 명동 정자옥 옆이라나요. 밤일까지 시켜서 고단하긴 해두, 첫째 쌀이요, 가만히 들어앉았으면 여성동맹에 나오라구 조르구 다니구 이것저것 성이 가시게 구니까, 요담 정부가 들어 와두 먹을 거 없어서 직공 노릇했다는 건 시비가 안 되겠다구들 나서 본 거죠."

"잘됐죠만, 그러기루 어쩌면 한 번두 안 들여다봐요 재동 가서 짐 가져오시던 날 순철이라두 좀 들를 줄 알았더니."

순제는 영식이 집에 숨은 것을 처음에는 숨겼지마는, 그 분란이 있은 뒤로는 어떻게 되었는지 한 번쯤은 누구나 찾아오려니 하고 기다렸던 것이다.

"그러지 않아두 좀 가 봐라 가 봐라 해두 순영이는 더구나 가기를 싫어하는구면."

순영이가 영식이 집에 오기를 싫어하는 뜻을 짐작 못한 것은 아니나, 역시 말만 동기지 하는 수 없다고 야속한 생각이 드는 것이었다.

"그래 짐은 갖다가 얻다 뒀에요?"

"금침하고 옷은 다 가져왔지."

하며 모친은 다락문을 열어 보인다. 자리보따리며 가방들이 잔뜩 들어 있다.

"마루 세간이며 양복장들은 그대루 둬두 좋다기에 뇐 채 뒀지만……."

그것은 식모에게 들어서 아는 일이다. 재동 집은 여성동맹의 사무실 겸 숙사가 되어 밤낮 젊은 연놈들이 들꼬여 법석이라는 것이다. 침모마님은 거기서 나가 달래서 아들의 집으로 가고 식모와 계집애년만은 매달려서 심부름을 하여 주고, 저희들의 특별배급 쌀로 백옥 같은 밥을 지천으로 먹는 바람에 잘 얻어먹고 지내는 터이다. 순제에게는 한 짐이 덜려서 부조도 되지마는 지금 같아서는 흰 쌀밥 얻어먹는다는 것이 큰 벌이 큰 호강인 것이다.

"집은 어쨌든 간에 그 좋은 세간들이 무에 될지 몰라 가끔 가 보구 싶어두 불한당 굴 속 같은 데를 들어서는 것부터 싫어서."

"가만 두세요, 우리 세간 따윈 문제도 아네요. 혜화동 사장 집은 벌써 피아노까지 들어가구 그 좋은 응접실이 쑥밭이 됐다는데요……."

그 대신에 어느 사무소를 옮겨 왔는지 테이블 나부랭이 어근버근한 의자 부스러지를 몰아다 놓고 면사무소 같은 꼴이 되었다는 것이다.

대전도 벌써 함락이 되고 부산 점령도 며칠 아니 남았다고 큰소리를 치기 시작하면서도 다시 밀려 올라오는 모양인지 사무소에는 간판도 붙이지 않고 무엇들을 하는지 숨어서 밤을 도와 일을 보고 있다는 것이다.

"그래 식량은 아주 떨어지진 않았겠죠?"

"아주 떨어지지 않은 게 뭐야. 벌써 몇 차례를 옷 보퉁이를 싸 냈는지, 순영이 월급 타는 것이 똑 떨어지니까 그만이지 뭐 있어야지!"

그럴 거라고 생각하고 나올 제 허리춤에 넣고 나온, 수건에 싼 돈뭉치를 꺼내서 오천 원을 내어 주며,

"묘지기 집에 부탁한 쌀이 오면 좀 보내드릴게 순철이를 며칠 후에 보내세요."

하고 일렀다. 모친은 좋아서 마루로 딸을 불러내어, 영식이를 대접해 보낼 의논을 한다.

"무얼, 괜찮아요."

"아니 , 참외라두 좀 사올까."

"그럼 여기 있으니 이걸루……."

하며 다시 돈 천 원을 헤어 주었다. 마님은 문을 걸고 있으라고 부탁을 하며 나갔다.

시장에 나간 모친은 좀체 돌아오지 않았다.

"날마다 집 지켜 주러 다니는군."

순제는 웃으면서도 조용히 이렇게 둘이만 놀 틈을 탈 수 있는 것은 다행하고 고마운 일이었다. 그러나 고비에 찬 정열에 눌려서 아까처럼 따지고 속을 떠보고 할 새는 없었다. 명신이 생각쯤은 머리에 떠오르지

도 않았다. 결혼 문제나 살림을 어떻게 해 보겠다는 실제 문제를 생각해 보거나 의논할 여유도 없었다.

"이렇게 늘 조용하면야 난 이리 떠나 오구 매일 놀러와 주셨으면 얼마나 기죽을 펴구 좋을꾸!"

기껏 하는 생각이 어떻게 하면 날마다 떨어지지 않고 재미있게 놀겠느냐는 일념뿐이었다. 시집가기 전에 철없는 공상에 팔렸던 시절이 다시 돌아온 것 같았다.

대문이 찌걱찌걱 하는 소리에 순제는 후닥닥 남자에게서 떨어져 문을 열러 마루로 나섰다. 그러나,

"계십니까?"

하는 젊은 남자의 소리에 깜짝 놀랐다. 반장이거나 동회에서 나온 것일지도 모르나, 요새는 이 "계십니까?" 소리가 반갑지 않았다. 순제가 주춤하는 것을 보고 영식이가 나서며,

"내 나가 보지."

하고, 방에 들어가 있으라고 눈짓하며 문간으로 나갔다.

"장순철이요? ……당신은 누구요?"

하는 소리에 순제는 우선 마음이 조금은 놓였다. 앞에 선 젊은 아낙네는 반장인 모양이요, 손에 종이쪽지를 든 젊은 애가 허둥거리며 들어온다.

"왜 그러세요?"

"열 시까지 지금 곧 학교루 뫼라는데, 모두들 어디 가셨군요"

순제는 못 알아 봐도 반장은 짐작이 있는 듯이 대꾸를 한다.

"네, 어머니께서 시장에 잠깐 나가셨어요. 들어오시면 가시래죠"

"당신은 누구슈? 장순철이 없건 들어오는 대루 보내시구, 우선 당신 가십시다."

젊은 애는 죄인이나 잡으러 온 듯이 기고만장으로 영식이를 곧 끌어 갈 듯이 서둔다.

"아녜요 이 양반은 손님으루 잠깐 다니러 오신 우리 집 양반예요"

순제가 가로막고 나섰다. 그러나 여자는 소용없고 젊은 남자면 누구 나 다 나오라는 것이다.

"난 이 동네 사람 아녜요. 천연동 삽니다."

"아무 데 살거나 상관없어요"

물계가 험악한데 두 남녀는 선뜻하였다.

"난 우리 동네에서 나가기루 결정이 됐으니까 염려 마셔요 강 군은 식량 구하러 고양 산소에 나갔으니까 들어오는 대로 내보내리다."

영식이는 딱 버티었다.

"나가긴 어딜 나가요 갈 사람이 여긴 어떻게 왔단 말요 쓸데없는 소 리 말구 가십시다."

팽팽한 젊은 애가 바득바득 대드는 데는 어이가 없었다.

"이건 무슨 경우 없는 말예요 각기 동네에 명부가 있구 집안 사람두 책임을 지구 있는 일인데, 난 어떡허란 말예요"

남편을 여기다가 뺏기면, 자기 동네에서는 남편을 빼돌렸다고 자기 가 들볶일 터이니 안 될 말이라고 순제는 조리를 따져 달래었다.

그러자 모친이 참외 광주리에 쌀자루를 없어서 한 짐 이고 들어온다.

마님이 들어왔어야 별수는 없었다. 한 소리를 되하고 또 한참 옥신각신한 뒤에, 반장이 책임지고 순철이가 들어오는 대로 보내마는 약속으로 찰거머리같이 달라붙는 젊은 애를 떼어 보내고 나니, 닥쳐오는 걱정에 아무 경황이 없어 맥맥히 앉았을 뿐이었다.

"자, 이 노릇을 어쩐단 말야? 내나 끼구 다니며 숨겨야 할 텐데. 집속에서두 굶을 지경이니 갈 데가 있기루 돈이 있구 식량을 가져야 말이지."

모친은 그러지 않아도 어제 벌써 돈암동 사는 순철이 동무가 붙들려가서 어떤 학교에 갇혀 있다는 이야기를 듣고 겁을 벌벌 내던 끝이라, 생죽음이 난 거나 다름없는 듯이 맥이 풀려 한탄이다. 그러나 돈암동쪽은 빨갱이가 드세니까 그렇지, 설마 별일 있으랴 하고 순철이는 마음놓고 나간 것이다.

"급한 대루 우리 집으로나 보내십쇼그려. 우리 동네두 언제 뒤집힐지누가 압니까만 통장 반장이 아직 그대루 있구, 그래두 통사정을 할 만한 처지니까……."

영식이는 보다시피 절박한 사정을 모른 척할 수 없이 자청해 가로맡았다.

"말씀만 해두 고맙습니다. 그렇게 해 주신다면 작히나 좋겠습니까만 그 애마자 둘씩이나 숨겨 줍시사기가 너무 염치없어서……."

모친은 반색을 하면서도 또 혹시 순제가 싫어하지나 않을까 눈치를 보았다.

"하루 이틀은 모르지만 어디 멀찌감치 떼 보낼 데 없을까? 차차 심해 가면야 신 선생부터두 붙어 계실 수 있겠다구."

순제는 중간에서 난처하였다.

"내야 설마! 나 같은 걸 끌어다가 총을 메어 내놓게까지 되면 저희는 벌써 쑥밭 다 됐을 거 아닌가."

영식이는 코웃음을 쳤다. 그러나 아까 그 서두는 품 보아서는 염려가 안 되는 것도 아니었다. 연령 제한이 분명히 있는 것도 아니요, 어떤 정책인지 그놈의 속이 구렁이 속 같아서 알 수가 없으니 불안은 한층 더한 것이었다. 그러나 아무리 걱정을 하고 의논을 해야 별 도리가 없었다. 머뭇거리고 앉았기도 마음이 안 놓여서 순제와 영식이는 참외 한 쪽씩만 먹고 일어섰다.

소문도 들을 겸 물계를 보러 간다는 영식이와 헤져서 순제는 혼자 천연동으로 돌아왔다. 이 집 마님도 필운동에서 겪고 온 이야기를 듣고는,

"큰일 났군. 그러니 우리 앤 어쩐단 말인가?"

하고 여기서도 아들 숨길 걱정에 시름이 없다. 순제도 겁이 더럭 나고 애가 씌우거니와, 오라비를 이리로 데려다 둔다는 말을 꺼내기가 미안하고 거북하였다. 그러나 미리 알려 놓아야 하겠기에 말을 비치어 보니까 마님은 의외로 반색을 하며,

"적적치 않아 좋겠구면."

하고 눈이 번해진다. 급한 경우에 아들 대신 내놓을 수 있을까 하는 생각인 듯싶기도 하다. 그런 짐작이 드니 마님이 퍽 잔인해 보이기도 하고 동생에게 미안한 생각도 든다. 그러나 이 마님을 나무랄 용기까지는 없다. 꼭 그렇게 되리라는 것은 아니나, 자기부터도 만일에 영식이가 붙들릴 지경이면 차라리 나이 어린 순철이를 대신 내놓는 것이 당연할 것 같은 생각이 드는 자기 마음까지 잔인하다고 나무랄 수는 없었다.

세 시가 지나서 의외로 순철이가 감자 한 부대를 잔뜩 지고 낑낑대며 제풀에 찾아들었다. 젊은 애 걸음이라 일찍이 들어왔기도 했지마는, 감자도 덜어 놓을 겸 쉬어 가려고 들렸다는 것이다. 기실은 묘지기에게 쌀 논래를 들은 것이 있기에 혹시 걸릴까 하고 들려 본 것이었다.

"마침 잘 왔다. 널 붙들러 왔어. 집안이 한바탕 야단이 났단다."

순제는 짐을 받아 내려 주며 밑도 끝도 없이 하는 소리였다.

"뭐? 어디서 붙들어?"

순철이는 눈이 휘둥그레졌다.

"차차 얘기하지. 어서 세수나 해라."

누이는 물을 떠놓아 주며 대강 들려주었다.

"죽일 놈들 날더러 넘어가서 총부리를 이리 대란 말야?"

잘 먹지를 못해서 요새로 볼이 홀쭉해졌어도 심술 맞은 두 볼이 불룩해지며 벌겋게 탄 얼굴에 한층 더 핏발이 선다.

"그래 누가 나가라니. 얼마 동안 여기 숨어 있으라는 거야. 어서 올라가 인사나 여쭈어라."

"응, 봤어. 올라와 좀 쉬지."

마님이 내다보고 알은체를 하였다. 인제야 갓 스물이라는 성글성글하고 부숭부숭한 저런 애를 붙들어 가다니 부모 마음은 매한가지지 어떻게 내 자식 숨기고 방패로 내세울 수야 있을까 하고, 마님은 내 자식 걱정에 잠깐 그런 생각이 들었던 것을 뉘우치기도 하였다.

"이 감자를 어떡허나? 뭘 내 갖다 두구 눈치를 좀 보구 오지."

선머슴 생각에 무서운 것이 없이 다시 나서려는 것을 누이는,

"애, 어림없는 소리 말아. 사재채반 지구 나서런? 붙들리는 날이 목 달아나는 날야. 꿈적 말구 들어앉었어."

하고 윽박을 주어 건넌방에 들어앉히고, 초조해 할 모친에게 알리러 자기가 나서기로 하였다. 주위 형편이 이쯤 절박해 가니 무서운 증도 차차 줄어들었다.

순철이가 한잠 늘어지게 자고 깨 보니까, 누이는 그동안에 필운동을 다녀와서 밥 짓느라고 뜰에서 오락가락하는 모녀와 또 잡아가는 이야기가 한참 벌어졌다.

"뭐 동네가 발칵 뒤집혔에요. 이삼백 명이나 붙들어다 놓구 조사를 하는데 꼼짝을 못하게 하니, 점심을 해 간다 옷을 가져다 갈아입힌다, 그 뭐랬으면 좋을지 유치장 같기두 하구 귀양살이를 떠내보내는 듯이 울며불며 갈팡질팡들예요……."

오늘 밤은 새워서 문초를 마치고 내일쯤은 그대로 떠나보낸다는 소문이더라는 것이다.

"내일만 꿈쩍 넘기면 그만이겠지."

순철이는 낮 서투른 집에 틀어박혔기가 징역살기 같기는 하나 유산 태평이다.

이튿날 저녁 때 필운대에 갔던 누이가, 아들을 보러 오는 모친과 함께 왔다.

"온 우연한 인연으루 너무나 신세가 많아 뭐라구 말씀할지요……."

"뭘요 난리 통 아닙니까. 댁 근처가 조용해지구 이쪽이 뒤끓게 되면 이번엔 우리 아이가 댁에 가서 폐를 끼치게 될지 또 누가 알겠나요."

주인마님은 예약이나 해 두듯이 슬쩍 비치는 것이었다.

"그렇구 말구요. 동네가 가라앉았거던 미리 와 계시는 게 좋겠죠. 집안 만은 조용합니다."

지금 마악 어디론지 떠나는 것을 보고 왔다는 것이다. 어제 저녁 때 부터 오늘 아침까지 세 차례나 성화를 받치고 다니는 것을 산소에 나가 서 아니 들어왔다고 버티었다 한다.

"그저 빠져 달아나는 놈이 수더라. 수가 사나워서 눈에 띄면 그 자리 에서 붙들리는 거요, 그렇지 않으면 첫 서슬로 보아서는 뒤가 묵을 셈 인데 언제까지 피해 다닐 수 있을지 딱한 일 아니냐."

사직동, 필운동 일대에서 끌려간 삼백여 명을, 그것은 무슨 까닭인지, 뚝 떨어져 어의동학교에 집결을 시켜 두었다가 사흘이 지난 뒤에 감쪽 같이 쓸어내 갔다. 어떻게 수소문을 해서 알아낸 가족들이 행여나 만날 까 하고 아침저녁으로 가랑이가 찢어지게 그 머나먼 데를 찾아다니다 가 나흘째 되던 날 아침에 가 보니, 몇 천 명인지 복작대던 교실이며 운동장이 쓸쓸하고 인제는 보초도 없이 문이 꼭 닫힌 것을 공연히 기웃 거리다가 입을 삐죽거리며 돌쳐서 온 뒤로는 그럭저럭 동네도 잠잠하 여졌다. 순철이는 나흘 만에 집으로 슬슬 피해 들어갔다. 천연동 집을 떠날 제 영식이더러도 같이 가자고 하였으나 영식이는,

"뭘 급하면 담 넘어 뛰어가지. 붙들려 가면 얼김덜김에 구경이나 하 구 오구."

하며 실없이 웃어 버렸다. 모친과 순제가 그렇게 열심히 권하여야 코대 답이었다. 겁은 나면서도 그다지 절박한 생각이 드는 것도 아니니, 낮

설은 집에 가서 숨어 있다는 것이 어설픈 것 같아서 싫었고, 자기가 필운동으로 가 있으면 순제가 저물도록 올 것이니 그러다가 순제의 신상에 무슨 일이 있을지? 별일이 없다 하더라도 몸이 달아 하는 순제가 저희 집이라고 마음 놓고 휘두를 것이나 첫째 순영이 보기에 안 될 것 같아서 가 있어 보고 싶어도 참는 것이었다.

그러나 이삼 일 지나서 어느 날이든가 쌀이 또 달랑달랑해 간다는 말에 묘지기 사위가 쌀장사한다는 데를 찾아가 보자고 둘이 산보 삼아 나왔다가 만나지도 못하고, 돌아오는 길에, 석다리 파출소 앞에서 필운동에 왔던 바로 그 젊은 애와 딱 마주쳤다.

파출소에서 나왔는지 어쨌는지 자세히 알 수는 없으나 손에는 서류철을 들고 노타이셔츠에 연필을 꽂고 한 모양이 무슨 사무를 보러 다니는 눈치 같다.

순제나 영식이나 선뜻한 생각에 서로 눈짓으로만 알리며 모른 척하고 지나치려니까, 저편도 새침하니 그대로 지나가다가 원체 거리가 가까워서도 그렇겠지마는,

"그저 안 갔구려?"

하고 코웃음 섞인 소리로 알은체만 하고 지나쳐 간다. 그 말소리와 눈초리에 순제는 전신이 오싹하였으나, 붙들고 실랑이를 하려들지 않는 것만 다행하여,

"네."

하고 웃어 보이며 영식이를 잡아끌 듯이 하며 걸음을 재쳤다.

"온 고 귀신이 누가 불러다 댄 듯이 어디서 툭 튀어나왔을까?"

순제는 위험이 신변에 닥쳐오는 것을 느꼈다.

"글쎄 이번 차례는 이 동넨가?"

영식이는 어느 친구의 집으로 떠돌아다니는 한이 있기로 아무려면 붙들리랴는 자신이 있어 태연하였다.

"그런 일만 맡아 가지구 이 동네 저 동네루 돌아다니는 건지 모르죠"

순제의 말이 그럴 듯도 하였다.

"염려 없어요. 난 순제 씨만 믿으니까."

영식이는 벙긋 웃었다.

"뭘……."

"아, 뭐라니! 내가 붙들리기루 장진이헌테 뛰어가서 말만 하면 당장 내놓을 거 아뉴. 허허."

"그런 실없는 소리 할 때가 아녜요. 집에 잠깐 들렀다가 필운대로 가십시다."

순제는 애가 달았다. 그러나 필운동으로 데리고 갈 구실이 생긴 것이 한편으로는 좋기도 하였다.

들어오는 길에 반장 집에 들러서 정세를 물어보았으나 자기도 모른다면서 아는 대로 일러 주기는 하겠지마는 미리 피해 두는 것이 좋으리라고 은근히 뚱기어 주는 것이었다.

순제가 서두는 바람에 모친은 당장 필운동으로 데리고 가라는 것이었다.

"잘 데가 없을까요. 가면 친구의 집으루 가지 거긴 뭣하러 가요?"

"어디를 가 있는지 알기나 해야지. 그래두 거기는 한차례 치러낸 데요, 날마다 연신이 있으니 마음이 놓이지 않니?"

그도 그러하였다. 반장이 무슨 일이 있으면 내통을 해 주마 하였으나 그것만 믿고 있을 수가 없었다.

"저번에 필운동 집에서 당하던 걸 생각해 보셔요. 어서 일어서셔요."

그렇게 생각하면 앉았기가 바늘방석 같아서 영식이도 뻗댈 힘이 없었다. 순제를 며칠씩 못 만나고 지낼 것을 생각해 보아도 다른 데로 갈 수는 없었다.

순제는, 당장 입을 가리매와 아랫방에서 모아온 세수제구며 담배제구를 몰아 싸서 주는 것을 들고 앞장을 서 나섰다.

"그, 도망구니 보따리 이리 줘요. 내 들구 가게."

순제가 그래도 꽤 묵직해 보이는 보따리를 옆구리에 끼고 가는 것이 어색해도 보이고 안되어서 뺏어 들려 하였으나, 한사코 내놓지를 않았다.

"왜, 도망구니는! 백년손을 맞아 가는 신행인데!"

하고 순제는 근심걱정 다 잊은 듯이 신이 나서 생글거리었다.

영식이는 호젓한 언덕길을 걸어 오르며 옆에서 부채질이나 해 주는 수밖에 없었다. 홀떡홀떡 시원히 곁뺨을 스치는 남자의 부채 바람에서 향기나 나는 듯이 깊은 숨을 쉬는 대로 전신이 환히 퍼져 나가는 것을 깨달았다. 그대로 남자에게 매달리고 싶은 충동을 가만히 참으며 성 밑께 오동나무에까지 왔다.

"아무리 도망이라두, 시원하니 좀 쉬어 가지."

영식이는 나무뿌리에 앉으며 수건을 꺼내서 이마의 땀을 씻으려다가, 순제의 콧등에 이슬 같은 땀방울이 방울방울 솟은 것을 보자 모른 척하고 살짝 훔쳐 주었다. 순제는 하도 좋아서 어린애처럼 부끄러운 웃음을 참으며 한눈을 팔고 앉았다가 참을 수 없는 듯이 남자의 손을 살며시 잡았다.

"저기 가건 좀 점잖게 굴어요 순영이나 선머슴애가 보는 데 창피스럽게 굴지 말구."

영식이가 타이르듯이 웃었다.

"누가 할 소린지?"

순제는 남자에게로 얼굴을 가져가려다가 발자취 소리에 찔끔하여 손을 살그머니 놓았다.

"내야 어디루 보든지 신사 아닌가! 당신은 아무래두 대포 소리 비행기 소리에 좀 돌았어. 허허허."

"아직 덜 돌아 걱정인데! 호호호 좀 있으면 신 선생 머리두 아주 싹 돌려놓구 말걸! 여전히 한눈만 팔구, 큰일야."

또 어느덧 명신이를 빗대 놓고 하는 말눈치에, 영식이는 얼른 부채를 펴서 여자의 얼굴을 정면으로 솔솔 부쳐 주었다.

"난 싫어요. 땀 들었어요."

순제는 좋으면서도 웃으며 도리질을 하여 얼굴을 피한다.

"아니 열을 좀 식히려구. 내가 당해내는 수가 없어서. 하하하"

일부러, 그러나 귀해 못 견디겠는지, 애틋한 감정을 간단히 표시하는 수단으로 열심히 부채질을 하여 주는 것이었다.

"그건 또 무슨 소리? 왜 식으라는 거야?"

"식히려는 게 아니라, 타오르는 불길에 부채질 아닌가!"

남자의 흑흑 느끼는 웃음소리가 순제에게 듣기 좋고 만족하였다.

집에서는, 목소리를 잘 못 알아들었는지 좀 거레를 하다가, 모친이 문을 열어 주며 반색을 하였다. 쌀되라도 팔아 주는 딸이요, 아들을 숨겨 준 사람이니 그렇지마는 인물 좋은 영식이가 마음에 들었다. 둘째 사위를 삼았다면 알맞을 것을, 시집을 갔던 큰딸에게는 과하고 아깝다는 생각도 드는 것이었다.

마당에를 들어서니 장독대의 대릿골독 위에 얹은 광주리가 제풀에 들먹들먹하더니 낄낄낄 웃는 소리가 난다. 순제는 대번에 짐작이 들면서도 선뜻하였다. 광주리를 머리에 인 순철이가 독 속에서 부스스 일어나며 어릿광대처럼 광주리의 언저리를 한 바퀴 빙그를 돌리고 섰다가, 번쩍 쳐들어 놓고 머리 위에 얹힌 방석을 쓴 채 툭 튀어나오며,

"누나 혼을 한번 내잤더니!"

하고 껄껄 웃는다. 이런 절박한 기분에 그것도 한 애교이었다.

인기척에 튀어 들어갔다가 누인 줄 알고도 장난으로 그대로 있었던 것이다.

"저 독이 우리 가전지 보물인데 이런 때 써먹을 줄 누가 알았을구."

갓 시집 왔을 때 시할머니가 자기 시어머니 때부터 김장 담그셨던 열두 동이나 드는 독이란 것이다. 대문에서 버스럭 소리만 나도 순철이는 그리로 들어가서 방석을 머리에 쓰고 그 위에 광주리를 덮기로 마련이었다.

"자, 순제두 인제 또 갈 거 없이 안방을 내줄게 거기들 있으라구."

모든 것을 알아차린 모친은, 그 전 같으면 속으로라도 입을 삐쭉했겠

지마는, 적적하고 살림의 도움이 될 거니 붙들어 두려는 것이었다.

"아녜요. 난 곧 가야 해요"

이런 소리를 하면서도 순제는 영식이를 이대로 두고 갈 것이 걱정이었다.

"여차직하면 넌 독 속으루 들어가지만, 이 손님은 어디다 숨긴다?"
하며 순제는 다락문을 열어 보다가 모친과 의논하고 남매가 올라가서 영식이를 숨길 자리부터 꾸미기 시작하였다.

자리보따리를 풀어 가지고 보꾹까지 싸 올려서 앞을 막고, 고리짝이며 책 묶음, 그릇궤짝들로 아래를 막아서 바리케이드를 만들고는 가방으로 위를 덮어서 오그리고 누울 만한 자리가 되었다. 큰 가방을 비워서 한쪽 뚜껑을 만들어 놓고 이것만 들고 들어가서 머리 위로 덮으면 감쪽같이 될 것이다.

"아무래두 내가 옆에서 시중을 들어야 할 텐데……"

급할 지경에 혼자 허둥대거나 수가 사나워서 끌려가는 날이면 하는 생각을 하면 역시 떨어져 갈 수가 없을 것 같다.

"딴소리! 염려 말구 어서 가 있어요"

영식이는 영식이대로 순제가 이렇게 터놓고 다니다가 봉변을 할까 봐 애가 쓰이는 것이다. 그러나 순제는 인제는 무서울 것이 없었다. 원체가 오달지고 대담한 순제는, 남자가 붙들려 갈 지경이면 자기 하나쯤 아무래도 좋다는 일념에 마음으로 걸어붙이고 나선 것이다.

모친과 함께 시장에 나가서 영식이의 식량 마련부터 하였다. 요새는 귀한 쌀에 웬 떡장수는 그리 쏟아지고, 고기며 과일이 지천인지? 물건이 흔한 것 아니라 돈이 귀하고 사는 사람이 없으니 그럴 거라. 천연동에서는 마님 규모에 한참 주린 끝이기도 하지마는, 눈에 띄는 것마다 먹고 싶고 영식이를 먹이고 싶었다. 모녀가 이고 들 수 있을 만큼 돈 아까운 줄도 모르고 사는 대로 사들고 돌아왔다.

"어서 가 보지 않으려우?"

"왜 이리 축객예요"

자기를 위해서 만들어 준 이른 저녁을 먹고 나서도 순제는 뚝 일어서지를 못하였다. 장난에 팔린 어린애처럼 떨어져 가기가 싫었다. 제 집을 두고 영식이 없는 천연동 집에를 왜 갈까 싶었다. 종일을 엉정벙정 지냈어야 둘이 만난 새도 없이 손길 한 번 만져 보지 못한 것도 불만이었다.

"내나 데려다 줄까? 혼자 성 길을 타박타박 어떻게 넘어가누? 이때껏 무사했는데 아무러면 별일 있을라구, 예서 자구 가지?"

모친은 알아차리고 붙들어 보았다. 이런 때는 말은 고마우나 헛인사 같이 들리고 속을 떠보는 것 같기도 하여 좀 열적었다. 순제는 방 안에 앉은 남자를 또 한 번 건너다보며 결단하고 일어섰다. 이때껏 무사하기는 했지마는 옹이에 마디로 하필 오늘 무슨 일이 있으면 하는 겁도 없지 않아서, 그대로 주저앉고 싶은 유혹을 참고 일어났다.

"조심해 주무세요"

순제의 목소리는 풀이 없었다. 오래 못 볼 사람을 두고 먼 길이나 떠나는 듯이 맘이 덜 좋았다.

"성 길을 혼자 소삽하니 큰길루 돌아가요"

영식이도 혼자 떨어져 나가는 뒷모양이 쓸쓸해 보여서 마루 끝까지
나서며 인사로 말을 걸었다. 순제는 모른 척하고 홱 나가 버렸다. 대문
간까지라도 따라 나와 주지 않는 것도 불만이었으나 영식이는 그랬다
가는 선뜻 헤져 가려 않을 것이다. 식구들이 있는 데서 그게 싫어 그만
둔 것이다. 그러나 영식이도 훌쩍 보내 놓고 나서는, 별안간 방 안이 텅
빈 듯이 적막한 생각에 멀거니 넋을 잃고 앉았었다. 그동안 순제와 지
낸 일이 하나씩 차례차례 머리에 떠오르며 불과 열흘도 채 못 되는 동
안에 어느덧 이렇게도 흠뻑 정을 쏟아 놓게 되었나! 하고 자기 마음에
새삼스레 놀랐다.

'명신이는 지금쯤 어떡허구 있누?'

하는 생각이 뒤달아 떠올라 왔으나 저만치 멀리 바라다보이면서 하나
도 구체적으로 나타나는 것은 없이 생각이 집중이 되지를 않았다. 그보
다도 순제의 가지가지의 표정과 귀에 쟁쟁한 목소리와 기억에 생생한
전신의 구석구석의 인상이 마치 교향악이나 듣는 것처럼 한꺼번에 떠
올라서, 지금도 곁에 있는 듯싶이 감촉을 허공에 느끼는 것이었다.

순철이는 반장 집에서 배달해 온 신문을 펴들고 마루 끝에 앉았고
모친은 부엌 쪽 툇마루로 비켜 앉아서 담배를 피우며 공장에서 돌아올
딸을 기다리고 있는 모양이다. 해가 져 가는 집안은 바스락 소리 하나
없이 괴괴하다.

"낙동강까지 간 것은 사실인가 보죠?"

순철이는 신문에서 얼굴을 들고 안방을 들여다본다. 신문은 값도 저
희 맘대로 청해서 강제로 읽히는 것이었다.

"음! 하지만 그깟 놈의 수작을 누가 아나."

영식이는 비로소 제정신이 들며 대꾸를 하였다. 거리에서 본 괴뢰군의 점령 지구를 그린 지도가 머리에 떠올랐다. 빨강 칠로 점점 좁혀 들어가서, 마산에서 포항 근처까지 건너지른 부산 지구만이, 옛날의 가락국을 그린 역사 지도처럼 한 귀퉁이만 하얗게 남긴 지도다. 영식이는 금시로 암담한 기분에 잠겨 버렸다.

"이건 또 무슨 개수작야. 무슨 쌀을 절약해서 어느 일선에 보내라는 거람."

순철이는 또 신문에다 침이나 배앝을 듯이 분개를 한다. 그러자 대문이 찌걱찌걱한다.

"다시 왔에요. 얘게 껄려서."

순제는 어린애처럼 열적은 웃음을 띠었다.

"응, 잘 왔어."

모친도 아무런 생각은 없었다.

"언니 만난 지두 오래구 길은 쓸쓸한데 혼자 가는 게 안돼서 붙들었지."

순영이가 형에게 이렇게 정다운 말을 거는 것도 전에 없던 일이다. 무서움에 부대끼고 먹는 데 쪼들리느라고 정신이 혼미해지고 마음이 약해져서 그런지, 형이 영식이와 버릇없이 친한 꼴을 보고 분개하던 마음도 저절로 스러지고, 명신이에게 동정하던 정의감도 무뎌지고 말았는지? 집에 늘 온다는데 한 번도 못 본 형을 의외로 길가에서 만나니 반갑기도 하였고, 벌써 사람 그림자가 듬성듬성한 쓸쓸한 저녁때 거리를 혼자 비쓸비쓸 가는 양이 가엾은 생각이 들어서 끄니까, 순제도 나가지 않던 발길이라, 영식이와의 관계를 아주 실토로 이야기해 들려주고도 싶고 하여, 다시 들어온 것이었다.

그날 밤은 남자들은 건넌방으로 몰고 안방에서 삼모녀가 자며 밤이 이슥토록 재미있게 이야기들을 하였다. 이렇게 삼모녀가 한자리에 자 보기도 드문 일이었다. 포탄은 사람의 마음도 갈가리 흐트러 놓지마는 흩어진 구름을 엉기어 비도 뿌린다. 원체 흩어졌던 마음들이라 그런지, 요새로 전에 없이 퍽 구순해졌다. 혹은 순제가 연애를 하는 탓인지도 모른다. 순제의 마음은 평생에 처음으로 순결하여지고 무척 관대하여졌다. 이해타산을 잊어버리고 아까운 것 없이 순도자의 기분에 잠겨 있다. 이렇게 영식이가 자는 지붕 밑에 안심하고 자는 것만 고맙고 다행하였다.

"너부터두 오해할지 모르지만, 난 양심에 거리낄 것은 조금두 없다. 명신이에게는 미안한 생각보다두 가엾은 생각은 없지 않지만 명신이 때문에 내가 제풀에 양보할 까닭도 그리해야 할 의리라곤 조금두 없거던……."

순제는 영식이의 이야기를 끌어내 가지고 열심으로 변명을 하였다. 그러나 순영이는 알 수 없는 소리라고 잠자코 듣고만 있었다. 지금 와서는 그다지 형을 나무라려는 도의관념으로가 아니라, 그저 할 말이 없어서 하는 변명쯤으로 들어 두는 것이다.

"그대로 내버려 둬두 어차피 되지 않을 혼인이요, 단순한 연애라 해두 두 편이 똑같이 적극성이 없이 물끄럼말끄럼 보기만 하구 질질 끌구만 나갈 것이거던, 누구나 한편이 적극적으로 달려들어야 할 텐데, 똑같이 성격이 너무나 이지적이요, 타산적이요, 냅뜰심이 없거던. 누가 정복을 해 주었으면……누가 바짝 재쳐 꿰들어 주었으면……하고 바라만 보구 있는 그런 성격들이거던. 거기서 내가 정복을 해서 포로로 잡아들였달 뿐이지, 난 아무 죄두 없다! 명신이두 아마 새로운 정복자를 만나면 좋아라 하구 포로가 되구 말겠지만, 신영식이란 이는 여자를 정복해서 포로로 나꿔 들 재주는 없는 사람이니까, 어차피 명신이 아닌 다른 여자에게 뺏길 건 뻔한 일 아니냐? ……"

그러나 자기는 결코 가로챈 것도 아니요, 도리어 명신이에게 새 길을 터 주었다는 말이었다.

순영이는 듣고 보니 그럴싸하기도 하였다. 두 사람이 다 누가 불을 붙여 주지 않으면 정열이 타오르기 어려운 성격이란 말이 딴은 그렇다는 짐작이 든다.

이튿날도 순제는 천연동에 잠깐 다녀만 왔다. 그 길에 잔 세간과 스웨터 짜던 것도 가지고 왔다.

사오 일 지나도 천연동은 무풍대였다. 천연동만 아니라, 전 시내에 잡아가는 소동이 잠잠하여졌다. 붙들어 갈 때는 가족까지 쌀 배급을 주느니, 피복을 줄 테니 아무것도 가지고 갈 필요가 없느니 하고 달콤한 소리를 하였지마는, 실상은 먹일 것도 없고, 입힐 것도 없으니 무작정하고 끌어만 갈 수도 없는 사정이라 한다. 그뿐 아니라, 당장 수송력이 모자라는데 폭격이 심해 놓으니 데려간 것도 수색이나 개성 등지에 몰아넣고 있어 새새로 도망질 해 오는 사람도 수두룩하다는 동네소문이었다.

한때는 동네에서도 젊은 애란 젊은 애는 싹 쓴 듯이 자취를 감추고, 거리에서도 삼십 전 젊은 사람이란 구경도 못 하겠더니, 요새는 그래도 좀 나다니는 모양이라 한다.

"인젠 차차 풀려나갈 때두 됐겠지. 오늘은 집에를 좀 갔다 올까 하는데……."

아침 후에 영식이가 와이셔츠를 갈아입는 것을 뜰에서 보고 순제가 뛰어 들어오니까, 그래도 딴 결심을 못한 것처럼 의논하듯이 말을 붙이는 것이었다.

"그래두 아직 더 좀 눈치를 보구 나다니세요. 무에 걱정이 돼서 그러시는 거예요 어머니 젖을 갓 떨어져 그렇겠지만."

하고, 순제는 웃으며 말렸다. 그동안 하루 걸러큼씩 들러서 소식은 알고 지내는 터요, 그저께 가서는 묘지기 사위집에 들러서 쌀도 한 말 갖다 두고 온 터이다.

"아 그래두 잠깐 가 봐야지. 갑갑해서 바람두 쐴 겸."

준좌가 되었다는데 겁을 벌벌 내고 들어앉았는 것이 갑갑도 하거니와, 열뜬 사람 같아서도 나서 보고 싶었다.

"그랬다가 또 별안간 무슨 일이 있으면 어째요 그럼 나두 갈 테야."

순제도 옷을 부둥부둥 갈아입고 따라나섰다. 같이 산보도 하고 싶지마는 혼자만 내보내기가 안심이 안 되었다.

"인젠 다시 밀려오는 모양이니까, 재동 집으루 들어갈 날두 며칠 안 남았을 게지만, 어서어서 끝장이 나야지 시원스럽게 얘기 한 마디 할 데가 없이 언제까지 길거리루만 헤매구……."

필운동에 가서도, 모친은 안방을 둘이 쓰라고 하기도 하고 사정은 뻔히 다 아는 터이지마는, 어린 동생들 보는데 차마 한방에 둘이 거처하기가 안 되어서 여전히 삼모녀가 안방에서 자는 터이다.

"그런 소리 말아요. 쫓겨 다니면서두 이렇게 서로 떨어지지 않구 의지해 사는 것만 다행이지, 그때 한강을 건넜던들 우리가 어떻게 됐을지 알아요?"

"이렇게 손쉽게 해결되지는 못했을지 모르지만 좀 더 심각했을 거지. 아무러면 내가 놓칠라구!"

"좀 더 심각하다니?"

"명신이와의 정면충돌이 일어나구, 우리는 우리대루 어디루 가서든지 숨어 버렸겠지만 그래두 마음 놓구 잘 지냈을 거지, 아무러면 이렇게 쩔쩔거리구 다닐까."

영식이는 가만히 순제의 얼굴을 바라보았다. 우연한 기회가 자기네 둘을 이렇게 끌어넣은 줄만 알았는데 순제의 말을 들으면 전부터 기회를 노리고 있었던 것이라는 말눈치에 새삼스레 놀라는 것이었다.

성을 넘어 큰길로 빠져나오도록 거리는 쓸쓸하고 아무것도 변한 것은 없었다.

집에를 들어가니 대문이 열려 있는 것은 좀 의외였으나, 늦은 아침 햇발을 마당에 쨍쨍히 받은 조용한 집안이 여기도 다른 것이 없었다.

그러나 어머니가 안방에서 뛰어나오며, 눈이 커대서,

"애 , 너 왜 오니? 어서 가거라. 가."

하고, 허겁지겁 소리를 죽여 나가라고 손짓을 해 보인다.

마주 들어오던 사람도 당황하였으나, 영식이는 이대로 나가는 것이 좋을까? 집안에 숨어 버리는 것이 안전할까? 정세를 판단하기에 멍하니 마당 한가운데 섰었다. 아무리 집안 식구에게라도 서두는 꼴을 보이기가 창피한 생각도 들고 기껏 잘 숨어 있다가 하필 이런 때 와서 허둥대는 것이 어설픈 것 같아서 되도록은 침착히 굴어야 하겠다는 생각이었다.

"다녀갔다니 우선 올라가시죠"

순제는 대문부터 닫으러 나갔다.

"아냐, 반장이 앞질러 일러 주구 갔으니까, 뒤미처 또 데리구 올 거야"

모친은 사색이 질려서 뜰로 내려오며 어쩔 줄을 몰랐다. 그러나 어디까지 와서 도는지 나가다 붙들릴 것 같아서 영식이는 획 나서는 수도 없고, 그렇다고 다락 속 같은 데 숨었다가 붙들려 나온다면 그런 꼴을 보이기도 싫다. 그러자 문을 닫으러 나간 순제가 당장 붙들렸는지 안에서 들으라는 듯이,

"출입하구 안 계세요."

하고 소리를 커다랗게 지르는 김에, 모친은 어서 다락으로 들어가라는 듯이 떼밀며 눈짓을 하고 밖으로 쫓아나가고 누이는 마루 끝에서 발을 동동 구르며 얼른 올라오라고 손짓을 한다. 영식이는 하여튼 마루로 올라섰다. 지키고 섰던 영희는 오라비의 운동화를 마루 구멍으로 쓸어 넣어 버렸다.

"아니, 지금 당신하구 들어오지 않았수? 강제루 끌어가는 건 아녜요 배급이며 여러 가지 의논할 것두 있구 주의사항이 있어 모이라는 거예요"

젊은 사람의 목소리가 마당에서 난다. 영식이는 그 소리에 차마 다락으로 숨지를 못하고 아랫목에 가만히 앉아 버렸다. 모든 것을 운명에 쓸어맡기고, 될 대로 되라는 듯이.

"그 앤 다니러 온 우리 조칸데……배급 준다면 내가 나가두 그만 아뉴?"

그렇지 않아도 들어올 제 앞뒤를 보살펴야 눈에 띄는 것이라곤 없었는데 어느 틈에 보았던지 인제는 꼼짝 할 수 없다는 절망을 느끼면서도 두 여자는 가로막아 내기에 열고가 났다.

학생 퇴물인 듯한 젊은 애는 대꾸도 없이 아랫방으로 건넌방으로 한 바퀴 휘둘러보고 안방을 들여다보더니, 인제 잡았다는 듯이 눈이 번해지며,

"아, 당신이 신영식이요?"
하고 손에 든 쪽지와 영식이의 얼굴을 번갈아본다.

"왜 그러슈?"

아무도 없이 낯 서투른 젊은 애 혼자니, 모친의 말대로 다니러 온 사람이라고 떠댔으면 좋으련마는, 차마 속일 수가 없어 어정쩡한 대답을 하며 벌떡 일어나서 마루로 나서자니까, 밖에서 대령이나 하고 있었던 듯이 반장과 함께 또 하나 젊은 애가 툭 튀어 들며,

"아, 여기 계슈? 오늘은 좀 가 보셔야지?"
하고 코웃음을 치며 치어다본다. 모친은 어떤 영문인지 몰라서, 한층 더 해쓱해진 순제의 얼굴만 치어다보며 말없이 묻는다.

"아니, 뭣하러 우리 뒤만 이렇게 쫓아다니는 거예요?"

순제는, 필운동 집에서부터 실랑이를 하던 이 쌀쌀스러운 청년에게 대들며 소리를 쳤으나, 이 애는 거들떠보지도 않고 저희끼리 몇 마디 수군수군 일러만 놓고, 반장을 재촉하여 휙 나가 버렸다.

누이가 마루 구멍에서 꺼내 주는 운동화를 천천히 신고, 지키고 섰는 젊은 애를 따라나서는 영식이는 흥분에 다만 얼굴이 벌걸 뿐이었다. 뒤따르는 모친과 순제도 상여 뒤를 따라가는 사람들처럼 머리를 숙이고 인제는 말이 없었다. 동구까지 나오니까 망을 보고 지키고 섰는 또 다른 젊은 애에게 영식이를 눈짓으로 넘기고 손에 쪽지를 든 젊은 애는 뒤돌아 골목으로 들어갔다.

출발 전

뒷길로 빠지면 오 분도 못 가서 학교였다. 허둥허둥 바쁜 걸음으로 지나치는 아낙네와 서넛 마주쳤을 뿐, 붙들려 갈 사람은 다 붙들어 들였는지 학교 운전에는 파수 보는 놈이 안팎으로 대여섯 오락가락하고 운동장도 쓸쓸하다.

벌써 알아차리고 한 놈이 나서니까 데리고 온 놈은 눈짓만 하고 말도 없이 바삐 오던 데로 가 버린다. 인계를 받은 놈이,

"이리 오슈."

하고 앞을 서 문 안으로 들어서는 영식이와 나란히 걸어 교사로 들어갔다. 모친과 순제도 잠자코 따라갔다. 바깥이 조용한 것 보아서는 복도에서 여자들이 우글거리고 교실마다 사람이 찼다. 그 중의 세 교실만이 조용하니 붙들려온 청년들이 대개가 셔츠 바람으로 발들을 벗고 집에서 끄는 고무신짝을 신은 채 풀이 죽어서 조고만 걸상에 빽빽이 끼어 앉았다. 모두가 자리 속에서 세수도 못 하고 붙들려온 행색이나, 마치

입학 날 처음 학교에 와서 하회를 기다리고 있는 어머니들이 낭하에서 기웃거리는 광경 같다. 영식이는 후끈하고 사람의 운기가 끼치는 후덥지근한 교실 속으로 끌려들어가 맨 끝 빈자리에 앉았다. 문턱에서 영식이를 놓친 모친과 순제는 그저 망단해서 멀거니 들어간 사람의 거동만 바라보고 섰을 뿐이다. 영식이는 여자들을 안심시키려고 그렇겠지마는, 태연히 담배를 꺼내 붙이며 웃는 낯으로 돌아다본다.

"아드님이세요? 우리는 자리 속에서 끌려나왔지만 이때껏 어디루 못 피해서 붙들려 왔단 말예요?"

옆에 섰던 젊은 아낙네가 말을 붙이며 혀를 찬다.

"글쎄 말이죠. 모녀가 꿈속같이 들어앉아서 몰랐지만, 수가 사나우려니까 그저 참닿게 피해 가 있던 사람이 나 붙들어 가라는 듯이 달려들었군요."

영식이 모친은 화풀이 삼아 하소연이었다. 그나마 틈틈이 끼어서 오락가락하는 젊은 놈들이 무서워서 말도 크게 못 하였다.

"그럼 사위님인 게군요"

사위면 그래도 아들보다는 덜 애절이 되리라는 말인지, 모녀라는 말에 순제를 다시 한 번 보며 부전부전히 묻는 것을 마님은 못 들은 척해 버렸다.

순제의 귀에는 아무 소리도 들어오는 것이 없다. 아무 생각도 떠오르는 것이 없이 다만 장진이의 얼굴만이 오락가락하였다. 장진이를 가 보는 것이 무서울 것은 조금도 없으나, 영식이를 누구라고 꾸며대면 좋을지 그럴 듯한 생각이 선뜻 나서지를 않아서 혼자 안타까워하는 것이었다.

"저, 집에 잠깐 갔다 올까 봐요"

겨우 무슨 생각이 들자 순제는 영식이 모친에게 비로소 입을 벌렸다. 매서운 낯빛으로 눈만 멀뚱히 뜨고 꽉 봉한 입술이 바작바작 타서 오그라져 붙은 것을 보고, 모친은 늘 마음 한구석에 있던 못마땅한 생각도 스러지고, 오히려 자식을 위해서 지성껏 하는 이 여자에게 고마운 생각과 의지하는 마음이 있었지마는, 순제가 무슨 도리나 있는 듯이 생기가 나서 불쑥 말을 꺼내는 데에 마님은 눈이 번해졌다.

"집이라니? 필운대?"

"네. 한 시간 동안쯤……설마 그동안 별 일 없겠죠"

하며 순제는 서슴지 않고 교실로 들어간다. 유치장 속이나 되는 듯이 누구나 감히 발을 못 들여 놓고 창밖에 매달려서 남편이나 아들의 얼굴만 놓칠 세라고 지키고 섰는데, 그러지 않아도 남의 눈에 띠는 미인이 거침없이 들어가는 것을 깜짝 놀라 바라들 본다.

남자들의 부러운 눈초리가 이리로 쏠렸다. 다음 순간에는 저런 아내를 두고 끌려가는 남자의 마음이 어떨까 하는, 자기의 아내는 미인이 아니니까 떼 두고 가도 그리 아깝지 않다는 듯이, 동정이 가는 마음으로 두 남녀의 속살대는 (이 지옥 속같이 살풍경한 분위기와는 어울리지 않는 환하고 따뜻한) 광경을 멀거니 바라들 보는 것이었다.

남자의 입가에서는 웃음이 스러지고 긴장한 낯빛이 떠오르며 천천히 일어나서 여자를 앞세우고 복도로 나섰다.

누구나, 자기를 붙들려온 죄인처럼 생각하고 꿈쩍을 못하고 앉았는 이 사람들의 눈에는 이 두 남녀의 행동이 당돌하게 보였다. 그러나 몇

백의 눈이 감시를 하고 있기로 명색이 '의용군'을 모집하는 것이다. 자유의사로 나간다는 것이니 문밖에 나가지를 못하게 은근히 감시를 하고 위협은 할망정, 드러내 놓고, 감금하는 것은 아닌 것을, 온순한 이 청년들은 지레 겁을 집어먹고 벌벌 떨며 앉았는 것이었다. 사실 후환이 무섭기는 하였다.

"……설사 순제 씨도 무사하구, 나를 내놓아 준다기루, 다른 사람과 달라서 그 사람 신세는 지긴 싫어요. 그런 비굴한 짓은 난 못해!"

영식이는 쾌쾌히 잡아떼는 것이었다.

"아니, 사람이 죽는 판인데 비굴한 게 뭐냐. 그런 길을 뚫기가 어렵지."

"아녜요. 어머닌 모르실 얘기예요. 염려 마시죠. 다 죽어도 난 살아올 거니……."

영식이는 어쩐지 그런 자신이 있었다.

"최악의 경우에 내가 붙들리고 만다 하기루, 손 될 건 없지 않아요?"

순제는 또 우기었다.

"이런 딱한 소리! 까닭 없이 붙들리기만 하면 그만큼 손 아닌가! 어째 무사할 듯싶구, 곧이듣기루 언제적 동서라구 빼 놔주려 들겠어요?"

영식이는 끝끝내 도리질을 쳤다.

순제는 자기 모친을 시켜서 시청으로 장진이를 가 보고, 둘째 사위가 붙들려 가게 되었으니 내놓아 달라고 청을 해 보자는 것이었다. 영식이를 순영이의 남편으로 꾸며대고 운동을 해 보겠다는 것이요, 교환 조건으로는 순제가 나서겠다고 사과를 한다는 것이다.

"안 될 때 안 되더라두 한번 말은 못 해 볼 거 없지 않아요?"

"안 될 일을 뻔히 알면서 왜 그런 섣부른 짓을 해요. 된다기루 내가 당신을 다시 그 사람한테 보낼 듯싶우? 또 그 사람 밑에 목을 매구 따라다녀야 할 거니 그럴 바에는 깨끗이 죽어 버리는 게 낫지!"

"그야 나중 일이죠. 또 어떻게든지 피하는 수가 있겠지. 그러지 말구 내 말대루 하십시다."

순제는 애원을 하고 덤비었다.

"아무리 그런 사람한테기루 속이는 것두 한두 번이지. 안 될 말이라니까! 정정당당하게 정면으로 싸우죠. 가다가두 얼마든지 도망을 쳐 올 수두 있을 거구⋯⋯."

옥신각신하는 동안에 부인네만 남겨 놓고 다들 교실로 들어가라고 소리를 치며 다니는 바람에, 영식이는 떨어져 자기 자리로 들어가 앉았다. 저편 구석에서는 서너 패가 테이블을 늘어놓고 심사가 시작되었다.

"딴은 내 자식 급한 생각에 그렇지만, 자는 호랑이 코 찌르기루, 애기씨마저 봉변을 당하면 큰일 아뇨?"

모친도 단념한 듯이 이런 소리를 하는 것이었다. 순제 역시 바작바작 타는 생각에 정확한 판단이 나서지를 않아 실심한 사람 모양으로 멍하니 섰을 뿐이다.

심사는 간단간단히 후딱 진행이 되어 갔다. 당자의 성명이 미리 씌어 있는 등사한 지원서를 놓고, 주소, 직업, 학력과 특수 기술이 있는가를 풀어 가며 기입하고 체격을 쓱 보아서 A·B·C·D의 등급을 매겨 주는 것이었다. 대개가 A·B요, 저희가 보아서 정말 병인 같기 전에야 아무리

앙탈을 해도 D로 매기지는 않았다. D면 이 귀문(鬼門)을 벗어나는 것이
었다.

"우리 모녀가 단지 애 하나만 믿구 사는 처진대요"

영식이가 불려나가서 앉자, 모친과 순제는 바싹 다가서며 사정을 하
여 보았다.

"집에만 들어 앉았기루 지금 시절에 무슨 벌이가 됩니까. 그러기에
일자리를 만들어 드리는 거 아닙니까. 이렇게 나간 이에겐 우선적으루
가족 배급이 나와요"

삼십은 훨씬 넘었겠고 회사원인 듯한 위인이었으나, 거들떠보지도
않고 코대답이다.

"가면 어디루 가나요? 당장 전선으루 내보내나요?"

순제가 다급히 물어보았다.

"그건 모르죠"

하고 잠깐 치어다보다가,

"염려 마세요. 전쟁은 곧 끝날 거니까, 고작 한 달쯤이면 돌아올 것이
요, 돌아오면 우대받습니다."

하고 그래도 젊고 예쁜 여자는 눈에 띄는지 말씨가 고왔다.

"훈련을 받나요? 무슨 일을 시키나요?"

"그것도 모르죠. 하지만 어쨌든 앞질러 나서는 게 수예요. 부인도 나
와 일하세요"

건강 상태에 B자를 써 넣으며 순제를 또 한 번 치어다보고 웃는다.

이제는 모든 것이 끝장났다. 테이블 앞에서 떨어져 나온 세 사람은

서로 얼굴을 마주 보기가 안된 생각이 들었다. 그러나 영식이는 두 여자의 낙심을 위로하려는 생각에, 자기의 어둔 마음을 감추려는 노력만으로도 힘이 들었다.

"난, 잠깐 갔다 와요."

순제는 남자의 대답을 들을 새도 없이, 떨어져 헤죽헤죽 나간다.

"이거 봐요 쓸데없이……."

영식이가 몇 걸음 쫓아가며 소리를 쳤으나, 들은 체도 않고 복작대는 사람 틈으로 사라져 버렸다.

발이 어떻게 놓이는지? 어떻게 뛰어왔는지? 정자옥 옆이라는 말만 들은 대로 대중치고 왔으나, 일이 되느라는지 대번에 찾아냈다. 뛰어나온 순영이도 이야기를 듣고 깜짝 놀라며 어쨌든 시청으로 가 보자고 따라나서다가,

"언니, 그러지 말구, 우리 공장에 감독으루 드나드는 장교가 있는데, 그 사람한테 청을 해 볼까? 지금두 사무실에 와 있나 본데."
하며 의논을 한다.

"그거 됐구나! 누구든지 빨갱이끼리 한 마디만 하면 된다는데 나두 요 옆 신문사에 아는 사람이 하나 있기야 하지만……."

순제는 눈이 번했다. 여기까지 와서 생각하니 바로 옆의 K신문사를 접수해서 무슨 인민일보인가를 낸다는 꺼벙이 같은 송병규를 불러내서 청을 해 볼까 하는 생각이 났으나 참아 버린 터이다.

순영이는 다시 들어갔다가 나오더니 풀 없이 도리질을 하는 것이었다.

"온 별소리를 다 한다구 핀잔만 맞았다우. 남편은 일선에 나가구 아

내는 후방에서 봉사하구 그런 명예스런 일이 어디 있겠느냐구 시룽대며 놀리기만 하는 걸."

순영이는 뾰로통하였다. 그래도 시청에 가서 장진이를 만나는 것을 싫다고도 않고 무서워도 아니하였다. 사정이 하두 절박하니 모른 척할 수도 없겠지마는, 공장에를 다니고 하는 동안에 그만치 빨리고 대담해진 모양이었다.

순영이를 시청으로 들여보내 놓고 대한문 옆댕이 정동 골목 모퉁이에 서서 기다리며 순제는 정성껏 속으로 빌었다. 그렇게 노한 눈치가 아니거든 밖에 자기가 기다리고 있다고 말해도 좋다고 일러 들여보냈지마는 만나게 되면 만나서 매달려 부탁을 해 보려는 작정이다. 무서울 것이 없었다. 장진이가 일자이후로 모른 척하고 내버려 두는 것도 노여워 그러는지는 모르겠으나, 다시 살자고 찾아다니며 천착한 꼴을 보이기 싫어서 점잖게 버티는 수작인가도 싶다. 그러니만치 딱 마주치면 못 이기는 척하고 수그러질 것만 같다.

순영이는 자기가 시집 안 간 것을 저번에 와서 알고 갔으니까 말하기가 거북하다고 걱정을 했으나, 애인이라고 하라고 일러 보냈다. 순영이의 애인이라면 자기를 의심할 리도 없겠고, 자기에게 가까이 하려는 생각에, 순영이의 환심을 사려고 청을 들어줄 것이라고 안심도 되었다.

그러나 시청에 들어간 순영이가 금시로 나오는 것을 멀리 바라보고, 틀렸고나 싶어 낙심이 되었다.

"없어요. 제일선에 나갔대."

대전 방면이고 어디고 공작대로 나갔는지 모를 것이다.

순제는 낙망이 되면서도 장진이가 서울에 없다는 말에 시원히 어깨의 짐이 벗어진 것 같았다. 여기에 용기가 난 순제는, 그렇지 않아도 남은 길이라고는 송병규를 가 보는 것밖에 없지마는, 어쨌든 신문사로 찾아가기로 다시 정자옥 쪽으로 나섰다.

　"아, 오래간만이군요. '자유세계'에서 풀려 나오셨구려? 흥!"

　깡패 같은 협수룩한 문지기에게 불려 나온 병규는, 장다리 같은 몸을 흐느적하고 앞에 딱 세우며 픽 웃는 것이었다. '자유세계'란, 장진이에게 순제의 편지 사연을 듣고 비꼬는 말일 것이다.

　"자유세계면야 풀려 나오구 말구가 있을라구. 한데 어디 출장 중이라죠?"

　순제는 태연히라기보다도 당돌히 그러나 예사롭게 지나는 말처럼 물었다.

　"허허허. 출장요?"

　출전이라지 않고 출장이란 말이 듣기에 서투른 모양이었다.

　"뭐라구 해요? 무척 노한 모양이죠. 그 후엔 한 번두 들여다보지 않는 걸 보니……."

　순제는 슬쩍 떠보았다.

　"노하구 말구가 있나요. 바쁘니까 그럴 틈두 없겠지만 순제 씨두 차차 정신 차리구 생각을 달리해야 할걸!"

　이 말은 장진이의 의사를 얼마쯤 대변하는 것 같아서, 아주 적대시하려 들지는 않는다는 말눈치 같기도 하였다. 순제는 내심에 반갑기도 했다.

"언제는 내 생각이 어땟기에! 막 닦달을 하구 당장 붙들어다가 우그려 넣을 듯이 서두는 게 무서우니까 그렇지."

"설마……결국은 순제 씨 태도에 달린 거죠. 인간적으룬 장 군두 못 잊어 하는 건데……."

병규도 슬쩍 떠보고 눈치를 살피는 기색이다.

"그건 차차 얘기하기루 하구, 송 선생한테 청이 있어 왔는데, 애, 이리 와 인사드려라……."

순제는 말을 들리며 저편 모퉁이에 떨어져 섰는 동생을 손짓으로 불렀다. 순영이가 와서 인사가 끝나기를 기다려, 급한 사정을 비로소 꺼냈다.

"아, 또 하나 자유세계로 빼내 돌리겠단 말이군요? 그런 일이나 있기에 별안간 나 같은 사람을 찾아오셨겠지."

하고 병규는 또 비꼬아 준다.

말눈치에 틀렸고나 하는 절망을 느끼면서도 순제는 최후의 용기를 내서 졸라 보았다. 그러나 병규는,

"글쎄, 군에서 하는 일을 내가 무슨 권력이 있다구! ……우리 하는 일 전에두 보셨으니까 그만 짐작은 있을 텐데!"

하고 코웃음만 치는 것이었다.

"전 세상과는 달라요. 청을 들을 사람 같으면 그런 데 내보내서 일을 시킬 리두 없다는 걸 알아야죠. 그러기에 정신을 좀 차리시란 말예요."

병규는 전선대 같은 몸을 돌려 휙 들어가 버렸다. 순제는 몹시 모욕을 느끼는 동시에 한편으로는 겁도 났다. 순영이도 얼굴이 해쓱해졌다.

"애썼다. 넌 어서 들어가거라."

순제가 어이가 없어 풀 없이 혼자 돌쳐서려니까, 순영이는,

"아니, 나두 가 봐요"

하고 따라선다. 어차피 감독에게도 약혼한 남자가 의용군으로 나가니까 가 보아야 하겠다고 허가를 받고 나온 터요, 하기 싫은 일에 핑계 삼아 또다시 들어가기는 싫었다. 한 회사에서 지내던 정리로든지 동무의 애인이었다는 것은 고사하고라도, 오늘 아침까지 한집에서 자고 난 사람이 마지막 길을 떠난다니 가 보고도 싶었다.

순제 형제가 다시 천연동 그 북덕대는 학교 속으로 돌아온 것은 새로 두 시나 되어서였다. 사람이 우글거리는 한구석에 모친과 누이가 마주 앉아서 찬합을 펴 놓고 밥을 먹이고 있는 것을 겨우 찾아내서, 가까이 가며 순제는 가슴이 뭉클하고 눈물이 핑 도는 것을 참을 수가 없었다.

찬합을 한손에 들고 소리 없이 밥덩이를 입으로 틀어넣던 영식이는, 순제 형제가 옆에 와서 서는 기척에 획 치어다보며, 마룻바닥에 앉아서 이 꼴로 밥을 퍼 넣고 있는 것이 창피스럽기도 하고, 무사히 돌아온 것만 다행하기도 하여 씹던 것을 멈추고 멀거니 앉았다.

"그래 가 봤수?"

모친은 혹시나 반가운 소식이 있을까 하여 순제의 낯빛만 바라보면서도 눈치로 대강 짐작이 들었다. 순제는 차마 절망의 소리를 영식이에게 들려줄 수도 없고 목이 팍 막힌 것 같아서 말이 미처 나오지를 않았다.

"가 볼 텐 다 가 봤에요. 저희 회사에 오는 인민군 장교한테두 부탁

해 보구······."

순영이가 대신 대꾸를 하였다. 순영이에게 자세한 사연을 듣고 나자, 모친은 그런 중에도 길을 뚫어 볼 만큼 뚫어나 본 것이라고 마음에 걸리지 않아 좋은 듯이,

"수고들 했수."

하고 풀 없이 인사를 하였다. 숨이 져 가는 자식을 안고 앉아서 때만 기다리면서도, 의사도 불러 보았고 약도 써 보았으니, 그래도 덜 뉘우친다는 그런 표정이었다.

"일이 잘되느라고 그 사람이 없어 주었지. 잘됐어요, 잘됐어."

영식이는 순제가 간 뒤에, 그대로 못 돌아오지나 않는가 해서 조비비 듯 기다리던 것을 생각하면 떠나가 전에 이렇게 만나 보고 마음 놓고 가게 된 것만 다행하였다.

순제는 영식이와 눈이 마주치는 것도 피하면서 한구석에 맥을 놓고 앉아서 무심코 그 스웨터나 부지런히 짜 뒀더라면, 들판에서 비 오고 쌀쌀한 날에 입게 싸 주어 보내는 걸 하는 생각이 들었다.

밥이 아니 들어간다고 마다는 것을 억지로 먹여 놓고, 모친이 영식이를 주어 보낼 옷을 가지러 찬합을 싸들고 나서는 길에 순제도 따라나섰다.

쇠를 채운 문을 여는 소리에 꼭 지친 옆집 문이 열리며 마나님이 내다보고,

"어쩌다 그렇게 됐에요. 얼마나 낙심이 되시구······."

하며 인사를 하는 바람에 영식이 모친은 변변히 대꾸도 못 하고 그만

울음이 복받쳐 올라왔다. 무엇에 씌운 사람처럼 머리가 띵하니, 무엇을 주어 보낼까를 꿈속같이 생각하기에 골몰이던 순제도, 울음 끝을 보자 눈물이 핑 돌며 목이 메어 오르는 것을 시집 갓 온 색시처럼 남에게 보이는 것이 싫어서 힝녀케 들어와 버렸다.

안방에 들어가 아들의 속옷가지를 꺼내서 꾸리며 마님은 또 목이 메어 올라서 나중에는 목을 놓고 울었다. 순제도 가방을 뒤지며 참다 참다 못하여 흑흑 느끼는 소리에 자기도 놀라고 안방에 들릴까 보아 송구스러웠다. 같이 우는 것이 죄 될 것도 없고 설움을 나누니만큼 위로도 되겠건마는, 설움도 숨겨야 할 순제였다. 안방에서 울던 마님도 제깐년이 내 설움에 대겠는가? 하는, 그런 노골적 반감으로는 아니나, 언제 저렇게 정이 들었던가 하고 놀라기도 하고 그리 좋을 것은 없었다.

순제는 무엇보다도 몸에 돈을 지녀 보내야 하겠다고 십만 원 봉지를 풀어서 다섯 뭉치와 담배를 꺼내서 싸다가 양담배가 저놈들의 눈에 띄면 되레 해가 될까 보아 갑은 찢어 버리고 알맹이만 몰아 쌌다.

"건넌방 애기씨, 정한 수건 혹 있수?"

"네, ……에그 참."

마님의 소리에 세수제구를 필운동에 갖다 둔 생각이 나서, 여행에 쓰는 화장세트를 꺼내어, 쓰던 칫솔과 치약이며 비누까지 얼러 싸들고 안방으로 건너갔다. 쓰던 칫솔은 좀 미안도 하고, 그런 것으로 해서 자기를 생각나게 하는 것이 도리어 괴롭게 할까 싶어 그만둘까도 하였으나, 그나마 없는 것보다는 나을 것 같고 도리어 쓰던 것을 주어 보내는 것이 적이 마음의 위안도 되는 것 같았다.

"돈은 뭘 이렇게."

마님은 그래도 돈을 보고는 반색을 하였다.

"누가 압니까. 뛰는 한이 있더라두 길에 나서면 아무래두 돈이죠"

"글쎄……가다가 도망들을 쳐 온다기는 하지만, 이 앤 원체 고지식해서 그럴 주변이나 있을지? ……"

그래도 마지막 바랄 것이라곤 이것뿐이었다.

원체, 짐을 가지고 가지 말라는 지시기도 하지만 뛸 때 가뜬하라고 깜장 보따리에 꾸려서, 옆구리에 끼고 나서는 마님을 보니 가엾은 생각이 나서, 순제가 들고 가려고 달래도 마님은 꼭 끼고 내놓지를 않았다. 마지막 가는 자식의 수의를 끼고 나서는 것 같고, 관머리나 들고 나서는 듯싶었다. 그래도 자식의 옷을 품에 녹여 주고 싶은 마지막 애정인 듯싶어, 순제는 이번에는 모친의 정상을 생각하고 또 눈물이 앞을 가리었다.

그렇게 좋던 날씨가 아까부터 꾸물꾸물하는 것도 마음을 더 무겁게 하였다. 붕붕하고 전투기가 세 대 네 대 또 북으로 날아간다. 구름이 쳐지니까 쓸쓸한 거리에 소리는 유난히 퍼져 간다.

일행은 떠나려는지 운동장애 나와서 벅적거리고 있다. 한가운데 열을 지어 섰고, 여편네들만 뻉 둘려 옹위를 하고 있었다.

"어머니 목이 마르대."

순영이와 같이 서서 모친을 기다리던 영희가 뛰어오며 소리를 친다.

"그럼 사과라두 사 오죠"

하고 순제는 냉큼 되돌아섰다.

순제가 옆구리에 사과봉지를 끼고 한 손에는 참외를 새끼에 매어 들고 헐레벌떡 달려드는 것을 열중에서 바라보고 영식이는 새삼스레 반갑고도 마음이 쓰리었다. 손에는 검정 보따리를 들고 섰다. 순제는 잠깐 바라만 보고 영희가 받아 든 사과봉지에서 양도를 꺼내 들고 옹크리고 앉아 부리나케 참외부터 벗기기 시작한다.

"칼까지 얻어 가지구 오구."

모친은 인사 대신에 약삭빠른 솜씨를 칭찬하였다. 웃돈을 맡기고 칼을 빌어 왔다는 것이다. 모친이 손짓으로 아들을 부르니까 열에서 나와서,

"내 뒷사람은 아침두 안 먹고 동네에 나왔던 길에 붙들려 와서 입때껏 집에 알리지두 못하고 잔 입으루 있다는데……."

하며 참외를 둘에 쪼개 달라고 한다.

"저런! 집에선 까맣게 모르구 있겠지. 나만큼 등신들이로군."

하며 모친은 혀를 찼다.

"어딘지, 얘더러 가는 길에 일러 주랬으면……."

순제도 또 하나 참외를 급히 벗기며 딱해서 동생을 치어다본다.

"바루 석다리 위 시계포라는데."

"그럼 너 비 오기 전에 어서 가다가 찾아가 봐 주렴."

점점 더 꾸물어진 날씨가 비나 오지 않을까 모든 사람의 마음을 한층 컴컴하게 하였다. 참외를 갖다가 주고 온 영식이에게 집을 다시 배 가지고,

"그럼 난 먼저 가겠에요."

하고 나서는 순영이의 눈에도 눈물이 글썽하였다.

"이거 넣세요"

순제는 동생을 보내 놓고, 참외를 먹고 섰는 영식이를 풀이 빠져 치어다보다가, 허리춤에서 종이에 싼 것을 꺼내서 넌지시 쥐어 주며,

"난 그래두, 오실 때까지 댁에 있을 테야. 어머니께선 싫어하실지 모르지만……"

하여 거진 귀에다 대고 속삭였다. 코 멘 목소리였다. 가슴에 고인 애정과 설움을 한꺼번에 쏟아 놓고 싶은 애절하는 표정이 핑 도는 눈물로 솟아올랐다.

"그랬으면 나두 마음이 뇌지만……"

영식이의 얼굴도 흐려지며, 손에 막직이 쥐어지는 것이 금반지인 듯싶어,

"이건 뭐, 쓸데없어요"

하고 내밀다가, 급한 때 소용이 될 것이라고 막는 대로 시계주머니에 넣었다. 순제의 물건을 몸에 지니고 싶었다.

비가 우둑우둑 듣기 시작하였다. 무엇들을 하느라고 그러는지, 지휘하는 젊은이들은 서류를 들고 갈팡질팡 들락날락만 하더니, 비가 오는 바람에 정신이 났는지, 비로소 다시 대오를 정제하고 번호를 붙이고……공기가 차차 긴장하여졌다. 그래도 일곱 분대로 나누어서 분대장을 뽑아 내세우고 하기에 또 한참 거레를 하였다. 영식이는 칠 분대장이 되어 앞으로 나섰다. 비는 차차 굵어 갔다. 여자들은 비에 젖은 적삼이 등에 척 붙어서 근실거리는 것도 모르고 제 식구의 얼굴만 치어다보기에 얼이 빠졌다.

누런 무명 양복에 전투모를 쓰고 이 더위에 장화를 신은 인솔자가 단 위에 올라서더니 첫대 하는 소리가, 이 중에서 집안 사정이라든지 몸이 불편해서 못 갈 사람은 나서라는 것이었다. 모두들 귀가 번쩍 띄었다. 여남은이나 앞으로 나섰다. 대개가 삼십 전후의 나이 지긋한 사람이었다.

"아니, 우리 집 애두 나서질 않구!"

숨을 죽이며 바라보던 영식이 모친의 좀 서두는 말소리였다.

"딴소리예요 연극을 꾸미는 거겠죠 여기서 갈 수 있는 사람이 누구겠습니까. 저것들은 빨갱이니까 빠져두 후환이 없을 자신이 있거나, 일부러 섞였다가 빠져 나와서 자 이렇게 자유의사로 못 갈 사람은 안 가두 좋구, 가겠다는 사람만 보낸다는 거죠."

순제가 설명을 해 들려주었다.

비행기 소리가 때를 맞춘 듯이 우르를 들려온다. 폭탄이나 떨어지지 않을까 하고 잠깐 찔끔들 하였다.

대망의 추석

요새는 매일같이 이른 아침에 한차례, 점신 전에 또 한차례씩 등덜미에서 벼락 치듯이 호도깝스러운 폭격 소리가 마포, 서강 쪽에서 나면, 시꺼먼 연기가 하늘을 뚫을 듯이 치받쳐 오르곤 하였다. 간간이는 청량리 쪽과 미아리 너머에서도 우지끈우지끈 때려 부수는 소리가 나, 그대로 서울 하늘을 스쳐 가는 비행기 소리는 밤낮으로 끊일 새가 없다.

"에구 끔찍끔찍해라!"

하고 한숨을 쉬는 마님의 얼굴은 해쓱하어졌다. 웅웅하는 비행기 소리가 들리기만 하면 아들 생각이 나서 몸에 소름이 쭉 끼치고, 적이 치밀듯이 명치께가 꼭 막히곤 한다. 의정부 쪽으로 끌려가다가는 벌판에서 폭격을 맞아 몰살을 하였느니, 수색 정거장에서는 기차에 잔뜩 실린 채 송두리째 불바다 속에서 타 죽었느니 하는 소문이 떠도는 것을 들을 때마다 몸서리가 쳐지는 것이지마는, 저렇게 성한 폭격에 살아 있을 것 같지 않다.

"대관절 어디루 끌려 나간지나 알아야지. 이런 기맥힐 일 있드람."

벌써 몇 차례나 듣는 말이요, 아무리 뇌까려야 대답이 나올 말도 아니지마는, 하는 사람은 속이 바작바작 타서 쓸데없는 소리인 줄 알면서도 입 밖에 저절로 나오는 것이었다.

"뭘 그러세요 그저 한 달만 꿈쩍 참으시라니까. 그 장님 말이 맞을 거니 두구 보세요."

마루 걸레를 치면서 순제가 꾸부리고 앉은 채 달래는 소리를 한다. 이것도 몇 번이나 한 소리인지 모른다. 순제 역시 아침에 일어나서 신기가 좋지 못하거나, 비행기 소리에, 선잠이 깨어서 자리 속에서 혼자 마음이 보깰 제면 곧 미쳐 뛰어나갈 것 같은 때도 한두 번이 아니지마는, 마님 초사(焦思)에 질리고 위로하느라고 그런 내짜도 보이지를 못하고 겉으로는 명랑히 구는 것이었다.

장님 말이라는 것은 저번에 필운동에를 갔던 길에 그 동네에서도 남편을 붙들려 보낸 젊은 댁이 무꾸리를 해 본 용한 데가 있다 해서 옥인동 구석 장님집에를 혼자 찾아가 보고 온 것 말이다. 팔월 들어서면 북에서 반가운 소식이 오든지 사람이 찾아올 것이요, 구월 스무 날께는 저절로 집에 들어오게 될 것이라는 패가 났다는 것이다. 물론 음력으로 말이다.

"어제 방송에는, 미국서는 이 달 안으루 끝장을 낼 수 있으리라 했다니, 꼭 예상대룬 안 되겠지만 끝장이 나구 기차가 통하구 하느라면 그 때쯤 될 거죠"

영식이가 떠난 뒤로 문을 걸고 지낼 필요도 없고 하여, 가끔 동네 여자들이 위로삼아 드나들고 하는 동안에 순제는 옆집 며느리와 사귀게 되어서 이런 소식이나 소문을 듣게 되었다.

이것은 동네에서도 절대 비밀이지마는 옆집 젊은 주인은 괴뢰군이 접수한 고무공장에 사무원으로 그대로 계속해 나가고 있기 때문에 붙들려 가지도 않았고, 마루청 밑 지하실에 단파를 감추어 두고 밤이면 이남 방송과 일본 방송을 숨어 듣고 있다나 하여 그것을 몰래몰래 전해 주는 것이었다. 단파를 숨어 듣는다는 것은 발각만 되면 당장 목이 달아나는 무시무시한 일이다. 그러나 목숨을 걸고라도 이것을 안 듣고는 못 배기고 이 암흑천지에서 유일한 반딧불이기도 하였다. 순제는 자고 새면 이 정보를 듣는 것이 큰 희망이었다.

안방 책상 위에 놓인 라디오에 불이 반짝 들어오며,

"××당수 전 ××××의 국회의원인 K씨의 강연을 보내드립니다."

아나운서의 소리에 뒤달아 떨리는 목소리가 흘러나온다.

순제는 손에 쥔 걸레를 내던지고 안방으로 들어가서 스위치를 끊어 버렸다. 벌써 며칠째 두고 아침저녁으로 떠드는 누구누구 한참 때 날리던 정객들의 강연에는 귀를 막고 싶었다. 첫째 그 떨리는 목소리가 차마 들을 수가 없고 기분이 더 우울하여지는 것이었다. 몇 사람을 붙들어 내야 천편일률로 똑같은 소리를 하는 그 내용이 지긋지긋이 듣기 싫었고, 입에 담아 옮길 수도 없는 말들이었다. 강연하는 사람의 얼굴 표정이 목소리로 빤히 보이는 듯싶어서 가엾은 생각도 났다.

"정치가 노릇하기두 그렇게 어려운 거야. 불쌍해서 못 견디겠어."

순제는 뜰로 내려오며 혼잣소리를 하고 세숫물을 풍풍 떠 놓는다.

"나두 그 소리를 듣군 마음이 느글느글 하구 메슥메슥한 것이 기분이 이상하겠지."

밥솥을 건 화덕에 불을 지피며 영희도 이런 소리를 하였다.

"영명한 김일성 장군 용감무쌍한 인민군 정말 그렇거던 어서 의용군 으루나 나갈 일이지!"

누구나 강연 속에서 서너 번씩은 들추어내는 그 느글느글하고 메슥메슥한 구절을, 입에 담지 못할 더럽고 무서운 소리나 옮기듯이 하고는 영희는 입을 샐룩한다.

"그야 수갑을 채워서 끌어내 놓고 글 읽듯 하라니까 법은 멀구 주먹은 가까우니 어찌는 수 없겠지……."

모친이 사정 보아 주는 소리를 하였다.

"그럴 테면 오빠두 진작 '김일성이 만세'나 부르구 다녔더라면 안 끌려 나가는걸!"

하고 곧이곧솔인 영희는 전에 없이 핏대를 올린다.

"허기야 저희는 효과 백 퍼센트가 날 줄 알구 선전에 이용하지만 되레 역효과가 날거지, 속이 빤히 보이는 그 따위 소리쯤에 넘어갈 사람이 있겠든감."

순제도 코웃음을 쳤다.

아침을 해치우고 순제가 집에 잠깐 다녀온다고 나서니까 영식이 모친도,

"하두 답답하니 거기나 나하구 한번 가 보자구."

하며 부리나케 옷을 갈아입고 따라나섰다. 옥인동 장님집에를 가자는

것이다. 집안에 무슨 큰 근심이 있는 거 아니요 몸 다는 일이 없으니, 이 마님은 무꾸리라는 것을 모르고 지내고 간혹 아들의 혼담이 나와야 아직도 속사주를 받아 본 일이 없어 궁합을 맞추어 보러 가 보는 일도 없다. 하지만 옥인동 장님 말에 귀가 번쩍해서 한 번 다시 같이 가 보자고 하면서도, 빈집에 딸만 두고 나서기가 어려워서 미루미루 해 왔는데, 오늘은 심란한 김에 행기 삼아 나서자는 것이었다.

"이렇게 자주 나다니다가 무슨 일 날까 봐 걱정이로구면."

마님은 요새로는 더구나 먹는 것은 없는데 심화에 지쳐서 그런지, 다리가 허전거리고 길에 혼자 나서기가 겁이 났으나, 이렇게 순제를 앞세우고 나서니 며느리나 데리고 다니는 것 같아서 든든해 마음이 좋았다. 그러나 아들 때문에 전남편을 다시 찾아다닌 것을 알면 저편에서도 가만있을 리 없을 것 같으니 애가 씌우는 것이다.

"마주치면 마주치구 붙들어 갈 테건 붙들어 가라죠 인젠 무서운 게 없으니까요."

"그럴 바엔 집에 와서 고생하구 숨어 있을 거 없지 않은가?"

마님은 순제의 말뜻을 못 알아들은 것은 아니나 이런 소리를 하였다. 그렇다고 핀잔을 주는 것이 아니라, 요새는 순제의 신세를 지는 것이 미안해서 말이다.

영식이가 떠난 뒤로는 천연동 집 살림을 순제가 도맡으나 다름없이 되었다. 속 모르는 사람은 며느리 행세나 직책을 단단히 하는구나 하고 웃을지 모르지마는, 몸담아 있을 데요 영식이에게 대한 향의로도 정성껏 하고 싶었다. 더구나, 먹자면 덜퍽지게 먹을 수도 있는 무역상에 있었다 해도, 일개 조사과장쯤으로 고지식하게만 놀던 학생퇴물 그대로 있는 영식이 따위야 월급에만 목을 매달고 지낸 터이니 웬 여축이 있을 까닭이 없는 데다가, 아들을 잃어버리고 나서는 모두가 겁이 나서 그렇 겠지마는, 마님은 호박죽으로 연명이나 해 나가려 드니, 뻔히 마주 보는 터에 아무래도 쓰던 솜씨라 날마다 순제가 돈지갑을 들고 나서는 수밖에 없었다. 그러나 단 세 식군데 아무려면 어머니께 죽을 쑤어 드리 겠소 하고 이때껏 쌀과 김치 깍두기 떨어지지 않게 하기만도 수월치 않았다. 게다가 어머니 집에 죽거리라도 대야 하고 재동에 남은 식구에게도 틈틈이 흘러가고 하니, 조리차를 하면서도 세 집 살림을 해 나가는 셈이었다. 요행 영감에게서 명색이 퇴직금이라고 졸라서 뺏은 이십만 원이 있었기에 망정이지 그것도 영식이에게 오만 원 주어 보내고 남은 것마저 시내로 부스러뜨리고 나니 뒤가 달랑달랑한 터이다. 그래서 오늘은, 요새 시계와 금붙이 시세가 좋다기에 여벌 시계 하나를 오라비 시켜 팔아 오려고 들고 나선 길이다.

하여간, 그래서도 그렇겠지마는 아들이 없어진 뒤의 마님은 순제를 끔찍이 생각하게 되었다. 순제나마 없었더라면 세상모르는 딸 하나를 데리고 어떻게 지냈을까 생각하니, 고맙기 짝이 없다. 아들 대신 의지가 되고 어느덧 슬며시 정도 들었다.

"아무래두 조심해야지. 무슨 일이 있으면 어쩔라구! 총알을 맞어야만 죽나! 지금 세상은 쥐통 때 모양으루 가만 앉았다가두 쓸려 나가구, 아까 본 사람이 금시루 없어지구 하니 목숨이 붙었으니까 살았나 보다 하는 거지."

마님은 찬찬히 성 길을 넘어가며 신푸녕스럽게 이런 소리를 한다. 사실 순제마저 붙들리거나 하연 그 꼴을 어찌 보랴 싶어 애가 씌우고 겁도 났다.

순제는 잠자고 따라가며 아껴 주고 염려해 주는 그 마음이 고마웠다. 어머니 정을 모르고 자란 순제는 전에도 가끔 그랬지만 어머니! 하고 불러 보고 싶은 충동을 느꼈다.

"바루 조기가 우리 큰집, 사장영감 내외분이 계신 덴데요……."

"으응……."

"어머니, 들어가 보시지 않으시겠에요?"

기여, 무심코 '어머니' 소리가 입에서 나왔다.

"뭘, 그대루 가지."

마님은 어머니란 소리에 어색한 웃음을 띠우며 도리질을 하였다. 순제도 숫 적은 웃음을 마주 웃고 얼굴이 살짝 발개졌다. 어머니라고 부른 것이 부지러운 것이 아니라 자기의 비밀을 아주 폭로해 버린 것 같아서였다. 한참 동안 잊었던 영식에 대한 애욕이 모락모락 가슴에 따뜻이 피어오르면서 다시는 말이 없이 입을 다물어 버렸다.

그 대신 마님은 어머니 소리가 귀에 서투르면서도, 이 색시가 정말 며느리였더면 좋았을 걸 하는 생각도 해 보는 것이었다. 인물 아깝지 않게 똑똑하고, 연삽삽하고 괴임성 있고, 몸 아끼지 않고, 재빠르게 일을 하고, 게다가 지식이 있고, 영어를 하고……어디엘 내놓으나 빠질 데 없는 며느릿감이건마는, 다만 한 가지 내력이……하며 아깝다는 생각이 드는 것이었다.

세상이 이렇게 되고 보니 혼이 다 나가서도 그렇겠지만, 명신이 생각은 잊어버린 듯이 까맣다.

판수집에는 방 안에도 그뜩, 마루에도 그뜩, 새새이 영감쟁이도 끼어 앉았다. 딴은 영하다니까 이렇게 꼬이는가 했더니,

"댁에선 언제 끌려나갔에요?"

"아니 우리 아들은 길에서 끌려 나갔다는구려. 가는 것두 못 봤으니 기막힐 일이 이런 일두 세상에 있수?"

"글쎄 우리 동네에선 숨이 넘어가는 어린것을 두구 약을 지러 갔다가 붙들린 것을 찾아 나가서, 다 저녁때야 만나 보고 들어오니까 자식은 뻗으러졌구……그런 난리가……."

하며 끼리끼리 주고받는 것을 보니 모두가 혼인택일이나 하러 온 것처럼, 나간 사람이 언제 오겠느냐는 날짜를 받으러 온 것이었다.

또 한동안 잠잠한 듯하더니 요새 며칠은 거리에서 아주 늙은이만 빼놓고는 닥치는 대로 붙들어 간다는 것이다.

"죽일 놈들! 그 죄를 어디 가 받으려는구."

이를 갈아 부치었다.

안방에서는, 중얼거리며 산통을 흔들다가는 점대를 꺼내 만적거리고, 또 한 번 흔들어서는 헤어 보고 하더니,

"허! 좀 어려운데요."

하고 시원스럽게 말을 못하고 멈칫멈칫한다.

"애? 어렵다니요? 죽었단 말씀예요?"

앞에 앉은 마나님은 얼굴이 파래지며 다가앉는다.

"아니, 신상은 별 탈 없을 거나, 일단 서남으루 내려섰다가 동북으루 돌아선 모양인데, 가시덤불에 싸인 격입니다."

"빠져 나올 가망은 없을까요?"

침이 마른 목소리가 다급히 묻는다.

"내년 수는 좋으니까 내년 정이월까지 기다려 보시죠."

탐탁지 않은 대답이었다. 둘러앉은 여자들은 자기들도 그런 시원치 않은 점괘가 나오지나 않을까 겁들을 집어 먹으며 잠잠히 귀를 기울이고 있다. 그러나 순제나 영식이 모친이나 그 여인이 가엾은 것보다는 그런 점도 나오는 것을 보면 저번에 본 점이 맞을 거라고 은근히 좋아하였다. 영식이 모친의 차례가 왔다.

"북으루 갔을 것이나 몸에 왕기가 있어 신상에 아무 탈 없을 겁니다. 구월 보름께면 들어옵니다."

조마조마하던 영식이 모친의 입가에는 웃음기가 떠올랐다.

"그 전엔 무슨 소식 없을까요?"

순제가 볼 때는 소식이 있겠다고 한 말을 다져 보고 싶었다.

"추석 전으루 반가운 소식을 들을 겁니다."

순제는 무엇보다도 저번 말과 이번 말이 맞는 것이 신통해서 입이 벌어졌다.

"이 애 처궁이 어떨지 좀 봐 주시죠."

판수는 한참 웅얼거리고 앉았더니,

"좋습니다. 올에 상처를 하거나 거성을 입을 순데 그걸 뗐으니까 염려 없겠죠."

모친은 좀 더 캐어묻고 싶었으나 순제가 옆에 있어 그만 내버려 두었다.

장님 집에서 나온 두 여자의 얼굴은 환하였다. 맞든 안 맞든 시원한 소리를 들으니 살 희망을 새로 잡은 것 같다.

"두 번씩이나 같은 소리를 하니까, 설마 맞겠지?"

귀여운 며느리나 데린 듯이 순제를 치어다보며 정답게 웃어 보인다.

"안 맞으면 어떻게요 치성을 드려라 뭘 해라 하면 그거야 미신이죠만 이런 건 맞아요 사람의 운수란 있는 거니까."

"우리 어디 또 한 군데 가 볼까?"

마님은 맛을 들여서 이런 발론을 한다. 좀 더 확실하고 좀 더 시원한 소리가 듣고 싶었다. 이 마님뿐만 아니라, 절망의 구렁에 허덕이는 서울의 시민은 마지막에 눈먼 장님에게서밖에는 한때의 위안도 희망도 얻을 데가 없었다.

오는 길에 필운동 집에를 들르니, 며칠 안 들여다 본 동안에 쌀이 떨어져서 요새는 호박잎을 넣고 보리죽을 쑤어 먹는다고 모친은 핏기 없는 얼굴이 누렇게 뜨고, 오라비는 한 달이나 갇혀 있어 그렇겠지만 하얗게 세어 가는 얼굴이 더 홀쭉하였다. 순영이의 공장에서 일주일만큼씩 주는 쌀도 겨우 제 입 하나 칠 것밖에 안 되는데 그나마 전 주일부터는 이 핑계 저 핑계 하고 제때 나오지를 않아 두 끼는 벤또만 밥이랍시고 끓여서 싸 주어 보내기에도 쩔쩔맨다는 설운 사정을, 영식이 모친에게 인사도 변변히 못 하고 기닿게 늘어놓는 것이었다.

"게다가 하루 걸러큼씩 밤을 새워 가며 솜을 두고 나면 졸립기는 하구 솜먼지에 숨이 맥힐 지경이요 엉엉 울고 다닌단다……"

"쌀마저 제대루 안 나온다면 그만두라죠"

"그만두면 반동분자루 몰리구, 일선의 간호부루 데려간다는 바람에 그만둘 수두 없다지만 그러지 않아도 이번 일만 해치우면 인젠 문 닫는다는 말두 있대."

피복이란 것은 정부에서 창고에 두고 간 것인지, 국방색 양복감에 흰 광목으로 안을 받치고 솜을 두어서 누비는 것인데, 요새로 부쩍 서둘러서 백여 명 직공이 밤을 새워 가며 들몰아치고, 감독으로 나와 있는 군인은 성화같이 야단이라는 것이다.

"겨울 준비야 지금부터라도 해야 할 거요, 도둑질한 공짜로 웬 떡이냐고 기껏 만들어가지고 달아날 작정이겠지만, 뒤를 댈 일두 없는데 밤을 도와 들몰아치는 것을 보면 보따리 싸는 모양야. 낙동강서 전멸을 당했대! 막 밀려오는 판야."

순철이의 신이 나서 하는 소리다.

"갇혀 앉었으며 넌 어디서 들었니?"

"아, 공중으로 날아오는 소리두 못 들을까. 나도 정보망이 다 있다누."

배는 곯고 젊은 애가 얼굴은 세었어도 희망에 찬 눈찌로 히죽 웃는다.

오라비를 아직 거리에 내놓아서는 안 될 거라고, 시계를 모친에게 맡기고 순제는 나섰다.

"남들은 요새 흔한 능금 자두를 자문 밖에 나가서 받아다 파는데, 이

것 팔건 나 밑천 좀 대줄 수 있을지? 인제 아주 꼼짝할 수가 없는데……."

모친이 따라 나오며 부탁이다.

"딴소리 마세요 쟤나 잘 데리구 계셔요 인제 추석까지만 꿈쩍 참으면 돼요 그때까진 아무거나 팔아서라두 식량은 대드릴게요"

순제는 신기가 좋은 끝이라 큰소리를 쳤다.

"뭐? 팔월 가위는 수 나나?"

모친은, 영식이에게서 팔월 가위 안으로는 기쁜 소식을 들으리라고 장님이 하더란 말을 아까 듣고도 잊어버렸다. 잊어버리고 말고, 그것과 이것이 무슨 아랑곳이나 있는지를 짐작도 못 하는 것이었다.

"글쎄 가만 계세요 아무러면 굶어죽기야 하겠습니까."

모친은 마음이 놓여서 웃어만 보이면서도, 순제를 앞세우고 나가는 영식이 모친이 부럽기도 하고 알맞은 고식같이 보여서,

"이 애가 괜히 가 있어 성이 가시기도 하지만, 이렇게 지팡이 삼아 데리구 다니시는 게 든든두 하구 의지가 되시겠죠"

하고 위로를 하는지 생색을 하는지 알 수 없는 소리를 한다. 이 딸이 집에 와 있으면 그만큼 살림에 부조가 되고 의지가 되련마는 뺏긴 것이 아깝고 샘도 나는 것이었다.

납치

"어디야? 궁금두 하니 들려 갈까?"

도정궁 앞에를 오니, 이번에는 영식이 모친이 김 사장 내외를 들어가 보자고 발론을 한다.

"글쎄요······."

아까 이 앞을 지날 때는 지나는 말로 들리겠느냐고 하였지만, 실쭉한 기색이었다. 언젠가 영식이를 데리고 갔던 것이 마지막이라고 순제는 생각하는 것이다. 그 후에는 몇 번을 이 앞을 지나면서도 일체 발을 끊었었다.

다시는 대하고 싶지도 않거니와, 그러는 것이 피차에 좋고, 영식이에게 대한 신의로도 그래야 하겠다고 생각하는 것이다.

그러나 기분이 좋은 영식이 모친이, 한집에 있던 정리로 모른 척하고 갈 수가 없다고 하는 것을, 마달 수도 없어 들어갔다.

무어 그리 반가운 손님도 아니요, 누구나 마음을 놓지 못하고 사는 세상에 찾아와 주는 것이 도리어 성이 가실지도 모르겠지만 더구나 영감은 냉담하였다. 그래도 영식이가 끌려갔다는 말에는,

"아, 저런……."

하고 마님이 놀라는 소리를 치고 영감도,

"오오, 그거 어쩌다!"

하고 눈이 커대지며 순제부터 바라보았으나, 다만 지나는 인사였다.

"뭐, 이렇게 갇혀 들어 앉아 속을 졸이구 지레 죽는 것보다는 시원스럽게 훨훨 나다니는 것이 되레 나을지 모르지."

혹시는 위로삼아 자기 처지에 비해서 갑갑한 생각에 그런 말을 하는 것인지는 모르나, 듣는 사람은 덜 좋았다.

"그래두 부모 맘에 어디 그렇다구! 참 설마 그럴 줄은 몰랐군요"

마님은 영감의 말을 싸 주느라고 하는 말이었다.

"뭐 다 된 세상에, 죽으면 죽구 살면 살구, 얼마나 살겠기에!"

김학수 영감은 공연히 핏대를 올리며 벌컥 이런 소리를 한다. 잘 먹고 들어앉았으련마는, 성화와 노심초사에 그런지 홀쭉해지고 검은 진이 앉은 뒤틀린 얼굴에는 벙긋이 코웃음까지 떠올랐다. 그 말과 그 코웃음에 순제는 무심코 외면을 하였다. 이 영감의 얼굴이 그렇게 흉악하게 보인 때는 없었다. 무서웠다. 그리고 정말 미웠다.

영식이 모친도 잠자코 섰다가 건둥건둥 인사를 하고 나와 버렸다.

'잘됐다는 생각이지! 죽어 버렸으면 좋은 게지!……'

순제는 말 수 없이 걸으며 김학수의 하던 말을 곰곰 생각하여 보고는 혼자 바르를 심사가 나는 것을 참으며 얼굴이 발갛게 상기가 되었

다. 영식이 모친도 신기가 좋지 못해서 아무 소리 없이 걷는다.

집에를 오니 영희가 문을 여는 말에,

"지금 막 그이가 다녀갔는데 마주치지나 않을까 애를 썼더니……"

하며 순제에게 소곤거린다.

"그이가 누구요?"

"왜 그, 김 사장 만나러 다니던 빨갱이란 회사 사람 말예요."

"엉, 그래 뭐랍디까?"

"우리 집에 자전거 타구 왔던 그 애 데리구 와서, 자동차 조수 애가 죽게 돼두 모른 척하구 내버려 두는 그런 법이 있느냐구 괜히 날 보구 듣기 싫은 소리를 한참 하구 가겠지."

임일석이가 그동안 어디로 가서 틀어박혔다가 튀어나왔는지, 순제는 눈살이 찌푸려졌다.

"오빠, 끌려갔다니까 자기두 벌써 그런 것 다 안다나. 언니가 여기 있는 줄두 알구."

자전거 타고 왔던 아이라는 것은 윤만일 것이다. 박 외과에서 어머니를 따라 성북동 산꼭대기 저희 집으로 퇴원한 창길이가 그 후 어찌되었는지 생각해 본 일도 없었던 것이 아닌 게 아니라 안 되기도 하였다.

"엉, 그 애가 죽게 됐대!"

"병두 병이지만 먹지를 못해 꼬치꼬치 마르구 볼 수가 없대요."

그래서 동무끼리 보다 못해 윤만이가 임일석이를 찾아 가지고 온 것인 모양이란다.

"내가 여기 있는 건 어찌 알았답디까? 오빠 가신 것두 안대지?"

"그 말은 없구, 영감님 찾아내라구 또 온댔는데……."

만나면 성은 가시지만 들을 말도 있을 거니 오거든 만나 볼까 하는 생각도 순제는 하였다. 그러나 이틀사흘 겁을 집어먹으면서 은근히 기다려도 일석이는 그림자도 보이지를 않았다. 올까 봐 하던 걱정이 지나쳐서 차차 궁금증이 나며, 마님도 혹시 아들의 소식이나 들을 수 있을까 하고 기다렸다.

요즈막은 붙들린 정객들의 선전 강연도 뜸하여지더니, 모두 이북으로 끌려간다는 소문이 떠돌기 시작하였다. 날만 뚝 밝으면 서울 언저리의 폭격도 점점 더 심해 갔다. 그동안에는 사흘 걸러큼씩이나 나흘 걸러큼씩 한 반에 한집 차례에 오던 부역이, 폭격이 심해진 뒤로는 이틀 걸러, 하루 걸러로 차차 잦아 갔다. 이 집에서는 마님이 나갈 수가 있나 영희를 내보낼까, 나가자면 순제나 나서야 할 텐데, 그나마 저녁때면 밤참을 싸 가지고 동회로 모여서 해가 저문 뒤에 이 뜸한 틈을 타서 마포나 서강의 강가로 끌고 나가 가지고 배에서 끌어내리는 쌀가마니를 트럭에 싣거나 산 속으로 끌고 들어가서 밤을 새워 가며 탄환을 날라내다가, 이것을 배에 실어 강 건너로 보내는 무시무시한 작업이라니, 순제인들 나설 수가 없다. 요행히 편히 굶는 사람이 삯일로 대신 나가 준대서 한 번에 이천 원 이천 오백 원씩 물고 모면을 하는 것이다. 그것도 대포탄환을 나르다가, 달밤에 모래사장에서 폭격을 맞았다나 한 뒤로는 삼천 원을 준 대도 사람을 구하기가 힘들었다. 폭격이 밤낮없이 심해지고 그럴수록 부역이 잦아 가니, 인부 값은 나날이 껑청껑청 뛰어오르고 밤참 벤또도 이편에서 싸 주어야 나가게 되었다. 장정은 다 끌어내 가고 벼룩의 간 같은 돈을 긁어다가 탄환을 날라 가는 것이었다.

쌀은 밤마다 시내로 실어 들여야 배급 한 톨 주는 일 없고, 저희끼리 먹어야 하겠지마는, 이남에서 긁어모은 것을 삼팔선 너머로 가져가나 보다는 소문이 떠돌기 시작하였다.

"아마 대전께까지 치밀어 올라왔나 봐요. 탄환을 실어 내려가는 걸 보면 전선이 퍽 가까워졌나 보대요."

이 골목의 정보원인 옆집 아기씨의 속살거리는 소리였다.

"저희두 후퇴할 준비를 하느라구, 굵직굵직한 사람은 벌써부터 평양으루 끌어간다는군요."

그도 그럴듯한 소리였다. 요새로 거리는 차차 다시 쓸쓸하여지고 주린 데 삐쳐서 그렇겠지마는 사람마다 탈진을 한 기색이 한층 더 심각하여졌다. 전 시가가 폭 까부러졌다. 그런 중에도 누구의 머리에나 은근히 위험을 주는 것은 이번이야말로 고놈들이 가만히 물러나갈 리가 없을 거니 시가전이 단단히 일어나리라는 불안이었다.

그것은 고사하고 순제는 저번에 시계를 팔아온 이만 원 돈도 쌀 몇되 팔고, 하루 걸러큼씩 부역삯전이요 뭐요 하고 흐지부지 다 쓰고, 오늘은 팔깍지나 가지고 나설까 하는 판인데, 모친이 의외로 달려들었다.

"사직골집 소식 못 들었지? 아니, 사장영감이 어제 저녁때 붙들려 갔다는구먼!"

"네? 뭐예요?"

순제는 눈이 똥그래지며 첫대 머리에 떠오르는 것은 임일석이었다.

"온 저런! ……그예 그 젊은 애가 동티를 내구야 말았구먼."

하며 영식이 모친도 혀를 찼다.

"예서두 짐작하셨군요 아는 도끼에 발등을 찐대두, 온 그런 몹쓸 것이 어디 있더람!"

회사에 다니던 젊은 애가 두어 번 찾아다니더니, 따고 안 만나 준다고 그만 쫓아 버린 것이라고 하더란다.

"그래. 어디루 가신 거나 안대요?"

"아는 게 다 뭐야. 마님이 따라간다고 쫓아 나서니까, 잠깐 물어볼 거만 물어보구 곧 돌려보낸다 하구 지프차에 앉혀 가지구 달아나 버렸다는데."

마루청 속에서 끌려 나온 영감에게 권총을 들이대고 손을 들래서 몸을 뒤진 뒤에, 고의적삼 바람으로 고무신을 끈 채 붙들려 갔다는 것이다. 그 말을 들으니 순제는 더 안된 생각이 들었다. 영식이가 끌려갔다는 말에 잘 되었다는 듯이 밉둥스러운 소리를 하던 것이 못마땅해서 순제부터도 놀란 분수 보아서는 철껙 쉬운 일이지 하는 생각도 없지 않았으나, 처지가 영식이와도 또 달라서 죽이지나 않을까 하는 생각을 하니 가슴이 선뜻하였다.

"마님은 그래 지금 어디 계셔요?"

"빨갱이들이 사랑에서 우글거리는 혜화동으루 갈 수두 없구, 식구들이 모두들 이리 모여서 초상난 집처럼 맥들을 놓고 멀거니들 있더군."

그렇지 않기로 돈 항아리며 영감이 끼고 다니던 보스턴백을 두고 갈 수도 없고 그것을 추슬러 낼 수가 없을 거니 그대로 주저앉았는 수밖에 없을 것이다.

순제는 가 본대야 별수는 없지마는 그래도 인사가 그렇지 않아서, 어차피 팔찌를 팔러 나가야 하겠기에,

"어머니 나구 나가시죠"

하고 치장을 차리러 일어서려니까,

"계십니까?"

하는 소리가 문 밖에서 난다. 임일석이의 목소리다. 서로들 치어다보며 안방 안에 들어앉은 영희는 순제더러 들어오라고 손짓을 하였으나,

"뭘, 내가 나가 보지."

하고, 나서려는 영식이 모친을 가로막고 앞장을 선다. 말릴 새도 없이 후딱 나간 순제는 걸린 대문을 열고,

"오래간만이군요 좀 들어오세요."

하고 흔연히 인사를 한다. 노리고 다니는 것을 덧들여서 안 되겠고 영식이 소식이나 물어보자는 생각이다.

"누군 줄 알구 이렇게 몸소 나오셔서 문을 열어 주시누?"

하며 일석이가 따라 들어오며 비양거린다.

"이번엔 내 차롄가 싶어서 두 번 걸음 안 시키려구……."

순제도 코웃음을 쳤다.

"그런 각오라도 있으니 쓸 만하군요 하지만 당신 같은 이는 데려다 쓸 데가 있어야지."

여전히 냉랭히 비꼬는 수작이다.

"그래 늙은이는 무엇에 쓰자구 올가미를 씌워 가는 거요? 사람이 그럴 법이 있나! 말리고 나설 성의까지는 없기루 모른 척해 둘 일이지, 쌍

지팡이를 짚구 앞을 서 그 꼴을 만든단 말요?"

순제는 대들었다.

"뭐요?"

"뭔 뭐예요. 그동안 사직골루 찾아다녔다면서?"

"아, 그 영감 끌려갔대? 뭐, 자수서 한 장만 써 놓으면 한 이틀 있다 나올걸! 그건 고사하구 죽어가는 창길인 어떡헐 테요?"

"아 참, 그 애 땜에 저번에도 오셨더라지, 그래 좀 어때요? 병원에 보러 갔을 제 목이 마르다구 과일이 먹구 싶다는 걸, 그때만 해두 사러 다녀야 가게가 연 데가 있나 사과 하나 못 사 먹인 게 이때껏 마음에 걸리건만……."

진심에서 나온 말이기도 하나, 제가 궁하니까 창길이를 팔고 다니는지, 공연한 트집을 잡느라고 그 애를 이용해서 영감을 저 지경을 만들어 놓고 또 이리로 달려든 것이나 아닌지, 겁도 나서 변명삼아 하는 말이었다.

"입에 붙은 말만 말아요. 남의 집 어린 자식을 끌구 다니다가 생병신을 만들어 놓구 시치미 떼는 법이 어디 있단 말요 신가나 그눔의 늙은이나 그 따위 심보루 편안히 자빠져 있을 수 있을 듯싶우?"

"그야, 전쟁 때 아닌가? 제각기 제 목숨이 어디가 붙어 있는지 정신을 못 차리는 판인데, 집을 아나, 누가 연락을 해 주기를 하나……."

"딴소리 말아요 당신은 신가나 김가 하구 다를 게 뭐요? 사과 하나 못 멕인 게 그렇게 안타깝거든 가라두 봅시다. 당장 나서요 이 길루 가 봅시다."

하고 젊은 애는 때꾼한 눈을 까뒤집고 바락 덤빈다. 호도깝스럽게 소리를 치며 발딱 일어나서 나서라는 사품에, 순제도 정말 자기 차례가 왔나 보다는 생각이 들며 마음을 단단히 먹어야 하겠다고 정신을 바짝 차렸다. 두 늙은이는 얼굴빛이 변해지며 마치 일제 강점기에 헌병이나 순사에게 애걸하듯이,

"아니, 애 말은 그런 게 아녜요 참으세요 자 앉으세요"

하고 달래며 썩썩 빌었다. 나가자는 것이 수상하고 끌려 나가면 못 들어올 것만 같아서 겁들이 펄쩍 난 것이다.

"아녜요. 뭘 그러세요"

순제는 이깐 어린애한테 호통을 맞는 것이 창피하고 겁을 집어먹고 애걸하는 것이 구구스러워서 마님들을 말리고 나서,

"가 보는 건 가 보는 거요, 당장 밥을 굶는다니 쌀 되 값이라두 갖다 줘야 하겠는데……."

하며 예사로이 일어나 방으로 들어가더니 돈 봉투를 들고 나와 내놓았다.

"우선 이거 갖다 주세요 나두 지금 팔아먹는 판인데 무얼 좀 팔면 또 좀 드릴게, 며칠 후에 다시 들러 주세요"

하고 사정을 하였다.

"난 구걸 다니는 건 아녜요"

일석이는 톡 쏘면서도 통통한 봉투의 부피부터 눈여겨보았다.

"그럼 어떡해요. 수고하시는 길에 좀 갖다 주셔야지."

다시 방으로 들어가서 양담배 한 갑을 가지고 나와서,

"자 담배나 한 대 태우세요 맥주 한 잔 드릴까? 저번에 잡숫다 두구

가신 것 오시면 드리려구 갖다 뒀는데!"

하고 순제는 콧날을 쩨끗하며 농담을 붙이더니, 정말 부엌으로 내려가서 제 살림이나 되는 듯이 찬장을 열고 맥주통을 꺼내다가 김치 항아리를 채워 놓은 물방구리에 채고 찬물을 퐁퐁 퍼붓는다. 집에서 선사로 가져온 것을 영식이도 별로 건드리지를 않고 위해 둔 것이요, 저번에 영식이가 끌려가던 날 목이 마르다고 할 제 참외를 사러 가면서도 가져다가 먹이고 싶었던 것이다. 그 거동을 가만히 보고 있던 임일석이는,

"아, 난 가요."

하고 일어섰다.

"왜? 또 외상 맥주 먹자기가 미안해서? 호호호"

순제는 이 애가 재동으로 처음 왔을 제, 맥주를 내며 뒷일을 부탁한다고 실없는 소리를 해둔 것을 뚱기는 것이었다. 일석이는 사탕발림 같은 유혹에서 벗어나려고 우두커니 섰다가, 참았던 방귀나 뽕 뀌듯이 소리를 내서 웃었다. 돈 봉투를 내놓고, 또 줄 테니 오라는 말에 다 먹자는 것은 아니나 마음이 풀린 것이다.

"내남직없이 주린 때 쓴 맥주는 대접두 안 될지 모르지만, 아니 당신네들은 쌀 배급, 고기 배급까지 나온다니까 주리기야 하셨겠소마는, 가만히 앉았어요. 내, 참외 한 턱 낼게."

여전히 샐없이 끌어 앉히며, 순제가 정말 참외를 사러 나가려니까,

"내 사 오지."

하고 안방에서 영희가 튀어 나온다. 공기가 일변해진 것을 보고 영희도 신기가 좋아진 것이지마는, 피비린내가 나는 살벌한 세상에서도 젊은

여성들이 빚어내는 화려한 분위기에는 마음이 느긋해지는 것이었다. 그 덕에 이 젊은 애의 입이 터져 나왔다.

첫대, 영식이가 끼운 부대는 평양으로 갔지만, 나이 있으니까 군대로는 안 보낼 것이요, 단기훈련을 받은 뒤에는 공장으로 갔으리라는 것이다. 악질은 탄광 같은 중노동으로 들리겠지만, 영식이쯤이면 염려 없을 것이라 한다.

"그래, 내가 여기 있는 건 어떻게 아셨수?"

"누가 그러드군요. 참외를 벗겨 대접까지 하구 얌전한 부인이라구 칭찬들을 하던데!"

하고 놀리는 것을 보면, 남산학교에서 영식이를 만나 알은체를 하는 것을 보고 저희끼리 뒷공론이 있었던 모양이다.

이 애도 형사 끄나풀 모양으로 사람 잡으러 다니며 남의 부모처자를 울려 놓는 그런 짓을 하는구나! 하고, 마님은 옆에 앉았는 것도 지긋지긋한 듯이 빤히 치어다보았다.

"사직굴 집은 누가 가르쳐 줍디까?"

"처음에는 아무래도 순제 씨를 앞장을 세워야 하겠다구 여길 왔었는데, 나중에 알고 보니 바루 혜화동 집에 있는 사람들이 더 잘 알구 있던데! 내가 되레 청을 받았어요."

"무슨 청을?"

"자수서를 써 바치구 나와서 일을 하두룩 권고를 하라구."

말눈치가 그것은 정식 지령이 아니라, 달래서 끌어내 가지고 돈을 씌우자는 계교 속이었던 모양이다.

"돈 십만, 혹은 돈 백만쯤 써두 아까울 것 없구, 그랬더라면 대접두 받았을걸!"

일석이는 코웃음을 치다가,

"하지만 난 다만 창길이 집 사정이 딱하기에 윤만이를 데리구 두어 번 갔을 뿐이지 그 담 일은 몰라요"

하고 발뺌을 하는 것이었다. 그것을 보면 이 젊은 애 역시 아직도 한편으로는 겁이 나서 뒤를 두는 말눈치였다.

석 달 생활을 보장하라고 쫓아다닐 제, 자기 말대로 돈푼 집어 주었더면 후환이 없었는걸……하는 생각도 순제는 하여 보았으나, 설사 저희 말대로 당이나 지부에 돈을 주었기로 뺏을 것은 뺏고 우그려 넣지 말라는 법도 없을 거니, 영감만 나무랄 수도 없을 것 같다.

순제는 일석이를 매만져서 보내고 모친과 함께 사직동 집으로 넘어갔다.

쓱 들어서니 아무도 알은체를 안 하고 뾰로통히들 부어서 앉았는 꼴이, 한바탕 싸움이 벌어진 끝 같았다.

사돈마님은 안방에 채를 잡고 앉아서 내다보지도 않고, 주인 영감은 건넌방에서 뾰로통해 창턱에 팔을 고이고 앉았는 것부터 손님 내외에게 안방을 내어주었던 터니 하는 수 없지마는, 주객이 뒤바뀌어 보기에 우스웠다.

"어서 옵쇼"

그래도 마루 끝에 앉았던 조카며느리가 일어섰다. 필운대 마님이 마루로 올라서며 안방에 대고 사돈마님에게 인사를 하는 동안에 부엌 앞

309

에 혜화동 계집애와 나란히 섰던 종식이 처가 아랫방 마루에 앉았는 어린 오라비들 틈으로 들어가서 옷을 부리나케 갈아입고 나섰다.

"전 가겠어요"

안방에 대고 시어머니한테 인사를 하였다. 사돈끼리 영감 마누라가 싸움질을 한다는 것은 전대미문의 해괴한 일이기도 하지마는, 그것이 시어머니는 영감이 붙들려간 것을 며느리 탓 사돈 영감 탓을 하는 것이요, 친정아버지는 자기 변명하랴, 딸 역성 들랴 하느라고 맞서는 것이니, 종식이 처는 중간에 끼어서 거북하기 짝이 없는 판이라, 피해 달아나려는 것이다.

네가 사랑에 있는 젊은 놈 말 수단에 넘어가서 일러 주지 않았으면 그놈들이 이 집을 어떻게 알았겠느냐는 것이요, 그놈들이 왔을 때도 주인 영감이 왜 선뜻 나가서 문을 열어 주고 집으로 끌어 들였느냐고 청원을 하는 것이었다.

"딴 생각이 있어 그러는 거지……."

하며 빗대 놓고 트집을 하는 데는 기가 막혔다.

돈 항아리와 보스턴백에 욕심이 나서 부녀끼리 짜고 자기 내외가 붙들려 가도록 한 것이 아니냐는 말눈치였다.

"누가 널더러 가라던?"

시어머니는 며느리를 한참 치어다보다가 부르를 핏대를 올렸다.

"넌 여기 있거라. 내가 간다. 여기 맡겨둔 거 네가 맡아야 한다."

사돈 마님은 입은 채 벌떡 일어나 손가방 하나만 들고 마루로 나섰다. 이 지경이 된 바에는 이 집 속에서 얼굴을 마주대고 들어앉았기도 열적고, 치미는 울화에 훨훨 나서고 싶었다.

영감을 놓치고 나니 아까운 것도 없고 눈에 뵈는 것이 없었다.

"왜 이러세요. 화야 나시겠지만 참으세요."

그래도 풍우같이 나가는 뚱뚱마님을 붙들 수도 없고 문간으로들 몰려나갔다. 며느리와 계집아이도 따라갔다.

"에, 아니꼬워. 무정지책두 유분수지 내가 자기 영감을 붙들리게 했다니! 저 마루를 뜯구! 그 애를 써서 허구헌 날 부몬들 어떻게 게서 더 모셨을구!"

문간에서 식구들이 들어오니까 주인 영감은 건넌방 속에서 두덜대었다.

"지금 세상에 시에미한테 들볶여 쫓겨 오는 년두 없지만, 와 있으라지."

"가만있어요. 큰소리만 내면 순가."

마누라가 달래었다. 그러나 잠자코 눈치만 보고 있는 순제는, 어쩐지 오래 갈 내외 같지 않다는 생각이 들며 그 혼인에 중매든 것을 또 후회하였다.

"그것두 그놈의 영감이 저 속에 가만히 들어엎뎄으면 그만일 걸, 그놈의 가방에는 무에 들었는지, 세간을 들들 뒤지는 기척에 가방에 손을 댈까 봐 제물에 꿍꿍 앓는 소리를 내구, 그 대신 날 잡아가우 하듯이 제풀에 기어 나왔는데, 날더러 어쩌란 말야. 재산을 가진 사람은 목숨이 아까운 줄을 모르나 보더라. 잠깐 고생하고 나오면, 재산은 굳는 거라는 생각인지 모르지만……흥, 그러구 내가 잘못이란 말야?"

충천한 화광

아침에 까치가 깍깍 짖기만 해도,

"오늘은 오려나 보다!"

하고 세 식구는 반색을 하며 마주 치어다본다. 허턱대고, 일석이의 말만 믿고, 영식이가 평양에 있으려니, 장님 말대로 추석 전에는 편지가 오려니 하고 팔월 들어서서는 날마다 기다리는 것이다. 우편국에 알아보니 편지가 통한다는 것이 무엇보다도 마음 든든한 것이요, 추석 전으로는 서울을 탈환한다는 대구에서인지 부산에서인지 보낸 방송을 몰래 듣고 뉘 집에서나 수군거리는 것을 들으면, 더구나 미칠 듯이 하루하루를 기다리며 보내는 것이었다.

그래도 제철은 속일 수 없어서 아침저녁으로 산들하니 나날이 달라가는 생량머리에 순제는,

'어서 짜던 것을 마저 짜야 하겠는데!'

하고 편물을 들고 나나, 더구나 요새로는 마음이 달떠서 편물 바늘을

놀리면서도 마음은 가라앉지를 않았다.

대문 흔드는 소리에, 마루에 마주 앉아서 오라비의 털양말을 짜고 있던 영희가 발딱 일어나서 해죽 웃으며,

"언니 이번엔 틀림없어! 오늘은 까치가 안 짖었지만."

하고 팽이같이 나간다. 그러나 영희의 뒤를 따라 들어오는 것은 뜻밖에 순영이었다.

"응, 네가 다 오구, 웬일이냐?"

퍽 소식이 끊어서 궁금도 하였지만 반가웠다.

"공장 그만뒀어. 어제부터 놀기에……."

공장은 일 다 끝마치고 문 닫았다는 것이다.

"정말 인젠 봇짐 싸는 게로구나."

순제가 반색을 하려니까, 안방에서 안경을 버티어 쓰고 아들의 저고리를 짓고 있던 마님이 안경을 벗고,

"엉……작히나 고마워라! 행랑각시 속거천리루 어서어서 쑤엑쑤엑."

하며 한숨 섞어 소리를 친다. 언제 돌아올지 모르는 젊은 주인을 맞이하느라고, 추석빔이나 차리듯이 옷 마련하기에 세 식구가 전력을 쓰고 있는 것이다. 추석이 가까워 올수록 다급해 가는 마음을 그것으로나 진정하는 것이었다.

"쌀은 떨어지지 않았겠지?"

"응, 공장 나올 제 내가 좀 받아온 것두 있구……하지만 이번엔 저번 같진 않을 거라구, 시가전이 길게 걸리면 돈이 있어두 식량 구경하기 어려울 거니까, 열흘치 반달 치씩 준비를 한다는데……."

동생은 차마 하기 어려운 듯이, 그래서 모친이 가 보래서 왔다는 것이었다. 순제는 두 집 양식을 열흘치씩 장만하려도 목은 돈이 들겠다고 잠자코 속셈을 따져보고 앉았다.

"내일 내 올라가지."

그래도 순제는 좋은 낯으로 선선히 대답을 하였다. 짐은 무거워도 팔월 가위나, 설을 맞는 것 같고, 이것도 영식이를 맞는 준비 양하여 마음이 가벼운 것이었다. 또 한바탕 난리를 겪을 생각을 하면 지금부터 큰 걱정이기도 하지마는……

순영이는 형의 시집에나 온 듯이, 올라오래도 아예 마다고 마루 끝에 걸터앉아서 말수도 없이 멈칫멈칫하다가, 저 볼일은 다 본 듯이 일어섰다.

"천천히 놀다가 점심이나 먹고 가지 않구……"

하며 순제가 따라 나오다가, '응?' 소리를 치며 곤두박질을 쳐서 중문간으로 나가는 바람에 순영이는 멈칫하였다. 어느 틈에 들어뜨렸는지 엽서 한 장이 문 밑에 떨어진 것을 집어 들며, 신영식 석자만 보고는 살아온 듯이 반갑고 신기해서 보는 사람만 없으면 펄펄 뛰고 싶었다.

"아가씨! 왔어 왔어!"

"뭐야?"

하고 외마디 소리를 치며 벗은 안경을 한 손에 들고 방에서 뛰어나오는 마님은, 순제의 손에 든 엽서만 보고도 벌써 눈물이 앞을 섰다.

축대로 마주 내려온 영희도 잠깐은 엽서를 받아서 앞뒤를 뒤집어 볼 여유가 있었으나, 모친의 울음에 눈물이 핑 돌아서, 순제가 무심코 손을 내미는 대로 엽서를 주고 손등으로 두 눈을 닦는다.

'참외를 먹고 땀을 흘리며 온 것이 어제 같은데, 여기는 아침저녁으로 추워서 얼마 동안 고생도 되었지만, 요새는 셔츠도 사 입고 인제는 걱정 없습니다. 마음 놓으세요…….'

사연을 읽어 들려주던 순제의 목소리도 딱 막히어 울음을 참느라고 소리가 없다.

"저런 몹쓸 망한 것들 속옷 한 벌 안 입히구……."

그대로 줄줄 소리 없이 눈물을 흘리던 모친은, 두 팔을 벌겋게 내놓고 비를 맞고 가던 아들 모양이 머리에 떠오르며, 추워서 우그리고 한구석에 앉았는 꼴이 선히 보이는 듯싶어 목을 놓고 울음이 터져 나왔다.

"그래두 공장 숙사 속에 있었다니요!"

편지를 다 읽고 난 순제는, 언제는 만날 날이 며칠 안 남았다는 희망에 마음이 후련해서 영식이 모친을 위로하여 드렸다. 그러나 모친은 만나게 되리라는 안심보다도 뼈에 저린 불쌍한 생각에 울음을 그치지를 못하였다.

"무얼 그러세요. 인제 곧 오실 텐데."

가다 말고 따라 들어온 순영이도 옆에서 말리었다.

그래도 실컷들 울고 나니, 마음은 거뜬해지고 집안은 환하였다.

"그 장님이 맞어."

"신통하지."

하며 장님이 엽서를 보내나 준 듯이 뇌까리고, 목숨을 내놓고 싸우는 사람은 잊은 듯이 장님이 아들을 데려다 줄 듯이만 바라면서, 그날그날이 폭격 소리 속에서 저물고 밝았다.

"인천에 함포 사격이 시작됐대요. 인젠 며칠 안 남았어요."

추석이 내일 모레인데 어떻게 되누? 하며, 자고 새면 무슨 소문이나 얻어 들을까 하고 문간에 나가서 빙빙 돌며, 옆집 며느리가 혹시나 내다볼까 하고 기다리고 있자니, 하루는 이런 반가운 소식을 들려주었다.

"정말 추석까지는 들어오려나 봐요."

추석까지는 서울을 탈환해서 충분한 배급을 주어 명일을 잘 쉬게 한다는 소문에, 배창자가 달라붙은 서울 시민은 설날을 기다리는 어린애보다 더 캘린더가 한 장씩 한 장씩 찢어져 나가는 것만 바라보며 숨을 죽이고 있었다. 대포 소리가 나날이 커가고 폭격이 여기저기서 우지끈우지끈하는 것이 무서우면서도, 기다리기가 바쁘고 시원하였다.

그러나 누구의 마음이나 이때까지 졸이고 목숨을 부지했다가 운수가 사나워 저 폭격에 쓰러질까 보아, 추스르다가는 폭싹 주저앉을 금간 질그릇이나 위하듯이, 제각기 제 목숨을 가만가만히 다루는 것이었다.

바락바락 닥쳐오던 추석은 그대로 아무 소리 없이 훌쩍 넘어갔다. 그점점 커 가던 대포 소리도 헛것이었던가? 하며 깜깜한 속에 들어앉은 시민은 낙망도 되었다. 그러나 괴뢰군이 밀려들어 왔기에 폭격이 우심하여진 것이려니 하는 생각을 하면 실망하기에는 아직 이르다는 일루의 희망이 남아 있었다.

"인천 상륙했대! 오늘 밤 아니면 내일은 들어올 거래요."

이것도 옆집 며느리의 정보였다. 그러나 이튿날 새벽부터 산 너머 신촌께인지 능 안에서인지 그대로 지동치는 소리와 호두닥 소리가 연달아 나는 데에 눈이 휘둥그레지고 손에 잡히는 것이 없었다.

"부평까지 왔대."

"왜 단숨에 치달아 들어오지를 못하누?"

"어젠 김포 비행장두 탈환했다는데."

"그럼, 오늘 해전으룬 들어올 거야."

"아니, 인천서는 벌써 배급을 주었다는데요."

이 골짜기의 젊은 아낙네들이 모여서서 마음 놓고 정보 교환을 하다가, 마지막에 떨어지는 결론은 배급 논래였다. 그러나 정작 옆집의 라디오를 치워 버렸기 때문에 누구나 분명한 소리는 못 하였다. 을지로에서 라디오 장사를 하던 사람이 단파를 몰래 듣다가 들켜서 당장으로 끌려 나가 문전에서 총살을 당하였다는 소문에 몸서리가 쳐져서 어젯밤으로 감추어 버렸다는 것이다.

"아무튼지 폭격이 이렇게 심해진 걸 보면 거진 다 된 거지 뭐야."

"이쪽은 홍제원까지 밀려왔다는데."

"그럼 그놈들이 마포루두 쫓겨 건너올 거요 독립문 쪽으루두 밀려오면 우린 독 틈에 낀 탕판 아닌가?"

"뭘 그래두 하루만 꿈쩍 참으면 쭉 씻겨 나갈 거 아니겠수."

이것은 남편이 피신한 뒤로, 젖먹이알라 어린것을 셋이나 데리고 먹는 정사에 제일 쩔쩔매는 젊은 댁의 의견이었다. 이 여자는 위태하다는 겁보다도 다른 집에서 소동을 하고 피난을 나갈까 보아 그것이 더 애가 씌우는 것이었다.

"딴은 피난을 간대야 지금 어딜 가겠수. 우리 꼼짝들 말구 있어 봅시다. 인민군이 얼씬하기만 하면 내리치지만 여기야 저 학교 하나가 걱정이지."

이 동네 사람은 이 옆 학교에 괴뢰군이 들까 보아서 그것이 큰 걱정이었다.

순제도 동네 공론이 도는 눈치가 피난은 안 가려는 모양인 데에 안심이 되었다.

그러나, 이날 저녁 때 무학재 고개 너머에서부터 잦아지던 포격이 독립문께에까지 오더니 조금 있다가는 바로 길 건너를 치는 소리에 숨들을 크게 쉬지 못하였다.

"암만해두 필운동으루 가시는 게 어때요? 하루 이틀 잠가 두기루 별일 있을라구요."

순제는 안방으로 건너가서 다시 의논을 하여 보았다.

"무얼 도둑이 무서운 게 아니라 거긴 별수 있겠기에. 서울이 이러면야 평양은 어떨라구. 죽으면 죽구 살면 살구."

평양 시외의 공장쯤 벌써 떠날라 갔을 것만 같아서 아들 생각을 하면 피난이란 귓가로 들리는 것이었다.

"어머니, 그래두 살아올 오빠를 위해서라두 우리가 무사해야죠. 오빤 오빠대루 수가 좋아 살아온대지 않습니까."

영희도 어린 마음에 당장 무서우니 인왕산 밑으로 가면 여기보다는 훨씬 나을 것 같아서 졸랐다.

"오빠 살아오면 우리두 살아 있겠지."

이치에 닿지 않는 말이지마는, 어젯밤에도 필운대로 가자는 의논이 나왔을 제 하던 말을 또 뇌인다. 자식을 벌판에 벌거벗겨 내놓고 어미만 피난을 가겠느냐는 것이다.

"그럼 애나 데리구 가구려. 난 집 보구 있을게."

자기 때문에 가고 싶어 하는 순제를 붙들어 둔다는 것도 경우가 아니요, 그래도 좀 안전할 듯하니 딸이나 피해 보내고 싶었다. 그러나 자기는 아들의 신상을 축수하는 정성으로라도 여간 무서운 것쯤 참아야 하느님이라도 도울 것이라는 생각이었다. 다시는 피난 이자(二字)를 입에도 내지 못하였다.

그러나 밤을 새고 나니, 별안간 동네가 수성수성하는 데는 다시 마음이 뒤숭숭하였다.

간밤에는 잠이 깊이 들어 올랐는지 대포 소리도 비행기 소리도 다른 때보다 더한 것은 없었는데, 별안간 왜들 이러는가 하고 옆집 며느리를 불러내서 물어보니 밤새로 옆 학교에 괴뢰군이 들기 때문에 슬슬 피해 들 나가는 것이라 한다.

"무엇보다도 나갈 제 무슨 짓을 하구 갈지 누가 알겠어요 불이나 지르거나 하면……."

그 말에 순제도 낯빛이 변해졌다.

"그래 댁에선 어떡허실 테예요?"

"급한 대루 쥔어른은 아침에 피해 나가셨지만, 글쎄 좀 눈치를 봐야 하겠에요."

"뭐요? 쥔어른께서?"

이 집 주인이 다니는 공장을 괴뢰군이 쓰기 때문에 신분증도 얻어 가지고 여전히 출근을 하고 끌려도 아니 가고 버젓이 지내더니, 마지막 판에 피신을 했다는 말은 의외다.

"젊은 남정네가 눈에 띄기만 하면 끌어다가 모아서 총살을 하고 달아나는 판인데, 그까짓 신분증이 소용 있겠기에요."

젊은 댁은 눈이 동그래서 코웃음을 치는 것이었다.

영식이 모친은 아들을 내보낸 뒤로는 그 앞을 지나치기도 싫은 학교에 괴뢰군이 들어오고 옆집에서는 주인부터 피했다는 말에 눈이 커대졌다.

"불두 무섭지만 애를 데리구 어서 필운대루 가 주우."

인제는 도리어 순제에게 부탁을 하였다.

"그럼 어머니두 가신대야지."

"어쨌든 옷가지라두 추려 싸려무나."

모친은 그래도 정황을 보러 나갔다.

아침부터 퍼붓는 포 소리는 어제보다 더하였고 비행기 소리도 오 분도 쉴 새가 없이 줄달아 났으나, 인제는 귀에 젖어 예사로 들렸다.

"신촌을 넘어섰다는구나. 무학재 쪽은 좀 있으면 고개를 넘어 들어올 거요……."

모친이 이 집 저 집으로 다니며 수소문하고 온 정보였다.

"어쨌든 난 다시 오더라두 나서자."

자기가 움직이지 않고는 딸이 나서려 들지 않으니 앞질러 서두는 수밖에 없었다. 동네가 들끓어 나가는 것을 보고는 딸을 위해서 더구나 가만있을 수가 없었다.

보따리 하나씩을 꾸려 가지고 나와서 옆집에 부탁을 하고 문을 잠그며 마님은 눈물이 핑 돌았다. 또 와 볼 것 같지 않은 생각에 뒤를 몇 번이나 돌아보았다.

"이것 시집보낼 마련이랍시구 그 없는 살림에 틈틈이 해 둔 것, 그나마 없어지면 거지 다 돼 가지구 어쩔구……."

눈물 섞인 소리였다. 순제도 자기 옷가방이 아까운 생각이 없지 않으나,

"뭘 그러세요. 내일이면 다시 올걸."

하고 위로를 하였다.

큰 거리에를 나오니 갈팡질팡 피난꾼들이 발에 걸치었다. 대개가 성 너머로 몰려가는 어린애 데린 젊은 아낙네였다.

필운동에 와서도 마님은 딸의 옷을 가지러 간다고 되돌아 나서는 것을 영희가 울상으로 말리고, 그럼 세 식구가 또 같이 가자고 하는 바람에 준좌를 하였다.

여기는 포 소리가 떨어진 대신에 인왕산 뒷 기슭으로 폭격이 끊일 새가 없었다. 사직공원 속에는 무엇이 있는지 모른다고 수군거리기도 하였다. 그러나 움쑥히 들어앉은 데라서 그런지 저녁때 금천교 시장에를 나가니 팔다 남은 것이겠지마는 쌀장수도, 고기 좌판도 여전히 널려 있다. 술집에는 늙은 동네 영감과 벌이꾼들이 드나들기도 하였다.

순제가 모친과 시장에서 돌아오니까 재동 집에서 식모와 정순이가 와서 얼굴이 파랗게 질려 앉았다.

"이거 웬일야?"

"나가래서 쫓겨 왔어요. 길은 무섭구 갈 데가 있어야죠."

천연동으로 나가는 길에 큰길로 가기는 무섭고, 길이 막혔을 것도 같아서 성 너머로 가는 길에 들렀다는 것이다.

"저희가 나갈 판인데 왜 나가랍니까?"

"웬일인지 몰라요. 문간에 쳐 놓았던 휘장두 벌써부터 걷어 치우구, 요새 며칠은 풀들이 빠져 잠잠하더니 별안간 방을 내구 나가라는군요. 동네에서 애기가 산을 타구 병정들이 내려온다기두 하구."

휘장이란 것은, 여성동맹 지부인지의 플래카드 같은 것을 문전에 가로 쳐 놓았었다니까 그것 말이겠지마는, 무슨 짓을 하고 가느라고 부엌데기로 부리던 것을 내쫓았는지 마지막엔 세간을 들어 갈 작정인지 불을 지르고 가려는 것인지, 순제는 멀거니 듣고만 있었다. 어쨌든 이 두 식구도 같이 지내는 수밖에 없었다.

날이 저물어도 요새는, 누가 시키는 일은 아니나, 불을 켜지 않았다. 전기는 들어와도 불을 켜면, 비행기에서는 우리 편이 여기를 치라고 신호나 하는 듯이 알까 보아서였다. 식구는 우글우글 모여들었으나, 맥이 풀려서들 컴컴한 속에 자리들을 일찍이 잡았다.

밤이 들어갈수록 포 소리는 점점 더 커가고 세차졌다. 기관총 소리, 따발총 소리가 간간이 들려오는 것을 보면 인제야 아현마루 턱이나 독립문께까지 왔는가 싶기도 하였다. 누구나 좋고 반가우면서도 불이 나지 않을까 하는 걱정에 아무도 입을 벌리려 하지는 않았다.

영희 모친은 자리가 떠서도 그랬지만, 자정 가까워도 눈이 뽀송뽀송하였다. 언뜻 닫힌 건넌방 창문을 바라보니, 환한 게 동이 터 간다. 소스라쳐 일어나서 창문을 열었다. 남향판으로 쭉 뻗어 나가면서 하늘이 시뻘겋다.

몸서리가 쳐졌다. 그러나 방향을 대중쳐 보니 종로 쪽일 것이다. 마음이 놓였다.

"엣! 뭐예요!"

윗목으로 어리어리 잠을 청하고 누웠던 순제도 발딱 일어났다.

"기에 제 버릇 개 못 주어서!"

하고 혀를 찼다. 어쩌면 동대문시장일 것도 같았다. 안방에서도 모친이 나왔으나, 너무나 처참하고 무시무시하여 아우도 말소리를 내기 싫었다.

이튿날 아침 후에 천연동 마님이 아무래도 집에를 가 보고 오겠다기에 말리다 못해 식모를 따라 나서게 하였다. 그러나 한식경도 못 되어 되돌아 들어왔다. 성을 넘어가려던 사람들이 막는 것이 아니나 못 간대서 모두 돌아오더라는 것이다. 불은 동대문시장이 함빡 탄 것이라고도 하고, 종로가 두려빠졌다기도 한다. 엎드러지면 코 닿을 데건마는 추측이 구구하였다.

종일 대포 소리와 비행기 소리, 폭격 소리에 머리가 땅해서 모두 멀거니들 앉아 시간 가기만 기다렸다. 이날 밤도 해가 떨어진 지 얼마 안 되어 맞은 하늘이 또다시 빨갛게 거슬러 올랐다. 불은 점점 좌우로 퍼져 나갔다. 종로에서 동대문으로 남대문으로 붙어 나가는 듯싶었다. 화광이 번져 나갈수록 서쪽 하늘도 차츰차츰 물들어 갔다. 조금 거뭇해지다가는 끔벅하고 다시 활활 옮겨 붙곤 하는 모양이다. 한참 자다가 나가 보아도 여전하였다.

동틀 머리에 나가서 보니, 그제야 동남쪽 하늘은 검붉으나 사위어 가는 검부재 빛 같다.

또 이 날도 포성과 비행기 소리에 마비된 신경이 눌어붙은 채, 무덤 속 같은 까부라진 하루가 지루하게 넘어갔다.

해방의 자취

　감방 속에 들어앉았는 죄수는 온종일 바깥 소리와 눈치에 귀를 기울이는 것으로 마음을 붙이며 지루한 하루를 보내다가 어두컴컴하여지면 지친 신경에 마음이 폭 까부라지면서, 오늘도 이대로 넘어갔구나 하고 처량한 긴 한숨을 쉰다. 아무 예고도 없이 별안간 주위와 동포와 전 세계와 뚝 떨어져서 죄 없는 감옥살이를 석 달 동안이나 하느라고 영양부족과 신경과민에 널치가 된 백사오십만 서울 시민은, 더구나 요 며칠 새로 격렬한 폭격과 비행기 소리로만 바깥 동정을 살피기에 심신이 척 늘어지고 말았다. 더구나 인제는 풀려 나간다고 시시각각으로 잔뜩 기다리고 앉았느니만치 한층 더 마음은 조비비듯 하였다. 그러나 오늘도 그대로 넘어가고 말았다.

　달포 동안이나 문 밖을 내다보지도 못하고 갇혀 있던, 얼굴이 하얗게 세인 순철이는, 천연동 마님이 이틀이나 성화와 노심초사로 잠을 못 이루다가 지쳐서 오늘 밤은 코를 고는 대신으로인지, 공연히 흥분이 되고 공상에 팔려서 꼬박이 새웠다. 밝고 보니 9월 27일이다.

어제 낮까지도 폭격과 비행기의 로켓포 폭격은 여전하였으나, 저녁 때 한때는 한숨 돌리듯이 뜸하여졌었고, 밤이 들어서부터는 종로 근방인지 남대문께선지, 혹은 남산인지도 알 수는 없었으나, 소총과 기관총 소리만 가다가다 모닥불 퍼붓듯 하던 것으로 보아서 인제는 시가전도 끝장이 나가나 하는 짐작을 하였지마는, 새벽서부터는 그나마 뚝 끊겼다. 비행기는 여전히 번갈아 가며 우르를 지나가나 대개가 기총소사 정도로, 로켓포 소리도 별로 들리지는 않았다.

순철이는 아침밥도 먹고 싶지 않다면서 뜰에서 오락가락하며, 앞이 빙빙 도는 정찰기를 치어다보고 하더니 어느덧 자취가 없어졌다. 밥상을 올려다 놓고 부르다가 모친은 눈이 휘둥그레서 뛰어나갔다.

누이들도 동구까지 나가서 헤매다가 들어와 보니 모친마저 아직 아니 들어왔다. 되짚어 나가자니까 모친 혼자서 헐레벌떡 들어온다.

"그저 안 들어왔지? 그게 웬일이냐?"

마치 길 잃은 어린애를 찾으러 다니는 것 같았다.

"그 알 수 없는 일이군! 귀신이 붙들어갔단 말이냐? 길은 쓸쓸하구 갈 데가 있어야 말이지……."

모친은 그 죽을 고생을 해 가며 이때껏 숨겨 두느라고 애를 쓴 생각을 하면, 마지막 판에 어떤 놈 눈에 띄었거나 해서 붙들려간 것만 같아서 눈물부터 앞을 서며 벌벌 떠는 것이었다.

"아니, 갑갑하니까 이 동네 제 동무 집에라두 간 거겠죠 염려 말구 들어가세요."

순제 말에, 딴은 이 근처에도 학교 동무가 있고 내자동에도 하나 있는 것이 생각났으나 그 집이 어딘지는 알 수 없다. 알기로 그 애들도 피해 다니기에 집에 붙어 있을 리가 없을 것이다.

하는 수 없이 모친은 집으로 들어와 맥을 놓고 있으니, 다른 사람들도 밥을 먹을 수가 없어 멀거니들 앉았다. 밥은 꾸드러져 간다.

이때나 저때나 하고 기다리다가 그래도 순제의 설도로 밥을 먹고, 치우고 나니 열 시가 넘었다. 그래도 감감무소식이다. 삼모녀는 번갈아가며 들락날락하고 도깨비에 홀린 사람들처럼 법석인데, 오정이 다 돼서야 순철이가 후닥닥 뛰어 들어오며,

"됐어! 다 됐어요. 기 달아요 기! 기 내달어! ……한데 누나, 그 전무, 전무 말이야."

하고, 모친이 죽었다 살아온 듯이 마주 소리를 치며 내닫는 데도 대구가 없이, 혼자 펄펄 뛰며 떠들어 놓았다.

"뭐? 전무가 누구야?"

어떻게 다 됐다는지 급한 바깥소식을 물어볼 새도 없이, 순제는 전무라는 말에 귀가 번쩍했다.

"아니 회사의 정 전무 말야. 군복을 입구 미군 장교하구 지프를 달려가다가 손짓을 하기에 설마 정 전문 줄야 알았나, 깜짝 놀랐어."

"어엉! 그것두……."

순제는 신기하고 반가운 생각에 다음 말이 미처 아니 나왔으나, 마음 한구석에 뜨끔 하는 것을 깨달았다.

"그래 어딜 갔더란 말이냐? 전쟁 다 끝났단 말야?"

모친은 마침내 초절을 하던 생각에 핀잔을 주면서도 어서 반가운 소리가 듣고 싶어서 아들의 입만 바라본다.

"아, 기 달게 됐다니까요 다 쓸려 나갔에요. 아무튼지 종로까진 사람 다녀요 어 학질 뗐다! 한여름 학질 잘 앓았다! 후우……."
하며 한숨을 쉬고, 누가 무어라고 말을 걸 새도 없이 훌쩍 마루로 뛰어 올라가서 안방 다락을 퉁탕퉁탕 열어젖히고,

"누나 그거 어디 뒀어? 책궤 속에 넣던가?"
하고 서둘러댄다.

"얘, 기가 급하냐. 배고픈 줄두 모르구, 밥부터 먹어야지."

그러나 흥분에 펄펄 뛰는 순철이는 모친의 말도 귀에 안 들어가는지, 한 달 전에 만들어 놓았던 다락 속의 바리케이드를 화풀이나 하듯이 힘껏 무너뜨리고 책궤를 끌어내서 뒤집어엎고 하여 손바닥만 하게 착착 개킨 태극기를 찾아 들고 나왔다. 한참 보안댄가 내무서원인가 하는 놈들이 집집이 뒤지며 못 살게 굴고 다닐 때 태극기가 눈에 띄어도 끌려 간다는 통에 뉘 집에서나 감추어 두었던 것이다.

"기는 반장이 와서 어련히 달랠라구. 어서 밥이나 먹으라니까."

"그깟 년의 반장 무슨 낯으로 기를 와서 달랠구. 달아라 마라가 어디 있에요?"

"얘, 기는 내 달게, 어서 얘기나 듣자꾸나! 종로까지만 통하면 아직 한 구퉁인 남은 게구면?"

순제는 기를 뺏어서 깃대를 들고 나는 순영이에게 주었다.

"그러기루 아직두 한 구퉁인 남았는데 겁두 없지. 꼭 뉘게 끌려간 줄

만 알았구나."

"아 저희가 개구멍 쥐구멍 찾기에 바쁜데, 누굴 끌어가요 워디 제 육감이 빠르거든! 새벽부터 총 소리가 뚝 끊이구 정찰기가 떠도는 걸 보니까 좀이 쑤셔 있을 수가 있어야져. 종로루 시청 앞으루 중앙청으루……전적 시찰을 하다가 정 전무를 만났는데, 신 과장 하구, 사장이 끌려갔다니까 깜짝 놀라겠지."

영어를 웬만큼 하는 관계로 통역으로 나선 것이겠지만, 정달영이가 군복을 입고 전선에를 구치(驅馳)한다는 것을 들으니 세상은 또 한 번 바뀐 것이 분명하고 이상한 생각이 든다.

"그래 내려간 식구들은 어떻게 됐다든?"

"몰라, 그 말은 못 물어봤지만 언제 찾아온댔어. 전보다 아주 살이 통통히 찌구 권총을 척 차구 카메라까지 메구……할 만하던데!"

굶주린 젊은 애 눈에는 살찐 것부터 눈에 띄고 권총과 카메라가 부러웠다.

"이틀씩이나 밤이면 타던 그 불은 어디던가?"

천연동마님은 해방이 됐다니 도리어 기운이 쭉 빠지고 아들 생각이 한층 더 간절해서 맥없이 앉았다가 묻는다.

"종로 저쪽은 그대루 벌판예요 쇠기둥만 남았에요."

종로에서 서대문 쪽은 아무렇지도 않더라는 말에 맘이 놓여서 영희 모녀는 부랴부랴 나섰다. 순제 역시 재동 집이 궁금하여 정순이와 식모를 데리고 같이 나오다가 헤졌다.

재동에를 와 보니 여기는 종로에서 동편으로 치우치고 구석진 데가 돼서 그런지 거리가 아직 쓸쓸하고 조용하다. 골목 못 미처 가겟집 여편네가 한쪽만 떼 놓은 빈지 틈으로 힐끔 내다보다가,

"아이, 벌써 어떻게 오시는군. 길이 통했어요?"

하고 반색을 하며 내닫는다.

"그래 별일 없었어요?"

"큰일 날 뻔했어요. 간밤에 댁에 하마터면 불이 붙을 걸 동네에서 잡았기에 망정이지."

하고 따라 들어온다.

"저런! 어쩌다?"

모두들 가슴이 설렁하였으나, 대문은 꼭 지쳐 있고 아무렇지도 않아 보였다. 가겟집 여편네의 말을 들어가며 문을 밀치니 유리가 부서진 중문이 활짝 열린 데로 들여다보이는 너른 마당은, 아닌 게 아니라 불난 터다. 마당 하나 가득히 쓰레기통 같은 속에는 밥 짓던 화덕이며 장작개비, 냄비 조각, 밥그릇들이 헤갈이 되고, 텅 빈 마루에는 북데기와 타다 남은 헌 이불이 내던진 채 널려 있다.

기가 막혀 순제는 중문 턱에 주춤하고 발을 들여 놓지 못하였다.

어느 틈에 들어왔는지도 모르게 기어들었던 괴뢰군이 어젯밤에 빠져나가는 기척이더니, 열 시나 지났는데. 솜 타는 내, 종이 타는 내가 골목 안에 자욱해지자, 옆집에서들 나와 보고 소동이 되어서 들어가 보니, 안방과 부엌에서 연기가 꾸역꾸역 나오는 것을 이 집 저 집서 물을 길어 대어 요행히 당장으로 껐다는 것이다.

"아, 오셨구면. 무섭기야 하겠지만 어쩌자구 집을 아주 비어 놓구 나

가셨더란 말요 하마터면 우리두 큰 봉변할 뻔했어요”

옆집 마님이 앞서 나오는 식모를 제쳐 놓고 나오며 못마땅한 눈치로 말을 건다.

“얼마나 놀라셨에요”

순제는 집을 비워 놓고 싶어 비워 놓았을까? 하는 생각에 심사가 나는 것을 꿀꺽 참으며 인사를 하였다. 그것은 식모와 정순이마저 쫓겨 나간 것은 모르고 식모를 나무라는 말 같기도 하나, 평소에 순제에게 피, 하는 눈치로 상종도 안 하려던 사이니만치 듣기 싫은 소리를 하는 것이었다.

부엌을 들여다보니 반쯤 탄 책이며 영어 잡지가 물초가 되어 흐트러져 있는 밑에는 끝만 그을린 장작개비가 수두룩하다. 장작을 싸 놓고 책장을 찢어서 불을 지은 뒤에 그 위로 책을 덮었던 모양이다.

안방은 배를 띄우게 되고, 남은 세간이라고는 서랍마다 들들 뒤지다가 반쯤씩 빼놓은 채 둔 양복장만 두 개가 느런히 놓였을 따름이다.

“다락에서 끌어낸 이불과 빨래보퉁이에 다 불을 붙여 놓구 달아난 게요. 그놈들이 휘발유가 없었기에 망정이지 휘발유를 붓구 불을 질렀더라면 어떻게 됐겠어요”

길 건너 집에서 구경 삼아 들어온 젊은 댁이 혀를 차며 설명을 하는 것이었다.

“그러니 남정네라군 없구, 여편네끼리만 오밤중에 무섭기는 하구 혼들 났죠”

“미안했습니다. 그래두 수가 좋으느라구……하지만, 이 짓을 해 놓구 가려구 정순이들까지 내몰았구면?"

순제는 기가 막혀서 남의 일처럼 이런 얼이 빠진 소리를 하였다.

"아네요. 그건 또 그년들의 짓이죠. 세간 뭐 남았나 보세요. 장독대를 좀 가 보세요."

하고 옆집 식모가 기가 나서 대꾸를 한다.

꺼멓게 거슬린 벽에 물줄기로 난초를 치고, 다락문은 헤갈을 해 놓고 한 물초가 된 방에서 발을 들여 놓기가 싫건마는, 순제는 신을 신은 발로 점벙 들어서서 열어젖뜨려 놓은 서창 밖을 내다보았다. 복도 저편으로 부엌 뒷문 앞도 항아리가 뒹굴고 장작개비가 널려 있다. 이쪽 의지간에 쌓아둔 겨울 응접세트인 소파며 안락의자와 테이블들까지, 양탄자와 함께 덮어 둔 텐트까지도 송두리째 없어졌다.

"싹 쓸어갔구면. 집 지킨다구 무엇을 보구 있었더람."

순제는 서창 밖으로 나서며 식모를 나무랬다.

"아네요. 우리가 있을 젠 고대루 있었는데요. 그 짓을 하느라구 우릴 쫓아냈군요."

식모는 펄썩 뛰었다.

"아니, 그저께 저녁인가 트럭을 가지구 와서 두 번씩이나 날라 갔는데 무에 남었겠어요. 그년들 날도둑년들예요."

옆집 식모의 설명이다.

생각해 보니 마루 세간을 그대로 두면 쓰다가 주마다더니 그것도 없어졌다.

장독대는, 앞에 놓인 항아리도 다 들어갔고 옆으로 쌓인 장작마저 쓸어갔다.

"아무튼지 어디서 온 떼서린지 고추장 항아리, 간장동이까지 여나므다가, 어제는 병정 녀석들이 동네 사람더러두 들어와서 된장 간장두 갖다 먹구 장작두 때라구 선심을 쓰겠죠"

"그럼 동리사람의 짓이구먼."

"천만에! 병정 녀석들이 무서워서 누가 가져가요. 나중판까지 그년들이 연줄연줄 사람들을 끌구 와서 가져가구 어제는 장작까지 날라들 간걸요"

다시 앞으로 나와 보니 찬간과 아랫방으로 몰아 놓았다는 안방 세간과 다락 세간이 쓸 만한 것은 하나도 눈에 아니 뛴다. 건넌방에 놓인 피아노야 소문에만 들어도 으레 가져갈 줄 알았지마는, 전축이며 그렇게 공을 들여 모아둔 레코드판들을 깡그리째 잃어버린 것도 아까웠다.

그러나 이상하게도 순제는 그리 놀라는 기색은 없었다. 그저 영식이에게 정신이 팔리고 목숨 하나만 건지면 그만이라는 생각에 세간쯤은 잃어버릴 것으로 단념하였던 때문인지도 모르겠으나, 그보다도 이 집을 손질을 할 것이 큰 걱정이요, 내일부터라도 와야 할 텐데 저 안방을 어떻게 해야 할지 기가 찼다.

그러나 문을 잠그고 나오면서 옆집들이 조금도 다친 데가 없이 무사히 넘어간 것을 보니 부럽기도 하고 내 팔자가 그나마 지니지 말라는 것인가 하여 화가 났다.

식모들 두 식구는 우선 필운동으로 가 있으라고 하고 천연동으로 향하며, 인제는 그 집에 더 있자고 할 묘리도 없고, 공중에 뜬 것같이 신산하니, 자기 신세가 가엾은 생각도 든다. 그래도 천연동 집이 도둑 하나 안 맞고 고대로 있었던 것은 다행하였다. 동네도 조용하니 하루 이틀 동안 피해 나갔던 사람들이 인제는 기죽들을 펴고 떠들썩하니 제 집으로 찾아들어 동넷집으로 인사를 다니기에 부산하다. 마님은 재동 집이 그렇게 되었다는 말에,

"세간두 아깝지만 그 집수리를 하구 들자면 이 판에 수월치 않을걸. 그 큰일 났구려."

하며 아직은 그대로 같이 있자고 한다. 그밖에는 딴 도리도 없지마는 영식이가 오기까지는 이대로 있고 싶었다.

"우리 적적치 말라구 집이 그렇게 됐구면. 자 언니 떠나기 전에 인제 오빠가 오셔야 할 텐데."

하며 영희도 좋아하였다. 모친 역시 같이 고생을 하는 동안에 어느덧 정이 들어 훌쩍 떠내 보내기가 허전하고 그대로 데리고 있고 싶었다.

순제는 어서 정 전무를 만나 봐야 하겠고, 만나면 어떻게 수작을 해야 할까 하는 생각에 이날도 깊은 잠은 못 들었다.

이튿날 이른 아침도 안 먹고 나섰다. 밤새에 동대문 쪽이 통해졌는지, 하여간 창신동 정달영이를, 어제 혹시 자기 집에 들어와 잤다면 출근하기 전에 가서 붙들어 보겠다는 생각이다.

동네 사람의 말도, 내다본 사람이 없으니 믿을 수 없으나, 이 근처가 대단한 격전이었다는데, 서대문 네거리에를 나가봐도 길모퉁이 상점들이 부서지고 전선줄이 끊어져서 얼기설기한 것은 석 달 전의 종로 사가 동대문서 앞과 다른 것이 없으나 시체는 벌써 거두어 치웠는지 처참한

광경 속에도 피비린내는 걷힌 것 같았다. 여기에서 종로까지는 더구나 생각했더니보다 아무렇지도 않고 이른 아침이라 그렇겠지마는 쓸쓸한 길이 훤하였다.

종로 네거리, 여기서부터 종각을 중심으로 구리개 쪽과 동대문 편을 향하여 벌판이다. 그대로 벌판이었으면 좋겠는데 창과 천장이 두려빠진 불에 거슬린 벽만이 우쭉우쭉 서고 기왓장 벽돌 유리조각으로 뒤덮인 길은 발을 내디딜 데가 없다. 그래도 오고가는 사람은 벌써부터 북적거리었다. 동간 앞을 지나니까 탱크 소리에 사람들이 와아하고 몰려 내 간다. 지금 막 적군은 창경원 앞으로 돈암동으로 쫓겨 나갔다는 소문이었다. 종로 4가는 길이 막혀서 유엔군이 일렬로 총을 들고 북으로 북으로 창경원 쪽을 향하여 행진하고 한가운데는 탱크가 철철거리며 줄달아 나가는 것이었다. 철모 밑에서 번쩍하는 충혈된 무섭고도 엄숙한 눈, 흙에 뒤발린 꺼멓게 탄 얼굴, 진흙이 뒤발린 군화……전차 바퀴 소리 밖에 귀에 들어오는 소리라곤 없이 잠잠한 속을 숙숙히 걸어가는 것이었다.

"만세! 만세!"

그것은 가슴속에서는 타오르는 소리였지마는, 허기가 진 창자에서 쥐어짜는 눈물 젖은 하소연같이 들렸다. 모든 사람의 입에서는 벅찬 숨을 한데 몰아쉬듯이 어! 허! 하는 큰 숨결이 뿜어 나올 뿐이었다. 그것이 한숨이 아니라 석 달 동안 오그라 붙었던 사지를 펴며 힘줄이 쭉 뻗어나가고 혈관이 굵어지면서도, 피가 말라서 흥분한 감정과 함께 근육이 뛰놀지를 못하고 핏줄이 다시 까부라지는 때문이었다. 오랫동안의 영양실조와 운동 부족으로 환희와 환호의 감정 표시도 제대로 못 하게 하는 것이었다.

금방 감옥 문밖을 나선 것처럼 사람들의 발밑도 부실하게 비쓸비쓸하였다.

정 전무 집, 활짝 열어젖뜨린 문전은, 빗자국이 보일 듯이 깨끗이 쓸어놓고 깃발이 아침 바람에 펄떡펄떡 날리고 있다. 주인이 들어앉았나 보다 하고 순제는 반가우면서도 또 마음이 설레하고 무거운 것이 내려앉는 것을 깨달았다. 중문 안을 기웃하면서도 먼저 눈에 띄는 것은 아랫방 명신이의 방이었다. 창문이 열린 방에 주인 없는 테이블과 의자 책꽂이만이 눈에 들어온다.

"아, 어떻게 이렇게 일찍 오셔요"

달영이 댁이 부엌에서 뛰어나온다. 안방에서 네 살짜리 둘째놈이 내달으며,

"아버지 왔어. 아버지 권총 찼어."

하고 떠들어대기는 하나, 주인이 있는 눈치는 아니었다. 어제 저녁 때 잠깐 다녀갔는데, 그대로 이북으로 갈는지, 오늘도 또 올지 말지 모른다는 것이다.

"어쨌든 얼마나 반가우셔요?"

"글쎄 군복을 입구 들어서는 걸 보니, 간이 콩알만 해서 앉았던 판에 얼마나 놀랐는지, 첨엔 못 알아봤에요"

못 알아야 보았을까마는 하두 신기해서 하는 말이었다.

"그래 지금 어디 가 계시대요? 안녕들하시대요?"

"부산이래요 하지만 정작 사장이 못 내려 가셔서 아무것두 못 하구

있다는데……아 참 영감님은 소식 없죠? 어쩌다 그렇게 됐에요?"

"그 원수의 재물이 뭔지? 잘 숨었던 걸 몸에 지닌 걸 뒤져 갈까 봐 서두시다가……."

"그래두, 이번에 나오시겠죠"

"감옥에만 계시다면! 하지만 어려울 거예요"

순제는 더 들을 말도 없고 싸우는 군대를 따라다니는 사람을 기다린 다는 것이 어림없는 일 같아서, 영식이 집에 가 있다는 말만 일러 놓고 나섰다.

혜화동 영감이 풀려나온대도 벌써 나왔을 수는 없겠고 마음에 내키지는 않으나, 여기까지 온 길이니 들려 볼까 하고 원남동 쪽으로 빠져 나오려니까, 여기서도 또 군대와 마주쳤다. 국군이 끝나고 유엔군이 뒤를 대어 가는 판이었다. 일 중대쯤 지나간 뒤에 사령부 간부들인지, 미군 장교가 탄 지프가 연달아 간다. 혹시나 그 속에 정달영이가 있을까 하고 눈여겨보았으나 없다. 영식이가 빠져나가기만 했더라면 저 속에 끼었을걸 하는 생각을 하면 분하기도 하다.

그 다음에는 군복을 벗고 허연 속옷 바람으로 두 손을 처들고 걸어오는 일 소대 가량의 장정이 따랐다. 맨 앞에는 머리 위로 총대를 가로 들고 걷는 놈도 있고 모두 맨발들이다. 전후좌우로는 국군이 총을 겨누고 간다. 어디선지 박수 소리가 난다.

"죽여야지!"

"아무렴! 죽여야지!"

중늙은이들의 핏대 오른 목소리였다. 손뼉 소리는 흐지부지하였다.

저것들이 끌려가면은 당장 쓰러지려니 하는 공포에 그 마음들이 어떨꾸? 하는 생각을 하면 손뼉을 칠 흥미도 적개심도 줄어진 모양이다.

순제의 머리에는 석 달 전에 대학병원 중턱, 창살문 앞에 쓰러져 썩어 가던 붕대를 하얗게 동인 국군들의 퉁퉁 부어터진 얼굴이 머리에 떠올랐다.

'그걸 생각하면……'

그러나 저 젊은 애들이 같은 핏줄에 얽혀 맺는 것보다도 마지못해 끌려 나온 것들이라면, 아니 그보다도, 바로 엊그제 끌려 나간 애들이 그 틈에 끼어 있다면……하는 생각을 하고는 순제는 마음이 흐려졌다.

'아! 평양에를 가 있는 게 그런 중에도 다행이지!'

순제는 석 달 전 서울이 뒤집히던 날, 영식이와 휘돌던 그 길을, 해방되는 날 오늘에는 혼자서 역 코스로 도는 것을 생각하고 가슴이 메지는 듯하였다.

혜화동 집에서 가 보니 마님은 벌써 사직동으로 갔다 한다.

"그것 때문에 밤잠두 못 주무시구 말라 돌아가실 뻔했으니까요……"

종식이 처는 풀이 없었다. 이 집에는 해방이 되었다 해야 누구 하나 반가운 얼굴들은 아니었다.

"그두 그렇겠지만, 부산서는 무사하다더라. 정 전무가 군복을 입고 미군을 따라왔단다."

그러나 이 어린 색시는 남편 소식에 반가운 생각도 없었다.

"에이, 지긋지긋해! 돈두 싫구 시집살이두 이젠 지긋지긋해요 난 어쩌면 좋아요?"

하고 젊은 색시는 눈물을 주르를 흘렸다. 그동안 시어머니에게 웬만큼 들볶인 모양이다. 지금 세상에도 시어머니에게 볶이는 며느리가 있나 하는 생각을 하며, 순제는 어린것이 가엾기도 하나 딱하였다.

순제는 천연동으로 돌아오면서, 영식이의 평양 주소를 적어 놓고 아주 부탁을 하고 올 것을 잘못했다고 후회를 하였다. 설마 정달영이야 그렇게 급히 서울을 떠나랴 싶어 다시 가서 만나 보고 이야기를 하자는 생각이었으나, 꾸역꾸역 의정부 쪽으로 나가는 것을 보니 곧 따라갔을까 애도 씌우고, 삼팔선을 넘어 쳐들어간다면, 달영이가 안 가더라도 뉘게 부탁이라도 해 달라고 얼른 일러 놓아야 하겠다.

그러나, 집에 와서 밥을 먹고, 다리는 아프나 되짚어 나서려는 영식이 모친과 의논을 하는 중인데, 문밖에서 지프차 소리가 우르르 난다.

혹시나! 하는 생각에 눈이 커대지며 귀를 기울이고 있자니까,

"아주머니!"

하고 달영이가 거침없이 툭 튀어 들어온다. 우우 마루 끝으로, 뜰로 나서는 세 여자의 눈은 반갑고 신기하고 한참 말이 안 나왔다. 영식이 모친은 아들 생각에 글썽해진 눈물을 감추기에 애를 썼다.

"글쎄, 그게 웬일예요. 내 책임두 있습니다만 긴 말씀할 새는 없구, 평양 가 있는 건 아신다니 주소를 아시건 이리 줍쇼"

달영이는 인사고 뭐고 급히 서둔다. 군복을 깍듯이 입고 생기가 팔팔하니, 아닌 게 아니라 살이 포동포동 오르고 대여섯은 더 젊어진 것 같다. 순철이가 부러워하던 권총도 옆에 찼다.

자기 책임이라는 것은 유월 스무이렛날 저녁에 끌어내다가, 누이와

안동해서 떠나보내려고 다 작정을 했다가, 사장에게 연락이 안 되어서 뒤쳐지게 한 것 말이다. 더구나 영식이와 헤어질 제 이 모녀는 자기가 데리고 남하하마고 약속한 것을 이행 못 한 것을 미안해하는 것이다.

"그래 평양까지 가세요?"

"확실한 것은 아직 모르지만 갈 겁니다. 안 가구서야 말이 됩니까."

달영이는 자신부터 단연한 결의가 있다는 듯이 힘 있게 대꾸를 하다가,

"아주머니, 신색이 못 되셨습니다그려, 그러실 게죠."

하고 고개를 끄덕끄덕 하더니,

"그런데 미스 강은 어떻게 여기 와 계슈?"

하고, 순제를 멀뚱히 치어다보다가 얌전히 꾸며 놓은 건넌방으로 눈을 돌린다. 좀 이상하다는 눈치였다. 순제를 미스라고 부르는 것은 과거는 묻지 않는다는 듯이, 전부터 그렇게 불러오던 버릇이다.

"싸다니다 왔답니다."

하고 순제는 눈길을 돌렸다. 모친은 무슨 말부터 해야 좋을지 이 말을 했다 저 말을 했다 하며, 곧 가야 한다고 올라오지도 않고 섰는 사람을 위해서 방석을 마루 끝에 내놓으랴, 딸이 찾아 주는 영식이의 엽서를 받아서 주며 잔부탁을 하랴……정신이 없었다.

"한데 미스 강 나하구 사직굴 큰댁이란 데 좀 가십시다. 혜화동 갔더니 마님이 그리 가셨다는데, 시간이 없어! 그리 쫓아가서 잠깐 뵙구 가자는데……."

언제 출동 명령이 내릴지 몰라서, 점심시간까지 외출 허가를 맡아 가지고 자기 집으로 혜화동으로 휘돌아 온 길이라 한다.

"글쎄, 그저 거기 계실까?"

순제는 방으로 뛰어 들어가 원피스 옷을 후딱 갈아입고 나섰다.

맨발에 구두를 신고 핸드백을 끼고 지프차에 사뿟 뛰어올라가 앉은 모양은 군복 입은 남자와 어울려 보였다. 영희 모녀를 뒤에 남기고 차는 뚜르를 빠져 나갔다.

"부산이 어때요."

"좁은 바닥에 몰려들었으니, 물가는 나날이 오르구 달뜬 기분에, 내일은 어쨌든지 톡톡 털어 가지구 나온 돈으루 우선 먹구 보자구 뚱땅거리구, 해방 직후나 다름없죠."

"아구, 서울서는 굶어 죽다 살아났는데! 그래서 살이 별안간 찌셨군요 마님 보기에 미안치 않으셔요?"

"마님보다두 자식들이 가엾더군. 하지만 살점을 비어 줄 수도 없구, 허허허."

지프는 벌써 홍화문 앞을 바라본다.

"노인네들은 가만 앉으셨겠지만, 명신이는 공부두 못 하구 심심하겠군요?"

이것이 제일 궁금하고 묻고 싶던 것이다.

"해군 본부에 들어가서 통역두 하구 타이프두 찍구, 눈코 뜰 새가 없답니다."

"좋군요. 남매분이 육해군에 들어가서 대활약이시구……그래, 우리 조카사윈 뭘 해요?"

종식이 말이다.

"딸라 상자를 두구 내려갔으니 맥을 쓸 수가 있나요 우리하구 한집을 얻어서 나하구 한방을 쓰구 있었는데 할 일이 있나요 요새는 댄스 홀루나 돌아다니겠죠"

그도 그럴 듯한 말이나, 명신이와 한집 속에 있다는 것이 이상히도 들렸다. 피난통이니 그렇겠지마는 피차에 거북할 것이요 둘이 다 가엾은 생각도 든다. 차가 훌쩍 사직동 집 동구에 와서 닿는 바람에 더 이야기할 새도 없었다.

마님은 뒤꼍에서 파내 온 커다란 항아리 두 개와 보스턴백이며 자리 보따리를 지키고 앉았고, 주인 영감은 지게꾼을 부르러 나갔다 한다.

달영이는 마님한테 인사를 하면서도 저절로 눈이 그 항아리로 갔다. 부산에서 떠날 제, 종식이는 비로소 돈 삼천만 원을 은행에서 빼내다가 처가에 묻어 두었다는 이야기를 하며, 올라가거든 어떻게 되었나 가 보아 달라는 부탁을 받았던 것이다.

"그놈은 사지가 부러져 못 온답디까? 집안이 안되려구 그따위 자식이 걸려서……그 알뜰한 제 계집을 못 봐서 눈이 짓물러서두 함께 왔을 거 아니겠수."

마님의 이런 딴전에, 시간이 바쁜 달영이는 귀에 들어오지도 않았지만,

"이거 가져가실 거죠? 내 차루 같이 가세요"

하고 운전수를 불러들이고 팔뚝시계를 보아 가며 급히 서둔다.

"그날만 해두 뭣하자구 여길 기어 올라와서 밤을 새고 저 아버지를 저 지경을 만들었담."

달영이가 군복을 입고 지프를 타고 턱 달려드는 것을 보니, 샘도 나

거니와 돈 항아리를 파묻은 데가 새 자국이 난 것을 보면 수상하다고
옥신각신한 끝이라 화가 더 나서, 남의 사정을 오르고 유산태평으로 혼
자 떠들고 앉았는 것이었다.

"정 선생이 바쁘대요. 그런 말씀 지금 해 뭣해요"

사촌 올케에게 지금까지 복대기를 친 설운 사정을 듣고 섰던 순제가
딱해서 말을 붙이니까 언제 보았던 사람인지 못 알아보겠다는 듯이 멀
끔히 바라보다가,

"흥! 여긴 어째 왔소? 아직두 덜 빨아 먹어서 이걸 가지러 둘이 왔구
려?"

하고 헤헤헤 웃는다. 하 어이가 없어 모든 사람이 멀거니 치어다만 보
았으나, 그 웃음소리가 성한 사람 같지 않다.

그래도 마님을 끌어내어 떠메다시피 차에 올려 앉혔다.

순제는 차에 오르는 달영이에게 손을 썩 내밀어 악수를 하였다. 전선
으로 나가는 사람에게 석별과 감격을 표시하는 것이었다.

"에이, 흉악해라!"

마님은 또 껄껄껄 웃는다. 차는 떠났다.

순제의 머리에서 어느 때까지나 떠나지 않는 것은 악수를 할 때 무엇
에 노한 듯한 정달영이의 냉연한 낯빛이었다. 무슨 눈치를 채고서 속으
로 나무라는 듯한 표정이기도 하고, 전지로 나가면서 섭섭해서 그러는
것 같기도 하였다. 동시에 오피스걸이 되었다는 명신이의 모양과 종식이
와 한집에서 어떻게 지내는지 이리저리 상상하여 보는 것이었다. 한편으
로는 명신이에게 미안한 생각이 들고 모든 것을 명신이와 주위의 여러

사람 앞에 드러내게 될 날이 가까워진 것이 불안하기도 하나 우연한 기회로 이렇게 되고 만 것이 다행하다는 생각도 든다. 그러나 멀리 떨어졌던 영식이가 돌아와서 어떤 눈치일지, 명신이가 서울로 올라오고 하면 마음이 또 어찌 변할지 그것이 지금부터 걱정이기도 하였다.

순제는 달영이를 보낸 뒤에 필운동 집에 들러서 식모더러 오늘부터 재동으로 가서 집을 지키고 미장이를 동네에서 구해 놓으라고 일렀다. 달영이가 언제 평양에를 들어갈지 들어가기로 당장 영식이를 데리고 오리라고는 생각지 않으나, 언제까지나 이러고 있을 수도 없고, 인제는 차차 은행문도 열릴 것이니 큰돈은 아니지마는 이삼십만 원 예금이 남은 것을 믿고 집수리부터 하자는 것이었다.

안방 구들을 뜯어 고치고, 도배를 일신하게 하고 깨어진 유리창을 끼우고 하기에 일주일이 지나도, 손을 대기 시작하니 욕심이 나서 여기저기 손질을 하느라고 날짜가 점점 밀려갔다. 자고 새기만 하면 천연동에서 재동까지 출근하듯이 날마다 자기가 벅차면서도 한 재미요 사람 사는 것같이 엉정벙정 좋기도 하였다.

아래채의 도배까지 내일이면 손을 떼게 되고 인제는 필운동에 갖다 두었던 세간도 날라 와야 하겠다고 생각을 하게 되니 순제는 집을 들기가 쓸쓸한 생각이 나고 천연동 집에서 떨어져 나올 것이 한 일 같았다. 마음은 평양으로 날아가는 것이었다. 영식이가 돌아오는 것을 보지 못하고 떠나오기가 차마 어려울 것 같았다.

그러나 열흘날 원산을 탈환하였다 하고, 이틀이 지나서 해주를 탈환하였다는 방송을 듣고는 그런 속도면야 평양도 며칠 안 남았겠다는 든든한 생각도 나나, 평양을 탈환하고 영식이가 서울로 내려오고 하노라면 또 반 달이 걸릴지 한 달이 걸릴지 모르는 것을, 엉거주춤하고 있을 수도 없었다.

오늘은 모친과 순철이가 온 김에 앞뒤 뜰의 쓰레질을 말끔히 해내고 마루 걸레질을 치고 있는 판인데, 별안간 의외의 손님이 달겨들었다.

"아, 이게 누구야! 언제 왔어요?"

들어오다 말고 중문 안에 딱 버티고 섰는 종식이에게로 뛰어가며 순제는 놀라는 소리를 쳤다.

"얼마나 고생들을 하셨어요?"

자기 몸이 상제나 다름없다는 생각에, 기운이 푹 줄은 말소리였다. 그래도 석 달 동안 걱정 없이 잘 먹고 잘 놀던 끝이라, 여전히 신수가 부옇고, 회색 중절모에 빨간 줄이 진 넥타이를 산뜻이 매고, 파르스름한 스프링을 입은 양이, 그렇게 단정하게 차린 신사를 아직도 서울 바닥에서는 보지 못하니만큼 도리어 눈 서투를 지경이다.

명신이 덕에 해군 배로 정 회장 내외 일행과 함께 인천으로 와서 어제 저녁에 들어왔다는 것이다. 명신이가 해군 본부의 선발대가 들어오는 길에 끼어 오는 것을 따라서 급히 서둘러 온 것이라 한다.

"온 뭐라구 인사를 해야 좋을지……."

"인사나 마나, 모두 내 불찰이죠."

"뉘 탓할 거 뭐 있냐만, 정 전무가 쫓아 올라갔으니까 하회가 있겠지. 신 과장이 모시구 내려오게 될 지두 모르구."

위로 삼아 이밖에 더 할 말이 없었다.

"글쎄 그런 기적이 있을라구. 그래 신 군 소식은 있었대죠?"

종식이는 그 이상 더 탐탁하게 묻지도 않았다. 회사 일을 위해서 같이 있으니 우정은 그대로 유지해 왔고, 또 그렇게 붙들려 간 것을 잘됐다고야 생각하랴마는, 그다지 관심이 없는지도 모를 것이다. 순제도 영식이의 이야기는 그리 꺼내고 싶지 않았다. 생각하면 이 사람 부자가 영식이에게 호감을 가지려야 가질 수 없는, 야릇한 처지에 놓인 것도 무슨 숙명인지 모를 것 같다.

종식이가 이렇게 시급히 순제를 찾아온 것은, 자기도 부친의 뒤를 따라 한시바삐 평양으로 올라가고 싶은데, 미군부대의 군속으로 종군증을 얻어 주거나 신분증 같은 것을 하나 얻어 줄 수 있겠느냐는 의논을 하러 온 것이었다.

"글쎄, 씨·아이·씨에 전엔 아는 장교가 두엇 있었지만……."

"됐어! 갑시다. 더 좀 알아두 보겠지만. 수복된 지 벌써 이 주일이 돼 오는데 감감무소식인 걸 보면 아무래두 끌려가셨어! 그는 고사하구 어머니께서 헛소리를 텅텅 하시니 암만해두 정신이 좀 달라지신 거야. 큰일났어."

하며, 한탄을 하는 종식이의 말에 순제도 눈이 뚱그래졌다.

"아, 그거 웬일일구? 폭격에 놀랜 끝에 영감님이 그렇게 되셨으니 그러시기두 하겠지만……."

"여기 와 계실거니 이리 같이 오자구 밤새두룩 성화를 바치시더니, 오늘 아침에는 신 군 집 다락 속에 들어앉으셨을 거라구 법석이시구면."

순제는 듣기에 딱할 뿐이었다. 손을 씻고 대강 머리를 매만진 뒤에,

뒷일은 모친에게 부탁을 하고 종식이를 따라 나섰다.

손쉬우니 우선 반도호텔로 가서 씨·아이·씨 사무소를 찾기에 한참 휘더듬다가 겨우 가 보니, 테일러 소령은 전근이요 덧지 대위는 외출하였다 한다.

하는 수 없이 나와서 종식이가 끄는 대로 진고개로 올라가 시공관 맞은 골목으로 빠져 미나카이 자리인 해군 본부로 명신이를 찾아갔다. 시공관 맞은 골은 초입만은 그대로 남아 있으나 저편으로는 홈빡 불탄 자리가 그대로 내버려 둔 채요 먼저 어떤 집 장독대인지 독들만 쪽 고르게 고스란히 남아 있는 것이 눈에 띄었다. 그래도 좌우 길가에는 벌써 불탄 터를 치우고 텐트를 의지하여, 양복감을 내걸고, 가방 가게를 벌이고 골동품을 그러모아 놓은 전방도 있다. 미군이 다시 들어왔으니 이런 것으로도 한몫 보려는 모양이다.

명신이는 오정에 만나기로 약속이 되었다면서, 어제 도착한 길이라 그런지 아니 나왔다 한다. 순제는 만나면 어떻게 대할지 마음의 준비가 없었더니만큼, 없는 것이 도리어 다행하다고 생각하였다. 만나서 점심이나 같이 먹을 생각이었던지 서운해 하는 종식이와 헤어져서 순제는 천연동으로 일찍이 돌아왔다.

기적

활짝 열린 대문으로, 마당에 동네 여자들이 우글우글 들어섰는 것을 멀리 바라보며 순제는 웬일인가 하였다. 중문 안을 부리나케 들어서니, 마당에 섰던 아낙네들이 길을 좍 틔워 주며,

"아!"

하고 마루에 걸터앉았던 영식이가 벌떡 일어선다.

순제는, 문전에 얼씬하였다가는 동냥아치로밖에 못 알아볼 그 얼굴과 그 구지레한 꼴에 놀라기도 하였지마는, 눈물이 펑펑 앞을 가리어서 축대도 못 올라서고, 그대로 옆에 섰는 영희의 어깨를 짚고 엉엉 소리를 쥐어짜듯이 울었다. '어?' 하고 눈이 커대지다가 그만 얼굴이 뒤틀리며 가슴이 옥죄이는 듯 우는 그 표정과 울음소리에 영식이도 코끝이 알싸하여지며 멀거니 마주 보고만 섰다. 그러나 이 여자의 마음을 새삼스레 인제야 안 듯싶은 만족과 감격을 느꼈다. 동네 손님들의 인사 받으랴 아들의 이야기에 귀를 기울이랴 정신을 차리지 못하던 모친도, 순제

와 딸이 맞붙들고 우는 데 끌려서 또다시 목이 메어 오르며, 시급히 옷 마련을 하러 방으로 들어간다.

"어서 올라가슈. 이따 다시 만나 뵙시다."

옆집 젊은 주인이 떨어져 나서니까, 반가운 눈물들을 같이 흘려 가며 법석들이던 여자들도 하나 둘씩 삐어 나갔다. 식구들만 남으니 순제는 비로소 몸을 가누고 남자의 얼굴을 바로 치어다보기는 하였으나, 기운 이 폭 빠지고 무슨 말을 붙여야 좋을지 입이 붙어서 먼히 바라만 보고 섰을 뿐이었다.

"다들 무고하죠? 남하했던 축들은 올라왔나요?"

영식이도 제정신 같지 않아서, 앉았다 일어섰다 하며 얼떨한 눈치로 순제의 시선을 받는 것이 열적은 듯이 싱긋 웃어도 보이고 하다가 간신히 말을 붙이었다.

"네, 차차 얘기하죠. 그래 어떻게 오셨에요"

순제는 또다시 울음이 터져 나왔다. 하도 신기하고 꿈같아서 순제도 혼이 다 나간 것 같았지마는, 다들 무고하냐는 말은 사장의 안부를 묻는 것이요, 남하하였던 사람이 올라왔느냐는 것은 명신이의 소식부터 알려는 듯싶이 들려서 듣기에 좋을 것은 없었다.

"어서 신 벗구 올라와 차차 정신 차리구 이야기하자."

모친은 아들의 누더기 탈을 쓴 꼴이 차마 볼 수가 없어 어서 옷을 벗기려 하였으나 영식이는 구중중해서 그대로 목욕부터 하고 오겠다고 나섰다.

"에구, 저 꼴을 하구 어딜 나가니?"

어머니는 질겁을 하였으나 영식이는 코웃음을 치며 비누갑과 수건을 달란다.

머리는 귀밑까지 내려오고, 수염은 털복숭이가 된 얼굴에 누런 것이 앉아서 속병 들린 사람 같은데, 눈만은 대룩대룩 하는 것이 정신이 갈팡질팡하는 눈치다. 속에는 무엇을 입었는지, 흰 무명 작업복을 팔목이 벌겋게 나오도록 팽팽히 껴입은 수구 부리로 내보이는 속옷도 겉껍데기만큼 까맣게 찌들고, 헝겊 목달이구두는 진흙물에서 건져낸 것 같은 것을 우그려 신었다.

"그 옷 절 싸 주세요. 욕탕 앞까지 갖다 두구 오죠."

순제는 자기의 변치 않은 애정과 정성을 말 대신에 그것으로 시급히 표시하고 싶었다.

"어차피 나두 시장에 나가야 할 텐데."

모친이 부리나케 옷을 싸들고 나서려는 것을, 시장까지 들려 오마고 보따리를 받아 들고 따라나섰다.

"이때까지 계셔 주셔서 고맙습니다."

거리를 나올 때까지 잠자코 걷다가 영식이는 비로소 입을 벌렸다.

"그건 무슨 소리예요."

순제는 다시 목 메인 소리로 핀잔을 주며 눈물이 글썽하여졌다. 그 옷 꼴을 보면 어디로 뒹굴며 얼마나 고생을 했을까 싶어 가슴이 쓰리고 가여워 못 견디겠는 것이다. 그러나 말공대를 유난히 하는 것을 들으면 남자의 마음이 멀어지고 설면히 구는 것 같아서 싫었다.

"이렇게 만나 뵈오니 인제 내가 아마 쉬 죽을 거예요."

순제는 또다시 울음이 복받쳐 오르는 것을 참았다.

영식이도 고마운 생각에 가슴이 뭉클하면서도 훨씬 개어 가는 것 같았다. 정신이 차차 가라앉기도 한다.

"어머니께서 그 애절하시는 거란 차마 뵐 수가 없었지만, 어머니께서 그러시니만치 난 그 위로해드리기에 감히 입 밖에 내지두 못하구 애절하기에 그만 이렇게 시들었어요"

하고 순제는 맥이 풀려서 한숨을 짓는다. 공치사 같으면서도 하소연이 저절로 나오는 것이었다. 영식이는 먼 산을 바라보며 웃기만 하였다.

"하지만 당신 고생하셨을 걸 생각하면 그건 약과예요."

영식이는 여전히 코웃음만 쳤다. 그러나 역시 다만 고마울 뿐이었다. 입을 벌리기가 싫었다. 말을 꺼내면, 손에 받은 꽃다발을 흩뜨려 놓은 듯이, 이 기쁨이 무너질 것 같아서 고비에 가득 찬 화려한 기분을 고이고이 앙구어 지니며 걷는 것이었다.

길에 지나가는 사람들의 눈길이, 양장미인과 과거의 거지의 탈을 쓴 남자가 나란히 소곤거리며 지나치는 광경에, 눈이 휘둥그레져서 힐끗힐끗 치어다보며 지나칠 때마다, 영식이는 개선장군이나 되는 듯이 어깻바람이 났다.

'……난 살았다! 집에 왔다! 애인이 이렇게 옆에 있다! ……'

영식이의 머릿속을 차지한 것은 이 생각뿐이었다. 모든 것이 꿈결 같고 신기하고 기적 같았다. 무서운 것이 없고 거리낄 것이 없었다. 옷 속에서 이가 끓지 않고 손톱에 때가 끼지 않았더라면, 아니, 거리에 지나는 사람만 없다면 여자를 그대로 껴안고 싶었다. 여자의 눈물만이, 목

메인 목소리만이, 부푼 마음을 가만히 안아 주고 가라앉혀 주는 듯싶고, 그동안 겪은 고생을 말없이 위로해 주는 듯싶었다. 평양에서 그 무시무시한 폭격 속을 엉기면서 이리 쫓기고 저리 피하던 때의 아슬아슬하던 생각과 수안(遂安)까지 빠져나와 가지고 길을 잃고서 산중에서 헤맬 때에 절망과 공포에 혀가 말라붙던 생각이 반사적으로 머리에 떠오르며, 여자의 품에 머리를 파묻고 어리광 피우는 아이처럼 엉엉 울고 싶은 감미한 감정에 끌려들어 가는 것이었다. 그것은 어머니에게도 느껴 보지 못한 생신하고 피가 뛰는 생명의 부르짖음 같기도 하였다.

"욕탕에 들어가 오래 있지 말아요. 쓰러지지 않을까? 내 삼십 분 후에 또 올까?"

"염려 말어요. 날 누군 줄 알구."

영식이는 깔깔 웃으며 목욕탕 문 앞에서 옷 보퉁이를 받다가 손길이 스치니까, 누가 먼저 휘어잡았는지 손길을 팍 붙들고 몸서리를 마주쳤다.

순제의 가슴속은 확 풀리며 목 밑까지 치밀던 설움이 쑥 내려앉는 것 같았다. 눈물이 걷힌 눈에는 힘찬 광채가 떠올랐다.

시장을 돌아서 한 아름 흥정한 것을 한 팔 한 손에 끼고 들고 들어오며 순제가 중문 턱에서,

"아가씨, 이거 좀 받아 주우."

하고 소리를 치자니까, 마루 끝에 앉았던 명신이가 앞장을 서 내닫는다.

"아 이게 누구야? 어떻게 마침 알구 온 것 같구면!"

순제는 어쨌든 놀라는 소리로 반색을 하여 보였다.

명신이는 어제 집에 들어가는 말에 그 놀라운 소식을 듣고, 만사가 무심해서 출근도 않고 들어앉았다가 그래도 들을 말이 있을까 해서 이리로 온 길이니, 순제가 해군 본부로 찾아간 것도 모르고 온 것이었다.

"신 선생 오셨대죠?"

명신이는, 목욕 갔으니까 조금 있으면 오리라는 말을 들었지마는, 그래도 못 미더운지 순제에게 은근히 묻는 것이었다.

전에도 오라비의 심부름이라 하고 두어 번 왔던 집이니, 이런 때 인사를 온다기로 흉 될 일은 없건마는, 집에서는 늦게라도 출근한다고 나와서 여기 와서는 어머니께서 인사 여쭙고 오라 해서 왔다고 외수 전갈을 해야 할 만큼, 이 집에서는 오기가 수줍고 거북한 터인데, 반갑게 맞아는 주면서도 그런 기쁜 일이 있는 집 같지 않게 무슨 걱정이나 있는 사람들처럼 슬슬 눈치를 보아 가면서 영식이가 조금 전에 왔다 하니 누구를 놀리는 건가? 속이는 것은 아닌가? 하는 의심이 드는 것이었다. 그만큼 명신이의 신경도 지치고 과민한 탓인지 모르겠으나 귀신이 불러 댄 듯이 바로 한걸음 앞서 죽었을 거라고 애절하던 사람이 들어왔다 하니, 하도 신기하고 반가워서 곧이들리지를 않았던 것이다.

"천행이지, 기적야!"

순제의 발갛게 화기가 돌고 신바람이 나서 깔깔 웃어라도 보고 싶은 것을 참고 숨기는 기색은, 마치 다 죽게 된 자식을 구해낸 어머니의 기뻐하는 양 같았다. 정작 모친이나 누이보다도 활기가 도는 꼴이 명신이에게는 좀 이상히 보이고, 천행이고 기적이란 그 말이 옳다고 생각하면서도 자기보다 더 좋아하고 마음이 옥신거리는가 싶어 시기 비슷한 의

아한 눈으로 보면서,

"그래 어떠세요? 몸은 성하시겠죠?"

하고 연거푸 물었다. 영식이의 모친이나 누이가 시원한 눈치를 않은 원인이 혹시나 병신이 되어 왔거나 병이 들어와서 그렇지나 않은가 하는 의혹도 있는 것이었다.

"옷 주제하구, 명신이가 봤더라면 놀라 자빠졌을 거지만……."

순제는 신통스럽지 않게 웃어만 보였다. 차차 냉랭한 눈치가 보이는 듯싶었다. 실상은 혼인 사단이 있던 뒤로 명신이도 순제에게 그리 호감은 가질 수 없었고, 영식이에 관한 한 일체 순제에게는 말을 붙이지도 않던 터이나, 이 경우에 순제밖에 자기편이 되어 줄 사람이 없고 갑갑하니 이 여자에게 물어보려는 것이다. 그러나 죽을 고비를 넘기고 온 사람을 대접하려 그렇겠지마는 순제가 손수 찬거리며 과실을 흥정해 가지고 들어오는 거동이라든지, 순제가 쓰는 방인 모양인데, 건넌방을 색시 방처럼 아담스럽게 꾸며 놓고 지내는 눈치가, 마치 이 집 며느리 같다는 기분이 들어서 그 역시 이상하다는 생각이 들었다.

'어째 하필이면 여기엘 와 있게 됐던구? ……'

피난꾼이 이리 몰리고 저리 몰리며 제 몸 하나 감출 데가 없어 쩔쩔매던 때기로 저의 붙이를 내놓고 여기에는 왜 와 있었던가 싶다.

모친과 영희는 부엌으로 드나들며 둘이 수작하는 눈치를 슬쩍슬쩍 보다가,

"선선한데 어서들 올라가 방에서 놀라구."

하고 권하였으나, 명신이나 순제나 이야기가 그리 탐탁히 어우러지지를

않아서 올라가 마주 앉기가 싫었다.

그래도 순제는 양요리를 한 접시 만들어 놓는다고 프라이팬을 내놓고 손에 빵가루 칠을 해 가며 일을 하고 엉정벙정하니 심심치 않으나 명신이는 가만히 앉아서 남자가 들어오기만 기다리고 있는 것이 딴 집과 달라서 퍽 거북하고 무안스러웠다.

"가겠어요. 내일이구 또 와 뵙죠."

명신이가 두 번이나 일어서는 것을 마님은,

"뭘 다 됐어. 만나두 보구 점심 좀 먹구 가지."

하고 붙드는 바람에 주저앉았다. 명신이는 마님이 지성으로 붙드는 것이 고마웠으나, 순제의 눈치는 좀 달랐다.

"왜 그럴꾸? ……"

아들에게 또 무슨 걱정이 생긴 것도 아니요, 간다는 사람을 지성으로 붙드는 것을 보면 자기가 와서 그런 것도 아닌 모양인데, 하고 명신이는 또 고개를 갸웃하였다.

그러나 순제도 차차 입을 닫치고 혼자 생각에 골똘히 팔려 들어가는 눈치였다.

영식이는 명신이가 온 지가 한 시간이 훨씬 넘었는데 밤이 다 되도록 돌아오지를 않는다. 집안 공기는 따분하였다.

"웬일일까요? 아마 이발소를 다녀오시나, 왜 이리 늦을까?"

순제는 이 모녀가 말수도 없이 자기들의 수작을 하는 눈치만 살피는 기미를 벌써 알아차리고, 거기에 따라 기가 줄어드는 것을 벋디디려는 듯이 태연히 말을 꺼내며 침묵을 깨뜨렸다.

"글쎄……속이 비었을 텐데!"

모친도 지친 끝에 더운 물에 들어가 무슨 일이나 없을까 애가 씌웠다.

"이발소에 가 보죠 짐두 있는데…….."

하고 순제는 어느 이발소를 찾아가려는지 몸도 잽싸게 횡하니 나가 버렸다. 마님은 말리지는 않았으나 너무 따르는 양이 좋을 것은 없었다. 명신이 보기에도 안된 생각이 들었다.

이 마님은 명신이가 들어서는 것을 보고 첫째 마음에 걸리는 것이 순제였다. 아들의 처지도 딱하지마는, 자기도 거북하고 이때까지 어려운 고비에 함께 지낸 정리에 어떻게 소리 없이 떨어지게 해야 할지 난처한 노릇이었다. 순제도 가엾고 명신이에게도 미안한 일이었다. 영희역시 이 걱정에 마음이 팔렸던 것이다. 눈치 빠른 명신이의 눈에 한참활기가 떠돌 집안이 왜 이런가? 하고 의심하는 것도 무리가 아니었다.

"저 색시 전남편이 빨갱이라던가? 평양서 와 가지구 붙들어 내려는 바람에 본가에두 못 가 있구 피해 다느니라구 애썼구먼."

마님은 순제가 나가는 뒷모양을 바라보며 심심하게 앉았는 명신이에게 말을 붙이고 마루 끝에 와서 앉는다. 아들의 변명 겸 자기변명도 하고 싶었다. 미장가 전인 총각 자식을 순제에게 내줄 리 없고, 그렇다고 정 씨 집에서 마다는 것을 비릿비릿하게 이 색시 아니면 색시가 없는 것은 아니나, 명신이가 마음에 드는 것이요, 자기 체면도 있으니 변명부터 앞을 서는 것이었다.

"에? 그래요? 평양서 왔었에요?"

순제의 과거를 대강 짐작하는 명신이는 첫말에 순제가 여기에 와 있는 까닭을 짐작하겠다는 듯이 얼굴빛이 명랑하였다.

'……그러면 그렇지, 아무려면 그이가 설마……순제도 그럴 사람은 아니지…….'

하는 안심이 들었다.

반찬거리쯤 사 오고 마중을 가고 하기야 한집에 있으니까 그런 것일 거요, 생색내느라고 그럴 것이지, 살림을 하는 며느리 같다고 보는 자기가 잘못이란 생각도 들었다.

그러나 순제가 나간 지도 얼마 만에 옷 보따리를 들고 의기양양해서 영식이를 따라 들어오는 것을 보니 명신이는 마음이 선뜻하였다.

"아아……."

벌써 선통이 가서 마음의 준비가 있어 만나니까 그렇겠지마는, 영식이가 들뜬 목소리로 껄껄 웃는 것이 명신이에게는 좀 공허한 느낌을 주었다. 순제에게 마음 한끝이 잡혀서 그런지, 명신이도 생각하였던 것보다는 감정이 폭 실리는 것 같지 않고, 무에 한 겹 새에 가리고 선 듯이 멈칫하며 멀거니 마주만 보고 생긋 웃음이 입가에 떠오를 뿐이었다. 눈물도 아니 났다.

머리를 깎고 명주 바지저고리의 말쑥한 모양을 보고 어느 새신랑이 들어서는가 싶어서 명신이는 가엾은 생각보다도 다만 반갑고 고마운 생각뿐이었으나, 앞선 순제 때문에 저만치 멀어 보이는 것이었다. 석 달 동안 헤어져 있었대서 설면할 것은 없으련마는, 그래도 그동안의 생활이 피차에 너무나 동떨어졌더니만큼 감정이 통치 않는 점도 있었다.

더구나 남자를 공상으로만 그려 보고 보아 오던 명신이는 남자의 생활 속에 파고들어 간 순제에 비하여 저만큼 테 밖에 섰는 것을 어찌하는 도리가 없었다.

"어서 들어가 편히 좀 누세요"

순제가 병객이나 부축해 올리려는 듯이 어깨에 손을 대며 앞질러 서두는 품이, 인제는 누구 앞에서고 간에 사람하고 숨기려는 태도가 아니라, 대담히 노골적으로 터놓고 나서는 눈치였다. 진정에서 우러나는 것을 참을 수 없어도 그렇겠지마는, 하나는 명신에게 대한 시위요 무언의 포진이며, 선언이기도 한 것이었다.

"자, 올라가십시다. 지금 순제 씨한테 대강 얘기는 들었지만……허어! 무엇부터 얘기를 해야 할구."

영식이는, 인제는 기운이 푹 빠지는 소리로 마루 끝에 털썩 주저앉는다.

"고단하실 텐데 애긴 요담 하시죠. 전 곧 가 봐야 하겠에요."

명신이는 선 채, 그대로 나서려는 기색이었다. 식사가 벌어지는 자리에 끼어 앉았기도 싫거니와, 이야기가 길게 나오기 전에 어서 빠져 달아나고 싶었다. 어쩐지 순제가 두 활개를 벌리고 가로 막고 서서 남자에게는 접근을 못 하게 하려는 듯한 그런 이상한 분위기가 불쾌하고 꼴보기 싫어서 더 있을 수가 없었다.

"난 그리 피곤할 건 없어! 수안(遂安)까지 죽어죽어 빠져 나오기에 혼났지만, 수가 좋으느라구 트럭을 얻어 타서 신계(新溪)서 연천(連川)으로 길은 돌았지만……."

영식이는 아직도 흥분이 덜 식고 정신이 들떠서 명신이에게 탐탁히 인사를 하련다든지 그편 소식을 묻기보다도 자기 말부터 하기에 급하였다.

"그래두 이건 헛기운예요 어서 들어가 누셨다가 진지 잡숴야지."

모친이 얼른 안방에 들어가 요를 펴는 것을 보고 순제는 달래듯이 권하며, 들고 온 옷 보따리를 헤쳐서,

"이것 좀 봐요"

하고 명신이에게 내밀어 보이고는, 보자기를 빼놓고 시커먼 속옷이며 양말짝이 꾸역꾸역 헐어져 나오는 것을 주섬주섬 모아 가지고 아랫방 옆 헛간으로 가서 꾸려 박는다. 명신이는 놀란 듯이 눈살을 찌푸려 보이면서도 순제의 얼굴을 멀뚱히 치어다보았다. 이가 들끓거나 할 옷이니 보자기에 옮을까 보아 어서 치우려는 것인지 모르겠으나 손을 대기도 징그러운 그 뗏덩이의 남자 옷을 순제가 앞질러 치워야 할 것도 아닌데, 더러운 생각도 없이 만적거리는 것 역시 명신이에게는 무심히 보이지를 않았다. 살림을 모르고 날리고 다니던 순제가 그런 것까지 총찰인 것을 보고 더 놀랐다. 웬일인지 명신이의 가슴은 무서운 것이나 본 듯이 도근도근하였다.

"안녕히 계세요"

마님이 마루로 나오기를 기다려서 명신이는 인사를 하였다. 목소리가 가벼이 떨리었다.

"왜 좀……"

하면서도 모친은 더 붙들려고는 아니하였다. 영식이도 잠자코 앉았다.

"그럼 내일 또 와요"

영희가 같이 뒤따라 나오며 말을 붙이는 순제의 소리가 어깨에서부터 무엇을 들씌우는 것 같고 덜미를 밀어 내쫓는 듯이 명신이에게는 들렸다.

"내일 가 뵙겠지만 아버니께 문안 여쭈어 주슈. 몇 시쯤 갈까?"

영식이는 붙들기도 거북해서 가는 대로 내버려 두었다가 그래도 안 된 생각이 들어서 쫓아 나와 소리를 치는 것이었으나, 저만침 나가던 명신이는 해죽 돌아다보며,

"네, 언제든지 천천히 오세요"

하고 태연히 대꾸를 하자면서도 얼굴이 뒤틀리는 것을 어찌하는 수 없었다. 문밖으로 나서려는 영식이를 순제가 떠다밀듯이 하며 들어가는 것을 힐끗 보고는, 못 볼 것이나 본 듯이 고개를 폭 숙이고 뺑소니를 쳐서 골목을 빠져 나왔다.

큰길로 나서서야 비로소 꼭 막혔던 가슴이 조금은 숨을 돌리고 피가 통하는 듯싶었다. 야속하다든지 남자가 원망스럽다는 생각보다도, 다만 커다란 모욕을 당하였다는 분한 생각뿐이요, 꿈에도 생각지 못한 의외의 눈치에 놀란 머리가 혼란하여 어리둥절하면서도, 순제에 대한 증오감으로 몸부림이라도 치고 싶을 지경이다.

'사람이 어쩌면 그럴 수가 있나!'

아랫입술을 악물며 맥없이 걸었다.

'얌체 빠지구 빤빤스럽게, 미안하다거나 부끄러운 생각은 없이 이건 다 아무두 손을 못 댄다는 듯이……어디 두구 보자……'

명신이는 또 한 번 이를 악물었다.

침착하고 참을성이 있는 명신이는 스물둘이란 나이도 있지마는 분하다고 눈물이 핑 돌거나 마음으로라도 허둥대는 성미는 아니었다. 그러나 부모와 은근히 대치하여 싸워 왔고, 그만큼 공들여서 쌓아 놓은 마음속의 탑이 불시에 무너진 것 같아서, 아깝고 분하고 낙심이 되어 혼자 섧지 않을 수 없다. 공동전선을 펴고 둘이 싸워야 할 이 어려운 고비에서, 한편은 배신을 하고 반기를 들고 나동그라졌으니, 이때까지 헛애를 쓴 자기 꼴은 무에 됐으며, 이것을 어디 가서 하소연할 데조차 없는 것을 생각하면 차라리 순제보다도 영식이가 사람 같지 않다는 원망도 비로소 떠오른다.

'하지만 가만있을 줄 알구!'

명신이는 세 번째 안간힘을 썼다.

그러나 대관절 무엇을 보고 그러는 것인가? 무슨 근거가 있다는 말인가? 공연한 지레짐작이 아닌가? 명신이는 다시 곰곰 생각하여 보았다.

지금 문간에 나가지 못하게 막고 데리고 들어가는 것도 고단한 사람을 위해서 그만한 몸조심을 시키는 것은 동무끼리도 얼마든지 할 수 있는 일이 아닌가? 목욕 간 사람이 너무 거레를 하니 지친 끝에 실수가 있을까 보아, 어린 처녀를 내보낼 수도 없으니 바쁜 모친 대신에 마중 나갔다가 짐을 받아들고 들어왔다기로 그게 무슨 의심쩍다는 말인가? 남의 집에 얹혀 지내자면 싫은 일도 거들어야 할 건데 더러운 옷 보퉁이를 구경 삼아 펴 보인 길에 갖다가 치웠기로 그것이 반드시 남편의 시중드는 아내 직책이라고만 할 것은 무엇인가? ……이렇게 돌려 생각

하면, 명신이는 자기가 너무 신경과민으로 그런가 싶어,

'내 머리두 좀 돌았나? ……'

하고 옥죄였던 마음이 얼마쯤 풀리기도 하였다. 어쨌든 한번 만나서 이야기를 해 봐야 알 노릇이라고 서두는 자기 마음을 가라앉히기에 애를 썼다.

이튿날 명신이는 사무실에 가서도, 영식이가 집에를 가는 길에고 오는 길에 들려 주지나 않을까 하고 은근히 기다렸다. 거리에 나오기만 했으면 인사로라도 올 것 같기는 하나, 안 오면 틀린 것이요, 오면 아무 일 없던 것이라고 혼잣속으로 점을 쳐 보며 얼이 빠져 앉았었다.

"미스 정, 면회요"

명신이는 타이프에서 손을 놀리는 채 고개만 쳐들어 보이고 알아들었다는 표시를 하며,

'왔구나!'

하고 속으로 반기었다. 당장 찾아온 것이 좋기도 하거니와 마음에 먹었던 점이 맞았는가 싶어 입가에 웃음이 저절로 떠올랐다. 찍던 구절을 후딱 매마쳐 놓고 사무실 밖으로 나가며 귀밑에 떨어진 머리칼을 쓰다듬어 올리었다. 약간 얼굴이 홧홧해지는 것을 깨달으며 마음에 이성을 느꼈다. 이렇게 남자에 대한 애정이 머리를 들며 마음이 설레해 보기는 오래간만의 일이었다.

그러나 문을 밀고 나선 명신이는 본능적으로 낯빛이 살짝 변해지며 주춤하였다. 기대에 어그러졌다거나 순제에 대한 반발로도 그렇겠지마는, 그보다도 순제와 종식이가 함께 찾아와 준다는 것이 지난날의 기억

을 새롭게 똥기어 주는 것 같아서 싫었다. 부산에 있을 때 종식이와 한 집에서 지냈다거나, 서울 올라올 제 한배를 타고 왔다는 것은 딴 문제다. 두어 달 한 지붕 밑에서 살았대야 서로 마주치면 수인사뿐이지 별거래가 없이 지냈던 것이다.

"어제두 왔었죠. 고단하시지 않아요?"

종식이는 그저께 인천서 트럭으로 올라와서 헤어진 뒤로 처음 만나는 것이다.

"인제야 영감님께 가는 길인데, 나가십시다."

부친이 납치된 줄은 꿈에도 모르고 올라온 이 사람은, 오늘 순제와 함께 정 취체역 회장에게 보고를 하러 간다는 것이었다.

"하던 일이 있는데, 먼저들 가시죠"

"점심 때두 되구 했는데 좀 나오세요"

배를 태워다 준 인사 겸 점심이라도 먹으러 가자는 말눈치였으나, 명신이는 그럴 기분이 나지 않기도 하려니와, 영식이가 올까 봐서 자리를 뜨고 싶지 않았다.

"이렇게 된 줄 않았더라면 신 과장을 여기서 맞추었더면 좋았을걸."

비로소 순제가 입을 벌렸다. 명신이 부친에게 문안을 간다 하였으니 거기서 만나자고 약속을 한 모양 같다.

"난 어쩌면 내일이라두 신분증만 얻으면 미군부대를 따라 평양으루 떠날 테예요"

오늘 교섭에 당장 귀정이 났는지, 종식이는 작별 인사 비슷이 이런 소리를 꺼낸다.

"네! 잘됐군요 오빠두 만나시겠지만 어서 가세서 모시구들 내려오셔야죠. 그럼 안녕히 다녀오세요."

축객은 아니지만 종식이가 바빠하는 눈치기에 어서 떨어져 보내고 싶어 인사를 하려니까, 영식이가 층계 모통이를 돌쳐 들어온다.

"아, 마침 오시는군."

하며 순제는 소리를 내서 웃으며 반색을 한다. 명신이는 그 웃음소리에 질려서 반발로 멀뚱히 바라보고만 섰으나, 딴은 파르스름한 가을 양복을 말쑥이 입은 헌칠한 몸매가 보기에만도 반갑다. 그러나 잠자코 섰었다.

"아아, 뭐라구 인사를 해야 좋을지."

"피차일반이로군."

두 남자는 감개무량한 낯빛으로 악수를 한다. 영식이는 훨씬 원기를 회복한 눈치로 활발하였으나 아직도 침착한 맛이 없이 허둥허둥 달뜬 기분이었다. 종식이와 수작을 하며 영식이의 눈길이 몇 번이나 명신에게로 왔으나, 명신이는 마주치는 것을 피하였다.

순제가 보기에라도 어림없이 속아 넘어가는 우스운 꼴을 보일까 봐 자기의 감정을 싸고 경계하는 기색으로 눈치만 살살 살펴려 드는 것이었다.

영식이의 위안 겸 이야기를 듣자는 데야 명신이도 마달 수가 없어 따라나섰다. 아슨 대로 명동으로 들어서 깨어진 뒷골목 한구석의 조그만 청요릿집으로 들어가 좌정하고 앉으니 자리가 어근버근하고 제각기 미묘한 감정에 휘둘리는 것을 깨달았다. 이런 때가 아니면 이 네 사람이 한자리에 마주 앉을 기회가 있을 리 없었을 것이다. 누구나 제 감정을 숨기면서 피차의 눈치를 보기에 바빴다.

명신이가 입을 봉하고 흥이 빠진 얼굴로 누구의 눈길이나 마주치는 것을 피하며 앉았는 것을 보고, 순제는 속으로 이 계집애가 벌써 알아차렸나 보다! 고 생각하였다. 그러나 겁날 것도 없고 도리어 잘되었다는 생각이 들었다. 다만 어떤 태도로 나올지 그것이 염려였고, 그보다도 남자의 눈치가 어떤가를 엿보기에 바쁘고 겁이 나는 것이었다. 기회만 있으면 하루 바삐 터놓고 귀정을 내 버리는 것이 피차에 깨끗이 좋을 것 같았다.

영식이 역시 명신이의 태도와 기색으로 짐작이 들었다. 그러나 눈길이 여기 놓이고 저기 놓이고 하는 것을 보면 마음이 갈팡질팡하는 모양이었고 묻는 대로 끌려갈 때 고생하던 이야기, 훈련 받을 때 목도한 이야기, 공장 생활이며 탈출하던 광경을 쉴 새 없이 떠들어놓다가도, 어쩐둥 명신이를 바라보다가는 말을 뚝 끊고 멀거니 딴 생각에 팔려서 심각한 표정이 떠오르곤 하였다. 그럴 때마다 명신이는, 영식이의 말소리가 뚝 끊치며 눈길이 자기에게로 오는 듯싶어, 무심코 고개를 쳐들고 말끔히 바라보다가 남자의 고민에 싸인 낯빛에서 무엇을 직각한 듯이 가슴이 선뜻해지며 외면을 하였다. 그것은 자기를 못마땅해서 무엇인지 눈으로 꾸짖는 것 같기도 하여 까닭 없이 찔끔하기도 하였으나, 다시 반발적으로 마주 쏘아보며 소리 없이 대거리를 하면, 영식이의 눈이 도리어 찔끔해서 온유한 낯빛으로 무엇을 사과하듯 애무하듯 반웃음을 지어 보이는 것이다.

그럴 때마다 종식이는 속으로 고개를 기웃하며,

'웬일일꾸……'

하고 그 여자의 기색을 살피었다.

"그렇게 잡숫구 괜찮으실까? 없히시면 어쩌려구. 이 약주는 내가 대신하지."

순제가 옆에 앉아서 일일이 먹는 데 총찰을 하고 술도 아직은 안 된다고 둘째 잔을 자기가 들어다 먹고 하는 것을 눈여겨도 보았지마는, 종식이가 종군을 하겠다는 말에 영식이가 귀가 번쩍해서,

"응? 나두 나설 테야. 같이 갑시다."

하고 서두니까,

"이이가 정신이 나갔나! 어딜 간단 말야? 그만하면 이에서 신물이 날 텐데."

하고 펄쩍 뛰며 핀잔을 주는 것을 보고, 명신이가 도리어 얼굴이 발개지고 종식이는 빙긋빙긋 웃기만 하였다. 순제는 자기도 웬일인지 흥분이 되어서 무심코 나온 말이 좀 지나쳤다고 슬며시 무색한 생각도 들었으나, 아무러면 어떠냐고 이왕이면 배짱을 부릴 생각도 들었다.

"아냐, 이판에 죽치고 들어앉았을 놈이 누구란 말야. 순제 씨, 나두 군속 한 자리 어디 벌어 주슈. 정말야……"

하며 영식이는 정색으로 달려든다.

"이 냥반 아직 정신이 덜 가라앉았어! 어머니께서 들으셨다간 큰일 날 소리를……"

하며 순제는 코웃음을 쳤다.

"하지만 이 꼴루서야 당장 무슨 할 일이 있는 것두 아니요, 머릿살 아픈 꼴 보기두 싫구, 훨훨 나서 보구 싶어!"

영식이는 그래도 고집을 부린다. 무엇이 머릿살 아프다는지? 얼굴에는 다시 고민하는 빛이 떠오르는 것을 두 여자는 제각기 딴 생각으로 멀뚱히 치어다보았다.

방황의 삼거리

쓸 만한 세간은 없어지고 텅 빈 것이나 다름없지마는, 환히 도배를 새로 한 집에 오래간만에 자리를 잡고 앉으니, 갓 이사나 온 것처럼 첫 서슬에는 기분이 깨끗하니 인제야 정신을 차릴 것 같았다. 그러나 순제의 마음은 허전하였다. 번채 나는 세간을 깡그리 잃어버리고 손길 들인 잔세간마저 없어진 것이 하나 둘 생각날 때마다 당장 아쉽고 분한 생각에 화가 버럭버럭 나기도 하지마는, 그까짓 것은 외려 열두째였다. 두 달쯤 지낸 천연동 생활이 이태나 되는 듯싶이 오랜 것 같고, 부지중 정이 들어서도 그렇겠지마는 휑뎅그렁한 넓은 집에 가만히 혼자 들어앉았으니 차차 쓸쓸하고 신푸녕스러운 생각만 들어서 마음이 붙지를 않는다. 영식이는 재동으로 옮겨온 뒤 그제 어제 이틀이나 되어도 병이 나서 꿈쩍을 안 하는지 들여다보지를 않으니 이틀 동안 눈이 빠지게 기다리느라고 지쳐서 오늘은 아침부터 처네를 뒤집어쓰고 누워 있었다.

석 달 동안 더위와 싸우며 그 복대기를 치다가 인제 한시름 잊고 몸이 한가해지니까 그런지 지친 끝에 폭 까부러지는 것 같기도 하지마는, 날씨가 차차 추워져서 낮에도 방문을 열어 놓기가 싫고 따뜻한 데만 찾아들며 자리 속에서 사지가 축 늘어지는 것이었다.

'이러다 병이나 나지 않으려나? ……'

이런 생각을 하다가 영식이야말로 정말 앓아누워서 오지를 못하는지? 궁금해서 못 견디겠으나, 떠나온 지 며칠 안 되는데 불쑥 가기도 우습고 사람을 보내서 문안을 한다기도 예사롭지 않아 꿀꺽 참고 꼴이나 보자는 역심도 나는 것이었다.

소리 없이 예사로이 넘어갈 리는 없고, 언제나 한 풍파 치르고 말리라는 짐작야 못 한 것은 아니지마는, 무엇보다 무서운 것은 남자의 마음이 어떤지 종을 잡을 수가 없는 것이다. 돌아온 뒤로 사흘이나 한집에 있었건마는 이때껏 한 번도 둘이만 조용히 만나서 이야기할 기회는 없었던 것이다. 떠나던 날도 안방에 들어 앉았는 사람을 틈을 타서 들어가 보고,

"나 좀 데려다 주지 않으시려우?"

하고 은근히 끌어 보았으나,

"나중 갈께요"

하고 웃기만 하였던 것이다. 지금 생각하니 슬슬 피하려고만 드는 모양 같다. 그동안 그렇게 애절하게 기다린 생각을 하면 분하고 괘씸도 하다.

그러나 영식이가 그렇게 야멸찬 경박 소년도 아니요 인사를 못 차릴 사람이 아니라는 생각을 하면, 영식이의 심경이나 처지를 이해 못 할 것도 아닐 것 같았다.

'고지식한 숫보기가 혼자 끙끙 앓는 게지? 이럴 수도 없구 저럴 수도 없구, 자기 딴은 양심적으루 태도를 정해야 하겠다는 것이겠지만……'

이런 생각을 하면 고민하는 남자가 가엾은 생각도 들었다. 어떻게 했으면 남자의 고민을 덜어 줄까 하는 애틋한 생각과 함께, 자기가 남자의 처지라면 어떻게 귀정을 짓겠는가를 곰곰 궁리도 해 보았다. 그러나 별 묘안이 머리에 떠오르지도 않았다. 이런 경우 저런 경우를 가정해 놓고 생각하여 보아야 자기가 조금도 양보할 이유는 없다고 버티어 보았으나, 자기가 영식이가 아니라는 데 가서는 딱 막혀 버리는 것이었다.

순제는 혼자 바르를 찜증을 내며 모든 객쩍은 공상에서 벗어나려고 머리를 두어 번 힘 있게 흔들며 자리에서 발딱 일어나더니, 경대 앞으로 가서 얼굴을 매만지고 옷을 갈아입었다. 속이 타서 아무래도 가만히 들어엎뎄을 수가 없었다.

순제는 차렵저고리에 스프링을 걸치고 나섰건마는, 등덜미가 으슬으슬 하는 듯싶고, 입속의 침이 말라서 미끈미끈하였다.

감기 기운인가 하였지마는 너무 누워 있어서 그렇고 몸이 느른한가 하였다.

거리에서 지나치는 얼굴마다 여전히 해쓱히 두 볼이 쪽 빨리고 어깨가 축 처져서 비쓸거리는가 하면 간혹 눈에 띄는 낮술에 지지벌건 상판에서만 아직도 9·28 해방의 자취를 찾아 볼 수 있는가 싶었다. 거리는 쓸쓸하고 전방은 꼭꼭 닫은 채건마는 묵묵히 음식집만은 그래도 솔솔 피어오르는 연기를 뽑아 올리고 있다.

'그래두 술 먹을 돈은 있는 게로군.'

하며 순제는 집수리에, 팔찌를 팔아서 쓰다 남은 돈을 싹싹 긁어 쓰고, 또 금반지 하나를 판 것이나마 달랑달랑하는 것이 생각난다. 은행문은 아직 열리지 않고 식량 배급도 이때까지 없는데, 차차 뒤가 달리는 것이 걱정이 되었다. 필운동 집도 모른 척하는 수 없고 날은 추워 가는데 이대로 지내다가는 이 겨울을 어찌 날지 애가 씌우기도 하였다.

'천연동 집도 당장 어려울걸……'

이런 생각을 하다가 팔찌를 팔았을 때, 임일석이에게, 저도 쓰고 창길이에게 갖다 주라고 이만 원 템이 내어준 생각이 나서 그것이 불과 한 달 전 일이지마는 어림없는 짓도 했다고 겁을 벌벌 내던 그때의 자기를 몇 십 년 전 일처럼 혼자 코웃음을 쳤다.

'하나, 대관절 고 녀석은 지금쯤 어디를 갔을꾸?'

하고 일석이의 그 조그만 얼굴이 어디서 발발 떨고 있을 양이 눈에 보이는 듯싶었다.

'제 주제에 이북으루 쫓아갔을 수두 없을 거요, 붙들렸으면 총살감 아닌가!'

철부지가 날뛰고 다니며 김 사장을 들볶다 못해서 그 지경을 만든 것을 생각하면 그래 싸지! 하면서도, 죽었으리라는 데는 역시 끔찍끔찍한 생각이 들었다.

뒤달아서 장진이의 얼굴이 떠올랐다. 필운동 집 건넌방에서 배갈을 석 잔째 따라 놓으니까 손을 댈까 말까하고 망설이며 정답게 치어다보던 눈이, 금시로 무색한 듯이 흐려지던 그 표정이 생둥생둥 솟아났다.

'대전 내려갔다니까 거기서 죽지 않았으면, 지금쯤은 평양에 가서 앉

370 취우

있는지두 모르지만……'

하여간 그 눈의 테 밖에서 벗어난 것만 천행이요 시원시원하다. 그대로 치밀어 올라가면 벌써 어느 구렁에 쓰러졌을지도 모를 것이다. 주의니 뭐니, 그저 허무한 생각뿐이다.

천연동 집에를 들어가니까, 뜻밖의 손을 만난 듯이 반가워들은 하나 영희의 반기는 품과 마님의 눈치와는 역시 다른 데가 있었다. 영식이가 눈에 안 띠우는 데에, 실망을 하면서도 병이 나서 누웠지 않은 것이 안심이 되었다.

"나두 궁금하더군마는, 얘두 한번 못 들렀던 게지?"

모친의 말눈치는 영식이가 안 가니까 좀이 쑤셔서 왔느냐는 말 같기도 하고, 갔던가 안 갔던가를 물어보는 듯도 싶다. 아들이 으레 인사로 찾아가 보아야 옳을 것이요, 그것까지 총찰을 할 것은 없으련만, 마님은 역시 감정으로나 기분으로 신경이 씌우는 눈치였다.

"동생 애기가 어떤 동무하구 와서 같이 나갔는데……."

동생이 같이 왔다는 아이면야 이은애일 것이다. 위문으로 왔을지도 모르지만 은애를 만나서 함께 나갔다는 것이 공연히 실쭉하였다. 그러나 어쩌면 자기 집으로 셋이 내려갔나 하여 어름어름하다가 급히 되짚어 나왔다.

집에를 와 보니 순영이와 은애가 와서 기다리고 있다.

"얼굴이 왜 그러세요? 어디가 편치 않으신가 보군."

은애는 첫 인사에 순제의 해쓱한 얼굴을 바라보며 놀라는 소리를 한다.

"글쎄 감긴지 오슬오슬 춥구먼."

눈알도 벌거니 열이 있는 모양이다. 양복장 체경에 얼굴을 잠깐 비춰 보고는 옷도 벗지 않고 깔아 놓은 채인 자리에 가서 쓰러지듯이 앉았다.

"신 과장은 어디루 갔어?"

"아, 천연동 가셨던 게군요? 아까 찻집에서 헤져서 총무과장 댁으루 가셨는데……"

계집아이들을 끌고 다방에도 가고 놀러 다니면서 자기에게는 모른 척하는 남자가 인제는 정말 미웠다.

"회사 문을 열 준비를 하나 봐요. 오늘 과장회의라나요."

총무과장 집 다녀서 가는 길에 들르마더라는 전갈이었다. 순제는 귀가 반짝해서 다소 신기가 풀렸다.

"명신이가 왔다기에 들려 봤지. 거기두 그만두구 학교 다닌다나요. 한데 앓구 난 사람처럼 얼굴이 퍽 못됐던데."

순영이의 묻지 않는 이야기였다.

"신 과장이 가자던 게군?"

실답지 않은 질문이나, 순제는 안 묻고는 못 배겼다.

"아뇨, 그 앞을 지나면서두 들어가재니까 싫다구 그대루 가 버리시던데."

은애는 일부러 이런 소리를 들려주며 웃었다. 그것은 반드시 순제에게 듣기 좋으라고 한 말만은 아니었다. 은애는 순제에게 대하여 경쟁적 입장을 취할 만큼 대담한 것은 아니었다. 그러나 흥미 이상의 것을 느끼는 것이요, 은근히 비난도 하고 결코 오래 가리라고는 생각지 않는 것이다.

"너 언니는 결국 남 못할 노릇만 하구 말았지 뭐냐? 나이나, 처지나 누가 듣기루 그럴 듯해야 말이지!"

이 처녀는 명신이를 만나고 나오면서 순영이에게 이런 소리를 조금 전에 하던 것이다. 순영이도 그렇지 않다고 형을 위하여 변명할 용기와 친절은 없었다.

"에이 모르겠다……."

순제는 내던지듯이 한마디 하고는 자리 위에 그대로 쓰러졌다. 무엇을 모르겠다는 말인지? 그러나 열기에 발갛게 피어 오른 얼굴은 환하였다. 지금 말 들어서는 명신이와 붙어 다니느라고 자기에게 발이 멀어진 것이 아닌 것만은 확실하니, 저윽이 마음이 놓이는 것이었다.

"앗, 신 과장 오시는군."

하고 은애가 일어서도 자리에 누운 주인은 모른 척하고 있으니 일어선 길에 마루로 마중을 나가는 수밖에 없었다.

"속히 끝났군요. 강 선생은 아파 누셌에요. 한집에서 사시던 정리루 두 병환이 나시두룩 곧 좀 와 뵙지를 않으시구……."

하고 동그란 커단 눈을 치떠서 흰 동자를 대룩하며 콧살을 째긋한다. 사기 없이 곧장 새롱대는 편이지마는, 요새 계집애는 이런 조롱도 거침없이 입에서 나오는 것이지, 결코 이 처녀가 수다하거나 무람없어 그런 것은 아니다.

영식이가 방 안에 들어서니까 그제서야 순제는 자리 위에 일어나 앉으며 잠깐 거들떠본다. 입가의 웃음은 감추며 토라져 보이는 양이, 두 처녀의 눈에는 우스워도 보이고 재미있어도 보였다.

"언제부터? ······열이 심한 모양인데요?"

이삼 일이라 해도 꽤 오래간만인 것 같았으나, 못 왔던 변명이나 잔사설 대신에 이렇게 말을 붙였다.

"지금 선생님 뵈러 갔다 감기를 들려 오셨어요."

은애가 대신 대거리를 하도록 순제는 여전히 잠자코 있다.

"우린 가지."

싸우던 닭같이 물끄럼말끄럼 보고만 앉았는 것이 도리어 긴장한 기분을 자아내고 흥미가 있었으나, 자기들이 없었더라면 이마라도 짚어보아 주고 금시로 풀릴 것을 공연한 쌩이를 하나 싫어 은애는 몽총히 앉았던 순영이를 끌고 나섰다.

"언니, 약 지어 올까?"

순영이가 일어서며 인사로 물으니까 형은 마다고 하며 그래도 마루까지 나와서 보냈다. 그러다 다시 들어와 옷을 갈아입고 자리를 걷어치고 앉아서도 몹시 괴로운 눈치였다.

"노독이 인제야 터지셨나 했더니, 그래두 다행하군요."

"노독은 무슨 노독, 당신이야말로 호된 시집살이를 하느라구 지친 끝에 몸살이 난 거 아뉴?"

사실 감사한 생각도 있지만 아무쪼록 안위하느라고 웃어 보였다.

"시집살인 무슨 시집살이."

순제는 코웃음을 쳤으나 그 말이 듣기에 좋았다.

"시집살이면 이만저만한 시집살인가! 하여튼 신세 많이 졌어요."

마음먹고 인사를 하려는 듯이 영식이는 손을 내밀어 악수를 하자고 청하였다. 새삼스럽게 남남끼리처럼 악수란 것도 우스우나, 순제는 손을 주고 한참 붙들고 있었다. 살을 대 보는 것도 오래간만이었다. 기분이 자연스럽지가 않고 저어하는 것 같아서 순제는 불만하기도 하였으나 어쨌든 좋았다.

"에그, 열이 꽤 심하군. 어디?"

하고 영식이는 한손으로 순제의 이마를 짚어 보더니,

"안 되겠군. 어서 뉘요"

하고 일어나서 밀어 놓은 자리를 다시 부둥부둥 깐다.

"무슨 얘기로부터 해야 좋을지……하지만 당신 괴로워하시는 것보다, 눈치만 보구 있는 난 더 괴로워요. 그걸 아시는지?"

같이 거들어서 자리를 펴고 앉으며 속에 먹은 말을 차차 꺼내려 하였다.

"알아요. 다 알아요. 새삼스럽게 그런 소리는 꺼내 뭘 해. 언젠 그런 줄 몰랐나?"

영식이는 자리 옆으로 나앉으며 달래었다.

"그럴 줄이라니?"

순제는 그 뜻을 이렇게도 해석할 수 있고 저렇게도 들을 수 있으니, 눈을 반짝 뜨며 쇠하여 보았다.

"아니, 나부터두 각오한 일인데 무책임하게 할 리야 있느냔 말이지."

영식이의 입에서 이 말이 나오기까지는 사오 일이란 시간이 필요하였었다. 그동안의 번민이 졸고 졸고 졸아붙어서 얻은 최후의 결론이 이것이었다. 순제는 정신이 반짝 드는 듯싶었다.

"그럴 줄은 알았지만……나만 욕심챔 같지만……그래두 난 괴롭긴 역시 일반예요. 미안해요."

순제는 얼굴이 환해지며, 남자의 손을 붙들어 두 손 새에 쥐고 앞으로 몸을 실린다. 숨결이 되었다. 더구나 흥분에 그렇겠지마는 몸은 불덩이처럼 더웠다.

"어서 눠요. 암만해두 약을 지어 와야 하겠군."

순제를 누이고 처네를 덮어 주며 일어서려는 영식이를 놓지 않으며, 식모를 시켜 아스피린이나 사 온다고 하는 것을 떼치고 나섰다.

그렇게 급히 오르는 열이 심상치 않아서 겁도 나거니와, 영식이는 손수 가서 약을 지어다 먹이고 싶었다.

약에, 과일 봉지에……줄줄이 끼고 들어온 영식이는 부엌을 들여다보고, 밥솥에 불을 지피고 있는 식모에게 내밀며 약을 앉히라고 분별을 하고 방으로 들어갔다. 식모는 조용하던 집에 사내 기척이 나고 엉정벙정해져서 좋기도 하거니와, 신혼한 내외의 신접살이 같아서 웃음이 저절로 났다.

어리어리 잠이 들었던 순제는 눈을 반짝 뜨며 무심히 웃어 보인다. 그것은 안심과 행복감에 맥 놓고, 다가오는 남자의 몸을 눈으로 폭 싸안은 듯한 그런 웃음이었다.

"늦기 전에 가 보셔야지?"

이번 거기에 갔다 온 뒤로는 아들이 나가서 좀 늦기만 해도 애를 부등부등 쓰는 모친의 마음을 짐작하는 순제는, 붙들어 두고 싶은 욕심의 반동으로 남자의 속을 떠보듯이 이런 소리를 하는 것이었다.

"무얼! 해가 떨어지지두 않았는데."

하고 영식이가 옆에 앉으니까,

"어려운 일야! 남의 귀둥 도련님을 뺏어내다가……."

하며 순제는 깔깔 소리를 내서 웃었다.

"그 무슨 버릇없는 소리야!"

베개 위에 모로 누운 앵두 빛같이 발간 뺨을 손으로 살짝 튀기며 영식이도 껄껄 웃었다.

과실 접시를 들여오니까 순제가 일어나서 벗긴다는 것을 말리고 영식이가 손수 벗겨 주는 것을 받아먹으면서, 순제는 영식이가 끌려가던 날 학교 마당에서 참외를 사다가 먹이던 생각이 났다. 악수를 하자 하고 과실을 사다가 벗겨 주고 하는 것이 싫은 것은 아니지마는, 인사치레 같고 전에 진 신세를 갚는다는 의미로 건성 그러는 것 같아서 도리어 덜 좋기도 하였다. 신세를 졌다는 생각이나, 당장 야멸치게 떼치기 어려워서 그러는 것은 아닌가 하고 말끔히 바라보며 또 새로운 의혹이 드는 것이었다.

약이 줄지나 않느냐고 일깨고 손수 보러 나가고 하는 것도, 약이나 먹여 놓고 어서 빠져나가려고 조바심이 나서 그러는가 싶었으나, 약을 먹고 나도 멈칫멈칫 똑 떼 놓고 나서기가 어려워하는 기색이었다.

"인제 어서 가세요."

순제는 역시 붙들고 싶으면서 떠보았다.

"앓는 사람을 두구 어떻게 가라는 거야. 왜 이리 축객요."

"축객이 아니라 지금쯤 밥상 봐 놓시구 눈이 빠지게 기다리실 텐데……"

"효부로군. 난 예서 저녁 먹구 놀다 갈 테야"

영식이는 쓸쓸한 빈방에 앓는 사람을 혼자 두고 갈 수도 없었지마는 뚝 떨어져 가고 싶지도 않았다.

"에구, 반찬이 없어! 괜히 누굴 욕을 먹이려구……."

그러면서도 순제는 좋아서 다시 얼굴이 환해지며 벌떡 몸을 추스려 남자의 무릎을 껴안고 아무 말 없이 뺨이며 코를 문지르며 앙앙 앓는 소리를 어리광 피우듯 낸다. 남자도 잠자코 등을 껴안아 주며 머리를 쓰다듬어 주었다.

"가지 말아 줘! 가지 말아!"

"가래두 안 가! 염려 말어."

피차에 고비에 찬 감정을 어쩔 줄 몰라서 더 이야기를 할 기운도 흥미도 없었다.

혼자 저녁을 먹기가 싫어서 약이 훨씬 내리기를 기다려 둘이 한술씩 뜨고 누워서도 앓는 사람을 흥분시킬까 보아 별로 이야기도 없이 기쁜 하룻밤을 첫날밤 같은 기분으로 새웠다. 사실 이리 쫓기고 저리 쫓기며 남의 눈을 피하여 그립게 지내던 것을 생각하면 첫날밤이었다.

이튿날 아침에 집에 들어가니까 모친은 신기가 좋지 못했다. 영식이도 난봉이나 피우고 들어간 것처럼 열적었다.

"사정야 모르는 게 아니오, 나두 잔말은 하구 싶지 않다마는, 장래를 생각하면 마음을 단단히 먹어야지. 당장 명신이가 가엾지 않은가……."

모친의 의견으로 하면 기정사실은 인정하고 순제도 사람이야 아깝고 갑자기 떼치기 어렵지마는, 아무래도 길게는 못 갈 것이니 애초에 마음을 독하게 먹으라는 것이다.

"되어 가는 대로 하죠. 염려 마세요."

"그런 어리뻥뻥한 소리 말어. 예전과 달라 두 계집 거느리구 사는 세상 아니요, ⋯⋯그렇기루서니 쳴량이나 많으면 모르지만 네 주제에 두 계집이란 말이 되나."

그거야 물론 영식이 역시 공상으로도 생각하여 본 일이 없는 일이다.

"그것두 그거요, 당장 살림이 어수선하구 우리마자 마음이 떠들썩해서 어떻게 했으면 좋을지 모르겠구나."

모친의 심리나 기분에는 영식이도 동감이었다. 홀어머니가 반생을 희생해 가며, 아니 일생을 바쳐서 꼭 지켜 내려온 규모와 범절을 깨뜨리고, 안온한 생활이나 분위기를 휘저어 놓은 듯싶은 것이 미안도 하고 영식이 자신부터 감정이나 취미나 도의심으로 싫은 것이다. 그러나 순제를 떨어진다는 것은 생각할 수도 없는 일이다. 얼른 자리를 잡아 놓아야 하겠다고 생각하였다. 형식이나마 간단히 식이라도 올려야 하겠다는 결심도 드는 것이지마는 거기까지 익히기가 좀체 쉬운 일은 아닐 것 같았다.

이때껏 명신이를 일부러 피하는 것은 아니지마는 만나면 첫째 무어라고 입을 벌려야 할지 어떻게 피차의 처지를 알아듣도록 말을 해서 좋은 낯으로 깨끗이 물러서게 할지 큰 걱정이었다. 사정은 어쨌든지 정 회장에 대한 반기를 들어도 덕의 상 시비를 들을 일은 조금도 없지마는, 명신이 자신에게는 의리가 있다. 자기 하나를 믿고 주위와 싸워 온 그 정열과 절조에 대하여 의리가 있고 책임도 져야 할 것이다. 다음에는 총각 자식을 처녀 아닌 여자에게 내맡기기는 아깝고 헌 계집을 며느리로 맞아들이기는 싫다는 모친의 결벽이랄지 묵은 관념이랄지 하는 것과 싸워야 할 것이 한 짐이 되는 것이다.

그러나 요새로 정신이나 기분이 원상회복이 되어 가는 영식이는, 그리 서두르지도 않고 마음이 외곬으로 가라앉아서 평온한 편이었다.

다만 순제의 병이 의외로 끄는 것이 좀 걱정이었다. 아침결은 반하다가 점심때가 지나서부터 열이 나기 시작하면 초저녁은 한소끔 되게 앓고는 식은땀을 베개가 펑하니 좔좔 흘리곤 하였다.

첫 날 자 본 경험으로 보아 옆에서 자면 병인의 신경이나 감정을 자극하여 간병이라기보다도 도리어 기를 지치게 하는 것 같아서 그 후부터는 일체 자지는 않았으나, 날마다 매달려 병구완에 종일을 보낸다.

"명신이, 그 후에 만났어요? 뭐래?"

순제는 일체 그댓말은 건드리지 않으려면서도 역시 궁금하고 어서 분명히 아귀를 짓고 싶어서 또 갖은 공상 끝에 꺼내고 말았다.

"만날 새두 없지만 그건 알아 뭘 해요 자연 양기(揚棄)가 될 거니 내게 맡겨 둬요"

"알아 소용두 없지만 미안하구 가엾기두 해서."

"가엾으면 양보를 할 테야? 무를 테야?"

"양보를 할 수 있구 무를 수 있으면 좋으련만! ……양보할까? 무를까?"

하며 순제는 쌕쌕 웃어 버린다. 포만한 웃음이다.

순제의 병세도 그만하니 영식이는 오전 중에는 하는 일은 없으나 회사에 한 번씩 들려서는 재동으로 가서 오후 시간을 보낸다.

평양 수복도 끝나고 유엔군은 그대로 밀어 올라가는 모양이니, 김 사장의 생존 여부가 당장으로 판명되기야 어렵겠지마는, 종식이와 정달영이를 만나지는 못하더라도 생존해 있기만 하면 김 사장 자신에게서 전보나 곧 들어오지나 않을까? 전보가 불통이면 무슨 편으로든지 언제 달겨들지 모르겠다는 일루의 희망들을 가지고 매일같이 모이는 것이요, 일이야 당장으로 시작하랴마는 아쉰 대로 생활비라도 뜯어 쓸 생각에 뻔닿게 기다리는 것이다.

그러나 기차가 평양까지 통한 지도 벌써 며칠인데 감감무소식이다. 인제는 종식이라도 내려오려니 하고 기다려도 평양서 이북으로 더 따라 올라갔을 리는 없는데 역시 연락이 없다.

그래도 석 달씩이나 갇혀 있던 끝이라 집에 들어앉았기가 갑갑하니, 구락부 삼아 연락처 삼아 모여들 앉아 노닥거리는 것이었다. 순제만은 병후에 아직 깨끗지 않기도 하지마는, 자기 딴은 사직하였거니 하는 생각으로 일향 얼굴을 보이지 않았다.

실상, 영식이도 새로 일을 시작하면 단연 회사와 연을 끊을 생각이요 더 다니겠다고 할 염의도 없으나 흐리멍텅히 그만두기도 안 되어서, 순제와의 관계를 넘짓넘짓이들 짐작하고 실없는 소리도 귓가에 들리는 것이 싫은 때도 있는 것을 참고 나가는 것이었다.

"신 과장, 좀 나가 봐요 괜히 날 불러내구."

사장실에 모여 앉았던 총무과장이 손님이 왔다 해서 나갔다 들어오더니 웃으며 일러 준다.

영식이는 무심코 나가 보니 복도를 저만치 걸어 나가는 명신이의 뒷모양이 보인다.

자기를 만나러 왔으면 모른 척하고 가 버리는 것도 이상하지만, 분명히 총무과장을 불러내 보고 가는 모양인데 웬일일꾸? 이상하다는 생각으로 하여튼 부리나케 쫓아가서 문간에서 붙들었다.

"아, 계셨에요?"

명신이는 잠깐 치어다만 보고 좀 어색한 듯이 고개를 떨어뜨린다.

반갑기보다는 냉랭한 표정이다.

영식이는 미안한 생각도 들었으나 아무쪼록 태연히 예사롭게 대하려 하였다.

"평양서 무슨 소식이 있나, 아버지께서 알아보구 오라세서 왔었에요"

총무과장만 만나고 가려는 뜻을 짐작은 하겠으나, 자기네 사이를 아는 총무과장이 불러줄 테니 기다려 보고 가라 하였든지 한 모양인데, 그대로 가 버리려던 것이 섭섭하기도 하였다. 그러나 나무라거나 노할 염의도 없는 생각을 하면, 영식이 역시 겸연쩍어서 선뜻 말이 아니 나왔다.

"저긴 그대루 나가죠?"

"글쎄 그만두구 공부를 해야 할 텐데 어디 학교에 다니겠에요 또 보따리를 싸야 할지 모른다구 들먹거리는데……"

춘천을 다시 뺏겼느니, 되짚어 탈환을 했느니 하는 소문이 떠돌며 돈 푼 있는 사람은 벌써부터 엉덩이가 들먹거린다는 판이기는 하다.

"설마! ……"

영식이는 코웃음을 쳤다.

"우리 동네에서두 먹구 살 수 없다구 춘천 내려가서 김장까지 했던 걸 다 집어치구 올라온 사람이 있는데요."

"호되게 덴 끝이라 그렇기도 하겠지만 아무려니 서울이 또 다시……."

영식이는 그 말부터 불길하여 귓가로 들으려고도 아니하였다.

"어서 들어가세요. 난 가겠에요."

명신이는 어디까지 냉연하였다.

"잠깐 찻집으로나 가서 이야기할까요."

하고 영식이도 따라나섰다.

"호호……정신 나가셨군요. 언제 내가 찻집 가요."

하고 쌀쌀히 핀잔을 주었다. 명신이가 학생이란 것은 잊어버리고 일전에 은애와 순영이를 다방에 끌고 갔던 생각만 하고 무심히 나온 말이었다. 그러지 않아도 굽죄는 판에 영식이는 열적어서 또 말문이 막혔다.

"그 고생을 하구 오셔서 정신이 나가기두 하겠지만……전쟁이란 무서운 거예요."

명신이의 또랑또랑 쏘듯이 하는 어기에는 손톱만큼도 동정하는 빛은 없었다.

"왜, 내 정신이 어때서? 허허허."

거북한 기분을 녹이려는 듯이 껄껄 웃다가,

"딴은 정신적으루 허탈상태인 것은 사실야. 남하했던 사람은 그래두 육체적으룬 그렇지두 않겠지만 서울 시민은 육체적으루두 껍데기만 남았으니까."

하고 이북으로 가서부터 버릇이 된 밭은 한숨을 맥없이 쉰다.

"하지만 그 허탈을 메꾸는 방법이 틀리지나 않았는지요?"

명신이의 말소리는 팩팩 대들 듯이 신랄하였다.

"그 허탈이 회복되려면 아직 멀었으니까 전충방법(塡充方法)이 틀리구 말구가 없죠."

영식이는 빈들빈들 피하려고 한 말은 아니었으나, 명신이의 신경은 안으로 모인 눈동자와 상큼한 콧날에 날카롭게 파뜩 내솟았다.

"그런 말의 유희는 그만두세요 아침엔 회사에 나오시구, 오후엔 재동 출근이라시죠?"

자기 말을 정말 못 알아듣고 딴청을 하는지? 명신이는 발끈한 김에 직통을 대고 쏘아 버렸다. 그러나 너무 노골적이어서 말이 천착한 데에 불쾌하였다.

"그건 누가 그래요?"

영식이는 속이거나 변명하려는 생각은 없었지마는, 정색으로 물었다.

"요전에 뵈러 오니까 재동으루 가면 만나 뵈리라구 아이가 그러더군요."

아마 순영이나 은애의 입에서 퍼져 나온 소문일 것이다.

"앓아요. 혼자 앓아누웠으니 자연……."

영식이의 말은 자연 어눌하여졌다.

'이런 사람이 아니었는데…….'

하는 생각을 하며 명신이는 남자를 멀뚱히 치어다보았다. 남자의 앞을 번히 바라보는 표정조차 비굴하고 비겁하여 보이는 것 같았다. 결국 신경이 약하여지고 의지가 버틸 힘을 잃어서 그런 것이겠지마는 전쟁이 사람을 버려 놓았는지, 애욕에 넉절이 되고 엉겨 붙어서 그런지 또 혹은 양심의 가책을 받아서 그런지, 하여튼 마음이 아팠다.

"그것두 변명이라구 하시는 말인지는 몰라두 어쩌다가 신 선생이 간병을 하셔야만 하게 됐느냐 말예요"

영식이는 잠자코 걷는다. 대답할 말도 없지마는 대꾸를 안 하는 것이 영식이로서는 대답이요 사과도 되었다. 변명은 부질없는 일이라고 생각하는 것이다.

남산동 좁은 골목을 휘돌아 큰길로 빠져 나오도록 피차에 다시는 말이 없었다. 이 침묵은 모든 것을 시인하고 영식이로서는 할 말이 없다는 의사 표시였다. 그러한 의미로 명신에게는 무서운 침묵이건마는, 의외에도 무거운 기분에 싸이거나 얼굴이 흐려지지는 않았다. 모욕을 당하였다, 속아 넘어갔다는 분노는 식지 않았으나, 이 남자가 자기에게서 떨어졌다는 절망을 느끼기에는 아직도 마음의 여유가 있었다. 남자를 미워할 수는 없었다. 이상하게도 마음속에 진좌한 영식이의 영상에는 손톱자국 하나 흠이 간 것 같지는 않았다. 자기에게 대한 영식이의 감정에도 본질적으로 틈이 벌렸을 리는 만무하다는 자신이 만만하였다.

사실 영식이도 명신이에게 아무런 감정의 변화가 있는 것은 아니었다. 싫거나 미워 보일 아무 이유도 없다. 자제(自制)와 부모의 반대가 정열에 불을 붙일 기회를 주지 않았다 할 뿐더러 그 틈을 타서 순제가 가로막고 들어섰다 할 뿐이지, 순제의 어깨너머로 바라보는 명신이는 석 달 전이나 지금이나 조금도 다를 것이 없다. 다만 순제의 어깨너머로 보게 되었다든지, 자기 때문에 고군분투를 하여 왔다는 점으로 미안하고 가엾은 생각은 간절하나 그렇다고 해서 부모의 반대가 주는 모욕감을 무릅쓰고 돌진하기에는 자존심이 허락치를 않는 것이요, 정열이 비등점에 달할 기회를 막고 만 것이다. 그 틈을 타서 무방비 상태인 영식이를 급습한 것이 순제인 것이다. 지금 와서는 피차의 감정의 균열이 없이 흠집 하나 내지 않고 깨끗이 은쟁반에 받쳐서 다시 돌려보내는 것이 결과적으로 명신이를 행복하게 하는 것이라고 믿는 것이다.

"난 들어가 봐야 하겠어요, 어서 가시죠."

골목 모퉁이에 나서자 명신이는 큰 길 건너 해군 본부를 바라보며 헤어지려 하였다.

그만만 해도 속에 묻혔던 것을 얼마쯤 푼 듯이 예사로운 말소리였다.

"조금만 더 걸읍시다."

명신이는 잠자코 따라섰다.

"기정사실에 대해서 이유를 붙이자거나 변명을 하자는 것은 아니지만……"

십여 보나 걷도록 역시 먼 산만 바라보며 신음하는 눈치더니 겨우 말문이 열리었다.

"……아무리 생각해봐두 결국 영감님 의사대루 따라가는 게 피차에 현명하다구 생각하는데……"

"석 달을 두었다 들어두 또 그 소리예요? 오! 알았습니다. 영감님 의사를 존중해서 그렇게 됐단 말이군요? 호호호"

하고 명신이는 어이가 없다는 듯이 실소를 하였다.

"우스운 말 같지만 사실에 있어 그렇지 않은가. 영감님의 의사를 무시하고 영감님과 대결하기에는 힘 부치구, 나부터 자리가 잡혀야 문제가 해결될 거니까……."

"그것두 말이라구 하시는 거예요? 그런 군색한 변명을 하시려거던 애초에 잠자코 계시는 게 좋겠죠. 한 마디루 집어칠 수 있지 않습니까!"

명신이는 확정적인 사실에 직면하였다는 절박한 감정에 다시 발끈하였다.

"아버진 아버지의 생활이 있구, 딸은 딸의 생활이 있는데! 딸두 아버지의 의사대론 움직일 수 없다는데, 선생님의 생활이 우리 아버지 의사에 조종된다는 말이 이론이 서나 생각해 보세요. 그런 구차스런 변명들을 명신인 줄 아셨에요, ……몰라요. 난 가요"

홱 돌쳐서 명신이는 뒤도 아니 돌아보고 가 버린다. 영식이는 다시 붙들 수도 없어 멀거니 바라보고만 서서 의미 없이 웃음이 입가에 떠올랐다.

'……다만 분한 생각에 자칫하면 눈물이 빚어 나오려 합니다마는, 이 꼴에 눈물마저 흘렸다가는 추풍에 낙엽이 우수수 떨어지는 것 같아서 더 쓸쓸하겠기에 이를 악물고 참습니다. 오죽지 않은 이성이나 지성으로 간신히 자기 몸과 마음을 꼬느고 지내는지 모르겠으나, 그보다도 십 년 동안 마음에 뿌리를 박은 교목(喬木)이 버티어 주는 덕택으로 쓰러지를 않는가도 싶습니다. 십 년 자란 교목이 쓰러지려는 마음을 버티어 주는지 쓰러지려는 교목을 모질음을 쓰는 마음이 간신히 붙들고 있는

것인지? ……그러나 십 년의 연륜이라면 수월치 않은 것인데 그렇게 쉽사리 쓰러질 리는 없지 않아요? ……'

이것은 사흘 후에 명신이에게서 우편으로 온 편지의 첫 절이었다.

딴은 생각하면 두 사람의 사이에는 십 년의 연륜이 포갬포갬 자랐다고 할 수 있다. 영식이가 중학교를 졸업한 것이 십 년 전 전시 중이나 당시의 경성대학 경제학과에 입학하자 만난 사람이 정달영이었다. 같은 경복 중학의 이 년 선배요 중학 시대에 테니스 팀에 함께 있었다는 인연도 있는데다가, 피차에 문학 취미가 있다는 점으로 서로 책을 빌려다 보고 하는 동안에 조숙한 영식이는 삼 년 맏인 달영이와 어울려 놀았다. 영식이가 잘 살고 책 많은 달영이 집에를 공일이면 놀러 가던 그 시절에, 명신이는 열두세 살 소학교 오륙학년생이었다. 전시 중 학도병을 피해서 만주로 시골로 뿔뿔이 떠돌아다니다가 해방이 되어 다시 만났을 때 명신이는 이화여중 이년생이었다. 몸과 함께 마음도 자랐고, 자라는 마음의 연륜이 명신이의 말하는 교목이 되어 뿌리를 박은 것이다.

엊그제, 함께 거닐다가 난 몰라요 하고 팩 토라져 달아나는 뒷모양을 멀거니 바라보던 영식이의 입가에 의미 없는 웃음이 떠오른 것도 역시 십 년의 연륜에서 배어 나와서 호박(琥珀) 빛으로 엉긴 송진 같은 것이었다. 어떻게 생각하면 귀여운 누이같이, 혹은 이 다음일지라도 오랜 우정으로 깨끗이 지낼 것 같지마는, 선은 가늘어도 깊이 박힌 애정의 뿌리는 캐어내자는 것이 아니요 다칠세라 건드릴까 보아 겁을 벌벌 내면서도, 어느 모에 툭 걸리면 영식이는 마음이 따끔하고 찌르를 하였다.

자기의 감정은 속일 수 없었다.

'……저는 지금 체력과 의지력과 감정이 얼마나 저항력을 지탱할 수 있는가 시험대에 올려놓고 노려보고 있습니다. 좀체 쓰러지지는 않을 것입니다. 쓰러지면 교목과 함께 쓰러질 것입니다.

그러나 신뢰와 자부는 이 두 가지를 다 붙들어 줄 것입니다. 선생님이 어떠한 배신 행동을 하시든지 끝끝내는 이 나의 신뢰를 무색하게는 못할 것입니다. 인생의 첫 발자국에서 딴죽에 나자빠지거나 뒤통수를 치고 물러설 그런 호락호락한 명신이는 아닙니다. 감투정신도 있고 용기도 있고 전략도 없지는 않습니다. 사면초가에 앉았지만 아직 패군의 장은 아닙니다. 아예 미안하다거나 가엾다거나 하는 값싼 동정은 마세요. 당당히 대진을 하여 주세요……'

'이건 선전포고로군!'

영식이는 예쁜 필적을 들여다보며 무심코 웃음이 떠오르다가, 천정을 멍히 치어다보며 차차 낯빛이 심각하여졌다.

다시 떠나는 유랑의 길

　평양 철수라는 소문에 서울 시민은 가슴이 서늘하여졌다. 다섯 달 전 의정부 침입보다도 더 놀랐다. 있는 사람이나 없는 사람이나 들먹거렸다. 곡가는 아침저녁으로 껑충껑충 뛰어오르는 대신에, 시민의 대중 경제를 한손에 쥐고 있는 청계천 좌시장의 넝마 시세는 시시각각으로 뚝뚝 떨어지기 시작하였다. 동네마다 제이국민병 소집장을 손에 든 반장들은 이리 갈팡 저리 갈팡, 그 대거리 그 시중 들이게 바빴다. 날마다 날이 새기만 하면 경찰서 문 앞에 괴나리보따리를 지고 들고 한 젊은 아이들은 여자 청년단원들이 애처롭게 불러 주는 창가 소리에 고개를 외로 꼬고 묵묵히 떠났다. 북으로 일선으로 나가는 것이면 비장하거나 엄숙한 맛도 있으련마는, 강 건너로 언 길을 걸어가는 것이니 뒤미처 피난 갈 가족들은 어차피 거기 가서 만나려니 싶어 다행하다고 여기기도 하고, 당자들도 괴뢰군에 끌려간 사람을 생각하면 불평은 없겠으나 풀이 빠져 보였다. 그러나 당국으로서는 귀여운 인재를 다칠 세라고 고

이 모셔 누구보다도 먼저 안정지대로 피난시키려는 훌륭한 계획 아래 실시하는 것이었다. 한 사람의 낙오자가 있어 안 될 것이요, 한 사람의 병사자를 내선 큰일 날 것은 물론이었다. 순철이도 이불 보퉁이를 지고 십이월 엿샛날 이 틈에 끼어서 떠났다.

지난번 석 달 고생이 무엇 때문이었던 것을 잘 아는 서울 시민의 전신경은 한강철교 일점으로 집중되었다. 피난민의 트럭은 잘리었던 경동맥을 반창고로 간신히 얽어매어 놓은 이 철교로 밤낮없이 줄을 달아 빠져나갔다. 약삭빨리 빠져나가는 놈이 수였다. 그러나 장안을 쓸어낸 듯 하여도 아직 멀었다. 관공리는 출장이나 가는 셈치고 가족을 앞세우고 나설 수 있었고, 한 번 내려가 보아서 대구, 부산에 맛을 들인 축은 일갓집이나 가는 것처럼 서슴지 않고 일어설 수 있었다. 그러나 가는 데가 어디메냐는 것을 아무도 모르기는 매한가지였다. 그나마 백삼사십만 시민의 우수리나 삐어 나갔을지 뒤에 처진 백만의 시민은 들먹거리는 엉덩이를 엉거주춤하고 반도 안 남은 이 겨울을 어찌 날지 막연한 형편이다.

"우리는 어떡했으면 좋으냐? 너만이라도 뚝 떴으면 맘이 뇌겠다만……."

영식이 모친은 제이국민병 소집장이 나올까 보아 조마조마해서 서두는 것이었다.

"가만히 계십쇼. 어떻게든 도리가 나서겠죠."

그러나 영식이 역시 엄두가 아니 났다. 이것저것 긁어모아야 노자나 될까 말까 한데 막연히 나선달 수가 없다. 순제와도 의논을 해 보았어야 순제는 오라비도 없는 필운동 모녀를 그대로 두고 나설 수 없는 사정이니 그 역시 난처한 처지다.

열이튿날 신문에는 철수에 성공하였다는 맥아더 사령부의 발표가 났는데, 철수에 성공하였다니 어디까지 철수를 해 와서 서울 방위선은 어디다가 구축한다는 말인지 서울을 지탱할 수만 있다면 배길 수 있는 데까지 배겨 보자는 작정이다. 하여튼 평양 철수가 끝났으니 달영이든지 종식이든지 그만하면 올 때도 되었는데 어쩐 셈인지, 그 사람들이 오면 대강 정세를 알 수 있을까 하여 기다리는 판이다.

영식이는 오늘도 회사에 잠깐 들렸다가 재동으로 가 보았다.

"종식이 왔다 갔는데 못 만나셨수?"

"아니, 언제 왔대?"

영식이의 눈은 저절로 머리맡에 놓인 돈뭉치로 갔다.

부친의 생사는 갖은 수단을 다 써 보았어야 역시 알 길이 없었다 한다. 서울 방위도, 인해작전에 대한 유도작전으로 섬멸전을 전개할 계획인 모양이니 믿을 수 없다는 것이다. 하루라도 먼저 뜨라고 권하면서 정신이 그저 오락가락하는 모친을 모셔다 달라고 부탁하며 트럭을 하나 구해 놓으라고 오십만 원을 내놓고 갔다는 것이다. 이번에 이남에서 천 원짜리 지폐가 나왔다는 말은 들었지마는, 처음 보는 것이었다.

"정 과장은 길이 어긋나서 못 만났다구, 자기는 군을 따라 행동해야 할 테니 누구 믿을 만한 사람이 있어야지. 결국 식구두 식구지만, 예금통장이며, 그 문제의 보스턴백을 제 처에게 주어 내려 보낼 텐데 그걸 호위하구 가란 말 아니겠수. 이번엔 총알이나 안 맞을지."

지난여름에 사돈 영감과 그렇게 싸웠으니 모친의 가뜩한 신경을 자극하거나 할 것 없이 영식이 식구와 순제 본가 식구만 한 차에 싣고 내려가면 적적치 않고 좋으리라고 하더란다.

"그래 뜨지, 떠."

영식이는 최후의 단안을 내렸다.

"나야, 아직 급할 건 없지만, 첫째 당신이 걱정이지. ……김 씨 집 재산을 날라다 준다구 우릴 먹여 살릴까마는 하여튼 가면 어떡허든 살 길이 나서겠지, 아무러면 굶어 죽을까."

순제는 집을 비고 갈 수도 없고, 부리던 두 식구나 끌고 나설 수도 없으니 식모와 아이년에게 서너 달 양식을 마련해 주어 집을 보고 있으라 할 테니, 영식이 집과 필운동 세간을 이리로 갖다가 몰아 두자는 의견이었다. 영식이도 별 반대는 없었다.

자, 그럼 서둘러 보자고, 순제는 필운동으로, 영식이는 집으로 가서 우선 의논을 하러 마악 나서려는 길인데, 지프 소리가 우르릉 나더니 파카에 전투모를 쓴 종식이가 달려들었다.

"응, 마침 잘 만났군. 꾸물꾸물 이러구 있다가 끌려 나가면 이 추위에 어떻게 걸을 테야. 어서 뜨지."

종식이는 인사도 변변히 않고 서둘러댄다. 군복을 깍듯이 입고 지프를 몰아 다니면서 기운이 펄펄 나서 하는 양을 보니 영식이는 부럽기도 하고 자기 꼴은 김이 빠지고 풀이 죽어 보이지나 않는가 하는 자격지심이 앞을 서는 것을 어찌하는 수 없었다.

"끌려가면 끌려가는 거요, 걷게 되면 걷는 거지만, 이번 원행이 허사라지? 그 어쩐담."

빈 인사나, 생각할수록 늙은이가 가엾고 딱한 사정이기도 하였다.

"그 말해 뭘 하나……한데 지금 정 회장을 가 뵈니까 올라올 적처럼 배루 가신다는 데 어때? 우리두 배편을 이용하는 게. 부탁하면 될 도리도 있으리라는데……육로룬 아무래두 붐비구 사고는 생기구……."

"글쎄……."

영식이는 어안이 벙벙해서 선뜻 대답을 못하고 순제의 얼굴을 치어다본다.

"좋지. 조금이라두 편할 대루 하는 거지. 명신이 덕 보는군."

순제는 아무런 내색도 보이지 않고 태연히 받아 넘긴다. 그래도 영식이는 잠자코 있다. 명신이가 들을 것 같지 않다는 생각이지마는 이러니 저러니 입 밖에 내서 말하기가 싫었다. 된다손 치더라도 구구하게 그런 청은 하고 싶지 않았다. 그럴 경우도 못 되고 염우도 없다.

"그럼 그렇게 결정하지."

종식이 말에 영식이는 반대할 용기도 없었다.

"그래 염체가 명신이 덕을 보겠다구?"

종식이를 먼저 보내고 둘이 나오며, 영식이가 웃음엣소리 같으면서도 나무라듯이 말을 꺼냈다.

"아무러면 어때. 내가 원수질 건 뭐 있나. 안 만날 사람인가."

감정으로 어디까지나 담담한 것처럼, 경우로도 굽죌 일은 없다고 버티는 순제였다.

"명신이가 그렇게 관대할 수도 없겠지만 그야말로 오월동주로군."

"아니, 차라리 그런 기회를 이용해서 피차에 풀 건 풀구 이야기를 하는 게 좋은 것 같은데……."

하여간 적극적이요 명랑한 기분인 것이 좋았다. 영식이는 편지에 '감투의 정신도 있고 용기도 있고 전략도 없지는 않습니다……' 어쩌구 한 구절이 생각나서 두 여자를 맞붙여 놓는 것이 겁도 났다.

"일전에 명신이한테서 최후통첩이 왔던데……."

"뭐라구요?"

"뭐라긴……끝까지 싸워 본다는 거지."

영식이는 이댓말은 하지 말자는 것이요, 순제에게 긴히 보인다기보다는 명신이에게 실답지 못하고 미안한 일이기도 하다. 그러나 한편으로는 명신이의 태도가 어떻다는 것을 예비지식으로 알려 주고 싶고, 또 순제에 대한 정리로도 잠자코 있기가 안된 생각이 든 것이다.

이튿날 영식이는, 배로 가든 육로로 나서든 하여간 짐부터 꾸려야 하겠다고 나가지도 않고 짐을 추리기에 세 식구가 한참 부산한 통인데, 명신이가 척 들어서는 것을 보고, 영식이는 의외이기도 하고 열적어서 인사는 모친과 누이에게 맡겨놓고 멀거니 바라보고만 있었다.

"그래 배루 가시겠어요?"

모친과 인사가 끝난 뒤에 영식이를 돌아다보며 말을 붙이는 명신이는, 저번에 그런 편지를 보낸 것은 잊어버린 듯이 상글상글 웃으며 일갓집에 피난 같이 가자는 의논하러 온 듯싶은 표정이요 당연히 자기가 해야 할 일을 하러 왔다는 호의를 가진 기색이었다.

"글쎄……그렇게 여유가 있을까?"

영식이는 도리어 기가 질려서 역시 어름어름하는 수작이었다.

"되겠죠. 가족은 우선적으로 탠다지만 누구나 피난민 아닌가요"

애인으로라거나 친지로가 아니라, 피난민으로 취급하고 동정해서 호의를 보인다는 말같이도 들렸다. 그러나 그것을 따질 때가 아니었다.

"여기 세 분, 강순제 씨 댁에는 몇 분이나 되는지? 이름하구 연령 적어 주세요."

강순제라는 이름을 입초에 올릴 제, 명신이의 낯빛은 약간 달라지는 듯하기도 하였다. 영식이는 이름을 적어 주면서도 역시 좀 거북하였다.

"온 고마워라, 바쁜데 일부러 오기까지 해서……."

모친은 적은 것을 받아 가지고 가는 명신이를 따라 나가며, 기특하다는 듯이 몇 번이나 인사를 하였다. 영식이는 저만치 배웅이라도 하며 편지 보았다는 인사라도 하고 싶었으나 참아 버렸다.

트럭을 맞추러 가자고 어제 약속한 대로 순제가 왔기에, 명신이가 아까 다녀갔다는 말과 배로 가기로 결정했다고 일러 주니까,

"오케이!"

하고 간단히 한마디 대꾸를 하며 명신이가 일부러 찾아까지 왔더라는 말에 속으로는,

'여간내기가 아닌데!'

하며 강적이란 생각이 들었다.

그러나 모친은 아무리 영어를 하는 사람이지마는 오케이 어쩌고 달뜬 기색인 듯한 것이 실쭉하여 가만히 치어다본다.

새울림

회오의 눈물

"그래 어머니께선 거동을 못 하신다더니 어떻게 모시구 나려왔나?"

"웬걸요 부끄러운 말씀입니다만……."

종식이는 낯빛이 흐려졌다.

"그 무슨 소리야?"

정필호 영감은 안경 속에서 눈을 치떴다.

"어머니께선 할머니를 모시구 나가면 가시겠다 하시구, 할머니를 트럭으로 모셨다가는 노중에서 돌아가시구 말 거구……."

결국 외조모 때문에 어머니마저 서울에 남았다가 두 늙은 마님이 함께 돌아갔는데 장사도 어떻게 지냈는지 풍편으로만 소식을 듣고 이때껏 올라가 보지 못하였다는 것이다.

"에이 이 사람!"

하고 정필호 영감은 혀를 찼으나 뒷말을 잇지 못하였다. 세상에 이런 일도 있나 싶어 코가 맥맥하였다.

"자네 댁은 아직 나이 어리니까 떨어져 있을 수 없었을지 모르지만 자네 큰누이야 오십이 가까운 과부댁인데 왜 어머니를 모시구 못 있었단 말인가?"

정필호 노인은 종수의 경우만이 아니라 일반적으로 난리 통에 에미아비도 못 알아보고 내던져 두고 다니는 이 세태에 비분을 느끼면서 핀잔을 주는 것이었다.

"누이도 자식들이 매달려 있으니까요……."

"무어? 자식이 젖먹이던가?"

영감은 또 쏘아 주었다. 영감 식구는 딸의 덕에 이번에도 인천으로 해서 배를 타고 내려왔다. 6·25 때 재빨리 부산으로 내려온 정필호 영감의 딸 명신이는 해군 본부의 타이피스트로 들어가 있었던 관계로 이번 후퇴에도 그 덕을 본 것이었다. 종식이 집 □□도 함께 배를 탈 □□이었는지 모친이 모시고 있는 팔순에 가까운 친정어머니를 버리고 나설 수도 없고 6·25 통에 이북으로 납치되어 간 영감이 혹시나 돌아오면 하는 일념에 아무래도 집을 비우고 나설 수가 없다 하여 모자간에 옥신각신하다가 결국에 정필호 영감 일행과는 떨어져서 트럭으로 종식이 내외만 어린것들과 처가 식구를 데리고 내려왔던 것이었다. 이것도 벌써 두어 달 전 일이다. 부산 내려와서 두 달이나 되도록 어쩌면 자기를 찾지 않았단 말이냐는 꼬장한 생각으로도 이 영감은 생각으로도 이 영감은 종식이를 노골적으로 나무라는 것이다.

그러나 종식이로서는 전에 같이 하던 회사가 간판도 못 건지고 흐지부지 없어진 오늘날에 정필호 노인을 급히 찾아보아야 할 일도 없거니와 자기 살림부터 안돈하여 놓아야 하겠는데 내려오는 길로 강순제가 다방을 내겠다고 조르며 따라다니는 바람에 그 주선을 해 주고 자기도 무역상들과 추축하기에 바빠서 그럭저럭 어디 있는가를 수소문해 볼 새도 없이 지냈던 것이다. 해군 본부도 명신이만 찾아가면 모를 것은 아니나 명신이를 일부러 찾아갈 성의는 없어졌다. 차라리 명신이에게서 떨어져서 순제와 어울린 신영식이에게는 호의가 없을망정 어쨌든 영식이를 명신이에게서 뺏어 찬 순제를 도와주어 다방이라도 내게 하는 데에 흥미도 느끼고 열중하였던 것이다. 그것은 간접적으로 명신이에게 대한 보복이기도 한 것이다.

그러던 것이 어쩐둥 하여 오늘 정필호 영감이 이 순제가 경영하는 부흥다방에 나타나서 종식이를 불러 만나 보게 된 것이다.

종식이는 여염집에 동아상사란 간판을 붙이고 표면으로 무역상을 경영하고 있는 것이다.

"난 1·4후퇴 바루 전에 굶어 돌아가나나 다름없는 삼촌의 시체를 빈집에 버리고 나설 수도 없구 어쩌는 수가 없이 내 손으로 사직공원에 암장으루 모시고 나섰네. 참 난리 난리하니 이런 난리가 또 어디 있겠나."

옆 테이블에서 위스키티를 마주 놓고 홀짝홀짝 마셔 가면서 무슨 꿍꿍이속 의논인지 머리를 맞대고 수군거리던 두 젊은네가 이쪽 종식이 편의 수작을 귓가로 들어 알아차렸던지 삼십 남짓한 잠바 입은 친구가 이런 소리를 꺼내니까 마주 앉았는 고동색 외투짜리의 청년이 좀 신경질인 얼굴을 한층 더 붉히며

"이 사람아 사람 같지 않은 소리 그만하게."

하고 소리를 빽 지르더니

"허! 무서운 일야. 유엔군과 국군이 후퇴한다는 소문에 젊은 사람들이 허둥대는 그 북새통에 칠십이 넘은 어머니가 착착 개켜 두었던 세루 치마에 털 덧저고리를 꺼내 입고 손주 새끼들보다도 앞질러서 나서는 것을 자식이며 며느리가 한사코 말려서 집 지키고 있어 달라고, 엉엉 울며 주저앉아서 발버둥질을 치는 노인을 떼 버리고 계집자식들만 거들어 트럭에 올라 태워 가지고 후닥닥 빠져나왔으니 환장도 이만저만이 아니거던! 목숨이란 무언지 그래도 사람의 탈을 쓰고 의관을 변변히 하고 처자식들을 귀엽다고 벌어 먹이고……."

다방 안의 사람들이 눈이 번쩍해서 모두 이리로 고개를 돌리는 것도 모른 척하고 소리를 빽빽 지르다가는 눈물이 신경질로 바르를 떨리는 하얀 두 뺨에 주르를 흘러내리더니 걷잡을 게 없이 혁혁 막히며 울음이 터져 나왔다. 울음을 참느라고 낑낑대는 목소리와 낯빛이 보는 사람에게 안타까웠다.

"이거 웬일인가? 그래 사람 같지 않은 소리 말라더니, 그건 사람 같은 소린가? 허허허."

마주 앉은 잠바 입은 친구가 탄하면서 말리는 것이었다.

"하아……."

하고 울음을 그친 친구는 숨을 돌리고 나서

"우리 어머니가 불쌍해서 우는 것도 아니요, 이 못생긴 자식이 가엾어서 우는 것이 아니라, 이렇게까지 된 인간 앞에 그 인간성에 울지 않을 수 없는 걸세……."

하고 또 다시 눈물이 쭈르를 흐른다.

"이거 취했네그려. 그만해 두어. 그간 술에 취해 가지구……."

친구는 열적은 듯이 이렇게 말리며 어서 일어서려는 기색이었다. 그러나 유리창으로 석양 햇발을 비껴 받은 뽀얀 담배 연기에 자욱한 방 안은 한순간 조용하여졌다. 그 눈물에 젖은 목소리에 누구 하나 감히 말참견을 하거나 탄하고 나서려는 사람도 없이 어떤 일종의 감격까지를 느끼는 것 같았다.

"뭣들을 이러시는 거요. 나이 아깝게 눈물을 질질 흘리구들."

마담이 보다 못하여 이리 다가오며 말을 걸고 웃는다.

"당신 같은 팔자 좋은 사람은 모를 얘기야."

"뭐? 부산으루 쫓겨 와서 이 지경 됐을 제야 팔자가 얼마나 좋을라구. 나두 김일성이 등쌀에 죽다 살아난 사람이라우. 어쨌든 이 선생 같은 효자가 어쩌다 그렇게 환장을 했더란 말씀요."

순제의 말은 결코 놀리는 수작은 아니었으나 잠바 입은 친구가 눈짓과 도리질로 흥분한 사람을 덧들이지 말라고 일렀다.

"하지만 무언(無言)의 심판이라도 받아야 속죄가 되겠다는 그 마음씨, 마음의 짐이라도 풀어보려는 그 고민은 잘 짐작하겠어요. 너무 상심 마세요. 천명이면 살아 계셔서 만나 뵐 거니."

순제는 이렇게 위로를 하여 주며 정필호 영감한테로 향하여

"추운데 위스키티 한 잔 더 하실까요?"

하고 말을 붙인다.

정 노인은 야쁘장한 팽팽한 얼굴에 약간 불만한 표정을 띄우고 입을

쌍긋쌍긋할 뿐 시원스럽게 대꾸를 아니 하였다. 이 테이블에서나 옆 테이블에서 나온 화제가 도시 듣고 싶지 않은 이야기이기 때문도 있거니와 모두가 못마땅한 일뿐이요 모두가 만나고 싶지 않은 사람들뿐이었다. 여기를 온 것은 이 강순제란 여자가 보고 싶어 온 것도 아니요 순제의 차 대접을 받으러 온 것은 물론 아니다. 순제와 신영식이와의 관계를 이즈막에야 딸의 말눈치로 알아차리고는 순제도 못마땅하거니와 순제보다도 영식이가 괘씸하다고 생각하는 것이다.

그 순제를 종식이가 전의 아버지의 비서요 제2호였던 의리를 생각하여 부산 내려와서 당장 살 도리가 없는 것을 보고 도와주어서 다방이라도 내게 한 것은 종식이를 무던하다고 생각하겠지마는 영식이와 그런 관계로 같이 살면서 무슨 면목으로 전 영감의 유산에서 떼어 주는 종식이의 밑천을 끌어서 호의호식을 하고 행락을 하느냐고 꼬장꼬장히 따지는 노인이었다. 그건 고사하고 종식이의 사업에 다시 한몫 끼워 볼까 하는 장을 대고 이 사람을 애를 써 찾아온 자기 자신도 못마땅하였다.

'애비가 붙들려 간 것은 하는 수 없다손치더라도 에미를 내던져 두고 와서 죽은 에미의 장사를 어떻게 지냈는지 얻다 묻었는지도 모른다는 이따위 자식에게 구걸이나 다름없는 소리를 하고 다닌단 말야!'

영감은 잔뜩 벼르고 온 이야기를 꺼낼까 말까 하며 태우던 담배를 마저 태우고 앉았으려니까 순제가 위스키티를 날라 온다.

"지금 그 사람은 누구야?"

주기가 있어 가지고 들어와서 제 시름에 복받쳐 눈물을 좍좍 흘리고는 그만 열적어서 슬며시 나가 버린 그 사람의 뒤를 물끄러미 바라보다가 순제에게 물었다.

"함경도 어디라든가 유엔군 철수할 때 원산서 배루 나려왔다나 보아
요."

"흠……."

정노인은 한숨 섞인 코웃음을 치고는 두 잔씩이나 좀 과하다는 생각
은 하면서도 따뜻한 김이 모락모락 나는 잔을 그 향긋한 술맛에 끌려서
또 들었다.

"명색이 상사(商社)라고 간판을 내걸고 아직 하나두 착수한 건 없습니
다만 들어앉으셨기두 울적하실 텐데 놀라 나오셔요."

영감이 담배 두 개, 차 두 잔을 먹는 동안 담배도 못 피우고 대객으
로 앉았기가 거북하고 지루하나 종식이는 예전 관계를 생각하고는 빈
말로라도 이렇게 인사 안 하는 수도 없었다. 바로 6·25전까지는 자기
부자의 회사나 다름없는 것이었지만 주식회사 동아상사의 취체역 회장
이던 정필호 영감이다.

"뭐 인젠 나두 기력이 전만은 아주 못 하구 또 젊은 사람들 틈에 끼
어서 쨍이질만 하기두 싫구……."

대꾸는 이렇게 하여도 실상은 동아상사가 어떻게 되었나? 인제는 아
주 빈털터리가 되었고 큰 아들도 일선의 미군부대에서 내놓지를 않아
서 돌아오지 못하고 있는 쓸쓸한 처지이지마는 그래도 하대리 다시 끼
워 볼까? 이 사람은 그리 피해도 없이 알짜는 끌고 내려왔으니 부친은
납치되어 갔다 하더라도 회사를 다시 시작 못 할 것도 아니니 어쨌든
당장 생활비라도 뜯어 쓰자면 머리를 숙이고라도 덤벼드는 수밖에 없

다 하여 구구스러운 것을 참고 찾아온 터이었던 것이다.

"자제는 종종 소식 있겠죠? 일자이후론 편지 한 장 못 하구 있습니다만."

"아, 피난꾼 아닌가? 오죽하면 부모가 돌아가두 분상(奔喪)두 못하는 터에 친구에게 편지쯤야."

정노인은 아까 서슬과는 딴판으로 옹용히 이렇게 누그러져 보였다.

이 영감의 아들이란 동아상사의 중견으로 종식이와 맞붙들고 활약하던 달영이 말이다.

정필호 영감은 넘어가는 석양 햇발을 등으로 받고 앉아서 노인답게 술 향기와 티 맛을 혀끝으로 맛보며 향락하려는 듯이 따뜻한 유리컵을 잔뜩 쥐고 찬찬히 한 모금씩 한 모금씩 마시고 앉았다. 순제도 종식이 옆의 빈자리에 마주 앉아서 바라보며 친정아버지나 시아버지를 공궤하는 듯이 마음에 좋았으나 영감이 잠자코 있으니 눈치만 보고 있다가 문뜩 오늘이 토요일인데 이맘때쯤 영식이가 오지나 않을까 하고 휙 돌아다보자, 귀신이 불러댄 듯이 딴은 영식이가 수금원의 가방 같은 손가방을 들고 쓱 들어서서 두리번두리번 한다.

"아 마침 잘 오셨군!"

순제는 혼잣소리를 하고 발딱 일어서서 자기가 여기에 있다는 기척을 보였다. 손님이 빽빽이 찬 테이블 사이를 비집고 들어온 영식이는 영감 앞에 와서

"아이 예서 뵙긴 의읍니다. 이때껏 못 찾아 가 뵈어 죄송합니다……."
하고 공손히 허리를 굽히고 섰다.

담배를 또 하나 붙여 문 영감은 약간 반기는 기색이면서도 멀뚱히 치어다보다가

"자네두 인젠 퍽 노창해 가네그려!"

하고 불쑥 이런 소리를 한다. 순제와의 관계를 아느니만치 언제 보나 고대로 젊어 보이는 순제에 비하여 전 같은 해맑은 기분이 없어 우중중한 궁기가 끼어 보여서 한 말인지 한때는 자기 딸과 연애를 한다 하여 화를 내고 도리질을 하던 생각이 나서 자기 딸이 아직도 애송인데 대면 노총각이 인제는 아주 늙었고나 하는 뜻인지 알 수 없었다. 영식이가 싱긋 웃기만 하고 머리를 쓰다듬으며 섰으려니까

"대구 내려와 있다더니 언제 왔나?"

하고 영감은 말을 돌린다.

"한 달쯤 됩니다."

고 대답하면서도 한 달이나 되도록 이 노인을 안 찾아가 본 데에 마음에 가책을 느꼈다. 그야 피난 통에 어디 가 있는지 몰랐다면 그만이겠지마는 이 영감의 딸 명신이가 해군 본부에 있는 것을 번연히 아는 터에 그리로만 가면 당장 알 것이건마는 명신이를 만나기 거북하여 차일피일 하였던 자기의 뒤숭숭한 감정을 말할 수 없으니 구태여 변명하려 들지도 않았다.

"그래 댁내는 다 무고하신가? 자네 혼자 나려왔나?"

"네 어머니도 모시고 나려왔습니다."

댁내라 하여야 홀어머니 밑에 단 남매뿐이니 이 영감은 조금 아까 옆 테이블의 청년이 엉엉 울던 광경을 본 끝이라 종식이 모양으로 어머

니도 떼어 두고 다니느냐는 생각으로 묻는 것이었다.

원체는 1·4후퇴 전 한참 복대기기 전에 정필호 영감 집 식구들과 함께 배편으로 나설 작정이었었다. 처음에는 종식이 집에서도 함께 배편을 이용하려고 서두르다가 모친의 반대로 잠깐 주저앉고 말았지마는, 영식이는 무엇보다도 순제가 따라 나서는데, 명신이가 주선해 주는 해군의 배를 함께 타고 나서기가 싫어서 그만 두어 버렸던 것이다.

해군 본부에 다니는 명신이는 승환권(乘換券)을 얼마든지 얻어낼 수가 있어서 아무쪼록 □□을 내려는 눈치였지마는 사변 통에 어쩐둥 하여 순제와 그렇게 된 것을 빤히 눈치채고 혼자 고민하는 그 명신이 앞에 순제를 끌고 더구나 명신이가 주선해 주는 같은 배에 타고 나서려는 염치없는 짓은 할 수 없고 또 그렇다고 순제를 떼 놓고 나설 수도 없고 하니 우물쭈물하다가 나중에 가겠다고 나자빠지고 말았던 것이다.

거기에는 영식이 모친이 중년과수로 알뜰히 모아 놓은 살림이며 집칸을 내버리고 가기 싫다고 반대한 것도 한 이유가 있었지마는 영식이 자신으로서도 순제에게서 좀 떨어져서 자기 자신의 생활을 수습하여야 하겠다는 생각이 들어서 별개 행동을 취하자는 것이었다.

영식이는 물론 명신이에게 대하여 양심 상 가책을 받을 일을 저지른 일은 없으니 자기의 처지는 자유롭다고 생각하는 것이었다. 그러나 정리와 의리로는 결코 떳떳하다고 생각할 수 없었다. 더구나 9·28 후에 영식이가 이북에서 도망쳐 오자 마침 부산에서 올라온 명신이가 그동안에 둘의 사이가 그렇게 된 것을 눈치채고 한참 고민하는 판이니 무어라고 변명할 수도 없고 애절하는 꼴을 차마 볼 수 없어서도 그 고민에 부채질을 하는 행동은 삼가야 하겠다고 아무쪼록은 순제에게서 떨어지려고 애를 썼던 것이다. 그래서 순제는 자기 친정식구를 데리고 종식이가 얻은 트럭으로 내려오고 영식이는 1·4후퇴 때까지 천연동 자기 집에서 끝까지 버티다가 대구로 우선 왔던 것이다.

"그래 지금 무얼 하나?"

영식이가 순제의 앉았던 자리에 가서 앉아서 무료히 찬 손만 부비고 있으려니까 영감은 찻잔 마지막 모금을 쭉 마시고 나서 묻는다.

"훈장질합니다."

영식이는 웃으며 또 한번 머리를 쓰다듬었다.

"그래 그게 되레 깨끗하구 좋지. 길 잘 들었네. 자네만한 실력이면야 상과거나 경제과거나 교수 노릇 못 하겠나. 물론 우리나라 정도로 말이지만 어디 지금 대학이란 것두 양두구육(羊頭狗肉)으로 잔단 지식을 내 결구 돈벌이하는 모리배에 질 배 없는 모양이니 기실은 깨끗할 것두 없지만……."

이 영감의 버릇으로 기어코 한마디 꼬집는 소리로 결론을 맺고 말았다. 그러나 무역상이란 그 내막이 어떠한 줄 알면서도 종식이한테 하대키 없으려는 생각을 가진 자기의 모순을 느낄 줄 모르는 노인이었다.

"자, 난 가네. 한데 틈나는 대루 한번 날 찾아 주게. 조용히 할 이야기도 있고 하니."

하며 정노인은 자기 집 번지수를 만년필을 꺼내서 써 주고 방송국 아래라는 집을 대충 □□□□.

"□□□□□□□□□□□□□□□고 있었던 그 집은 벌써 다른 사람이 들어서 뭐 창피한 꼴이라니 말할 수 없는 데지만……."

영감은 영식이더러만 아니라 종식이도 자기를 찾아와 주었으면 하는 생각이었다. 사실은 종식이를 종용히 만나서 의논하고 싶었다. 그러나 영식이는 영식이대로 이 영감님이 무엇 때문에 종용히 만나자는 것인가 하고 좀 뜨끔하였다. 지금 형편에 이 영감이 명신이 말을 꺼내도 대답하기 곤란하고 순제 이야기를 꺼낸다면 더구나 질색이다. 자기 마음이 어느 편으로 치우치거나 어떻게 하겠다고 결정되지 않기로는 9·28 후 그 즉시나 마찬가지다.

영감을 따라 문간까지 배웅을 한 뒤 종식이더러 다시 들어가자 하니 종식이는 바쁘다 하고 제 사무실로 들어가 버렸다. 종식이는 영식이가 순제와 만나는 자리를 아무쪼록 피하려는 눈치였다. 가끔 만나는 둘을 마음대로 놀게 하려는지? 속으로 못마땅해서 그러는지 알 수 없었다.

그러나 하여튼 원체 종식이는 이 다방에는 격장에 있으면서도 별로 드나들지 않았다. 차를 공짜로 서비스하는 것이 밑천을 댄 이자를 뽑아 내는 것 같아서 괜찮기도 하나 자기가 물주라는 소문이 났다가는 이 바닥에서 이상스러운 의심이나 살까 보아 그러는 것이었다.

다방 안으로 들어오면서 순제는 영식이더러 저녁을 먹으러 나가자고 귓속을 하였다.

"뭐, 올 쩍마다 괜한 돈을 쓰구."

하며 영식이는 도리질을 하였다. 하여튼 영식이를 아까 자리에 가서 앉히고 순제는 차를 가지러 돌쳐서 나오다가

"아, 이거 누구야? 웬일요?"

하고 깜짝 놀라며 테이블 사이에 오뚝 선다.

두룸하고도 하르를 해 보이는 진초록 플레어 외투에 신유행인 네모진 조고만 노랑 가죽 핸드백을 든 소녀는 하얀 얼굴이 어울리□□ □□□ □□ □□□□ □□.

변치 않은 자 누구냐

원광으로 명신이의 돌연한 출현에 순제보다 더 놀란 사람은 영식이 었다.

"금방 아버니께서 다녀가셨는데."

"그러게 말예요. 그래 금방 가셨어요?"

명신이는 자기에게 모든 남녀의 눈길이 모여 드는 것을 깨달으면서 도 좌우를 둘러보려지도 않고 총총히 돌아서려 한다.

"어쨌든 저리 들어갑시다. 저기 신 선생 와 계셔요."

하고 끌었다. 순제는 '저기 반가운 양반 와 계셔요' 하고 실없는 소리가 나올 뻔한 것을 이 처녀의 감정을 공연히 건드려 놓을까 보아, 얼른 참 다랗게 일러 주었다.

"네? ……."

하고 잠깐 놀라는 기색으로 긴장해지는 얼굴이 그렇게 보아서 그런지 금시로 홍조(紅潮)를 띠는 듯하더니

"아니 난 바빠서 곧 가봐야 하겠에요. 요담 와 뵙죠"

하며 그래도 순제가 눈짓으로 가리킨 구석 편을 건너다보려는데 마침 불이 확 들어오니 빤히 눈길이 마주치었다. 남자의 가만히 알은체를 하는 웃는 낯을 보고도 명신이는 선뜻 다가가려 하지는 않았다. 그러나

"자 잠깐만……."

하고 순제가 잼쳐 끌지 않기로니 그대로 발길을 돌이킬 수는 없었다.

명신이가 당장 이 방 안의 눈앞에 있는 사람을 그나마 두 번째 피난 때 배에까지 태워 가지고 나려오려던 애인을 석 달 넉 달 만에 만나는데 모른 체하고 가 버리려는 데는 그동안 여간 거리가 멀지 않은 심경의 변화가 생긴 것을 순제는 짐작하였다. 순제에게 대한 태연한 표정이나 남자를 만나면 만나고 말면 말겠다는 시들한 태도가 전보다는 침착한 데가 있고 그 보글보글한 혈색 좋은 얼굴과는 딴판으로 찬바람이 도는 듯하다. 그러나 '요담 와 뵙죠'라니 영식이가 이 다방에 와서 노냥 파묻혀 있거나 공동 경영이나 하는 줄로 아는 모양이다.

"아 한번 가 뵌다면서."

영식이는 불의에 만나서 얼떨하기도 하거니와 눈이 부신 듯한 미인이 달겨드는 바람에 기함이 되어서 허둥허둥 마주 일어서며 어설픈 웃음을 띠워 보였다.

"집에 들어갔더니 아버님께서 예 오신다구 나가셨는데 이때껏 안 오셨다구 가 보래서서 왔던 길예요."

저편 인사의 대답보다도 자기 할 말만 해 치우고 냉연한 눈으로 남자의 너절한 행색을 살며시 위아래로 훑어보는 것이었다.

413

영식이는 대꾸할 말이 막혀서 잠깐 어리둥절히 저편 얼굴만 바라보고 섰으나 기실은 명신이의 핏빛 같은 새빨간 입술에 얼이 빠진 것이었다. 아버지 닮아 키대 보아서는 좀 적은 편이나 빽빽치 않게 여유가 있으면서도 빈틈이 없이 꼭 째인 그 얼굴은 미인 축에 든다 하겠지마는 그중에도 눈이 예쁘고 입모습이 가장 인상적으로 귀여웠다.

스물셋이 되어도 귀엽게 자란 이 처녀는 보글보글한 그 얼굴에 아직도 애 티가 남아 있었으나 그 화려한 화장과 몸매에서는 인제는 활짝 핀 어른이 되었구나 하는 인상을 주는 것이었다. 그것은 고사하고 6·25 전까지는 지나는 말끝에라도

"미친년들……학교에는 차마 못 바르고 오지만 집에만 나가면 입술연지를 뒤발을 하고 극장으로 밤 거리루 헤매구……."

하며 동창생이나 그즈막의 여학생 풍조를 비웃던 명신이었다. 그러던 명신이가 졸업장도 아직은 못 받았을 텐데, 그것은 하여간에 입술을 빨갛게 물들이고 아버지를 찾아 다방에를 오는데 성장을 하고 왔으니 영식이는 깜짝 놀란 눈으로 그 입술을 바라보는 것이다.

"좀 앉어요"

옆에서 거동을 살피던 순제가 권하니까

"아녜요. 가 봐야 해요. 여섯 시까지 약속이 있어서요"

하고 명신이는 간다는 인사로 영식이에게 고개만 까닥해 보인다.

전 같으면 걷다가도 학생의 버릇으로 발을 멈칫하며 고개를 꼬박하던 명신이었다. 영식이는 선생이 되었다고 그런 것까지 눈여겨 보이는 것이 아니라, 어쩐지 자기를 경멸하고 냉대하는 눈치가 불쾌하였다.

"어디 좋은 데 가는구려? 댄스파티?"

순제는 약간 실없이 어기면서도 사변 전 삼 년 동안 미인 틈에 어울려 다니던 시절이 머리에 떠올라 그래도 그때가 자유롭고 호강이었다고 부러운 생각도 들었다.

"흐응 점잖은 회합예요"

명신이는 여기 가서는 한마디 변명을 잊어버리지 않았다. 그러나 이 처녀가 댄스홀이나 칵테일파티에 간다는 말을 이 다방 안 사람이 다 들어야 영식이 하나를 빼놓고는 다만 이 여자의 미모를 한순간이라도 향락하자는 이외에 놀랄 사람이라고는 하나도 없을 것이다.

순제는 명신이를 그대로 보내기가 안 되어서 따라 나가며 영식이더러 대문간으로 나오라고 눈짓을 하였다. 손님 상대의 생화니만치 자기에게 남편이나 애인이 있는 눈치를 보이기 싫어서 먼저 내보내 놓고 치장을 차리고 뒷문으로 빠져 나가는 것이다. 레지 알라 젊은 여자가 셋이나 되건마는 아무래도 인기의 중심은 마담에게 있었다.

이 사업을 시작한 지 두어 달밖에 안 되는 동안 남자교제도 퍽 넓어졌고 그중에 맹렬히 모션을 걸어오며 날마다 대령하여서는 저녁 먹으러 나가자고 성이 가실 지경으로 조르고 다니는 축도 있다. 몇 번 요릿집에도 끌려 다니며 대거리를 하여 주기도 하였지마는 쉽사리 그 수에 넘어갈 자기가 아니라고 순제는 생각하는 것이었다.

영식이는 밖에 나와 흐릿한 불빛이 흐르는 □□□□에서 한식경이나 기다려도 순제가 좀체 나오지를 않는다.

'명신이는 순제가 걸어온 길을 밟아 나가려는 모양이지만 순제는 키

를 어느 방향으로 돌리려는지?'

이때껏 바닷바람에 뺨을 얼려 가며 컴컴한 속에 무거운 책가방을 끼고 우두커니 서서 명신이 생각으로 혼자 분개한 끝에 영식이는 이런 짜증을 내는 것이었다.

'요새 계집애나 여학생이 플레어 외투에 신유행 핸드백쯤 들고 다니는 것이 상식이요 그럭허지 못하고는 거리에 나서려고도 아니하는 세상인진 모르겠지마는……'

영식이는 그런 줄 알면서도 그것이 못마땅하고 명신이에게서 받은 인상이 거리에서 보는 젊은 여성 같은 그런 차림차리나 화려한 화장 이외에 어딘지 모르게 한 사람 몫이 된 여자다운 이상한 탄력이 넘쳐흐르고 자극을 품기는 것이 싫었다.

정필호 영감이 두 번 피난에 아주 거덜이 났다기로 당장 밥을 굶을 지경도 아닐 것이요 명신이가 해군 본부에 타이피스트로 다닌대야 딸을 내세워 쌀되라도 배급을 받아야 연명을 하겠어서 그런 것은 아닐 거니 설마 그 옷치장이 월급 아닌 뜬 돈을 제 손으로 벌어서 해 입고 나섰으리라는 짐작으로 불쾌한 것은 아니다. 잠깐 본 인상으로도 그 앳된 티가 불과 서너 달 동안에 한 꺼풀 벗겨진 다음에 남은 것이 대담하고 당돌한 세상맛을 다 본 듯한 그런 태도가 아닌가 싶어 불쾌하고 아까운 생각이 드는 것이었다.

"글쎄 이거 보세요 여기 우리 애인 아니 우리 남편이 기다리구 있지 않은가 봬. 오늘만 날인가 내일 만나 봬요."

별안간 뒤에서 순제의 소리가 나며 깔깔 웃는다. 영식이가 도리어 찔

끔하며 돌려다보니 순제와 나란히 걸어오던 남자의 얼굴은 자세히 보이지 않으나 그저 껄껄 웃으며

"내일은 또 내일대루 예약이 있을지 두구 봅시다."

하고 토라진 소리를 남기고 떨쳐 가 버렸다.

"술두 그리 안 취해 가지구 어떻게 놓질 않구 시달리는지. 퍽 기다리셨죠. 이런 생화두 성이 가셔 못해 먹겠어."

혀를 차면서도 그러나 변명 삼아 무슨 자랑이나 되는 듯이 날마다 손님들이 점심을 먹으러 가자 저녁을 먹으러 가자 하고 조르는 수에 사업이 안 될 지경이라고 하소연이었다.

"좋구먼. 공짜루 놀구 영업 번창하구."

영식이는 쓴 웃음을 웃어 보이며 가벼이 대꾸하는 수밖에 없었다. 그러나 밤거리에서 찰거머리처럼 덤비는 남자를 떼 버리느라고 기둥으로 내세우는 애인이요 남편이었던가 싶었다. 6·25란 사변의 충격과 혼란과 고민, 고독이 빚어낸 자기들의 관계이기는 하다. 저놈들이 넘지 못할 삼팔선을 넘듯이 자기네들도 넘어서 안 될 선을 마취에 걸린 듯이 넘어버렸던 것이다. 그런 이 여자의 다시 깨어난 청춘의 소리는 무어라고 부르짖었던가?

"초혼(初婚) 시절에는 맹목적 본능이 아니면 인습과 의리의 테 안에서 살았고 그 다음에는 생활의 방편과 육체적 요구의 만족을 위하여 (청춘을 팔지는 안 했으나) 청춘을 낭비하여 왔지마는 인제는, 당신을 만난 뒤에는 정말 자기를 애끼고 청춘을 애끼면서 여자로서 완전한 생활을 쌓아 가고 싶어요 그러기 위해서는 당신을 사랑하는 길 한길밖에 없고

당신 없이는 내 생명도 내 청춘도 내 정조도 없어요"

하며 다시 눈뜬 청춘을 영원히 살리고 여자로서 자기 생활을 새로이 개척하는 데에 유일한 원조자로서 협력을 애원하였던 것이다. 그것은 불벼락 같은 열렬하고 순실한 사랑이었고 그 사랑의 대가(代價)를 못 받을까 보아 애절하는 부르짖음이기도 하였던 것이다. 그것이 고작 반년 전 남짓한 일이었었다.

'그러나 지금 이 여자가 생활의 방편과 육체적 욕구 때문에 청춘을 저며서 팔지 않는다고 누가 보장하겠는가?'

영식이는 마음이 어두워졌다. 바닷바람이 여전히 거센 초저녁 겨울 거리에는 갈팡질팡 배바쁜 발길이 서로 거치적거려서 하마하면 쓰러지거나 짝을 잃을 지경이다.

"오늘은 우리 집으로 모실까 했지만 추우니 우선 들어가십시다."

동광동 거리를 얼마 안 가서 조고만 호텔 식당 같은 양요리 집이다. 홀 안에 들어서니 훈훈한 속이 초만원이다. 눈치 빠른 보이가 은근히 인사를 하며 협실로 모시는 것을 보니 꽤 낯이 익은 단골인 모양이다. 방 안에는 두 테이블 중에 하나에는 요새말로 쪽쪽 뺀 세 청년이 채를 잡고 앉았다. 서로 눈짓을 하는 양이 순제를 알아보는 눈치였다. 환한 속에 영식이는 초라한 자기 꼴이 내려다 보였으나 온실 같은 속에 거친 기분이 가라앉으면서 금방 오면서 이 여자에 대하여 느끼던 반발적 감정이 스르를 녹아 버리는 것을 느꼈다. 그러나 여기가 호텔이라면 순제가 간혹 와서 자지나 않았는가? 이런 쓸데없는 공상도 떠올랐다.

대구에서 올라온 후 오륙차 만나는 족족 점심이나 저녁을 같이 먹었어도 한 번도 한 방에 조용히 앉아 이야기할 기회는 없었다. 순제는 그런 기회를 만들려 하는 눈치였으나 영식이 편에서 무슨 핑계로든지 피해 왔다.

"명신이도 퍽 변했지? 말은 피난 생활이라면서 얼굴두 활짝 피구, 몸매가 학생 때를 말쑥 벗은 품이 아주 딴사람이 됐데."

순제는 머플러와 함께 테이블 밑에 놓았던 핸드백을 집어서 담뱃갑과 라이터를 꺼내 권하며 입을 여는 것이다. 다방에서 입고 있던 때는 검정 비로드 치마에 남 공단 저고리를 수수하게 입었으나 환한 데서 보니 더 젊어 보이고 예뻐 보였다. 순제가 담배 문 것을 처음 보는 것이 아니건마는 인제는 틀이 박힌 요릿집 마담 아니면 노기(老妓) 같다는 생각이 들었다.

"변한 것은 명신이만 아니겠지."

영식이는 좀 비꼬아 보았다.

"내야 아무리 변했어야 통역에서 다방 마담으로 전락한 정도밖에 안 되지만……."

하고 순제는 가벼이 받아 넘기고 나서,

"아니 그때 9·28 수복 때 부산서 올라왔을 제만 해두 군복 바지를 입구 아무렇게나 차린 꼴이 참 숫보기였는데, 고동안에 그렇게도 달라지다니 그 영감님 여전히 꼬장꼬장한 소리는 하면서두 딸 귀한 생각에 그런 건 눈에 안 띄우는 게지."

하며 그래도 순제는 여전히 꼬집는 소리를 하며 방긋 비웃는다.

"그야 예전 호화롭게 살던 때를 생각해 봐. 언제나 사장집 사랑에서 미국 사람을 청해서 야단스럽게 연회를 할 제 수단 치마를 떠벌여 입고, 와서 손님 접대를 하던 시절을 생각해 보아요. 불과 일 년 남짓 됐지만 지금 같은 급템포로 전환하는 세상에 그까짓 것쯤 예사 아닌가?"

영식이도 순제 말에 동감 아닌 것은 아니면서도 순제의 꼬집는 말이 듣기 싫어서 마음에도 없는 역성을 드는 것이었다. 명신이가 수단 치마를 입고 사장실에 가서 연회의 접객을 하였다는 것은 동아상사를 창립하여 놓고 경제 원조 관계와 무역방면의 미국 관리들을 청하였을 때 말이다. ×대학 영문과의 오륙년이나 선배인 순제는 이때부터 지금은 납치되어 간 김 사장의 비서요 통역이었던 관계로 그 연회에도 한 자리에 있었지마는 혼인으로 말하면 수모나 들러리처럼 이날 밤에 순제는 명신이의 뒷배를 보아 주는 언니이기도 하였었다. 사실 그때 종식이는 명신이에게 여간 몸이 달은 것이 아니고 김 사장도 며느릿감으론 쩍말없다고 생각하였기 때문에 순제는 매파(媒婆)로 자청하여 나섰었던 터이니 이날 잔치에 명신이가 김 사장 집에 접빈하는 처녀에 섞여서 불려갔다는 것은 실상 말하면 순제와 종식이가 꾸민 사랑의 대향연(大饗宴)을 겸하였던 것이다.

더구나 이 호화로운 대향연의 말석에는 지금 순제와 마주 앉아 명신이 이야기를 주고받고 하는 영식이가 끼어 있었던 것이다. 그날 밤 칠보단장에 수단 치마를 떨뜨린 맵시를 뉘게 보일고 하니 이 세상의 남자로는 하나밖에 없다고 믿던 신영식이에게 보이겠다는 일념에 불타던 그 명신이는 이 밤에 그 입술연지를 뉘게 보이러 갔는지 모른다.

이 사람들 사이에는 이러한 과거의 로맨스를 가지고 있다.

"하지만 그때의 사업을 위한 점잖은 사교와 오늘 저녁 파티에 나간다는 그 파티와 어따 댈라구 김종식이가 보았더면 감개무량……호호호……당신부터 감개무량할 거요"

음식이 들어오니까 순제를 피우던 담배를 재떨이에 던지며 명랑히 웃는다.

"하지만 명신이 같은 이지적이요 영리한 사람이 설마 당신이 걸어온 길을 걷기야 할라구!"

영식이는 아까 길 모퉁이에서 생각하던 것을 무어라나 들어 보려고 점이나 쳐 보듯이 직통대고 쏟아 버렸다.

"뭐? 내가 걸어온 길이란 어떤 길이길래? 명신이 같은 영리한 아이니까 나같이는 될 리 없다구? 그 말 잘한다. 벌이 터전 제쳐 놓구 돈 들여 가며 대접하니까 한다는 소리가! 호호호"

순제는 눈을 흘기며 노하여 보이다가 웃으며 양주병을 들어 권한다.

"당신 걸어온 길이란 뻔하지 않은가! 궁여지책으로 숨을 돌리는 것일 거요, 다음에는 키를 어디로 잡으려는지 그것이 궁금하고 걱정거린데!"

영식이도 마주 웃었다.

"염려 말어. 뭐니 뭐니 해야 언젠 모른 게 아니지만, 돈이 있어야지! 가만있으라구, 한밑천 붙들면 인제 저 가방 들고 다니지 않아두 좋게 만들어 줄게."

피우던 담배를 재떨이에 던지며 맹랑히 웃는다.

순제는 술이 얼굴에 올라서 볼그레해 가며 기가 커지고 흥이 나서 영식이를 귀여운 손아래 오라비나 되는 듯이 말공대도 없어졌다. 마침

옆 테이블의 청년들이 자리를 뜨니까 듣는 사람이 없어 마음 놓고

"응 인젠 날더러 무당서방이 되라는군. 이번엔 키(舵)를 또 한 번 돌리면 무당이 되겠단 말이지?"

하고 영식이도 오래간만에 실없는 소리를 터놓고 하며 껄껄대는 것이었다. 순제는 이 남자 입에서 처음 듣는 무당서방이라는 그 '서방' 소리가 마음에 들어서

"무슨 서방이 되든 팔자인 줄 알라구 인생행로의 키를 어디로 돌리든지 당신□ □□□□ 없으니까."

하여 점점 더 명랑히 교소(嬌笑)를 머금은 영채 있는 눈으로 남자의 얼굴을 거들떠본다. 그러나 그 교소는 다만 이 순간의 충동이요 빠져나가려만 드는 남자의 마음을 나꾸어 보자는 생리적 노력이었다. 과거를 잊은 사람이 현실의 욕망에 불붙은 소리 없는 표정일 따름이었다.

부산에 나려온 그 당장에는 갈피를 잡을 수 없던 생활이 불안에서 간신히 헤어나서 인제는 장사의 묘리도 터득하고 재미가 나서 순제는 벌써부터 피난민의 우울을 벗어나 이러한 명랑성을 회복하였던 것이다.

다방에 드나드는 늙은이 젊은이 할 것 없이 자기 테이블에 가서 말대꾸라도 하여 주는 것만 고마워하게쯤 되고 보니 의기양양하여 눈웃음을 치고 간드러진 웃음소리에 미태(美態)를 꾸며 보이는 것쯤 행습이되었고, 마음의 봄을 인제는 다시 찾았다. 그러나 이때껏 남자교제도 넓은 편이었지마는 하루에도 수백 명씩 나타나는 낯선 남자의 시선 속을 헤엄치며 일일이 대거리하여 주고 비위를 맞추기란 기생이나 작부보다 더 □□□이요, □□□□□ □□□□성으로서 웃음엣소리나 기롱

을 걸고 이편의 대꾸하는 기색을 살피며 반응을 음미(吟味)하려 드는 이 남자 저 남자에게 적당히 장단을 맞추기가 직업여성과도 달라서 사교적 기교도 필요하거니와 인기를 놓지 않으려는 노력에 남모를 고심이 있는 것이었다. 그래서 그런지 짧은 동안이나마 이 지간에 교소와 미태가 삼십이란 나이를 잊은 듯이 훨씬 세련되고 금시로 더 젊어진 것 같다. 그것은 순제만한 여성으로서는 정신적 매춘부로 전락한 야비하고 천속한 변화요 상인근성이 뿌리박아 가는 경향이라고도 하겠지마는, 요컨대 6·25 후에 영식이를 만나면서부터 심기일전하였던 정신적 인격적 비약과 생신한 일면이 다시 흐려져 가는 가운데 영식이가 붙들려 간 뒤부터 영식이 모친과 살면서 가정부인으로 돌아가려던 노력이 뒷걸음질을 쳐서 한층 더 교활하고 방종한 창부적(娼婦的) 일면을 나타내 가는 듯이도 보이는 것이었다.

그러나 그렇다고 해서 영식이에게까지, 다방마담으로서 기계적인 교태를 보이는 것이라고 하면 그것은 너무 심한 말이다. 첫대 영식이가 싫은 것은 결코 아니다. 다만 오면 맞아들이고 가는 것까지 쫓아가 붙들려는 전날과 같은 열정이 식었고 순정을 잃었을 따름이다. 고작 몇 달 동안의 격난이건마는 그것이 너무나 가혹하고 심각하였기 때문에 지친 마음과 거칠어진 감정이 정열이나 순정을 삼켜 버린 것인지도 모른다.

격난 끝에 얻은 결론은 외곬으로 파고 들어가는 애정 순정, 그것으로는 몇 번이나 겪어 본 경험으로 풍전등화같이 간들간들 매달린 목숨을 건져내야 할 위경에 아무런 도움도 되지 못하였다는 것이다. 그리고 보니 다음에 얻은 순제의 결론은 어느 세상이라고 그렇지 않은 것은 아니나 돈! 돈이 그지없이 □□□□ 것이었다.

"하지만 사람은 돈으로만 빵으로만 살던가?"

"그럼 뭐?"

"글쎄……"

영식이는 출출하던 판에 후딱 접시를 비워 놓고 고개를 든다. 얼굴에서는 실없던 기색이 스러졌다. 순제의 쫑긋 비웃는 표정으로 포크를 찬찬히 입에 옮겨 가느라고 고개를 소긋한 곁뺨을 할끗 보면서 손을 빵 접시로 갔다.

"사랑? ……예술? ……학문? ……그 빵보다 사랑이 더 달단 말이죠?"

고개를 반짝 든 순제는 잠깐 오물오물 씹고 나서 잼을 바른 빵 조각이 널름 입으로 들어가는 것을 보고 비웃듯이 놀려 주었다.

"□□□ □□□□ □□□□ 모르겠지만 넓은 의미로 사랑이란 인류 생활을 세워 나가는 발판이요 개인으로서는 자기 생활을 이끌어 나가는 줄거리 아닌가?"

"호호호. 그런 건 학교 나가서 학생들에게나 할 설교지 뭐 어째요? 에미도 밀어 팽개치구 달아나구 자식두 길바닥에 내던지구 뛰구 병든 남편이 빈집에서 굶어 죽을 줄 번연히 알면서두 뛰어 나오고야 마는 무서운 아귀 같은 이 세상에 서루 통할 수 있는 소린지? 하하하."

순제는 자기 말이 한편으로는 역설이라는 것을 짐작 못하는 바가 아니지마는 또 한편으로는 우스꽝스럽게 들리는 것을 어찌하는 수 없었다.

"발판이 무너졌으면 고쳐야 하고, 줄거리가, 심이 끊어졌거든 이어야지 않나!"

영식이는 너무 점잖은 소리만 하는 것이 분에 어울리지 않고 파흥이 될까 싶어 실없는 지나는 말처럼 대거리를 하였다.

"대이상가시로군! 흐흥. ……내 귀엔 날 살리란 소리밖에 안 들리구 내 눈엔 돈밖에 보이는 게 없던데!"

"보이기만 하구 손에 잡히지는 않으니까 허욕만 느는 거지."
하고 영식이는 껄껄 웃는다.

"잡히지 않을 게 어디 있어! 두구 보아요 인제 당신을 지폐더미 위에 올려 앉혀 놀 날이 있을 거니."

"고마운 처분입니다만 며칠 안 가선 휴지뭉치가 될 지폐더미가 애인 의 무릎만 할까! 허허허."

"응, 알구 보니 연애지상주의자시로군! 지금은 저런 큰소리를 치지만 천만 원짜리 수표 한 장만 떼어 주어 보아요 슬슬 빼던 꽁무니를 쳐들 구 달겨들어서 코를 땅에 박구 몰라뵀습니다 하구 싹싹 빌 테니."

"누가 할 소린지! 수표와 배□□□□ □□□□ 다니는 귀부인은 다방 구석에 우글우글 한 것을 보았습니다만 쇤네께는 천만 원에 팔 사랑이 마침 떨어졌습니다! 허허허……."

영식이는 따라 놓은 양주를 또 한잔 홀딱 마셨다.

"호호호……이 냥반이 사람 죽이네. 은근히 욕을 멕이구. 우리 부흥 다방은 부흥 정신의 실천장이니까 난 모를 소리야."

발등이 시릴 일은 없어도, 듣기에 괴란쩍은 듯이 순제는 그저 웃어만 보인다.

425

"누가 당신이 그렇다는 게 아니라, 내겐 천만 원 수표가 없으니 말이지."

하고 영식이는 또 껄껄 웃어 버렸다. 순진하고 실없는 객설이라고는 모르던 영식이가 이렇게 녹진녹진 남이 듣기 싫은 소리를 곧잘 하게 된 것도 확실히 6·25 후에 성질이 변한 때문이다. 이북으로 붙들려 갔다가 온 뒤에 성질이 빙퉁그러진 데가 있는 것은 사실이다.

"참 그런데 사변 덕에 수가 난 사람두 하두 많지만 종식이는 단 석 달 동안에 억대까지는 몰라두 상당히 긁어 본 모양인데."

순제는 사과를 벗기면서 화제를 돌렸다.

"응 그래 허욕에 몸이 바짝 달았구먼! 한밑천 대 주대?"

"딴소리 종식이가 암만을 벌든 내가 몸 달 게 뭐 있누. 그 알량한 다방을 내는 데두 제가 되레 한 다리 끼려구 끼룩거리구……벼룩의 간을 내 먹지 이익을 반분하자는 둥 웃음엣소린 체하며 삼백만 원 취해 주는 데 이 할 이자는 내야 한다는 둥 무척 힘을 끼구 결국 다섯 달 월부루 꼬박꼬박 까 나가는 판인데 날 뭘 보구 한밑천을 댈꾸."

"그래두 삼백만 원이라두 대 주었으니 무던하지 않은가. 이번엔 요릿집 하나 내 달라지 이왕이면 요릿집 마담까진 해 보구 싶지 않으우?"

영식이는 또 놀려 주었다.

"인제 정식으로 회사를 재발족하면 그래두 아직은 날 써 먹을 이용 가치가 있으니까 굶어죽진 말라구 그만 정도는 도와주는 거지만 전엔 그렇지두 않더니 제가 전재산을 맡구 돈맛을 알게 되니까 저 아버지 외딴지게 여간 쇠귀신이 아니던데 돈에 눌려서 정신을 못 차리는가 보아

아버지 걱정을 할까, 어머니가 돌아갔대야 눈물 한 방울 흘릴까……."

"안 나오는 눈물을 쥐어짜나! 허허허 있는 놈은 목숨을 또 하나 건사하려니까 더 환장을 할 거 아닌가."

영식이는 벗겨 놓기가 무섭게 사과 쪽을 널름널름 집어 먹으며 대거리를 하고 앉았다.

"그렇게 말하면 당신두 퍽 돌았어. 이북엘 끌려갔다 오시구 서울 떨어져서 그 추위에 굶고 고생을 짓하시느라구두 그렇겠지만 전 같지 않아! 시룽시룽하구 어쩐 생각인지 종을 잡을 수 없지 않은가!"

나무라듯이 쏘아 준다.

"난들 왜 안 변했을까마는 정신을 똑바루 차리구 할 말만 하구 살려다가는 지레 말라 죽을 거니 노상 한잔한 기분으로 종없는 소리나 실실하며 낄낄대구 살 때까지 살아 봅시다그려. 허허허."

"정달영이는 얼마나 변했을꾸? 다시 오면 역시 회사에 한자리 차구 들어앉을까?"

"하지만 그 사람은 머리가 돌아두 방향이 다를 거라. 5·10 선거에 출마를 못 해서 몸살이 날 지경이었으니까 이 기회에 대지르구 정계 진출을 할지 모르지."

"그것두 돈이 있어야지."

"종식이가 이마를 뚫어두 진물 한 방울 안 나올지 모르지만 거기 가선 이해가 상동하니까 어느 정도 대어줄지 모르지. 두구 보라구."

"아 참 그런데 임일석이란 놈이 부산 내려와 있겠지."

순제는 차를 마시다가 제풀에 깜짝 놀라는 소리를 한다.

"고놈이 살아 있어? 자 그러구 보니 이거 난장판이지, 오열이 우리를 틈에 끼운 게 아니라, 오열 틈에 우리가 끼워 사는 셈 아닌가."

영식이는 분연히 탄식을 하는 것이었다.

"다방에를 쏙 들어서다가 나구 마주치니까 찔끔하는 눈치더니 그래 두 대담하게 인사를 하겠지."

"그래 뭘 한데?"

"낯바대기를 보기두 싫어서 모른 척해 버렸지만……."

임일석이란 동아상사의 총무과에 있던 고원이다. 6·25 때 빨갱이 끄나풀로 제일 이 두 사람을 못살게 굴며 공갈 협박을 하고 다니던 악질이었던 놈이다.

"자 그러구 보니 일민(逸民) 선생두 광복동 거리에서 못 만나 보란 법 없지 않은가."

영식이가 자리를 뜨며 이런 소리를 하니까

"에이 듣기 싫어요 주책없는……."

하며 순제는 쥐어박는 소리를 하고 따라 나서며

"오늘은 집에 가 어머니 좀 봬요"

하고 명령하듯 애원하듯 날카롭게 뜬 눈길에 다정히 웃음을 머금어 보인다.

일민(逸民)이란 순제의 전남편 장진(張進)이 말이다. 이 사람도 영문과 출신으로 수재요 얌전한 중학교 선생이었고 연애결혼을 한 사이니 사랑하는 남편이었다. 그러던 것이 8·15 해방에 머리가 휙 돌자 빨갱이로 환장하여 버렸던 것이다. 순제는 진짜 빨갱이가 될 수 없는 사상적 모순과 부부애의 갈등을 끼고 그래도 얼마 동안은 일민을 따라 다니다가 남편이 간다 온다 말없이 이북으로 뛴 뒤에는 저절로 사실상 이혼이 되고 만 셈쯤 되었다.

순제가 취한 자활(自活)의 길은 배운 것이 영어이었으니 미 고문단의 타이피스트라는 남편과는 정반대의 길을, 근지를 속여 가며 걷게 되었었고, 그 다음의 발전이 동아상사 사장의 비서·통역이었다. 회사로나 사장으로서나 얻기 어려운 적임자요, 미 고문단에 일 년 가까이 있었다는 것이 회사에 대하여 공로를 세울 수 있는 큰 밑천이기도 하였던 것이다.

순제가 재동에 크낙한 집을 지니고 호사스러운 생활을 하게 된 것도 결코 부호의 제2호라는 것을 의미하는 것은 아니었다. 자기의 수완과 공로로 당당히 받은 정당한 보수라 할 수 있는 것이었다. 하기 때문에 순제의 존재는 회사에서도 엄연한 것이었고 누구 하나 사장의 2호라고 손가락질 하는 사람은 없었다. 그러던 것이 사변과 함께 모든 것이 뒤집혔다.

유월 이십칠 일 저녁에 사장과 비서가 탄 차에 신영식이가 타지 않았더라면 오늘날 이 두 사람의 이러한 인연이 맺어지지는 않을지 모른다. 철교가 끊어지지 않아서 그대로 대구나 부산으로 내달았어도 운명의 바늘은 다른 각도를 돌았을지 모른다.

생명의 위협과 마음의 폐허(廢墟) 속에서 허비적대던 두 젊은 사람의 접근은 썰물처럼 급격히 달리기 시작하였던 것이다.

이판에 돌연히 순제 앞에 나타난 사람이 전남편 일민이었다. 정치공

작대로 내려온 일민은 무슨 □□□ □□□□□□□□□ 가지고 있었던
지는 모르겠으나 순제더러 자기의 부하가 되어 일을 하라고 명령하고
서울시청으로 내일 출근하라고 위협하는 것이었다. 그때의 일민의 거동
과 표정과 찬물을 들씌우는 듯한 그 말소리를 생각하면 지금도 몸서리
가 쳐지는 것이다. 꿈에라도 다시 만날까 무섭다. 이번에 만나는 날이
면 목숨은 간 데 없는 것이다. 이 세상에 둘도 없는 원수가 되어 버린
것이다.

하여간 그 일민이 나타나기 때문에 순제는 전후불고 하고 단걸음에
깡충 뛰어 영식이의 품으로 들어갔던 것이다. 일민의 시야에서 자취를
감추자면 아런 대로 신영식이 집 건넌방으로 가서 숨는 수밖에 더 안전
한 데가 없었던 것이다.

"그래두 당신이 붙들려 천연동 학교 운동장에 몰려 있는 틈을 타서
그 사람을 만나러 가지 않았우. 나는 생금(生擒)을 당하드라두 당신만은
빼 놀 수 있으려니 하는 일념에 뛰어갔었지만 지금 생각하면 정신이 다
나가구 못 만났기에 다행이지 그때 만났던들 우리 둘은 어느 귀신이 잡
아갔을지 모르지……."

당장 '의용군'이라고 붙들어 가는 것을 보고 가만있을 수 없어 목숨
을 내놓고 나섰던 것이나 그런 정성이 어디서 났던지 하여간 아슬아슬
한 노릇이었다.

"그건 어쨌든 일석이란 놈이 불쑥 나타났다는 것이 그 다방을 열구
있는 걸 알구 온 거나 아닌지."

그 말을 듣고 생각하니 순제도 기분이 좋지는 않았다.

"지금 새삼스럽게 저희들이 또 어쩔 텐구!"

순제는 큰소리를 쳤으나 일민이고 일석이고 어서 이 세상에서 말살되어 주었으면 좋을 존재라고 저주하는 것이었다.

"여기 잠깐만 섰에요. 곧 다녀 나올게. 가면 안돼요."

순제는 다방 뒷문으로 들어갔다. 영식이는 아까 명신에게서 받은 모럴적 충격의 반동으로 그런지, 순제의 하자는 대로 잠자코 자기 몸을 내맡길 작정이었다. 훈훈한 주기와 함께 흐뭇한 감성에 잠겨 가는 것이었다.

밤의 전당

오늘 연회에서도 명신이가 이름을 영자와 한글로 써 붙인 지정된 자리를 찾아가 앉으니 우연히도 맞은편에는 메이저 윌슨이 벌써 맥주를 딿고 앉았다가

"오! 미스 정⋯⋯."

하고 반가이 아는 체를 한다. 일전의 최 박사집 파티에서 만난 젊은 장교다. 대사관부 무관(大使館附 武官)으로 공보장교(公報將校)라 하니 신문기자 출신으로 소령 계급을 받은 것인지? 하여간 명민하게 생기고 교양이 있어 보이는 청년이었다.

오늘 이 모임은 미 공보원의 주최로 이 레스토랑 전체를 하룻밤 빌려서 각 방면의 한국 문화인을 초청한 전시의 피난살이로서는 호화판이라고도 할 만한 연회다. 한미 문화교류를 위한 간담을 하자는 의취이기는 하나 벙어리끼리 늘어앉아 맥주만 교류를 시키는 것이었다. 대학교수, 문학가, 미술가, 음악가, 신문기자, 의사선생님⋯⋯.

각 방면의 저명인사라는 사람들이 두세 사람씩 대표 격으로 이렇게 일당에 모이기란 한국 사람 자신의 힘으로는 어려운 일일지 모르거니와 그중에도 약의 감초처럼 이런 회합에 빠져 안 될 사람은 최 박사 부처일 것이다. 최 박사 부처는 해방 후 국민외교의 선두에 나서서 활약하는 사람이다. 이것은 가장 호의를 가진 점잖은 표현법이요 뒷구멍으로 픽 웃는 사람은 외빈 접대의 도급장이라거나 숙수 감독이라거니 하고 놀려대는 것이다.

　　이 자리에도 여류 성악가 C여사를 빼놓고는 명신이 또래의 젊은 여성이 오륙 명 새새이 끼워 앉았지만 학생 퇴물이나 여사무원 아니면 타이피스트쯤이겠지 결코 문화인으로서 초대를 받아 온 것은 아니다. 말하자면 최 박사 부처가 연회장마다 끌고 다니는 화초분이다.

　　설마 최 박사 부처도 직업적이 아닌 접대부로 이용하려고 남의 양가의 처녀를 연회장으로 끌고 다니면서 외국손님과 춤을 추게 하고 교제를 시키는 것은 아니나 명신이 같은 영리한 지식 여성은 가다가다 이러한 화려한 연회장에 앉아서 자기의 존재에 의심을 품고 굴욕감을 느낄 때도 없지 않다. 물론 노는 맛에 마다지도 않고 쫓아다니는 것이요 최 박사의 인격과 사회적 지위를 믿기 때문에 안심하고 따라 다닐 뿐 아니라 유명한 내외명사와 접촉하는 호기심이라든지 일약 사교장의 꽃이 되었거니 하는 허영심도 섞여서 좋기도 하고 한두 번 나다니는 동안에 길이 들어서 안면도 넓어지고 인제는 아주 익숙해서 서투르지 않게 대객도 하게 되었지마는 서양 사람들만을 주빈으로 한다든지 고관들이 단출하게 모이는 가정적 파티와도 달라서 이렇게 각 방면 문화인이 모인 자리에 자기는 무슨 명색으로 끼웠는지 좀 낯이 뜨뜻한 생각도 드는 것이었다. 그러나 주최자 측으로서는 설비 만단을 누구보다도 먼저 최 박사 부부에게 의논하고 부탁하니 자기네 그룹을 출동 안 시킬 수도 없고 또 영어 마디라도 통하고 댄스도 할 줄 아는 이런 지식 여성이 빠져 가지고는 밍밍해서 연회가 헤식어 버리는 것도 사실이었다.

맥주가 웬만치 두어 순 돌고 정식이 나오기 시작하니까 뒷방에 몰려서 대기하고 있는 젊은 색시들이 쏟아져 나왔다.

'어머나! 이것들이 양공주라는 건가? 유엔마담인가?'
하고 명신이 또래의 처녀들은 눈이 휘둥그레졌다.

새새이 끼워 앉는 수효로 보아 남자 손님들만 한 수효는 된다. 이 추운 날씨에 두 팔을 내놓고 하이힐 신은 것은 댄서일 것이요 뻑뻑한 몸집에 분홍저고리를 비뚤어지게 입은 촌색시 같은 접대부는 정신이 얼떨한지 한구석에 벙어리처럼 멀거니 앉았다.

이 문화인들은 눈이 높아서 그런지 도대체 누구 하나 이 야단스럽게 대량으로 주문해 온 레이디를 알은체도 아니하니 김이 빠지고 풀이 죽었다.

한국에 온 지 얼마 안 된다는 윌슨 소령은 쏟아져 들어와서, 한참 자리를 잡느라고 부산을 떤 여자들을 하나하나씩 음미하여 보면서 경멸하는 감정을 감추고

"이 부인네들이 어떤 직업들을 가진 어떤 종류의 여성들인가요?"
하고 정말 짐작을 할 수 없어서 그런지 명신이에게 순탄히 웃는 낯으로 묻는다.

"글쎄요. 나두 분명히는 모르겠는데요."

명신이도 웃어만 보였다.

어쨌든 이 이국의 청년이 자기도 이 여성들과 동격 동종류의 여성으로 알까 보아 그것을 변명하고 싶은 생각이 앞을 섰고 굴욕감과 함께 물의의 침입자들에 대한 경멸하는 눈치가 입가에 떠올랐다. 무엇보다도 문화인이라는 이름만 듣던 늙은이 젊은이 앞에 자기가 이러한 직업여성으로 보일 것이 싫었다.

여흥이 벌어지자 진행계(進行係)라는 젊은 통역에게 첫대로 불려 나온 것은 명신이와 남자손님 하나를 새에 두고 앉았던 성악가 C여사였다. 대개는 악보 없이도 부를 수 있는 유행가 정도였으나 작부들이 들어와서 부산을 떠는 통에 혜식었던 기분을 회복하였다. 앙코르의 박수가 연속하였다. 그러나 명신이는 말뚱히 소리를 하는 C여사의 눈치만 돌려다 보고 앉았었다.

"저이도 문화인으로 초대를 받아 왔을 텐데……설마 주흥을 돕는 소리꾼으루 데려 온 것은 아니겠지? ……."

이런 생각이 드는 것이었다.

대관절 누가 누구를 청해 왔는지는 모르겠으나 C여사도 주흥을 돕는 소리꾼으로 불러왔는가? 하여 명신이는 가만히 물계만 보고 앉았는 것이다. 청하기는 저편에서 청하고 이편은 손님이건마는 이용 가치가 있는 손님만을 청했던가? 손님으로 온 C여사도 예술인 문화인으로서 대접을 받기보다 광대나 기생으로 좌흥을 도우라는 거라면 C여사가 가엾다고도 생각하였다.

소리가 연달아 나오고 □□□ □□□ □□ □□□ □□□□ 한바탕 장을 차려 나서고 하니 한구석에서는 댄스가 벌어졌다. 레코드에서는 트로트가 흘러나온다.

"미스 정!"

하고 윌슨 소령은 일어서며 손을 벌이고 눈짓을 한다. 일선에 최 박사 집에서 명신이는 윌슨과 두 번이나 춤을 추어 그만치 친한 사이라고도 할 수 있었다.

"여기 본업으루 아주 잘 추는 사람이 있는데요. 나는 오늘……."

하며 명신이는 피하려는 눈치로 웃어 보이면서도 대거리를 안 하는 것이 실례일 것 같아야 망설이었다. 그동안에 벌써 윌슨은 테이블을 돌아와 옆에 앉았는 댄서를 제쳐 놓고 명신이에게 두 손을 내밀고 섰다. 명신이는 하는 수 없이 웃으며 따라 일어나서 스텝과 어깻짓으로 장단을 맞추며 저편 댄스장으로 미끄러져 들어갔다.

명신이는 둘째 번 후퇴 후에 장교구락부에를 몇 번 드나들던 중에 별안간 마음 내켜서 그대로 끌려 나가서 차차 스텝을 밟아 보는 동안도 저절 장단이 맞고 요령을 터득하게 된 풋내기 댄스지마는 원체 체질에 맞는 탓인지 금시로 배워 버린 것이요 또 첫맛이라 추기 시작하면 정신을 잃고 황홀히 끌려 들어가는 것이었다.

감미한 피로를 느끼며 얼굴에 촉촉이 땀기가 배어서 윌슨과 갈라져 제자리로 와서 마주 앉자 윌슨이 맥주를 권하는 것을 마다하고 레몬주스를 청해 목을 축이고 새로 가져 오는 양식을 먹기 시작하였다. 흥분한 명신이는 음식 맛도 모르겠고 그저 몸이 욱신욱신하였다. 옆에서는 어느덧 장고도 들어가고 또 다시 음악가 S씨의 독창이 벌어졌다.

명신이가 반 접시쯤 먹다가 독창하는 데로 고개를 돌리자니까 노려보고 있던 윌슨 소령이 벌떡 일어나서 자기게로 돌아오는 기척이다. 손을 내미니 차마 마다고는 할 수 없고 남이 이상히 볼까 보아 애가 씌우면서도 또 따라 나섰다.

그러나 명신이가 걱정하느니만큼 아무도 주의가 그리로 가지는 않았다. 어느 댄서인지도 모르거니와 으레 그러려니 하고 눈가로 보는 것이었다.

"이 파티가 끝난 뒤에는 공보원으로 가서 영화를 본다는데 같이 가십시다."

"에이 난 싫어요 늦으면 집에서 걱정이시니까."

춤의 한 고비를 넘어서 숨을 돌리며 두 남녀는 이렇게 속삭였다.

"뭐 잠깐 보구 댁까지 내 차로 데려다드리지."

명신이는 그럴싸해서 잠자코 말았다. 최 박사가 데려다 준다고는 하지마는 언제나□□□ □□□□ □□□ 집은 본역(부산역)에서 얼마 안 된다 하여 혼자 떨어져 가곤 하였는데 이런 추운 날 캄캄한 언덕길을 가기가 지금부터 걱정인 것이다. 미군의 차를 이용하는 것쯤 으렛일이요 또 윌슨은 윌슨대로 명신이가 곱다란 처녀일 뿐 아니라 말이 통하고 구면이니 좀체 놓지 않고 떨어지기를 싫어하는 눈치였다. 두 번째 춤을 추고 와서는 시장기가 나서 모른 척하고 마침 가져온 비프스테이크를 먹으려는데 옆에 앉은 작가인 듯한 사람이 윌슨 곁에 느런히 앉은 미국 청년과 서투른 영어로 수작을 하다가 갑갑하니까 명신이에게 통역을 청하는 바람에 그만 거기 끌려 들어가고 말았다.

"언제든지 서울로 환도하거든 그 첫째 작품을 우리에게 주슈. 번역해서 적당한 데 발표해드릴 것이니."

공보원의 기획과장이라는 청년은 이런 부탁을 한국 작가에게 하는 것이었다.

과연 실현될 일인지도 모르겠으나 인제야 '문화교류'다운 이야기가 나오나 보다고 명신이는 생각하였다. 그래도 말이 직접 통치를 못 하니 지나는 인사밖에 안 되는 것 같았다. 저 끝자리에 서는 접객부와 댄서들이 서넛 몰켜 앉아서 접시를 떼그럭거리며 먹는 것이 건너다보인다. 명신이는 시장한 것도 잊어버리고 잠깐 눈살이 찌푸려졌다.

"미스 정! 또 한 번."

전축에서 새 곡조가 또 울려 나오자 윌슨 소령이 미안한 듯이, 남의 눈에 어찌 보일까 보아 자저하는 듯이 가만히 눈짓을 하고 일어서 온다. 명신이도 인제는 남의 주목을 끌 것이 겁도 났으나 몸이 확확 달기도 하고 거절할 수도 없어 소리 없이 살짝 일어서 나갔다.

한 바퀴 휘돌면서 저편 문께로 우중충한데 끼워 앉았는 하얀 얼굴이 기다란 청년이 눈에 힐끔 띠자 명신이는 속이 뜨끔하였다. 또 한 번 □ □ □□ □□□ □□ 앉는 것을 넌지시 □□□ 보아도 역시 바로 아까 부흥다방에서 만난 영식이 같다. '설마!' 하면서도 어쩌면 무슨 연줄로 왔을지 모른다는 불안이 두방망이질을 치는 것이었다. 그러나 처음에 댄스를 배우기 시작하고 최 박사 집 연회에 불리어 가고 할 제 망설이고 무슨 죄나 짓는 것같이 겁을 집어먹으면서도 결국에는 대담히 나선

것은

"지금 와서야 내가 무슨 짓을 하든 누가 뭐랄 테냐!"

하는 반항심이 시킨 일이었었다. 망설일 때도 대담히 나설 때도 첫대에 머리에 떠오르는 것은 영식이었고, 다음에 입을 삐죽한 것은 부모에 대하여 아직도 풀리지 않은 감정 때문이었었다. 언제까지 부모 품에 안겨 살거 아니요 영식이가 그 지경으로 빠져 달아났으면야, 인제는 나대로 사는 수밖에 없지 않으냐는 고독하고도 막 가는 생각이 드는 것이었었다.

'왔으면 왔지! 보거든 실컷 보라지!'

명신이는 발끈하는 반발로 팔깍지를 낀 남자를 슬슬 끌며 그편으로 가까이 가서 또렷이 그 의문의 남자를 쳐다보았다. 영식이는 아니었다. 안심도 되면서 제풀에 겁을 펄쩍 내던 자기를 명신이는 혼자 속으로 웃었다.

최 박사 부인 김의경 여사도 씨·에이·씨의 놀랜드 보좌관이 청하는 대로 얼싸안고 그럴 듯이 맴을 돌며 나섰다. 사십이라 하여도 어디가 늙었는가 싶다. 미국 유학시대에 만난 내외니 이런 사내 이러한 자리에는 더 말할 것도 없지마는 이 부인의 사교적 재능이 남편보다 사회적으로 더 빛나게 하는 것이다. 여간해서는 별로 댄스를 하는 것을 볼 수 없고 더구나 오늘 같은 각계 인사가 모인 자리에 나서기가 좀 서먹하였지마는 놀랜드 보좌관이 흥이 나서 청하는 자국에야 두말 없었다.

원장과 늙은이 축 사이에 끼어 앉아서 자연 통역의 소임을 맡게 된 최 박사는, 술은 그리 안 하나 연해 웃음을 터트려 가며 좌흥을 돋고 있다. 뉘게나 온순하니 늘 싱글싱글 웃고 대하는 것이 이 사람의 제일

가는 장점이요, 그것으로 외국인 사이에는 더욱 평판이 좋다.

　김의경 여사는 놀랜드와 헤어져서 자기 테이블로 가면서 알은체를 하는 윌슨에게 웃음으로 가벼이 대꾸를 하여 주고는 마침 기회가 좋다고 명신이 뒤로 다가서며 귀에다 대고 무어라고 한마디 소곤소곤하고는 시치미 떼고 자기 자리로 가 앉았다. 의경 여사가 무어라고 하였는지 명신이는 그러지 않아도 볼그레하게 상기가 된 얼굴이 살짝 긴장해지는 눈치로 눈을 깜짝하더니 무슨 혼자 생각에 팔려 있는 모양이다. 마주 앉은 윌슨도 좀 이상하다는 듯이 슬며시 기색만 살피고 있다.

　'……그래두 김 선생같이 눈여겨 본 사람에게나 그렇겠지.'

　명신이는 의경이의 주의에 깜짝 놀라면서 몹시 자존심이 깎인 것 같아서 불쾌하였던 것이다. 댄스를 하는 에티켓으로서는 신사가 청하는 것을 거절하면 실례거니만 싶어서 윌슨이 세 번씩이나 청하는 대로 응한 것인데 '남이 이상해 보지 않게 하라.' 주의를 받고 보니 그러지 않아도 조심스럽던 차에 얼굴이 저절로 발개진 것이다.

　그러나 계집아이들을 데리고 다니는 의경이로서는 당자를 위하여서나 세상이 평판이 어떨까 염려되어서나 늘 그런 데에 정신을 차리는 것이요, 계집아이들이 아직 능란하지가 못해서 그렇지, 그런 경우에 저편이 무안스럽지 않게 퇴짜를 하고 딴 아이하고도 추도록 수단껏 하면 좋지 않은가 하여 당장으로 주의를 준 것이었다.

　윌슨도 그리 친치 않은 사이에 좀 지나쳤다는 생각이 없지 않아서 궁금증은 나나, 무어라고 묻기도 안 되어서 옆 사람과 수작을 하며 맥주만 마시고 있다. 처음 만날 때부터 이렇게도 말쑥이 때가 벗은 청신한 아가씨가 있나 하고 감탄도 하였고 또 이 아가씨가 상당한 교양을 가진 점잖은 집 따님이란 데에 만만치 않다고는 생각하면서도 호기심이 더 가고 다만 귀여워 보이는 것이었다.

말이 통치 않고 기분이 맞지를 않아서 그런지 슬슬 빠져 가는 사람도 많고 주석은 헤식어 갔다. 한참 웅성대던 댄스판도 잠잠해지니까 와작 일어들 났다.

명신이는 윌슨은 본체도 않고 김의경에게 가서

"전 영화는 그만 두구 먼저 가겠에요"

하고 인사를 하였다.

"응, 그럼 잘 가."

명신이는 사람에 휩쓸려 컴컴한 거리로 나왔다. 자동차로 가뜩이나 복작대는 틈을 빠져서 쓸쓸한 큰 거리로 나서며 막 꼽들이려니까, 뒤에서 따라 나온 자동차도 함께 꼽들이며 헤드라이트의 불빛이 명신이의 옆구리로 환히 좍 비취며 딱 선다. 룸 램프에 비친 차 안의 얼굴은 윌슨 소령이었다. 그는 친숙한 미소를 띠어 보이면서 손짓을 하고 문을 열어 주었다. 컴컴한 속에서 누가 볼지도 모르고 마달 수도 없어 어서 가는 것만 수라고

"미안합니다."

하며 얼른 들어갔다. 탕 소리와 함께 차는 어둠 속으로 스러졌다.

운명의 아이러니

"왜 시사 구경두 안 하시구 그렇게 급히 가시는 거요"

"네……"

명신이는 길게 대꾸하고 싶지는 않았다. 윌슨도 선전영화 같은 신통치도 않은 것을 보고 싶지도 않고 명신이 같은 이야기 벗도 놓치고 나니 그대로 돌아가려는 길인데 마침 헤드라이트로 발견이 되었기에 태워 가지고 가는 것이지 질깃질깃하게 뒤쫓아까지 온 것은 아니었다.

"댁이 어디세요?"

운전수는 우리나라 사람이었다. 방송국 쪽으로 가자고 일러 주었다.

"아까 최 박사 부인이 뭐라구 해요? 그런 걸 묻는 건 실롈지 모르지만, 나하구만 춤을 춘다구 놀리나 보던데?"

슬쩍 떠보는 것이었다.

"아뇨 구경하구 가자는 걸 난 마댔에요."

이야기는 또 한참 끊겼다.

"해군 본부에 계시다죠? 똑 당신 같은 조수가 하나 필요한데 어디 좀 알아보아 주세요 일은 좀 고될지 모르지만 그 대신 보수는 낫게 내죠"

지나는 말처럼 부탁하는 것이었다. 그러나 명신이에게는 당신 같은 이라는 말이 예사로이 들리지만 않았다.

"알아보죠 하지만 대사관 같은 데 들어가자면 대단히 힘든다죠?"

"그야 뭐 신분만 확실하면……."

차는 후딱 영주동으로 돌아서 방송국 아래 명신이 집 문전에까지 와서 대었다. 실상은 동구 밖에서 내리려는 것을 자동차가 들어갈 만한 길이기는 하지만 운전수가 진적해 그런지 대지르고 끌어들여서 초라한 문전을 윌슨에게 보이게 되었다.

빵 빵……소리에 오라범댁이 뛰어 나와 문을 열어 주었다. 문을 열고 내다보는 올케는 골목 안을 눈이 부시게 비춰며 백을 해 나가는 차가 너무나 훌륭한 데도 눈이 번해 하는 눈치였지마는 환한 그 안에 들어앉은 사람을 보고는 좀 선뜻해 하였다.

"누가 바래다주었니? 양키 차냐?"

대문 들어서면 바로 거기 붙은 방이라 영어로 인사하는 소리를 듣고, 모친은 묻는 것이었다.

"아뇨 대사관의 장교가 가는 길에 태워 주었에요"

전등불도 없이 흐릿한 남포불 밑에 자리를 깐 이불 속에 다리를 파묻고 멀거니 앉았던 부친의 낯빛은 약간 덜 좋은 기색으로 뒤틀리는 듯하였다.

명신이는 부친이 왜 그러는 것을 짐작하고 김의경 선생에게 주의 받은 것이 이때껏 불쾌한 끝이라 □방으로 홱 건너가 버렸다.

올케가 밥을 먹으려느냐고 묻는데도 실상은 고기 몇 점밖에 들어간 것이 없어서 출출하건마는 마다하고 옷을 갈아입는 길로 어린 조카들이 자는 옆자리로 들어가 누웠다.

머릿속에서는 연회장의 광경이 주마등같이 돌았다. 윌슨의 가만히 눈치만 노려보던 눈이 반짝 떠오르며 그 시선이 확 뿜는 것처럼 얼굴에 모닥불을 붓는 듯하던 것을 생각하여 보았다. ‘당신 같은 조수가 있으면 좋겠는데……’ 하던 말이 귓가를 뱅뱅 돌았다…….

“……별일야 없겠지만 하여튼 나이 찬 커단 걸 밤중에 이 연회 저 연회로 내돌린다는 건 안 될 말야.”

두껍닫이 하나를 격한 아랫간에서 두 노인이 웅얼웅얼 하다가 부친의 역정 난 소리가 들린다. 명신이는 귀를 반짝 기울였다. 올케는 흐릿한 남포불 밑에서 영감님의 마고자를 짓고 있다. 이 올케도 사변 통에 서울에 뒤쳐져 있을 때만 해도 식모와 애보기를 부리고 살았는데 이번 피난 내려와서는 다 내보내고 남편도 떨어져서 손수 호된 시집살이 하느라고 손등까지 터졌다.

“아무래두 얼른 치워 버려야 할 텐데……이럴 줄 알았더면 차라리 제 소원대루 신영식이에게나 내맡겨 버리는 걸…….”

부친의 이 소리에 이쪽 방에 누웠는 명신이는 입을 삐쭉하였다.

“엎지른 물이지 지금 와서야 저런 말씀을 하셔.”

완고 늙은이의 하는 일이란 모두 그 모양이라고 버르장머리 없이 굴면 대들고라도 싶을 만치 명신이는 바르를 하였다.

"아직 소는 잃지 않았으니까 외양간 고칠 걱정을 하게까지 안 된 것만 다행한 줄이나 아세요"

혼잣속으로 부친에게 폭백을 하는 것이었다. 영식이가 종식이보다 돈 하나 없다고 귓가로만 흘려듣고 우겨대던 부모도 종식이 부친이 시치미 떼고 다른 데서 며느리를 맞아들이니까 이번에는 딸을 팔아서 감투를 써 보려는 생각이던지 부친은 딸은 말할 것도 없고 오라비 달영이까지 정계 유력자 속에서 사돈감을 고르지 못해 눈이 벌게 하던 것을 생각하면 이러한 한 세기 전 사람들에게는 다시는 이 문제를 건드리지도 못하게 하겠거니와 자기도 단단히 마음을 먹어야 하겠다고 생각하는 것이었다.

"그까짓 훈장 나부렁이쯤! 왜 사윗감이 없어 혼인 못 한답디까. 이거구 저거구 애가 어서 와야 말이지!"

부친은 또 영식이 말을 꺼냈는지, 핀잔을 주는 모친의 소리다. 명신이의 수입에 무슨 보탬이 되는 것도 아니요, 살림이 나날이 꿀려 가니 아들이 돌아오기만 일각이 삼추같이 기다리는 것이었다. 그것은 고사하고 어쩌다 아버니의 마음이 저렇게 돌변하였누? 하고 희한하기도 하고 궁금도 하다. 그러나 혼인이야기나 영식이 말이 듣기 싫어서 귀를 막고 싶었다.

또 한편으로는 아직도 영식이라면 머리를 내두르는 모친의 말이 인제는 듣기 싫을 것도 없지마는 무슨 자신을 가지고 혼처가 수두룩이 쏟아지고 사윗감은 얼마든지 있다는 듯이 장담을 하는지 알 수가 없다. 말은 손쉽게 하지마는 옛날처럼 부모가 중매를 내세워서 고르던 시대와는 달라서 자유로이 자기책임으로 고르자면 마치 물건 사는 묘리를 모르고 시장에 불쑥 나선 것 같아서 인에서 인 못 고른다고 얼마나 어려운 일인지 어머니는 도무지 그 소식은 조금도 모른다고 명신이는 또 속으로 코웃음을 치는 것이다.

사실 명신이에게는 아는 남자, 교제하는 남자가 수두룩하다. 지금 어머니의 말에 생각이 나서 비교적 좋게 본 남자들의 모습이며 장점 단점을 머리에 떠오르는 대로 따져 보기 시작하였다. 그러나 모두가 첫수에 맞지 않고 마음에 드는 남자라곤 없다.

'……그래두 돈이 아주 없어도 걱정이요 너무 있어두 두통거리야. 그저 최 박사 내외처럼 남이 보아두 걸맞구 그만 정도로 살 수 있다면……. 하지만 감투나 쓰구 정계 진출이나 하겠다고 정책결혼을 시키려는 그 수에 제풀에 넘어갈 그런 자국은 도저히 안 될 말이지……'

이런 공상에 팔려 누웠다가 명신이는 몸이 따뜻이 녹으니까 잠이 소르를 왔다. 감은 눈꺼풀 속에는 아까 다방에서 마주섰던 영식이의 모양이 떠오르며 앞을 딱 막고 섰다.

눈을 떠 보려면서도 쏟아지는 잠에 눈꺼풀이 떠지지를 않고 그대로 잠이 들어 버렸다.

이튿날 저녁때 퇴청하여 나온 명신이는 마당에 들어서며 꼭 닫힌 부친의 방 마루 앞에 눈에 익은 검정 헌 구두가 한 켤레 놓인 것을 보고 좀 가슴이 설래하였다. 정녕 영식이가 온 모양인데 방 안에서는 잔잔히 소리가 없다. 얼른 아이들이 떠드는 윗방으로 들어가 버렸다.

"응, 가려나? 그럼 잘 생각해 보게."

손은 가려고 인사를 하고 마루로 나서는 기척이다. 문간으로 나가는 구두 발자취가 역시 분명 영식이었다. 다른 때 같으면 문틈으로 뒷모양이라도 내다보려 하였겠지마는 그만 내버려 두었다. 아무런 생각도 떠오르는 것이 없는 것을 보면 자기의 노염이 인제는 굳어 버려서 다시는 풀리지 않을 것을 인제야 안 듯싶고 스스로 놀라기도 하였다.

옆방에서 부친이 부르는 소리에 명신이는 비로소 제정신이 들며 발딱 일어났다.

이편 방으로 건너오며 침침한 속에 부친이 혼자 앉았는 것을 보고,

"어머닌 어디 가셨에요?"

하고 명신이가 소리를 내니까

"응 나 여기 있다. 어느 틈에 들어왔니?"

하며 부엌에서 모친이 대꾸를 한다. 오라범댁은 시장에를 나갔던지 한 모양이요, 모친이 손수 내려가서 밥솥에 물을 지피고 있다.

"게 좀 앉거라."

□□쪽 방문을 열고 어머니 대신 부엌으로 내려가려는 딸을 모친도 말리고 부친은 자기 할 말이 급해서 붙들어 앉혔다.

"지금 신영식이가 다녀갔는데……"

부친은 운자를 떼어 놓고는 무슨 말을 해야 좋을지 몰라서 주춤한다. 그저 네 혼담에 인제는 반대 안 한다는 말을 어서 들려주고 싶어서 불러들인 것이다.

"왜 왔에요 어제 만나셨다면서요?"

"응, 오늘 내가 가서 불러왔지."

"너 아버지께선 인제 돌아가실 날이 가까우신지 간밤엔 잠두 잘 주무시지 않구 아침부터 다방으루 가서서 오라구 일러 놓으시구……별안간 저렇게 서두신단다."

모친이 부엌에서 올라오며 이런 소리를 하고 웃는다. 전 같으면 시원치 않은 기색일 텐데 모친이 웃는 것을 보니 두 노인 사이에 합의(合意)가 된 모양 같다.

'그 원인이 무얼꾸? ……'

단순히 자기가 밤에 나다닌다든지 최 박사 내외를 못 믿는 것은 아니나, 여기저기 연회에 쫓아다니다가 바람이 날까 보아서 그러는 것이라면 우스운 말이다. 더구나 어제 저녁에 윌슨 소령 같은 미국 청년과 차를 함께 타고 다니는 것을 보고 겁이 펄쩍 나서 이렇게 급히 서둔다면 불쾌하기 짝이 없다. 일생의 운명을 좌우하는 결혼 문제를 그따위 단순한 동기로 떡 먹듯 해서 될 일인가고 명신이는 입을 빼쭉하는 것이다. 그러나 부친은 노인의 조급한 생각으로인지 전란 후에 더욱이 신경질로 매사에 초조히 구는 병적 현상으로 그런지, 일단 마음먹은 일이면 불이시각(不移時刻)하고 단김에 빼려고 서두는 것이었다.

부친의 주장은 첫대 어째서 이때껏 반대하여 왔느냐는 지난 일은 다시 캐어물을 것 없다는 것이다. 둘째 영식이에게 대해서도 과거를 불문에 붙이고 완전히 백지에 돌아가 깨끗하고 신선한 기분 감정으로 재출발을 하라고 인제는 도리어 부친이 달래는 것이었다.

"언젠가 네게 들었나? 강순제와 둘이 다방을 벌이구 함께 산다는 말은 공연한 소리더라. 설사 한때 실수가 있다 하드라도, 결코 그럴 사람은 아니라고 믿는다만……과오를 깨닫고 다시 돌아오면 받아들이는 것이 당연치 않으냐 말이다. ……"

영감은 영식이에게 한 말을 그대로 딸에게도 들려준 데 지나지 않았다. 다만 영식이에게는 이 말들을 이렇게 휘갑쳐 주었다.

"……내 귀에 들어온 말도 없지 않으나 난 그걸 믿지 않네. 설마 자네가 그럴 리가 있나! 만일 불행히 그게 사실이어서 자네 생애에 오점을 찍었다 하더라도 자네의 전정을 생각하여서라도 어서 빨리 건전한 생활로 돌아와야 하지 않겠나."

이렇게 타이를 제 영식이는 무색한 낯빛으로 덤덤히 앉았을 뿐이었다.

"그래 그 사람은 뭐랍디까? 좋아하는 눈칩디까?"

명신이는 끝끝내 머리를 숙이고 잠자코 앉았고 모친이 옆에서 대신 대꾸를 하였다.

"잘 알겠습니다구 한 마디 할 뿐이었지만 실상 그 이상 더 뭐라구 하겠소. 저는 이의(異議) 없다는 말이겠지."

"그럼 넌 어떻게 생각하니?"

모친은 이번에는 딸의 얼굴을 치어다보았다.

"전 어떻게 생각하구 말구가 없어요. 아버니 말씀처럼 다 지난 일을 새판으루 들추어내선 뭘 해요!"

"? ……"

하고 부친은 딸을 먼히 바라본다. 그 어기로 짐작해서 부친 말대로 순종한다는 뜻이 아닌 것은 모친도 알아듣겠다. 어떻게 생각하면 어른의 말을 빌어서 비꼬아 말하는 것이었다. 누구나 더 선뜻 말을 꺼내기가 거북하였다.

그러나 명신이로서도 자기의 마음이 좀체 풀어지지 않을 것 같아서 이 이상 더 표시할 말도 없었다. 그보다도 더 중대한 것은 신영식이가 어떤 생각이겠느냐? 어떤 태도로 나오겠느냐는 문제다. 깨끗이 청산한 다는 것도 말은 그렇지만 사람의 감정이나 애정이란 그렇게 물로 씻듯 이 깨끗해지는 것은 아니다. 잘못을 깨닫고 자기 앞에 와서 눈물로 사과를 한다면 조금은 자기의 노염도 풀어지고 부친의 말마따나 다시 받아들이려는 생각이 들지 모른다. 그러나 아무리 신영식이가 순실하고 우발적의 경박한 청년은 아니라 해도 그럴 용기가 있고 그만큼 진솔대로 있을 수 있는가? 부산에 와서 한 달이 가도록 순제의 다방에만 파묻혀 있으면서 한번 들여다보지도 않는 것을 보면 한번 든 정은 떼치기 어렵고 순제의 유혹이나 매력에서 헤어나지를 못하는 것이 빤한 노릇이다.

혹은 면목이 없어 그랬다고 할 수가 있고 이편에서 영영 맥이 끊어졌거니 해서도 그럴 수 있겠지마는 하여간 또 섣불리 서두르다가는 아주 똥친 막대기가 될까 보아 미리 철조망을 치려는 것이었다.

"어쨌든 그만큼 얘기가 됐으니 다음 일은 내게 맡겨 둬라. 당자와 다시 만나서 구체적으로 결정을 지을 거니."

한참 만에 부친은 결론으로 한마디 하는 것이었다.

"아버니께선 모른 척해 두세요. 인젠 제 걱정은 마세요. 살기두 어려운 세상에 결혼이 급합니까! 그런 걱정 하시다간 아버니 더 지치실 뿐예요."

명신이의 본심은 내 일은 내 알아 할 테니 부모도 아랑곳 말아 달라는 것이다. 이태를 두고 끌면서 그렇게 반대를 하더니 때 다 놓치고 나서 지금 와서 새삼스럽게 무슨 소리냐는 반감에서보다도 또는 자유연애 자유결혼을 고집하고 나가자는 주장이기보다도 지금 시대의 젊은 사람의 미묘한 감정의 엉클어진 갈등을 늙은이의 센스가 둔한 구식생각 솜씨로 들어준다는 것은 헛수고니 가만히 앉았으랴는 것이다. 이 엉클어진 감정이나 갈등과 노염을 풀게 되면 그것은 저의끼리의 성실한 노력으로 되는 것이지 어른들의 간섭으로 풀어지는 것은 아니라는 것이다.

"그래 자식 혼사에도 늙은 사람은 벙긋도 말고 가만있어야 된단 말이냐? 그만하면 인젠 너희끼리두 서루 심지를 알고 또 사실 말이지 지금 세상에 더구나 이 혼란 중에 그만한 양심적이요 신실한 젊은 애를 찾기가 그리 쉬운 줄 아니. 하여튼 이런 대사란 어른이 서두르지 않고 된다던!"

부친은 다소 언성을 높이었다.

"어쨌든 넌 인젠 좀 가만있으려무나. 그 법석을 할 때는 언제구 또 일이 바루 들어서려니까 고개를 외루 꼬구. ······에이 그 꼴 보기 싫어. 공부를 시켜 놓으면 저 지경이구······. 그 무슨 변덕이란 말이냐?"

이 마님 생각으로는 순제와 어쩌니 저쩌니 하는 것은 공연히 시새는 사랑쌈이요 또 설사 미심쩍은 일이 있기로 그것은 계집년이 고약해 그렇지 사내로서야 무슨 그닥한 험절이 되겠느냐는 구습 생각을 가지고 있는 것이다.

"……그럴 바에는 애초에 김 사장 집에서 그렇게 지성으로 청해 올 제 고집을 부리지 말 일이지. 그것두 팔자야."

모친은 지금까지도 종식이를 사위 못 삼은 것이 원통해 못 견디어 한다.

화해

종식이의 돌연한 방문에 정필호 영감 부처는 반색을 하였다. 피난생활이 얼마나 고달프냐고 인사를 한다든지 어려운 살림에 용돈에나 보태 쓰라고 금일봉이라도 내놓을 그런 싹싹한 생각이 들 종식이는 아니지마는 그래도 돈 냄새라도 구수하게 풍기니 마님은 건성 반가웠고 영감은 영감대로 회사의 재발족을 의논하러 왔나? 동아상사의 취체역 회장의 의자가 여전히 자기를 기다리고 있지나 않는가? 하는 기대를 가지고 반가웠다.

"선생님, 외무부에 누구 친하신 분은 혹 없으신지요."

이런 이야기 저런 이야기 끝에 종식이는 비로소 자기 용무를 꺼냈다.

"글쎄……외무부 장관두 안면은 있지만 하두 사람이 바뀌니까. ……왜?"

영감은 기다리던 회사 이야기가 아닌 데에 다소 실망을 하면서 대꾸를 한다.

"미주에 건너갈 패스포트를 곧 좀 내야 하겠는데, 그것두 역시 길이 있어야 된답니다그려."

"누가? ……자네가 가려구?"

"글쎄, 그럴까 합니다. 저하구 한 서넛이 한번 가 보구 와서 본격적인 재발족의 계획을 세울까 합니다만……."

"좋지……어디 나두 한몫 끼워준다면 외무부장관을 찾아보고 떼를 써 보겠지만……허허허."

하고 정필호 영감은 실없는 소리처럼 웃었으나 막상 생각하니 길을 뚫을 만한 자국이 머리에 떠오르지 않는다. 이런 때 생색을 내어 주었으면 뒷길이 좋으련마는……하고 초조해 하고 앉았으려니까 똑같은 생각으로 곰곰 궁리를 해 보던 마누라가 옆에서

"좋은 수가 있구먼!"

하고 말을 가로챈다.

"응? 누구?"

영감은 눈이 번해 마누라를 건너다본다.

"최 박사 말예요. 최 박사만 나서면 그런 것쯤야 당장이지."

"그래? 그 편이 빠를지 모르지."

영감은 끄덕끄덕하며 종식이의 의향을 묻는 듯이 치어다본다.

"최 박사란 최창길이 김의경 남편 말이죠? 그것두 괜찮겠죠마는 전 안면이 없는데요."

종식이는 역시 영감더러 직접 교섭을 하여 주든지 소개장이라도 써 달려려는 눈치였으나 실상은 정필호도 아직 최 박사와 교제가 없었다.

"그건 염려 없어요 우리 집 애가, 명신이가 수영(수양)딸이나 되는 듯이 그 집에를 드나드니까."

마님이 앞질러 맡으마는 말눈치다.

"네, 그래요? 그럼 더 좋구먼요."

종식이는 반색을 하였다. 노인을 내세워서 수고를 시키느니보다 명신이를 데리고 직접 최 박사를 찾아가 보는 편이 편하고, 최 박사 부처와 가까이 할 기회를 얻는 것도 좋았다. 예전 일을 생각하면 명신이를 찾아간다든지 명신이에게 머리를 숙이고 그런 부탁을 하기가 싫었겠지마는, 사변이 그런 감정은 싹 씻어 주었는지 아무런 생각도 없다. 회사로 명신이를 보내라고 하는 것도 그만두라 하고,

"제 일이 급하니까 제가 찾아 가죠."

하며 종식이는 총총히 일어섰다.

나오며 팔뚝의 시계를 보니 열한 시가 넘었다. 마침 시간이 알맞다 하고 그 길로 천천히 걸어서 해군 본부로 향하였다.

위병소에서 전화로 연락을 해 놓고 부두로 들어가면서 종식이는 오래간만에 만나는 명신이가 어떤 태도로 대해 줄까? 생각하여 보았다. 9·28 후에 서울서 만났을 제처럼 언제 알았던 사람이냐는 듯이 본체만체하는 그런 냉랭한 태도라면 잘못하다가는 난 모르겠다고 딱 잡아떼지나 않을까 하는 염려도 없지 않았다.

그러나 하여튼 오래간만에 얼굴이라도 만나 보게 된 것이 은근히 좋아서 걷는 걸음에도 활기가 났다.

층계를 올라서 침침한 낭하로 꼽들이니까 의외에도 사무실 문 밖에

나와 섰던 파르스름한 투피스를 입은 명신이가

"여기이야요 이리 오세요."

하고 먼저 알은체를 하여 준다. 사무실을 찾지 못할까 보아 미리 나와서 맞아 주는 것을 보니 고맙고 반갑기가 짝이 없다. 전쟁이 이 여자를 이만치나 틔워 주었나? 아니 그보다도 실연의 고민이 사람을 열 번 고쳐 만드는구나 생각하면 이 여자가 가엾어도 보였다.

"오래간만이군요!"

종식이는 그야말로 오래간만에 흥건한 부드러운 감정에 잠기며 자연 말소리가 은근히 나왔다. 짝사랑이나마 옛날의 연인이었다는 추억에 뒤통수가 끌려가는 듯싶기도 하였다. 그러나 여자는 잠자코 어째 왔느냐고 묻는 듯이 빤히 쳐다만 보고 섰다. 마음의 동요라든지 표정을 감추려는 기색 같기도 하였다.

"급한 청이 있어 왔는데."

하고 종식이는 팔뚝의 시계를 들여다보며

"식사 시간두 됐구 하니 잠깐 나가실까?"

하고 눈치를 보았다.

"무슨 말씀인지? 예서 간단히 하시죠."

쌀쌀히 사무적으로 대한다.

"아니, 어차피 나하구 어디 잠깐 가 주셔야 될 일이 있으니까."

은근히 달래듯 애원하듯 부탁하였다. 그래도 명신이는 눈을 깜빡깜빡하며 생각을 하더니

"그럼 잠깐 계서요."

하고 들어가서 외투를 걸치고 나왔다.

　바닷가는 봄날같이 바람 한 점 없이 한나절 햇볕에 포근하고 명쾌하다. 환한 데 나와서 보니 명신이의 혈색 좋은 복실복실한 볼의 살갗이 비칠 듯이 곱고 한참 피어나는 처녀답게 탄력적인 데에 무심코 곁눈질이 갔다. 명신이는 남자의 눈길을 간지러운 듯이 얼굴에 받으며 떠오르는 미소를 감추었다.

　"우선 어디 가서 식사나 하고 이야기하십시다."

　□□□□□□□□□자코 따라섰다. 중앙동으로 들어서 양식집을 찾다가 청요릿집으로 들어섰다. 휑뎅그렁하니 여기는 너무 조용하여 명신이는 도리어 마음이 설렁할 지경이다.

　"내 곧 미국을 갈 작정인데 따라나설 용기 안 나슈?"

　종식이는 신기가 좋아서 좀 실없이 말을 꺼냈다. 이 색시와 단 둘이 요릿집에를 왔다는 것도 생각도 못하던 일이지마는 이렇게 무관히 수작을 붙일 수 있는 것을 생각하여 보아도 그동안 이 년이라는 세월이 한 십 년 이십 년 지난 것 같다. 도대체 원인은 어디 있든 간에 명신이가 이렇게 자기에게 대한 거북한 감정을 일소해 버렸다는 것이 의외였다.

　"어서 다녀오십쇼. 왜, 날 밀수입의 방조자(傍助者)로 이용하시구 싶으신 게로군."

하고 명신이는 방긋 웃는다. 명신이 역시 과거지사는 잊었다는 표시로도 이렇게 대하는 것이 좋겠다고 생각하는 것이었다.

　"하하하……."

종식이는 입을 커닿게 벌리고 웃기만 하였다.

"지금 댁에 갔다 오는 길입니다만, 최 박사 부처를 좀 만나게 소개의 영광을 얻고자 하는데……"

"알겠습니다. 최 박사 부처면 확실히 이용 가치 백 퍼센트일 겁니다."

한편이 여전히 실없는 어조니까 이편도 따라서 비꼬아 주는 것이었다. 과거를 잊어버린 명신이에게는 이 남자가 몇 해 전부터 알던 사람으로밖에 안 보이는 것이요, 남자라는 것을 인제는 아무것도 아니라는 대담한 생각도 드는 것이다.

하여간 명신이는 종식이의 설명을 들은 뒤에, 전화부터 걸어 보기로 하였다.

마침 부인이 나와서 받으면서, 최 박사는 다섯 시까지는 돌아올 것이요 할 이야기도 있으니 파해 가는 길에 들르라는 것이다.

"네, 네, 수고하셨습니다. 다섯 시까지 차를 가지구 가서 대령합죠"

종식이는 신바람이 나서 좋아하였다.

약속대로 종식이는 택시를 잡아타고 제일부두로 가서 위병소 옆에 대령하고 있다가 나오는 명신이를 태워 가지고 영도(影島)로 최 박사 집을 찾아갔다.

문전은 그렇지도 않지만 들어가 보니 전에는 어떤 일본사람의 집이었던지 화양절충의 적산가옥이 그만하면 딴은 서양 사람을 초대하여 볼 수도 있을 것이요, 차림차리도 양식으로 꾸민 품이 피난생활로는 때가 벗고 호사스럽다.

종식이는 당면한 여행권 주선도 급하거니와 그보다도 씨·에이·씨를 위시하여 미군 방면이라든지 고관 측에 발이 넓은 이런 사람을 알아 둔다는 것은 사업이 사업이니만치 큰 도움이 된 것이어서 그저 굽실굽실 황송해 못 견뎌 하는 시늉이다.

겸손하고 호인인 것으로 한 몫 보는 최 박사는 종식이 부친의 이름과 그가 납치되어 갔다는 말을 듣고 깜짝 놀라며 매우 친절히 대하여 주었다. 당장 외무부 차관에게 소개장을 명함에 써 주며

"무슨 짓이든지 해서 되도록은 편의를 보아 줄 거요"

하고 자신 있는 소리를 하였다. 그동안에 명신이는 안방에 들어가서 김의경 여사를 만나보고 종식이가 미리 일러둔 대로 응접실로 끌고 나왔다. 종식이는 이 유명한 박사 부인도 만나 두고 싶어서 명신이에게 소개해 달라고 미리 부탁하여 두었던 것이지마는 박사 부인도 동아상사라면 알 만하고 그 집 아들로 대를 물려 맡는다니 만나주어서 해로울 것은 없다고 응접실에 나타난 것이었다.

"지금 이 애한테 들었습니다마는, 아, 아버니께서 그런 변을 당하셨다니, 한 번두 뵌 일은 없지만, 노래에 얼마나 고생이시구, 댁에선들……"

하며 김의경 여사는 눈을 찌푸리고 혀를 차며 종식이 부친 납치에 대한 인사를 하는 것이었다. 동아상사 사장 김학수라면 대개는 누구나 짐작하는 바이지마는 종식이는 자기 아버지가 그만치나 유명하던가? 하며 새삼스레 어깨가 으쓱하였다.

"졸지에 그 지경이 되어 가지고 뒷수습을 하자니 저 같은 게 뭘 압니까 무슨 경험이 있겠습니까……일로부터는 두 분 선생님께서 많이 지

도해 주서야 하겠습니다."

동아상사의 제이대 사장이라는 것은 잊은 듯이 두 손길을 마주 잡고 서서 진심으로 지도를 탄원하는 표정이었다.

"뭐 나 같은 돈벌이와는 담을 싼 사람이 지도랄 거야 있소마는……."
하고 최 박사의 웃으며 대꾸하는 말눈치가 지도는 못할망정 원조는 하마고 자청하고 나서는 듯하여 종식이에게는 한번 더 귀가 솔깃하였다. 최 박사 내외 역시 동아상사라면 6·25 전에는 무역계에 두각을 나타내던 터이니 그 후에 얼마나 성하게 남아 있는지는 모르나 하여튼 이런 청년실업가를 포섭하여 손 될 것은 없으니 아무쪼록은 호의로 대하는 것이다.

"종종 놀라오세요 가다가는 경제계의 실정을 조사하러 온 분들이 민간 측 실업계 양반을 만나구 싶어 하는 때두 있는데 그런 사람두 좀 만나주세요……아, 참 지금 한국 재건사업 때문에 유엔 측에서 와 있는 분들을 일간 초대하려는 계획두 있는데 나중 기별해 드릴께 그런 데루 좀 나와 보시는 게 우선 시찰 가신다는 데두 유조할 겁니다."

작별하려 할 제 김의경 여사는 이런 소리도 들려주었다. 종식이는 불감청(不敢請) 고소원(固所願)이지 이게 웬 떡이야 하며 속으로는 무척 반가웠으나 너무 허겁지겁 하는 것도 안되어서

"네 아무쪼록 나가두룩 해 보겠습니다."
고 좀 비쎄는 눈치를 보였다.

최 박사 집에서 나온 종식이는 의외의 수확이 많은데 흐뭇해서 어두워 가는 길에 찬 바닷바람을 안차게 하며 명신이를 걸려 가지고 가는

것이 미안할 지경이요 택시를 못 잡아서 영도다리를 걸어 건너면서 어디로 데리고 가서 저녁을 한턱 단단히 낼 궁리에 팔렸다.

"난 집으루 가겠에요."

명신이가 시청 앞에서 마주 건너서려는 것을,

"아냐. 오늘은 날 출세를 시켜 주셨으니까 우선 초벌로 한턱을 단단히 내려는데……."

하며 종식이가 지성껏 붙드는 것을 떼칠 수 없어 또 따라섰다.

"출센 무슨 출세? 돈벌이에 좋은 거간, 브로커를 잡았다면 몰라두."

명신이는 웃지도 않고 이런 신랄한 소리를 하는 것이었다.

"허허 그 어째 명신 씨가 이렇게 입이 뾰족해졌는지? 그런 걸 왜 수양어머니 아버지처럼 따라다니는 건구?"

"나두 브로커가 되려구 나두 돈벌이 좀 하구 싶어서요"

종식이는 깔깔 웃기만 한다. □□□□□□□□□□□□ 이번에는 명신이의 좋아하는 양요리를 먹이려고 '호수'에를 들어섰다.

홀 안으로 쏙 들어서며 앉을 자리를 찾느라고 불빛이 환한 속을 휘휘 둘러보다가 종식이는 왼편 벽으로 기대서 한가운데 테이블에 마주 앉았는 영식이와 순제의 시선과 일시에 마주쳤다.

"응!"

하고 피차에 고개만 끄떡하였으나 순제는 이리 오라고 손짓을 살레살레 하며 뒤에 따라선 명신이에게 웃어 보였다. 그러나 테이블에 앉은 두 남녀는 들어오는 이 두 남녀가 어떻게 어울려서 여기까지 왔더란 말인가 하고 눈이 번쩍해서 호기심을 가지고 자꾸 자기네한테로 오라는 것이다. 그러나 영식이는 호기심 이상으로 놀랍고 의아하지 않을 수 없었다. 좀 불쾌도 하다.

"조금만 기대려 줍쇼. 저 방 자리가 곧 납니다."

보이가 내달아 오며 협실을 가리킨다. 딴은 홀 안은 퍽 차서 빈틈이 없었다.

"어딜 이렇게 두 분이 다녀오는 거유? 파티? 영화?"

방이 나기를 기다리는 동안 먹먹히 섰을 수 없어 이쪽 테이블로 다가오는 종식이에게 순제는 놀리듯이 웃어 보인다. 앞에 정종 유리잔이 놓였다.

"아아니 명신 양의 소개를 얻어야 할 데가 있어 같이 방문하고 가는 길인데."

종식이는 누구보다도 영식이에게 변명하듯이 대꾸를 하며 담배를 꺼냈다.

그동안에 명신이는 자기 키로 한길이나 되는 파초분 뒤에 몸을 비켜 섰다. 이때껏 마주치는 것을 꺼리고 인사하기가 거북하던 종식이와 별안간 이렇게 어울려 다니면서 도리어 영식이와 변변히 인사할 수 없게 된 자기 처지를 돌려다보며 인생의 아이러니에 쓴 웃음을 참는 수밖에 없었다.

'저런 걸 아버니께 좀 뵈어 드렸더면!'

하며 명신이는 분한지 우스운지 알 수 없는 □□□□ 수습하려 하였다. 저런 줄은 모르고 '이 사람이 한번 들를 텐데 왜 안 오나?' 하고 영식이가 그날 다녀간 뒤로 날마다 기다리고 있는 부친이 가엾기도 하다.

"저 자리하구 합석을 했더면 좋을 걸 미안하군요"

이 협실로 들어오며 종식이는 정색으로 이런 인사를 하였으나, 그것이 악의를 품은 놀리는 말은 아닐지 몰라도 명신이에게는 듣기 싫었다. 그 눈치에 이 소중한 손님의 기분을 상할까 보아 다시는 저편 테이블의 이야기는 꺼내지 않았지마는 종식이 역시 그 두 남녀가 어울려 다니는 것을 보면 유쾌치는 않았다. 전에는 자기도 간혹 순제와 이 집에 점심이고 저녁을 먹으러 왔지마는 이즈막에 영식이가 나타난 뒤로는 일체 없다.

돈푼 번다고 영식이를 이런 데로 끌고 다니며 낭비를 하는 것도 주제에 넘는 짓이라고 코웃음을 치는 것이었다.

"명신 씨께 또 부탁이 있는데 들어주실지?"

바로 일전에 영식이와 순제가 앉아 놀던 그 자리에 마주 앉으며 종식이는 말을 돌렸다.

"뭔데요? 해 드리죠. 밥값을 하란 말씀이죠?"

활짝 열어 놓은 방문 밖의 파초분을 격하여 내다보이는 저쪽 테이블이 역시 마음에 키워서 신기가 좋지 않았으나 명신이는 싱글 웃으며

"그러지 말구 아주 비서루 써 주시면 무슨 심부름이든지 해 드리죠"
하고 비꼬아 주었다.

"이거 왜 이러십니까. 그러지 않아두 상당히 조심조심해서 말씀을 하는 것이건마는……"

종식이는 미안하다는 듯이 웃어 보이면서도 아닌 게 아니라 이러한 여비서가 하나 있으면 얼마나 도움이 되겠는가 싶었다. 그러나 부친이

강순제를 쓰듯이 그렇게 간단히 될 문제는 아니니 거기까지는 바랄 수 없는 일이라고 감히 생의도 못하는 것이다. 또 연치로 보나 교제 수단으로 보나 순제와는 어림도 없다. 미군 측이나 고문단 방면의 절충에는 역시 순제를 회사의 촉탁 같은 명의로 내세워서 쓰고 명신이는 우선 최 박사와의 교제와 연락에 알맞다고 생각하는 것이었다.

"재건단이라나? 부흥 사업의 기본 조사를 하러 온 일행을 초대한다는 말 아까 듣지 않으셨우? 그거 날짜가 정하는 대루 곧 내게 좀 알려 주세요. 그리구 나하구 같이 나가 주셨으면 좋겠는데……?"

순제를 데리고 가면 미인 측의 구면들과도 만나게 될 듯싶어 좋겠지마는 어디서 주최하는 것인지는 몰라도 최 박사 연줄로 참석하는 자리니 명신이가 좋겠다고 수행으로 통역을 부탁하는 것이다.

"그런 델 난 뭣하러 가요"

명신이는 딱 잡아뗐다. 실상은 아까 최 박사 집 안방에서, 명신이는 이삼 일 내로 또 연회가 있을 텐데, 기별하거든 이번에는 좀 화려하게 조선옷을 입고 나오라는, 부탁이라기보다도 지휘를 받았지마는, 그댓말을 하기가 싫었고 부친이 저번에 한 말이 있으니 승낙 안 하면 갈지 말지다.

"그런 데두 나가 보아야지 이 시대엔 살아가요. 왜 브로커가 되시구 싶다면서? 갑시다요. 벙어리 하나 데리구 내 입 대신 수고하신 끝에 수고 좀 해 주세야지."

정 하면 순제를 데리고 가도 좋지만 명신이를 데리고 간다는 데에 여러 가지 의미로 뜻이 있다고 생각하는 것이다. 그렇게 된다면 그것은 한 승리를 의미하는 것도 되는 것이다.

"나 아니기루 왜 김 선생의 입이 없어서요!"

하고 명신이는 눈짓으로 방문 밖을 가리켰다.

"아니 그건 시대가 다르죠 인젠 우리 시대거던."

하며 종식이는 퍽 다정히 애무하듯 넌지시 웃어 보인다. 이것은 이 년 전 자기와 처음 교제할 때에 보던 □□□□ 낯이었다. 시대가 다르다는 것은 순제가 벌써 늙어서 시대에 뒤떨어졌다는 말은 아닐 것이요 우리 시대라는 말에 힘을 주며 웃는 그 표정은 과거를 청산하고 새로운 우정을 빈다祈는 간절한 심경의 애원 같기도 보였다.

명신이는 못 들은 척하고 접시의 것을 입으로 옮기고만 앉았다. 그러자

"우선 먼저 가요"

하고 문지방 턱에서 순제의 소리가 나기에 고개를 들어 보니 수금원 가방 같은 가방을 든 영식이가 뒤따라 기웃하며

"영감님께 일간 가 뵙겠습니다구 여쭤 주세요"

하고 명신이에게 전갈을 하는 것이었다.

"네."

하고 명신이는 얼떨결에 눈을 한데로 돌리며 약간 상기가 되는 것을 깨달았다.

그 전갈이란 의미심장한 것이었다. 두 남녀가 간 뒤에도 명신이는 무슨 뜻으로 그런 전갈을 자기에게 부탁하였는지? 영식이의 심사를 이리저리 촌탁해 보기에 잠깐 얼이 빠졌었다.

"저 가방은 무언구?"

둘이 나가는 것을 바라보며 명신이는 혼잣말처럼 영식이의 뿌듯한 가방이 이상스러워서 입을 빼죽하였다.

"아 그걸 이때껏 모르슈? 대학 선생님으루 종일 바삐 돌아다니시랴 저녁이면 연애하시랴 몸이 한 서넛 있어두 모자랄 판인데!"
하며 종식이는 히죽 웃는다. 이때까지 명신이 앞에서 영식이에 관한 말은 입초에 올리지 않으려고 근신을 하였으나, 영식이나 순제나 인제는 아주 내놓고 둘이 붙어 다니는 꼴이 못마땅도 하거니와, 슬며시 내막을 폭로하여 주고 싶은 생각이 한잔 김에 드는 것이었다.

"응, 난 다방을 두 분이 경영하는 줄 알았더니!"

하여간 다행한 일이라고 명신이는 생각하였다.

"다방은 나하구 경영하는 셈이지만 아마 살림은 요새 같이 하는 모양이지……."

종식이는 슬쩍 충동이는 수작으로 또 한마디 하고는 자작(自酌)으로 따라 놓은 술잔을 든다.

"어디서요? 순제 씨가 아주 들어가 사나요?"

이런 말을 이 남자에게 묻게 된 것이 불쾌하고 창피하지마는 기왕 말이 났으니 궁금해서 천연히 묻는다.

"아니, 대신동 강순제 집으루 데릴사위를 들어간 모양인데. 허허허."

명신이도 마지못해 따라 웃어 보였다.

영식이가 나가는 학교는 주로 대신동 방면에 두어 군데 되고 그 외에는 영도 방면인데, 서면에서 다니자면 뼛골도 빠지고 단칸방에서 어머니, 누이와 세 식구가 거처를 하니 서로 거북한데, 대신동 순제 집은 하꼬방을 두 칸 들인 것에 어머니만 혼자 지키고 있으니, 그 방 하나를 내준 눈치라는 것이다.

순제의 동생 순영이는 다방에서 회계를 맡아보며 아주 거기에서 숙식을 하고 오라비 순철이는 9·28 직후에 통신병으로 나가서 이때껏 일선에 있고 보니 집에는 순제가 밤늦게 들어갈 때까지 모친이 혼자 있는 것이다.

영식이는 와 있으라는 순제의 권고에 처음에는 고개를 내둘렀으나 당장 매일 학교 나갈 강의 준비에 몰리는 터라, 아무래도 조용한 방이 필요하였고 내월 월급 때면 시내에 방 두엇 있는 데로 옮아앉을 작정이니 그때까지 방만 빌든지 하숙을 하든지 한다는 명목으로 책고리짝만 날마다 놓고 들어앉은 것이었다.

'흥 그런 걸 아버지께서는 그럴 리가 만무하다느니 사실이로서니 하루바삐 깨끗이 청산만 하면 그만 아니냐느니 하시구 서두시지 않나!'

명신이는 이런 생각을 하면 또 한 번 속고 되게 골탕을 먹은 셈이요 영식이가 인제는 헤어날 수 없는 구렁에 빠져 버린 것만 같다.

'그래두 일간 아버니를 찾아 가 뵙겠다구 전갈을 하라니 어쩌면 그렇게 뻔뻔스럽게 철면피가 되었을꾸?'

하며 불쾌하여 못 견디겠다. 부친을 만나면 무어라고 대답을 할 작정인지? 영식이도 사기꾼이나 계집 후리는 팔난봉보다 다를 것이 무언가 싶다.

"언젯일에요? 옮아간 건?"

부친에게 그런 설교를 듣기 전인가? 그 후의 일인가? 알고 싶었다.

"어느 날이든가 다방에서 오늘 저녁부터 밥을 차려 놓구 기다릴 것이니 어서 가 보라구 순영이가 일러 주는 것을 듣고 안 일이지만 한 댓새 됐는지? 신 군은 실상은 생활 정리를 하려구 꽁무니를 슬슬 빼는 눈치지만 방두 방이려니와 순제가 놓아주지를 않으니까 질질 끌려가는 건가 봅디다."

이것은 종식이의 옳게 본 말이요 악의나 과장이 없는 정직한 말이었다.

부친에게 불려가서 그 말을 듣고서도 순제의 집으로 책 보따리를 들고 들어간 것을 비난하면서도 질질 끌려갔다는 그 말에는 명신이도 솔깃하였다.

건설 서곡

"……바쁘신데 전화루 미안하군요 잠깐 의논할 게 있는데 식사 시간에 나오실 수 있겠에요?"

종식이의 전화를 받으면서 명신이는 어떻게 해야 좋을지 망설이었다. 눈살을 약간 찌푸렸으나 그것은 구살머리쩍다는 생각으로가 아니라, 딱 잡아떼지를 못하는 자신을 나무라는 마음에서다.

"글쎄요. ……무언데요?"

"만나 뵙구 이야기하죠"

결국 순제의 다방으로 가마고 약속을 하고 말았다. 약속은 해 놓고도, 심부름이나 줄레줄레 해 주러 다니는 것이 천덕구니 같고, 도대체 그렇게 자주 만날 필요가 없는 것을, 안 할 짓을 하는 것만 같아서 썩 내키지를 않았다.

동광동 거리로 들어서 무심코 종식이의 사무소 앞을 지나 다방으로 들어서려니까 지키고 섰던 듯이 종식이가 모자까지 쓰고 뒤쫓아 오며 들어갈 것 없다고 손짓을 한다.

우선 점심이나 먹자고 몇 집 걸러 중국 요릿집으로 잡담 제하고 끌고 들어갔다. 위층에 올라가 다다미방에 화로를 격하여 마주 앉으니까 종식이는

"우리두 어떻게 날마다 점심 한 끼씩은 같이 만나 먹지 않으시려우?"
하고 실없는 소리를 꺼내는 것이었다. '우리두'란 말은 영식이와 순제를 빗대 놓고 한 말이겠지마는, 저물도록 밥을 얻어먹게 되는 것도 구칙칙한 생각이 드는데, 점점 마구 터놓고 체면 없이 굴려 드는 눈치가 싫었다.

"왜 점심만 사 주세요. 이왕이면 아주 세 끼 다 신세를 지죠"
명신이는 가벼이 받아 넘겼다.

뒤미처 회사의 사동이 보자기에 싼 큼직한 상자를 하나 들고 올라왔다.

"음 거기 놓구 가거라."
종식이는 보자를 풀면서

"어려우시지만 이걸 좀 최 박사 댁에 갖다 둬 줍시사는 건데."
하여 오동나무 상자의 내리닫이 뚜껑을 여니 감숭한 청동화병 한 쌍이 나타난다. 금은으로 난초와 나비를 아로 새긴 탐스러운 화병이 언뜻 보기에는 일제 같으나 밑바닥의 명(銘)을 보면 예전 이왕직 미술관의 근계(謹啓)라 새겨 있다.

"무어 선사할 게 있어야죠 피난짐 속에서 이것이 두 쌍 나왔기에 한 쌍 보내자는 건데 미인 교제에 선사루 써 주어두 좋구⋯⋯."

"좋구면요 그 한 쌍 남은 건 내게 선사 안 하시겠어요?"

일본 사람이 버리고 간 것이 아니니 좋다고 반드름한 화병의 살갗을 하얀 손으로 쓰다듬으며 명신이는 생글하였다.

"드리죠. 보관해 뒀다가 결혼하실 때든지 필요하시달 때 내 드리죠"

종식이는 담담히 웃고 말다가

"그 길에 재건단 선발대를 초대는 언제 하는지 알구 오세요 그리구 세 사람만 신입해 놓구 오세요"

하고 이른다.

"누구누구 세 사람예요?"

"우리 둘 하구, 아무래두 미스 강을 데리구 가야 하겠어요 구면을 혹 만나더라두……"

그 말을 듣고 생각하니 일 해 전 종식이 집에서 미인들을 청해서 연회하던 날 밤 정장을 하고 순제와 은희 순영이까지 데리고 갔던 일이면 꿈같이 생각난다. 하나도 성취된 것 결실된 것은 없어도 영식이에게 흠뻑 정을 쏟던 그 시절이 그래도 자기의 생애에는 제일 화려한 시절이 었거니 싶다.

요릿집에서 나온 두 남녀는 택시로 영도에를 넘어갔다.

종식이는 차 안에 앉았고 보자에 싼 것을 가지고 들어갔던 명신이는 그리 지체도 않고 나와서 종식이에게 차곡차곡 갠 보자를 내밀며 연회는 모레 저녁때 다섯 시부터 군인회관에서 개최한다는 것을 알려 주었다.

"꼭 나오시지?"

"보아야 알아요 강순제 씨 데리구 가시면 그만 아녜요"

지금도 김의경 여사한테 꼭 나와 주어야 한다는 신신당부를 받았으나, 첫 서슬보다는 차차 꾀가 나고 시들해지기도 한데다가, 이번에는 종식이가 순제를 데리고 간다니 더욱 실쭉하였다. 자기가 가고 안 가는 것과는 아무 아랑곳이 없는 일이지만, 순제와 동석하기가 싫었고 종식이를 따라다니는 것같이 보이는 것도 싫었다. 더구나 연전의 종식이 집 잔치가 기억에 새로워서, 낙오자(落伍者)가 되었다 할까 하여간 그때에 대면 뒷줄로 둘러서게 된 지금의 자기로서는 이 두 사람이 참석하는 자리에는 나서고 싶지 않았다.

그러나 어저께 어정쩡한 대답을 하고 와서 그런지 김의경 여사는 아까 전화로 또 한 번 일깨면서 옷 마련은 다 되었는지? 성장을 하고 걸어오기도 무엇할 거니 자동차를 집으로 돌릴 터인즉 내일 다섯 시까지 준비나 잘 차리고 집에서 기다리라는 지휘를 하여 온 것을 듣고는 못 간다고 잡아떼는 수도 없었다.

"어머니 내일 또 나오라는 걸 못 가겠다 해두 꼭 나와야 한다구 최 박사 댁에서 오늘두 또 전화가 왔는데……."

집에 돌아와서 넌지시 모친의 의향을 떠보았다.

"글쎄 아버님께서 뭐라시지나 않으실지? ……."

모친은 그리 반대는 아니었다. 한 번 다녀오면 먹는 것이고, 나일론 양말 켤레고, 큰 연회 때는 두둑한 금일봉까지 넌짓넌짓이 생기는 것이 있는 것도 어려워진 이 마나님에게는 구미가 당기는 것이었다.

"근데 이번엔 조선옷을 잘 입구 오라는데 뭬 있어요?"

"글쎄 요새는 뭬 유행인지? 골라 보면 있기야 하겠지만"

몇 해를 두고 차려 둔 혼인 밤은 아무리 피난을 다니고 살림에 쪼들려도 손을 대지 않고 꼭꼭 싸 두었으니 팔도 안 뀌어 본 새 옷이 죽으로 □□□□□.

"아버니께 말씀 좀 여쭈어 보아 주세요 그리구 옷두 좀 골라 두었다 주세요."

부친은 이번에는 종식이도 초대를 받아서 나가게 되어 통역을 해 달라는 부탁을 받았대서 그런지 저번의 서슬 같아서는 또 잔소리가 나올 줄 알았더니 의외로 슬며시 누그러져 버렸다.

명신이는 이튿날 오정 때 일찌감치 나와서 점심을 한 술 뜨고는 목욕제구를 들고 나섰다. 미용원까지 다녀오느라고 세 시나 해서 돌아왔다.

치마저고리를 두세 벌씩 내놓고 엇바꾸어 입혀 보며 고식이 거들어 치장을 차려 주느라고 어느덧 다섯 시가 되었다.

차가 왔다 해서 외투와 손가방을 들고 나서는 딸더러

"아버니 좀 뵙구 가거라. 영감 좀 내다 보슈."

하며 모친은 영감이 누웠는 방문을 열어젖혔다. 성장한 딸의 예쁜 모양을 보이고 싶었다.

"응 좋구나."

고운 단풍 빛 같은 양색 수단 치마를 조선 버선의 발등까지 늘이고 연보라 빛 공단 저고리를 입은 화려한 맵시를 잠깐 쳐다보며 부친은 한마디 알은체를 해 주었다. 그러면서도 마음은 시원치 않았다. 그렇게 차리고 자동차가 와서 불려간다는 데가 고작 요릿집이니 딸자식을 두고 할 말은 못 되나 기생이 지휘 받아 가는 거나 무에 다를구 싶고 이놈의 세태가 어떻게 되어 가는 것인가 하며 어두워 가는 방 안에 멀거니 앉았다.

차가 뚝 떠나는 소리가 나고 문간까지 가는 것을 보러 나갔던 고식이 들어오니까 영감은 혼잣소리처럼

"동리에서 뭐라구들 할구?"

하고 한마디 탁 내던지듯이 한다.

"뭐라긴 뭘 뭐래. 저 골목 안 양갈보두 아침저녁 자동차만 타구 출퇴근을 하고 어석대구 다녀야 누가 뭐라던가."

마나님은 도리어 핀잔을 주었다.

명신이의 차는 최 박사 집으로 가서 그 부처를 태워 가지고 회장으로 갔다. 부인도 쑥색 치마에 엷은 석죽 빛 저고리를 입고 한층 더 젊게 차렸다.

회장에는 주최자 측인 젊은 사람들이 우글우글하였으나 명신이에게는 낯모를 사람이 많았다. 이 사람들은 명신이를 최 박사의 고명딸인 줄로나 알았던지 매우 정중히 맞아들이는 것이 마음에 좋았다. 서양 사람도 두엇 벌써 와 있는 것은 상공부가 주동이 되었으나 유지의 발기라 하니 먼저 와 있는 이 미인들도 발기인인 모양이다.

간간히 양장한 젊은 여자들이 끼워 있는 것은 관청이나 은행 방면에서 미인만 추려서 끌어낸 것일 것이요 김의경 여사의 지휘로 조선옷을 입고 나온 색시는 또 하나 ×여대 음악과에 있는 명신이의 짝패다. 둘은 자연 피아노가 놓인 구석으로 함께 모여 소곤거리고 있고 박사 부처와 미국 손들은 저편 메인테이블 근처에 모여 앉아 담소를 한다.

"오늘은 C악단에서두 나온데."

"응 잘됐군. 저번처럼 유엔마담까지 동원을 해서야."

하며 명신이는 방싯 웃었다. 기분이 좋은 모양이다. 그러자 손님들이 우르를 쏟아져 들어오는 중간에 양장한 순제가 눈에 띄더니 그 뒤에는 종식이가 따라서서 접수계에 꾸부리고 이름을 쓰고 있다.

그 옆에는 영식이가 우뚝 서서 자기 차례를 기다리며 휘 둘러보지 않는가! 명신이는 천만뜻밖에 찔끔하며 눈길이 마주치자 반사적으로 고개를 돌렸다. 만났기로 어떠랴! 고 마음을 고쳐먹으면서도 공연히 얼굴이 홧홧해지는 것을 깨달았다.

종식이는 앞을 서 우선 최 박사 부처에게로 가서, 공손히 인사를 하고 영식이와 순제를 소개하였다. 최 박사가 다시 이 일행을 서양 사람들에게 소개하자, 순제는 인제야 제 고장을 찾아온 듯이 신바람이 나서 서양 사람들과 선 채 수작을 하는 것은 필시 두 청년의 내력을 소개하고 칭양하는 것일 것이다.

도대체 종식이 일행을 최 박사 부처가 매우 융숭히 대하는 것은 동아상사 주인이란 데도 그렇겠지마는 화병 한 쌍이 중인환시 중에 이렇게 생색이 나고 광을 치나? 하는 생각을 하며 명신이는 역시 장사꾼의 노리는 점이란 다르구나 하고 종식이의 면밀한 교제술에 고개를 끄덕이었다.

세 사람은 당장 그 그룹에 끼워 앉아서 무슨 이야긴지 특히 영식이를 상대로 서양 사람들의 질문이 연달아 나오는 모양이요 영식이가 직접 대꾸도 하나 대개는 순제가 통역을 하여 주고였다.

그것을 보니 영식이가 6·25 전부터 '경제부흥연구회'를 조직해 가지고 간사장인가 사무장 노릇을 하던 것이 생각나면서 응 그 연줄로 왔구나 하는 짐작이 명신이에게도 들었다.

그러나 명신이는 저렇게 버젓이 그 틈에 끼워서 놀지 못하고 한구석에 주뼛주뼛 비켜 섰는 자기의 꼴을 생각하고는 역시 아직 애송이로 웨이트리스 노릇이나 하러 왔구나, 하는 자비(自卑)하는 마음이 들어서 있기가 거북하여졌다.

"야 미스 정! 그동안 안녕하신가요?"

제 생각에 팔리면서 영식이 편만 골똘히 바라보고 섰으려니까, 윌슨 소령의 명쾌한 목소리가 가까이 오며, 벗어 든 외투와 모자를 피아노 위에다 놓는다. 옷 거는 데가 없고 옷 맡기는 설비가 없으니 아무 데나 옷과 모자를 꾸려 놓는 것이었다.

"안녕하세요?"

명신이는 고개를 소곳해 보였다. 그 소리에 저편 그룹의 모든 시선이 이리로 쏠려 왔으나 영식이만은 모른 척하고 있다.

최 박사가 가까이 온 윌슨 소령에게 세 사람을 소개하니까 윌슨 소령도 당장 영식이와 순제에게 달려들어서 말을 붙이고 순제가 영식이를 옆에서 거들어 주고 있다. 한편은 경제학을 연구하는 청년교수라 하니 무슨 의견이든지 듣고 싶고 한편은 영어에 능란한 미인이니 호기심에 끌리는 것이었다.

관계 관청의 국장급과 금융계 중견층과 피난수도에서도 무역상으로 굵직하고 드날리는 축들이 와짝 몰리니까 영식이나 종식이쯤 한편으로 비켜날 수밖에 없었다. 그 틈을 타서 종식이는 여전히 피아노 옆에 섰는 명신이에게로 와서 벙긋 웃어 보이며 은근히 인사를 하였다. 절에 간 색시 모양으로 우두커니 섰는 판에 남자가 와서 공손히 꾸벅하고 경의를 표하는 것은 명신이의 짓눌렸던 자존심을 얼마쯤 만족시켜 주는 것이어서 반가운 낯으로 응하여 주었다. 뒤쫓아 온 순제도 아무 격의 없이

"아 언젠가 일이 생각나는구먼! 이렇게 새색시같이 꾸미구……."
하며 기탄없이 웃음을 터뜨리며 옆의 교의를 끌어다녀 명신이에게 앉으라 권하고 자기도 앉는다. 그만큼 속이 차고 이력이 나서 이런 자리에 처음 나와서라도 서슴을 것이 조금도 없어 그렇겠지마는 서양 사람, 남자들과 초면에도 일면(一面)이 여구(如舊)로 척척 교제를 해낼 자신이 있는 데에 의의양양하고 방약무인한 눈치도 보였다.

영식이는 잠깐 이쪽 거동을 바라보았으나 눈이 부신 명신이 앞에 가까이 가기가 어쩐지 서먹하여 앉은 자리에 그대로 멀어졌다. 홀 안은 그리 화려한 것이 없으나, 주위와 벽이 화려하지 않고 남자들이 웅성거리는 속이니만치 천정의 불빛을 받고 앉았는 명신이의 성장한 몸매와 얼굴은 한층 더 환하였다.

"이거 혼인집에 온 것 같다. 난 신부 따라온 들러리 같구."
순제의 눈에도 명신이가 오늘은 더 돋보이던지 잠깐 곁눈질로 명신이를 다시 치어다보며 웃는다. 종식이도 일 해 전 일이 생각나서 무어라고 한마디 실없는 소리를 하려다가 벌써 이상해진 명신이의 눈초리가 무서워 또 한 번 빙긋 웃기만 하고 외면을 하여 버렸다. 저쪽으로 몰려 앉은 양장미인들도 부러운 눈길을 이리로 번갈아 보내며 속살대

고 있다.

이야기에 김이 빠진 윌슨 소령은 잠깐 무료한 듯이 앉았다가 선뜻 일어나 순제 앞으로 와서 서며

"아메리카엔 언제 갔다 오셨습니까? 최근에두 가 보셨나요?"

하고 친숙히 말을 붙인다.

"웬걸요. 아직……. 이리 앉으세요"

순제는 반가이 웃어 보였다.

"에에! 그럼 한번 시찰을 하구 오세야 하겠군요 미스 정하구 작반을 해 나서 보시죠"

하고 윌슨은 눈을 명신이에게 옮기며 웃는다. 명신이도 방긋하여만 보였다.

순제가 그만하면 그리 귀에 거슬리지 않을 만큼 말이 통하는 것을 보고 으레 미국 갔다 왔거니 하는 생각이었지만 그것이 문제가 아니라 말이 붙이고 싶어서 하는 인사요 그보다도 명신이의 곁에 와서 또 좀 더 자세히 관찰하고 싶었던 것이다. 초면이건마는 순제는 나이 지긋한 미인이니 좋고 명신이는 언제 보나 어항에 든 금붕어처럼 화려하면서도 청초하고 조용히 꿈틀거리는 그 자태와 행동거지가 마음에 들어서 둘이 다 좋은 여자 동무라고 소중히 생각하는 것이었다.

잠깐 잡담을 하다가 주빈 일행이 들어오는 것을 보고 윌슨은 천천히 일어서 그리로 갔다. 지금 들어온 일행은 동부인한 사람이 셋 짝 중노인과 수행원 같은 젊은 사람이 하나, 이 두 사람이 단장과 비서인 듯싶다. 인사들이 한참 부산히 끝나고 좌정하니까, 김의경 여사는 그대로

서서 명신이와 순제들이 앉은 데를 손짓을 하며 부른다.

순제가 일어나자 종식이도 따라섰다. 명신이는 자기는 그런 데 끼울 자격이 없다는 생각으로 그대로 구경만 하고 앉았자니 의경이는 또 손짓을 하였다. 두 미스코리아는 자리를 떴다. 또 한참 소개인사에 분주하였다. 김의경 여사는 명신이를 자기 친딸이나 되는 것처럼 자랑삼아 소개를 하는 것이었다.

여섯 시나 되어서 식탁은 벌어졌다 손님들이 착석하는 동안 저편 구석에 옴쏙 들어간 조고만 스테이지의 남빛 커튼이 살짝 걷히며 C악단의 이십 명쯤 되는 밴드가 주악을 시작하였다 유량한 주악소리에 흥들이 나서 지정된 자기의 자리들을 찾아 앉기에 분주들 하였다.

일을 보던 젊은 축은 옆방으로 물러 나가고 사십 명 가량의 주객이 쭉 둘러앉은 새새로 끼인 미인의 얼굴은 여남은쯤 되었다. 어느 틈엔지 저번 연회에도 왔던 씨·에이·씨의 놀랜드 군의 얼굴도 보였다.

미인과 약 동수(同數)의 여자들이 미인 옆에 끼워 앉게 되었지마는 이 연회에는 다른 때에는 보기 드문 동부인해 온 미국 부인 세 사람이 끼어서 그런지 매우 정중하고 조촐한 기분이 떠돌았다. 가운데에 단장 마틴 박사의 좌우로 김의경 여사와 명신이가 앉은 것도 한 이채거니와, 명신이는 자기 자리가 주빈 옆에 배정된 것을 보고 별안간 으쓱 올라간 것 같아서 너무 황송하다는 생각까지 들었다. 주최자 측을 대표해서 김무엇이라 하는 관재처장이 환영사를 한 후에 마틴 박사가 일어나서 답사를 할 제, 불이 환하고 사진을 찍는 것을 보고, 명신이는 마음이 오싹할 만치 좋았다.

'어떠면 신문에 난지두⋯⋯모르지! 어쨌든 저 사진을 한 장 얻어다가 아버니께 뵈어 드려야지!'

이런 생각부터 파뜩 머리에 떠올랐다. 출세했다거나 호강한다는 자랑보다도 이런 데에 끌려 나와서 웨이트리스나 접대부 모양으로 술이나 치고 있는 것이 아니라는 증거를 부친에게 보이고 싶었다.

마틴 박사는 답사의 *끄*트머리에 가서 이런 말을 하였다.

"⋯⋯맛있는 음식을 주서서 고맙습니다. 좋은 음악을 들려주서서 즐겁습니다. 그러나 그보다도 여러분의 기탄없는 희망과 조언을 들려주시는 것이 우리들에게 주시는 더 좋은 선물이 된 것이요, 한국 부흥사업의 계획을 세우는 데 큰 협력이 될 것입니다. 여러분이 우리를 부르신 의취도 여기에 있는가 싶고, 우리가 이 자리에 나온 것도 여러분의 고언(苦言)을 배청하고자 함에 있습니다. 흉금을 툭 터놓고 이야기 하여 주시기 바랍니다. ⋯⋯"

답사가 끝나자 주악이 곧 뒤달아 시작되었다. 맥주통을 연방 기울이고, 양주 먹는 사람은 양주를 땋고⋯⋯여기에 모인 한인 측은, 얼굴에 기름지지 않은 사람은 하나도 없건마는, 오래간만에 보는 양식이요 한참 출출한 때라 그런지 연해 마시고 쩌금거리며 자기네끼리 숙설거리기에 누구하나 마틴 씨의 요청대로 이견을 말하는 사람은 없다.

"그래두 누가 일어나 말하는 사람이라두 있어야지. 주린 귀신들만 모였더란 말인가. 신 선생이나 한마디 하시구려."

서양 사람 틈에 끼워 대거리를 하고 있던 한자리 걸러 앉았는 영식이더러 앞으로 갸웃하고 소곤소곤하였다.

"그보다두 강 선생부터 한번 해 보시구려. 그 영어 뒀다 뭘하려우."

테이블을 격하여 마주 앉은 뚱뚱하고 후리후리한 중년신사가 벌써 알아듣고 새치기를 한다. 주린 귀신이란 말이 귀에 거슬려서 탄하는 것인지 어쨌든 부흥다방에 하루 한 번씩은 문안 오는 영식이 친구다. 사변 전에는 서울 충무로에서 금은상을 하였다나 하는데 지금은 무얼 하는지 몰라도 영식이와 어울려 다니는 장 씨라는 사람이다. 장 씨로만 통하지 순제는 이름도 자세히는 모른다.

음악은 끝났다. 그러나 아무도 일어서는 사람은 없이 좌석은 차차 질번질번하여갔다.

"한번 하시라니까."

순제가 영식이에게 또 한 번 숙여대니까 그제야 영식이는 일어섰다.

순제는 외무부에서 나온 사람인지 아까 환영사와 답사를 도맡아서 통역관 젊은 사람에게 손짓을 하여 불렀다. 애인의 통역을 자기가 하고 싶었으나 그럴 자신은 없었다. 영식이는 유엔과 미국의 원조에 사의를 표하고 조사단 일행의 수고를 위로한 뒤에 본론에 들어가서

"……일에는 선후가 있고 완급(緩急)이 있고 중점을 두어야 할 데는 중점을 두어야 하겠지마는 전와(戰渦)의 구제와 재건사업에 이르러서는 만신창의 환자와 같아서 어디서부터 손을 대야 할지 모를 만치 선후와 완급이 없습니다. 이 병자는 국부적 치료도 필요하지만 전신의 기사회생을 염두에 두고 잘 진찰하셔야 할 것입니다. 요컨대 전국을 부감하고 균형 있는 계획을 세워야 할 것입니다.

파괴된 도시도 보아야 하겠고 공업시설의 일천구백사십 년도를 기준

으로 한 원상회복도 급합니다마는 청진기를 지하자원의 광맥에도 대어 보는 동시에 이 수척한 몸을 소복시키자면 칼로리를 바다에서도 뽑아내야 할 것도 시급합니다. 또한 교육시설 문화시설은 물론이요 정신상 심령상 황폐에도 눈을 돌려야 할 것입니다. ……"

요컨대 모든 부문에서 제각기 제가 더 급하다고 나도 나도 하고 손을 벌리고 덤빌지 모르나 편파 편중하지 말고 골고루 매만져서 전체의 균형 있는 소생을 위하여 면밀하고 공정한 계획을 세워달라는 부탁이었다.

단장 이하 미인 측은 박수로 응하였다.

음악이 또 시작되어 다음 곡조가 무도곡으로 슬쩍 변하니까 우선 놀랜드가 좀 쑤시던지 옆에 앉았는 양장미인을 끌어내어 마주 끼고 빙빙 도는 것을 보고 이쪽 중앙 테이블에 앉았던 윌슨□□□□□□□□□다 보다가 단장을 모시고 얌전히 있는 것을 끌어내기가 안되었던지 눈짓만 해 보다가 별 반응이 없으니 하는 수 없이 옆에 앉은 색시를 끌고 나섰다. 이것을 보자 키다리 뚱뚱보 장 씨가 마주 앉았는 순제에게 눈짓을 하고 헤에! 하는 표정으로 저리 돌아오더니 두 손을 내밀었다.

순제도 싫지는 않은 사이라 생긋 웃어 보이며 얼싸안고 나섰다. 이 장 씨의 근지는 알 수 없으나 다방에 날마다 근실히 출근할 뿐 아니라 순제에게 대단한 호의를 가진 눈치는 짐작할 수 있기 때문에 순제도 언제나 이용 가치가 있으려니 싶어 은근히 눈독을 들여오는 터이다. 종식이와 미국에를 같이 가는지 어쨌든 종식이가 끌고 온 모양이다.

"이번 미국 가는데 같이 갈까?"

서로 끼고 뱅뱅 돌며 장 씨는 신이 나서 불쑥 이런 소리를 귀밑에 대고 한다. 사실은 순제가 다방을 열면서부터 날마다 대령을 하다가 오늘 비로소 순제의 손을 잡고 허리를 껴안아 보았으니 소원 성취한 듯이 마음이 느긋한 판이다. 두 패 세 패 댄스장은 점점 불어 갔다. 힐끔 보니 명신이도 옆에 앉았던 젊은 미인과 어울려 나섰다.

"난 미국 가구 싶은 생각은 꿈에두 없으니까……당신 같은 이를 따라가 뭐 하게."

순제는 마음에도 없는 소리를 톡 쏘아 주었다. 대관절 이 놈팽이가 얼마나 든든한지 그것이 알고 싶었다. 종식이와 밀수입을 하는 눈치는 채고 있으나 실상 실력이 어떠한지 그것이 알고 싶었다. 하여간 정말 같이 나서자면 따라나서도 좋겠다고 생각하는 것이었다.

"매우 도고하시군. 하지만 꼭 끌구 가구 말걸!"

두 달 동안 낯이 익어 그만큼 무관해지기도 하였지마는 말소리가 진국으로 은근□□□ □□□ □□□ □□.

윌슨 소령은 역시 신문기자로서 단련된 센스로 어느 틈에 후딱 순제를 끌어내어 두 번째의 댄스를 하더니 세 번째에도 명신이와 어울리고 말았다. 순제는 중간참으로 시험 삼아 끌어내 본 것이요, 목표는 역시 명신이에게 있었던 것이다.

"전보 한 장에 언제 어디루 이동 될지 모르지만 난 당신 곁을 떠나지는 않을 거니까!"

춤을 추며 윌슨의 속삭이는 소리였다. 명신이는 가슴이 선뜻 하는 것을 참으며 생긋 웃어만 보였다. 어떤 남자나 한때 흥분 끝에 으레 하는 말이거니 여기면서도 귀가 간지럽게 감미한 감촉을 느끼지 않을 수 없었다.

"내일이라도 군복만 벗으면 자유로운 시민이 될 거니까……."

윌슨은 무슨 생각으로인지 이런 소리도 하였다. 그것은 명신이 때문에 어서 자유로운 시민으로 돌아가겠다는 말이었다.

오늘 밤에도 윌슨은 마음 놓고 쉴 새도 없이 또 손을 벌리고 덤벼서 명신이를 두 번씩이나 끌어냈다. 다른 사람들이 어떻게 보든 말든 좀이 쑤셔서 이면 경우 없이 끌어내는 것이었다.

"내가 여기 있는 동안만은 내 일을 도와주시구 내가 떠나게 되거던 우리 집으루 가서요. 우리 부모는 당신 같은 분이라면 친딸보다두 더 귀해 주구 숙식과 학비를 부담해 줄 거니까요."

두 번째 춤을 출 때는 이렇게 좀 더 구체적으로 발론을 하는 것이었다. 자기 부친은 고향의 지방신문을 경영하는 사장이라는 것이었다.

"몰라요 몰라요. 당신 중심으로만 나더러 움직이라니 이런 에고이스트는 처음 보겠구먼!"

하고 명신이는 코대답으로 웃어 버렸다. 빙빙 돌며 보자니 놀랜드 군도 순제를 두 번째 끌어내서 추고 있다.

놀랜드는 첫밧에 순제에게 홀깍 반한 모양이다.

식탁에서 옴짝 달싹도 않고 앉았는 종식이와 영식이는 댄스를 하는 명신이와 순제 편을 힐끗 힐끗 바라보며 김이 빠져 있다. 둘이 다 댄스와는 연이 먼 축이요 그럴 흥도 아니었다.

좌석은 흐트러져서 먹을 것만 찾아 먹고 꽁무니를 빼는 축도 많았다.

영식이는 순제가 제자리로 돌아와 앉으니까 그만 가자고 일어섰다. 이것을 바라다보던 최 박사가 손짓을 하며,

"미스터, 신!"

하고 부르다 테이블 스피치를 하던 한 사람인 영식이를 단장이 만나서 인사를 하겠다 하여 부르는 것이었다.

"야 좋은 의견이었습니다. 매우 참고가 되겠소이다."

마틴 박사는 가까이 온 영식이와 악수를 하며 자기 자리 옆으로 오려고 친절히 굴었다. 순제도 다가가 앉아 통역을 하여 주었다. 단장이 융숭히 대접을 하여 주니 여러 사람들의 눈이 번해지기도 하였지마는 순제는 무슨 일이 생기나 보다고 속으로 옥신옥신 좋아하였다. 종식이와 장 씨도 한몫 끼지는 못하나마 부러운 듯이 이편을 건너다보고 앉았다. 명신이와 순제가 단장을 중심으로 몰려드니까 윌슨 소령과 놀랜드도 최 박사 곁으로 와서 한소끔 담소와 배반이 다시 낭자하여졌다.

"미스터 신, 내 일 좀 도와주지 않으려우? 학교 나가신다니 바쁘기도 하겠지만……."

마틴 박사는 영식이를 옆에 앉히고 한참 관상을 하더니 마음에 드는지 불쑥 이런 소리를 하였다.

"제 따위가 무슨 능력이 있겠습니까마는……."

영식이는 사실 발천될 길이 터지나 보다고 반색을 하였다.

"이왕이면 미스 강두 와 주셨으면 하는데"

마틴 박사는 순제의 용모도 마음에 들거니와 영어 하는 여성이라 하여 눈여겨보았던 것이다.

교차점의 왕래

"응 여기로군."

좁은 길을 찬찬히 기어가는 차 안에서 내다보던 김의경 여사가 지날 결에 띄우는 간판을 보고 혼잣소리를 하려니까

"응 뭣이요?"

하고 옆에 앉은 놀랜드가 알은체를 한다.

"미스 강이 경영하는 다방말예요."

"어디야? 그럼 잠깐 들여다보십시다."

일전 연회에서 만난 뒤로 인상이 깊던지 순제가 무얼 하는 여자냐고 묻기에 명신이에게 들은 대로 일러 주었던 터이라 호기심이 버썩 나는 모양이었다. 차는 뒷걸음질을 쳐서 '부흥' 문 앞에 대었다.

"티룸 리컨스트럭션. 좋은 이름이로군!"

차에서 내린 놀랜드는 조고만 간판 한 귀퉁이에 영자로 쓴 것을 치어다볼 것도 없이 코밑에 보며 웃었다. 일체 이런 다방에 와 본 일도

없고 들어서기가 창피한 생각도 없지 않으나 강순제란 여자가 하도 영리하고 그만큼 트인 여자니 어떻게 차려 놓고 무엇을 파나 구경이 하고 싶었다. 마침 차 마실 시간도 되었다.

"어서 오세요 어떻게 여길 다……."

하며 순제는 어느 틈에 끼어 앉았다가 나오는지 우중충한 데서 반색을 하며 뛰어 나온다. 룸 안에 빽빽이 앉았던 객들은 이 의외의 침입자에 눈이 휘둥그레서 바라들 보고 있다. 신문 잡지나 강연회 같은 데서 보아 김의경이가 낯이 익은 사람들도 없지 않아서 수군거리기도 하였다.

"놀랜드 박사를 마침 만나서 유·에스·아이·에스의 원장을 가 뵙고 가는 길에 간판을 보구 들어 온 거라우."

의경이 같은 나쎄로도 외국 사람과 작반이 되면, 모르는 사람은 첫대에 '양공주'하고 코웃음을 칠까 보아 여러 사람이 들으라고 변명부터 앞을 섰다. 순제 역시 이런 귀빈들이 찾아준 것은 황감하고 여러 손님들 앞에 자랑도 되지마는, '부흥'의 마담이 유엔마담이더라는 소문이 났다가는 영업에 관계나 없을까 애도 키우고, 놀랜드에게 이런 하치않은 설비의 구멍가게 같은 영업 터전을 보이는 것이 창피한 생각도 들어서 자리를 잡아 앉히기에도 허둥대지 않을 수 없었다.

"이름두 좋군요 재건 사업의 투사를 위로해 주는 안식처로 잘 서비스해 줍쇼. 난 투사는 아니지만 날마다 오겠습니다."

놀랜드는 유치원에 간 어른 모양으로 조고만 의자에 간신히 엉덩이를 붙이고 앉으며 웃음을 터뜨렸다.

"말씀만 들어두 고맙습니다. 무어 입에 맞으실 게 있어야죠"

의경이는 곧 갈 테라고 차는 마다고 하였으나 커피가 나오고 과자며 사과가 나오고 한 것을 놀랜드도 사양치 않고 넙죽넙죽 먹으며 한가로이 잡답을 하고 앉았다 다방 경영의 묘리 고등요릿집 이야기 환락가의 경기라든지 외국손님이 발을 들여놓는 데가 어디 어디라는 이야기들이었다. 그런 소식에는 순제가 정통할 것 같은데 의외에도 의경이가 자세한 것은 고등교제를 하기 때문인지 모르겠으나 순제는 그것이 은근히 부럽기도 하였다.

"참 강순제 씨 좀 놀러 오세요 저번 같은 연회 땐 기별할 거니 명신하구 나와 주시구요"

지날결에 들른 사람들이 무슨 특별히 할 이야기가 있는 것은 아니겠지마는 김의경이는 혼자 속에도 생각이 있어 친하자고 들른 것이었다.

"뭐 저 같은 다방 웨이트리스 따위가 가긴 어딜 가요 저번엔 괜히 끌려가서……."

"그래두 사람이란 혼자 사는 세상 아니요, 나다니면 교제두 넓어지구 말이 그만큼 통하니 미인 교제두 하시는 편이 좋죠"

이렇게 권하는 말에도 의경이에게는 속생각이 있어 아무쪼록 끌려는 것이다.

명신이와 형제랐으면 좋을 만큼 똑 알맞은 한 쌍이라고 생각하는 것이다.

"도대체 미스 강 같은 분이 돈벌이두 중하지만 다방 마담으루 썩는다는 것은 아까운 일이죠"

의경이가 순제와는 조선말로 하고 그 뜻을 놀랜드에게 일러 주니까 대찬성이라고 하는 것이다. 저번에 한번 만나서 두어 번 춤을 춘 일밖에 없는 여자를 의경이에게 근지를 캐어묻고 지나는 길에 우연히 들렀으나마 이렇게 기탄없이 놀고 하는 것도 놀랜드 역시 첫눈에 그 용모에도 끌렸지마는 이용 가치를 생각하는 것이었다.

"썩을 대로 다 썩은 게 무어 아까울 것 있겠기에요. 호호호."

그래도 순제는 말이라도 그렇게 해 주니 반갑지 않을 수 없었다.

"그러지 말구 좀 나와 일을 같이 하십시다요. 내 소개할게 우리게루 오시든지 새루 오는 건설단에서 일을 보시던지 그건 마음대루 하세요. 어쨌든 협력해 주실 만한 분은 자진해서라두 나와서 협력해 주셔야죠."

나이는 아직 사십 전일 것이요 전문은 건축기술사라 하지마는 교제성 있고, 생긴 것처럼 큼직이 노는 정치적 수완도 있어 보이는 위인이다.

"고맙습니다. 생각해 보죠."

순재는 마침, 가져온 위스키티를 권하고 자기도 한 잔 들었다. 옆의 손님들의 눈도 있어 그런지 오늘은 별로 웃거나 애교를 피어 보이려도 않는 것은 다방마담의 직업의식에서 벗어나서 점잖은 사교적 태도로 대하는 모양이었다.

"아, 이거야 이왕 하시던 사업이니 뉘게 맡겨 놓구 그런 데 나가보시구려."

옆에서 김의경 여사도 권하였다. 그러지 않아도 동생에게 맡겨 놓고 나가보는 편이 언제까지 종식이가 일을 시작하는 것만 기다리고 있느니보다 낫지 않을까? 종식이가 일을 시작하기로서니 또다시 비서나 통역이란 명목으로 나갈 수는 없고 결국 그런 '길'을 터놓고 심부름이나 하여 주고 보수나 받는 것이 차라리 나으리라는 생각도 해 보는 것이다.

"자, 그럼 이야기를 추진시켜 보죠"

놀랜드는 뒤를 다진다. 일전 연회 때 마틴 단장도 지나는 말처럼 끄는 수작을 붙이던 것을 생각하면, 그쪽 부탁을 받아 가지고 온 거나 아닌가 싶었으나, 놀랜드가 직접 와서 이렇게 열심히 권하는 것을 보면 제가 데려가려는 눈치 같아서 단정의 대답은 아니하였다.

그러자 장 씨가 어느 틈에 들어와서 저편 테이블로 가는 것과 눈길이 마주치자 눈짓으로 이리 오라 하여도 놀랜드가 와 앉았는 것이 의외라는 기색으로 도리질만 하여 보이고 등을 지고 앉는다. 저번 연회에서 순제가 놀랜드와 댄스를 두 번이나 대거리해 주던 것을 생각하며

'놈팡이가 맛을 들였나?'

하며, 장 씨는 입을 삐죽하고 그래도 궁금해서 뒤를 돌아도 보다가 김의경이와 눈이 마주치고는 잠자코 있을 수 없어서 일어나 인사를 하였다. 그 길에 놀랜드도 알은체를 하니 그리로 가서 악수를 하였다. 이 두 사람은 장 씨의 큰 몸집과 부연 허위대 덕에 당장 알아본 것이다.

순제는 장 씨를 만나자 연회에 다녀온 뒤부터 진담인지 농담인지 미국에 같이 안 가려느냐고 시룽시룽 조르고 다니는 것이 생각나서

"이분도 이번에 김종식 씨와 함께 도미하신답니다."

하고 소개를 하니까

"아 그러세요"

하고 의경이는 자기 친정에나 다녀나 준다는 듯이 반색을 하는 것은 종

식이의 한패라 하여 그러는지 생김이나 차림차리로 보아 인상이 좋아서 그러는지 모르겠다. 장 씨는 앉으라고 권하여도 말이 통치 않아 거북해서 동행이 있다 하고 자기 자리에 가 앉아서 순제가 손들을 보내고 자기게로 오기만 퇴주잔을 기다리는 묘지기 모양으로 멀거니 앉았다.

순제가 두 손님을 보내고 장 씨에게로 가니까 빙그레 웃으며,

"조선 사람 다방에 미국인 행차는 드문 일인데 부흥다방 창업 이래의 명예로군."

하고 놀린다.

"불쑥 찾아 와서 다른 손님들이 오해하거나 딴 소문이나 날까 걱정야."

순제는 이 남자부터 이상히 보았을까 봐 걱정이었다. 순제는 자기가 영어를 하고 이런 영업을 하느니만치 그런 데에 더욱 신경이 쓰이는 것이었다.

"뭐 그렇게 열고가 나서 변명할 거야 있다구. 서비스나 잘하시구려. 허허허……능구렁이 같은 놈이 속이 컴컴해서……."

장 씨는 짓궂이 농담을 붙인다.

"키대하고 몸집하고 장 선생 비슷하던데! 그럼 장 선생은 이무기쯤은 되겠지. 호호호"

개업 후에 조석으로 상대하니 이름도 아직 모르면서 아는 듯이 이런 농담은 할만치 되었다. 덩치가 커도 미끈하니 귀공자연한 품이 귀엽게 자란 모양이다. 장사꾼이라기보다도 한참 바람이 난봉꾼 같아도 보인다.

순제는 이 남자가 싫지도 않거니와 공상에 그리는 출자자 혹은 동업

자가 이 사람이 아닌가 하는 생각으로 눈치도 보고 종식이에게 뒤도 캐어 보았지마는 종식이 역시 금은 보석상을 하던 사람이란 것밖에는 모르고 자기도 여기(부산) 내려와서 사귄 사람이라고 할 뿐이었다.

그것만으로는 바람을 잡는 것 같은 수작이나 하여간 지금 순제의 머리를 잔뜩 차지하고 있는 것은 직수입의 양복감 도매상 간판을 붙이고 싶다는 것이다. 아직 계획도 경험도 없지마는 운이 좋아서 큼직한 자본을 끌어서 회사 조직이나 한다면 사장 자리에 올라 앉아 보겠다는 감투욕도 잔뜩 들어앉았다. 이것이 영식이를 지폐 더미 위에 올라 앉힌다는 큰소리를 치게 한 것이다.

미래의 직□ 무역상사 사장은 조금 있다가 화식 전문인 요릿집 이층 삼조방에 장 서방과 사리나베를 마주 쑤시며 앉았다.

"……정 그러시다면 도저히 몸을 빼낼 처지는 못 되지만 나서 보기로 하죠."

순제는 무척 생색을 내며 미국에 같이 가자는 장 씨의 정색으로 부탁하는 간청에 승낙을 하였다.

"하죠만 장 선생 한 분의 간청에 응한다거나 장 선생이 데리고 가는 통역으로 팔려 가는 건 아닙니다."

무슨 의미로인지 순제는 이런 소리를 한다. 한 방어선을 쳐놓는 뜻인 모양이다. 다방을 개업하던 날부터 하루도 궐하는 날 없이 대령하여 시룽대던 장 가니 순제도 그 배짱을 짐작하는 점이 없지 않아서 그러는지 모르겠다.

"알겠습니다. 고맙습니다."

장 씨는 헤에 하고 고개를 끄덕해 보였다.

그러나 종식이가 주동이 되어 하는 일인데 어째서 종식이는 일언반사 말이 없는지 미심쩍지 않을 수 없다. 제가 끌고 가는 것같이 되어서는 재미없어서 장 씨를 내세운 것인지? 종식이는 반대인 것을 장 씨가 우겨서 서두는 것인지? 하여튼 장 씨 개인의 포켓머니에 매달려 가는 것은 싫었다.

"그럼 내 여비는 누가 내는 것예요?"

"그거야 염려 마세요. 내라두 어떻게 하죠"

"그건 싫어요 내가 뭣하자고 장 선생 신세를 겨요 시찰단이 몇 분이 되든 간에 하여간 난 그 시찰단과 사무적으로 계약을 하구 싶어요 보수두 정하구요"

"염려 마세요 날 따라가는 게 아니란 말씀이죠 잘 알겠습니다. 허허허."

다소 놀리듯이 애무하는 눈길로 말끔히 바라본다. 순제는 눈길을 피하면서

"대관절 패스포트나 나올 수 있대요?"

"그거야 물론 되겠죠"

하고 자신 있는 소리를 하는 것을 보면 종식이가 시켜 하는 일 같기도 하다.

순제는 장 씨와 헤어져 다방에 들어가 회계를 맞춰 보고서는 여러 가지 궁리에 머릿속이 욱신거리니 어서 영식이와 의논도 할 겸 오늘은 일찌거니 집으로 돌아왔다.

대신동 구덕(九德) 수원지 옆 좁은 길을 들어가다가 오른편으로 꼽들여 판잣집이 일자로 늘어 선 중턱의 구멍가게 옆댕이 집이 판자문을 열면, 거기가 바로 반 간통쯤 되는 부엌이요 부뚜막 옆에 신을 벗고 올라서면 불빛이 창에 비치는 모친의 방이다.

"아 오늘은 퍽 일구나."

인기척에 미닫이를 열고 모친이 내다본다.

"네. 신 선생은 들어왔어요?"

순제는 구두를 벗고 올라와 맞은편 외쪽 장지를 열고 들어갔다. 테이블 위에 원서를 펴놓고 벽에 걸린 남폿불 밑에서 노트를 하고 앉았던 영식이는 천천히 고개를 돌렸다.

"일찍 와서 방해군요"

영식이는 눈을 다시 책으로 옮겼다. 뒤에서 순제는 잠자코 옷을 벗는 기척이다. 마음대로 짓는 삼간집이라 부엌 반 간을 이리 붙여서 간 반 방이나 간살이 넓어서 윗목에는 침대를 놓고 의장을 들여 놓고 들창 밑에는 테이블과 책장을 놓고 하였어도 아랫목은 둘이 넉넉히 용신할 수 있다. 밖으로 보면 날아갈 듯한 성냥갑을 모로 세워 놓은 것 같아도 안에 들어와 보면 깨끗이 도배를 하고 매끈둥한 방바닥은 설설 끓고 꾸며 놓은 잔 세간들도 앙그러져 보였다.

순제는 옆방으로 나가서 모친과 소곤소곤 이야기를 하며 영식이의 공부가 끝나기를 기다리고 있다.

"아직 여덟 시두 안 됐는데, 내가 대신 나가 볼까?"

대신 다방에를 나가 주마는 말이다.

"뭐 괜찮아요 추운데."

"그래두, 좀 나가서 치울 건 치우구 거들어 주어야지. 내일은 공일이니까 선생님두 늦게 나가실 거니 아주 게서 자구 와두 좋겠지"

마님은 옷을 갈아입으려 일어선다.

"그럼 아무러나 하세요"

가다가는 마님이 다방에 가서 부엌을 말끔히 치워 주고 계집아이들의 금침이 뜯어진 것이라든지 이것저것 꿰매 주고 하여 도움이 되는 것이었다. 그러나 그보다도 둘째딸 순영이가 너무 고될까 보아 걱정이요 다다미방에서 재우는 것이 가엾어서 늘 애가 씌우는 것이었다.

모친을 내보내고 문을 잠그고 들어오니 영식이도 일을 끝내고 담배를 피우며 앉았다.

"오늘은 마치 중매가 다녀간 뒤에 가슴이 들먹거리는 노처녀처럼 하두 얼떨해서 어느 신랑을 골라잡아야 좋을지 시급히 의논이 하구 싶어 일찍 들어왔는데……."

순제는 부리나케 이불을 깔며 신기가 좋아서 한다.

"흠, 듣던 중 반가운 소식이로군."

영식이는 안락의자에 파묻혀 앉아 대꾸를 하였다.

"아니, 일진(日辰)이란 것두 있는 건가 봐. 씨·에이·씨에서 사람이 와서 모셔 가겠다 하구, 재건단에서두 나와 달라 하기에 생각해 보마 하였는데, 이번에는 또 미국엘 가자고 애걸하는 패가 있구면!"

"흥! 지폐더미가 문 밑까지 제 발로 걸어왔단 말이지?"

영식이는 또 장단을 맞춘다.

"괜히 빈정대지만 말구 이리 좀 와요. 참 어떻게 해야 좋을지 의논 좀 하십시다."

순제는 이불을 다 깔고 옷을 입은 채 그 위에 나동그라지며 다리를 쭉 뻗는다.

"그래 종식이가 같이 가제요?"

"종식이가 직접은 아니고 동행하는 장 가란 사람을 시켜서 의향을 떠보는데……?"

순제는 승낙하였다는 말은 않고 눈치를 보는 것이었다.

"가구 싶건 가 보지. 이런 기회 잃기도 아깝지 않은가."

미국에를 간다는 것은 무슨 큰 출세나 하는 듯이 여기니 아무나 반대할 사람은 없으나 영식이가 두말없이 대찬성인 것이 좋기도 한 한편에 젊은 남자들 틈에 끼워 간다는 것을 조금도 뜨악해 하는 눈치를 안보이는 것이 도리어 실쭉하기도 하다. 더럽게 투기를 하거나 의심을 해도 보기 싫겠지마는 너무나 담담한 것이 하염없이 생각하는 것이었다.

"글쎄 나두 그래 볼까는 하지만 비릿비릿하게 통역 나부랭이로 끌려다니는 게 싫어서……나두 하다못해 양복감 장사라두 해 볼 목표를 세우고 가 보고 오자는 생각인데 어느 시절에 돈을 붙들어 봐야 말이지."

순제는 자탄하듯 술회를 하는 것이다.

"□ 올에는 귀인이 나섰다대면서?"

언젠가 모친과 영하다는 점 한 말을 꺼내는 것이었다.

"귀인은 다시 와서 만났지만 돈 없는 귀인이니 돈은 돈대로 붙들어야 하지 않나."

"그깟 돈 없는 귀인 밀어내 버리지. 다시 봉 하나 잡으라구."

"이거 무슨 객쩍은 소리야."

이런 어린애들 같은 수작을 하다가 순제는 머리맡의 방석에 앉았는 남자의 손을 끌어다녔다. 남자를 애무하고 싶은 충동도 일어났지마는 남자의 애무를 받고 싶은 아련한 감정이 가슴에 서리어 갔다. 이렇게 처음으로 부부생활 같은 가정적 분위기에 싸여 보니 침잠하여 가는 포근한 애정이 잠겨 가는 것을 깨닫는 것이었다. 그러나 영식이는 무거운 가방을 들고 이 학교 저 학교로 갈팡질팡 뛰어 다니기에 머리와 몸을 혹사(酷使)하여 차츰 지쳐갈수록 여자의 건강에서 받는 자극을 미처 감당해 내기 어려워서 따분한 편이었다.

"대녀와서 만일 취직이라두 한다면 어디가 좋을구? 재건단이 좋겠지 만 거긴 당신두 관계하신다지?"

뜨거운 포옹에서 한숨 돌리고 나서 가벼운 피로에 나란히 누운 채 순제는 새판으로 아까 이야기의 계속을 꺼냈다.

"그거야 내가 촉탁 같은 것으루 드나들게 되기루 상관있나."

"당신만 괜찮다면 그리 갈까 봐. 아까두 놀랜드가 불쑥 찾아 와서 제 게루 오지 않겠느냐드구먼마는 만일 개인 비서로 쓰려들거나 하면 체 면두 좋을 것 없구 잘못 나간 양갈보 소리나 들을까 봐 무서워……."

사실 그렇기도 하거니와 순제는 일부러 과장하여서도 그래 보았다. 그러나 영식이는 일향 아무 반응이 없이

"재건단에서 오라는 것두 놀랜드가 와서 그래?"

하고 순탄히 묻는다. '아, 놀랜드가 다방으로 찾아왔어?' 하고 놀랄 줄

알았더니 그것도 기대에 어그러진 것 같아서 도리어 남자의 기색만 빤히 치어다보았다.

"아직 확정적은 아니지만."

남자가 잠자코 있으니까, 순제는 한참 무슨 생각 끝에,

"노자만 있으면 이번에 당신도 따라나섰으면 나두 좋구 체면두 좋으련만⋯⋯."

하고 말을 돌렸다.

"가면 혼자 가지. 그건 뭘 구수스럽게 둘씩 따라다닐꾸."

하며 영식이는 코웃음을 쳤다.

이튿날은 봄볕이 완연히 날씨가 퍽 좋았다. 모처럼 쉬는 영식이를 데리고 어디 놀러나 가 볼까 하는 생각이 들어서 늦은 아침을 맞겸상으로 먹다가

"우리 오늘 동래나 가 볼까? 산보도 하구 온천에두 들어가 보구."

하며 발론을 하였더니, 영식이는

"어이 고단해. 집에도 좀 가 봐야 하겠구."

하며 싫다는 것이었다.

"지쳐 그래요? 한약이나 좀 잡숫구려. 내 지어 올까?"

"보약은, 아직 젊은 놈이⋯⋯."

하며 영식이는 웃어 버렸다.

"보약은 젊어 먹어 둬야 한다우."

순제는 이날 집에서 나올 제 돈을 내놓고 닭을 고아 상에 놓으라고 모친에게 일렀다.

"그래 학교는 어떻게 되셨나요?"

오늘은 웬일인지 종식이의 어조가 정중하였다.

"작년 가을이 명색이 졸업인데 아마 올 가을에 함께 졸업장을 주겠죠."

명신이는 남자의 눈치만 가만히 보고 앉았다. 아까 퇴근시간을 대어서 또 불쑥 찾아와서 긴급히 의논할 일이 있다고 여기까지 끌려온 것이다.

"그럼 잘 됐군요 곧 결혼을 하신다면 모르지만……아니 결혼생활에 들어가세두 직업부인으로 활동하실 의향이시라면 좀 생각해 본 일두 있는데……어떠세요? 지금 계신 데?"

"그저 그렇죠 별루 생기는 것두 없지만 어디 다른 데루 가려야 마땅한 데두 없구……"

무얼 생각해 보았다는 말인지 바쁜 사람이 어째 별안간 자기 신상에 대해서까지 걱정을 해 주는지 고맙다기보다는 경계하는 마음부터 앞을 선다.

"우리 회사루 오실 생각 없으실까요?"

종식이는 한참 만에 사무적으로 눈을 매섭게 치뜨며 묻는 것이었다. 그것은 의논이라기보다는 한 공세를 취하는 태도로 무슨 담판이나 하자고 덤벼드는 것 같았다. 명신이는 천만의외의 소리에 놀랍기도 하고 웬일인지 가슴이 뜨끔하며 약간 겁도 났다.

그 겁이란 마음의 동요다. 번연히 안 될 일이라고 생각은 하면서도 유혹을 느끼는 것이요 그 유혹을 이겨낼지 염려도 되는 것이다. 이렇게 청해 갈 바에야 여간 유리한 조건이 아닐 것이니 고작해야 사급문관(四級文官)으로 쌀말이나 받고 몇백 원 월급밖에 안 나오는 지금 처지에 댈 것은 아니다. 그러나 그 친절의 뒤에 무엇이 숨어있는지? 혼담이나 없었던 남자라면 모르거니와 더구나 박차 버린 남자가 아닌가! 그 밑에서 일을 하고 밥을 얻어먹다니 꿈에도 생각해 본 일이 없다. 안 될 말이다.

"왜 순제 씨 있지 않아요?"

"그 사람야 내 밑에 있으려 하겠에요. 장사하랴 살림하랴 바쁘기도 하거니와……."

하고 말을 일단 끊고 또 무슨 생각을 한참 하더니 좀체 응할 것 같지 않은 기색에 무엇인지 딱 결심한 듯이

"이번에 재발족을 하면 회장 영감을 사장으로 모실 생각입니다."

고 잽싸게 한마디 하고는 그 반응을 살피려는 듯이 멀끔히 긴장한 기세로 명신이를 치어다보았다. 사실 그것은 중대한 선언이요 명신이 역시 귀가 반짝하며 반갑기도 하였다. 그러나 명신이는 그런 사색을 보이기 싫었다.

"아버닌 아버니시구 난 나죠."

"그야 그렇죠만, 아무래두 사장 비서가 필요하니까, 아버니 모시고 오시란 말씀예요."

그 말을 듣고 보니 조금은 이치가 닿는 말이다. 부친도 자기가 사장이 되기만 하면 데리고 나서려 할지 모르고, 또 그렇게 되면 남이 보기에도 우스울 것은 없을 것이라는 생각도 든다.

그만쯤 해 두고 식사를 하는 동안에도 종식이는 다시는 그 문제를 꺼내지 않더니, 간단히 저녁을 먹고 나올 제,

"한번 아버님 가 뵙구 말씀 드리겠지만 잘 생각해 보세요"

하고 뒤를 다지는 것이었다. 명신이는 잠자코만 있었다. 여자가 잠자코 있는 것은 벌써 칠팔 분은 승낙하였다는 무언의 언명이라고 생각한 종식이는,

"위선 입사하실 것을 승낙하시면 이번 미국 가는 일행에두 끼워드리죠"

하고 무척 생색을 내는 어조로 나꾸는 소리를 슬쩍 비치는 것이었다. 그래도 명신이의 얼굴에는 아무 반응도 나타나지 않았다. 여전히 검다 쓰다 말이 없다.

미국 가는데 끼워 드리죠가 아니라 종식이는 미국 가는데 데리고 가구 싶어서 입사부터 권하는 것이었다. 장 씨가 순제를 데리고 가자고 몸이 달아서 하니까 이왕 돈 들여서 데리고 갈 바에는 동가홍상이니 명신이를 끌어 보자는 것이다.

집에 돌아온 명신이는 어쨌든 반가운 소식이니 옷도 벗기 전에

"어머니 지금 김 사장 아들을 만났더니 이번에 미국 갔다 오면 아버지를 사장으로 모셔 간다나요"

하고 고해 바쳤다.

"응 그래? 제법이로구나. 어른 알아 뵈니."

모친은 수나 난 듯이 반색을 하였다.

"그리구 날더런 사장 비서루 아버님 모시구 일을 해 달라구. ……"

"그렇게 되면 작히나 좋으랴. 생각이 잘 들었구나."

마님은 신바람이 나서 컴컴한 옆방으로 뛰어 들어가며

"여보, 인제 그만 일어나세요. 저녁상 들여와요"

하고 인제야 등잔에 불을 켰다. 늦는 딸을 기다릴 겸 저녁밥 되기를 기다리다가 잠이 들어 버린 영감을 깨우지 않고 있었던 것이다.

"애기 들어왔지? 왜 이렇게 늦었니?"

영감은 일어나 앉으며, 지금 눈을 감고 누워서 들은 딸의 이야기를 좀 더 자세히 들어 보려고 소리를 쳤다.

"인제, 영감을 사장으루 모셔간대요. 소원성취 하셨우."

"글쎄, 다 들었어. 으레 그럴 거지."

영감은 큰소리를 한번 치고 나서 명신이에게 꼬치꼬치 캐어묻다가 위선 그럴 예정을 해 놓고 미국을 같이 가자고 하더란 말에 영감은 펄쩍 뛰며,

"그거 무슨 당치 않은 소리야. 사장 비서가 아니라 제 비서를 맨들겠단 말이구나. 통역이 필요하면 순제나 데리구 갈 일이지"

하고 필시 무슨 간동이 있는 게로구나 하는 생각을 해 보는 것이었다.

"이런 기회에 너두 한번 가봤으면 좋기두 하련마는……돈 안 들이구 구경 하구 물건두 좀 사오구……."

모친은 좋은 기회를 놓치는 것이 아깝고 물건 사 올 욕기에 이런 말을 하는 것이었으나

"주착없는 소리 말아요,"

하는 영감의 윽박지르는 소리에 찔끔하고 말았다.

"당장 시집은 보내야 할 말만 한 년을 젊은 놈들에게 내맡겨서 외국에 여행을 시켜두 좋다니 마누라두 머리가 돌았어두 이만저만이 아니야. 아무리 세태가 이렇기루 늙은것까지 저 지경이니……"

하고 정필호 영감은 혀를 끌끌 차며 기고만장이다.

"글쎄 마침 좋은 기회를 놓치기가 아깝다는 거지 누가 보낸댔소"

"간대두 말릴 땐데 그러지 않아두 마음이 들먹거릴 것을 옆에서 부채질을 하니 말이지."

두 늙은이가 옥신각신하는 것을 명신이는 모른 척하다가 귀가 아파서

"가두 좋구 안 가두 좋지만 비릿비릿하게 따라 나서기가 싫어서 마다구 했어요. 염려 마세요"

하고 한마디 결론을 지었다.

이튿날 명신이가 출근한 뒤에 종식이가 찾아 왔다. 딸을 데리고 가겠다는 청을 하러 온 모양이나 사장 취임을 내정하였으니 승낙하라든지 주주총회를 언제 열 계획이란다든지 구체적으로 무슨 말이 있을 것 같아서 은근히 반색을 하였으나 끝끝내 그댓말은 비치지도 않았다.

"당자두 가구 싶어 하는 모양이기에 구경두 시켜줄 겸 데리구 가 볼까 하는데요……"

하고 어름어름 눈치를 떠보기에 영감은 시치미 떼고

"아직 택일은 안 했지만 자네 다녀올 때쯤은 명신이는 살림을 하게 될걸세."

하고 일언지하에 딱 잡아떼어 버렸다.

그렇다고 해서 사장 자리가 날아간다 해도 별수 없지! 하는 결심이었다. 딸 팔아서 사장 할까? 하는 생각도 하여 보았다.

종식이는 택일이란 말에 '혼처나 정하셨나요?' 하고 묻고 싶은 것을 참으며 혼자 픽 웃었다.

이별

　순제를 데리고 가는데 최후의 결정을 짓는 것은 이삼 일 보류해 두자고 발론하여 놓고 명신이 편의 교섭을 해 본 것이라서 실패를 하고 보니 종식이는 이 문제에서 발을 떼는 수밖에 없었다. 회계는 일체 장씨, 장인영이한테 맡기기로 하였으니 적당히 알아 하라는 것이요 패스포트만은 종식이가 책임을 졌다.

　여행권을 내기에 한 달은 걸렸다. 그동안에 순제는 재건단의 촉탁으로 마틴 박사의 비서처럼 일을 하게 되었다. 미국에를 한 달 동안 다녀오겠다니까 그러지 않아도 미국에를 한 번 보내서 견학도 시키고 훈련을 시키자던 터에 잘되었다라며 여러 군데 소개 편지도 써 주고 여비 예산 속에서 목은 돈을 떼어 주며 보태 쓰라는 것이었다. 선물 사 올 밑천은 생겼다고 순제는 마음이 느긋했다.

　"시중 들 계집애를 하나 얻어 놓구 갈 테니 거북하단 생각 마시구, 집 좀 잘 지켜 주세요. 다방에두 가끔 나가서 회계랑 보살펴 주시구요."

영식이에게 당부를 하는 것이었다.

"회계 감독까지 하라구? 웬 내게 그럴 시간이 있겠기에. 난 어쩌면 방 둘 있는 데가 나면 곧 이사를 갈지 몰라."

영식이는 이 달 월급만 타면 이것저것 긁어모아 가지고 영도 근처로 이사를 해 볼 작정이다.

"안 돼요 하여간 나 올 때까지 이대루 계세요 다녀와서 집 한 채 마련해 놀 테니. 큼직한 것 한 채 얻어 가지고 어머니 모셔다가 한데 삽시다그려."

영식이는 잠자코 만다. 대관절 이러한 별종적 생활을 언제까지 계속할 수 있겠는가를 따져본대야 별수 없는 일이니 가는 사람이나 마음 놓고 가게 하리라는 생각이었다.

"괜히 엉거주춤하는 생각 아예 마세요. 지금 새삼스럽게 명신이와 다시 얘기가 될 리도 없구, 내가 만만히 물러설 리도 없으니까. 다녀와서 간단히 예식이나 하십시다. 대학교수님의 사회적 체면두 있구, 또 그래야 어머니께서두 아무리 헌계집이지만 인젠 허는 수 없이 내 사람이 됐거니 하는 생각을 가지실 거니까."

"예식이 문제가 아냐."

영식이는 핀잔을 주는 어기였다.

"그럼 뭬 문제란 말예요?"

이렇게 따지고 덤비니 어떤 것이 문제라고 꼭 집어낼 수도 없다. 다만 이런 공중에 뜬 생활이 오래갈 수 없다는 것만은 분명하다. 순제는 영리한 여자로 수단도 좋고 생활력도 굳센 여자다.

자기를 놓치지 않으려고 바둥바둥 애를 쓸 만치 자기에게 대한 애정이나 성의를 의심하는 것도 아니다. 그러나 일면의 자유분방한 성격이나 행동이 자기의 생활과 조화될 수 있고 자기의 결벽(潔癖)이 능히 견디어낼 수 있을 지가 문제다. 벌써 남자를 셋이나 안 이 여자에게 정조란 그리 대수로운 것이 아니다.

생활 방편 앞에는 자기의 몸 하나쯤 어떻게 굴리기로 그까짓 것 문제도 아니다. 창부(娼婦)에게도 마음의 사나이가 있나. 순제의 사랑이 결코 불순하다는 것이 아니라 양처현모(良妻賢母) 타입의 여자는 아니다. 양처현모가 되려 들면 될 수도 있는 대신에 그런 범주에 들려고 노력도 안 하는 그런 사람이다. 장래를 생각하면 오래 끌어서 안 되겠다고 영식이는 또 한 번 자기 마음에 다지는 것이다.

또 하나는 명신이에게보다도 명신이 부친에게 한 빚을 지고 있는 것 같은 압박감에 혼자 정신적으로 허덕이고 있는 것이 사실이다. 당장 귀정을 내서 영감에게 뭐라고 언명할 수는 없지마는 영감의 그 말을 듣고서도 질질 끌며 동거생활을 시작한 것은 본의 아닌 항의를 무언중에 하여 온 셈쯤 되어서 영감에게 미안한 것이다. 어떻게 이 기회에 청산을 하고 물러앉기라도 하는 것이 영감에게나 명신이에게 조금은 의리가 서게 된 것 같다. 영식이는 곰곰 생각에 잠겨 늦도록 잠을 이루지 못했다.

순제가 떠나는 날 영식이는 학교에 오전 시간을 희생하는 수도 없으니 수영비행장에는 못 가드래도 비행 회사까지만이라도 전송을 나가야 할 것을 그만두고 순제의 모친과 함께 문전에서 헤어졌다. 종식이도 가는 터니 가 보는 것이 옳겠다 생각은 없지 않으면서도 어쩐지 귀치않은 중이 났던 것이다. 모친은 노인이기도 하고 친어머니도 아니니 아무래도 좋았지마는 으레 함께 나설 줄 알았던 영식이가 어름거리는 것을 보고 순제의 마음에 덜 좋았다. 불려 온 택시 속에 오두마니 들어앉아서도 신기가 좋지 않아 인사도 변변히 못하고 훌쩍 떠나 버렸다.

"비행기를 타면 후딱 가는 거요, 불과 한 달쯤 떨어지는 거니까 그렇겠지마는……."

순제는 무엇보다도 처음 발론이 났을 때는 앞질러 찬성을 하던 영식이가 정작 떠날 고비에 닥쳐서는 차차 냉담하여져 가는 원인이 무엇인가를 곰곰 생각해 보는 것이었다.

'……젊은 놈들을 따라 간대서 그러는 거겠지!'

차라리 그랬으면 순제에게는 안심이 되었다. 남자가 질투를 한다는 것은 자기를 따라온다는 증거다. 그러나 이사를 하겠다느니 하며 또 한 겹 마음속에 무엇이 있어 번민하는 눈치가 수상해 보이는 것이다. 그 원인이 명신이를 역시 못 잊어 잡아라 어쩌라 입으로는 실없는 소리를 하여도, 장 씨와의 관계를 의심하고 그러는 것인지 말을 시원히 안 하니 두고 보는 수밖에 없다.

그러나 순제의 추측이 모두 들어맞는 것이었다. 장인영이와의 교제나 놀랜드가 다방에까지 찾아와서 끌어냈다는 것도 달갑지 않은 이야기요 종식과 장가외의 또 하나 따라가는 젊은 애는 어떤 자인지 코빼기도 보지 못했지만 보지 않아도 교양 없고 체면 없는 남자지 젊은 애들과 어울려서 □□고 실없는 소리나 하며 논다는 것은 자기 취미에 맞지 않는 일이다. 그리고 한편에서는 명신이와 그 부친의 눈이 늘 자기를 감시하고 있는 것 같으니 요새 와서 부쩍 더 자기란 사람과 자기의 장래를 생각하게 된 것이다.

순제를 떠나보내 놓고 영식이는 틈틈이 집을 보러 다니다가 간신히 하나 골라잡은 것이 영도 막바지 판잣집을 팔고 늘려 가는 자국이었다. 소원대로 방이 둘 가운데에 부엌 명색이 끼워 있어서 자기 방은 안방과 좀 떨어져 있는 것도 좋고 교통이 불편하고 물이 귀해 걱정이지 주변도 비교적 한적하여 공부하기에는 순제 집에서 이것저것 사람을 하는 것보다는 좋았다. 순제 모친은 떠난다는 말에 붙들려기보다도

"그럼 이 애는 괜히 됐네."

하고 영식이 때문에 순제가 얻어다 둔 계집아이가 소용없이 되고 마음을 놓고 맡겨 두고 다닐 수도 없다 하여 영식이가 맡기로 하였다. 저희끼리 좋아지내니까 와 있으면 와 있나 보다 하고 조석 시중을 들었을 뿐이지 영식이가 가는 것을 붙잡을 마나님도 아니었다.

영식이 형세로도 모녀가 살림을 하면 그만이지 계집아이까지 둘 형편은 못 되나 워낙 지대가 높고 반찬 하나를 사 먹자 해도 시장이 머니 물 길어대고 잔심부름 시키기는 알맞다 하여 그런 대로 데려온 것이다.

그럭저럭 두 달 만에 서면서 모녀가 옮아오고 새판으로 살림이 제대로 들어섰다. 모친과 누이도 좋아하려니와, 영식이는 석 달이나 이것저 것 강의를 하는 동안에 노트를 뽑아 놓은 것을 토대로, 저술을 하여 대학의 교과서로 써 보려는 야심도 생겨서 인제는 모든 것을 잊고 시간이 있는 대로 집에 들어앉아 집필에 몰두하게 되었다.

그러나 문득문득 생각날 때마다 정필호 영감을 일자이후로 찾아가지

못한 것이 죄인 같아서 마음에 걸리는 것이었다.

영식이는 다방에도 가끔 들여다보고 회계랑 모든 것을 보살펴 달라는 순제의 부탁도 이행 못 하고 있다. 일체 다방에는 발을 들여놓지 않았다. 그러할 시간도 없거니와 그런 흥미를 잊어버렸다. 자기가 생각해도 변덕이 오락가락하는 것 같지마는 너무나 정리에 약하고 현실에 타협하던 이때까지의 생활 태도를 뉘우치지 않을 수 없으니 어쩌는 수 없었다. 순제와 자기와는 생활 코스가 다르다는 것을 이제 와서야 뚜렷이 깨달은 것 같다. 따라서 그만치 성격의 차이가 있는 것도 안 듯싶다.

그래도 순제 집에서 데리고 온 명순이가 다방에서 일을 보는 여급의 진권으로 온 아이기 때문에 다방 소식은 가끔 들을 수 있었다. 시장에 심부름을 보내는 족족 시간이 너무 걸리기에 물어보니 그 길에 다방에 들러온다는 것이었다. 가면 손님상에서 물러난 케이크 쪼가리라도 걸리는 맛에 들르는 것이겠지마는 마담이 없어진 후에는 더구나 손님이 드물어 간다는 소식도 들었다.

재건단에 취직을 한 뒤로는 아침과 점심때 잠깐 나타났다가 저녁때부터 일을 보기 때문에 저녁만은 여전히 번창하였는데 요새는 좀 더 손님이 뜸하여 간다는 것이었다. 순제의 인기가 그렇게도 대단한가? 하고 영식이는 그 미모를 무심코 머리에 그려 보고는 떨어진다는 것을 전제로 하고 생각하면 역시 그리웁지 않은 것도 아니고 그렇게 쉽사리 헤어질 것 같지 않게도 생각이 드는 것이었다.

순제가 떠난 지 일주일이나 넘어서 명순이는 다방에서 주더라고 항공편으로 온 편지 한 장을 가져왔다. 뉴욕에서 부친 간단한 인사편지였다. 떠날 제 전송도 안 하고 설면설면히 굴어서 그런지 그리 탐탁한 구절은 없었다. 또 댓새쯤 지나서 워싱턴에서 부친 편지에는, 한참 바삐 돌아다니다가, 이제야 돌아와서 여장을 풀고 한동안 쉴 예정이라 하며, 시민권이나 얻고 당신도 건너와서 여기서 영주(永住)를 하였으면 좋겠다는 꿈같은 헛소리를 써서 보냈다. 그런 후로는 열흘이 지나도 보름이 지나도 다시는 소식이 없었다. 한 달 예정이라고는 하였지마는, 여행권의 기한은 넉넉잡아 두어 달로 되어 있을 것이다.

영식이는 몸이 달아 기다릴 것도 없고 무소식이 희소식으로 잘 있겠거니 할 따름이지 궁금할 것도 없겠다. 오전에 학교 나가는 날은 오후에 재건단에 들르고 오후에 학교 시간이 있는 날은 오전에 들어서 마틴 박사의 지시나 부탁이 있는 대로 서너 시간씩 일을 해 주고 밤이면 원고 정리에 분주했다.

재건단 사무소에서는 여러 사람을 만나지만 가끔 최 박사 부인 김의경 여사와도 만났다. 한두 번 만나는 동안에 좀 더 친숙해지기도 하였거니와, 언젠가는 김 여사와 사무실로 찾아오더니

"오늘은 다른 볼일은 없구, 신 선생을 좀 뵈러 왔습니다."
하고 다정히 웃으며 차라도 먹으러 나가자고 끄는 것이었다.

"나가죠. 제게, 다, 무슨 볼일이 있으세요"
하여 영식이는 마침 일에서 손을 떼고 나가려던 판이라 따라 나섰다.
밖에는 자가용인지 시원치는 못하나 하이어가 기다리고 있었다.

"어디루 가실까? 늘 가시는 다방은?"
"난 다방이라군 '부흥'밖에 모르니까요"

영식이는 웃으며 솔직히 대꾸를 하였다.

"아 참 마담 미스 강 잘 가 있대요?"

"네. 잘 있겠죠"

요새는 소식이 없으니까 이렇게 어정쩡한 소리를 한 것이나 둘의 사이를 요새 자세히 들어 아는 의경이는 이 남자가 말을 피하는가 싶어 방긋 웃기만 하였다.

부흥다방 앞에 와서 차를 내려 두 남녀는 이층으로 올라갔다.

"정명신이 아버니를 만나 뵙더니 신 선생이 한번 들릴 텐데 안 온다구 기대리시던데……나더러 만나거던 꼭 좀 만나자고 전해 달라십디다요"

김의경 여사는 마주 앉으며 이런 소리를 꺼낸다.

"글쎄, 한번 간다, 간다 하면서 못 가구 있습니다만……요샌 어디 나가시는 데 있는지? 어디서 만나셨세요?"

"댁으루 가 뵙죠 아마 댁에 늘 들어앉으셋나 보드군요"

실상은 의경이도 이때껏 명신이의 부모와는 안면이 없었던 것인데 명신이를 자기가 데리고 다니는 데 대해서 정필호 영감이 반대라는 말을 듣고 인사 겸 양해를 구하려고 어제 일요일에 명신이 집에를 찾아갔던 것이라 한다.

"정명신이가 내 제자랍니다. 중학 시절부터 길러낸 앱니다마는 지금도 대학에 일주일에 두 번은 나가죠"

"네. 그러세요?"

정필호 영감의 말을 전하려고 일부러 다방에까지 끌고 왔을 리는 만무하고 영감님이 이 부인에게 무슨 부탁이나 하지 않았나 싶어 영식이는 뒷말을 기다리며 만일 그 말이 나오면 무어라고 수응을 해야 좋을지 혼자 궁리에 팔렸다.

그러자 다반을 들고 온 순영이가 인사를 하니까 의경이는 깜짝 놀라며

"이거 누구야. 강순영이 아닌가? 여기 와 있어?"

하고 하마터면 허라도 찰 듯이 전락(轉落)한 자기 제자의 모양에 동정을 하는 눈치다.

"저 언니가 경영하는 거예요. 언니가 요새 없어 대신 나와 있죠"

"엉, 그래!"

여사의 낯빛은 펴졌다. 순영이는 명신이와 중학 동창으로 대학은 못 가고 말았던 것이다.

"그럼 강신제도 선생님이 가르치셨군요"

"아뇨. 난 해방 후부터니까 강신제□□ 졸업□□□."

의경이는 일단 말을 끊었다가

"이건 내 청인데, 좀 들어주세요."

하고 다시 말을 꺼낸다.

"뭔데요?"

"명신이는 내 딸이나 다름없이 생각하는데, 간혹 연회 같은 데 내가 데리구 나간다 해서 오해는 마시란 말씀예요. 오해 마실 뿐 아니라 앞으루두 내가 데리구 다니는 것을 양해해 주십시사는 청입니다."

하며 의경이는 상글 웃는다.

"온 천만의 말씀 마세요. 내가 무슨 아랑곳이 있다구 그런 말씀을 내

게 하세요. 난 정명신이 감독권을 가진 것은 아니니까."

하며 영식이도 웃어 버렸다.

"좋건 거저 좋다세요 괜히. 영감님은 난 모르니 신 선생한테 가서 물어보라시던데! 호호호."

"아무려나 선생님이 친딸같이 데리고 다니신다는데 누가 뭐라겠어요. 좋을 대루 하십쇼그려."

영식이는 이렇게밖에 대꾸할 말이 없었으나 의경이는 반색을 하며

"에그 고맙습니다. 단 내외가 적적한 판에 딸 얻고 사위 얻고 팔자가 그만하면 늘어졌지 뭐요"

하고 실없이 간간대소를 한다.

"사윗감이 못 되니 죄송합니다. 허허허."

영식이도 마주 웃었다. 최 박사에게는 다만 하나 아들 내외가 있으나 미국서 자라다시피 하여 지금은 주미대사관에 있기 때문에 내외가 적적히 지낸다는 말이다.

"참 그런데 그건 다 실없는 말이요 어서 국수를 먹여야지! 영감님두 퍽 걱정을 하시던데…… 대강 영감님께 애기두 들었지만 뭣 땜에 트러블이 생긴 거예요? 사랑하는 새엔 책격 있는 일이지만 오해가 있으면 풀면 그만 아닌가. 새삼스럽게 중매가 나설 자국두 아니지만 어디 내가 나서 볼까?"

이 중년부인은 싹싹한 젊은 누이나 되는 듯이 친숙히 군다.

"내버려 두세요. 될 대로 되겠죠"

부즉불리(不卽不離)의 대답이다.

정필호 영감은 의경이가 초면이건마는 명신이와는 사제 간이요 근래에 더욱이 친밀히 지내는 터이라 마음 놓고 신영식이와의 관계를 대강 들려주고 나서

"근자에는 저의끼리 감정 상 다소 충돌이 있는 모양이나 그거야 별일 없는 거요, 쉬 성례를 시키려는 터입니다마는 어쨌든 일후라도 신영식이가 오해 없도록이나 해 주시죠"

하고 영식이의 양해를 구하도록 뚱기는 동시에, 둘의 사이를 잘 매만져 주기를 은근히 바라는 눈치를 보였던 것이다. 호사객인 의경이는, 누구보다도 귀해 하는 아이의 혼담이니 가만있을 수 없어서, 어제 그 당장으로 명신이를 불러내서 따져 보았으나 명신이 역시 지금 영식이의 대답 모양으로 내버려 두라고 할 뿐이었었다. 어쩐 까닭인지도 명신이의 부녀(父女)가 다 터놓고 말을 안 하니 알 수 없으나 하여간 피차에 싫어하는 것도 아니요 아주 잡아떼는 것도 아닌 것을 보면 자기가 중간에 나서면 될 것이라는 자신도 생겼다.

"그만하면 신 선생 의향두 대강 짐작은 하겠는데 급히 서두를 게 아니라 차차 얘기하십시다."

하기 어려워하는 말을 이 남자 입에서 끌어낼 만큼 친숙치 못한 것을 생각한 의경이는 아무래도 명신이부터 다루어야 하겠다고 더 깊이 캐려들지는 않았다.

"댁이 어디세요?"

밖에 나와서 의경이는 차에 같이 타자고 권하며 묻는다.

"영도예요. 난 걸어가겠어요"

"마침 잘 됐군요. 나두 영도루 가요."

알고 보니 거리가 좀 멀어지기는 하였으나 의경이 집 뒤 언덕길을 조금 가서 서로 꼽들인 데인 모양이다.

"그대루 앉어 계세요. 댁 앞으로 돌아내려오면 바루 우리 집이 될 거니까."

전찻길에서 마주 올라가 큰 거리 모퉁이에서 영식이가 내리려는 것을 그대로 태워 가지고 올라가서 윗거리를 서으로 꼽들여 한참 가다가, 영식이 집에 들어가는 동구에서 내려 주고 그 길에 집도 알아 두었다.

"지날 길에라두 들러 주세. 저녁 다섯 시 후엔 대개는 들어앉었으니까, 저녁에 놀러오셔두 좋구."

영도다리를 일러 주어서 영식이도 최 박사 집을 짐작하거니와, 의경이도 한 동리라니 반색을 하고 집을 알아 둘 겸 데려다 준 것이었다.

이튿날 저녁때 명신이가 오니까 의경이는 댓바람에

"너 저녁밥 먹구 나하구 요 뒷산에 산보나 갈까?"

하며 웃는다.

"아무려나요. 하지만 요샌 달두 없는데 캄캄한 산속을 헤매다가 군복 강도나 만나면 어쩌자구요."

의경이의 웃는 눈치가 실없는 말 같어서 하는 소리였다.

"명신이가 만나구 싶어 하는 사람을 맞춰 놨기에 말야. 너 그이 집 알겠지?"

전화로 명신이를 불러온 것은 우선 자기의 궁금증을 풀려는 것이지마는 잠자코 끌고 나가서 영식이 집을 방문하여 놀려 주고 싶은 장난의 생각도 없지 않았으나 이사 온 지는 얼마 안 된다 하여도 벌써 명신이가 알고 있을 상 싶어 설토를 하는 것이었다.

"난 만나구 싶은 사람 없는데요"

"그럼 지금이라두 따라나서라구. 가 보면 알 거니. 아니 그럴 수가 있나. 이사를 하면서 사랑하는 사람에게두 안 알리구……"

"아이 듣기 싫어요 사랑인지 안방인지……"

하고 명신이는 눈살을 째붓 하다가

"그래 신영식이 그 사람 이리 이사를 왔에요?"

하고 그래도 궁금증이 나서 묻는다.

"바루 요 뒤야. 정말 있다 가 보자구."

"그래 식구가 다 모여 산대요? 들어가 보셨에요?"

"들어가 보진 않았지만 그럼 식구가 모여 살지 않구? ……"

의경이는 무슨 말인지 몰라서 빤히 치어다본다.

"괜한 소리예요. 강순제 집이 떠나온 게죠. 이때껏 강순제하구 살림을 했는데 순제가 없는 동안에 도망을 쳐 나왔나? ……"

하고 명신이는 코웃음을 친다.

"그 무슨 소리야? 호호호 민주주의 시대라 딴은 다르구먼. 남편 없는 틈에 보따리 싸는 년은 있어두 계집 없는 동안에 보따리 싸는 놈팽이두 있구!"

그래도 의경이는 영식이를 깊이 사귀어 보지는 못했으나 그런 무책임한 청년이거나 계집의 꽁무니나 따라다니는 난봉꾼이라고는 생각할 수 없다.

"그럴 사람 같지는 않은데……아버니께서두 퍽 칭찬을 하시던데
……."

"그럴 사람 같지 않은데 그러니 걱정이죠."

명신이는 그 이상 더 자세한 이야기는 아무리 캐어물어도 죽어라고
입 밖에 내지를 않았다.

"그렇게 궁금하시거던 당자한테 가서 물어보세요 괜히 일 같지두 않
은 일에 헛애 쓰지 마세요"

명신이로서는 이번에 순제 집으로 들어간 것은 더욱이 용서할 수 없
는 일이라고 절치부심하는 것이었다.

그러나 의경이는 기왕 손을 댄 일이니 어디까지 알아보고 싶은 호기
심도 있거니와 명신이가 귀여운 생각에도 엉굴 수 있는 일이면 영구어
보겠다는 결심이었다.

이튿날은 아침결에 부흥다방에 나타났다. 아침결이 조용하기 때문이
다. 안에 있는 순영이를 불러내었다.

"에그 웬일이세요? 아침부터."

"술을 못 먹으니까 차루 해장하러 왔지. 이리 앉어 얘기나 좀 하자
구."

그래도 룸 안에는 듬성긋이 차해정(茶解酲) 꿈이 눈에 띠었다.

"언니 언제 오시지?"

"글쎄 모르겠어요 요샌 편지두 없구요"

"그런데 신영식이란 이 왜 별안간 이사를 갔어?"

단도직입적으로 물었다.

"언니두 없는데 거북살스러워 그런 게죠 원체 자기 어머니가 계신데 따루 살기두 어렵지 않아요"

의경이는 속으로 고개를 끄덕끄덕하며 사실인 것을 안 바에는 섣불리 건드리기도 어렵다고 생각하였다.

"그래 어때? 오래갈 것 같애? 정식 약혼은 안 했지만 뒤에는 명신이가 있지 않은가?"

가까이서 바라보는 순영이의 관찰이나 의견이 듣고 싶었다.

"글쎄요 ……지금이라두 명신이만 맘을 돌리면 신 선생야 자기 잘못이 있으니까 별루 큰소리 치겠습니까마는……."

"명신이가 마음을 돌리다니."

"제 눈치 같애서는, 신 선생에 대해서 분을 풀지 못하구 있는데, 요새 와서는 그 애두 맘이 변했는지, 다시 김종식 씨하구 교제를 하는 모양이니 말이죠"

순영이도 스물셋이나 된 노처녀라 형이나 동무에 대한 이야기를 선생이 묻는 것이라 그렇겠지마는 거리낌 없이 본 대로 생각한 대로 고해 바치는 것이었다.

"김종식이라니? 이번에 미국 간 사람 말야? 다시 교제를 하다니?"

의경이는 새로운 사실을 또 하나 알게 된 데에 눈이 커댔다.

"원체는 그이가 몸이 달아 서둘던 것인데 명신이가 박차 버렸죠. 그래두 그이 편에서야 언제까지나 잊겠습니까! 그런데 저 지경이 됐으니까 그이는 또다시 눈이 번해 하는 거요 명신이는 홧김에 이것 봐라는 듯이 다시 교제가 되어 가는 것이겠구 자세한 □□□ □□□ 알겠습니

519

까."

"아무리 새판으루 교제를 한다기루 김 씨가 아직두 총각은 아니겠지."

"그럼은요."

"그럼 문제두 되지 않지 않나."

그러나 문제도 되지도 않는 일을 곧잘 문제를 버르집어 놓는 요새 젊은 애들이니 말썽이 아닌가 하고 의경이는 생각해 보는 것이다. 다른 것과 달라서 구혼을 했다가 박차고 창피한 꼴을 당한 사이라면서 종식이를 데리고 와서 소개를 하고 심부름으로 화병을 가지고 왔을 때도 식모가 내다보니 자동차 안에는 남자가 타고 앉아 기다리더라 하니 아닌 게 아니라 다시 교제를 하는 것도 이만저만이 아닌 것 같다.

"이번에 가는데도 장 씨란 이는 언니를 데리구 가자구 우기구, 종식 씨는 명신이를 데리구 가구 싶어 조르구 다니다가 명신이 아버지께서 시집 보낸다구 반대를 하셔서 못 갔다는데요."

형이 떠나기 전에 종식이가 못마땅해서 하던 말을 묻지도 않는데 제 풀에 하는 것이었다. 영식이와 명신이가 한참 좋아지낼 때, 명신이와는 예전 동창이요, 동아상사의 조사과장으로 있던 영식이의 밑에서 조수 노릇을 하던 순영이는, 샘이 나지 않을 수 없었는데, 급기야에는 대포 소리와 함께 백팔십 도로 홱 돌아서 형과 그렇게 된 것을 보고는 벌린 입을 다물 줄 모르는 순영이다. 모두 꼴사나워서 볼 수 없다는 것이다. 그러나 처녀는 종식이와 명신이가 다시 가까워져 가는 것도 까닭 없이 시기가 났다. 지금 와서는 차라리 명신이가 영식이와 어서 결혼을 해 주었으면 좋겠다는 생각이다.

종식이가 명신이를 데리고 가려고 애를 썼다는 말을 들을 제 순영이가

"내나 영어를 할 줄 알았더면! 대학이나 좀 보내 주질 않구! 팔자가요 모양이니 말할 것두 없지만……"

하며 한탄을 하는 것을, 순제는 말끔히 바라만 보았었다. 그런 □□□ 누구나 지나는 말로 할 수 있는 것이지마는 순영이는 결코 지나는 실없는 말이 아니었다. 명신이가 부럽고 시기가 나기도 하는 것이요, 영어를 할 줄 알았더라면 종식이의 비서쯤은 되었을 것이 아니냐고 정말 분해 하는 것이었다. 꿈같은 공상이 요새로 부쩍 머릿속에 채를 잡고 들어앉게 되었다.

'큰 여편네면 뭘 하구 첩 소리를 들으면 어떻단 말인구.'

피난 후에 거리를 나서면 피난꾼의 때를 못 벗었거나 어린애를 들쳐업은 색시와 호호 늙은 마나님이면 몰라도 그 외에 어느 것이 여염집 부인이요 어느 것이 댄스홀로 싸지르며 밤에 피는 꽃인지 거기에도 여러 층이라 이루 분간을 못 하겠다. 더욱이 다방에 한 서너 달 앉아서 드나드는 아낙네를 보니 그게 그거지 별수 없었다. 이런 생각이 차차 자라서 요새는 형이 상팔자라고 부러운 증이 났다.

"응, 그러니까, 장 씨를 따라 나섰대서 그게 못마땅해 부랴부랴 이사를 한 건지두 모르겠군?"

"그런지두 모르죠. 하지만 언니는 이번 다녀오면 곧 식을 하겠다나요."

이것은 둘이 이야기하는 것을 모친이 옆방에서 듣고 한 말이었다.

"식? ……"

의경이는 고개를 든다. 순영이도 식이란 말에 그건 해 뭣하자는 것인구? 하며 웃었지마는 의경이도

"올개미를 씌우려는 건가?"

하고 귓가로 듣는 것이었다. 그러나 한두 번 보기에도 순제가 여간 호락호락한 여자가 아니던데 결혼식까지 올리겠다고 덤비는 사람이 여간해서 떨어져 나갈 리가 만무할 것이다.

의경이는 내평을 알고 보니 처음에 단순히 생각하던 때보다는 중간에 나설 자신이 없어졌다.

그러자 며칠 지나선가 저녁 후에 영식이가 제풀에 찾아왔다. 그러지 않아도 좀 만났으면 하던 차에 의경이는 □□□ □□□.

응접실에서 주인 부처는 영식이와 잠깐 수작 끝에

"참, 그동안 정 선생 좀 가 뵈었어요?"

하고 의경이가 물으니까

"아직 못 갔어요 차차 말씀하죠"

하며 영식이가 주저하는 것을 보고, 최 박사는 슬며시 일어나 볼일이 있다고 자리를 피해 주었다. 명신이의 혼담 사단을 마누라에게 들어 아는 것이었다.

"실상은 미안한 말씀이나 좀 청이 있어 왔는데요……"

영식이는 방에서 나가는 박사에게 인사를 하고 다시 앉으며 말을 꺼낸다. 미우(眉宇)에는 확고한 결심이 있는 빛이 나타나고 어기(語氣)도 명쾌하였다.

"뭐예요? 좋은 일이라면 얼마든지 들어 드리죠"

저편의 명쾌한 기분에 끌려서 의경이도 따라 웃으며 대거리를 하였으나, 그 대답은 천만뜻밖이었다.

"정 선생님 대접을 해서라두 가 봬야는 하겠지만 아무리 생각해두 가 뵐 수가 없에요. 김 선생께 내 대신 가 뵙구 한마디만 전해 주십사구 하구 싶으나 뵌 지 얼마두 안 된 선생님께 그런 청을 드리긴 죄송하구 하기에……"

서론이 너무 길어서 의경이는 그러니 어떻게 해 달라는 말도 채 듣지 않고

"대관절 예스예요 노예요?"

하고 대들 듯이 묻는다.

"그 사람을 따님같이 사랑하신다니, 선생님 앞에서두 말씀하기 어렵습니다마는 단념해 줍시사는 것입니다. 그 말 한마디만 영감님께 전해 주실 수 있을까 해서 온 건데요?"

영식이는 단호한 결심인 어기로 오랜 현안(懸案)에 결론을 맺은 듯이 쾌쾌히 말하는 것이었다. 영식이의 그 명쾌한 안색이나 음성은 최후의 결론을 내림으로 해서, 오랜 번민에서 벗어난 가볍고 명랑한 기분에서 온 것이었다.

"말씀을 전해 드리기는 쉬운 일입니다마는 뭣 땜에 그렇게 딱 잘라 말씀하시는지? 좀 더 생각해 보시죠"

"더 생각해 볼 여지가 없을 만치 생각해 봤습니다. 그다지 심각한 고민은 아니었지만 미안한 생각에 언제나 마음이 편치 않은 것을 참고 지

내 온 것은 사실입니다. 그 말이나 당자에게 사과하는 의미로 전해 주시면 고맙겠습니다."

소설이나 연극을 꾸미는 것 같은 말씨였으나 그 역시 솔직하고 겸손한 말인 것은 의경이도 짐작할 수 있었다.

"그러지 말구 좀 더 뜸을 들여 두고 때를 기다리세요 한때 기분으루 그러시다가는 후회하실 날이 있을 겁니다."

"후회는 안 합니다. 아까운 생각은 있지만!"

"아까운 걸 왜 버리시려는 것에요? 나 먹긴 싫구 남 주긴 아깝다는 건지?"

나무라듯 시비조다. 영식이는 잠자코만 있다. 나 먹기 싫은 것도 아니라는 의사표시는 하기 싫기에 잠자코 만 것이다.

"결국 아까운 사람이 있단 말씀이죠?"

비웃듯이 웃으며 눈을 치떠 본다.

"그런 것두 아닙니다."

"아니 잠깐 들으니까 쉬 결혼 하신다면서?"

제삼자라기보다도 좀 더 지나치게 의경이는 꼭 쏘는 소리를 하였다.

"그것이 사실이라 하드래도 나를 부덕한(不德漢)이라고 비난하진 못할 겁니다. 자유결혼이란 이념으로는 부모의 반대가 문제도 안 될지 모르지만, 어쨌든 절대 반대인 어른의 의사를 존중하고 생활능력이 부족한 나보다는 부유하고 장래성 있는 사람에게 양보하고 물러선 것도 당자의 행복을 위해서니까요 ……그러나 결혼은 아니합니다. ……사실은 한 여성이 있긴 있었죠 희망을 잃었을 때 한 여성이 손을 뻗어 준다는 것은 큰 힘이거던요 사변이 일어나자 절망과 암흑 속에서 헤맬 제 파고드는 여자를 무조건 하고 받아들인 것을 밀어내지 못했다고 누가 책망할까요? ……"

"……책망하면 듣기야 듣죠마는 어쨌든 그 당장에는 큰 구조를 받은 것같이 살 희망을 걸게 되었고 한때는 행복하였었죠 그러나 차차 자기 생활을 휘정거려 놓는 것을 알게 되자 각기의 생활까지 희생해도 좋을 아까운 존재라고 생각지는 않게 됐습니다."

김의경 여사는 고개만 끄덕끄덕 하다가

"나두 대강 짐작은 합니다만 저편에서 그렇게 쉽사리 물러설까요?"
하고 영식이의 결심이 어느 정도 굳은지 떠보려 한다.

"물러서지 않으면 별수 있나요 나 하기에 달린 일이죠 그보다도 내게는 지금 할 일이 태산 같습니다. 이 기회에 모든 것을 깨끗이 청산해 버리고 머릿속부터 정리하렵니다. 연애가 문제 아니요, 결혼이 급한 게 아네요. 개인으로나 민족으로나 무너져가는 생활부터 새로 세워야 할 텐데 무엇부터 해야 할지? 속수무책으로 이러고 멀거니 앉았을 때가 아닌데, 무엇을 해야 할 지 그 '무엇'조차를 모르니 딱한 일 아닙니까. ……"

조용조용히, 그러나 힘찬 소리로 하소연하는 것이었다.

"옳은 말씀입니다만, 그렇다고 결혼 못 하실 건 뭐예요 도리어 새 생활의 새 구상은 결혼에서부터가 아닐까요"
하고 의경이는 생긋 웃으면서 다소 흥분한 이 청년의 얼굴을 치어다보다가 딴은 여자들이 따름 직하다고 속으로 칭찬을 하는 것이었다.

영식이는 순제와 멀어진 근 한 달 동안에 건강도 전대로 회복되었지마는 마음이나 기분이 날 것같이 깨끗해지고 평정하여져서 그것이 얼굴에도 나타나는 것이었다.

"원체 화려한 분위기에 들먹거리는 성미가 아니어서 그런지 현대의 한국여성의 눈이 부신 표정과 생활은 너무 자극이 심한 것 같아서 내 생활이나 감정과는 맞지 않는가 봐요 첫째 남자라도 아침이면 얼굴에 로션이라도 바르는 습관이 붙고 다방에를 나가 앉았고 댄스쯤은 할 줄 알아야 순제나 명신이 같은 여성과 기분이 맞을 텐데 그런 야한 것이 싫으니 어쩝니까! 하하하."

"복고주의(復古主義)시군요"

하고 의경이도 따라 웃는다.

"복고주의나 국수주의도 안 되겠지마는 너무나 내용 없는 아메리카주의에도 위확장(胃擴張)이 되어서 신트림이 나고 군침이 흐르는 것은 사실이죠 입술연지(구찌베니)하구 깡통문화하구 상거(相距)가 얼마나 되겠기에요"

"호호호 난 마침 구찌베니를 안 바르기에 망정이지, 하마터면 큰 망신당할 뻔했구먼! 요컨대 요새 젊은 여성은 천박하고 양풍에 젖어 가는 것이 싫단 말씀인데 말씀은 지당하지만 유행이나 풍조를 막을 수 없는 것도 사실이죠 어쨌든 그 애, 구찌베니 바르지 않고 댄스 집어 치우게 하는 것쯤 문제 아니니까, 마음에 맞도록 잘 길을 들여보십쇼그려."

결국에 문제는 명신이에게로 떨어졌다.

"풍조는 막을 수 없다시면서 어떻게 명신 양만은 그 속에서 떼내 놓을 수 있다시는지? 누가 하라 말아라 해서 되나요 한국적인 동양적인 새로운 여성의 타입이 다시 생겨나야 하겠지만 그것이 그리 쉽게 일조 일석에 틀이 잡히나요 입내는 내기 쉬워도 몸에 배서 속에서 우러려 나오기란 밥 먹듯이 되는 건 아니니까……"

"그는 그렇죠 우리의 민주주의가 어떤 모양으로 발전될지는 모르지만 거기에 보조를 맞춰서 오랜 세월을 두고 익혀 나야 될 문제겠죠"

의경이도 이렇게 장단을 맞추었다.

그 후 명신이가 왔기에 김의경 여사가 영식이의 하던 말을 들려주니까

"홍 선생님이 되더니 도학자연한 소리를 곧잘 하는군!"

하고 손가방에서 콤팩트를 꺼내서 차를 먹고 난 입술에 연지 칠을 다시 하며 깔깔 대는 것이었다.

이틀 후 최 박사 집 연회에는 영식이도 부르는 대로 왔다. 그리 탐탁 지는 않았으나 재건단에 관계가 있으니 이런 자리에 청하는 것까지 마 달 수도 없고, 한편으로는 사교 상 빠져서 안 되겠다고 나온 것이다. 청 하는 편에서도 그래서 청하는 것이었지마는 의경이가 또 하나 노리는 점은 명신이와 아무쪼록 이런 자리에서 다시 접촉할 기회를 만들어 주 자는 것이었다.

최 박사 집 응접실에는 주인은 손님을 데리러 갔는지 없고, 낯선 중 년 신사가 젊은 사람 하나와 둘이만 마주 앉았었다. 인사를 시켜서 명 함을 교환하고 보니 이 지방의 중진의 한사람인 무역상 K씨요 젊은이 는 그 전무였다. 먼저 이렇게 와서 기다리는 눈치가 청하기는 최 박사 가 청하는 것처럼 하고 그 비용 일체는 K씨가 부담하여 조사단과 가까 이 해 두자는 계획인 듯싶었다. 그럴 것이, 최 박사가 무슨 재산이 있다

고 저물도록 외국손님을 청해 놓을 리 없고, 원체 최 박사 부처를 싸고 도는 축들이 이런 부류의 사람들이 대부분이었지마는 그저 그런 중개(仲介)를 하는 것이었다.

안에서는 젊은 여성들의 화려한 웃음소리도 새어 나왔다. 아마 명신이의 짝패들일 것이다.

"마틴 박사가 한국 사람의 가정생활이나 가정 풍속을 보겠다기에 이 좁은 구석이나마 집으로 청한 거죠"

의경이의 변명이었다.

"아 그렇다면 댁 같은 이런 고등생활을 보여 되겠습니까. 저희 집으루 데리구 오시질 않구. 피난민 판잣집 생활을 보자는 게 소원일 거요 또 그래야 정당한 재건 계획을 세울 거 아닙니까."
하고 영식이가 웃으니까 마지못해 모두들 따라 웃었다.

밖에서 차 소리가 나자 주인마님이

"누구 나가 봐라."
하고 소리를 쳐서 접대위원 격인 명신이 짝패 성악가가 뛰어나가는 기척이더니 명신이가 앞을 서고 윌슨 소령이 뒤따라 들어온다. 명신이의 오늘 차림차리는 요전같이 화사하지는 않으나 가정적 소연회에 알맞게 짙은 무색을 피하고 산뜻이 청초하게 차렸다.

"차가 갔을 텐데 어떻게 왔니?"

인사가 끝난 뒤에 의경이가 물었다.

"막 나서려는데 윌슨 소령이 지나는 길이라구 같이 가자구 들렸겠죠 댁 차는 나오다가 만났는데 선생님께루 갔어요"

이 집 차는 주인 박사가 타고 재건단에 가서 내리는 길로 명신이에게 가서 태워 가지고 오는 길에 다시 들러서 박사와 함께 하고 손님을 안내해 오려는 그런 순서이었는데 윌슨 소령의 차가 먼저 들렀던 모양이다.

실상은 윌슨이 아까 명신이의 사무소로 전화를 걸고 오늘 저녁에 가는 길에 들를 테니 함께 가자고 맞추었던 것이다. 명신이는 부친이 무섭고 동리 사람들의 눈이 꺼리어서 마다고 하였으나 지극스럽게 들러 준 것이다.

의경이는 옆에서 듣는 영식이가 어떻게 생각할지 몰라 슬며시 눈치를 보았으나 태연무심한 표정이다. 그보다도 명신이는 그런 조심은 꿈에도 없는 듯이 명랑한 낯빛이다.

여자들이 안으로 들어간 뒤에 윌슨 소령은 자연 영식 옆에 앉아서 재건단 사업의 진척 상태에 대한 수작을 건네고 있었다. 그러는 동안에도 영식이는 윌슨의 얼굴을 이모저모 뜯어도 보고 성격과 교양 정도를 심사하듯이 테스트를 해 보기도 하는 것이었다. 그러나 윌슨이 명신이의 집을 찾아다니게까지 되었다는 사실은 아무래도 유쾌한 일이 아니요 무관심할 수도 없었다.

최 박사가 손님 일행을 끌고 들어서니 전등불이 확 들어오며 집안은 북적북적 활기를 띠었다. 일행 속에는 으레 놀랜드도 끼어 있다.

"아 미스 강, 언제 온다는 기별 없나요? 인젠 올 때쯤 됐는데……."

영식이를 보자 이 사람의 첫대 인사가 이것이다.

영식이는 순제의 소식을 자기에게 묻는 것이 으레 그럴 일이건마는,

대답하기가 성이 가시었다. 명신이가 미군 장교와 어울려 다니는 꼴에 눈살이 찌푸려진 끝이라, 놀랜드가 달겨드는 길로 순제의 말을 꺼내는 것이 더욱 싫었다.

연회가 중간께쯤 가자 여기서도 또 옆방에서 댄스가 벌어졌다. 장지를 탁 터놓은 옆방은 여기에 앉아서도 빤히 들여다보였다. 명신이는 월슨과 추고 나서 주빈 일행의 젊은 수행원과도 추더니 어느 틈에 영식이 옆에 와서 앉는다.

영식이는 별안간 무슨 말을 붙일 것도 없어 벙벙히 앉았으려니까.

"춤 안 추시겠어요 나오세요 한번 춰 보세요"

하고 명신이는 의외로 생글생글 웃으며 친숙히 말을 건다. 영식이는 불의의 기습이나 만난 듯이 어리삥삥한 놀란 얼굴로 한참 바라보다가

"웬 그런 모던이어야지. 차차 배워 가지구 추죠"

하며 마지못해 웃어 보였다. 그러나 불쾌하였다. 무엇 때문에 저렇게 백팔십 도로 마음이 돌아섰는지는 모를 일이나 영식이는 어쩐지 모멸을 당한 것 같았다.

"댄스쯤야 지금 세상에 상식 아녜요. 행세거리예요. 내 가르쳐 드리죠"

명신이는 야죽야죽 졸라대고 앉았다. 엊그제 김의경 여사에게 한 말이 있는지라, 영식이는 그 말이 이 여자의 귀에 들어가서 무슨 반감을 가지고 골을 올리려고 일부러 그러는 것만 같아서, 속으로

'에잇! 괘씸한! 맨망스런 년!'

하고 화가 버럭 나는 것을 참고 앉았다.

"선생님 눈에는 모두가 못마땅해 뵈겠죠만 참으세요 일대일(一對一)루 떡 벌이구 싶기는 저두 선생님만 합니다만 국민 외교라구 큰소리를 치자는 게 아니라 이나마두 없어 봐요 괜히 색안경만 쓰구 볼 건 아녜요"

인제는 마구 직통으로 □□□ 수작이었다. 영식이는 가만히 앉았는 수밖에 없었다.

"왜 이리 가만히만 앉으셨에요 약주라도 잡수세요"

명신이는 옆에서 보는 사람만 없으면 곧 술을 따라라도 줄 기세였다.

'어째 그런가? 내가 순제와 헤어진다는 말을 최 박사 부인에게 듣구 그러나?'

영식이는 이렇게 호의로 돌려 생각도 하여 보고, 권하는데 끌린 것은 아니나 앞에 놓인 맥주잔을 들어 마셨다.

"호호호……내가 만일 맥주잔을 드는 걸 보셨다면 선생님 놀라 자빠지실껄요"

하고 명신이는 소곤소곤 웃는다. 자기가 권하는 대로 영식이가 술잔을 드는 것이 마음에 들어서도 어쨌든 신기가 좋았다.

그러자 놀랜드가 와서는 손을 내미니까, 명신이는 따라 일어섰다. 놀랜드와 추고 난 명신이는 두 번째 월슨과 추는 것이 빤히 보인다. 아무리 돌려다 보아야 조선 남자로 춤출 만한 사람은 없고, 서양 사람들은 주기가 돌수록 엉덩이가 들먹거리는 모양이니 그럴 수밖에 없으나, 월슨이 저물도록 추겨내는 눈치가 아무래도 영식이 눈에 거슬렸다. 기분으로는 벌떡 일어나고 싶으나, 많지 않은 손님 틈에서 눈치가 보일까 보아 슬며시 빠져 나왔다.

문전에는 자동차가 세 대나 대령하고 있었다. 캄캄 속을 천천히 걸으며 봄날의 훈훈한 바닷바람을 흠뻑 마시니, 기분이 상쾌해지며 이때까지 비비 꼬이는 것 같던 생각이 차차 가라앉는 것 같았다.

'괘씸한……'

그래도 또 한 번 입속으로 괘씸한! 하여 보았으나 한편에는 덮어놓고 괘씸하다고 명신이만 나무라는 것은 무책임한 소리라는 반성도 머리에 떠오를 만큼 마음의 여유를 회복했다.

'결코 타락할 여자는 아니지만……'

영식이는 가만히 생각하는 것이었다. 결코 타락할 무자각한 여자는 아니지마는 명신이를 그렇게 만든 책임이 자기에게 조금도 없다고 할 수 있을까를 생각한 것이었다.

재발족

순제는 아무 선통도 없이 사월 그믐께 불나비같이 소리 없이 날아 들어왔다. 동경에서 보름이나 지체를 하느라고 예정보다 훨씬 늦었고 미국서 사 가지고 오던 짐을 거진 반 뺏겨서도 그렇지만 떠날 때보다 풀이 빠져 보였다. 집에 돌아와서 영식이가 떠난 것을 보고 서운해 하며 덜 좋은 낯빛이기는 하였으나 놀라는 눈치는 아니었다.

"하지만 어쩌면 내가 떠나기만 바랬던 듯이 발꿈치가 돌쳐서기가 무섭게 그렇게 시급히 떠나더란 말씀예요."

"그러기루 어떻게 된 사람이 떠난 뒤론 여기구 다방이구 한 번두 얼씬을 안 하니 그럴 수가 있나."

모친도 맞장구를 치다가

"응 다방엔 어떤 여자하구 한 번 왔더라든가."

하며 순제의 궁금해 할 소리만 들려준다.

"명신이래요? 계집애를 끌구 다방에를 다 다닐 줄 알구."

"명신인 아니래나 봐."

그래도 순제는 다방으로 나가서 동생을 만나기까지 궁금해 못 견디었다. 있는 돈을 박박 긁어서 사 가지고 오던 값진 물건은 밀수품이라고 얼러대어 뺏겨 버리고 영식이는 도망을 쳐 버리고……모든 것이 신산하고 심난하였다.

다방에를 나와 보니 손님들은 예서제서 반색을 하며 맞아 주었으나, 원체 손들이 뜸해질 무렵이라 그런지, 빈자리가 많고 어째 쓸쓸해 보였다. 장부를 내놓고 회계를 따져 보아도 자기가 떠날 적 한참 세월 좋던 때에 비하면 하루 평균 삼분지 일은 줄었다. 수입이 준 것은 아까웠으나 자기가 있고 없는 데에 이만한 차이가 있고나 하는 생각으로 그래도 위안이 되었다. 그러나 영식이한테 사람을 보내든 자기가 가 보든 해야 할 텐데 영도로 떠난 줄만 알지 집을 아는 아이는 하나도 없다. 고단해서 재건단에는 아직 나가지 않을 작정이었으나 거기나 가 보는 수밖에 없다고 가 보니 벌써 오전 중에 다녀갔다 하며 내일은 오후 출근이라 한다. 그 자리에 앉아서 영식이가 나가는 학교에 전화를 모조리 걸어보았으나 나오는 데서는 다녀갔다 하고 영 걸리지를 않았다.

그립거나 말거나, 남편이라고 내놓고 불러보지는 못했어도, 한 지붕 밑에서 살던 사람을, 먼 여행을 하고 와서 좁은 부산바닥에서 찾지 못하고, 하룻밤을 새다니 세상에 이럴 수가 있나 싶어 화가 또 나는 것을 참고, 집으로 돌아가는 수밖에 없었다.

아직 해가 높다랗건마는 이부자리를 펴고 누워서, 비행기에 시달린 몸을 쉬려 하였으나 생각은 여전히 영식이에게로 갔다. 그렇게 만나고 싫어 몸이 다는 것은 아니나, 첫대 어떤 생각인지 궁금하고, 어떤 태도로 나올지? 이편에선 어떻게 대거리를 해야 좋을지 이런 경우 저런 경우를 궁리하기에 도리어 몸이 달았다.

'정 아니꼽게 굴건 누가 아나! 맘대루 하라지.'

이런 내던지는 생각도 들었으나 그렇게 손쉽게 떨어지기에는 역시 아까운 생각이 들었다. 어떻게 될지도 모르는데 시기상조라는 속따짐도 있었다. '어떻게 될지도 모른다' '시기상조'라는 수수께끼 같은 혼자 생각을 하는 머릿속을 스쳐 가는 것은 장인영이의 싱글벙글하는 얼굴이었다.

이번 여행의 한 가지, 커다란 수확은 연래의 희망이랄까? 당면한 계획이랄까? 하여간 공상에 그리던 일이요 미국 떠날 때 영식이가 실없이 말하던 그 '봉'이 차차 그 품 안으로 기어든다는 사실이다.

이튿날 오후에 순제는 재건단 본부로 나가 보았다. 영식이는 자기 테이블에 앉았다가 종용히 웃는 낯으로 어느 정도 반가운 기색을 보이며 맞아 주었다. 그 순간 순제는 다소 의외라는 생각도 들었지마는 얼굴이 살짝 붉어지며 드디어 영식이만치도 반가운 기색을 보이려 들지 않았다. 수죄(數罪)를 좀 해 보자는 생각도 한편에 있었던 것이다.

사무실에서는 이야기가 아니 되어 둘은 하여간 밖으로 나왔다.

"떠나신 덴 종용해요? 어머니두 뵐 겸 집알이나 가죠"

어느 다방으로 들어간대도 종용히 이야기가 안 될 거요 요릿집으로 가기도 어중된 시간이라 영식이는 순제의 말대로 집으로 발길을 돌렸다. 좀 더 젊었더면 이런 화창한 날씨에 해변가를 거닐며 티격태격하는 싸움일망정 주거니 받거니 하는 것도 운치 있는 일이겠지마는 그런 로맨틱한 기분은 피차에 미진만큼도 없다. 영식이 역시 오늘이야말로 하고 싶은 말을 툭 털어놓고 담판을 하려는 결심이다.

순제는 미국에 갔다 왔으면서 빈손으로 가기가 안된 생각이 들어서, 도중에서 과일광주리를 하나 사 들었다.

워싱턴에서 편지한 뒤로는 무신했다는 변명을 기다랗게 늘려준 것밖에 집에 들어올 때까지 별 이야기는 없었다. 설마 놀러 다니고 물건 사러 다니기에 바빠서 그랬다고는 말이 아니 나왔다.

"응, 언제 왔어?"

영식이 모친은 웃어도 보이지 않고 부엌으로 들어서는 순제를 알은 체 하였다. 아들이 순제 집으로 옮아갈 제 친구의 집에 방이 빈 것이 있어 공부하러 간다는 것을 말릴 수도 없고 눈치 못 챈 것도 아니나 그대로 내버려 두었던 것인데 이리 이사 온 뒤에야 순제가 젊은 사람들 틈에 끼어서 미국 갔다는 말을 듣고는 속으로는 '에그 망측해라!' 하면서도 잠자코 들어만 두었을 뿐이었다.

방에 들어와 인사가 끝난 뒤에 순제는 영희를 돌아다보며

"미국 갔다 왔다구 아무것두 사 가지구 온 건 없지만 오늘은 꼭 댁을 찾아올지 몰라서 그대루 나왔다우. 변변친 않아두 요담 가져오리다."
하고 빈손으로 온 변명을 하였다. 이럴 때는 예전 6·25 때 한집에서 살던 정리가 다시금 솟아나는 듯싶고 마치 시누올케 같은 가정적 분위기가 잠깐 스쳐 가는 듯도 하다.

"아가씨가 벌써 스물이 됐지? 어디 혼처를 구하시는 거요?"

순제는 영식이 방으로 건너와서 방 안을 휘 돌아다보고 영식이와 마주 앉더니 불쑥 이런 소리부터 꺼낸다.

"왜? 어디 마땅한 신랑감이 있거든 중매나 들어 보구려."

조선옷으로 갈아입고 책상머리에 앉은 영식이는 싱긋해 보였다.

"구해 오라시면 구해 바치죠. 지난 정초에 왔을 때보다두 봄새가 돼 그런지 점점 더 활짝 핀 것이 아주 이뻐졌는데요."

영식이는 귓가로만 듣고 가만히 앉았다.

"그래 그 얘기하러 왔소? 그 애가 이쁘지 않아 다행이지 얼굴만 해반 주그레하니 반반해도 걱정야."

하고 무심코 이런 소리를 해 놓고는 좀 지나친 소리를 했나 싶었다. 무슨 질투나 하고 미국 다녀오는 동안에 의심을 한 것같이 들었을 것이 점잖지 않아 싫었다.

"난 이런 따위니까 걱정감은 아니겠죠?"

순제는 핸드백에서 담뱃갑을 꺼내서 한 개 빼어 권하며 자기도 붙이려니까 영식이는 손짓을 하며 마다고 한다. 책상 위에는 담배도 재떨이도 안 놓였기에 담뱃갑을 꺼내 권한 것이었다.

"담배까지 끊으셨군요? 인젠 절루 들어가시려나?"

영식이는 빙긋 웃고만 만다.

"하여튼 아가씨 시집은 나중 우리가 보내기루 하구 우린 어서 식을 합시다. 그래야 생활이 안정될 거 아녜요. 생활비는 내가 부담하기루 하죠."

영식이는 여전히 대답이 없다.

"그래야 당신두 마음 놓구 연구가 될 거 아녜요."

대답을 기다리다가 순제는 □ 말한다.

"좋은 말이요 고마운 말이지만 당신한테 아쉰 대로 다방의 회계라도 감독할 사람이 필요한데 그나마 못하는 반편이 무슨 소용이 있단 말요. 게다가 돈의 욕기, 사업열이 앞을 서는 당신에겐 내 따위 필요 없는 존재가 아뇨. 허허허."

"이건 날 어떻게 알구 새삼스레 이런 소리를 하시는 거예요? 원인은 암만해두 내가 미국 갔다 온 탓인데 그럴 지경이면 왜 날 가게 내버려 두셨에요. 사람을 의심을 해두 분수가 있지!"

혼자만 담배를 피우면서 순제는 눈을 때꾼히 뜨고 남자를 바라본다.

"무슨 의심을 하는 게 아니라 사실이 그렇단 말이지."

영식이는 어쩌다 부부싸움같이 되는 것이 싫었다.

"대관절 그래 어쩔 작정예요?"

재떨이가 없으니 백에서 휴지를 꺼내서 뭉개 끄며, 가라앉은 목소리로, 대드는 기세를 보인다. 그것이 참지 못하는 진정에서 우러나오는 것이라기보다는 속에는 딴 생각이 있으면서 겉으로 엄포를 하는 것같이 영식이에게 보였다.

영식이는 부산에 와서 순제를 만났을 제 그 반가워하는 눈치가 전 같지 않은 것을 보고 섭섭하면서도 도리어 다행하다는 생각을 하였으나 어쨌든 퍽 달라졌구나 하였더니 달포 만에 만나는 지금도 똑같은 그런 심경이면서 또 한 번 달라진 것을 아무 이유 없이 직각하는 것이었다.

하여간 영식이는 언제나 순제 앞에서는 모처럼 먹었던 결심도 풀어

져 버리고 그만 질질 끌려가고 마는 자기의 박약한 의지를 뉘우치면서

"좀 가만 내버려 둬 줘요 이걸 봐요"

하고 책상위의 쌓인 책과 원고지를 가리켰다.

"세계가 다르고 생활의 방향이 다른 사람들이 서루 엇갈려 있다는 건 헛수고밖에 안 될 거 아뇨"

"그런 걸 왜 인제야 깨달으셨어요?"

순제는 역시 장인영이에 대한 질투로 저러거니 하는 생각을 하면 낯이 간지러우면서도 아직은 일루의 희망이 있거니 싶었다.

"하여간 생활을 근본적으로 개조하지 않으면 안 되겠는데……"

무어라고 자기 의사를 표현해야 좋을지 몰라서 남이 들으면 얼뜬 소리 같은 이런 말을 부리만 따 놓고 뒷말을 못 잇고 있으려니까

"어떻게 개조를 하시려는지 그 개조안(改造案)을 보여 주시구려. 나두 협력해 드릴께요."

하고 순제도 정색을 하고 대든다. 그러나 속에서 우러져 나오는 말은 아니다.

"개조안이란 것도 아직 없지만, 돈벌이와는 다르거던. 일생을 바쳐서도 될 둥 말 둥 한 일을 그렇게 떡 먹듯이 협력해 드리죠야."

영식이는 혼잣말처럼 코대답을 한다.

"설마 명신이 문제가 새삼스레 재연된 건 아니겠지?"

한참 만에 순제는 입에 올리기도 싫은 말을 꺼내고 말았다.

"재연은 아니지만 그것두 물론 해결된 문젠 아닌데……"

영식이의 대답은 어정쩡하였다.

"그런 꿈속 같은 소리 마세요. 내 눈이 시퍼런 동안에는 안 될 말예요."

부엌 건너 저 방을 사려서 소곤소곤 하는 말이나 야무진 소리였다. 이것만은 속에서 끓어서 나오는 것이었다.

"일방적 의사로 결정될 문제두 아니지마는……."

"누가 할 소리기에! 당신 맘대루 가거라 오너라……누군 등신만 남았습디까."

채 말을 다 듣지도 않고 기가 나서 덤벼든다.

"그야말로 누가 할 소린지. 내 생활을 당신 의향대루 좌지우지 하겠단 말야. 허허허. 누군 새끼에 맨 돌덩이던가?"

영식이는 순제의 입내를 내듯이 유치한 소리를 알면서도 □□□□□□□□□.

"그러니 말예요 피차의 자유를 구속치 않구 필요 없는 간섭을 하지 말구 어디까지나 민주주의 정신으로 자유의사루서 부창부수(夫唱婦隨)일 수두 있는 그런 명랑한 생활이면 그만 아녜요? 학자님이라 하는 수 없지만 생활 개조니 뭐니 어려운 슬로건을 내걸구 눈살을 찌푸려 가며 이론이나 따져 뭘 하자는 거예요."

순제는 남편의 구속이나 감독 없는 자유로운 부부 생활이 필요하였고, 그러기에는 이 남자가 알맞았다. 벌어서 먹여 살리면서라도 옆에 놓아 두어 아깝지 않은 남자였다. 다만 자기의 활동이라든지 남자 교제에 너무 간섭을 해서는 성이 가시겠으나, 그럼은 영식이의 성격이나 교양으로 보아서, 이편이 넉넉히 조종하고 또 그렇게 교육을 시켜서 틀을 잡아놓을 수 있다고 생각하는 것이다.

"좋은 안(案)이구먼 생활개조의 한 참고자료로는 들어두지만 그것을 당장 나더러 실행해 달라거나 그런 민주주의 가정의 실험대로 나를 이용한다는 것은 안 될 말야."

하고 영식이는 웃어 버렸다.

"왜 남의 말을 실없이 웃어 버리세요 당신두 재출발을 하게 애쓰시듯이 나두, 재출발을 하자는 거예요 그러자면 우선 식을 거행해서 심기(心機)를 일전(一轉)시키자는 것이요 거기서부터 출발하자는 거 아녜요?"

영식이는 듣고만 앉았다. 인제는 졸리는 것이 머릿살이 아팠다.

"우리 나가십시다. 오랜만에 저녁이나 같이 먹어 주세야지."

순제는 해가 지도록 옥신각신해야 끝장이 날 것도 아니니 역시 집으로 끌고 가서 마음 놓고 실컷 해 내고도 싶고 달래 보려고 생각하였다. 그러나 거기에도 실패하였다.

"나두 그럴 생각이 없는 게 아니지만 내일 모랫 새 틈나는 대루 내가 가리다. 내일 강의의 준비를 해야지."

순제는 화를 발깍 내고 일어섰다. 이때껏 느껴 보지 못한 쓸쓸한 생각이 들며 뒤도 안 돌아보고 방문 밖으로 나왔다. 나두 인제는 늙었나? 하는 자곡지심도 들었다.

이날 저녁때 부흥다방에는 미국 갔던 일행이 모였다. 귀국한 후에 한 번 모여서 저녁이라도 먹고 헤어지자는 것이었다.

종식이 장인영이 그리고 조한상이라는 그중에 제일 나이 지긋하고 침착한 중년 상업가(이 사람은 회사가 재발족하면 전무 아니면 상무로 들어

앉을 후보자다.) 이렇게 세 사람과 순제가 찻잔을 놓고 마주 앉았다.

"조 형 아직 그 집 좀 못 들러 보셨겠지? 오늘야 출입을 하셨을 테니까."

"아니 아까 들러 봤는데 쥔을 못 만났에요."

대개 수작은 종식이와 조한상이가 건네고 있고 인영이와 순제는 마주 앉아서 듣고만 있다. 여행 중에도 그랬지마는 단 네 사람밖에 안 되는 일행이 감정적으로나 행동에서나 자연 이렇게 두 패로 갈리었었다. 장인영이가 종식이 회사에 합류할지 안 할지는 미지수인 채 떠났던 것이지마는 여행 중에 은연 중 결렬이 된 모양이요 인영이는 완전히 고립 상태에 빠졌다.

"어떻게 내일이라두 아퀴를 짓구, 어서 간판을 붙이십시다."

회사의 재발족의 의논이었다. 지금 사무소가 협착해서 큰집을 얻어서 본격적으로 착수하자는 의논이다.

"그래두 주주총회란 형식은 밟아야죠."

"아, 다들 나려와 있으니까."

"전 회장두 나오셔야죠."

"그야 물론이죠."

한상이는 전 회장 정필호를 사장으로 올려 앉히느냐는 것이 알고 싶어서 묻는 것이다. 취체역 회장이 사장으로 앉으면 종식이가 전무 자기가 상무일 것이요 종식이가 사장이 되면 제가 전무가 되겠으니 이해가 달린 문제이기 때문이다.

지평선

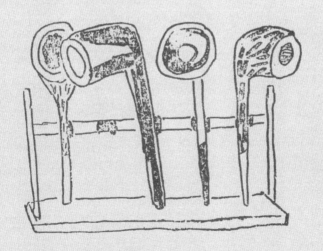

개점피로

    동아상사의 간판을 붙이고 나니 제일 좋아하는 사람이 사장 정필호 영감이었다. 당연한 일 아닌가! 피난 내려와서 겨우 개점을 좋아하지 않을 사장이 있을까마는, 실상 이 회사에 대하여 자기는 있으나 마나 한 존재인 것을 잘 안다. 소위 사장의 비서라고 데려다 놓은 자기의 딸 명신이만도 못한 쓸데없는 존재라는 자비심(自卑心)도 없지 않다. 그야 명신이는 사장의 딸이라 하여 노인네가 비서로 데리고 와 있으라는 것이지마는 김 전무가 그야말로 삼고초려를 하다시피 하여 자기 방에 들여앉힌 통역이요 영자 타이피스트다. 공평히 말해서 사장의 비서 겸 전무의 비서라 하겠지마는, 전무 김종식이 개인의 사업체나 다름없는 이 무역회사에 비서까지 둘 필요는 없으니 어디까지나 사장의 딸이요 전무의 비서다.

    이러한 내용을 알알이 따지는 것은 정 사장의 싫어하고 창피스럽게 생각하는 바다. 딸 덕에 부원군(府院君)하기가 예사지마는 출자 대신에 딸이나 데리고 들어와서 딸 덕에 사장이나 된 듯싶이 남이라도 생각할까 보아 늘 마음에 편치는 않았다. 그러나 피난 생활 일 년 남짓에 좀 가졌던 것 다 없애고 자식은 멀리 떨어져 있고 한데 이나마 구연을 생각해서 모른 척 안 하고 불러대서 사장 자리에 앉혀 주니 이런 고마울 데가 없다. 사변 전에는 서울서 종식이 부친과 맞붙들고 하던 회사니 말이다. 하여간 환갑은 지냈어도 아직 정정할 터에 잔뜩 들어앉으니보다 소일터라도 생겼으니 좋아하였다.

거진 오정이 가까워 온 때다. 가을이 긴 부산은 시월 절기래도 아직 봄 날씨 같다. 정 사장은 털내의를 입고 나온 데다가 남향관 볕을 받고 있어, 더울 지경이었다. 옆 창을 반만 열어 놓고 온 식전 신문만 보고 앉았던 사장은 맥맥히 앉아서 마누라만 혼자 있는 집 생각을 하다가,

'아무리 낮에는 더워두 불은 때야 할 텐데……'

하며 장작이 떨어졌다는 마누라의 말이 생각나서 돈을 좀 마련해야 하겠다는 궁리에 팔렸다.

땡땡.

사장실에서 종이 두 번 울렸으나 나란히 붙은 옆방에서 타이프를 치고 있던 명신이는 곧 자리를 뜰 수가 없었다. 종을 두 번 치면 비서를 부르는 것이었다. 전무도 나가고 혼자 있었다.

그동안에 정 사장은 특별수당 오만 원의 전표를 쓰고 있었다. 화폐개혁 전이다. 월급이 백만 원이라 해도 많은 것은 아니나 그중의 십만 원 특별수당으로 언제든지 교제비로 찾아다가 쓰라는 전무의 말이 있었기에 오만 원 전표도 쓰는 것이다.

"저 부르셨어요?"

명신이가 옆방에서 들어왔다.

"응, 이거 회사에 갖다 두구 오만 원만 집에 갖다 줘라."

점심시간이면 부녀가 앞서거니 뒤서거니 집에 가는 길이기에 장작 값과 용돈으로 찾아 가지고 가자는 것이었다.

명신이는 잠깐 잠자코 부친이 내밀어 놓는 쪽지만 내려다보았다. 비서로서는 사장의 분부라면 아무래도 좋지만 회사가 문을 연 지가 반달쯤밖에 안 되는데 월급을 가불하라는 것 같아서 부친의 심부름으로서는 창피한 생각이 들었다. 부친은 딸의 눈치를 보고,

"가져다 회계에 줘라. 상관없어. 내 앞으로 언제나 쓰라는 한도가 있으니까."

하고, 정 노인은 사장으로서가 아니라, 부친으로서 하는 말이었다. 명신이도 요새 모친이 집에서 쩔쩔매는 것을 생각하면 그거라도 아쉰 대로 쓰자는 부친의 뜻도 알아차렸다.

명신이는 전표를 들고 제방으로 나와서 일하는 계집아이를 시켜 회계에게로 보냈다.

그러자 밖에 나갔던 정전무가 들어와 자기 자리에 앉아, 계집아이가 아까 그 전표를 들고 들어온다. 전표에 도장을 찍어 주는가 하였더니, 전무는 계집애를 내보내 놓구 뒤에서 한참 부스럭거리더니,

"미스 신!"

하고 부른다. 돌아다보니 지폐 뭉치를 테이블 위에 이만큼 내놓고 앉았다.

"이것 갖다가 아버니께 드리슈. 아직 회사로선 현금이 잘 돌지 않으

니까 내가 돌려드린다구 말씀드리세요"

그러나 김 전무는 조금도 싫은 내색은 아니었다. 어쨌든 명신이는 얼굴이 약간 발개졌다. 실상은 김 전무가 자기 회사로 오라고 끌 때부터 마음에 없던 것을 부친을 위하여 온 것이지마는 이러한 조고만 일에도 전무가 사장이나 자기에게 생색을 내려 드는 것이 불쾌하였다.

사변이, 정신을 뒤집어 놔서 그렇지 여간해서 명신이가 이 회사에 오지는 않았을 것이다. 6·25 전에 이 회사가 한참 드날릴 때 당시의 사장인 종식이 부친이 며느리를 삼으려고 그렇게 애를 쓰고 종식이는 종식이대로 몸이 달아 법석이고 할 제, 부모가 노심초사하는 것도 모른 척하고 걷어찼던 그 남자 앞에 와서 타이프를 치고 앉았다는 것은 명신이기로서도 마지못해 하는 일이다.

중단되었던 교제가 부산 내려와서 새로 시작되자, 남자의 꾸준한 성의를 물리칠 수도 없고 부친을 생전에 다시 한 번 끌어대고 싶어서도 이리로 옮겨온 것이다.

명신이는

"고맙습니다."

하고 인사를 하고 지폐뭉치를 자기 테이블에 날라다 놓고 점심시간이 되기를 기다렸다.

전무가 나가기를 기다려서 명신이는 날마다 들고 다니는 커단 가방에 돈을 넣어 가지고 사장실로 들어가서,

"가세요. 돈은 여기 있에요"

하고 부친의 스프링을 떼어 입혔다. 부친은 만족한 웃는 낯이었다. 그

러나 등이 꾸부정한 부친의 뒤를 따라서 더구나 돈 오만 원을 얻어 가지고 나온다는 것이 명신이의 마음을 어둡게 하였다. 하지만 그것은 처녀다운 결백이지 조금도 창피한 일도 아니려니와 김 전무도 사실 호의를 가지고 한 일이다. 이 색시에게 혼인을 이르다가 나자빠진 김 전무지마는 인제는 세 살짜리 딸년의 아버지요 얼마 있으면 나올 것은 아들이 점지됩시사고 비는 얌전한 남편이 되었지마는 자기를 사위 삼지 못해 하던 정 사장에게 대한 호감은 변함이 없다.

"응, 너두 오는구나."

마루에 나선 모친은 영감 뒤에 명신이가 따라 들어오는 것을 보고 알은체를 하였다. 그리 멀지 않으니까 행기 삼아서 점심을 자시러 다니지만, 명신이는 바쁘기도 하고 귀찮다고 벤또를 가지고 다니는 것이었다.

"어머니, 돈……"

명신이는 툇마루에 가방을 놓고 앉아서 돈 뭉치를 꺼내며 회사에서 나올 때와는 딴판으로 모친이 좋아할 것이 기뻐서 명랑한 기분이다.

"응, 그 어디서 났니?"

영감의 모자와 양복을 받아 걸며 방 속에서 모친이 돌아다본다.

"나더러 찻값으로 쓰라는 수당이 따루 배정돼 있기에 그걸 찾아 온 거지."

영감이 대꾸를 한다.

"얘, 어서 장작하구 구멍탄을 사야겠다."

명신이 모친은 눈이 번해서 반색을 하였다. 방은 둘에 나뉜 이 간방이나, 아궁이가 따로따로 있으니 날이 추워갈수록 저녁때만 되면 때는

데 걱정이었다.

"달영이한테서 편지 왔에요."

"엉!"

영감은 마님이 내주는 봉투를 반색을 하며 받는다.

부친이 보고 난 편지를 옆방에서 건너온 명신이도 읽어 보았다. 별말은 없으나 쉬 한 번 오겠다는 말이 반가웠다. 부엌에서는 오라범댁이 시아버니 진짓상 차리기에 바빴다.

"이번에 네 오래비 오면 아무래두 붙들어 놓겠다. 난 들어앉구, 김 전무를 사장으로 앉게 하구 달영이를 전무로 하면 똑 알맞지 않으냐."

노인은 나다니며 젊은 사람들에 끼우는 것이 좋으면서도 역시 피침한 생각도 없지 않고 편안히 들어앉고도 싶었다.

"그게 좋을지두 모르죠."

명신이가 이렇게 대꾸하는 말에 부엌에 있는 올케는 속으로 '옳소이다' 하고 좋아하였다. 6·25 때 부산에 내려와서 할 일도 없이 어름어름하다가, 자진해 미군에 통역으로 들어가서 이때껏 빠져 나오지를 못하는 것이다. 원체에 동아상사의 전무이었지마는 사변 후에 일단 헤어진 바에는 재력 없는 달영이로서는 도둑놈같이들 큼직큼직하게 노는 무역상 판에 나설 수도 없고, 종식이도 별로 하는 일 없으니 부산에 왔다가는 물계만 보고 가 버리곤 하였던 것이다.

"어머니, 이번 토요일엔 개점 피로연이 있다는데 뭘 입구 가야 해요?"

명신이는 밥상에 와서 앉으며 모친에게 말을 꺼냈다.

"네 맘대루 하렴. 하지만 역시 조선옷이 좋을 거라."

명신이는 피난민으로 곁방살이 하는 것 보아서는 양복도 철을 따라 갖추어 벌벌이 가졌지마는, 조선옷은 모친이 자랑할 만큼 외딸 시집보낼 때 준다고 손수 지어서 차곡차곡 싸 둔 것을 요행 여기까지 끌고 내려온 것이다.

"미국 사람한테두 청첩을 찍어놨는데 서양 사람 앞에서는 역시 조선옷이 눈속임으루 좋을 거예요."

명신이도 그것이 좋겠다고 생각하였다. 이때껏 몇 번 김의경 여사에게 끌려서 서양 사람 중심의 연회에 나갈 제는 늘 조선옷을 입었었다.

명신이는 회사에 나가서 기를 쓰고 청첩장을 다 쳐서 총무과에 넘기고 나니까 뒤에서 전무가

"아, 수고했소이다."

하고 말을 붙이며 일어나더니 퇴사 시간도 되었으니 차나 먹으러 가자 한다.

"아버니두 모시구 가십시다."

요전 한참 동안은 요릿집에도 같이 다녔는데 차 먹으러 가자는 것쯤 아무것도 아니지만 부친과 같이 가자는 것이 명신이에게는 구수하게 들렸다.

명신이는 나갈 차비를 차리고 사장실에 들어가 보니 자리가 비었다. 오후에는 마님과 장작 사러 다니느라구 안 나온 모양이다. 일은 전무가 다 할 것이니 나와 앉았기만 하라는 사장이라, 그래도 누가 이상히 보지는 않았다.

그 대신에 명신이는 김 전무의 뒤를 따라가면서 좀 어설픈 생각이

들었다. 일이 시작된 뒤부터 전무를 따라다녀 본 일은 없었다. 종식이도 명신이를 한 사무원으로 대하였을 뿐이다.

"어디? ……부흥에나 가 볼까?"

문밖으로 나서며 종식이는 이런 혼자 소리를 하고 큰 길을 건너서 부흥다방으로 들어섰다.

"오늘은 무슨 바람이 불었누? 사장까지 모시구!"

마담이 쫓아와서 깔깔대며 비양거린다. 순제는 회사가 문을 열었다 해서 처음 구경 왔을 때부터 명신이의 자리가 전무실 한구석에 놓인 것을 보고

"사장 자리를 이런 데 만들어 놓다니 말이 되나."

하고 놀렸던 것이다. 사장은 정필호가 아니라 그 딸 명신이라는 것이다. 강순제 생각으로 하면 명신이 때문에 정필호 영감을 사장으로 들어앉혔다는 것이다.

종식이는 웃기만 하며 명신이와 마주앉고, 순제도 옆자리에 앉았다.

"그래, 인제 자리가 잡혔수? 피로연은 언제우? 한턱내야지."

하고 종식이는 웃어 보였다.

"그거야 어렵지 않지만……"

하지만 무에 어떻다는 것인지 순제는 뒷말을 흐려 버렸다. 전 사장(종식이의 부친)의 비서이던 순제를 이번에 회사를 재발족하는데 모른 척해 버린 것이다. 순제에게는 야속하고 아웅한 것이다. 그러나 종식이로서는 명신이 같은 영어에 능란한 젊은 여자를 손아귀에 넣었을 뿐 아니라, 서모나 다름없는 순제를 자기의 비서로 쓸 수는 도저히 없었다.

순제가 부산에 내려와서 자기 아니더면 이런 다방이라도 벌였겠느냐는 생각에 종식이는 박하게 하였다고는 생각지 않는 것이다.

딴은 요전에 미국 갈 때 순제를 통역으로 끌고 갔다 왔으니 이번 재출발에 그때 동행이던 장인영이와 쑥덕공론인 모양인 것이 눈꼴 틀리기도 했지마는 시찰을 마치고 돌아와서는 장이 나가자빠지니, 저희끼리 따로 무엇을 경영하려는 것 같아서 잘되었다고 내던져 버린 것이다. 게다가 명신이를 끌어 오게 되었으니 이래저래 모른 척해 버린 것이다.

"자 일어섭시다. 오랜만에 저녁이나 같이 합시다요"

종식이가 일어섰다. 피난생활이란 극궁에 달해서 비참한 지경일 것이나, 그런 사람은 명신이니 말할 것도 없고 다방으로 요릿집으로 몰려다니는 것이 청년남녀의 불안한 전시 기분을 자위(自慰)하는 행습이 되고, 그러한 자력이 없으면 행세를 못하게쯤 되었다.

명신이는 잠자코 따라 나오며,

"난 가겠어요"

하고 빠져 가려 하였으나 따라가고도 싶고 말고도 싶은 어리뻥뻥한 감정이었다. 지금 와서는 순제에 대한 악감정이란 것은 거진 다 식어 갔다. 그러나 어쩐지 싫은 것은 하는 수 없었다. 생리적으로 싫었다.

"신영식 군 요샌 통 볼 수가 없던데……?"

명신이가 좋아하는 레스토랑으로 골라 들어가서 자리 잡고 앉으며 종식이가 말을 꺼냈다.

"글쎄……, 다방에두 영 나오지를 않으니까……."

하고 순제도 예사로이 대꾸를 했다. 그러나 명신이는 듣기 싫었다. 대관절 자기 앞에서 영식이 말을 꺼내는 이 두 남녀가 염치 빠졌다고 명신이는 불쾌하였다.

"왜? 하숙 영업은 집어치셨나?"

하고 종식이는 웃는다.

"집어친 지가 언제라구. 나 미국 떠나면서부터 그이는 떠나 버렸는데. 인제는 학자님이 되셔서 속계에는 안 나려오신다우."

하숙 영업이란 말은 영식이가 순제 집에 가서 얼마 동안 숙식을 했기 때문에 놀리는 말이다.

"응, 참 언젠가 들으니까 어머니 모시구 한데 모여 산다드군."

신영식이는 대구로 피난 내려왔다가, 뒤늦게 부산에 와서 모친과 누이는 방 한 칸을 얻어 맡기고, 자기는 순제의 소원대로 동거생활을 하다가 순제가 종식이를 실업사찰단을 따라서 미국으로 떠나자, 돈푼 수중에 들어온 김에 영도에다 오막살이를 얻고 떠나 버린 것이었다.

부산 내려와서는 여기 저기 학교에 나가는 덕으로 생활의 여유도 생겼지마는 영식이는 순제와 인연을 끊으려는 작정이었다.

명신이는 그런 내용도 눈치로 짐작은 하고 있다. 그러나 도시 듣고 싶지 않은 이야기였다.

"그건 그렇다하구, 실상은 이번에 일을 다시 시작하는데 순재 씨나 신영식 군이나 함께 손을 붙들도록 하자고는 생각했지만 어디 그렇게 돼야지. 환도나 하구 확장이 되건 다시 생각해 보자는 건데 어쨌든 섭섭해요 신 군두 만나시건 내게 좀 들르라구 해 주서요."

결국 이 말을 하려고 오늘 이 자리를 베푼 모양이었다.

"그런 걱정까지 할 거 없어요 난 나대루 영업하구 신 씨는 아주 방향을 바꿔서 학교에 나가구 하니까."

순제는 술잔을 마주 들며 명랑히 대꾸를 하였으나 어쩐지 수작이 구질구질한 것같이 명신이는 생각하였다.

이날 지낸 지, 한 이틀 있어선가, 저녁 때 파사 머리에 신영식이가 묵직해 보이는 책가방을 들고 전무실에 찾아 들어섰다.

"여! 이거 웬일인가? 왜 그리 도무지 만날 수가 없나."

하며 종식이가 인사를 하는 동안에, 명신이는 타이프라이터 앞에서 반사적으로 발딱 일어서며 눈만 말뚱히 떴다. 영식이도 명신이를 여기에서 만날 줄은 몰랐다.

"응, 신문에서 등록 공고를 보구 인사를 하러 왔는데……."

하며 영식이는 웃어 보였다.

"아 일전에 강순제 여사한테 만나자구 부탁을 해 두었는데……."

"몰라! 난 요새 전연 교섭이 없으니까……."

신영식이는 종식이와 잠깐 수작을 한 뒤에 사장실로 인사를 하러 들어갔다.

"오래간만일세그려?"

정 사장은 좀 못마땅한 기색이었다.

"네……."

영식이는 꾸벅하고만 나와 버렸다.

종식이가 영식이와 함께 저녁을 먹으러 가는데 명신이더러 같이 어울려 달라고 하였으나, 싫다 하고 부친을 따라 집으로 가면서 역시 불쾌하기도 하고 통쾌하기도 하였다.

피로연은 최 박사의 저택을 빌어서 열리었다. 종식이로서는 미국 갈 때 최 박사 부처에 신세 진 것도 있어, 마음으로는 최 박사 부처를 주빈으로 생각하지마는 서양 손님도 올지 모르는 조고만 파티를 열기에 알맞은 요릿집을 구하기에 힘이 들어서 저택만을 빌고 주인 부처는 손님으로 맞이하는 격이었다.

오늘밤의 주인인 정필호 사장이 딸 명신이와 도착했을 때는 만반 준비가 다 되고, 깨끗이 치우고 불이 환한 응접실에 김 전무(종식)가 과장들을 데리고 둘러앉아서 손님을 기다리고 있었다.

정 사장이 좌정을 하고 앉고 조선옷으로 곱다랗게 꾸민 명신이의 명랑한 얼굴이 나타나고 하니까 실내는 금시로 활기를 띠우고 이야기소리로 소곤소곤하던 것이 차차 높아갔다.

명신이는 부친을 앉혀놓고 안으로 들어갔다. 최 박사 부처에게 인사를 하러 들어가는 것이었다. 자식이 없는 최 박사 부처에게는 수양딸 노릇을 하고 이 집에를 내 집 드나들 듯이 하는 명신이었다.

명신이가 안에 다녀 나와서 주춤하고 섰으려니까, 영식이가 들어온다. 눈이 마주쳤으나 별양 인사는 없었다. 데면데면히 지내면서도, 한집안 사람이나 같으니 체면 차려서 인사를 해 본 일이 없다.

"야!"

하고 종식이와 악수를 하고 나서, 명신이의 앞을 지나, 정 사장에게로 가서 허리를 굽실하였다. 손길을 맞잡고 섰는 양이 부친의 앞에서 하는 거동보다도 은근하고 정중하다. 정 사장은 고개를 끄덕해 보이며

"응, 자네 댁이 이 근처로 이사를 왔다지?"

하고 지나는 말로 한마디하고는

"집에 좀 쉬 한번 들르게나그려."

하고 부탁을 한다.

"네 갑죠."

영식이는 황송한 눈치로 허리를 잠깐 굽신해 보였다. 이 영감이 자기 집으로 오라고 몇 차례나 부탁을 하는 것인지 모르나, 영식이는 영식이대로 생각이 있어 안 간 것이요 그럴 사정이니 못 가고 만 것이었었다.

벌써 백지로 돌아간 명신이에게 대한 문제를 새삼스레 재연(再燃)시킨다는 것부터 될 말 같지 않지마는 영감은 영감대로 영식이의 확답을 얻겠다는 것이요 영식이는 영식이대로 대답할 말이 없으니 못 가는 것이었다.

"어때? 백묵 가루나 털구 왔나? 매일 고되지?"

종식이는 마주 앉은 영식이에게 웃음엣소리를 붙이었다. 전에는 아무래도 마음을 확 풀어 놓고 대하지는 못하던 사이였지만 근자에는 그렇지가 않다. 명신이를 비서로 데리고 있게 되어서도 좀 미안한 생각이 없지 않지마는, 사변 전에는 함께 사업을 하던 이 사람을 이번엔 모른 척해 버린 것이 미안해서도 단 한 마디라도 친절히 하는 것이었다.

손님들은 그리 많지는 않았다. 강순제는 장인영이와 작반해서 왔고, 외국 손님은 청첩은 대여섯 장 떼였으나, 놀랜드와 월슨 소령이 왔을 뿐이다. 그러나 이들도 최 박사 부처의 낯을 보아서 온 것이지 종식이와는 두세 번 안면이 있을 뿐이다. 허나 월슨 소령은 명신이가 다니는 회사라는 데에 호의를 가진 것이요, 종식이로서는 대사관 무관이나 어디나 이용할 데가 있으려니 해서 청한 것이다. 씨·에이·씨에 있는 놀랜드야 물론 청해야 하겠지만 놀기 좋아하는 이 사람은 오지 말래도 올 사람이다.

마지막으로 이 집 주인 부처가 나타나서 분주한 인사가 끝나고 정 사장을 중심으로 자리를 잡자, 이편에서는 두 서양 사람을 중심으로 한 담이 벌어졌다. 아무래도 명신이와 영식이는 윌슨과 대거리가 되고 순제는 종식이와 놀랜드의 통역을 해 주기에 바빴다. 대개가 운크라와 씨·에이·씨에 대한 질문이었다. 여기에 대조하여 이편의 윌슨과 영식이는 미국의 세계정책에 대한 간단한 비판이나 세계의 현 정세에 관한 의견 교환이었다. 윌슨 소령이 정보장교이기 때문에 수작이 자연 이 방면으로 번진 것이지마는 영식이는 어려운 고비에 가서만은 명신이의 통역이 필요할 만치 회화 연습에도 흥미가 났다.

그 대신 윌슨 소령은 오랜만에 만나는 명신이가 옆에 있는 것이 좋아서 한국의 이 젊은 학도와 이야기하는 것에 흥이 났으나 가끔 명신이더러

"내가 회사를 시작했더면 당신을 데려오는걸!"

하고 껄껄 웃기도 하고

"언제나 당신은 양장보다 조선옷 입은 것이 더 좋아!"

하고 칭찬도 하였다. 윌슨은 언젠가, 최 박사집의 연회에서 파해 가다가 명신이를 태워다 주마고 하여 탄 한 차 속에서 명신이더러 자기의 조수가 되려느냐고 묻는 것을 거절당한 일이 있었던 것이다. 그러나 윌

슨이 교양 있는 청년이지 결코 시룽시룽하는 태도는 아닌 것을 명신이도 잘 알고 있다.

"아, 그렇더라면 미스 정이 윌슨 소령한테 갔던 게 좋았는걸."

하고 영식이가 웃었다.

"왜?"

하고 윌슨 소령이 웃다 말고 정색으로 묻는다.

"미국 가서 유학할 길이 터질 게니까 말이지. 지금 우리나라 청년남녀의 첫째 희망이 그거니까."

두 청년이 마주 껄껄대었으나 명신이는 웃지도 않고

"노, 노"

하고 질색을 하는 소리를 하며 영식이를 흘겨보는 눈찌를 지었다. 그 흘겨보는 눈찌가 영식이에게는 오랜만에 가벼운 따뜻한 감정이 피어오르는 것을 깨달았다. 일 년이나 떨어져 있었고, 부산에 와서 근자에 가끔 만나도 그저 수인사뿐이요 물끄럼말끄럼 보기만 하던 터에, 눈을 흘긴다는 그것으로 한 의사표시를 받은 것 같아서, 그것을 기다린 것도 아니요 대수로운 것도 아니지마는, 하여간 두 사람의 감정 사이에는 초봄의 첫 바람이 이는 듯싶은 것이었다.

"그러지 않아두 미스 정은 우리 집 가서 홀어머니 계신 밑에서 공부를 하겠느냐 해두 싫다는구면."

하고 윌슨이 하하하 웃는다.

명신이와 영식이는 미소만 띠고 있다. 그러나 영식이의 귀에는 심상히 들리지 않았다. 그런 이야기가 나오도록 둘의 사이는 어느새 가까워졌던가? 하는 것이었다. 그러나 새삼스레 둘의 사이를 의심하거나 무슨 투기 같은 것을 느끼는 것은 아니었다.

하여간 그것은, 윌슨이 언젠가 명신이더러 자기의 일을 도와달라면서 지나는 말로 한 것이었다. 윌슨은 지나는 말이 아닌지 몰라도, 명신이에게는 탐탁히 들리지는 않았던 것이다.

식탁이 벌어지니까 이 세 사람은 그대로 옮아가서 정 사장과 마주앉은 주인 박사 부인 옆으로 앉은 놀랜드 곁에 가서 명신이, 윌슨, 영식이의 순서로 앉게 되었다. 장인영이와 함께 온 강순제는 사장과 전무 사이에 테이블의 맞은편으로 앉게 되었다. 강순제는 부산에 내려와서 부흥다방을 열고 활개를 치는 마담이다. 요전번에 종식이와 장인영이들이 미국 사찰을 갈 제 통역으로 따라갔 오니만큼 영어에는 명신이쯤 문제로 아니다. 거기다 대면 최 박사의 부인 김의경 여사야 원체 미국 출신이니 선생님의 선생님이다.

김 여사는 자기 집이건마는 손님이었으나, 이 연회에서는 주인 노릇을 하는 수밖에 없었다. 옆에 앉은 놀랜드와 영어로 수작을 하다가는 영감과 정 사장이며 이 사람 저 사람한테 말을 붙이고, 그런가 하면 어느 틈에 안으로 들어가 부엌을 들여다보며 총찰을 하느라고 바빴다. 명신이는 김 여사가 일어나는 대로 따라 일어나서 안으로 들어가 음식도 나르고 시중을 드는 데 거들었다. 음식은 양요리를 섞은 조선 요리였다.

술이 거나해지니까 아무래도 댄스를 안 하고 못 배기는 미국 청년 신사들은 엉덩이가 들먹거리었다. 윌슨 소령이 안에 들어갔다가 나온 명신이가 곁에 앉으려는 것을 소리 없이 채어 가지고 저편 마루로 나갔다. 부친, 정 사장은 보고도 못 본 척하였으나 마음에 선뜻한 것을 느꼈다. 옆에 있던 영식이도 전에 없이 마음이 덜 좋았다. 그러나 이것이 결국 그 풍속에 젖지를 않아서 그런 거거니 하고 영식이는 혼자 생각하여 레코드 소리에만 귀를 기울이고 아무쪼록 그편은 보지 않으려 하였다. 어느덧 놀랜드가 테이블 건너에 앉았는 순제와 어울려 나서고, 장인영이는 그 큰 몸집으로 저 끝에 앉았던 여사무원을 끌고 나갔다.

이렇게 세 패가 나갔지마는 무도장이 어울리지 않은 것을 보고 김의경 여사는

"어째 쓸쓸하구먼. 정 사장께선 좀 안 추어 보시렵니까?"

하고 실없는 말인 듯하면서 정말 끌어내서 자기와 추자는 기세다.

"하하하. 헷, 헷늙었어요. 춤 하나 못 배우구."

하며 정 노인이 웃어 버리니까

"어디 나하고나 한번……."

하고 주인 영감이 나선다. 추고 싶어 하는 마누라가 만만한 상대가 없이 하는 눈치에 선뜻 나선 것이다. 중늙은이 부부의 익숙한 춤 솜씨는 단아(端雅)해도 보였다. 명신이가 들어와 앉으니까 이번에는 종식이가 선뜻 나서 뉘게 뺏기기나 할까 봐 애가 씌우는 듯이 얼른 채어 가지고 나갔다.

"이만하면 연회가 성공이지?"

"네."

두 남녀는 끼고 돌며 소곤소곤 하였다. 이들의 추는 솜씨를 잠자코 바라보고 앉았던 영식이와 윌슨은 무엇을 속삭이누? 하며 종식이와 명

신이의 표정에서 무엇을 읽어내려 하였다.

그러면서도 영식이는, 오늘 저녁은 유난히 명신이에게로 눈길이 가고 마음이 쓰이는 것이 이상타고도 생각하였다.

명신이와 헤어져 자기 자리로 와 앉는 종식이의 얼굴은 발갛게 흥분이 되고 매우 만족한 웃음을 띠고 있다.

청혼을 하였다가 거절을 당하였던 옛날의 애인을 비서로 쓰게 되고, 오랜 교제에도 악수 한 번 해 본 일 없어 명신이와 손을 맞붙들고 춤을 추었다는 것이 행복하고 유쾌해서만이 아니다. 자기의 혼자 솜씨로 세운 회사의 첫출발이 순조로 되어 나가고 인제는 기초가 서 나가려나 보다고 운이 좋다는 생각에 만족을 느끼는 것이었다.

최 박사 부처가 춤을 추는 데에, 젊은 사람들은 한층 더 신바람들이 나서 댄스홀도 지금이 한참이었지만 식탁에서도 술들이 거나하여 엉정벙정하였다. 그동안 윌슨 소령은 언젠가 연회 때와 같이 명신이와 세 번이나 추어서 여러 사람의 주의를 끌었다. 누구보다도 유쾌하게 노는 것이 윌슨과 종식이었다.

여덟 시가 훨씬 넘어서 놀랜드가 자리를 뜨는 사품에 연회는 끝나고 우으들 일어섰다.

명신이는 모자를 찾아 들고 부친 옆으로 갔다. 정 사장은 손님들부터 보내고 나서 가려 하였으나 윌슨 소령이 명신이의 곁으로 와서

"아버니 모시구, 내 차루 같이 가십시다."

하고 권하는 통에 정 사장도 모자를 받아들고 따라 나갔다.

정 사장은 그럴 거 없다고 사양은 하였으나 택시를 구하기도 어려운

이 소삽한 거리를 걸어가느니, 역시 그 호의를 받아들이기로 하면서도, 언젠가는 명신이가 밤늦게 연회에서 파해 오면서 월슨 소령의 차를 같이 타고 온 것을 보고 몹시 나무랐던 일이 생각났다.

월슨은 여러 사람과 작별을 하면서도 영식이에게 특별히 굳은 악수를 하면서

"꼭 전화 걸어 주구 놀러와 주슈. 오늘 유쾌했습니다."

하고 인사하는 것을 잊지 않았다. 벌써 두세 번째의 구면이기도 하지마는, 월슨은 이 명석한 두뇌를 가지고 단아하게 생긴 학자 타입의 영식이를 좋아도 하였다. 영식이 역시, 한국에 와 있는 미국 청년으로서는 드물게 보는 견식 있고 명쾌한 이 청년이 좋지 않은 것이 아니었다.

"댁에는 전에 두어 번 가 봐서 잘 알죠"

월슨은 자기 손으로 핸들을 저으며 뒤에다 대고 말을 붙인다.

"아, 그러시다드군요"

정 사장은 그래도 이 사람의 차를 이용하는 것이 마음에 꺼림하였다. 어쩐지 딸 앞에도 쾌쾌치 못하다는 생각이 들었다. 그러나 딸이 혼자인 경우면 나무랄 수가 있지마는 지금은 그런 것이 아니라, 사교적 의미로 볼 것이 아니냐는 생각에 안심이 되었다.

혼담

일요일이다. 정 사장이나 명신이나 집에 들어앉았었다. 명신이는 늦은 아침밥 뒤에, 오라범댁이 해 주마는 것도 마다하고, 셔츠 나부랭이며 버선짝이며……밀린 자기의 빨래를 추려내 놓고 뜰로 나려섰다. 부산의 가을은 길기도 하지마는 봄 같은 화창한 날씨다. 춥지도 않고 덥지도 않은 환한 햇발을 등으로 받고 수통 앞에 앉아서 물이 귀한 부산에서는 보기 드문 수돗물이 콸콸 나오는 것을 받아 가며 쓱쓱 비벼 가며 빨래를 하는 것을 보니, 기운차고 시원스러워서 명신이도 물장난이라도 하고 싶은 충동에 맨발로 고무신을 신고 팔을 걷어붙이고 나섰다.

"담가만 놔요 내 빨아 놀게."

"왜, 쌩이질이 돼시유? 내가 되레 좀 거들어야 할 텐데."

사변 전 서울 집에서 같으면야 이런 유착한 빨래는 손도 대어 보지 않기로는 올케도 마찬가지였다. 그러나 피난 내려와서 사람 안 두고 고비에 닥치니, 물 감질이 나서 걱정이지 물만 보면 신이 나서 산같이 휘

몰아 놓고 빠는 것이다.

"오빤, 일선에 계신지 서울 계신지 왜 요샌 편지두 없누?"

명신이는 올케와 단둘이 조용히 만나면 인사 삼아 이런 말이라도 꺼내는 것이었다.

"편지는 기대려 뭘 하우. 돈이나 듬뿍듬뿍 보내 주면 몰라두."

오라범댁은 빨래를 쓱쓱 비비며 신푸녕스러운 듯이 대꾸를 하였다.

"아, 일선에 나가 있는 사람한테 위문품이라두 보내는 게 아니라 돈 안 보낸다구 책망야."

하며 명신이는 웃었다.

그래도 달영이가 지난봄에 잠깐 다녀갈 때는 달러를 적지 아니 가지고 와서 활수 있게 썼던 것이다.

달영이는 동아상사의 전무까지 지낸 사람이니, 보통 통역으로 미군을 따라다니며 구복이나 채우고 장래에 미국 유학을 꿈꾸는 그런 위인은 아니었다. 사변 직후 부산에서부터 종군을 한 그가 일 년 반이 되도록 몸을 못 빠져 나오는 것을 보면 미군 측에서 그만큼 쓸모가 있으니 아니 내놓는 것이었다.

"영감 계쇼……아버니 계신가?"

빤히 내다보이는 방긋이 열린 일각 대문 밖에서 소리가 나자, 명신이는 고개를 홱 돌려 보다가 물에서 손을 건지고 일어섰다.

"네, 계세요 어서 오십쇼"

하고 문간까지 마중을 나갔다. 요새는 한동안 보이지 않던, 가끔 놀러 오는 김 과장이다.

"아, 어서 올라오게. 왜 그리 보기 드문가?"

방 안에서 미닫이를 열어 정 사장은 인사를 하였다. 모친도 윗간에서 어린것들을 데리고 남은 빨래의 뜨개질을 하다가 무심코 고개를 기웃 내다보고 눈이 마주치자 하는 수 없이 나와서 인사를 하였다.

"아, 잠깐 격조했네."

하고 김 과장은 방으로 들어갔다.

김 과장은 온 집안 식구가 나와서 맞이하여 들여야 할 만큼 소중한 손님은 아니다. 오면 엉덩이가 질기고 깐죽깐죽하니 남의 흉하적이나 하고 저녁때면 술상이라도 벌이게 하는 김 과장이 좋은 것은 아니다.

지난여름에 어쩌다 명신이 혼인 이야기가 나서 왔다 갔다 한 일이 있는지라 한참 보이지 않아서 한편으로는 궁금해도 하던 끝에 왔으니 모친은 무슨 반가운 소리나 들을까 하는 것이었다. 명신이는 물론 그댓 일은 귓가로 들어 두었을 뿐이지, 시집갈 처녀가 중매를 보고 반기는 그런 뜻으로 김 과장을 맞이하는 것은 아니다.

"신문에서 보니까, S구락부도, 간판을 뗐네그려. 요샌 어디서 소견하나?"

주인 영감은 그래도 양담배갑을 앞으로 밀어 내놓으며 말을 꺼낸다.

"S구락부가 없어졌거나 말거나! 원체 복덕방 아닌가."

하며 김 과장은 코웃음을 친다.

"하하하…… 언젠 자네 복덕방 친구 아닌가! 그 복덕방이나마 없어졌으니 말이지."

하며 정 사장은 또 코웃음을 친다. 정 사장은 김 과장을 멸시해서 그런 것이 아니라 그 S구락부라는 것을 못마땅히 생각하여 오던 끝에, 해산이 된 것이 마음에 좋은 것이다.

"나는 하여간에 자넨 만년 아낙군수니 걱정 아닌가."

한 방 대거리로 팽 쏘아 주었다.

"아냐 요새는 자동차로만 출근을 하게 됐어."

정 사장은 호기심스럽게 대거를 한다.

"엉! 해빙이 됐어? 풀려 나갔어? 그 반가운 소식이군."

김 과장은 놀라는 소리를 하면서 부럽고 시기가 나는 기색이다.

군정시대에 민정청에서 무슨 과장인가를 젊은 애들 틈에 끼워서 지낼 때도 시원치 않았지마는, 거기서 나온 뒤로는 아들 덕에 밥은 얻어먹으나 날마다 갈 데가 있어야지, 이 정당 저 정당으로 기웃거리고 돌아다니는 것이 몇 해 동안의 사업이다. 그렇다고 한몫 가는 정당 통이 되지도 못하고, 정 사장은 그래도 무슨 새 소리나 들을 것이 있을까 하여 혼자 신이 나서 늘어놓는 대로 귀를 기울여 보나 대개가 신문에서 보고 난 찌꺼기니 신기할 것도 없었다.

"어쨌든 잘됐네. 나두 소일터가 하나 생겨 좋구."

"소일터라니. 젊은 사람들은 눈을 까뒤집구 버는데 한 귀퉁이에 멀거니 끼어 앉았기두 거북하고 어색한데……."

정 사장은 사실 그런 심경이거니와 일없는 늙은 친구들이 복덕방 삼아 모여 들까 보아 걱정이기도 하였다.

"돈 없구 늙어 활동력 없구 하면 별수 있나. 젊은 놈 덕에 사는 거지. 하여간 자네 팔짜 좋으이. 전 같으면 큰 자제 덕이라 하겠지만 그래두 의리를 지켜서 자네 같은 사람을 터줏대감으로 모셔 앉혔으니 김종식 이란 놈이 무던하지."

김 과장은 시기가 나서도 그렇겠지마는 그 뾰족한 입을 함부로 내두른다. 전에는 전무로 있던 아들 달영이 덕으로 취체역 회장을 하였더니라는 말이다. 정 사장은 쓴웃음을 띠워 보일 뿐이다.

"아, 참 그런데 영애(令愛)는 미군부대루 옮겼나?"

"아니, 내가 데리고 있는데, 미군부대는 무슨 미군부대?"

주인 영감은 눈을 커다랗게 떴다.

"응, 그래! 알고 보니 딸 덕에 부원군일세그려. 허허허."

농담이지만 또 한 번 꼬집는 소리를 한다. 주인 영감은 쓴웃음만 웃었다.

'종식이와 좋아지내다가 영식이에게로 돌아서더니 다시 제 자국에 들어선 게로군.'

김 과장은 혼자 속으로 이렇게 생각하였으나 그것은 결코 호의로 해석하는 것은 아니었다. 명신이나 영식이나 종식이나 어떻게 쓰라린 고민에서 인제야 간신히 헤어났으면서도 아직도 문제는 해결이 못된 채로 아무도 손을 못 대고 멀거니 바라보고 있는 이 젊은 사람들의 감정적 갈등을 노인이 알 리 없었다. 이 영감 눈에는 아랑곳없는 일이건마는 명신이만 개전치 않고, 못마땅해 보였다.

"그 박 씨 집 이야기 그저 그만 하구 있지."

수작이 뜸하였다가 김 과장은 인제야 생각난 듯이 새판으로 꺼낸다. 중매 든다던 혼담 사단 말이다.

"음."

하고 정 사장은 냉연히 대꾸만 하였다.

이때껏 까닭 없이 감죽감죽 하는 말눈치에 심사가 좋지도 않았지마는 요새 눈치 같아서는 영식이가 마음을 돌리고 모든 것이 제대로 해결될 듯싶어서 정 사장은 박 씨 집 문제를 그리 탐탁히 생각하는 것도 아니었다.

"저 편에서는 무엇보다두 미군부대에 다닌다는 것을 꺼려 해."

자기가 중매를 잘못 든 것이 아니라 이편에 흠절이 있어서 일이 안 된다는 듯한 눈치를 보이는 것이다.

"이 사람아, 미군부대를 누가 다녔단 말인가? 또 다녔으면 어쨌단 말인가?"

하고 주인 영감은 화를 바락 내었다. 중매를 든다 하여 남의 딸에 흠집을 내려 드는 이 늙은 친구의 심보를 알 수가 없다. 곧 가라고 내몰고 싶은 것을 가만히 참고 앉았다.

"아니, 그런 게 아니라 언젠가 보니까, 내가 본 게 아니지만 당자가 보니까 영애(令愛)가 미군장교와 광복동 거리를 자동차로 지나더라던데……."

하고 김 과장은 냉소를 한다.

"응, 나두 아는 미군 장교가 하나 있지. 그러기루 어쨌단 말인가?"

영감은 당자(신랑감)가 무어라더냐고 채쳐 묻고 싶지는 않았다.

"이 사람아 남야 어디 그렇게 아나. 퍽 실쭉해 하는 눈치데."

그러니 혼담은 빠그라질 것이라는 암시를 주는 것이었다.

"아무려나……"

영감도 튀기는 소리를 하였다. 홧김에 '그래 내 딸이 양갈보란 말인가?' 하고 대들고도 싶었으나 차마 그 말을 입에 담을 수가 없어 잠자코 말았다. 불쾌하였다. 다행히 딸이 빨래를 하고 옆방에서 듣지 않은 것만 좋았다.

"그거 걱정이야. 나두 어서 메누리를 봐야 할 텐데……우리 마누라 소원은 더두 말구 중학이나 마치구 제 저구리나 꾸매 입구 남편의 밥상 하나나 얌전히 볼 줄 알면 그만인데……."

김 과장은 주인 영감의 눈치는 아는지 모르는지 한참 있다가, 누가 듣자는 소리도 아닌 것을 또 한마디 한다. 이것도 누구더러 들어 보라는 말 같아서, 영감은 못마땅하였으나

"그래 가합한 자국이 있던가?"

하고 대꾸를 하여 주었다.

"어디 좀체 입에 맞는 떡이 있던가."

"난 메누리 볼 걱정은 없으나 딴은 그래."

신기가 좋지 못한 영감도 이 절에 가서는 장단을 맞추었다.

꼬장꼬장 듣기 싫은 소리를 다해 가면서도 오정이 넘어도 일어서지 않으니 낮술이지마는 마님이 차려드려 보내는 술상이 들어왔다.

"그 술 좋다! 이런 술은 댁에 와야 얻어 걸려. ……자. 우리가 메누리를 본대야 이런 술상 하나 받아 볼 수 있을까. ……어, 현부인이셔."

김 과장은 목이 축축해지니까 연해 명신이 모친을 칭송하는 것이었다.

"에그! 어서 오세요"

하는 명신이의 목소리가 뜰에서 나며

"아버니 계세요?"

하고 저벅저벅 마루 앞으로 오는 영식이의 맑은 목소리가 난다.

"응, 신 군인가?"

하고 방 앞에서 영감은 반색을 하며 미닫이를 열어젖힌다.

"안녕합죠. 어서 잡수세요."

영식이는 방 안에 대고 인사를 하고 옆방에서 내다보는 명신이 모친에게로 굽실 인사를 하였다.

"들어오게."

"네."

영식이는 뜰에서 잠깐 어정버정하며 아직도 빨래에 손을 잠그고 있는 명신이더러

"두 시쯤 해서 나가시게 될까? 윌슨 소령이 나하구 놀러오라는 부탁이던데……."

사실은 영감님이 듣는데 이런 말을 하기가 난처했다. 윌슨한테 놀러가자고 끌어내는 것이 안된 것이 아니라 전부터 한번 오라 오라 하는 영감을 찾아온 것이 아니라 명신이를 만나러 온 셈쯤 되었으니 명신이 부친한테는 죄송한 생각이 없지 않은 것이다.

"가죠. 대사관으루 오래요?"

명신이의 대답은 선선하였다. 방 안에서 귀를 기울이고 있던 김 과장은 경망한 성미에 무심코 혀를 내두를 뻔하였다.

"예, 그 안에 자기 숙소가 있다는구면."

어제 운크라 사무소에 내가 앉았으려니까 전화가 왔더라는 것이다.

"자네 그렇게 한번 들르래두 안 들르더니 오늘두 날 보러 온 건 아닐세그려."

영식이가 들어와 앉으려니까 영감은 약간 농치는 어조로 나무랬다.

"아롤시다. 겸사겸사 뵈러 왔습니다."

그래야 김 과장이 있어서 그런지, 술상을 물릴 때까지 잡담 이외에 영감의 입에서는 아무 말도 나오지는 않았다. 듣지 않아도 영감님의 최후 결론은 명신이를 데려가라는 간단한 한마디에 그치나, 백지에 돌아간 오늘날 그것이 그렇게 간단히 해결될 문제가 아니니 영식이도 태도를 딱 정하지 못하는 것이요, 그보다도 명신이의 의향을 전연 알 수 없으니 대지르고 조르는 영감과 맞다닥뜨리기를 꺼리는 것이었다.

"그럼 가시죠"

명신이가 치장을 차리고 마루로 나섰다. 두 시 십오 분쯤 되었다. 예서 걸어가면 꼭 알맞게 대어 들어갈 것이다.

"그럼 이따 가는 길에 다시 들릴 수 있겠나? 저녁이나 같이하며 오랜만에 이야기 좀 하세."

정 사장영감은 마루로 나서며 말을 건다.

"글쎄요, 시간 되는 대로 오죠"

모친도 두 남녀를 문간까지 따라 나와서 보내며 마음에 대견한 듯이 좋아했다.

6·25 때문에……순제 때문에 그렇게 어설피 그러나 또 그렇게도 매정스럽게 소리 없이 짝 갈라섰던 이 두 남녀가 또 다시 어느덧 자연스

럽게 어울리게 되었는가? 생각하면 이것저것 불만이 없는 것은 아니나 어쨌든 다행하다는 생각이 이 늙은 부부에게 똑같이 드는 것이었다.

대사관까지는 타기에는 어중되고 걷기에는 초월한 거리였다. 허나 시간이 넉넉하고 날씨가 좋으니 두 남녀는 마음 놓고 힘 안 들이고 찬찬히 걸었다.

"무슨 얘기가 있어 오라는 건 아니겠죠?"

명신이는, 놀러오라 하고, 놀러가자 하니 마달 수 없어 따라 나섰지마는 좀 의아하기도 한 것이었다. 윌슨이 영식이와 어느 틈에 그렇게 자별해졌다고, 전화를 걸어서 자기를 데리고 놀러 오라고 하였누? 싶었다.

"글쎄……공일이니 심심해서 놀자는 건지? 직무가 직무니만치 우리하구 가까이 하려는 것인지두 모르죠"

명신이도 그만 짐작은 못하는 것이 아니나, 윌슨과의 교제가 금시로 새로운 단계로 발전되는가 싶어서 서먹하기도 한 것이다. 명신이는, 윌슨이 자기를 끌어내려는 수단으로 영식이를 이용하는 것은 아닌가? 또 영식이는 영식이대로 이용당하는 줄 알면서도 윌슨과 친해 두고 싶어서 앞장을 서는 것은 아닌가? 하는 생각이 드는 것이다. 언젠가도 윌슨이 미국 유학을 알선해 주마고 자진해서 할 말이 있으니, 영식이도 그런 데 일루의 희망을 두고 놀러오라는 것만 고마워서 이렇게 자기까지 끌고 가는 것은 아닌가? 하는 의혹이 드는 것이었다. 그렇게 생각하니 명신이는 영식이에게도 이용이 되는 거라면 불쾌하기 짝이 없다. 그러나 아무려면 명신이를 앞세우고, 명신이를 팔고까지 이 이름 없는 이국 청년에게 긴하게 보여서 제 잇속을 차리려는 그런 영식이라고 생각하고 싶지는 않았다.

한정한 외진 길로 들어서 대사관 문전에까지 와서 시계를 보니 두시가 좀 넘었다. 그래도 무던히 시간을 대어온 셈이다.

꼭 닫친 커단 쇠살문의 옆으로 들어가 수위실에 대고 내의(來意)를 통하려니까, 벌써 어디서 지키고 있었던지 뒤에서

"할로, 미스터 신……"

하고 윌슨이 소리를 치고 쫓아온다. 위층에 앉아서 기다리며 내려다보다가 관문을 통과해 들어오는 수속절차가 거추장스러운 것을 아니까, 몸소 데려 들어가려고 뛰어나온 것이었다.

말쑥한 불그레한 양복에 빨간 줄이 든 넥타이를 매고, 햇볕을 빗겨받은 얼굴에는, 만면 웃음을 띠고 두 팔을 벌릴 듯이 하며 다가오는, 이 이국청년의 몸에서는 가을이 아니라 봄을 풍기는 것같이 신선한 기분이 돈다.

"이렇게 와 주셔서 반갑습니다. 고맙습니다."

말로만이 아니라 얼굴로, 전신의 표정으로 반가워하는 것이다. 가다가는 향수(鄕愁)에 잠기는 객지생활이니까 사람이 그리워서 그렇기도 하겠지마는, 명신이가 자기에게 찾아왔다는 것이 아름다운 로맨스처럼 신기하게 생각이 되는 것이었다.

"아주 비좁은 누추한 뎁니다……하하하. 이렇게 말하면 판잣집에서 피난 생활하시는 여러분께 미안한 말씀입니다만……"

하고 옆 뜰을 돌아서 데리고 간 데는 조그마한 별관이었다. 이층으로 안내된 윌슨의 방은 천정이 얕고 비좁기는 하나 간을 막아서 저편이 침

실이요 이편이 서재요 개인용 사무실인 모양이다. 홀아비살림이건마는 방 치장이 번질번질하니 앙그러지고 응접상에 놓인 생신한 화병부터 눈에 띠었다.

"앉으서요 걸어오시느라구 땀이 다 나셨구먼."

월신은 자리에 앉으며 명신이의 이마가 축축한 것을 얼른 보고 인사 말을 하고는

"부산은 가을이 길어서 좋군요 오늘 같아선 아직 여름 아녜요 뭐 시원한 거나 좀 마시실까?"

하고 월슨은 전화통을 든다. 주방에 무엇인지 주문하는 눈치다. 그 말이 귀에 잘 들어오지 않는 것을 생각하고 명신이는 자기의 영어가, 히어링(듣는 것)이 아직 멀었고나 하고 생각하였다.

"아, 찬 걸 하실까? 더운 걸 하실까?"

월슨은 전화를 걸다가 말고 명신이에게 웃는 낯으로 묻는다.

"아무 게나요"

월슨은 몇 마디 전화통에 더하고 끊고 나더니, 침실로 들어가서 맥주통을 한 아름 끼고 나오며

"우선 우리 이거나 할까."

하고 껀뚝껀뚝 맥주통을 따 놓았다. 그 하는 양이 아직도 서생 같고, 일선에 있는 장교같이 흥허물이 없다. 주인은 그렇지도 않겠지마는 영식이는 컬컬한 판에 삐루통을 들어 입에 대었다.

"어떠세요? 좀 하세요"

월슨은 명신이 앞에도 따서 놓은 맥주통을 월슨은 가리키며 권하였다.

명신이는 생긋 웃기만 하였다. 뒤미처 레몬수를 아래서 올려 왔다. 호박빛으로 어른거리는 기다란 컵을 예반에 받쳐 들고 들어온 양장한 처녀는 중학교를 나왔을까 말까 한 조선 아이였다. 피난민의 딸일 것은 물론이다. 저편이 조금도 수줍어하거나 서슴지 않는 분수 보아서는, 명신이 편에서 의외라는 듯이 눈이 커대지며 왠지 싫은 생각도 약간 들었다.

"이번에 난 일 개월 예정하구 동남아 방면을 한 바퀴 돌구 오자죠."

윌슨도 구미가 당기는 듯이 맥주를 쭉 마시고 나서 새판으로 말을 꺼낸다.

"그거 좋군요 차차 세계의 시청(視聽)이 한국에서 그리로 옮겨 가니까……"

하고 영식이는 부러운 듯이 대꾸를 하였다. 사실 영식이는 동란 전부터 이 방면에 착안을 하여 정치 경제……여러 방면으로 유의도 해 왔지마는 기회만 있으면 시찰을 해 보겠다는 야심도 가지고 있었던 것이다.

"한국동란이 종식되면 공산세력의 중압(重壓)이 자연 이 방면으로 집중될 것은 물론이지마는 예서제서 연기가 풀썩풀썩할 확산지대라는 인상을 주지 않아요? 두 세계의 경계선에서 가장 복잡한 화근 덩어리겠지요."

윌슨은 우선 대만으로 날아가서 거기를 기점으로 한 달 동안 여행의 스케줄을 즐겁게 설명을 하고 나서

"두 분두 따라나서 보지 않으시려우? 풍성풍성한 동아상사에서 이 방면에 산업 시찰쯤 보내두 좋을 거 아녜요."

하고 낄낄 웃는다.

"그래, 그 의논하자구 부르셨군요?"

명신이가 생글하고 대꾸를 하니까, 윌슨은 하하하, 하고 또 한 번 웃음을 터뜨리더니

"가끔 그런 꿈을 꾸죠 가을 하늘이 쾌청한 남국의 하늘을 우리 셋이 여객기 속에 나란히 앉아서 날아가는……."
하며 실없는 속에도 어딘지 진정이 사무친 낯빛이었다.

"고맙습니다. 윌슨 씨의 꿈속에서라도, 덕택에 동남아 여행을 마치고 왔으니……하하."
하고 영식이도 다정스레 대거리를 하였다.

빈말로라도 셋이서 재미있게 여행하는 꿈을 꾼다는 것은 묻지 않아도 명신이를 두고 할 말이요 명신이를 데리고 여행하는 꿈을 꾼다는 말이겠으나, 영식이에게는 예사로이 들렸다. 윌슨이 명신이를 유난히 따르는 눈치에 영식이도 처음에는 눈을 치떠 보았고 시기나 질투에 가까운 감정을 품었지마는 다시 생각하면 그것은 자기부터 점잖지 않은 생각이요, 명신이의 인격을 무시하는 것이니 그러한 편견이나 천착스러운 감정은 버리리라고 결심한 것이다.

두 청년의 동남아 정세에 대한 의견 교환은 명신이에게도 흥미 있는 화제였다. 열심히 듣고 간간히 통역도 해 주고 하였으나 영식이의 영어는 그동안에 놀랄 만치 늘었고 또 훨씬 파겁이 되었었다. 영식이는 운크라에 드나들게 된 뒤부터 영어 공부에도 여간 열심이 아니었다.

"이 내 보배 좀 뵈어드릴까?"

맥주를 가지러 또 방에 들어갔던 주인은 조고만 예쁜 앨범을 한 손에 들고 나왔다. 침대 머리맡 탁자에 놓고 집 생각이 날 때마다 떠들쳐

보는, 그야말로 이 사람의 보배다.

"어데를 가나, 이 앨범만 펴놓으면 집 속에 있는 것 같아요."

그 말대로 그것은 주택으로부터 가족들이며 학생시대의 사진만 모은 것이었다.

"우리 아버진 한몫 보는 웅변가이지만, 우리 어머닌 색시같이 수줍은 얌전한 가정부인이랍니다."

그는 부모의 성격까지 설명하면서 은근히 자랑하는 것이었다. 누이와 동생들까지 일일이 사진으로 소개를 하였다.

딴은 부친은 후리후리하니 풍신이 좋은 호신사요, 모친은 미국 여자로서는 자그마하니 가냘피 얌전한 중년부인이었다. 형제들이 다 준수한 중에도 누이동생은 열대여섯짜리와 인제야 소학교에 다닐 듯한 두 계집애가 어머니를 닮아서 예뻐 보였다. 그러나 무엇보다도 윌슨이 자기 가족의 사진을 내놓고 자랑하는 데는 무슨 다른 뜻이 있지 않은가? 하는 의심이 명신이에게는 없지 않았다.

"미스 정이 유학을 하겠다기만 하면 우리 집에 가 계세요 우리 어머니는 딸처럼 귀해 할 것입니다."
고 한 말이 명신이의 귀밑에는 언제나 남아 있는 것이었다.

앨범을 돌려 보며 한참 부산한 동안 어느덧 윌슨은 카메라를 들고 나섰다.

"그대루 잠깐……"
하고 윌슨이 카메라를 명신이에게 돌려대니까

"난 싫어! 괜히, 댁에까지 보내서 광고를 치느라구."

하며 손짓을 하였으나 그래도 웃는 낯으로 찰칵 찍혔다. 다음에는 테이블 위에 널린 삐루통이며 허접쓰레기를 치우고 영식이와 둘이 나란히 앉은 것을 찍어 주었다.

이번에는 영식이가, 흥이 나서라기보다도 인사로 카메라를 뺏어서 잠깐 쓰는 묘리를 듣고 자기가 앉았던 자리에 앉혀서 명신이와 함께 찍어 주었다. 대단히 만족한 윌슨은 흥이 나서 명신이를 자기의 사무 테이블에 앉히고 또 박았다.

정원으로 끌고 나가서 거닐면서도 되풀이로 명신이를 여러 가지 포즈로 찍었다.

방에 다시 들어와서 정식으로 다과가 벌어지고 한참 놀다가

"아까 그 사진들, 일주일 후면 태평양을 건너가 집안 식구들을 즐겁게 할 것입니다."

하고 불쑥 이런 소리를 하는 것을 들으면 윌슨의 머릿속에는 무슨 생각이 늘 떠나지를 않는 눈치였다.

"집을 떠나 나와서 이런 유쾌한 일요일을 보내기는 처음야."

윌슨은 연해 이런 소리를 하며 석양판에 드라이브를 하자고 일어서려는 사람들을 붙들었다.

"아녜요 시간이 없어요. 부산선 먼지구뎅이 속을 웬 드라이브 할 데나 있나요."

하고 명신이는 사양하였다. 명신이는 대낮에 서양 사람 옆에 차를 타고 날리는 것이 제일 아찔하였다.

"아니, 어차피 나두 좀 나갈 일이 있으니까, 댁까지만이라두."

결국 월슨이 운전하는 지프차 옆에 앉아서 명신이는 집에 돌아왔다. 거리에 나와 섰던 여편네며 아이들은 구경이나 난 듯이 벅적대는 속에 차를 대었다. 영어로 인사를 하는 것도 신기하다기보다는 피하는 눈치로 바라들 보는 것이었다. 그래도 뒤에서 튀어 나온 영식이가 있어서 무언중에 변명이 되는 듯도 싶었다. 영식이는 명신이 부친이 그렇게 여러 번 오라는 것을 미루미루 하다가 오늘도 아까 잠깐 인사만 하고 갔었기에 다시 들르려는 것이다.

"응 어째 또 왔니?"

정필호 영감은 혼자 무료히 앉았던 판에 영식이가 또 찾아 주어서 손으로는 반가우면서도 늙은이 고집에 핀잔을 주었다.

"네"

영식이는 나직이 대답을 하며 꿇어앉았다.

"편히 앉게."

"네"

영감은 더욱 마음으로 좋았다. 아무리 난리 통이지마는, 자식이 애비 앞에 담배를 피워 물고 초헌다리를 하고서 뜰 앞에 서 있는 제 애비와 수작을 하는 것도 보았는데 지금 영식이의 태도를 보니 그때 분하던 생각이 저절로 식어지는 듯싶다.

"편히 앉게. 그래 잘들 놀았나?"

영감은 비로소 웃음을 띠워 보였다.

"월슨 군이 동남아 여행을 한다구 작별 삼아 청한 모양이드군요"

"응, 그럴 법도 한 일이지. 우리는 그 방면에 너무 지식이 없구 등한

해 걱정야."

영감과 이런 수작을 하고 있는 동안에 옆방에서

"어머니, 오늘 난 거기서 사진을 한 여남은 장 찍었지. 사진 벼락을
맞었어요"

하고 신기가 좋아서 떠드는 명신이의 목소리가 새어 나온다.

"그건 그렇고……한데, 자넨 어떡헐 텐가? 예전 같으면 삼십 넘어 성
취는 하지 말라는 건데 인젠 어서 서둘러야 하지 않겠나?"

영감은 눈치코치 보다가 지쳐서 아주 직통대고 쏟아 놓았다.

"아, 지금 시점에 스물대여섯에 학교 나와서 군대에 들어갔다 나오구,
간신히 취직자리나 걸려서 자리를 잡고 장가라두 들게쯤 되자면 금시
루 금시루 삼십 훌쩍 넘지 않습니까."

"하기는 그래 계집애두 고등학교만 나와두 스물 넘는구먼. 대학인가
뭔가 한다면 스물댓 되지 않나. 교육제도를 고쳐야 할 거야. 사 년쯤하
고 특수한 기능이 있는 애만 권위 있는 대학에 진학하도록……우리의
생활수준이나 부담 능력도 그밖에 안 되지 않나? 이건 대학 졸업장에
예전 여학교 졸업장쯤으로 시집가는 간판이 되었으니……"

"그런 점도 없지 않아 있죠"

영식이는 모가 나게 전적으로 찬성하고 싶지는 않았다. 영감은 이야
기가 공연히 딴 데로 샌 것을 생각하고

"하여간 자네나 쟤나 더 늦기 전에 서둘러 보게."

하며 말을 돌렸다.

"글쎄올시다……썩 결심이 나서지를 않습니다. 시급히 장가를 간다는

것은……"

"이 사람아 시급이 뭔가? 삼십이 넘어두 시급야?"

하고 영감은 말허리를 자르고 껄껄 웃는다.

"하여간 어머니 고생이나 덜어 드리려 장가를 간다면 모르겠는데, 되레 고생을 시켜드리지 않을까 걱정예요 사람이나 부리구 살 형편 같으면 모르죠마는……"

이것은 명신이가 들으면 싫어할 말이지만, 지금 시대의 며느리를 시어머니 공궤보다도, 시어미의 며느리 치다꺼리가 더할 것이란 말이다.

"그런 점도 없진 않겠지만 그런 걱정하다가 장가 못 가겠다."

"또 하나는 좀 더 공부를 해야 하겠어요 길이 틔어서 혹 미국이래두 가게 되면 갔다 와서나 어떻게 해 볼까 하죠"

"응, 그런 생각이라면 그두 그래. 하지만 성취하구선 공부 못 하나. 수 좋아서 쟤두 보내게 되면 둘이 가서 몇 해 있다 와두 될 거요……"

영식이는 빙긋이 웃기만 하고 대꾸가 없다.

"……어머니 가족사진을 내 뵈는데 집두 훌륭하구 인물들이 깨끗하구 그 어머닌 얌전해 뵈던대요 당자두 아주 자랑이 늘어지두구먼마는……"

옆방에서 새어 나오는 명신이의 숙설거리는 소리다.

미국 유학을 권하면서, 자기 집에 가 있으면 모친이 좋아하리라고 윌슨이 하던 말을 모친에게 들려주던 끝이라, 명신이는 아무 생각이 없이 지금도 이런 말을 하는 것이다.

이 방에서는 주객이 잠자코 귀를 기울이고 앉았다. 자랑삼아서 저런 말을 하는 것은 아닌가? 하는 생각이 들어서 영식이는 좀 덜 좋았다.

그래도 이날 영식이는 영감님이 이 얘기 저 얘기 해 가며 놀다가 저녁 대접까지 받고 늦게야 갔다.

추석놀이

"추석에 많이 차리십니까?"

종식이는 내일 추석에 사원을 놀린다는 결재 서류에 도장을 찍어서 사장실로 들여보내며 타이프라이터 앞에서 소설책을 읽고 있는 명신이에게 말을 걸었다. 한가로운 오후 시간이었다.

"차리긴 뭘 차려요 여길 내려오니까 설처럼 법석들이군요"

명신이는 책에서 고개를 들며 대꾸를 하고 웃어 보였다.

"차린 것은 없지만 내일 놀러 오세요 어머니께서 와 주실지? 우리 어머니 대신 모시구 싶은데………."

진정에서 우러나오는 말이었다. 납치당한 부친의 생사존망을 모르고, 모친은 서울서 그 지경으로 돌아가고 한 것을 생각하면 성묘도 못 하는데 추석놀이가 다 뭐냐고 벌이지도 않았겠지마는, 다례(茶禮)라도 지내고 싶고 어디를 돌려다 보나 피난살이에 시원한 얼굴을 하나 볼 수 없으니, 이런 날이나 얼굴을 펴고 놀게 하자는 생각으로 돈푼 들여 명일을 차리게 한 것이었다.

"부디 어머님 모시구 오세요."

"글쎄요. 나두 어떨지 모르는데 그것까지는 책임을 질 수가 없는데요……."

하고 명신이는 웃어 버렸다.

이튿날 명신이 부친은 차만 한 잔 마시고 아침밥도 마다면서

"마누라 갑시다."

하고 벌써부터 조른다.

"단단히 가서 잡술 모양이군요. 난 안 가던 집엘 명색 없이 뭣하러 가요."

하며 마나님은 도리질을 하였다.

"그건 다 서울서 말이지. 피난 나와선 그런 조를 차릴 것두 없구 나들이라구 없는데 행기 삼아 갑시다그려."

명신이도 젊은 사원들을 모아 놓고 그런 술잔이나 먹는데 뭘 하러 가세요, 하고 반대도 하고, 아침도 안 자시고 서두는 부친이 역시 노인이라 군돈스럽다고 생각하였으나 결국 두 노인을 따라 나설 수밖에 없었다.

종식이 집에는 처음 와 보지마는 동대신동 중턱에 택시를 문전까지 들이댈 만치, 피난살이로서는 용신할 만한 집이었다. 대청에서 회사 축들이 이 채를 잡고 안방에서도 순제와 영식이를 중심으로 한패 앉았다가 몰려나와서 맞는다. 마루로 하나 그득 뜰로 하나 그득, 우중우중 일어서고 나려서고 하여 근검스럽게 맞아 주는 늙은이 부처에게는 입이

벌어지게 좋았다.

"이거 큰 잔치로군!"

그만큼 버니 이것쯤 아무것도 아니겠지마는 이름 좋은 사장이지 판잣집에 들어엎뎄는 자기 처지를 생각하면 정필호 영감은 부럽기도 하였다.

"아, 국민적 명절인데 일 년에 한 번쯤 노는 거 좋지 않습니까. 내년엔 흠뻑 벌어서 서울 올라가거든 창경원에다가 야유회를 꾸미겠습니다."

"아, 창경원까지 갈 거 뭐 있나. 댁의 후원만 해두 넉넉할걸."

정 사장은 안방 아랫목에 좌정을 하면서 대꾸를 하였다. 사실 종식이의 서울 집은 훌륭한 후원을 가진 크낙한 집이다. 종식이의 부친 김학수 영감이, 해방 덕도 보았지마는 반생을 기울여서 장만해 놓은 것이다. 그 부친이 지금쯤 이북에 끌려가서 어디서 어느 지경일까를 생각하면 오늘 이런 잔치를 하는 것이 후레자식의 짓일지 모르기도 하지마는, 종식이 생각에는 조상에 빌고 부친의 안태와 돌아간 어머니의 명복을 여기에 모인 사람이 함께 빌어달라고 큰제사 뒤의 음복을 하는 셈치고 벌린 잔치이기도 하였다.

영감이 아랫목에 좌정하고 나니까 방 안의 젊은 사람들이 좌우로 쭉 늘어앉았다. 아무래도 여자끼리니 순제가 명신이 모녀의 옆으로 다가앉았다.

"부산 와선 한번두 가 뵙지 못하구 죄송합니다. 그래두 신색이 퍽 좋습니다."

순제가 명신이 모친에게 다시 인사를 하는 것이었다.

"뭘 살기 바쁜데······아니, 이 아씨야말루 참 젊어졌구려! 언젠 젊지 않은 게 아니지만 더 이뻐졌구려."

하며 명신이 모친은 웃어 보였다.

"참 딴은 그렇구먼. 미국 바람이란 좋은 거야."

영감이 껄껄 웃었다.

"헌데, 선생님, 저에겐 왜 좀 들려주시지 않으세요."

순제는 말을 돌렸다.

"그저 그 다방 하슈? 사장이 되더니 바빠서 못 갔나 보구먼마는 한번 가리다."

종식이들과 미국 시찰단에 따라갔다 와서는 다방은 곧 집어치울 것 같더니 그렇게 쉽사리 무에 되지도 못하는 모양이었다. 지금 이 자리에 끼어 앉은 몸집이 커다란 장인영이부터도 함께 미국 갔다 와서 둘이 따로 양복감 장사라도 벌릴 것 같았는데 흐지부지되고 만 것이었다.

젊은 주인댁이 늙수그레한 식모와 상을 맞들고 들여다 놓고 나니까 종식이는

"제 처올시다."

하고 영감 부부에게 아내를 다시 소개한다.

"아, 아다뿐요. 우리 한 배 타구 부산 나려오지 않았나!"

하며 반가이 아는 체를 하였다. 둘째 번 후퇴 때의 이야기다. 그때까지도 해군 본부에 있던 명신이의 주선으로 두 집에서 함께 배를 타고 나려왔던 것이다. 지금 부엌에서 일을 하는 종식이 장모마님도 그때 보아서 안면이 있는 이지마는 종식이 처가 식구는 그때부터 이 집에서 함께

살고 있는 터이다. 장인영감은 뒷방에서 음식 괴임질을 하며 숙수 노릇을 하고 있노라고 창피스러워 그런지 얼씬도 안 한다.

종식이 댁은 몽총하니 잠깐 섰다가 남치마자락을 휩싸며 나왔다. 명신이와 마주치는 눈길에도 별양 호의가 있어 보이지는 않았다.

남편이 사랑하던 여자, 장가를 가려던 여자라는 것은 시집 온 뒤에 안 것이지만 그 여자가 사장의 딸이요 사장의 비서라는 명목으로 남편과 한 회사 한방에 있다는데 호의를 가지고 마음이 놓일 수는 없던 것이다.

사장영감이라 해서 그렇겠지마는 그 집 식구들을 칙사 대접을 하는 것도 싫었다. 될뻔댁 장인 장모는 칙사 대접을 받는데 정말 장인 장모는 숙수나 부엌데기 노릇을 하는 것을 생각하면 부모가 가엾고 남편에게라도 풀이 죽어 지내는 것이 분하였다.

아랫목의 사장영감 상에는 영식이를 끌어다 앉혔다. 영감의 대작을 하라는 것이지마는 명신이가 있기 때문이기도 하다. 하여간 네 식구가 알맞게 자리를 잡았다.

이 두 남녀의 교유관계가 요새는 어떠한지 알 수 없지마는, 종식이는 명신이를 데리고 있느니만치 이런 기회에는 아무쪼록 둘이 한자리에 앉게 하고도 싶은 것이었다. 그러나 윗간에서 홍일점을 자랑하듯이 좌중에서 장을 치고 앉았는 순제의 눈길은 저절로 가끔 이리로 왔다. 시기나 질투라기보다는 때가 지났으나 그래도 무관심일 수는 없었다. 적어도 순제 생각에는 아직 깨끗이 헤어진 것도 아니요 지금이라도 또 어떻게 마음이 돌아서면 제 자국에 다시 들어서지 말라는 법도 없거니 하는 은근한 기대를 가지고 눈치만 보아 오는 터이다.

'하지만 차라리 그편이 피차에 좋을지두 모르긴 하지……'

이런 모순된 생각도 한편에는 있는 것이었다. 이왕 헤어지고 말 바에는 선선히 기분 좋게 헤어져서 명신이한테로 가는 것이 영식이를 위해서도 좋고 순제 자신도 한시름 잊고 마음대로 활동하겠다는 것이다.

'하지만 내 품 안에 있으면 한평생 밥 걱정 돈 걱정 안 시키구 맘대루 연구하게 해 주련마는……'

이러한 자부(自負)와 자신이 있을 뿐 아니라 그렇게 생각하면 놓치기가 아깝다. 그러나 순제의 마음도 퍽 변하였다.

"어, 그 술 순하군. 난 그만 하겠어."

가양주의 진국이기는 하지마는 속이 빈 영감은 한잔에 손을 내젓는다.

"그럼 맥주를 좀 해 보시죠."

맥주통을 따 놓는다. 컬컬한데 마침 좋았다. 사장영감은 자기만 융숭한 대접을 받고 앉았으니 한층 더 납치되어 간 친구, 종식이 부친의 생각이 간절하여 무어라고 한마디 인사라도 하고 싶었으나 도리어 마음을 상하게 할까 싶어 잠자코 말았다.

그러나 이 상 저 상으로 돌아다니며 대객을 하느라고 분주하던 종식이는 그래도 마음에 언짢아서 영감한테로 오더니

"어머니께서는 차례(茶禮)라두 지냈으니 그래도 마음이 조금은 가볍습니다마는 아버니께서는 어쩝니까! 묵은 식구들이 이렇게 다시 모여서 즐겁게 노는 것을 멀리서 바라보시구 기뻐하실 겁니다."

하며 감개무량해 한다.

"음, 나 역시 마음에 매우 걸리네. 아버님을 위해서 축배라두 올리세."

한바탕 떠들어대는 마루의 회사 측에도 소리를 쳐서 조용해지니까 정 사장은 전 사장의 건강과 생환(生還)을 자꾸 눈물이 어리며 인사를 하고는 잔을 들었다. 잔을 마시고 난 사원들은 손뼉을 힘껏 쳤다. 이 자리에서 미처 전 사장을 생각지 못한 사람도 뚱기어 준 감회와 동정을 박수로 표시하는 것이었다.

종식이는 눈물이 핑 돌았다. 이것을 본 영식이는 옆에 앉았기가 거북하였다. 모든 사람과 같은 감회와 동정에 싸일 수 있고, 누구보다도 종식이를 위로해야 할 사람이건마는 지난 일을 생각하면 어쩌다 보니 선배에게 배신자가 되고 말았던 것이다. 지금 저 상에 앉은 순제도 똑같은 생각이요 똑같은 처지일 것이다. 순제는 이편을 잠깐 거들떠보더니 발딱 일어서서 사장영감 앞으로 와 앉으며

"약주 잡수세요"

하고 맥주통을 뜯어서 따르려는 것을 영감은 질겁을 해서

"에고 난 더 못해"

하고 빈 잔을 순제에게 주니까 명신이가 선뜻 따랐다. 순제에게 술을 따라 주기도 처음이지마는 명신이는 나란히 앉았는 것이 싫었다. 옆에 앉았는 영식이까지 더러운 생각이 들며 싫어졌다.

'어쩌다 이런 틈바구니에 끼우게 되었누! ……'

하고 명신이는 분한 생각이 새삼스레 났다. 어느 좌석에를 가나 이 두 사람과 맞장구를 치는 것이 싫었지마는 영식이를 따로 놓고 볼 때는 아

무렁지도 않다가도 이렇게 순제와 한자리에 앉히고 보면 모든 과거를 들추어내는 것 같아서 싫었다. 영식이는 무슨 무안 본 사람 모양으로 덤덤히 앉았다.

"우리 집에두 좀 놀러 오구려. 저녁이나 한번 먹으며 미국 시찰담을 듣자면서 이때껏 기회가 없어서……."

영감은 별로 붙일 말도 없으니 웃음을 섞어 가며 하는 말이었다.

"어이 망령의 말씀! 미국 한 달쯤 다녀왔다구 막 치수가 올라갑니다그려."

순제는 깔깔대며, 맥주 한잔을 얻어먹으러 왔다는 듯이 거침없이 고뿌를 들어마신다. 이 자리에서 납치돼 간 가엾은 영감을 생각하기론 종식이 다음은 가야 할 사람이지마는 그런 눈치도 없다.

"아, 지금 세상에 미국이라면 대문만 바라보구 와두 큰소리치지 않나! 나두 죽기 전에 한번 가 보구 와야 눈을 감을 것 같은데!"
하며 영감이 껄껄 웃으니까

"아유, 아버지두 망령이셔!"
하고 명신이가 고개를 내두르는 것을 모친이 가로채서

"어서 제발 가슈. 나도 그 덕에 미국 바람 좀 쏘여 보게."
하며 깔깔댄다.

"공부하러 간 아이들이 무엇 하러 이 고생하러 왔느냐 고향이 그리워 애걸을 한다기도 하지만 다 있구서 말예요."

윌슨이 미국 유학을 권고한다고 좋아하는 눈치던 명신이의 입에서 이런 말이 나오기란 의외였다.

안방 손님들이 일어설 때는 마루의 젊은 축도 웬만큼 비우고 과장 축들이 판을 차리고 만취가 되어 있었으나, 사장이 자리를 뜨니까 이 사람들도 전무네 댁에서 엉덩이가 너무 질겼다가는 안 되겠다는 생각이 들었는지 뒤미처 싹 쓸어 나갔다.

손님을 다 치르고 나서 한숨 돌리고 이번에는 집안 식구와 부조일 해 주러 온 동리마님들이 대청에 큰 상을 둘러앉았다. 장인영감도 뒷방에서 풀려 나와서 다 늦게야 건넌방에서 상을 받았다. 그러나 정작 주인인 종식이댁은 지쳐서 그런지, 두 살짜리 젖먹이를 아이보기에게서 받아 들고 안방으로 들어왔다. 남편도 고단한 듯이 아랫목에 잠깐 누웠다가 눈을 가만히 떠 보았다. 남편이 자는 눈치가 아닌 것을 보자 종식이댁은 마음을 놓고 아랫목에 앉아서 어린것에게 젖을 물리며

"한바탕 먹구 가는 손님한테 자동차까지 불러 모시구……흥!"
하고 듣기 싫은 소리를 하였다. 주기가 약간 있는 종식이는 아랫목 보료에 가만히 눈을 감고 누웠다. 술이 취한 늙은이 내외를 그대로 보낼 수가 없어서 택시를 불러서 태워 보낸 것을 시비하는 것이었다. 시비하는 사람도 명신이 때문에 그러한 서비스까지 하는 것이 아니냐고 탄하는 것이요 눈을 감고 누운 사람도 사실 그런 것이 아니었던가 하는 반성을 혼자 속으로 해 보며 선웃음이 떠올라 왔다.

작품 해설

테오도로 휴즈(컬럼비아대)

염상섭의 적산 문학

    염상섭은 1920~1930년대의 그 어느 작가보다도 더 지속적인 방식으로 식민지 지배자 / 식민지 피지배자 간 관계를 이루는 양가성과 모호성에 천착한다. 김영민이 지적하듯, "염상섭은 결코 확신에 차 글을 쓴 작가가 아니다. 그는 자아에 대한 애증으로 고민하고, 자기 학대와 자기 해방의 길에서 방황하던 인물이다."[1] 염상섭은 다중적인 이념적 입장(사회주의, 무정부주의, 민족주의), 문학적 양식과 양태 운동(한두 가지 예를 들자면 자연주의, 사회주의적 사실주의, 대중적 글, 전근대적 서사 형식, 사실주의), 그리고 일상과 식민성 등의 사안에 대한 교섭을 통해 이 같은 자기 의심을 전달한다. 사실 나는 늘 염상섭이 이것도 저것도 아닌 중간적인 공간을 점유하는 것으로 생각해왔다. 이 같은 이유로 그가 조직화된 반식민주의 저항에 전적으로 투신하지 못하는 '동반자' 작가로 알려진 것인지도 모른다.[2]

---

[1] 김영민, 「염상섭 초기 산문 연구」, 『저수하의 시간, 염상섭을 읽다』, 소명 출판, 2014, 234쪽.
[2] 마르크스주의 사상에 대한 염상섭의 교섭, 경직성이나 형식주의에 빠지는 것에 대한 그의 거부에 대한 이종호의 개요는 왜 염상섭이—그의 일제 강점기 작품에 대한 비평에서 너무나 자주 논의되는—'동반자'라는 개념에 끌렸는지 이해하도록 돕는다: "염상섭의 논의는, 당시 사회 구성체를 해명하기 위해 유물론이 고착화되어 있었던 '토대와 상부 구조'라는 '수직적 구조'를 '수평적 혹은 평행적 구조'로 재구성하는 것이다. 즉 '물질적 생산의 생산

성별 간 관계, 한국인·일본인 간 친밀성, 그리고 식민지 피지배자에 대한 식민지 지배자의 이미지의 복잡성에 대한 염상섭의 일제 강점기 집중은 1945년 이후의 시대에 도래한 미국의 패권에 대한 그의 접근을 특징짓는다. 진정으로 염상섭은 미군정(『효풍』, 1948년), 한국전쟁 중 점령 치하 서울(『취우』, 1952~53년), 그리고 전시 부산(「새울림」, 1953~54년 및 「지평선」, 1955년)에 대해 미묘한 차이를 가장 잘 포착하는 형상화 중 일부를 제공한다.

'전후 문학'은 1950년대에 대해 생각할 때 유용한 개념이지만, 이 개념은 여타 관심사를 배제하면서까지 한국전쟁 이후 문학적 생산이 전쟁 및 그 후유증에 대처하는 방식을 과도하게 강조할 수 있다. 진정으로 '전후 문학'은 한국전쟁 및 1953년에 이뤄진 휴전을 뒤이은 황량함／불안감에 대처한다. 하지만 '전후 문학'은 또한 식민 치하, 미군정 치하(1945~48년), 그리고 한국전쟁으로 이어진 2년과 전시의 문화적·문학적 생산 자체가 이뤄진 3년을 포함하는 5년의 기간 동안 형성된 문학적 행보와 관련해 계속해서 자체를 규정한다.

나는 1945~53년 시기의 문학을 '적산 문학', 즉 다중적 소유권 주장에 얽힌 문학으로 부르고자 한다. 소유에 대한 이 같은 욕망은 일본인들이 남겼으며 미군정청이 입수하고 배분하는 자산(가옥, 공장, 농지 등)에 대한 주장과 관련해 분명히 문자적인 차원에서 일어난다. 채만식은 「미스터 방」과 「논 이야기」에서 이들 주장을 둘러싼 한국 사회의 복잡한 재편을 탁월하게 탐색한다.

양식이 사회적／정치적／정신적인 생활 과정 일반을 조건 짓는 사유를 한편 받아들이면서도 탈구축하다." 이종호, 「염상섭의 자리, 프로 문학 밖, 대항 제국주의 안: 두 개의 사회주의 혹은 '문학과 혁명' 사선」, 『저수하의 시간, 염상섭을 읽다』, 소명 출판, 2014, 83쪽.

우리는 '적산'이라는 개념을 일련의 더 넓은 차원으로 확장할 수 있다. 누가 한반도 자체(그리고 한국의 미래)를 소유할 것이냐는 문제는 일본 식민 국가가 남긴 모든 것에 대한 소유권을 다루는 일을 수반한다. 1945년에 이뤄진 한국의 분단, 미국(남한)과 소련(북한)의 2중 군정, 그리고 1948년에 이뤄진 별개의 국가의 형성(대한민국과 조선민주주의인민공화국)이 소유권의 문제를 둘러싸고 벌어진다는 점을 상기하자. 한반도에 대한 누구의 주권 주장이 정당한가? 미국의 관점에서 1945년 이후 남한 자체는 일종의 적산, 즉 일본인들이 미국에 남긴 개체이다. 이 같은 관점은 미군정의 토대를 이룬다.

적산 문학이라는 개념은 현재, 그리고 미래에 대한 생각을 특징지을 수밖에 없는 다층적인 식민 과거라는 문제에—때로는 암묵적으로, 때로는 명시적으로—초점을 맞춘 1940년대 후반~1950년대의 문학 현장을 정의하도록 돕는다. 적산 문학은 식민 통치의 후유증, 1945~48년의 군정 치하, 그리고 한국전쟁 중에 한국인들이 강제로 대면해야 했던 경합하는 소유권 주장을 가리킨다. 이 같은 주장은 과거(과거를 어떻게 형상화할 것인가, 식민지적 과거가 현재에 미치는 영향을 어떻게 다룰 것인가)의 소유와 탈식민화된 미래(남한에서의 미국의 패권으로 특징지어지는, 부상하는 냉전적 현재에 주권을 갖는 개체로서의 한국의 세계 속의 자리를 어떻게 상상할 것인가)의 소유를 수반한다.

달리 말하면 적산의 문제는 불가피하게 식민지적 과거와 신식민지적 현재 양자의 청산을 수반하는데, 여기에서 한국 내 경쟁 진영들뿐 아니라 한국을 둘러싼 주요 세력들은 한국의 미래에 대한 소유권을 주장했다. 한국전쟁은 이 투쟁에 관련되며, 전쟁을 뒤이은 문학, 즉 '전후 문학' 역시 그렇다. 이 같은 이유로 1950년대 중후반의 '전후 문학'은 상이한 차원에서 불가피하게 '적산 문학'이 다루는 탈식민지적 사안을 다룬다. '적산 문학'이라는 개념은 우리가 '전후 문학'을 더 잘 이해하도록 돕는다.

그렇다면 나는 적산을 ① 물질성(자산: 토지, 건물, 그리고 더 넓게는 한반도 자체)에 뿌리 내린 것에서 시작해 그 자체를 다음의 사항에 대한 관심으로 확장하는 것으로 생각한다. ② 이들 물질적 자산을 배분할 주권에 대해 한국인들과 외부 세력들이 제기한 주장, 그리고 ③ 더 넓게는 식민지적 과거(물질적·문화적 차원에서의 식민 유산)의 청산 및 미래를 위한 전망. 아래에서 살펴보겠지만, 적산의 이 세 가지 측면은 적산 문학이 개인적 욕망과 이념적 소속의 모호해짐을 다루는 방식에서 한데 모인다. 적산 문학은 소유, 시간성, 그리고 욕망이라는 사안이 불가분하게 연결돼 있다는 점을 깨닫게 되는 문학이다. 그리고 그 누가 소유권 주장, 시간성, 그리고 사적인 동시에 공적인 욕망의 이 복잡한 거미줄을 염상섭보다 잘 이해했는가? 나에게 그는 전형적인 적산 문학 작가이다.

염상섭은 당시의 그 어느 작가보다도 미군정을 이해했다. 『효풍』과 「양과자갑」처럼 미군정을 다루는 텍스트를 읽기만 하면 된다. 『효풍』의 베이커에 대한 그의 형상화에서 보듯, 염상섭은 동시대의 그 어느 작가보다도 1940년대 후반 아시아에 있던 백인 미국 남성의 시선을 상상할 수 있었다. 또한 그는 한국인들이 일제 강점기의 흔적/욕망과 그의 눈에는 한국에 유입되는 새로운 형태의 미 식민주의로 보인 것의 관계를 교섭하는 방식에 매료됐다. 중요하게 후자는 단순히 전자를 대체하거나 복제하지 않는다. 한국인들은 이 두 가지 식민주의 사이를 통과한다. 과거는 현재 안에 존재한다. 이것이 가장 넓은 의미—즉 식민 유산 자체, 일본인들이 1945년에 남기고 간, 단지 물질적일 뿐 아니라 문화적이며 심리적인 유산이라는 의미—에서의 적산을 지탱하는 식민지적 시간성이다.

1945년 이전의 다양한 코즈모폴리턴주의는 「취우」 및 이 작품의 후속편 두 편인 「새울림」과 「지평선」에 나오는 분단과 전쟁의 시대에 그 자체를 재가공한다. 「새울림」과 「지평선」에서 보듯, 염상섭은 분명히 일제 강점기(1910~45년)와 1945~48년의 미군정 치하의 일상생활과 욕망에 대한 자신의 상술(詳述)을 전시 부산으로 확장했다. 여기에서 「새울림」에 나오는 최 박사의 집에 대한 묘사에서 드러나는 다중적 식민주의의 대조와 뒤엉킨 시간성을 상기하자: "문전은 그렇지도 않지만 들어가 보니 전에는 어떤 일본사람의 집이었던지 화양절충의 적산가옥이 그만하면 딴은 서양사람을 초대하여 볼 수도 있을 것이요, 차림차리도 양식으로 꾸민 품이 피난생활로는 때가 벗고 호사스럽다."(458쪽) 어떤 면에서 염상섭은 일종의 고현학, 즉 1945년 이전의 식민지적 근대성과 1945년 이후의 신식민지적 근대성의 관계에 대한 고찰을 제공하는 것이다. 그렇다면 「취우」, 「새울림」, 「지평선」에 나오는 일상의 묘사는 일종의 인류학, 즉 과거를 현재로 가져오는 일종의 지식 수집인 것이다.

1952년 7월~ 1953년 2월에 《조선일보》에 연재된 『취우』는 1950년 후반 3개월 동안 북한군에게 점령된 서울을 그린다. 어떤 면에서 점령 치하 서울은 염상섭이 자신의 숱한 1945년 이전 작품에서(가령 『만세전』과 『삼대』와 같은 대표적 텍스트에서) 묘사한 식민 치하 서울을 닮았다. 어떤 면에서 북한인들은 외국인 식민지 지배자의 강압을 대변한다. 그들은 "괴뢰군", 즉 외부 세력과 이념의 꼭두각시 군인이다('괴뢰군'이라는 용어는 「취우」에서 북한군을 가리키는 데 종종 사용된다). 그러나 염상섭은 명시적으로 정치적인 것에 대한 지속적인 탐색을 기피하면서 이 텍스트에서 조심스럽게 써내려 가는데, 이 같은 기피 자체는 일제 치하에도 찾아볼 수 있던 일종의 자기 검열을 가리킨다.[3] 이와 동시에 김학수, 그의 보스턴백,

그리고 한미 무역 회사로 대변되듯, 염상섭이 1920~1930년대에 공 들여 상술했던 매판 자본주의는 건재하다. 염상섭의 이전 작품 속 일본과 마찬가지로 미국은 텍스트의 틀의 가장자리에 머물면서도 권력의 중심에―인천 상륙과 1950년 9월 28의 서울 수복 등의 사건에서 주역을 담당하는 행위자로서―있다.

이 텍스트의 대부분에서 미국은 공중에―군사 작전에 대한 소식/소문의 형태와 실제 폭격 항정(航程)의 형태에―머무른다. 게다가 미군의 서울 귀환은 축하 행사가 아니라 미국인 대상 상인들의 귀환으로 특징지어진다. "그래도 좌우 길가에는 벌써 불탄 터를 치우고 텐트를 의지하여, 양복감을 내걸고, 가방 가게를 벌이고 골동품을 그러모아 놓은 전방도 있다. 미군이 다시 들어왔으니 이런 것으로도 한몫 보려는 모양이다."(346쪽) 마지막으로 신여성, 즉 「취우」의 강순제의 강인하며 독립적인 반복에 텍스트의 초점을 맞추는 것은 염상섭의 이전 작품에서 찾을 수 있는 행보를 계속하는 것이기도 하다.

물론 「취우」는 강순제를 둘러싼―즉 자진해서 북으로 떠난 그녀의 남편, 그녀의 상사 김학수(그녀는 그의 애첩이다), 연모 대상인 신영식과 김종식, 그리고 정명신(그녀는 「새울림」과 「지평선」에서 중심적인 신여성형 인물로서 강순제를 대체한다)―를 수반하는 친밀성의 거미줄, 감정과 정서의 그물망을 제공한다. 이들 인물을 가로지르는 감정에 대한, 길며 미묘한 차이를 포착하는 상술은 「취우」에서 일상이라고 부를 법한 것의 내핵을 형성한다. 감정의 이동은 공간적이다. 이들 감정 간의 화자의 통과는 행

---

3) 잔류파로서의 염상섭의 지위, 그리고 그가 불가피하게 「취우」, 「새울림」, 「지평선」에서 이념적 문제에 대한 명시적인 논의를 기피하는 것에 대한 기술에 대해서는 나보령, 「염상섭 소설에 나타난 피난지 부산과 아메리카니즘」, 『인문 논총』 74권 1호(2017. 2. 28), 253~255? 쪽을 참고할 것.

동 범위, 양가성, 변하는 정서가 행위력, 남들과 관련해 내리는 선택, 그리고 이 인물들이 부지불식간에 처하는 역사적 순간과 교차하는 장소를 만들어낸다. 달리 말하면 연모 대상에 대한 서사는 단순히 한국전쟁 발발을 특징짓는, 시급하지만 위험한 이념적·지정학적 이해관계로부터의 일종의 후퇴가 아니다. 그 대신에—오래 가고, 새로우며, 다중적이고, 변하는—욕망의 탐색은 「취우」 자체가 작용시키는 대립(가령 적군과 국군)의 단순함에 의문을 제기할 수 있게 한다.

「취우」에서 화자는 겹치는 정서의 이 같은 내적 그물망의 자세한 사용역(使用域)과 도시의 일반적인 분위기에 대한 묘사 사이를 오간다. 이 두 가지 사용역 간의 이동은 이 텍스트를 구조화한다. 우리는 동시에 주요 인물들에 대한 깊은 인상, 그리고 공간뿐 아니라 여론에 대한 느낌을 갖게 된다. 상호적으로 특징짓는 일군의 친밀성이 이 같은 방식으로 이 '시대'를 이루게 되는 것이다. 상세하고 구체적인 사용역과 일반적인 사용역은 별개가 아니다. 내핵을 이루는 다양한 인물은 일반적 분위기 또한 공유하는 구체적이고 자세한 사람들의 사례로서 위치한다. 그리고 장소감을 만들어내는 것은 이 같은 일반적인 분위기이다. 유엔군에 의한 수복의 말미에서의 서울의 묘사에서 보듯, 도시 자체는 강인함과 동시에 무력감으로 이뤄진다. "아무 예고도 없이 별안간 주위와 동포와 전 세계와 뚝 떨어져서 죄 없는 감옥살이를 석 달 동안이나 하느라고 영양부족과 신경과민에 널치가 된 백사오십만 서울 시민은, 더구나 요 며칠 새로 격렬한 폭격과 비행기 소리로만 바깥 동정을 살피기에 심신이 척 늘어지고 말았다."(324쪽) 서울을 놓고 벌어지는 전투의 말미에서 도시는 지쳤고, 자기 확신이 없으며, 자신의 위치에 대해 의심을 표명한다. 하지만 서울은 또한 경계하고, 조심스러우며, 작용 중인 세력들을 관찰하고, 어떻게 진행할지에 대해 계산을 하며, 이 같은 감정과 생각은 도시의 공간을 구성한다.

이와 동시에 서울을 위한 투쟁은 사람들 자신과 관련해 패권을 위한 것으로, 그들을 충직한 동반자로서 소환하기 위한 것이다. 『취우』는 이 점과 관련해 일련의 실패를 제공한다. 첫 번째는 남한 정부의 실패로, 정부는 서울을 최후의 순간까지 방어하겠다는 약속에도 불구하고 이 도시로부터 도망친다. 두 번째는 경직되며 1차원적인 것으로 묘사되는, 점령하는 공산 세력의 실패이다―이들은 외부에 있다. 세 번째 실패는 미국의 실패 및 '자유세계'에 대한 제안이다. 미국은 권력, 물질, 자본주의와 연관된다―이 역시 외부에 있다. 『취우』의 말미에서 묘사되는 전쟁의 형세 변화는 미국을 3자 중 통과돼야 하는 중심 세력으로 남기며, 염상섭은 「새울림」과 「지평선」에서 이 같은 중심성을 탐색한다.

나보령은 "철저히 차단된 공간으로 그려지는 낙동강 너머를 통해 확인되듯, 피난지 부산의 유일한 출구가 미국이라는 사실 역시 간과해서는 안된다. 즉, 「새울림」, 「지평선」 연작에서 부산은 열려 있지만 동시에 닫혀 있는 독특한 성격을 지니고 있다"라는[4] 점을 알려준다. 나보령은 닫힌 동시에 열려 있는―즉 이북에는 닫혀 있고 미국에는 열려 있는―부산의 성격을 강조한다. 선택의 여지는 별로 없다. 나보령이 보여주듯, 낙동강 이북에서 '열전'이 전개되는 동시에 부산에서 재건이 이뤄진다. 나보령은 '냉전'과 우리가 '난전'이라고 부를 법한 것이 어떻게 동시에 일어날 수 있는지 보도록 돕는다. 「새울림」과 「지평선」은 미국의 패권 아래 '자유세계'의 질서가 한국에서 어떻게 전개될지 보여준다. 냉전, 그리고 1953년 이후에 난전의 위협이 된 것의 이 같은 공존은 전지구적 냉전의 대다수

---

4) 나보령, 「염상섭 소설에 나타난 피난지 부산과 아메리카니즘」, 『인문 논총』 74권 1호(2017. 2. 28), 267쪽.

현장에서보다도 강력하고 영속적인 방식으로 이어져왔다.

「새울림」(1953년 12월~1954년 2월 ≪국제신보≫ 연재)과 「지평선」(1955년 1월~1955년 6월 ≪현대문학≫ 연재)은 「취우」의 후속편이다. 이들 작품은 서울로부터 부산으로 도망친 강순제, 정명신, 신영식, 김종식의 이야기를 계속한다. 1953년 후반~1955년 6월에 집필된 이 두 텍스트는 염상섭의 전후 문학으로 분류된다. 이들은 진정으로 '전후' 텍스트, 1953년 7월의 휴전 이후에 집필된, 전시 부산에 대한 텍스트이다. 이들 텍스트는 「취우」의 이야기를 계속하지만, 여러 면에서 미군정 치하 집필된 『효풍』으로 돌아간다. 「새울림」과 「지평선」의 부산, 염상섭이 이 공간에서 발견하는 '아메리카니즘'은 『취우』보다는 『효풍』의 점령 치하 서울을 더 닮았다. 『효풍』의 베이커는 「새울림」과 「지평선」의 윌슨에 의해 대체됐는데, 가령 후자의 진실함, 예의범절, 그리고 오리엔탈리즘(베이커와 마찬가지로 그는 자신이 관심을 갖는 여성이 자신의 사진적 시선의 대상으로서 포즈를 취하기 위해 조선옷을 착용하는 것을 선호한다)의 조합에서 보듯이 말이다(558쪽, 579쪽). 진정으로 「새울림」과 「지평선」은 '전후 문학'으로서가 아니라 '적산 문학'을 이루는 다중적 차원을 한데 모으며 이들 차원이 어떻게 계속해서 '전후 문학'을 특징지을지 보여주는 것으로서 더 잘 이해할 수 있다.

우리는 염상섭이 계속해서 자신의 인물들, 특히 명신과 순제의 내면에서―후자에 대한 「새울림」의 화자의 논평에서 보듯―힘과 강인함을 위치 짓는 방식을 간과해서는 안 될 것이다. "부산에 나려온 그 당장에는 갈피를 잡을 수 없던 생활이 불안에서 간신히 헤어나서 인제는 장사의 묘리도 터득하고 재미가 나서 순제는 벌써부터 피난민의 우울을 벗어나 이러한 명랑성을 회복하였던 것이다."(422쪽) 물론 여기에서 염상섭의 시선은 무비판적이지 않다. 강순제, 정명신, 신영식, 김종식 모두 이 텍스트가 부상하는 미국의 자유세계 질서 아래 '재건'이라고 부르는 것 안에서 상당한 개인적 성공으로 이끌어줄 가능성이 높은 지식과 능력(그 중 영어 실력, 사업 수완, 그리고 경제학 훈련의 조합)을 갖췄다. 이 같은 이유로 이들은 갈수록 자기가 부산의 미국 국제 개발처(USAID) 및 여타 기관에서 근무하는 자신들의 미국 측 상대와 협조하는 한국인 지도자들의 영향권 아래 들어간다는 점을 깨닫게 된다.

진정으로 「새울림」과 「지평선」 모두 염상섭 특유의 방식으로 복구 / 재건 과정을 거리를 두고, 찬탄과 회의가 뒤섞인 채 본다. 더구나 남들에게는 사소한 세부 사항처럼 보일 수 있지만 염상섭에게는 주어진 상황 / 일군의 역사적 상황의 본질을 포착하는 것에 대해 조심스러우며 미묘한 차이를 포착하는 시선을 가능케 하는 것은 이 같은 거리이다. 따라서 염상섭은 미군 관료들과 한국 사회 지도자들의 만찬을 묘사하는 데 공을 들인다. 윌슨이 명신에게 제안하는 바에서 보듯, 염상섭이 추적하는 것은 정책 진술 또는 전쟁, 경제 복구, 한미 동맹에 대한 일반적 진술보다도 눈길, 춤추기, 그리고 우정과 친밀성에 대한 제안으로 특징지어지는 개인적인 대면이다. "내가 여기 있는 동안만은 내 일을 도와주시구 내가 떠나게 되거던 우리 집으루 가서요. 우리 부모는 당신 같은 분이라면 친딸보다두 더 귀해 주구 숙식과 학비를 부담해 줄 거니까요."(484쪽) 여기에서 염상섭은 이념적 진술에 진정으로 관심 있는 것이 아니다. 그 대신에 그는 정치적인 것을 개인적인 것에서 위치 짓는 일을 선택한다. 위의 인용문에서 이 두 가지를 분리하기는 어려운데, 정확하게 이것이 요지인 것이다. 윌슨은 교육 받은 미군 장교가 아닌 다른 입장에서는 이 제안을 할 수 없었던 것이다. 그의 요청, 그의 제안은 미국 국제 개발처의 기획으로부터 벗어날 수가 없다. 하지만 그럼에도 불구하고 그의 요청과 제안은 자신의 가족으로의 통합뿐 아니라 심지어 더 강렬한 감정에 대해서 주는 암시에서 매우 개인적이다. 심지어 인물들 자신은 자기가 점유하는 모호한 지대를 인식하지 못하더라도 염상섭은 권력 관계와 역사 형성 자체를 개인적인 것과 정치적인 것이 분리될 수 없는 이들 대면에서 위치 짓는다.

*   *   *

내 생각에 염상섭은 그의 텍스트 중 어느 것도 무기한으로 계속해서 집필할 수 있었다. 『사랑과 죄』와 『무화과』 등 더 긴 장편 소설에서 우리가 너무나 분명하게 경험하듯, 사실 끝이란 없다. 내가 염상섭의 텍스트를 '과잉의 문학'으로 불러야 한다는 결론에 도달한 것은 사실 이 두 작품을 읽은 뒤였다. 일종의 자의적인 중단이 있을 뿐이다. 자신의 글쓰기의 진정한 목적에 대한 염상섭의 진술을 인용하면서 한기형은 "문자로 재현한 것 이상의 무엇을 전달하겠다는 작가의 욕망은, 식민지의 억압과 금지의 상황까지를 함께 보겠다는 단호한 의지의 중의적 표명이었다"라는[5] 점을 알려준다. 내 생각에 한기형의 논점은 매우 암시적이다. 즉 재현 자체는 일상, 식민지적 상황, 3각 연애, 또는 이 모든 겹치는 관심사의 형상화에 불충분한 것이다. 아무리 노력하더라도 파악하거나 묘사할 수 없는 무엇이 늘 있는 것이다. 염상섭은 너무 많이 씀으로써 이것을 보여준다. 물론 모호성과 다중적 의미의 가능성은 행간에 일종의 논점을 제공한다. 하지만 총체화하고 봉쇄하려는, 선을 그으려는 시도의 광기를 보여주는 것은 범람, 즉 불안정하게 만드는 과잉이다.

이경돈은 염상섭의 아호인 '횡보'의 의미에 대해 통찰력 있는 설명을

---

5) 한기형, 「노블과 식민지: 염상섭 소설의 통속과 반통속」, 『저수하의 시간, 염상섭을 읽다』 (소명 출판, 2014), 176면.

제공한다: "진보의 보행법 대신, 혐오 속에 닮아가고 동경 속에 머뭇댈 수밖에 없는 걸음걸이를 취했다. 끊임없이 걷되 나아간 것인지는 알 수 없는 인간사를 횡보의 보행법으로 현시했던 것이다."[6] 이경돈의 분석을 따라 염상섭의 1945년 이후 텍스트를 선형적인 방식으로 읽으려고 하지 않는 것이 최선책이다. 『삼대』의 금고는 단순히 『취우』의 보스턴백으로 대체된 것이 아니다. 후자는 전자를 전시 점령 하 서울의 공간과 시간으로 끌어넣으면서 상기시킨다. 비록 시대가 변했지만, 금고의 문제는 잠재워지지 않았다. 나는 염상섭의 1945년 이후 작품을 욕망, 변하는 친밀성의 형상화, 일상을 이루는 다중적 시간성에 대한 대처에 있어서 다방향적인 것으로 본다. 일본 식민지 과거의 경험, 그 경험으로부터 얻은 식민적 근대성에 대한 깊은 지식은 미국의 신식민지적 현재와 그 패권의 작동을 향하는 염상섭의 시선 속에 머문다. 그의 1945년 이후 작품을 읽는 것은 과거, 현재, 미래에 대한 상충되며 해결되지 않은 주장이라는 불확실한 세계, '적산 문학'의 세계로 들어가는 일이다. 그리고 그의 작품을 읽는 것은 횡보처럼 걷는 법을 배우는 일이다.

---

6) 이경돈, 「횡보의 문리: 염상섭과 산혼 공통의 상상」, 『저수하의 시간, 염상섭을 읽다』(소명출판, 2014), 295면.

염상섭(1897~1963)

한국근대문학이 계몽주의적 성격을 벗어나기 시작한 1920년대에 처녀작을 발표한 염상섭은 분단된 남한 사회에서 1963년에 작고하기 전까지 동시대 삶을 증언하면서 내일을 꿈꾸었던 탁월한 산문정신의 소유자였다. 식민지 현실과 분단 현실의 한복판에서 생의 기미를 포착하면서도 세계 속의 한반도를 읽었기에 우리의 삶을 이상화시키지도 세태화시키지도 않았다. 처녀작 「표본실의 청개구리」를 비롯하여 「만세전」, 「삼대」, 「효풍」 등은 이러한 성취의 산물로서 우리 근대 문학의 고전으로 자리 잡은 지 오래다. 제국주의적 지구화의 과정에서 동아시아 및 비서구가 겪는 다양한 문제를 천착하여 보편성을 얻었던 그의 문학세계는 이제 더 이상 한국인만의 것은 아니다.

작품 해설 테오도로 휴즈

컬럼비아대학교 동아시아언어와 문화과 정교수.
저서로 『냉전시대 한국의 문학과 영화: 자유의 경계선』이 있음.

취우·새울림·지평선

초판 1쇄 인쇄 2018년 2월 14일
초판 1쇄 발행 2018년 2월 22일

지 은 이 염상섭
펴 낸 이 최종숙
펴 낸 곳 글누림출판사

책임편집 문선희
편　　집 이태곤 권분옥 홍혜정 박윤정
디 자 인 안혜진 홍성권
마 케 팅 박태훈 안현진 이승혜

주　　소 서울시 서초구 동광로46길 6-6(반포4동 577-25) 문창빌딩 2층(우 06589)
전　　화 02-3409-2055(대표), 2058(영업), 2060(편집)
팩　　스 02-3409-2059
전자메일 nurim3888@hanmail.net
홈페이지 www.geulnurim.co.kr
블 로 그 http://blog.naver.com/geulnurim
북트레블러 http://post.naver.com/geulnurim
등록번호 제303-2005-000038호(2005.10.5)
정　　가 36,000원
ISBN 978-89-6327-508-6 04810
　　　 978-89-6327-327-3(세트)

출력/인쇄 · 성환C&P 제책 · 동신제책사

* 이 도서의 국립중앙도서관 출판예정도서목록(CIP)은 서지정보유통지원시스템 홈페이지(http://seoji.nl.go.kr)와
국가자료공동목록시스템(http://www.nl.go.kr/kolisnet)에서 이용하실 수 있습니다.(CIP제어번호: CIP2018002436)